YUANQU GUANZHI

元曲观止

中国古典文学观止丛书
ZHONGGUO GUDIAN WENXUE GUANZHI CONGSHU

丛书主编 尚永亮

本书主编 冯文楼
张 强

陕西新华出版传媒集团
陕西人民教育出版社
·西安·

撰搞人（以姓氏笔画为序）：

马茂军　马淮滨　王义顺　王丹红　王开桃　王建科
王宪昭　邓相超　宁希元　史小军　冯文楼　兰拉成
艾克利　池万兴　江健　朱德慈　刘生良　刘东风
刘静渊　苏孟墨　李丹　李忠昌　李春祥　李建军
李培坤　李静　余炳毛　余皓明　束有春　宋俊华
宋常立　尚永亮　金荣权　杨新敏　杨燕　吴应驹
吴尊文　张强　张晓春　陈瑜　赵庆元　赵岩
赵俊玠　贺信民　姚秋霞　胡颖　徐子方　徐振贵
郭平安　谢东贵　程瑞钊　喻斌　窦春蕾　潘世东

总　序

物华天宝，人杰地灵。在中华文明古国五千年的历史进程中，数不清的文人才士，经过代复一代顽强持续的努力，创作出了难以数计的各种体裁的文学精品，宛如取之不竭、用之不尽的昆山邓林。这些文学精品不仅极大地丰富了中华民族的文化宝库，而且以其超越时空的永恒魅力，在世界范围内发生着越来越深远的影响。作为当代的文化人，我们无比珍视这笔财富，为了做到既对得起昨日的历史，又无愧于今日的时代，使古典文学从高雅的殿堂走向千家万户，我们特在全国范围内约请数百位专家学者，共同编纂了这套大型《中国古典文学观止》丛书。

《中国古典文学观止》丛书分诗骚、先秦两汉文、历代小赋、历代小品文、汉魏六朝乐府、唐诗、唐宋八大家文、宋词、元曲、明清小说十册，收录作品2000余篇，总计约500万字。在编写体例上，它不同于时下流行的各类文学选本和鉴赏辞典，除传统的作者简介、注释外，另辟【今译】【点评】【集说】诸栏目。【今译】力求信、达、雅，便于读者对原作的阅读理解；【点评】避免了长篇赏析的空泛，抓住要点难点，既单刀直入、抽笋剥蕉，又提纲挈领、点到为止，给读者留下了广阔的思考空间；【集说】则荟萃了历代对每一作品的具体评说，便于人们从多角度、多层面理解原作，并具有较强的资料性。总之，通过这些方法，我们力争做到探幽抉隐，快人耳目，画龙点睛，开启思维，使得一册在手，专业读者不觉其浅，一般读者不嫌其深，雅俗共赏，老少咸宜。

丛书的顺利完成和出版,得力于各分册主编和作者的协作努力,也得力于陕西人民教育出版社的领导和综合编辑室诸位编辑的无私帮助。值此丛书修订、再版之际,我们谨对参与其事的各位同仁一并致以真诚的感谢! 并希望广大读者能在这套丛书数千篇文学精品的游弋中,获得"观止"的感受。

尚永亮

2017 年岁首于珞珈山麓

目 录

3

4

5

9

10

12

前　言

曲，是继诗、词之后，我国文学艺术发展史上又一颗璀璨的明珠。

它兴起于宋、金对峙时期的北方地区，入元光大，遂蔚为一代文学。

曲之兴起，概而言之，一在变革音乐，二在解放词体。于是，一种革新了的诗歌样式，以它崭然全新的面目跃居诗坛，引得众目垂顾，多手操觚，从而构成"元曲"这一诗歌史上的又一盛大景观。

"直达无隐"，是元曲在语言上的主要特征。它冲破诗、词的一切禁忌，自由直书。"惟吾意之欲至，口之欲宣，纵横出入，无之而无不可也。"（王骥德《曲律》）尤其对于俗言俚语，不但不加避讳，反而以大量采用为能事，有极情尽致之肆，放浪横溢之动，毕声肖吻之切。"传神写态，必寸肌寸容而尽妍；绘影摹声，无一言一动之或讳。铸词则雅言与俚语齐观；用事则经史偕小说同量。举凡曩时文学所禁避、所畏忌者，无不可尽言之。"（刘永济《元人散曲选序论》）

"能使生为熟，何愁拙不工。"这一化生为熟，以拙为巧的语言"革命"，正是"以文为诗"的宋诗在语序常规化、语言生活化上的进一步发展（参阅葛兆光《从宋诗到白话诗》一文对宋诗的论述）；同时又是词由"表现"向"再现"转化的大踏步前进。尤其衬字的随意加添，"既得句法中活泼流利之用，又无谱律上偭规越矩之嫌"（任讷《散曲概论》），这无疑给作家的创作带来了前所未有的自由。此一元曲创作所体现的"于必然中求自由"的精神，正应了黑贝尔的一句妙语："诗家之于束缚或限制，不与之抵拄，而能与之游戏，庶造高境。"（钱锺书《谈艺录》）这也从一个侧面，映现出元代曲家求自由、尚机趣的审美意向和"自娱娱人"的"游戏"心态。

在意境的构设上，它不像诗，抒情者藏匿于语像世界中，必得把玩思索，方能大致渗透那深含的意蕴；它也不像词，抒情者虽穿行其中，殷殷在目，但

1

所发之情,有不能不吐,却又不能尽吐之势,读者必得咀嚼寻绎,始能明了其寄托,洞烛其隐喻。换言之,诗词之蕴含,既丰且厚,接受者必得参与一定的创造和重构,方能"实现"。曲则不然,题旨显豁,意境明显,贵"真"取"直",坦率无隐。即使用比兴者,"并所比所兴亦说明无隐"(任讷《词曲通义》);纵为使事用典,也大多"系耳根听熟之语,舌端调惯之文,虽出诗、书,实与街谈巷议无别者。"(李渔《闲情偶寄》)

这一对"雅"的打破,向"俗"的开放,不正体现出元曲挣脱语言束缚的冲动和自由表现的精神吗?

席勒说,美就是"表现的自由"。元曲那种"从心所欲,不逾矩"的表现自由,进而言之,又颇类似于席勒的"游戏说"。"游戏冲动"与"自由活动"同义而与"强迫"对立。也即当人"所拥有的、所生产的东西不再带有奴役的痕迹,不再带有对其目的的可怕设计"时,人的活动才能成为对人的潜能的自由表现(席勒《审美教育书简》)。任二北先生早就指出:"曲之初创,本属一种游戏文字,填实民间已传之音调,茶余酒后,以资笑乐者耳,初非同于庙堂之乐章,亦无所谓风诗之比兴也。"正因为它"初无所存心于抗今希古","亦不专为文章而作文章",因而才能于题目"放得极宽,取得极俗,写得极粗",且能放倒面子,不讲局面,毋论尊卑,没有顾忌。此即所谓"面子必须放倒,骨子自然认真。"(《散曲概论》)

与"游戏"的审美态度相合的则是对"自然"的审美追求。王国维《宋元戏曲考》说:"元曲之佳处何在? 一言以蔽之,曰:自然而已矣。古今之大文学,无不以自然胜,而莫著于元曲。"这一对"自然"的崇尚与追慕,构成了元曲新的美学特征。

王骥德《曲律》云:"夫曲以模写物情,体贴人理,所取委曲宛转,以代说词,一涉藻缋,便蔽本来。""晋人言:'丝不如竹,竹不如肉',以为渐近自然。吾谓:诗不如词,词不如曲,故是渐近人情。……快人情者,要毋过于曲。"所谓"模写物情""体贴人理""渐近人情""(大)快人情(心)"、破除"障蔽"、露出"本来"者,正是元曲"自然"的审美指向。

"餐到韭荠惊异味,陶成瓦砾亦诗材。"(潘定桂《读诚斋诗》)元曲那种俗能涉趣,驳中寓纯,悲喜皆至,庄谐杂出,雅俗共赏,观听咸宜的审美境界,终于使它获得了与唐诗宋词鼎足而立的殊荣而跃上了艺术的峰巅。

元曲,实则包括散曲和杂剧两大类。散曲题材之驳杂广大,为韵文之最。其中"叹世颂隐"之篇和"男女风情"之什,远较其他为多,形成了元散曲的两大主题。

元人之叹世归隐,是对元代高压政治的一种别一形式的反抗,是"儒道互补"的文化心理结构在元代社会的特定反映,是对传统的儒家文化观念的意义怀疑和价值解构,是在志不获展的情势下,对自我清明的保持和自我人格的维护,等等。这一众多的叹世、骂世、避世、玩世之作,构成了文化史上一种独特的"元人心态",极为深刻地反映了当时知识分子所共有的"存在迷惘""关怀失落"和"意义危机"。马致远的套数《秋思》可作为这类作品的代表。他以大胆而彻底的否定精神,将一切传统的价值观念,统统视作虚无,化为空有。

随着对传统观念的"解构"而来的,便是对自我价值的"建构"。于是对感性快怡的追求和"竹篱茅舍"的歌颂,便成为此类作品所共有的内容。前者渗透着一种生命的"时间意识"而鼓吹"及时行乐";后者则明显地反映了一种"为人生而艺术"(徐复观语)的道家精神,在宗教的沉思和审美化了的"自然"世界中寻求个体的自由。透过这类文本,我们听到的是一个在官场的迷醉中醒过来的人的真声音,看到的是一个敢于直面自由与快乐的人的真面目。

男女风情类的作品,内容广博,视角不一。既有站在女性的立场上为闺阁写心,抒发她们的欢愉愁惨、离情别恨;又有站在男性的立场上为浪子传奇,描写他们的风流艳遇、花月生活,等等。那火辣辣的生死恋,那赤裸裸的偷情行为,那毫无掩饰的性欲宣泄,那大胆直露的内心表白,那带有原始野味的癫狂状态,那激情放纵的"酒神"冲动,不正是对礼教的戏谑嘲弄,对情爱的热烈歌颂,对人性的全面暴露,对"面具"的彻底拆除吗?它使我们"想起那有关帝坦族人的神话故事:已经记不清楚到底经过多少年代,这些被胜利神祇以巨大山岳埋在地底的族人,仍然不时因为他们那强劲四肢的痉挛而造成大地的震颤。"(弗洛伊德《梦的解析》)

关汉卿的套数《不伏老》可视为这类作品的代表。尽管它们"来得并不怎么光明正大,甚至很有些市井无赖习气,但这在那个'八娼九儒十丐'的社会里,不又体现出对现存秩序的背离和反抗么?"(本书尚永亮对《不伏老》的点评)还有那巧妙的构思,奇特的设想和俳体的运用,更增添了无穷的趣味,即使"污秽之处,有时绝非寻常意念所能及。"(任讷《曲谐》)

元曲之尖新豪辣、妥溜散放,令人叹为观止。这本《元曲观止》就是为满足广大读者在吟诵欣赏之余,做更深一层的理解而选编的。所选重在小令,杂剧只录个别名曲。由于编者的学识有限,水平不高,故所选不一定能反映元曲之风貌,有的也许难以令人耸然动容、目为观止,还望读者诸君不吝批评指教。

今译是件吃力不讨好的事情,尤其对明白如话的元曲来说。勉为其难,也旨在助字面之释读、意思之会通而已。

点评力求点其枢要、发其复旨、评其精华。但由于视角不一,理解难免有异,见仁见智,这也是意料中的事情。

冯文楼

鳳蕭聲動，玉壺光轉，一夜魚龍舞。蛾兒雪柳黃金縷，笑語盈盈暗香去。眾裏尋他千百度，驀然回首，那人卻在，燈火闌珊處。

元好问

元好问(1190—1257)，字裕之，号遗山，太原秀容(今山西忻州)人。幼从陵川郝晋卿学，淹贯经传百家，曾游太行，渡黄河，诗名震京师。金宣宗兴定五年(1221)进士，历任南阳、内乡县令、尚书省掾、左司都事员外郎等职。天兴(1232—1234)初，入翰林，知制诰。金亡不仕，编有金代文献《壬辰杂编》和金诗总集《中州集》，著有《遗山先生文集》四十卷。为文质朴沉郁，尤工于诗，五言、乐府俱臻上乘，被誉为一代宗工。散曲仅存小令九首，大都清润疏俊，但未完全跳出词的窠臼，从中可窥词曲嬗递之迹。

[中吕·喜春来]春宴⁽¹⁾

一

春盘⁽²⁾宜剪三生菜，春燕⁽³⁾斜簪七宝钗。春风春酝⁽⁴⁾透人怀。春宴排，齐唱喜春来。

二

梅残玉靥⁽⁵⁾香犹在，柳破金梢眼未开⁽⁶⁾。东风和气

满楼台。桃杏拆⁽⁷⁾，宜唱喜春来。

【注释】(1)本题四首，此选第一、第二。 （2）春盘：古代习俗，于立春之日将生菜、果品、饼、糖等物，置于盘中为食，取迎新之意，称为春盘。皇帝于立春前一日，以春盘并酒赐近臣，民间亦有亲友互相馈赠之习。 （3）春燕：指古代女子戴的应时头饰。宗懔《荆楚岁时记》云：古俗女子于"立春日，悉剪彩为燕以戴之，帖宜春之字。" （4）春酝：春酒。 （5）玉靥（yè）：似玉的脸颊，此指梅花。靥，面颊上的笑窝。 （6）柳破句：言树梢返青，柳枝初生嫩芽，像睡眼没有睁开一样。金梢：嫩黄色树梢。眼：这里指初生柳叶，细长如眼。 （7）桃杏拆：即拆桃杏，指春三月桃杏开放。拆，裂开。

【今译】

一

托春盘剪生菜，喜气洋洋春似海。精心打扮戴春燕，斜簪又佩七宝钗。春风和煦使人醉，春酒暖透人胸怀。春宴已安排，大家齐唱《喜春来》。

二

玉色的梅花已残，阵阵幽香依然存在。柳梢返黄枝条柔嫩，仿佛睡眼快要睁开。春风送暖满楼台啊，放眼望，桃花杏花含苞怒放，应当高唱《喜春来》。

【点评】这两支曲子写春天来临诗人的无限喜悦。前一支曲以"春"领起全篇，句句言春，在诗人层层渲染之下，春盘、春燕、春风、春酝、春宴，无不洋溢着春的气息、春的生机、春的欢乐。所以，面对此情此景，我们能不同诗人一起高唱《喜春来》吗？能不在春宴上拼个一醉吗？这支曲子从春日特有的民俗入手，重点写人对春的感受，收笔处落在春宴上。全曲一气呵成，传达出欢乐和谐的氛围。后一支曲重点写春景。起二句写眼前景，梅残香在、柳破金梢，写出诗人观察细致，对春的独特领悟。"满"字把春风写活，既写出春风无所不在，又呼应了起首二句，其风中有梅香，有轻扬的杨柳，给人不尽的遐想。"桃杏拆"，点睛之笔，红花绿叶，造成万紫千红的热烈气氛，故"宜唱喜春来"。诗人的喜悦之情也就伴随着具有强大生命力的春天滚滚而来。

[双调·小圣乐]骤雨打新荷

绿叶阴浓,遍池塘水阁,偏趁[1]凉多。海榴[2]初绽,妖艳喷香罗[3]。老燕携雏弄语,有高柳鸣蝉相和。骤雨过,珍珠乱糁,打遍新荷。

人生有几,念良辰美景,一梦初过。穷通前定,何用苦张罗。命友邀宾玩赏,对芳樽浅酌低歌。且酩酊[4],任他两轮日月,来往如梭。

【注释】(1)趁:追逐。何承天《纂文》:"关西以逐物为趁。" (2)海榴:又名海石榴,即山茶花。 (3)香罗:纱罗的美称。杜甫《端午日赐衣》:"细葛含风软,香罗叠雪轻。" (4)酩酊:大醉的样子。

【今译】

绿叶阴浓,遮掩着池边的水阁,追逐着清凉的水波。火红的石榴花初放,娇艳无比喷拥香罗。老燕爱抚乳燕呢喃,高柳上有鸣蝉相和。晴空刮来一场骤雨,珍珠如糁乱撒乱泼,打遍池塘片片新荷。

人生是多么的短暂,想那无数良辰美景,仿佛一场大梦初过。穷困通达前世已定,何必要苦苦张罗。邀请几个宾友玩赏,对着美酒浅斟低歌。姑且开怀大醉一场,任凭两轮日月奔走,日出月落来往如梭。

【点评】上片极写夏日胜景。以"绿"字领起,先言色彩,绿树成荫,榴火飞红。犹嫌不足,又以声响——燕雏弄语、鸣蝉相和补充画面。又嫌不足,再以雨打新荷的动态合写静态与声响的画面。在诗人层层渲染、层层推进之下,初夏的景象格外虎虎有生气。下片转写情怀。以"人生有几"领起,"良辰美景,一梦初过",及时行乐之念油然而起。"穷通"二句,虽言无可奈

5

元曲观止

何之境,深层却隐藏着诗人国破家亡之痛感。回天无力,故只得在杯酒里麻痹神经。末二句中"任"字传神,不谈国事,只言风月,既照应了全篇,也昭示了诗人不愿消极又不得不消极的心态。此曲疏朗清俊,有词的意味,耐人咀嚼。

【集说】方元之初,廉公定陇蜀还,进拜中书平章政事,赐宅一区。暇同卢、赵诸君子,出郊置酒。所谓万柳堂者,故老相传,在今丰台左右。当其饮酣赋诗,命歌者进《骤雨新荷》之曲,风流儒雅,百世之下犹想见之。(朱彝尊《曝书亭集》)

元遗山有小令云:"湘燕携雏弄语,有高柳鸣蝉相和。骤雨过,珍珠乱撒,打遍新荷。"一时传播,今入曲,易牌名《骤雨打新荷》。(李调元《雨村曲话》)

自宋赵彦肃以句字配协律吕,遂有曲谱。至元代,如《骤雨打新荷》之类,则愈出愈新,不拘字数,填以工尺。(纪昀等《四库全书总目提要·词曲》)

金元词曲家,若董解元、关汉卿之类,行事皆不甚见于载籍。其有名于世者,惟元遗山。……所作曲虽不多,而甚超妙。其《骤雨打新荷》小令:"(引曲文,略)。"读此亦可见其志趣矣。(王季烈《螾庐曲谈》)

他的《骤雨打新荷》两首,却是很有名的。……这简直是一粒粒晶莹的珠玑了。即此二曲,我们可以知道遗山曲的造诣,也不在关白之下。(梁乙真《元明散曲小史》)

(张 强)

杨果

杨果（1197—1269），字正卿，号西庵，祁州蒲阴（今河北安国）人。金正大元年（1224）进士，曾为偃师令，以清廉干练闻名于世。入元后，官至参知政事。至元六年（1269）出为怀孟路总管。后致仕，卒于家。杨果工文章，尤长于词曲，有《西庵集》问世。黄云石《阳春白雪序》称其曲"平熟"。据隋树森《全元散曲》存小令11首，套数5套。

［越调·小桃红］(1)

一

满城烟水月微茫，人倚兰舟唱，常记相逢若耶(2)上。隔三湘(3)，碧云望断空惆怅。美人笑道：莲花相似，情短藕丝长(4)。

二

采莲人和采莲歌，柳外兰舟过，不管鸳鸯梦惊破。夜如何？有人独上江楼卧。伤心莫唱：南朝旧曲(5)，司马泪痕(6)多。

【注释】(1)本题八首,此选第二、第三。 (2)若耶:溪名。在浙江绍兴南,相传西施曾在此浣纱。王籍《入若耶溪》有"蝉噪林逾静,鸟鸣山更幽"诗句。 (3)三湘:指湖南的漓湘、蒸湘、潇湘三水。 (4)情短藕丝长:谓情意绵绵,言分别后的离情别绪比藕丝还长。"丝"谐"思"音。 (5)南朝旧曲:南朝陈后主曾制其音哀怨的《玉树后庭花》一曲,为后世称亡国之音。 (6)司马泪痕:白居易《琵琶行》有"座中泣下谁最多,江州司马青衫湿"诗句。此指伤心同情之泪。

【今译】

一

满城的烟云水汽,月色朦胧一片微茫。有人倚着兰舟低唱,令我想起若耶溪畔常相逢的时光。看如今,无情的三湘水,阻隔你我天各一方。望断万里碧云,空留下无限的惆怅。兰舟中的美人笑道:水中的莲花同你相似,情意绵绵思绪更长。

二

一群采莲姑娘,欢快地唱着采莲歌。江边垂柳外,采莲船穿行而过。笑语欢歌,不管鸳鸯美梦惊破。长夜漫漫令人寂寞,我独自登上江楼高卧。伤心啊,不要再唱南朝旧曲,我洒下的热泪,比江州司马还多。

【点评】前一支曲写对一位女子的思念。起首二句写眼前景,创造出烟月朦胧的意境。"常记"句由眼前景生情,追忆美好的往事。"隔三湘"二句回到现实,写有情人天各一方。一"隔"一"空",失望与哀怨交织在一起,令人荡气回肠。结句"丝"字谐"思"音,其悠悠不尽的情思充盈时空。

后一支曲抒发对故土的感伤情绪。起首三句写眼前的乐景,一"过"一"破",使欢歌笑语的采莲图富有动态的流动美。中间二句,"独"字与"夜"呼应,突出了"江楼卧"的孤寂,与起首三句形成巨大的反差,在强烈的艺术对比下刻画出诗人起伏不定、感慨万千的心绪。后三句点明伤心的思绪来源于对故国的伤痛。其"泪痕多"自然在情理之中。整个曲子情感的抒发极有层次,条畅明易中不失深沉博大。

【集说】他的乐府以小令为多，散见于杨氏二选及《雍熙乐府》《北词广韵》。作风婉艳凄美，如："采莲人和采莲歌，柳外兰舟过，不管鸳鸯梦惊破。夜如何，有人独上江楼卧。伤心莫唱，南朝旧曲，司马泪痕多。"（[小桃红]）西庵一生两丁亡国之痛，所以他的词是满装着亡国的感伤。（梁乙真《元明散曲小史》）

杨西庵参军（名果）的[小桃红]八段，其作风也和胡紫山、白无咎的相同，当时的俗人是不会懂得的。他们是为了自己的一群而写作的，不是为民众而写的；他们是南宋词坛的继承者，却不是当行出色的元曲作家。（郑振铎《中国俗文学史》）

这首曲子（指《采莲人和采莲歌》）是哀悼金亡的作品。它描写一群采莲的姑娘们互相唱和着歌曲，从江边过去。她们哪里知道江边有人听了这些南朝地区流传的歌曲，会流下许多同情的眼泪啊。（萧善因选注《元散曲一百首》）

"莲花相似，情短藕丝长"，道不尽的绵绵情意充盈字里行间，而以此句作结更让人回味无穷，大有余音不绝之感。（金启华、潘大春语，引自《元曲鉴赏辞典》）

（张　强）

元曲观止

刘秉忠

刘秉忠(1216—1274),初名侃,字仲晦,原籍瑞州(今江西高安),曾祖时移居邢州(今河北邢台)。年十七为节度使府令史,因不屑为刀笔小吏,去职隐武安山中为僧,法名子聪,号藏春散人。公元1242年经海云禅师推荐入忽必烈幕府,拜官后更名秉忠。元初,官至太保,参领中书省事,为元朝开国名臣。秉忠自幼好学,至老不衰。著有《藏春散人集》。据隋树森《全元散曲》存小令十二首。写景抒情,其风格健朗。

[南吕·干荷叶]⁽¹⁾

干荷叶,色苍苍,老柄风摇荡。减了清香,越添黄。都因昨夜一场霜,寂寞在秋江上。

【注释】(1)本题八首,此选第一。

【今译】(略)

【点评】此曲为吟咏干荷叶之作。起句开门见山,二、三句扣住干荷叶的形态描绘萧疏的景象,"老"字传神。四句紧承上意,减香添黄互为对应,又与"色苍苍"遥相呼应,一纵一收,熨帖自然。五句点出干荷叶失去往日风采的缘由。末句直言"寂寞",归结全篇。至此,全曲秋色萧疏、寂寞的景象跃然于纸上。

【集说】刘秉忠《干荷叶》曲云:"(引曲文,略)。"此秉忠自度曲,曲名《干荷叶》,即咏干荷叶,犹是唐词之意也。(杨慎《词品》)

古人晓畅声律,因题成调。如李后主《捣练子》即咏捣练,刘太保《干荷叶》即咏荷叶。(陆蓥《问花楼词话》)

胡应麟《笔丛》驳辨杨慎《词品》极多,但不娴于词而言词,当必有误,如刘秉忠之《干荷叶》,杨谓其自度曲,胡则不能悉其非词也。(《柳塘词话》)

真正咏[干荷叶]的"干荷叶,色苍苍,老柄风摇荡,减了清香越添芳(黄)"诸首,却是咏物小词之流,无甚深意的。(郑振铎《中国俗文学史》)

(张　强)

［双调·蟾宫曲］⁽¹⁾

炎天地热如烧。散发披襟,纨扇⁽²⁾轻摇。积雪敲冰⁽³⁾,沉李浮瓜⁽⁴⁾,不用百尺楼高。避暑凉亭静扫,树阴稠绿波池沼。流水溪桥,右军观鹅⁽⁵⁾,散诞⁽⁶⁾逍遥。

【注释】(1)本题是由四支小令组成的组曲,分别吟咏春、夏、秋、冬四季,此选第二支曲。此组曲《乐府群珠》题作"四时游赏联珠四曲",《雍熙乐府》题作"四季"。　(2)纨扇:细绢制成的团扇。　(3)积雪敲冰:此指将冬日储存的冰块拿出来消暑。　(4)沉李浮瓜:此言吃李吃瓜消暑。因李重瓜轻,浸入冷水时李沉瓜浮,故言。　(5)右军观鹅:右军,指东晋大书法家王羲之,官至右军将军,故人称"王右军"。《晋书·王羲之传》云:"(羲之)性爱鹅。山阴有一道士养好鹅,羲之往观焉。意甚悦,固求市之。道士云:'为写《道德经》,当举群相赠耳。'羲之欣然,写毕,笼鹅而归。"　(6)散诞:逍遥

自在。范成大《步入衡山》有"更无骑吹喧相逐，散诞闲身信马蹄"诗句。

【今译】

夏日炎炎地如火烧，敞开衣襟散发除帽把纨扇轻摇。敲开积雪时的藏冰，沉李浮瓜香甜味好。有此消暑的佳品啊，何必要登上高楼借助风涛？避暑的凉亭已经清扫，密树浓荫，绿波荡漾池沼，潺潺流水上有座溪桥，我如同潜心观鹅的王右军啊，逍遥自在啊自在逍遥。

【点评】这支曲子写夏日消暑的闲适。起句以"炎"极写酷暑难当，"散发"二句写消暑人潇洒自如的风度，摇之轻，风雅活脱可喜。"积雪"三句进一步铺写主人公的悠然自乐。"避暑"二句写景，以树绿、水绿强调凉亭的幽雅环境，与首句遥相呼应，形成鲜明对比。结尾三句用典，借王右军观鹅之事写夏日的逍遥自乐。整个曲子活画出士大夫生活的情趣，但情调不高，使人很自然地想起"赤日炎炎似火烧，野田禾稻半枯焦。农夫心内如汤煮，公子王孙把扇摇"的诗句。

（张　强）

商衟

商衟,字正叔,或作政叔。曹州济阴(今山东菏泽)人。祖姓殷,因为避宋宣祖(宋太祖赵匡胤父亲的庙号)赵弘殷的讳,改姓商。商衟官学士,与元好问一辈人交游。为人滑稽豪爽,曾编《双渐小卿诸宫调》,已经失传。《全元散曲》存录小令4首,套数8曲。

[越调·天净沙]

野桥当日谁栽⁽¹⁾? 前村昨夜先开⁽²⁾。雪散珍珠乱筛。多情娇态,一枝风送香来⁽³⁾。

【注释】(1)野桥当日谁栽:陆游《卜算子·咏梅》:"驿外断桥边,寂寞开无主。" (2)前村昨夜先开:齐己《早梅》:"前村深雪里,昨夜一枝开。" (3)一枝风送香来:王安石《梅花》:"墙角数枝梅,凌寒独自开。遥知不是雪,为有暗香来。"

【今译】

当初是谁将它栽在野桥边？昨夜里它已在前村占先绽开。大雪纷飞似筛下一天珍珠，傲骨梅花却迎着雪儿愈显光彩。看，那多情多意俏模样，随风送过一阵清香来。

【点评】商衟("衟"即"道"的异体)的这首曲子与其说是咏梅，不如说是咏人。虽句句关合梅花，但通篇却寓深意。你看，她孤零零地被弃置在野桥边，可在昨夜漫天飞舞的雪花中她傲然怒放了，而且开放得那般精神，那般蓬勃，一任雪霰如珍珠般乱筛，她愈加抖擞，愈加迷人。那玲珑的娇态，那多情的笑靥，足令一切骚人为之倾倒。结句特着"送香"二字，揭示了梅的内在品质，她不因自己未为社会所容纳而苦恼，而颓丧，依旧主动给人类送来缕缕清香。这是怎样的心胸，这是何等的襟怀！君子读之，怎能不为之动容！全曲化用前人故典，浑然无迹，可堪钦佩。

（朱德慈）

杜仁杰

杜仁杰(1201？—1283？)，字仲梁，号止轩，原名之元，字善夫，济南长清（今属山东）人。金正大中，隐居内乡山中，与麻革、张澄等人以诗唱和。元世祖至元中，屡征不起。因其子仕元为福建闽海道廉访使，仁杰以子贵，卒赠翰林承旨，资善大夫，谥文穆。仁杰性善谑，学识渊博，诗有《善夫先生集》一卷，散曲仅存小令一首，套数三曲。

［般涉调·耍孩儿］庄家不识构阑⁽¹⁾

风调雨顺民安乐，都不似俺庄家快活。桑蚕五谷十分收，官司无甚差科⁽²⁾。当村许下还心愿，来到城中买些纸火⁽³⁾。正打街头过，见吊个花碌碌纸榜，不似那答儿⁽⁴⁾闹穰穰人多。

［六煞］见一个人手撑着椽做的门，高声的叫"请请"，道："迟来的满了无处停坐。"说道："前截儿院本⁽⁵⁾《调风月》，背后么末⁽⁶⁾敷演《刘耍和》。"高声叫："赶散⁽⁷⁾易得，

难得的妆哈⁽⁸⁾。"

[五煞]要了二百钱放过咱,入得门上个木坡⁽⁹⁾,见层层叠叠团圞坐。抬头觑是个钟楼模样⁽¹⁰⁾,往下觑却是人旋窝⁽¹¹⁾。见几个妇女向台儿上⁽¹²⁾坐,又不是迎神赛社⁽¹³⁾,不住的擂鼓筛锣。

[四煞]一个女孩儿转了几遭,不多时引出一伙。中间里一个央人货,裹着枚皂头巾顶门上插一管笔,满脸石灰更着些黑道儿抹。知他待是如何过?浑身上下,则穿领花布直裰⁽¹⁵⁾。

[三煞]念了会诗共词,说了会赋与歌,无差错。唇天口地无高下,巧语花言记许多。临绝末⁽¹⁶⁾,道了低头撮脚,爨⁽¹⁷⁾罢将么拨。

[二煞]一个妆作张太公,他改作小二哥,行行行说向城中过。见个年少的妇女向帘儿下立,那老子用意铺谋⁽¹⁸⁾待取做老婆。教小二哥相说合,但要的豆谷米麦,问甚布绢纱罗。

[一煞]教太公往前那,不敢往后那,抬左脚不敢抬右脚。翻来覆去由他一个。太公心下实焦懆,把一个皮棒槌⁽¹⁹⁾则一下打做两半个。我则道脑袋天灵破,则道兴词告状,划地⁽²⁰⁾大笑呵呵。

[尾]则被一胞尿,爆的我没奈何。刚揸刚忍更待看些儿个,枉被这驴颓⁽²¹⁾笑杀我。

【注释】(1)庄家:庄稼汉,农民。构阑,即勾栏,宋元时演出戏剧杂耍的场所,因四周用栅栏勾连环绕,所以叫勾栏。 (2)差科:差役、租税。 (3)纸火:香烛纸马等。 (4)那答儿:那里。 (5)院本:剧种之一,是由副末和副净两个角色主演的滑稽戏。 (6)么末:即杂剧。 (7)赶散:赶场的散乐。 (8)妆哈:精彩的演出。 (9)木坡:指观众坐的看台。 (10)钟楼模样：指戏台。 （11）人旋窝：观众拥挤推让状。 （12）台儿上：应即乐床，前台中间靠后供伴奏的女艺人们坐的位子。 （13）迎神赛社：旧时民间习俗，每逢神诞日，群众敲锣打鼓，迎神出庙，周游街巷，谓之迎神赛社。（14）央人货：犹言害人精。 （15）直裰：长袍。 （16）临绝末：临近结束时。 （17）爨（cuàn）：戏曲名词，也叫作艳段，指正杂剧开场以前的那段小演唱。小演唱完了，紧接着便开演正杂剧，故云"爨罢将么拨"。么，即么末。

（18）铺谋：设计。 （19）皮棒槌：也叫搕瓜，用软皮包棉絮做成，打人不会痛，供副末打诨时用。 （20）划（chàn）地：平白无故地。 （21）驴颓：驴的雄性生殖器，骂人的话。

【今译】（略）

【点评】这套曲采取了近似于现代结构主义学者什克洛夫斯基所提出的"陌生化"手法，借助于一个庄稼汉的口吻，真实而生动地再现了元代城市勾栏的盛况。由于运用了"陌生化"手法，故而形成了三个"独特"：一、由对"闹穰穰人多"的猎奇，到禁不住剧场把门人吆喝声的诱惑，直到对乐床里女乐敲锣打鼓的纳闷，到对戏台上丑角扮相憎恶的迅速投入，到对丑角念诗说赋"无差错"的盲目崇拜，对"太公"打破搕瓜的吃惊，处处显现出一个乡民对戏剧有关情景的独特新奇感。二、由称戏剧广告为"花碌碌纸榜"，称看台曰"木坡"，称戏台曰"钟楼模样"，称搕瓜曰"皮棒槌"，描绘副末脸谱曰"满脸石灰儿更着些黑道儿抹"，都可见出这位乡民对戏剧有关常识的独特理解。三、前两个"独特"本身便已经构成了一种独特的幽默，而这位乡民随众"划地大笑呵呵"的憨相，"被一胞尿爆的没奈河"的俗陋，以及最后在城里人幽默的嘲笑声中退场等行为，又使得那"幽默"更见滑稽，更富有个性了。曲作正是通过这三个"独特"，将当时剧场的设置、构造，演员的脸谱、表演、演出剧的关目详情做了真实、生动、细致的描绘，为研究元杂剧的演出提供了宝贵的原始材料。

【集说】他（杜仁杰）能以最通俗的口语，传达给我们刻画极深刻的景象。最有名的《庄家不识构阑》："（引曲文，略）。"他写的是"构阑"（剧场）里的情

元曲观止

形,从场门口的揽观客的人写起,一直写到演剧的情况。庄家果然是少见多怪——那时是剧场初兴,所以庄家见过演剧的场面者极少——而今日读之,却也甚觉可笑。(郑振铎《中国俗文学史》)

《庄家不识构阑》一套,写庄家第一次看戏的情形,极为有趣,乃是描写元代剧场最重要的一个参考资料。(梁乙真《元明散曲小史》)

(朱德慈)

王和卿

王和卿(1242—1320),原名鼎,字和卿,太原(今属山西)人,一说大都(今北京)人。曾在大都任架阁库官。《录鬼簿》称他为"学士"。为人诙谐滑稽,与关汉卿友善。所作散曲以戏谑之作为多,酷似其人品性格。《全元散曲》录存其小令二十一首,套数一套。

[仙吕·醉中天]咏大蝴蝶[1]

挣破庄周梦[2],两翅驾东风。三百座名园一采一个空。难道风流种?唬杀寻芳的蜜蜂[3]!轻轻的飞动,把卖花人扇过桥东。

【注释】(1)题名一作"咏蝶"。元陶宗仪《辍耕录》载:"大名王和卿,滑稽挑达,传播四方。中统初,燕市有一蝴蝶,其大异常。王赋[醉中天]小令云:'挣破庄周梦……'由是其名益重。时有关汉卿者,亦高才风流人物也,王常加以讥谑之,关虽极意答还,终不能胜……"据此可略知该曲创作之情形。 (2)庄周梦:即庄周梦蝶。《庄子·齐物论》:"昔者庄周梦为蝴,栩栩

然蝴蝶也,自喻适志与！不知周也。俄然觉,则蘧蘧然周也。不知周之梦为蝴蝶与？蝴蝶之梦为周与？" （3）唬(xià)：同"吓"。唬杀：吓死。

【今译】（略）

【点评】通篇以夸张笔法,极写蝴蝶之大。首句写其来头之大——从上古庄周梦中而来；次句写其双翅之巨——宛如"其翼若垂天之云"的大鹏；而一个"挣破",一个"驾",更突出其力猛势雄,劲健无比。即此寥寥数语,已大气包举,笼罩全篇,何况第三句又辟新境！"名园"花必繁,且此名园竟达"三百座"之多,而三百座名园又被"一采一个空",则蝴蝶嘴之利、腹之大、速度之快,不言自明。"难道风流种？"以惊问、惊叹宕开一笔,引出下句"寻芳"二字,将曲意向深推进；而"唬杀"二字,又从侧面反衬出蝴蝶之硕大无朋。末二句紧承上文,再作渲染,诙谐幽默,举重若轻,既突现了蝴蝶所扇风力之大,又令人有忍俊不禁之感,直是涉笔成趣,得心应手！由此反观"轻轻"二字,可谓妙绝。

【集说】咏物毋得骂题,却要开口便见是何物……令人仿佛中如灯镜传影,了然目中,却捉摸不得,方是妙手。元人王和卿《咏大蝴蝶》云云,只起一句,便知是大蝴蝶,下文势如破竹,却无一句不是俊语。（王骥德《曲律·论咏物》）

和卿所咏,多半杂以谐谑,无多大深刻的情绪,像咏蝶的〔醉中天〕……都过于滑稽挑达,没有大作家的风度。（郑振铎《中国俗文学史·元代的散曲》）

这个小令绝不是明代王伯良在《曲律》上说的"咏物要开口便见是何物,以后如灯镜传影,令人仿佛了然目中,却捉摸不得"那样单纯,而是作者有着比较大胆的想象和昂扬的气魄,又采取了夸张的手段和活泼的语言,写得很有精神。这种杂有诙谐趣味的风格,在当时充溢着颓废消极情调的散曲作品里是不多的。（中国科学院文学研究所中国文学史编写组《中国文学史》三）

大蝴蝶实际是元人杂剧里所描绘的"花花太岁""浪子丧门"一类人物的象征,它表现了作家对他们的嘲谑。（游国恩等《中国文学史》三）

（尚永亮）

[仙吕·一半儿]题情⁽¹⁾

将来书信手拈着，灯下姿姿观觑⁽²⁾了。两三行字真带草⁽³⁾。提起来越心焦，一半儿丝拎⁽⁴⁾一半儿烧。

【注释】（1）本题四首，此选第三。　（2）姿姿观觑（qù）：偷偷地、仔仔细细地看。　（3）真带草：正楷字中夹杂着草书。　（4）丝拎：撕扯，音谐"思寻"。

【今译】

我将他的来信顺手捏着，直到掌灯才偷偷地细瞧，哎呀，我那小冤家，他总共才写了两三行，没有关心我也没有很热情还潦潦草草。莫非他已移情别恋？莫非他想另寻相好？哎呀呀，想到此怎不令我愈加心焦，捺不住这心中懊恼，且待我将这信儿边撕边烧。

【点评】和卿的[一半儿·题情]本是组曲，共四首，描写一位少女从早到晚思念情人的四个片断。第一首写少女早起懒梳妆的情形；第二首是写白天接到情郎来书时的情形；本曲第三，描写这位少女于晚上掌灯后悄悄阅读情书时的情形。首二句的一"拈"一"觑"，将少女那份急切期待而又娇羞畏怯的心理刻画得惟妙惟肖。"两三行字真带草"是一大转折，使少女的情感一下子从高潮跌入低谷，由喜而生悲，而心焦。"一半儿丝拎，一半儿烧"，则又利用谐音双关，将少女因一时悲愤，"心焦"而欲与情郎决绝，但又不忍决绝的复杂而隐秘心理表现得恰如其分。正因如此，这里虽则云恼极而烧来书，下一曲还仍曰"盼佳期"。要之，此曲在体会、再现人物心理方面，颇堪玩味。

（朱德慈）

[双调·拨不断]自叹

恰⁽¹⁾春朝，又秋宵，春花秋月何时了⁽²⁾。花到三春⁽³⁾

元曲观止

颜色消,月过十五光明少。月残花落。

【注释】(1)恰:才,刚刚。(2)春花秋月何时了:李煜《虞美人》:"春花秋月何时了,往事知多少。"(3)三春:此指春末。

【今译】

仿佛春意还未退,却又到了秋日良宵。唉,循环往复,消消长长,这春花秋月何时才能了。可叹啊,花到春尽自然容颜衰退,月过十五必定光明减少。唉,唉,这无奈的月缺花落啊,怎不令人感伤、苦恼。

【点评】此曲由叹时光流逝之迅疾而生"月残花落"之深慨,抒发了一种老大无奈的伤感情绪,自叹亦复叹人。若就诗意看,无非如此,似不足揄扬。然而若就律艺方面看,此曲由"春""秋"而衍"花""月",然后似辘轳蝉联而下,一脉贯通;短短三十一字中,两用对偶,一为工对,一为流水,神于变化,显得和谐顺畅;用典自然浑化,若出己手,这一切却又使得它流光溢彩,具有不可或缺的艺术价值。

(朱德慈)

盍志学

盍志学,官学士,其他生平不详。《全元散曲》存小令一首。

[双调·蟾宫曲]⁽¹⁾

陶渊明⁽²⁾自不合时,采菊东篱⁽³⁾,为赋新诗。独对南山,泛秋香有酒盈卮⁽⁴⁾。一个小颗颗彭泽县儿,五斗米懒折腰肢⁽⁵⁾。乐以琴诗⁽⁶⁾,畅会寻思,万古流传,赋归去来辞⁽⁷⁾。

【注释】(1)[双调·蟾宫曲]:盍志学[双调·蟾宫曲],《乐府群珠》题作《咏渊明》。[蟾宫曲]又名[折桂令][天香引]。 (2)陶渊明:东晋时期著名诗人。 (3)采菊东篱:化自陶渊明《饮酒》诗"采菊东篱下,悠然见南山"。 (4)卮(zhī):古代盛酒器皿。 (5)彭泽二句:陶渊明曾任彭泽县令。萧统《陶渊明传》说:"会郡遣督邮至县,吏请曰:'应来带见之。'渊明叹曰:'我岂能为五斗米折腰向乡里小儿!'即日解绶去职。赋《归去来》。"小

颗颗:状彭泽县小。　　(6)乐以琴诗:即《归去来兮辞》中"乐琴书以消忧"之意。　　(7)归去来辞:陶渊明的辞赋文《归去来兮辞》。

【今译】

陶渊明甘愿不合时俗,于东篱下采菊,谱写新诗,独对南山,迎着秋天的花香开怀饮酒。一个小小的彭泽县令,不愿为五斗米折腰事权贵。以琴书为乐,心领神会,写下了万古流传的《归去来兮辞》。

【点评】这首小令借写陶渊明来抒发作者自己的情操。陶渊明不满于当时的政治黑暗,自甘采菊于东篱下、独对南山的隐居生活。他不肯为五斗米降志辱身迎合权贵,以琴书来消忧,赋诗文以明志。陶渊明这种高洁的生活情趣,为小令的作者倍加推崇。"万古流传"四字,赞美之情溢于言表,这正反映了在元朝贵族统治下的某些知识分子于现实苦闷中的追求与向往。

(宋常立)

盍西村

盍西村,盱眙(今属江苏)人。生平事迹不详。《太和正音谱》评其作品风格说:"盍西村之词,如清风爽籁。"《全元散曲》存其小令十七首,套数一套。

[越调·小桃红]市桥月色⁽¹⁾

玉龙⁽²⁾高卧一天秋,宝镜⁽³⁾青光透,星斗阑干⁽⁴⁾雨晴后。绿悠悠,软风吹动玻璃⁽⁵⁾皱。烟波顺流,乾坤如昼,半夜有行舟。

【注释】(1)市桥月色:这是作者以[越调·小桃红]的曲调写成的《临川八景》中的一首。组曲以八首令曲描绘临川风景。 (2)玉龙:星名,东方苍龙七宿的统称。 (3)宝镜:指明月。 (4)阑干:纵横交错的样子。(5)玻璃:喻指水面。

【今译】
玉龙星高挂在宽阔的秋夜空中,皓月如镜、青光透明,秋雨刚歇,星斗璀

璨。绿水悠悠,柔风将玻璃般的水面吹皱,烟波追逐流水,天地如同白昼,夜半江中有行舟。

【点评】这首小令描绘古城临川市桥月夜那晶莹澄澈、玲珑剔透的世界。秋雨初歇,天高气爽,诗人站在市桥之上,抬头望去,星斗璀璨,月光如洗,夜空清朗透明。俯视桥下,月影青光,水色碧绿,微风吹拂,水面波动。极目远眺,烟波浩渺,水天一色,天地如昼,夜半行舟,划破了这静寂的世界,给画面平添一股鲜活的气息。这幅娴静淡远的图画,透露出作者那恬适的心境,闲逸的情趣。

(宋常立)

[越调·小桃红] 杂咏⁽¹⁾

一

市朝⁽²⁾名利少相关,成败经来惯⁽³⁾,莫道无人识真赝⁽⁴⁾。这其间,急流勇退谁能辨。一双俊眼,一条好汉,不见富春山⁽⁵⁾。

二

绿杨堤畔蓼花洲⁽⁶⁾,可爱溪山秀,烟水茫茫晚凉后。捕鱼舟,冲开万顷玻璃皱。乱云不收,残霞妆就,一片洞庭秋。

【注释】(1) [越调·小桃红] 杂咏:这是盍西村所写的八首小令组曲,题为杂咏,是一组自抒怀抱的歌曲。此选第一、第六。 (2)市朝:人众汇集处,即集市。 (3)经来惯:犹言习以为常,司空见惯。 (4)赝(yàn):假的。 (5)不见富春山:此句用严光典。《后汉书·严光传》载:严光"除为谏议大夫,不屈乃耕于富春山,建武十七年复特征不至"。富春,古县名,今杭州市富阳区。 (6)蓼(liǎo)花洲:指水中绿洲。蓼,又称水蓼,花淡红色或白色。

【今译】

一

无关市朝名利,不问成败荣辱,不要说你能识别真与假。处于世俗名利之间,急流勇退的时机谁能辨。要具备一双慧眼,成为识时务的好汉,不见严光归耕富春山?

二

堤畔绿杨,洲头蓼花,妆点出可爱的溪山秀色,秋天黄昏、暑气尽收、烟水茫茫。捕鱼舟,冲开万顷碧波。乱云在天边浮动,晚霞留着残妆,好一片洞庭秋色。

【点评】作者在第一首小令中指出了一条看破世俗名利的道路。要想无关于名利成败,就要对世事真假不要过分认真,但是处于世俗名利之中的人,往往难于分辨与把握急流勇退的时机。结尾三句,作者标举严光为榜样,告诫人们要像严光归耕富春山一样,具慧眼,识时务,方能成为好汉俊杰。这首小令的主题是元散曲中的常见主题,它也是元代知识分子苦闷彷徨无出路的特定产物。

第二首小令赞颂了渔父在秀丽山水间的逍遥生活。小令先描述了洞庭湖的特定一角:秋天黄昏,晚风习习,溪山脚下,堤岸绿杨与洲头蓼花相对映衬,景色十分可爱。此时,渔家辛勤,冲开碧波,正在收网归来。顺着万顷微波上的渔家身影,放眼望去,晚霞残妆,云朵散乱,无边的洞庭秋色,将人带入一个高远迷人的境界。这不正是诗人所向往的那种恬淡自在、无愁无怨的境界吗?

(宋常立)

[双调·快活年]

闲来乘兴访渔樵⁽¹⁾,寻林泉⁽²⁾故交。开怀畅饮两三瓢。只愿身安乐,笑了重还笑,沉醉倒。

【注释】(1)渔樵:渔父、樵夫。 (2)林泉:指退隐之地。

【今译】

　　公务闲时乘兴在渔父樵夫间寻访，访寻那退隐林泉的故交。朋友见面开怀畅饮两三瓢。只图得一身安乐，让欢笑连着欢笑，来一个酩酊大醉顺势倒。

【点评】这首小令写作者向往渔樵生活。"闲来"表明抒情主人公在居官任上，公务之余乘兴前往渔父樵夫处、山林泉石间去寻访昔日的老朋友。朋友见面，无拘无束，饮酒论"瓢"计数，可以想见其开怀畅饮的程度。正因是坦诚相见，老朋友毫无戒备地直言其志：只追求身心安乐，整日除了笑还是笑，畅饮之余，酣然醉倒，将一切名利荣辱抛之身外。结尾三句落在歌酒之乐上，以"沉醉倒"三字结，透露出抒情主人公对官场世俗、尔虞我诈的丑恶现实的厌倦。整首小令以抒情主人公为主体，前两句写其对故交的"访""寻""开怀"，以下数句写与故交的开怀对饮之乐，主人公亦沉浸其中。如此一来，整首小令就突出了抒情主人公的主观色彩。它表明主人公在寻访故交的过程中已找到了自己的理想与归宿。

（宋常立）

商挺

商挺(1209—1288)，字孟卿，一作梦卿。年二十四，汴京（今河南开封）破，北走依赵天锡，与元好问等交游。元初为行台幕官，后为京兆宣抚司郎中，就迁副使。中统元年(1260)，改宣抚司为行中书省，佥行省事。至元元年(1264)，入拜参知政事，六年同佥枢密院事，累迁枢密副使。后以疾病免。至元二十五年卒，年八十。善隶书，自号左山老人，著诗千余首，多散佚。《全元散曲》存其小令十九首。

［双调·潘妃曲］⁽¹⁾

带月披星担惊怕，久立纱窗下，等候他。蓦听得门外地皮儿踏，则道是冤家⁽²⁾，原来风动荼蘼⁽³⁾架。

【注释】(1)［双调·潘妃曲］：商挺［双调·潘妃曲］共十九首，大多写男女爱情。此选其八。　(2)冤家：此处指称情人。　(3)荼蘼(tú mí)：落叶小灌木，攀缘茎，花白色，有香气。

【今译】

一个戴月披星的夜晚，一位少女担惊受怕，久立在纱窗下，等候着心上人。忽听得门外地皮儿踏踏响，只道是赴约的情人来，可原来是轻风吹动了荼蘼架。

【点评】这首小令描绘了一位少女月夜等待意中人时复杂的心理。星月明朗，静谧无人，少女心中有些害怕，却又了无归去之意，久立于纱窗下。她在干什么？"等候他"，这毫不掩饰的话语道出了这位纯真少女的热恋之情。因为热恋，便对情人处处想，时时念。过度的思恋，又常常导致错觉。忽听得门外地皮响，只道是情人来，稍候才知是风吹荼蘼架。担惊的心情，久等的身影，听见响动的紧张，错觉消释后的失落，小令一波三折地描写，都令读者直接感受到了这位少女不平静的脉搏。

【集说】写深闺情思，极为传神。……真把女子"小小冤家，道是思他又恨他"的矛盾心理，写得惟妙惟肖。（罗锦堂《中国散曲史》）

短短几句，把在封建礼教束缚下，一个初恋少女那种担心、幻想、喜悦、失望的微妙心理，全都真实表现出来了。（萧善因选注《元散曲一百首》）

（宋常立）

胡祗遹

胡祗遹(1227—1293)，字绍开，号紫山，磁州武安(今河北武安)人。中统初(1260)，以大名宣抚员外郎，入为中书详定官。至元元年(1264)，授应奉翰林文字，后兼太常博士，累转左右司员外郎。因触犯当时权奸阿合马，出任太原路治中，济宁路总管等外官。元灭宋后，为荆湖北道宣慰副使、山东东西道提刑按察使，抑制富豪，颇有德望。召拜翰林学士，不赴，改江南浙西道提刑按察使，不久以病辞归。卒年六十七，谥文靖。有《紫山大全集》行世。《太和正音谱》评其作品风格说："胡紫山之词，如秋潭孤月。"《全元散曲》录存小令十一首。

[中吕·阳春曲]春景⁽¹⁾

几枝红雪墙头杏，数点青山屋上屏。一春能得几清明⁽²⁾。三月景，宜醉不宜醒。

【注释】(1)《春景》共三首，这里选其一。 (2)清明：二十四节气之一，至此时万物皆已回春。

【今译】

几枝红红白白的杏花点缀墙头,数点烟云连绵的春山如屋上屏风。一春能有几个争姿斗艳的清明日,万紫千红的三月景,令人陶醉不醒。

【点评】这首小令极写春景之醉人。前两句先点染出一幅疏淡而妩媚的"春景图":由几枝伸出墙头的开放早晚不一、红白相间的杏花,令人想见了墙内那争奇斗艳的满园春色。数点如美丽屏风般的青山之外,正是那万万千千多彩多姿的春山。这清明时,三月景,正如这幅春景图,浓而不艳,淡而有味,怎不令人陶醉这首小令写到的春景,只有那么"几枝""数点",却如清醇美酒,令人回味无穷。

(宋常立)

[中吕·快活三过朝天子]赏春

梨花白雪飘,杏艳紫霞消⁽¹⁾。柳丝舞困小蛮腰⁽²⁾。显得东风恶⁽³⁾。 野桥,路迢,一弄儿⁽⁴⁾春光闹。夜来微雨洒芳郊,绿遍江南草。蹇驴山翁⁽⁵⁾,轻衫乌帽,醉模糊归去好。杖藜⁽⁶⁾头酒挑,花梢上月高,任拍手儿童笑。

【注释】(1)杏艳紫霞消:杏花有"殷红鄙桃艳,淡白笑梨花"的美称,她"妖容三变":初绽时纯红,开后变淡,到花落时就变成了白色。 (2)小蛮腰:白居易诗云:"樱桃樊素口,杨柳小蛮腰。"这里用小蛮腰形容柳条被风吹拂的姿态。 (3)恶:含有得意的意思,是说大好春光的出现,皆出于春风吹拂。 (4)一弄儿:犹言到处。 (5)蹇(jiǎn)驴山翁:蹇驴,跛足驴。《楚辞·七谏·谬谏》:"驾蹇驴而无策兮,又何路之能极。"山翁,即山简,字季伦,西晋时期名士,好酒,《晋书》记载当时的儿歌嘲笑他"日夕倒载归,酩酊无所知"。苏轼《浣溪沙》:"归去山翁应倒载,阑街拍手笑儿童。"这里赏春者以山简自喻。 （6）杖藜：即藜杖,藜茎所做的杖。

【今译】

梨花盛开,飘如白雪,杏花怒放,灿如紫霞的色彩开始消褪。柳条起舞,娜娜多姿,更显东风得意。 过野桥,路迢迢,到处春光闹。夜来微雨洒满芳郊,江南遍地是绿草。还是山简倒骑塞驴,轻衫乌帽,醉糊糊归去的模样好。你看他,藜杖头还挑着酒,花梢上的月儿早升高,如此夜归却一任儿童拍手笑。

【点评】这首小令题为"赏春",开首便描绘出万紫千红的春景:梨花飘如白雪,杏花亦红红白白,柳条婆娑起舞。这都是春风的杰作。"显得东风恶",深含赏春者对如此美好春光的惜爱之情。接下来为[朝天子]曲,景中有人,赏春者过桥、走路,被春景迷醉了,眼前仿佛展现出绿遍江南的阔远景象。由此,又让人联想到日夕一任醉酒而归的山简。这里,由景而人,固然是为了进一步渲染春景令人陶醉;然而,联系元代社会现实,这轻衫乌帽、塞驴山翁的形象,又隐隐透出这位赏春者仕路坎坷向往息影林泉的内心喟叹。

(宋常立)

33

严忠济

严忠济(？—1293)，一名忠翰，字紫芝，长清(今属山东)人。善骑射，袭东平路行军万户，元世祖攻宋，诏令忠济统率军队，所向多捷。大臣有言其威权太盛者，遂召还。命其弟忠范代之。忠济治东平时，借贷于人，代部民纳拖欠之赋，辞职后，债家执文券来讨，帝闻之，命发内藏代偿。至元二十三年(1286)，特授资德大夫中书左丞行江浙省事，以老辞归。至元三十年(1293)卒。谥庄孝。《全元散曲》存其小令二首。

[越调·天净沙]

宁可少活十年，休得一日无权。大丈夫时乖命蹇[1]。
有朝一日天随人愿，赛田文养客三千[2]。

【注释】(1)蹇：跛足，引为艰难、困厄。　(2)田文养客三千：田文，战国时齐国贵族，人称孟尝君，门下食客甚众，他们为孟尝君出谋划策，成就名业。

【今译】（略）

【点评】小令一上来就感叹权势的重要性，这是作者从自己的亲身经历中所得出的结论。所谓"大丈夫时乖命蹇"，表达的正是作者自己被免官失权的愤懑。元世祖攻宋时，命其为帅，本来战功卓著，却被朝臣责为威权太盛，以致被免官。任职东平路时，严忠济又向有钱人借钱，代部下臣民纳赋，至免官后，债主又纷纷前来讨债。于此世态炎凉中，作者深感无权之苦，于是立下宏愿：有朝一日天遂人愿，定要赛过田文，做个高官。小令语言极为通俗，亦可见出作者那毫不掩饰的愤愤不平之情。

（宋常立）

［双调·寿阳曲］

三闾些⁽¹⁾，伍子歌⁽²⁾，利名场几人参破。算来都不如蓝采和⁽³⁾，被这几文钱把这小儿瞒过⁽⁴⁾。

【注释】(1)三闾些：三闾，楚屈原任三闾大夫之职，后人因用以称屈原。些(suò)，是指屈原所写《楚辞·招魂》用"些"字作语助词。三闾些，借指屈原作《离骚》等诗。 (2)伍子歌：伍子，即春秋时吴国大夫伍子胥，楚大夫伍奢次子。楚平王七年(前522)伍奢被杀，子胥历经宋郑等国入吴，吹箫乞食于吴市，后被拜为吴大夫，率军伐楚，替父报仇。后与吴王不和，奉命自杀。 (3)蓝采和：传说的八仙之一。 (4)被这几文钱把这小儿瞒过：蓝采和随钟离出家而去，手持长板在街上踏歌，腰间以长绳串拖数文钱，引得儿童前来厮闹。参见《蓝采和》杂剧。

元曲观止

【今译】
屈原被楚王疏远而赋《离骚》，伍子胥求吴王重用而吹箫，有几人看破了名利场。算起来都不如蓝采和，腰缠几文钱与小儿厮闹快活。

【点评】屈原赋《离骚》以抒忧国忧民之志；伍子胥颠沛流离、吹箫乞食于

吴市,终成为父报仇之大事,这两件事常为后人所赞叹。这首小令的作者却怀着去职失意之情指出,屈原、伍子胥都没有看破名利。屈原最后悲愤投江自杀,伍子胥也为吴王赐剑而自杀。他们哪如被度脱出家的蓝采和,整日与儿童嬉闹,快活无比。这首小令抒发了作者对宦海浮沉、官场险恶的喟叹。

(宋常立)

刘因

刘因(1249—1293),字梦吉,保定容城(今河北容城)人。天资绝人,三岁识书,六岁能诗。不为苟合,不妄接交,公卿使者过之,多逊避不与相见。爱诸葛孔明静以修身之语,表所居名为"静修"。尝游郎山雷溪涧,号雷溪真隐,又号樵庵。至元十九年(1282),征拜右赞善大夫,以母疾辞归。二十八年(1291),召为集贤学士,以疾病固辞,越二年卒,年四十五。延祐中赠翰林学士,追封容城郡公,谥文靖。著有《静修集》等。《全元散曲》存其小令二首。

[黄钟·人月圆]⁽¹⁾

茫茫大块⁽²⁾洪炉⁽³⁾里,何物不寒灰⁽⁴⁾。古今多少,荒烟废垒,老树遗台。　　太行如砺⁽⁵⁾,黄河如带,等是尘埃。不须更叹,花开花落,春去春来。

【注释】(1)[黄钟·人月圆]:刘因[黄钟·人月圆]共两首,此选其一。(2)大块:大地。《庄子·齐物论》:"夫大块噫气,其名为风。"后泛指天地

宇宙。　　(3)洪炉:大炉子。　　(4)寒灰:死灰。《三国志·魏志·刘廙传》:"起烟于寒灰之上,生华于已枯之木。"　　(5)砺(lì):磨刀石。

【今译】

　　茫茫宇宙万物放入时间洪炉里锤炼,没有一事一物不归于死灰沉灭。历史的陈迹古来不知有多少,又何止荒烟废垒、老树遗台。　　太行山如磨刀石巍峨陡峭,黄河似绵绵长带一望无际,却都等同尘埃微不足道。无须再感叹,君不见处处皆是:花开自有花落日,春去又春来。

【点评】这首小令表现了作者内心中岁月无常、万事皆空的消极避世思想。小令首先总括一笔,说宇宙万物都逃不脱化作死灰、归于沉灭的命运。下面便从古到今、从大到小,一一数说:古往今来,一切都要化为寒灰,又何止那些荒烟废垒、老树遗台。大至太行山、黄河都等同尘埃,又何必去感叹那小小的花开花落、春的去来。整首小令从头至尾历数天地万物种种现象,力图说明:时移事异,岁月无情,一切都将化为乌有,化作陈迹。这种"何物不寒灰"的极度悲叹,正透露出元代某些知识分子不愿与元朝统治者合作,于黑暗现实中又无所适从、心灰意懒的苦闷。

（宋常立）

伯颜

伯颜（1236—1295），蒙古八邻部人，从宗王旭烈兀居西域，至元初，伯颜奉使于朝，世祖拜其为中书左丞相，先后任同知枢密院事、中书右丞相、金紫光禄大夫等职。成宗立，加太傅录军国重事，是年（1295）卒，年五十九岁。赠太师开府仪同三司，追封淮安王，谥忠武。伯颜文质高厚，风神英伟。其攻宋时，将二十万众犹将一人，毕事还朝，身边只有衣被，口不言功，诗文乃其余事。王恽《玉堂嘉话》云：初，宋未下时，江南谣云"江南若破，百雁采过"，及宋亡，方知指伯颜。《全元散曲》存其小令一首。

39

［中吕·喜春来］

金鱼玉带罗襕扣⁽¹⁾，皂盖朱幡⁽²⁾列五侯⁽³⁾，山河判断⁽⁴⁾在俺笔尖头。得意秋，分破帝王忧。

【注释】（1）金鱼玉带罗襕扣：金鱼，指佩饰金鱼符。玉带，腰中所佩金玉装饰的衣带。罗襕(lán)，是一种罗制的官服，自唐至元，高级官员都穿紫色罗襕，所以又称紫罗襕。"玉带罗襕扣"是"玉带扣罗襕"的倒装。这句以高

贵的服饰道出自家官位的显赫。　（2）皂盖朱幡：指黑色的罗盖和红色的旗帜，这是高级官员方可有的仪仗。　（3）五侯：原指公、侯、伯、子、男五等诸侯，这里是泛指同王侯的高官。　（4）判断：有吟咏欣赏之意。如苏轼《西江月》词："此景百年几变，个中下语千难，使君才气卷波澜，与把新诗判断。"这里有掌管山河之意。

【今译】

身着罗襕，腰佩玉带，上饰金鱼府；黑色罗盖，红色旗帜，仪仗列五侯。天下山河任由我的笔尖驱遣评点。得意之秋，一展宏图，分担帝王忧。

【点评】这首小令抒写了作者风云际会，欲龙腾虎跃、掌管山河的宏大抱负。开始二句极力渲染自己衣饰仪仗列五侯的显赫。由此一转，下面进一步抒发自己指点江山的豪情，充满了武略文才的自信。最后二句有感于君臣相得，表示自己要效忠王室、一展宏图。伯颜是一位大军事家，在攻宋立元的过程中，声威显赫、战功累累。这首小令气度恢宏，略敷文采，可以见出作者不只是"只识弯弓射大雕"的一介武夫。

【集说】伯颜丞相与张九元帅，席上各作一《喜春来》词。……帅才相量，各言其志。（叶子奇《草木子》）

并未能佳，而次词尤板。且自好事者以竞传名公巨卿之轶事为快，而好造作之谈。（任讷《曲谐》）

（宋常立）

徐琰

徐琰(？—1301)，字子方，号容斋，一号养斋，又自号汶叟。东平(今属山东)人。世祖至元初，为陕西行省郎中，二十八年，迁江南浙西肃政廉访使，召拜翰林学士承旨，谥文献。子方人物魁岸，襟度宽宏，有文学重望。曾与侯克中、姚燧、王恽等人交游。据隋树森《全元散曲》存其小令十二首，套数一套。著有《爱兰轩诗集》。

［双调·沉醉东风］

御食(1)饱清茶漱口，锦衣穿翠袖(2)梳头。有几个省部(3)交，朝廷友，樽席上玉盏金瓯(4)。封却公男伯子侯(5)，也强如不识字烟波钓叟(6)。

【注释】(1)御食：本指皇帝的饮食。此处指精美的食物。 （2)翠袖：此处指美貌的侍女。 （3)省部：省，指元代总理政务的中书省。部，指中书省下设的吏、户、礼、兵、刑、工六部。 （4)玉盏金瓯：指名贵的酒具。表明在樽席上纵酒狂饮。 （5)公男伯子侯：封建社会的五等爵位。其顺序为公、侯、伯、子、男,此处颠倒是为了押韵。　　(6)烟波钓叟:代指隐居之人。《新唐书·张志和传》:"以亲既丧,不复仕,居江湖,自称烟波钓徒。"

【今译】

吃饱了精美的食物,又来一杯清茶漱口。刚穿上华丽的锦衣,美貌的侍女又来梳头。那大官,朝廷里交了几个知心朋友。你来我往,筵席上传递玉盏金瓯。悠闲自得,封了列侯,远超过那些隐居的烟波钓叟。

【点评】起首二句合璧对,描绘出官僚饱食终日、无所事事的形象。腹联三句直入官僚平日所为。末二句深入官僚心态,杯酒之中封为列侯,自认为"强如"烟波钓叟。意在不言中,淡淡数笔,描绘出元代官僚生活的一个侧面。是欣赏?是讥讽?诗人没有说,值得细细玩味。

【集说】还有一些人,对官僚生活十分满意,赞不绝口,例如徐琰的[沉醉东风]。(隋树森《全元散曲简编·导言》)

(苏孟墨)

[南吕·一枝花]间阻

风吹散楚岫云[(1)],水浔[(2)]断蓝桥[(3)]路;死分开莺燕友[(4)],生拆散凤鸾雏。想起当初,指望待常相聚,谁承望好姻缘遭间阻。月初圆忽被阴云,花正发频遭骤雨。

[梁州]他为我画阁中倦拈针指,我因他在绿窗前懒看诗书。这些时不由我心忧虑,这些时琴闲了雁足[(5)],歌歇骊珠[(6)]。则我这身心恍惚,鬼病[(7)]揶揄。望夕阳对景嗟吁,倚危楼朝夜踟躇。我我我觑[(8)]不的小池中一来一往交颈鸳鸯,听不的疏林外一递[(9)]一声啼红杜宇[(10)],看不的画檐间一上一下斗巧蜘蛛。景物,态度。蜘蛛丝一丝丝又被风吹去,杜宇声一声声唤不住,鸳鸯对一对对分飞不趁逐,

感起我一弄儿⁽¹¹⁾嗟吁。

  [尾声]再几时能够那柔条儿再接上连枝树⁽¹²⁾，再几时能够那暖水儿重温活比目鱼⁽¹³⁾。那的是着人断肠处，窗儿外夜雨，枕边厢泪珠，和我这一点芳心做不的主。

【注释】(1)楚岫(xiù)云：楚山云。此喻男女私情。　(2)渰：同淹。(3)蓝桥：桥名，在陕西蓝田东南蓝溪上。传说其地的仙窟是唐代裴航遇仙女云英处。此喻男女幽会之地。　(4)莺燕友：莺和燕，皆春时鸟。唐代乔知之《定情篇》云："凫雁将子游，莺燕从双栖。"此喻男女相伴为友。(5)雁足：古琴底部腰旁有小方孔二，安二木桩，谓之雁足。　(6)骊珠：此处指告别之歌。　(7)鬼病：心病，极言相思之苦。　(8)觑(qù)：看。(9)一递：更番轮替。　(10)啼红杜宇：指红鹃啼血。相传杜鹃啼叫凄厉，嘴角流血，其声若"不如归去"。杜宇即杜鹃。　(11)一弄儿：所有的，一切。

  (12)连枝树：即连理枝。此喻相亲相爱，不可分离。　(13)比目鱼：鲽鱼。旧谓此鱼一目，须两两相并始能游行。喻形影不离。

【今译】(略)

【点评】这是一支写婚姻爱情遭到间阻的套曲。通篇由三支曲子组成，成功地抒发了女主人公内心的哀怨，细腻地描绘了女主人公心理活动的历程。[一枝花]曲起首四句为连璧对，"风吹散""水渰断""死分开""生拆散"，巨大的悲情迎面扑来，引出"好姻缘遭间阻"之主旨。

  [梁州]曲，疑首二句中的"他""我"的位置应互换。首二句直言间阻后男女双方的举止，为"心忧虑""心恍惚"的相思之情蓄势。其中"琴闲""歌歇"开启"望夕阳""倚危楼"百般无奈的情怀。"觑不的"三句鼎足对，感物伤怀。那交颈鸳鸯、啼红杜宇、斗巧蜘蛛为什么看不得听不得呢？其原因就在于风吹走了丝（思），杜宇唤不来归去的情郎，鸳鸯被迫分飞。这样就很自然地"感"起女主人公无限的苦闷和哀情。

  [尾声]曲，首二句为合璧对，表达女主人公美好的期望。然而，那毕竟不是现实。伴随着女主人公的只是窗外夜雨、枕边泪珠，点点滴滴地打在破

碎的心头。

这套曲子紧扣"间阻"后给女主公心灵的摧残，在哀怨低吟中传达了对封建势力扼杀美好人性的愤懑之情，弥漫着哀伤的艺术氛围。它不同于元散曲表达男女风情时火辣辣的风格，从另一个侧面丰富了这类题材。

【集说】再点检又得三套，比不上足，比下有余。(李开先《词谑》)

(苏孟墨)

魏初

魏初(1232—1292),字大初,一作太初,弘州顺圣(今河北阳原东)人。金末名士魏璠从孙,璠无子,以初为后。魏初少年勤奋好学,为文简约有章法,有文名。中统元年(1260)为中书省掾,兼长书记。不久,以祖母老辞归,隐居教授。后,复起为国史院编修,拜监察御史。疏陈时政,多见采纳,官至江南行御史台中丞。著有《青崖集》。《全元散曲》存其小令一首。

[黄钟·人月圆]为细君⁽¹⁾寿

冷云冻雪褒斜路⁽²⁾,泥滑似登天。年来又到,吴头楚尾⁽³⁾,风雨江船。　　但教康健,心头过得,莫论无钱。从今只望,儿婚女嫁,鸡犬山田。

【注释】(1)细君:对妻子的尊称。　(2)褒斜(yé)路:古通道名,山路险峻,于绝壁处架栈道,为川陕交通要道。　(3)吴头楚尾:此指古吴楚交接之地。

【今译】

冷云密布,大雪冰冻褒斜路,路滑泥泞难似上青天。年来又到吴楚之间,一江风雨上,尽是载满了漂泊的小船。　　但愿夫人健康长寿,若是这样,即使贫困无钱,虽漂流在外地也能心安。从今后实指望儿婚女嫁合家欢。耳听鸡犬之声,再种上几亩山田。

【点评】这是一支诗人写给夫人的祝寿曲。曲子别开生面,不从祝寿的喜庆场面写起,而是从"冷云冻雪"处落笔,写诗人自己的行旅艰难。"泥滑""风雨"无不给人以身世凄凉的漂泊之感。"但教"三句寄上对夫人生日的祝愿,与前四句呼应,凸现出夫人在作者心中的重要地位。末三句直抒胸臆,表达出对家室温暖、田园生活的神往,以及对自己的过去的否定。纵观全曲,与其说是一个漂泊不定的游子给夫人的祝寿,不如说是诗人厌倦暗藏杀机的政治生活,希望去寻找一个平静的港湾,以抹平受伤的心灵。

(苏孟墨)

王恽

王恽（1226—1304），字仲谋，号秋涧。卫州汲县（今属河南）人。世祖中统年间入仕，历官国史编修、监察御史，翰林学士等职。大德五年求退，乃归。王恽为元好问弟子，工诗与词曲，善属文。据隋树森《全元散曲》，有小令四十一首，题材较广，描写真切，风格或典丽雅重，或豪迈爽朗。著有《秋涧集》一百卷，《秋涧乐府》四卷。

［正宫·双鸳鸯］柳圈辞⁽¹⁾

　　醉留连，赏春妍⁽²⁾，一曲清歌酒十千。说与琵琶红袖客⁽³⁾，好将新事曲中传。

【注释】(1)柳圈辞：写"柳圈"之事，即描绘消灾去邪，解祓不祥的春禊活动。本题六首此选其六。　(2)妍：美丽。　(3)红袖：古代歌女的雅称。

【今译】
带着醉意，在原野上徘徊流连，牵着春风，观赏万紫千红的春天。一支

清歌响遏行云，千杯美酒飘飘欲仙。说与怀抱琵琶的歌女和客人，请将赏春的新事付与管弦，在曲中歌唱流传。

【点评】春风春花春草，美酒丽人欢歌，管弦翠袖清曲，汇成一幅喜悦欢快、热烈活泼的踏青图。春情勃发，春意盎然，春色撩人，曲中洋溢着一种投入大自然的喜悦。一"赏"一"醉"活画出诗人风流自赏、物我两忘的艺术形象；而一"好"字则又准确细腻地传达出诗人对于春天的留恋和珍爱。整个曲子节奏轻松明快，语言简洁隽永。

（喻　斌　潘世东）

［正宫·黑漆弩］游金山寺[1] 并序

邻曲子严伯昌尝以《黑漆弩》侑酒[2]，省郎仲先谓余曰："词虽佳，曲名似未雅。若就以'江南烟雨'目之，何如？"予曰："昔东坡作《念奴》[3]曲，后人爱之。易其名曰《醉江月》[4]，其谁曰不然？"仲先因请余效颦[5]，遂追赋《游金山寺》一阕，倚其声而歌之。昔汉儒家畜声妓，唐人例有音学。而今之乐府[6]，用力多而难为工。纵使有成，未免笔墨劝淫为侠耳。渠辈年少气锐，渊源正学，不致费日力于此也。其词曰：

　　苍波万顷孤岑矗，是一片水面上天竺[7]。金鳌头[8]满咽三杯，吸尽江山浓绿。　　蛟龙虑恐下燃犀[9]，风起浪翻如屋。任夕阳归棹纵横，待偿[10]我平生不足。

【注释】(1)金山寺：在江苏镇江西北山上。金山原立于江中，后泥沙淤积，始与南岸相连，是著名的登临胜地。　(2)侑酒：劝酒。　(3)念奴：指苏轼的词《念奴娇·赤壁怀古》。　(4)醉江月：代指《念奴娇·赤壁怀古》，取其词末句"一樽还酹江月"的末三字为题。　(5)效颦：引自成语"东施效颦"，此处作"模仿"解。　(6)今之乐府：此指散曲。　(7)天竺：指杭州天竺山，在杭州灵隐山飞来峰之南，有上、中、下三天竺寺。此处以天竺代指金山寺。　(8)金鳌头：金山立于江心，如同巨鳌从水中露出头来。明陆鏊《问花楼诗话》:"金山在江中,距城数里,……古称金鳌。" (9)燃犀:烧犀牛的角。犀牛在古代被视为镇压凶兽之物。《晋书·温峤传》曰:"(峤)至牛渚矶,水深不可测,视之其下多怪物。峤遂毁犀角而照之。须臾,见水族覆灭,奇形怪状,或乘马车著赤衣者。" (10)待偿:补偿。

【今译】

　　万顷碧波中孤峰矗立,原来是水面上的佛教圣地。金鳌头高高抬起,满饮三杯,如同吸尽江山万里浓绿。　　水中蛟龙怕燃犀投水,掀起风浪直逼云际,夕阳西下,任凭归舟纵横游弋,补偿我平生不得自由的快意。

【点评】这是一篇充满奇趣的山水颂歌,作品以浓墨重彩描绘出了一幅江山形胜图。诗中以金鳌头比喻矗立江山的金山,想象奇特,气势磅礴。在对景物做了尽情渲染之后,从江山波涛自然过渡到心中的波涛,倾吐了自己希望纵横四方遨游江湖的豪壮之情。全篇景物壮观,境界阔大,将其潇洒的逸情融注其中,更添神采。

【集说】(引曲文,略)放旷之语,亦颇入毂。惟视冯(子振)白(朴),则尚嫌少开展耳。(任讷《曲谐》)

　　(王恽)想学习北宋豪放派词人苏轼写《念奴娇·赤壁怀古》的气魄。从这首曲看,它描写金山寺的景色,的确很有气魄,与众不同,不过内容只限于欣赏山水的欢悦。(萧善因选注《元散曲一百首》)

(喻 斌 潘世东)

[越调·平湖乐]⁽¹⁾

　　采菱人语隔秋烟,波静如横练⁽²⁾。入手⁽³⁾风光莫流转,共留连,画船一笑春风面。江山信美⁽⁴⁾,终非吾土⁽⁵⁾,问何日是归年?

【注释】(1)本题十首,此选其五。 (2)波静句:化用谢朓《晚登三山还

元曲观止

望京邑》中"余霞散成绮,澄江静如练"的诗意。 (3)入手:到手。
(4)信:的确。 (5)吾土:我的家乡。

【今译】

湖面上烟雾迷蒙,采菱人悄悄细语,却很遗憾,始终不见姑娘的脸。万里秋波平静,犹如横卧大地的白练。风光到手不要再流转,我和那采菱的姑娘共流连。女子开口笑,好似春风拂过面。江天一色山如画,终非是故园。一声唱叹,何日是归年?

【点评】"江山信美,终非吾土,问何日是归年?"异乡的风物之美,非但没有冰释作者心中的愁思,反而更加重了怀归故乡的感情。虽说这里山美水美人美,能获得一时的快乐,但心中的浓厚乡思却愈拂愈浓。何年何日,才能踏上归途呢? 一声唱叹,结束全篇,而余情不尽。此曲上承王粲《登楼赋》而来,但其简洁、精要、隽永,则是《登楼赋》不可比拟的。

【集说】写河山秀美,风土人物之可爱。作品反映对故土家国易主的感叹,表现出对异族统治的不满。(卢润祥选注《元人小令选》)

本曲前五句全用赋法铺陈他乡之美,后三句以议论抒写自己内心思乡之苦。乐景哀情,相反相成,谋篇布局,深得王粲《登楼赋》之神思,故艺术感染力强。(吴汝煜语,引自《元曲鉴赏辞典》)

(喻 斌 潘世东)

[越调·平湖乐]尧庙秋社⁽¹⁾

社坛烟淡散林鸦,把酒观多稼。霹雳弦⁽²⁾声斗高下,笑喧哗。壤歌亭⁽³⁾外山如画。朝来致有,西山爽气⁽⁴⁾,不羡日夕佳⁽⁵⁾。

【注释】(1)尧庙:在平阳(今山西临汾)城南十里。尧,传说中的圣明帝王。秋社:古人立社,本为春日祈农之祭,其后倡春祈秋报之说,于立秋后第五个戊日,农家收获已毕,立社设祭,以酬土神,称秋社。　(2)霹雳弦:指霹雳琴上的琴弦。柳宗元《霹雳琴赞引》:"霹雳琴,零陵湘水西,震余枯桐之为也。"　(3)壤歌亭:旧址在平阳城北三里。相传尧时,有老人在此击壤而歌:"日出而作,日入而息。凿井而饮,耕田而食。帝力于我何有哉?"　(4)朝来二句:用典。刘义庆《世说新语·简傲》:"王子猷作桓(冲)车骑参军,桓谓王曰:'卿在府久,比当相料理。'初不答,直高视,以手版拄颊云:'西山朝来,致有爽气。'"以此形容尧庙周围山景、空气清爽宜人。　(5)日夕佳:陶渊明《饮酒》诗:"山气日夕佳,飞鸟相与还。"

【今译】

　　社坛前香烟袅绕淡淡,林中的乌鸦已经飞散。举起酒杯畅饮,看场上堆满了丰收的庄稼。欢乐的村民弹起霹雳琴弦,意气风发一斗高下,精湛的技艺引起笑语喧哗。壤歌亭外,远山风景如画。秋社的早晨,秋山送爽,心情舒畅,何必要羡慕夕阳中的晚霞?

【点评】这支曲子从"尧庙秋社"的祭祀场面入手,记叙了丰收给晋地人民带来的喜悦。曲子的前半叙述了晋地社祭的一系列民俗活动,注意:"笑喧哗"的场面是放在"把酒观多稼"的背景下进行的,因此喜庆的气氛格外浓烈。"壤歌"句写景,景随情移,顺势引出"朝来"三句,其乐无比的心境,与民同乐的境界呼之欲出。整个曲子透露出爽朗清新明快的格调,是元散曲中的佳作。

【集说】本曲用典虽多,遣词虽雅,而不失通俗朴茂本色;通篇于唐尧盛世德泽无一字道及,一气只在眼前景象上托笔,而自然引发读者联想,故佳。(吴汝煜语,见《元曲鉴赏辞典》)

（苏孟墨）

元曲观止

卢挚

　　卢挚(1242—1315 以后),字处道、莘老,号疏斋,涿郡(今河北涿州)人。世祖中统末年至元末年近三十年间,为世祖侍从。世祖至元二十六年(1289),为江东道按察副使。三十一年,为少中大夫、河南路总管。大德二年(1298),入京为集贤学士。官至翰林学士承旨。能诗文,工词曲。散曲与姚燧齐名,称"姚卢"。《全元散曲》录存其小令一百二十首,在前期作家中仅次于马致远,风格明丽自然。贯云石《阳春白雪序》称其曲"妩媚如仙女寻春,自然笑傲"。著有《疏斋集》,今不传。今人有《卢疏斋集辑存》。

［双调·沉醉东风］秋景

　　挂绝壁松枯倒倚,落残霞孤鹜齐飞[1]。四周不尽山,一望无穷水。散西风满天秋意。夜静云帆[2]月影低,载我在潇湘画里[3]。

【注释】(1)落残霞句:落霞,残霞。郎瑛《七修类稿》二一:落霞是鸟,形如鹦哥。鹜,野鸭。王勃《滕王阁序》:"落霞与孤鹜齐飞,秋水共长天一色。"

此化用其意。 （2）云帆：一片白云似的船帆。一说，挂得很高的船帆。李白《行路难》："长风破浪会有时，直挂云帆济沧海。" （3）潇湘画里：潇、湘，湖南境内的两大水名。这里极言潇湘两岸的风景如画。宋代名画家宋迪曾画过"潇湘八景"，马致远用《寿阳曲》写过"潇湘八景"。

【今译】

枯松倒挂倚绝壁，落霞与孤鹜齐飞。四周一望不尽山，周围一片无穷水。散西风满天秋意。夜静云帆月影低，载我进潇湘画里。

【点评】这首小令，作者用白描的画笔，描写他在满天秋意里泛洞庭、下潇湘的观感，气象明朗空阔，意境飞动。

起首二句，一写山，一写水，一苍暗，一明丽，构成了对比鲜明的画面。三、四句，是对前二句所写景物的概括，也是在意象上扩大和补充。这种大笔勾勒式地写景，为下面写"秋意"做了心理上的铺垫。第五句把人们引到比肃穆、明净这样的表面景象更深一层的萧瑟的境界中去了，这境界既有物境，也有心境。曲写至此，自成一段落。最后两句，作者又把时间从黄昏移到晚上，展示了一个新的画面。"我"在画面中的出现，更添清旷之感，给人不尽的遐思。

【集说】本首写风景之潇洒如身临其境，连作者本人也陶醉融化在自我描绘的潇湘画景里。（卢润祥选注《元人小令选》）

把景物作动态的描写，使画面有所移动，使黄昏与清夜两个时间范畴同时出现，这在绘画里是难以做到的，此曲却具备了这一特点。它虽然仅有四十五字，蕴含的"意"与"境"却是十分丰富的。（洪柏昭语，引自《元曲鉴赏辞典》）

（池万兴）

［双调·沉醉东风］闲居[1]

恰离了绿水青山那答[2]，早来到竹篱茅舍人家。野花

路畔开,村酒槽头榨。直吃的欠欠答答⁽³⁾,醉了山童不劝咱,白发上黄花乱插。

【注释】(1)本题三首,此选第二。 (2)恰:刚刚。那答:那边。
(3)欠欠答答:疯疯癫癫,痴痴呆呆。

【今译】(略)

【点评】此首小令写饮酒的意趣。全篇语言通俗朴实,皆为口语,无一生僻字,无一句直接抒情语,明白如话,却形象生动,甚是传神。绿水青山、竹篱茅舍的景色,构成了生动活泼的田园生活图景,使人赏心悦目;野花路开,村酒槽榨的画面,充满田园情趣,画面清晰,色彩艳丽,又富有流动感,充满生机。"直吃的欠欠答答"一语,刻画出主人公将一切置之脑后的酩酊醉态。"醉了山童不劝咱"二句,对山村稚子顽皮神态的刻画,极富动态美,给全诗又平添几分活泼的气氛。小令全押"家"韵,读来朗朗上口。句式于整齐中,略加变化,正表现了散曲比词更自由,可加衬字,在一定的句式规则下,句法能灵活变化的特点。

【集说】(引曲文,略)夫衰老自伤,必待沉醉,而后能于暂忘,乃得乱插黄花。片时称意,看去是乐,实则至苦之境也。愈强作欢笑,愈见其心境之不容欢笑矣。(任讷《曲谐》)

竹篱茅舍,野花盛开,村酒自榨自醉。表面上多么自由、惬意。然而内在隐藏着作者不满于当时现实、强作欢笑的感情。(萧善因选注《元散曲一百首》)

这首曲,不一定是作者的夫子自道,它不过是一幅归隐理想的形象化图画。那种充分享受自然美景的欢乐,那种无拘无束的身心自由状态,本是久耽官场的人所向往的,更何况宦途特别险恶的元代了!(洪柏昭语,引自《元曲鉴赏辞典》)

(池万兴)

[双调·蟾宫曲]

　　奴耕婢织生涯⁽¹⁾，门前栽柳，院后桑麻。有客来，汲清泉，自煮茶芽。稚子谦和礼法⁽²⁾，山妻软弱⁽³⁾贤达。守着些实善⁽⁴⁾邻家。无是无非，问甚么富贵荣华！

　　【注释】(1)奴耕婢织：即男耕女织。　(2)谦和礼法：意即谦逊和蔼懂得礼义法度。　(3)软弱：柔顺、温柔。　(4)实善：即善良朴实之意。

　　【今译】(略)

　　【点评】厌倦城市生活的喧嚣，谙熟官场黑暗的内幕，往往把羡慕的目光投向宁静恬淡的田园生活并歌咏之。这是旧时中国知识分子甚至达官贵人的一种共同倾向，也是长期以来中国知识分子儒道互补思想的表现之一。
　　开头三句，写男耕女织、自给自足的田园生活。"门前栽柳，院后桑麻"大笔勾勒出田园生活的美妙图景，使人赏心悦目。"有客来"三句，写怡然自得的神情，惟妙惟肖。这几句，很容易看出其中有陶诗之情趣，使人联想到陶渊明"种豆南山下，草盛豆苗稀。晨兴理荒秽，带月荷锄归""时复墟曲中，披草共来往。相见无杂言，但道桑麻长"（《归园田居》）等诗句。而"稚子谦和礼法"三句，正写出了田园生活的乐趣之所在：民风淳厚，人民朴实，勤劳善良，家庭和睦，妻贤子谦。这又恰好与尔虞我诈、勾心斗角的官场社会形成了鲜明的对照。由此，作者便水到渠成地得出"无是无非，问甚么富贵荣华"的结论，发出由衷的感叹。全篇语言朴实无华，无一生僻字，表现出直率质朴的风格特色。

　　【集说】他（卢挚）的[蟾宫曲]四段写混沌未凿的庄家人物，颇为入趣。（梁乙真《元明散曲小史》）
　　卢疏斋宪使（名处道）的[蟾宫曲]四首，便全然是出世观的歌颂了。（郑振铎《中国俗文学史》）

（池万兴）

55

元曲观止

[双调·蟾宫曲]

　　沙三、伴哥来嗏(1)，两腿青泥，只为捞虾。太公庄(2)上，杨柳荫中，磕破西瓜。小二哥昔涎剌塔(3)，碌轴(4)上淐着个琵琶，看荞麦开花，绿豆生芽。无是无非，快活煞(5)庄家。

【注释】(1)沙三、伴哥来嗏：沙三、伴哥，泛指农家子弟；嗏，语助词，无义。(2)太公庄：泛指一般农村。　(3)昔涎剌(lā)塔：吸溜着口水的邋遢样。昔，疑为"吸"；剌塔，即"邋遢"。　(4)碌轴：碌碡。　(5)煞：表强调。

【今译】

　　沙三和伴哥过来啊！为了捞虾，弄得满腿泥巴。在太公庄上，杨柳荫中，敲开了西瓜。小二哥吸溜着口水邋里邋遢，靠在碌碡上像一个琵琶。荞麦在开花，绿豆在生芽。是非全没有，何其快活呀！

【点评】这支小令描画了一幅和谐的乡村生活图画。三个农村孩子，两个则刚刚捞虾归来，两腿青泥，就在树荫下磕开了西瓜大嚼。一个邋里邋遢靠在碌碡上被馋得涎水直流。"磕"字把农村孩子粗放的神态写活了。"琵琶"一词把瘦小而鼓个大肚子的农村孩子的样子比喻得非常形象。无论是人物的名字、形象、动作，都富于乡村生活特点。他们的生活就像荞麦开花、绿豆生芽一般自然和谐，无拘无束，充满生机，直让作者禁不住欣羡地赞叹：庄稼人真是快活死了。此曲不禁使人想到辛弃疾《清平乐》中"最喜小儿亡赖，溪头卧剥莲蓬"的境界。

【集说】(引曲文，略)写混沌未凿之庄稼人物，直尔妩媚有致。而元曲取材之广与真，亦于此可见也。(任讷《曲谐》)

　　描写农村生活，生动本色。(刘大杰《中国文学发展史》)

（杨新敏）

[双调·蟾宫曲] 丽华 (1)

　　叹南朝六代倾危,结绮临春 (2),今已成灰,惟有台城 (3),挂残阳水绕山围 (4)。胭脂井 (5) 金陵草萋,后庭空玉树花飞 (6)。燕舞莺啼,王谢堂前,待得春归 (7)。

【注释】(1)丽华:张丽华,南朝陈后主的宠妃。后主建筑临春、结绮、望仙三阁,自居临春,使其住结绮游宴无度。隋军破建康她跟随后主逃匿井中,被杀。　(2)结绮临春:宋张敦颐《六朝事迹·楼台门第四》:"陈后主至德二年,于光昭殿前起'临春''结绮''望仙'三阁,高数十丈,并数十间。"此曲,诗人以结绮、临春二阁的摧颓,抒发了沧桑之叹。　(3)台城:六朝君主居住的皇城,故址在南京市鸡鸣山北。　(4)水绕山围:化用唐刘禹锡《石头城》诗句:"山围故国周遭在,潮打空城寂寞回。淮水东边旧时月,夜深还过女墙来。"形容金陵城池形势。　(5)胭脂井:又名辱井,即陈朝景阳宫内的景阳井。隋灭陈时,陈后主和张丽华曾躲入井中,后人因称胭脂井。　(6)后庭句:《玉树后庭花》,陈后主所作,其词哀怨靡丽,后来被视作亡国之音。　(7)燕舞句:化用唐刘禹锡诗《乌衣巷》诗句"旧时王谢堂前燕,飞入寻常百姓家"。王谢,是东晋两大豪门世族。

【今译】

　　繁华的六朝古都岌岌可危,精致的楼阁结绮临春已成烟灰。唯有残破的台城,斜挂着一抹血红的残阳,群山环抱,河水冲刷着城围。金陵城胭脂井荒草萋萋。空留下《玉树后庭花》伤悲。燕舞莺啼在昔日王谢豪华的宅第,等待着春天的回归。

【点评】这是支借金陵怀古,以抒历史兴亡之感的曲作。诗人喟叹昔日繁华的六朝古都,随着历史的淘洗,已坍塌成灰。唯有残存的城垛、护城河的水,带着历史的烙印,诉说着历史的惨痛和变迁。"残阳"二字,极尽伤感之情。诗人联想到昔日繁华豪奢的王谢宅已作了古,唯有曾栖息过的莺燕

依旧哀鸣着徘徊于废墟间,等待着春天的到来,熔铸了诗人深深的历史兴亡之感和富贵如过眼烟云的独特感受。

(宋俊华　王开桃)

[双调·蟾宫曲]长沙怀古

朝瀛洲⁽¹⁾暮舣⁽²⁾湖⁽³⁾滨,向衡麓⁽⁴⁾寻诗,湘水寻春。泽国⁽⁵⁾纫兰⁽⁶⁾、汀洲搴若⁽⁷⁾,谁与招魂⁽⁸⁾?空目断苍梧⁽⁹⁾暮云,黯黄陵⁽¹⁰⁾宝瑟⁽¹¹⁾凝尘。世态纷纷,千古长沙,几度词臣!

【注释】(1)瀛洲:卢挚在大都的官衔为大中大夫,集贤学士。唐初房玄龄等十八人都曾以本官兼任学士,号"十八学士"。入选此官在当时称为"登瀛洲",被视为登临仙境一样的幸运。　(2)舣:靠船。　(3)湖:指洞庭湖。　(4)衡麓:即岳麓山。　(5)泽国:水乡。　(6)纫兰:典出屈原《离骚》中"纫秋兰以为佩"一句,纫,编织;兰,兰草,一种香草。　(7)汀洲搴若:典出屈原《湘夫人》中"搴汀洲兮杜若"一句。汀洲,水中的小陆地;搴,拔取,采摘;若,杜若,香草名。　(8)招魂:屈原写有《招魂》篇,但以前人们都认为是宋玉所写,而这里的意思当指宋玉为屈原招魂,而不是屈原自招生魂或招楚怀王魂。　(9)苍梧:山名,在今湖南宁远,又名九嶷山,相传舜帝死于此山。

(10)黄陵:山名,在今湖南湘阴县北,洞庭湖之滨,又名湘山。舜帝的两位妃子葬于此地。旧有黄陵庙。　(11)宝瑟:《楚辞·远游》有"使湘灵鼓瑟兮"一句。湘灵即湘妃之类。

【今译】

早上还享受着"登瀛洲"的幸运,晚上却已把船靠上洞庭湖滨,无奈向岳麓山和湘江水寄上诗心。想起佩带香草、洁身自好的屈原,禁不住把《招魂》曲长吟。远望苍梧黄陵二山,只见一片暮云,想那湘妃宝瑟早已积满尘灰,怎不叫人黯然伤心!遥想当年,世事纷呈,多少迁客、骚人,在此大放悲音。

【点评】这是一支怀古小令。卢挚虽已登上"瀛洲",却被外放湖南,境遇的变迁,使他见景伤古,感慨万千。一"朝"一"暮",形势急转直下,一下由瀛洲仙境跌入长沙这个悲凉境地。因此,他"写诗""写春"的结果必然是伤心千古以自伤。招屈原魂又何尝不是招自己的魂,叹黄陵庙的宝瑟已盖满尘土,发不出清音,又何尝不是自叹外放湖南,不能有所建树?长沙是屈原、贾谊等人失宠悲吟之地,卢挚不正是借以自况吗?吊古实为伤今,写人实为写己,正是此曲真挚感人之所在。

(杨新敏)

［双调·蟾宫曲］箕山感怀⁽¹⁾

巢由⁽²⁾后隐者谁何?试屈指高人,却也无多。渔父严陵⁽³⁾,农夫陶令⁽⁴⁾,尽会婆娑。五柳庄⁽⁵⁾瓷瓯瓦钵,七里滩⁽⁶⁾雨笠烟蓑。好处如何?三径⁽⁷⁾秋香,万古苍波。

【注释】(1)箕山:在河南登封东南,相传是尧时巢父、许由隐居之地。此曲借箕山抒怀,发出感叹,歌颂历史上的隐士。 (2)巢由:巢父和许由。相传是唐尧时人,隐居不仕,亦作巢许。 (3)严陵:即严子陵,名同光,少时与光武帝同游,光武帝找到他,要他做谏议大夫,他不肯,归隐富春山,以耕田钓鱼过活,直到老死。 (4)陶令:陶渊明,因曾任彭泽令,故称。陶潜因不满东晋社会现实,归隐田园,耕植以自给。 (5)五柳庄:因陶潜宅边有五棵柳树,自号五柳先生,并作《五柳先生传》,故后人称他的住处为五柳庄。 (6)七里滩:在富春江上游,是严子陵垂钓处。 (7)三径:指箕山隐士的居所。

【今译】(略)

【点评】这是一支借巢父、许由歌颂隐者的曲作。诗人观箕山,想起古代隐于箕山的巢许,感古伤今,不胜感慨,谁能与巢、许相比,唯有严陵、陶渊明而已,诗人状其躬耕田亩,垂钓滩头的恬淡、高洁,仰慕追顺之意,寄寓其中。"三径秋香,万古苍波",写出隐者独特感受,意境高洁,流露出诗人对现实的

不满和独特的人生追求。本曲用典多，善推陈出新，愈见神奇，格调自然，不愧清丽派力作。

（宋俊华　王开桃）

［双调·寿阳曲］别珠帘秀

　　才欢悦，早间别，痛煞煞好难割舍。画船儿载将春去也，空留下半江明月。

【今译】

　　刚刚欢聚，又要别离，洒泪而去时两情依依。画船把你和春色一起载去，只留下半江明月，惨惨凄凄。

【点评】此曲写作者送别元朝名妓珠帘秀时的心绪。卢挚与珠帘秀感情深笃，难舍难分。曲中用了一个"才"字，一个"早"字，极写相聚的短暂，"痛煞煞"一个当时的俗语即把别离珠帘秀时的痛楚之情贴切地展现给读者。而最妙的却是下一句，似乎画船载走珠帘秀，春天也就不复存在了，只有凄凉的月色相伴，表现出送别珠帘秀后的孤苦悲凉。珠帘秀有一曲《答卢疏斋》："倚篷窗一身儿活受苦，恨不随大江东去"，对照来读，两人感情之深更可体会得到。

【集说】又有珠帘秀者，亦当时官妓。疏斋送别时，曾作［双调·落梅风］一阕："（引曲文，略）。"珠帘秀答之……其风致婉妙，有如此者。（吴梅《顾曲麈谈》）

　　珠帘秀与卢挚疏斋学士，有［落梅风］别情之酬和，……此词好处，亦即在写得其人品格不寻常耳。……不但人与物融会之处，用意新巧，且觉语态盈盈，含笑而发，别饶情味。（任讷《曲谐》）

（杨新敏）

[双调·寿阳曲] 夜忆⁽¹⁾

一

窗间月,檐外铁⁽²⁾,这凄凉对谁分说。剔银灯欲将心事写,长吁气把灯吹灭。

二

灯将残,人睡也,空留得半窗明月。孤眠心硬熬浑似铁,这凄凉怎捱今夜。

【注释】(1)本题四首,此选第一、第二。 (2)檐外铁:指悬挂在屋檐上的铁马,即金属片,风吹时撞击发声。

【今译】

一

窗口流泻进清冷的月色,屋檐上,铁马在风中叮当地响着,凄凉的心境可向谁诉说?剔亮银灯想把心事抒写,长叹一口气却将灯吹灭。

二

灯油将尽,火苗忽忽闪闪,躺在床上辗转难眠,只有半窗明月惨淡凄切。孤独的心像铁一样备受熬煎,这凄凉的夜如何度过!

【点评】这两支曲写相思之苦,都抓住"凄凉"二字做文章。将月色之静与铁马之动相结合,既烘托出一幅凄凉的夜景,又写出主人公在平静的夜晚内心的不平静。长吁一口气能把灯吹灭,说明主人公心中痛苦之深。而灯油将尽,月色也已西斜,只剩下了半窗,极写夜之深。这么晚了还睡不着,只好像铁一样硬熬,进一步展示主人公心中深深的痛苦。作者抓住铁之坚硬与人之难挨的相通之处,把这种痛苦写得无以复加。通过借景象征心境,以动作展现心境,用比喻直写心境,层层递进,把这一份"凄凉"充分表达了出来。

(杨新敏)

赵岩

赵岩,字鲁瞻,号秋巘,长沙(今属湖南)人,寓居溧阳(今属江苏)。宋丞相赵葵的后裔。曾在太长公主宫中应旨,后得谤,遂退居江南。因不得志,终日饮酒,醉病而死。其诗才颇为时人所推慕,散曲仅存小令一首。

[中吕·喜春来过普天乐]

琉璃殿暖香浮细,翡翠帘[1]深卷燕迟,夕阳芳草小亭西。间纳履[2],见十二个粉蝶儿飞。　　一个恋花心,一个揽[3]春意。一个翩翩粉翅,一个乱点罗衣。一个掠草飞,一个穿帘戏。一个赶过杨花西园里睡,一个与游人步步相随。一个拍散晚烟,一个贪欢嫩蕊,那一个与祝英台[4]梦里为期。

【注释】(1)琉璃殿:五彩辉煌的室宇。翡翠帘:墨绿色的帘子。(2)间纳履:闲来穿上鞋子。引申为信步。"间"通"闲"。　(3)揽:犹抢。

刘过《过早禾渡》:"梅欲搀春菊送秋,早禾渡口晚烟收。" (4)祝英台:我国民间传说中脍炙人口的爱情悲剧人物。相传她在封建势力的压迫下,与自己的同窗情侣梁山伯双双殉情,化为一双美丽的大蝴蝶。

【今译】

　　辉煌的殿宇内飘浮着暖香缕缕,碧绿的帘儿高卷迎来燕儿归。娇嫩的人儿不胜慵倦地信步行来,不觉地到了夕阳芳草小亭西,可可地巧遇着十二只蝴蝶儿飞。　　就见一只恋着花心儿不忍去,一只贪婪地争春意,一只翻舞着薄翅显娇态,一只乱点着佳人罗衣留粉渍,一只掠着草皮儿飞,一只穿越过杨树去西花园,一只紧跟着佳人步步随,一只展开双翼没入晚烟里,一只仍在嫩蕊上尽情吮吸,最撩人的还要数那一只,恰正欲进入梦乡去与英台会。

　　【点评】此曲绘物写景,穷貌亦复摄神。前半《喜春来》描写居室及园亭晚景,并佳人行为,规定情境。"琉璃""翡翠",足见秾丽;"暖香""燕迟""夕阳芳草",又足见温馨;佳人独自"间纳履",则其寂寞孤独亦自曲中传出。带过《普天乐》则分别随佳人视线跟踪突现这秾丽温馨且又掺杂着如许寂寞的境界中情态各异的一群艳蝶,几近于现代电影中的运动镜头。通过运动切换,或画其丽形,或摹其妍态,或摄其魂,或呈其魄,各显神理,栩栩如生,引人入胜。尤其末句"那一个与祝英台梦里为期",物我交融,情韵悠悠,真真给人以无限丰富的联想,取挹不尽的美感享受。那个隐而未现的孤独的"祝英台",难道仅仅是作为第十二个蝴蝶的代名词,而不正是与寂寞孤独的佳人同形同构?作者正是要将佳人那份寂寞的惆怅悄悄地传达给读者呀!又,吾国骚人君子向有以香草美人自喻的传统,若问秋巙于此是否有意更深一层地暗喻自家的落寞情怀,联系其遭际,恐怕还就难以断然否决呢!

　　【集说】前联《喜春来》四句云(原文略)犹曲引子也。"一个恋花心,……"《普天乐》只十一句,今却赋十二个,末句结得甚工,便如作文字,转换处不过如此也。(孔齐《至正直记》卷一)

(朱德慈)

元曲观止

陈草庵

陈草庵(1245—1320年以后),名英,字彦卿,号草庵,析津(今北京)人。一生仕履显赫,内而监察御史,外而宣抚诸道。延祐戊午(1318),任河南左丞。卒年近八十。散曲今存小令二十六首。

［中吕·山坡羊］⁽¹⁾

风波实怕,唇舌休挂。鹤长凫⁽²⁾短天生下。劝渔家,共樵家,从今莫讲贤愚话。得道多助失道寡。贤,也在他;愚,也在他。

【注释】(1)本题二十六首,此选第七。 (2)凫:野鸭子。

【今译】政治风波实在可怕,不要议论不要作答。白鹤腿长,野鸭腿短,都是天生下。奉劝打鱼的和砍柴的,从今别再把贤愚拉。得道的人助者多,失道的人助者寡。贤,也由于他;愚,也由于他。

【点评】此曲表达了作者对元朝统治者禁锢议论的行为的极大不满。这时,社会黑暗,祸从口出,为避风波,作者采取了缄口不言、坐看兴亡的态度。一个"实"字,就把当政者的极端残暴凶恶反映了出来。以鹤与凫作喻,说明不管好坏贤愚都是天生的,我们无论怎样议论、讽谏都是枉然。这就既显出一种看透沧桑变幻、世道更迭的智者之明达,又于字里行间表达出一种强烈的不满与蔑视。告诫人们别加议论本身就是一种议论。这里的渔家和樵家实际上是指世外高人。虽然他们能看清谁贤明谁愚蠢,但大可不必评论,因为贤明之人自可受到人们拥戴,从而长坐江山,而愚蠢的人必会被人们所反对,他的江山是坐不牢的,管它干什么? 是贤是愚由他去好了。这样,这支曲看上去比较消极,却与句句牢骚之中表露出与元朝统治者坚执的不合作态度。

(杨新敏)

[中吕·山坡羊]⁽¹⁾

晨鸡初叫,昏鸦争噪。那个不去红尘⁽²⁾闹。路迢遥,水迢迢,功名尽在长安⁽³⁾道。今日少年明日老。山,依旧好;人,憔悴了。

【注释】(1)本题二十六首,此选第十六。　(2)红尘:飞扬的尘土,形容都市的繁华热闹。　(3)长安:此指京都。

【今译】(略)

【点评】这是劝人喻世之作。前三句从时间上,状写世人从早到晚,在热闹的名利场闹腾;接着三句,从空间上,状世人不顾路迢水远,求取功名食禄。前者以"闹"为眼,后者以"尽"为神,极尽形容,对争名夺利者之憎恶溢于言表。后几句,写追求功名之害,劝谕世人弃功名、富贵等身外之物,归返自然。"山,依旧好;人,憔悴了",意味深长,令人深思。

(宋俊华　王开桃)

元曲观止

[中吕·山坡羊]⁽¹⁾

渊明图醉，陈抟⁽²⁾贪睡。此时人不解当时意。志相违，事难随，不由他醉了齁睡⁽³⁾。今日世途非向日。贤，谁问你；愚，谁问你。

【注释】(1)本题二十六首，此选第二十二首。　(2)陈抟：后唐落榜举子，先后修道武当山、华山，一睡常百余日不起，道家称之陈抟老祖。(3)齁(hōu)睡：打鼾，熟睡的神态。

【今译】

一个是渊明酒酣意醉，一个是陈抟齁鼾沉睡。现今人怎知隐者的心意？壮志难伸，事难随愿；不由得醉了即睡，睡醒复醉。今日世途黑暗更甚昔日，贤良也罢，愚拙也罢，谁问你。

【点评】这是一首劝世志隐之作。昔日隐者渊明、陈抟之醉且狂、鄙弃世俗，同诗人追求回归自然、隐居山泽之愿同构。诗人从探索隐者之意入手，析其归隐之因在于"志相违，事难随"，揭示出昔不可堪，今不如昔；贤愚不分，正邪颠倒的社会现实。这是诗人对历史、现实的深刻反思，体现了诗人不甘同流合污、志在山野的感情。

（宋俊华　王开桃）

奥敦周卿

奥敦周卿,元初人。奥敦,女真姓,周卿是字。白朴《天籁集》有《木兰花慢》词,题作"覃怀北赏梅,同参政西庵杨丈和奥敦周卿府判韵"。张之翰《西岩集》有"赠奥屯金事周卿"诗。其散曲现存小令二首,套数一套。

［双调·蟾宫曲］⁽¹⁾

西湖烟水茫茫,百顷风潭,十里荷香。宜雨宜晴,宜西施淡抹浓妆⁽²⁾。尾尾相衔画舫,尽欢声无日不笙簧。春暖花香,岁稔时康。真乃上有天堂,下有苏杭。

【注释】(1)本题二首,此选第二。 (2)西施句:典出苏轼《饮湖上初晴后雨》诗句:"欲把西湖比西子,淡妆浓抹总相宜。"西施,又称西子。

【今译】如笼轻烟的西湖一片茫茫,百顷水潭碧波荡漾。远远近近飘溢着荷香。微雨蒙蒙,阳光艳照,美丽的西湖如同西施淡抹浓妆。湖面上华丽的游船,首尾相连荡着画桨。欢歌笑语,笙簧飞扬,春光熙熙,天顺人昌。真正是人间天堂。

【点评】这是一支描景小曲,绘写西湖之美。诗人眼中的西湖,若似"天堂",诗融宋苏轼、柳永状西湖诗词为一体。绘出西湖碧波荡漾,荷花飘香,晴阴皆美的自然风光,令人神往。同时于自然之景中有游船、笙乐等人的活动,展示出一派欢歌笑语、天顺民昌的盛世之景。生机盎然,甜美和煦,胜似"天堂",溢美之词洋溢其间。

（宋俊华　王开桃）

关汉卿

关汉卿(1220？—1300？)，号己斋叟，大都(今北京)人。曾为太医院尹，后在大都长期从事杂剧创作活动，与剧作家杨显之、费君祥、梁退之，女演员珠帘秀等交往甚密。尝"躬践排场，面傅粉墨，以为我家生活，偶倡优而不辞"(《元曲选》序)。晚年南下漫游，到过杭州、扬州等地。关汉卿乃元杂剧的奠基人，创作杂剧多达六十余种，为元曲四大家之首。王国维《宋元戏曲史》谓："关汉卿一空倚傍，自铸伟词，而其言曲尽人情，字字本色，故当为元人第一。"今存套数十三套，小令五十七首。

[仙吕·一半儿]题情[1]

一

云鬟[2]雾鬓胜堆鸦[3]，浅露金莲簌绛纱，不比等闲墙外花。骂你个俏冤家，一半儿难当一半儿耍。

二

碧纱窗外静无人，跪在床前忙要亲，骂了个负心回转身。虽是我话儿嗔⁽⁴⁾，一半儿推辞一半儿肯。

【注释】（1）本题四首，此选第一、第二。　（2）云鬟(huán)：环形的发髻，浓密卷曲如云。　（3）堆鸦：喻发髻的整齐。　（4）嗔(chēn)：怒，生气。

【今译】

一

浓密如云，环形的发髻胜过堆鸦。绛纱裙下，浅露金莲步如莲花。我不是那墙外水性杨花。贞忠专一，但并不羞羞答答。骂你一声"俏冤家"，一半儿是我挡不住如火的爱情；一半儿是因为我太傻。

二

碧纱窗外幽静无人，潜入闺房的小冤家，跪在床前就要亲。骂了声"负心郎"，装作生气转过身。虽说话儿有点呛，到头来，还是一半儿推辞，一半儿肯。

【点评】此两支曲子借女主人公之口写情人幽会的场面，感情炽热奔放。第一支曲，"云鬟"二句极尽女子婀娜多姿的神态。三句直露己意，充实"云鬟"二句，强调内美。"俏冤家"内涵丰富，为爱之深的反语，极富艺术张力，增强了曲子的活力。末句本色地毫无顾忌地表达出至情。

第二支曲子似承接第一支曲子而来，写情感的进一步发展。首句写景渲染环境，以室外的"静"烘托室内的热情奔放。二句铺叙情状。"骂"，既有对情郎鲁莽行为的责备，又有对其的一往情深。"回转身"则细腻地突现出忠贞爱情的深闺女子以身相许而又犹豫不决的心态。最后两句，写情感战胜理智，对封建礼教樊篱的冲决。整个曲子一气呵成，直抒胸臆。

【集说】他（关汉卿）的散曲却以婉丽见长，然有时亦非常的豪辣灏烂。像［一半儿］的《题情》，……（梁乙真《元明散曲小史》）

《题情》的［一半儿］四首，没有一首不是俊语联翩、艳情飞荡的。（郑振铎《中国俗文学史》）

（苏孟墨）

[南吕·四块玉]别情

　　自送别,心难舍,一点相思几时绝。凭栏袖拂杨花雪[1]。溪又斜,山又遮,人去也。

【注释】(1)杨花雪:像雪花一样洁白的杨花。苏轼《少年游·润州作代人送行》:"今年春尽,杨花如雪。"

【今译】
　　自送别你那时起,我的心就难以割舍。那相思的泪水,什么时候也不会断绝。登高扶栏怅望你远去的身影,衣袖轻拂去遮眼的杨花飞雪。长长的溪流向天边倾斜,层层峰峦又遮住远送的目光,恋人啊,就这样和我分手远别。

【点评】《别情》一曲敏锐地抓住离别的瞬间,写女主人公巨大的心灵颤动。"一点相思"极为传神,相思仅那么"一点"就难以忘怀,更何况,两情长久经历过无数个朝朝暮暮呢?女主人公对暗寓留别的杨花充满了恨意,原因有二:一是没能留住远去的恋人,二是遮住了送别的视线。

【集说】这支[南吕·四块玉]《别情》小令,写出女子送别情人以后的感情,写得很自然朴实,一点也不做作虚假。第三句"一点相思几时绝",是曲子的重心。它透露出那位女子爱情爱得真,爱得深。别离,在她身上不只是不忍分离的惜别情绪,而是留下了永久不能消失的相思。(赵景深、陆树崙语,引自《元曲鉴赏辞典》)
　　这是抒发妇女想念情人时那种寂寞苦闷的心情。自从送别情人之后,相思之情难以摆脱,常常凭栏远眺。但是杨花扑面,山水障目,哪里能真见着他啊!(萧善因选注《元散曲一百首》)
　　言语类新,音调和美,用通俗的语言,写活泼的情意,显露出本色的特点。(刘大杰《中国文学发展史》)

(苏孟墨)

元曲观止

[南吕·四块玉] 闲适

一

旧酒投，新醅⁽²⁾泼，老瓦盆⁽³⁾边笑呵呵，共山僧野叟闲吟和。他出一对鸡，我出一个鹅，闲快活。

二

意马收，心猿锁⁽⁴⁾，跳出红尘恶风波，槐阴午梦⁽⁵⁾谁惊破？离了利名场，钻入安乐窝⁽⁶⁾，闲快活。

【注释】(1)《闲适》四首，此选二、三两首。　(2)醅(pēi)：没有过滤的酒。　(3)老瓦盆：一种粗陋的酒具。　(4)意马心猿：汉魏伯阳《周易参同契》注："心猿不定，意马四驰，神气散乱于外。"形容心思不定，如同猿跳马奔一般。　(5)槐阴午梦：唐代李公佐《南柯太守传》云：淳于棼梦梦入槐安国招为驸马，为南柯太守，醒后在槐树及南枝下寻得蚁穴。后多用槐阴午梦喻人生功名富贵得失无常。　(6)安乐窝：宋儒邵雍隐居苏门山中，住处题名"安乐窝"。后人借指安逸闲适的生活环境。

【今译】

瓶中的美酒已经不多，快把它投入酿制的新酒，老瓦盆边我们大笑呵呵。山僧低吟野叟唱和，满饮这一杯热在心窝。吃吧，这是他捉来的一对鸡，吃吧，这是我提来的一个鹅。田园山林的野趣真叫人快活。

不要再留恋功名，把心猿意马收锁。跳出世俗的红尘，远离险恶的风波。人生像槐阴午梦，如今有谁能参破？快点离开名利场吧，隐居山林钻入安乐窝，那是多么快活。

【点评】前一支曲子写朋友间的诗酒欢会，"他出一对鸡，我出一个鹅"乃画龙点睛之笔，洋溢着不可名状的情趣。后一支曲子表明决绝世俗的心迹。起首三句，"收""锁""跳"三个动词一层深似一层，极为传神，将勘破世态的心迹恰如其分地表露出来。后四句既是作者人生经验的总结，也是作者深层意识的坦露。这两支曲子本色,极有性情。

【集说】这首小令(指"意马收")作者表示要离开当时污浊的官场去退隐,反映了当时知识分子的苦闷,使人看到元代社会的黑暗。但内容消极,和关汉卿杂剧的现实主义精神是矛盾的。(萧善因选注《元散曲一百首》)

(苏孟墨)

[商调·梧叶儿]别情

别离易,相见难,何处锁雕鞍[1]?春将去,人未还。这其间,殃及杀愁眉泪眼。

【注释】(1)锁雕鞍:柳永《定风波》:"早知恁么,悔当初不把雕鞍锁。"

【今译】
分离是那么的容易,相见又是这样困难。我到何处去寻找你的雕鞍,我如何才能把你留在身边?春光飞逝留下我无限惆怅,心上的恋人啊还没有归还。伴随着多少个不眠的春夜,我紧蹙愁眉暗自哭红双眼。

【点评】"别离"总领全曲,"易"与"难"相对,将离情层层展开。言在不语中,"春将去",既点明伤春因"人未还"的内容,又为"这其间"蓄势,把离别后的愁情发挥得淋漓尽致。

【集说】如此方是乐府。音如破竹,语尽意尽,冠绝诸词,妙在"这其间"三字,承上接下,了无瑕疵。"殃及杀"三字,俊哉语也!有言:"六句俱对",非调也,殊不知第六句只用三字,歌至此,音促急,欲过声以听末句,不可加也。兼三字是务头,字有显对展才之调。"眼"字上声,尤妙,平声属第二着。(周德清《中原音韵·作词十法》)
《曲藻》评后四句亦为"情中悄语"。全词甚淡,唯着意在"殃及杀"三字而已。(任中敏《作词十法疏证》)

(苏孟墨)

[双调·沉醉东风]⁽¹⁾

咫尺的天南地北，霎时间月缺花飞。手执着饯行杯，眼阁着别离泪。刚道得声保重将息⁽²⁾，痛煞煞教人舍不得。好去者望前程万里。

【注释】(1)本题五首，此选第一。(2)将息：养息，休养。

【今译】

近在咫尺，马上要天南地北。良辰美景，转眼间月缺花飞。颤巍巍举起饯行的酒杯，眼睛里含着离别的泪水。刚说一声"保重身体"，痛苦的呻吟在内心抽泣。"踏上征途，好好地去吧！愿你顺利！愿你前程万里！"

【点评】起首两句从时空的角度极写离别瞬间的悲哀，空灵洒脱，以虚带实，奠定全曲的情感基调。三四句以对句的形式具体写女主人公的送别，充实一二句的内涵。最后三句，在引出女主人公告别之语的同时，突出其复杂的心理变化，极其本色地表达出不能自持的痛苦情态。整个曲子，在真切中恰如其分地把握了送别女子时而含蓄、时而坦率的情感，刻画出一个声泪俱下、依依不舍的痴情女子形象。

【集说】他（关汉卿）的散曲欲以婉丽见长，然有时亦非常的豪辣灏烂。像[一半儿]的《题情》，[沉醉东风]的《离情》(指"咫尺的天南地北"这支曲子)……都可以为婉丽的代表。（引曲文，略）像这样的曲，还不是最天真的情歌吗？柳永的"执手相看泪眼，竟无语凝咽"(《雨霖铃》)不能专美于前了。（梁乙真《元明散曲小史》）

他（关汉卿）的许多小令，写闺情，写别怨，写小儿女的意态，写无可奈何的叹息，写称心快意的满足的，几乎没有一首不好，不入木三分，比柳词还要谐俗，却也比柳词还要深刻活泼；比山谷词还要艳荡，却也比山谷词还要令人沉醉，同时却又那样的温柔敦厚，一点也不显出粗鄙恶俗(以下引[沉醉东

风]"咫尺的天南地北"等曲作例证)。(郑振铎《中国俗文学史》)

这是写饯别的。以"月缺花飞"极写离苦,但又殷勤寄语,对离别者寄托厚望。(卢润祥选注《元人小令选》)

依依不舍的情景刻画入微,真挚感人。(萧善因选注《元散曲一百首》)

(苏孟墨)

[双调·碧玉箫]⁽¹⁾

　　秋景堪题,红叶满山溪。松径偏宜,黄菊绕东篱⁽²⁾。正清樽斟泼醅,有白衣劝酒杯⁽³⁾。官品极,到底成何济!归,学取他渊明醉。

【注释】(1)本题十首,此选第九。　(2)黄菊句:陶渊明《饮酒》诗:"采菊东篱下,悠然见南山。"　(3)白衣句:用典。陶渊明九月九日赏菊无酒,甚憾。恰巧江州刺史王弘命白衣童子送酒,渊明酣饮。

【今译】

迷人的秋色应如何题写?漫山的红叶飘满了清溪,青翠的松径令人心旷神怡,黄灿灿的菊花环绕着东篱。我举起清樽斟满美酒,白衣童子殷勤地劝饮。放眼整个人生社会,官至极品,又于事何济?回归自然吧,归隐田园,学习陶渊明,清秋醉饮。

【点评】归隐是元散曲的主旋律。红叶、山溪、松径、黄菊……大自然绚丽的秋色给人不尽的遐思。这是一个与喧嚣的世俗社会截然对立的宁静世界,作家自然想起"采菊东篱下,悠然见南山"的陶渊明。整个曲子强调情感的条畅,描绘出一幅清秋醉饮图。

【集说】此曲风格豪辣灏烂。写秋天之景而意象绚丽壮阔,不着悲凉肃杀语;抒归隐之情,亦豪迈旷达,毫无人生如梦、及时行乐之颓唐情调。且对偶精美自然,音律畅适和谐,特别是此曲末句,平仄既切合音律"第一著"末

75

元曲观止

二字用"平去",抒情又十分自然地顺理成章,堪称声文并茂。(熊笃语,引自《元曲鉴赏辞典》)

[双调·大德歌]春

　　子规⁽¹⁾啼,不如归,道是春归人未归。几日添憔悴,虚飘飘柳絮飞⁽²⁾。一春鱼雁⁽³⁾无消息,则见双燕斗衔泥⁽⁴⁾。

【注释】(1)子规:鸟名。《禽经》:"江右曰子规,蜀右曰杜宇,瓯越曰怨鸟,一名杜鹃。"《本草拾遗》:"人言此鸟啼至血出乃止。"其声若"不如归去",宛转凄怆。　(2)虚飘句:《雍熙乐府》作"扑簌簌泪点儿垂"。　(3)鱼雁:鱼书、雁足的合称,据说,鱼能传书,雁能捎信。　(4)双燕句:《古诗十九首》之十二:"思为双飞燕,衔泥巢君屋。"

【今译】

　　杜鹃啼,不如把家归。暮春将去人未回,连日思念,早把心憔悴。虚飘飘柳絮飞,瘦损独伤悲。整整一个春,不见鱼雁传消息,却见飞燕做窝忙衔泥,思念长叹息。

【点评】曲子以"归"为诗眼。首句"子规啼",因其声若"不如归去",能发闺妇怀远之情。二三句妙用三个"归"字,贴切、自然流畅,强烈地传达出思念的情感。在飘飘柳絮衬托之下,"添"字尤见精神,准确地把握了因"思"而起的恍惚神态。末句写眼前景,以又燕衔泥营巢继续映衬和强化浓郁的思念和独寂之情。

【集说】"子规啼,不如归,道是春归人未归。"(《大德歌》)竟是《漱玉词》中语。(梁乙真《元明散曲小史》)

　　全篇紧紧围绕一个"春"字,从各个侧面描绘,突出了少妇的思念。行文上惜墨如金,不蔓不枝。(王学奇语,引自《元曲鉴赏辞典》)

　　　　　　　　　　　　　　　　　　　　　　　　　　(苏孟墨)

[双调·大德歌]夏

俏冤家,在天涯,偏那里绿杨堪系马。困坐南窗下,数⁽¹⁾对清风想念他。蛾眉淡了教谁画⁽²⁾?瘦岩岩羞带石榴花。

【注释】(1)数:每每。　(2)蛾眉句:用"张敞画眉"典。西汉张敞任京兆尹时,曾为其妻画眉,见《汉书·张敞传》。此事后成为夫妻恩爱的典故。

【今译】
该死的小冤家,浪迹在天涯。冶游系马绿杨下,为何不还家?困乏南窗下,面对清风想念他。到如今,蛾眉淡了谁来画?渐消瘦,羞带石榴花。

【点评】《夏》大胆泼辣地写相思之情。一个"俏"字传神至极,把爱与恨交织在一起,表面上埋怨"绿杨",骨子里却怨恨爱人不知早归,珍惜爱情。"困坐"二句词浅意深,清风和美,情思更浓。末两句用典,将躁动不安的苦思托现出来。曲贵尖新,然而,这支曲子蕴藉含蓄,辞尽意未尽,具有词的风格。

【集说】(关汉卿)长期出入歌场舞榭,对于那一阶层中男男女女的精神面貌、性格特征,体会得非常深切,因而在这方面的表现,很有特色。(下引"俏冤家"曲文,略)(刘大杰《中国文学发展史》)

(苏孟墨)

[双调·大德歌]秋

风飘飘,雨潇潇,便做陈抟⁽¹⁾睡不着。懊恼伤怀抱,扑簌簌泪点抛。秋蝉儿噪罢寒蛩⁽²⁾儿叫,渐零零细雨打芭蕉。

【注释】(1)陈抟:五代末北宋初的著名道士,号希夷先生,隐居华山修道,"每寝处,多百余日不起。"见《宋史·陈抟传》。因有"陈抟高卧"的说法。　(2)蛩(qióng):蟋蟀。

【今译】

　　秋风飘飘,秋雨潇潇,模仿高卧的陈抟睡不着。心上人,你在何方?懊恼伤怀抱。到如今,泪珠儿扑簌簌地往下掉。秋蝉哀鸣刚停下,寒蛩又起叫,零零细雨打芭蕉,点点滴滴往心上跳。

【点评】起首三句写风、写雨、写长夜不眠,由景披情,直入怀抱。"飘飘""潇潇"双声叠韵,音响悠长,倍增空寂之情。四、五句写女主人公愁苦情状。在准确地捕捉一典型细节以后留下空间,让读者想象补充,其闺房幽情在充实中越发空灵。最后二句继续写景,景语皆情语,蝉噪蛩鸣,雨打芭蕉,进一步突现女主人公愁苦的心境。小令以大自然的秋声写人物心灵的感受,声情并茂,直率中见委婉,委婉中情更真。

【集说】汉卿的言情类的作品,无论小令散套,都是最隽美的晶莹的珠玉,读了是令人把玩不忍释手的。……我们再看他的《大德歌》:"风飘飘,……"他这一类的抒情歌曲,都很清丽。(梁乙真《元明散曲小史》)

(苏孟墨)

[南吕·一枝花]杭州景

　　普天下锦绣乡,寰海内风流地。大元朝新附国,亡宋家旧华夷(1)。水秀山奇,一到处(2)堪游戏。这答儿(3)忒富贵,满城中绣幕风帘,一哄地人烟凑集。

　　[梁州]百十里街衢整齐,万余家楼阁参差,并无半答儿(4)闲田地。松轩竹径,药圃花蹊,茶园稻陌,竹坞梅溪。一陀儿(5)一句诗题,一步儿一扇屏帏(6)。西盐场(7)便似一

带琼瑶，吴山⁽⁸⁾色千叠翡翠。兀良⁽⁹⁾望钱塘江万顷玻璃。更有清溪绿水，画船儿来往闲游戏。浙江亭⁽¹⁰⁾紧相对，相对着险岭高峰长怪石，堪羡堪题⁽¹¹⁾。

［尾］家家掩映渠流水，楼阁峥嵘出翠微，遥望西湖暮山势。看了这壁，觑⁽¹²⁾了那壁，纵有丹青⁽¹³⁾下不得笔。

【注释】(1)亡宋家：元世祖至元十四年(1277)下令："宋宜曰亡宋，行在宜曰杭州。"华夷：本指中原与外族，这里指南宋旧都杭州。　(2)一到处：所到之处。　(3)这答儿：这个地方，这一处。　(4)半答儿：半块儿。(5)一陀儿：一块儿，一处儿。　(6)屏帏：用以遮挡的屏障或帷帐。(7)西盐场：杭州西边繁荣的市区。　(8)吴山：在杭州西湖东南、钱塘江北岸，山石奇秀，洞壑幽深，是历史上的观潮胜地。春秋时这里是吴国的南界，故称吴山，又称晒网山，俗称城隍山。　(9)兀良：语气词，表示惊叹。(10)浙江亭：杭州名亭。周密《武林旧事》卷三云，每年11月钱塘潮涨，游人多集中于此观潮。《乾道临安志》："浙江亭在钱塘旧治南，到县一十五里。"　(11)堪羡堪题：值得羡慕、值得题咏。　(12)觑(qù)：偷看，窥探。(13)丹青：本指绘画的颜料，这里指画家。

【今译】

看杭州，天下锦绣乡，海内风流地。大元朝的新国土，宋王朝的旧京师。水秀山奇，所到之处游玩观赏，风光真绮丽。这个地方太富贵，满城中绣幕风帘目不暇接，店铺林立，人烟一味地稠密。

百十里大街小巷整整齐齐，万余家楼台亭阁鳞次栉比，整个城中没有半块闲田地。放眼望：松轩竹径，药圃花蹊，茶园稻田，花坞梅溪，一处处胜境都可以题诗，每走一步都像屏帏一般美丽。西盐场好似一条琼瑶玉带，城隍山千叠翡翠把人迷，啊！钱塘江，银波万顷，明净如玻璃。还有那清清的小溪泛绿波，画船儿水中忙游弋。更有那观潮胜地浙江亭，紧对着险岭高峰，那景色奇特，长满了嶙峋怪石，真是个值得美慕、值得题咏的胜景地。

杭州城，家家户户掩映小渠清溪，雕楼画阁，时隐时现青山里。暮色遥望西湖群山势，心旷神怡。看完这边看那边，就是丹青妙手也下不了笔。

元曲观止

【点评】东南形胜,完全不同于北地风格。一个北方人——关汉卿看到杭州,满眼风光满眼新奇,这也就难怪他会情不自禁地用"普天下锦绣乡,环海内风流地"之语来高度赞扬杭州了。套曲寓情于景,首先概写杭州的"水秀山奇"、城市风貌和历史变迁。接着具体深入地全方位描绘杭州景,如同电影的特写镜头给我们推出一幅幅色彩斑斓的艺术画面,以充分调动我们视觉的感受能力。那整齐的街巷,参差的楼阁,松竹花梅,湖光山色,清溪流水,无不给人以心灵的震荡。至此,作者的赞美之情自然溢于言表,所以,最后感慨道:"纵有丹青下不得笔"。《杭州景》这套曲子简直可以与柳永的《望海潮》对读,与之同为咏杭州的佳作,可谓"双璧"。值得注意的是,它比《望海潮》更有激情。

【集说】[南吕·一枝花]《杭州景》盛赞杭州的繁华:"满城中绣幕风帘,一哄地人烟凑集。""百十里街衢整齐,万余家楼阁参差。"反映了元代城市繁荣的景象。(李汉秋、周维培校注《关汉卿散曲集》)

(苏孟墨)

[南吕·一枝花]不伏老⁽¹⁾

攀出墙朵朵花,折临路枝枝柳⁽²⁾。花攀红蕊嫩,柳折翠条柔⁽³⁾。浪子风流。凭着我折柳攀花手⁽⁴⁾,直煞得花残柳败休⁽⁵⁾。半生来折柳攀花,一世里眠花卧柳。

[梁州]我是个普天下郎君领袖⁽⁶⁾,盖世界浪子班头。愿朱颜不改常依旧。花中消遣,酒内忘忧。分茶攧竹⁽⁷⁾,打马藏阄⁽⁸⁾,通五音六律滑熟⁽⁹⁾。甚闲愁到我心头?伴的是银筝女,银台前理银筝笑倚银屏⁽¹⁰⁾;伴的是玉天仙,携玉手并玉肩同登玉楼⁽¹¹⁾;伴的是金钗客,歌金缕捧金樽满泛金瓯⁽¹²⁾。你道我老也,暂休⁽¹³⁾。占排场风月功名首⁽¹⁴⁾,更玲珑又剔透⁽¹⁵⁾。我是个锦阵花营都帅头⁽¹⁶⁾,曾

玩府游州。

[隔尾]子弟每是个茅草岗沙土窝初生的兔羔儿乍向围场上走(17)，我是个经笼罩受索网苍翎毛老野鸡蹅踏的阵马儿熟(18)。经了些窝弓冷箭蜡枪头(19)，不曾落人后。恰不道人到中年万事休，我怎肯虚度了春秋。

[尾]我是个蒸不烂煮不熟捶不匾炒不爆响珰珰一粒铜碗豆(20)，恁子弟每谁教你钻入他锄不断斫不下解不开顿不脱慢腾腾千层锦套头(21)。我玩的是梁园月(22)，饮的是东京酒(23)，赏的是洛阳花(24)，攀的是章台柳(25)。我也会围旗、会蹴踘(26)会打围、会插科。会歌舞、会吹弹、会嗽作、会吟诗、会双陆(27)。你便是落了我牙，歪了我嘴，瘸了我腿，折了我手，天赐与我这几般儿歹症候(28)，尚兀自不肯休(29)！则除是阎王亲自唤，神鬼自来勾，三魂归地府，七魄丧冥幽(30)，天哪！那其间才不向烟花路(31)儿上走！

【注释】(1)不伏老：即不服老。由曲名和曲中内容看，此曲当为关汉卿渐入"老"境时所作。 (2)出墙花、临路柳：喻指娼妓一类女性。 (3)"花攀"二句：意谓攀花要攀鲜嫩的红蕊(ruì，花心)，折柳要折轻柔的翠条。皆含象征意味。 (4)折柳攀花：喻指狎妓。手：能手。 (5)直煞得：即直杀得。 (6)郎君：与浪子同义，指混迹于娼妓间的花花公子。 (7)分茶、擫(diān)竹：皆古代赌博游戏之名。分茶，一说为品评茶叶的好坏，是一种与"斗茶"相似的娱乐技艺。 (8)打马：古代博戏的一种，宋代女诗人李清照有《打马赋》一篇，可参看。藏阄(jiū)：一种猜东西的游戏。 (9)五音：即宫、商、角、徵、羽五音。六律：乐律有十二，阴阳各六，阳为律，阴为吕。六律即黄钟、太蔟、姑洗、蕤宾、夷则、无射。 (10)筝：古代一种拨弦的乐器。银筝女：指歌妓。银台、银屏：妆饰精美的梳妆台和屏风。 (11)玉天仙：如花似玉的美女。 (12)金钗客：头戴金钗之客，即女子。金缕：曲调名，因唐杜秋娘《金缕曲》一诗而得名。金樽、金瓯：皆指精美的酒器。 (13)暂休：暂时停止。这是向"道我老"者说的话。 (14)排场：演剧和表演各种技艺的

场地,宋元时称为"做场"或"做排场"。风月:指男女间情事。功名:指排演杂剧等事业。首:首位。 (15)玲珑剔透:形容物品精巧晶莹,此指人聪明灵巧。 (16)锦阵花营:指各类艺人和妓女集中的场所。都帅头:总头目。

(17)子弟:特指风流子弟而阅历不深、经事不多者。每:们。乍:初。围场:打猎的场所,此指妓院等冶游之处。 (18)经笼罩、受索网:喻指自己饱经磨难、磨练。苍翎毛:青苍的羽毛,以见毛色之老。老野鸡:比喻自己是情场老手。踏(chǎ)踏:踩踏。阵马儿熟:喻指狎妓的经验丰富。 (19)窝弓:暗藏的弓弩。冷箭:暗箭。蜡枪头:即银样蜡枪头,表面像银而实际是蜡做的枪头,比喻中看不中用。这里指对自己未造成实质性伤害的打击。

(20)铜碗豆:妓院中对老狎客的昵称,此处有隐喻性格坚强之意。 (21)恁(rèn):您,你们。斫:砍。顿:挣。锦套头:喻指带有欺骗性的圈套。

(22)梁园:汉时梁孝王曾在大梁(今河南开封)筑兔园以待宾客,后世称梁园。 (23)东京:汉时以洛阳为东京,五代至宋,皆以汴州(今开封)为东京,这里当指后者。 (24)洛阳花:洛阳名花繁多,尤以牡丹最为著名。

(25)章台柳:指妓女。章台为汉代长安的街名,为娼妓集居之地,后用为妓院代称。唐人韩翃曾给所娶妓女写过题为《章台柳》的情词。 (26)蹴鞠(cù jū):古代的一种踢球运动。 (27)双陆:又名十二棋,古代的一种博戏。 (28)歹症候:坏毛病。 (29)兀自:犹、还。 (30)三魂、七魄:道家认为人有三魂七魄,这里指与形相对的神。地府、冥幽:统指地狱,乃人死后灵魂所居之地。 (31)烟花路:狎妓的路途。

【译文】(略)

【点评】全曲紧紧围绕"不伏老"展开,因不服老,故而搬弄自家种种本领,所谓"普天下郎君领袖""盖世界浪子班头""锦阵花营都帅头""响珰珰一粒铜碗豆",何等了得! 而所有描写归于一点,无非"浪子风流"。自古浪子多风流,然而打开一部文学史,何人能放浪风流到这种地步! 这是自我的真实写照,人性的全部展露,满怀豪气而无半点遮掩的高唱! 攀花折柳、眠花卧柳、占排场风月功名首,似乎来得并不怎么光明正大,甚至很有些市井无赖习气,但这在那个"八娼九儒十丐"的社会里,不又体现出对现存秩序的背离和反抗么？关汉卿十八般技艺样样俱全，吟诗、弹奏、歌舞、打猎、踢球、下棋、赌博、编剧、演出，皆为看家本领，一扫历代文人那种酸腐、清高、文弱、不更世事的习性，而展现出全新面目。特定的社会造就了特定的人，社会的弃儿自有弃儿的独特思维和选择方式。职是之故，作为响当当一粒"铜豌豆"的关汉卿如何肯服老？又哪里会认输？无意于功名利禄，甘心于市井排场和烟花路途，嬉笑怒骂，我行我素，还我一个真人，这不正是这首套曲的美学价值和认识意义吗？至于该曲高度性格化的形象塑造和语言运用，读者细味当不难有会于心。

【集说】珠玑语唾自然流，金玉词源即便有，玲珑肺腑天生就。风月性，忒惯熟；姓名香，四大神州。驱梨园领袖，总编修师首，捻杂剧班头。（贾仲明《凌波仙词》）

关汉卿之词，如琼筵醉客。（朱权《太和正音谱》）

比柳词还要谐俗，却也比柳词还要深刻活泼；比山谷词还要艳荡，却也比山谷词还要令人沉醉。（郑振铎《中国俗文学史·元代的散曲》）

他（关汉卿）的坚韧、顽强的性格在这首著名的作品中表现得相当突出。正是这样的性格，使他能够终身不渝地从事杂剧的创作，写出了许多富有强烈的战斗精神、反抗精神的作品。（中国社会科学院文学研究所中国文学史编写组《中国文学史》三）

这一套曲比喻的生动、贴切，语言的泼辣、通俗，情意的活泼、自然，与民间歌曲很接近，它充分表现出关汉卿散曲的艺术特色。（郑孟彤《中国诗歌发展史略》）

（尚永亮）

［越调·斗鹌鹑］女校尉⁽¹⁾

换步那踪⁽²⁾，趋前退后，侧脚⁽³⁾傍行，垂肩躲⁽⁴⁾袖。若说过论茶头⁽⁵⁾，媵答扳搂⁽⁶⁾，入来的掩⁽⁷⁾，出去的兜⁽⁸⁾。子要论道儿着人⁽⁹⁾，不要无拽样顺纽⁽¹⁰⁾。

［紫花儿］打的个桶子媵⁽¹¹⁾特顺，暗足窝粧腰⁽¹²⁾，不

揪拐⁽¹³⁾回头。不要那看的每侧面,子弟⁽¹⁴⁾每凝眸。非是我胡诌,上下泛前后左右瞅⁽¹⁵⁾,过从的圆就⁽¹⁶⁾。三鲍敲⁽¹⁷⁾失落,五花气⁽¹⁸⁾从头。

[天净沙]平生肥马轻裘⁽¹⁹⁾,何须锦带吴钩⁽²⁰⁾?百岁光阴转首,休闲生受⁽²¹⁾,叹功名似水上浮沤⁽²²⁾。

[寨儿令]得自由,莫刚求⁽²³⁾。茶余饭饱邀故友,谢馆秦楼⁽²⁴⁾,散闷消愁。惟蹴鞠⁽²⁵⁾最风流。演习得踢打温柔⁽²⁶⁾,施逞得解数⁽²⁷⁾滑熟。引脚蹑龙斩眼⁽²⁸⁾,担枪拐凤摇头⁽²⁹⁾。一左一右,折叠拐鹊胜游⁽³⁰⁾。

[尾]锦缠腕、叶底桃⁽³¹⁾、鸳鸯扣⁽³²⁾,入脚面⁽³³⁾带黄河逆流。白打赛官场⁽³⁴⁾,三场儿⁽³⁵⁾尽皆有。

【注释】(1)女校尉:宋元圆社中踢毬技艺高超的女艺人。《蹴鞠谱》中《须知》谈校尉名称来由时说:"出入金门,驾前承应,赐为校尉之职。"同书又云:"凡做校尉者,必用山岳比赛过,才见其奥妙。" (2)那踪:挪动脚步,那通挪。蹴鞠(cù jū)的基本步法。 (3)侧脚:蹴鞠的一种步法。宋汪云程《蹴鞠图谱·那展侧脚诀》:"那脚(那踪)即是入步,侧脚须当步稳,务要随身倒步,不可乱那动脚。" (4)觯(duǒ):下垂的样子。 (5)过论:发毬给对方。论即毬。《蹴鞠图谱·官场下作》:"背剑拐:论过头出,使左拐,从右肩后出,使踢出论。"茶头:蹴鞠的角色。《蹴鞠图谱·三人场户》:"校尉一人,茶头一人,子弟一人,立站须用均停。校尉过轮(论)与子弟,子弟用右臁与茶头。" (6)臁(qiǎn)答扳拽:踢球的几种动作,《蹴鞠谱》:"臁:须用肩尖对脚尖,要宜身倒腿微偏,直腰挺身脚跟出,力可平撞使放臁。""搭:论众正面须当搭,脚放低垂眼放亲,若要踢牢轻入力,却思步活内中寻。"又《圆社锦语》:"搭,上前。"答即搭。 (7)掩:指隐蔽性的接毬动作。 (8)兜:通陡,突然,迅速。 (9)论道儿:指毬的传行路线。着人:《事林广记》:"臁辞远近着人偧。" (10)拽(zhuāi)样:《蹴鞠谱》载对毬员"整齐"的要求,"一格样,二拽扎"。顺纽:随便踢球。 (11)桶子臁:小腿平端的一种踢法。《蹴鞠谱》:"桶子臁平拾去得疾。" (12)暗足窝:用脚掌处理毬的一种踢

元曲观止

法。粧腰:装模作样,这里有刻意做作之意。 (13)不揪拐:蹴鞠一种技法。
(14)子弟:蹴鞠角色。参见注(5)。 (15)泛:踢球规定所必须通过的一种器械或区域,也指相应的动作。《蹴鞠谱》:"三人各依资次相立顺行,子弟、茶头过泛,周而复始。只许一踢,到泛无妨两踢。" (16)圆就:灵活、恰到好处。 (17)三鲍㪣:蹴鞠的技术动作。《蹴鞠图谱·中截解数》中有"三捧(棒)㪣"。 (18)五花气:蹴鞠的技术动作。 (19)肥马轻裘:指服御豪华,形容生活豪奢。 (20)锦带吴钩:化用鲍照《代结客少年行》中"骢马金络头,锦带佩吴钩"诗句。吴钩,指产于吴地的利剑。 (21)生受:辛苦。 (22)浮沤:水面上的泡沫。因其易生易灭,故喻人生之短暂和世情变化无常。 (23)刚求:强求。 (24)谢馆秦楼:此指妓院。 (25)蹴鞠:古代的一种踢球运动。 (26)温柔:圆社要求其成员"性格温柔"。《蹴鞠谱》把它列为"三可教"的第一条,强调要"令刚气潜消""一团和气"。 (27)解数:踢球的技巧和程式。 (28)引脚蹉:蹴鞠的踢法之一。斩眼:眨眼。
(29)担枪拐:蹴鞠的踢法之一。《蹴鞠谱·官场侧脚踢蹬》:"担抢搭拐:稍拐用高起出论。"同书《官场下作》:"枪拐:下一或左拐、或右拐,直起直落,使搭出论。"凤摇头:《蹴鞠谱·下脚》:"十字拐如凤摇头。" (30)折叠拐:踢球的技艺。《蹴鞠图谱·官场下作》:"摺叠拐:左右上一般,或一边,或两边,连三拐四,五拐寻论。"鹘胜游:花样踢法的一种。《蹴鞠谱·下脚》:"堪观处似鲍老肩挠,鹘胜游,争似花脚银。" (31)叶底桃:气毬名。 (32)鸳鸯扣:不详。《蹴鞠图谱·踢搭名色》有"鸳鸯拐""鸳鸯足斡"。《水浒传》第二回:"那高俅见气毬来,也是一时的胆量,使个鸳鸯拐,踢还端王。" (33)入脚面:一种踢球的方法。《蹴鞠谱·诸踢法》有"白入脚面"。 (34)白打:两人对踢的形式。《蹴鞠图谱·二人场户》:"曳开大踢名白打,……亦惟校尉能之。"官场:三人进行的较复杂的踢球形式。焦竑(hóng)《焦氏笔乘》引《齐云谱》:"三人角踢的官场。 (35)三场儿:《事林广记》:"齐云社规,先小踢,次官场,次高而不远。"所谓高而不远,即"或打二(二人赛),或落花流水(七人赛),或打花心(九人赛)或皮破(五人赛),或白打放踢。"

【今译】

那毬场上的女校尉,换步挪步,趋前退后。侧脚傍行站得稳,体态丰盈

垂肩袖。先说说毛毬给茶头，膁答扳搂见风流。接毬很隐蔽，踢出如流星走。女校尉传毬确有线路，可不是随随便便乱踢球。

打个桶子膁很顺利，用脚掌再有意做个暗足窝，然后踢个不揪拐才回头。看不清女校尉的每侧面，场中的子弟凝双眸。不是我胡诌，那球上下飞舞，贴在女校尉身前身后。踢给对方的恰到火候，三鲍敲高难动作刚做完，五花气更难的动作又从头。

平生乘肥马穿轻裘，何必一定要锦衣玉带佩吴钩？百岁光阴转眼过，何必辛辛苦苦找罪受？可叹那功名，不过像水泡水中游。

得自由，不要把功名去强求。茶余饭饱后，请上几个老朋友，去谢馆秦楼。散闷解忧愁，唯有蹴鞠最风流。去火气，练习踢球得温柔，才能够施展滑熟的解数，眨眼间踢出个引脚蹑，再踢个担枪拐凤摇头。左一个折叠拐，右一个鹘胜游……

锦缠腕，叶底桃，鸳鸯扣。好一个入脚面，带着黄河去逆流。两人对踢再赛官场，不踢完三场儿不罢休！

【点评】套曲《女校尉》可谓关汉卿的优秀代表作之一。有三点值得注意：一、关汉卿如实地描绘了当时市井圆社中蹴鞠的女艺人，以艺术形象描绘了元代市井中风俗画的一个侧面。在第一、第二支曲子中以茶头、子弟蹴鞠中的两个角色衬托了女校尉的英姿，从而表达了对市井女艺人由衷的赞美。二、后三支曲子由女校尉的蹴鞠转而抒发情怀，表现了一个书会才人浪迹市井，与统治者的决绝之情，在蹴鞠中寻找精神慰藉的形象。三、关汉卿是元代早期的散曲作家，这套曲本色地露透出“浪子”精神的端倪，从某种意义上说，它是关汉卿的又一[南吕·一枝花]《不伏老》。

【集说】现存的两套[越调·斗鹌鹑]《女校尉》和《蹴鞠》，都是描写当时市井圆社（齐云社）中蹴鞠（踢气球）的女艺人的活动场景，在关汉卿笔下，这些“女校尉”技艺高超：“演习得踢打温柔，施逞得解数滑熟。引脚蹑龙斩眼，担枪拐凤摇头”；体态优美：“款侧金莲，微挪玉体。唐裙轻荡，绣带斜飘，舞袖低垂”；作者情不可抑地赞扬她们：“天生艺性诸般儿会”，“女辈丛中最为贵”。只有关汉卿这样的书会才人，才会对市井女艺人表现出如此由衷的钦

慕和赞美。(李汉秋、周维培校注《关汉卿散曲集》)

(苏孟墨)

《窦娥冤》第三折[正宫·滚绣球]

　　有日月朝暮悬,有鬼神掌著生死权。天地也只合把清浊分辨,可怎生糊突了盗跖颜渊⁽¹⁾。为善的受贫穷更命短,造恶的享富贵又寿延。天地也做得个怕硬欺软,却元来也这般顺水推船。地也,你不分好歹何为地? 天也,你错勘贤愚枉做天! 哎,只落得两泪涟涟。

【注释】(1)"可怎生"句:语本《史记·伯夷列传》:"且七十子之徒,仲尼独荐颜渊为好学,然回也屡空,糟糠不厌,而卒早夭。天之报施善人,其何如哉? 盗跖(zhí)日杀不辜,肝人之肉,暴戾恣睢,聚党数千人,横行天下,竟以寿终,是遵何德哉?"颜渊名回,孔子学生,后世尊为大贤。盗跖,古代传说中的大盗。

【今译】
　　日月在天空高悬,鬼神掌握生死大权。天地啊,应该把清浊分辨,可怎么颠倒了盗跖颜渊? 为善的穷困又命短,作恶的富贵更有年! 天和地这样的怕硬欺软,原来都成心的顺水推船。地啊,你不分好坏怎么能成为地? 天啊,你混淆贤愚枉做了天! 哎,只落得两眼泪涟涟。

【点评】此为窦娥走向法场前的血泪控诉。在这支曲子里,她的满腔仇恨和悲愤,如喷薄四射的岩浆,从地心深处,直接冲击封建社会最神圣的天地日月鬼神,当然更是对整个封建秩序的挑战。起首"有日月"四句,对天地的昏聩提出尖锐的质问。紧接着"为善的"四句,则拆穿天地怕硬欺软的嘴脸,对它们顺水推船的丑恶行径做了辛辣的嘲笑。如此环环紧扣,层层递进,不断推向感情的顶点,引出"何为地""枉做天"这样震撼人心的呼喊。末句笔锋一转,则由指控天地变为哀怜自己:"哎,只落得两泪涟涟!"这样转折,是符合窦娥这个善良的、冤苦无告的弱女子的性格特点的,也为本折剧

元曲观止

尾的高潮掀起做了铺垫。

【集说】问天,天则何辞!(孟称舜《古今名剧·酹江集》)

窦娥对"天""地"的指责,实际上是对最高统治者的诅咒。(朱东润主编《中国历代文学作品选》)

以第三折的[滚绣球],第二折的[斗虾蟆]为代表的窦娥唱词,不用典故,不用辞藻,明白如话,直抒胸臆,而仍然不失珠圆玉润,酣畅淋漓的韵文之美。语言和动作相配,声情并茂,成为元曲本色派的典型之作。(徐朔方《浅谈〈窦娥冤〉》见《元杂剧鉴赏集》)

(宁希元　胡　颖)

《单刀会》第四折[双调·驻马听]

水涌山叠,年少周郎何处也?[1]不觉的灰飞烟灭!可怜黄盖转伤嗟[2]。破曹的樯橹一时绝[3],鏖兵的江水由然热[4],好教我情惨切[5]!(云)这也不是江水,(唱)二十年流不尽的英雄血!

【注释】(1)周郎:即周瑜,字公瑾,庐江舒县(今安徽舒城)人。任东吴都督,曾在赤壁之战中建立奇功。《三国志·吴志·周瑜传》载:"瑜时年二十四,吴中皆呼为周郎。……" (2)黄盖:三国零陵泉陵(今湖南永州)人,字公覆。东吴大将,也曾在赤壁之战中建立战功。 (3)樯(qiáng):帆船挂风帆的桅杆。橹:划船的工具。樯橹在此指代船只。 (4)鏖(áo)兵:激烈的或大规模的战斗。《三国演义》第四十七回:"赤壁鏖兵用火攻,运筹决策尽相同。"由然:通"犹然"。 (5)惨切:十分悲痛。

【今译】

万山重叠,大江汹涌,曾在这里大破曹军,年轻英俊的周郎如今哪里去了?不觉得已身在黄泉随时间的流逝灰飞烟灭,可怜黄盖转而使人伤叹。当年破曹的船只形影绝,这曾激战过的江水仍然热,不由得我的心情好凄惨。这不是江水啊,是二十年流不尽的英雄血。

【点评】这是一支英雄凭吊英雄的名曲,雄壮豪迈、苍凉慷慨,堪称千古之绝唱。英雄故地重游,不由得引起了对曾在这里建立奇功的英雄的怀念;惋惜过去那雄壮的场面的一去不复返。同时隐含了英雄对自己衰老的哀叹。情真意切,真挚感人。然其词铿锵、其怀壮烈,毫无俗人泣泪涟涟的悲酸之情。特别是最末一句"二十年流不尽的英雄血",浑沉有力、意味无穷,表达了主人公对英雄业绩的缅怀。此曲不仅境界完美,且完全符合关羽英雄豪迈的性格,使人物形象更加鲜艳夺目。

【集说】感慨苍凉,"二十年流不尽的英雄血"一句,更是神来之笔。(张庚、郭汉城《中国戏曲通史》)

气势磅礴,感慨苍凉,乃神来之笔。(彭隆兴《中国戏曲史话》)

(兰拉成)

元曲观止

白朴

白朴(1226—1306 年以后),字太素,号兰谷;原名恒,字仁甫。祖籍隩州(今山西河曲),后流寓真定(河北正定)。父白华,在金为枢密判官。金哀宗天兴元年(1232),白朴七岁,遭蒙古侵金之难。金亡后,白朴遍览长江中下游名城,寄情于山水、诗酒,谢绝出仕。白朴生于世家,从小受到文学的熏染,并得父挚友元好问的指点。博学多才,有词集《天籁集》传世。工于曲,与关汉卿、马致远、郑光祖并称"元曲四大家"。作杂剧十六种,今存《梧桐雨》三种。散曲内容以描写风景,抒发旷达情怀与歌咏男女恋情为主。风格以清丽见长,时有豪放之作。据隋树森《全元散曲》,有小令三十七首,套数四套。

[中吕·阳春曲]知几⁽¹⁾

一

知荣知辱牢缄口⁽²⁾,谁是谁非暗点头,诗书丛里且淹留⁽³⁾。闲袖手,贫煞⁽⁴⁾也风流。

二

今朝有酒今朝醉⁽⁵⁾,且尽樽⁽⁶⁾前有限杯。回头沧海⁽⁷⁾又尘飞。日月疾,白发故人稀。

三

不因酒困因诗困⁽⁸⁾,常被吟魂恼醉魂⁽⁹⁾,四时风
月⁽¹⁰⁾一闲身。无用人,诗酒乐天真。

四

张良⁽¹¹⁾辞汉全身计,范蠡⁽¹²⁾归湖远害机,乐山乐水
总相宜。君细推,今古几人知?

【注释】(1)知几:预知事物的几微,即事先察觉到事物所要发生变化,予
以迎合或回避。《易·系辞下》:"子曰:知几,其神乎?几者,动之微,吉之先
见者也。" (2)缄口:把嘴巴缝起来,即闭口不言。 (3)淹留:停留。
(4)贫煞:贫穷到极点。 (5)今朝句:罗隐《自遣》诗:"得即高歌失即休,多
愁多恨亦悠悠。今朝有酒今朝醉,明日愁来明日愁。" (6)樽(zūn):古代
的盛酒器具。 (7)沧海:指沧海桑田。喻世事变化很大。 (8)酒困:谓饮
酒过度,为酒困扰。诗困:谓搜索枯肠,终日苦吟。 (9)吟魂:指作诗的兴
致和动机。又叫诗魂。醉魂:饮酒过多,神志不清的状态。 (10)风月:此
清风明月等自然景物。 (11)张良:兴汉三杰之一,汉建立后封留侯。功成
身退,据说是为了保全自己。 (12)范蠡(lǐ):春秋人,帮越王勾践复国灭
吴,功成后为远离杀身之祸,辞官经商遨游五湖。

【今译】

一

虽然明白事体的荣辱,保持沉默千万不要开口。虽然明白谁是谁非,最
好是私下暗自点头。到诗书堆里去停留,闲来自乐,对世事旁观袖手。哪怕
是贫困到极点,那也是荣耀,也是风流。

二

今天有酒今天醉,姑且喝尽有限杯,猛回首,沧海变桑田,世事多艰尘又
飞。日月如梭天地疾,白发故人剩无几,心中无限悲。

三

不是因为喝酒太多,是因为诗情被郁积捆困。我常常因吟诗烦闷,不得

元曲观止

不去寻找醉魂。四时的清风明月啊,伴随我清闲自在身。我是个于世无用的人啊,只有在诗酒中陶乐天真。

四

张良功成辞汉朝,只为全身计;范蠡归湖离越王,为把灾祸避。往事一幕幕,纵情山水最适宜。请君细推究,从古至今,远离全身几人知?

【点评】金亡,白朴饱尝离乱之苦,家国伤痛之感使作家对元代社会现状的体察格外深切。第一支曲子起首二句可视为此四支曲子的总背景,作者以"牢缄口""暗点头"来揭示元代社会的黑暗,从中不难看出作者的愤懑之情。第二支曲子承诗书自乐之意写饮酒自娱,感慨人生短暂,世事多变。第三支曲子写诗人心情抑郁,以诗抒怀,以酒浇愁,苦中求乐。第四支曲子用张良、范蠡避祸全身的典故,阐发"乐山乐水",主张到大自然中平衡心理,发出警世之言。纵观这四支曲子,作家有意将苦闷写得十分放达,故作轻松潇洒。究其深层,主要还是在对黑暗的社会现实进行抨击,是在以苦作乐,以乐写胸中的不平之气,潜流着巨大的悲愤。

【集说】他的[阳春曲](《知几》四首)大约写的是无可奈何的悲哀吧。(郑振铎《中国俗文学史》)

"知荣知辱牢缄口"虽有消极情绪,但也反映出他那种不满现实、不肯同流合污的生活与性格。(刘大杰《中国文学发展史》)

(张　强)

[中吕·喜春来]题情⁽¹⁾

从来好事天生俭⁽²⁾,自古瓜儿苦后甜。奶娘催逼紧拘钳⁽³⁾,甚是严。越间阻越情忺⁽⁴⁾。

【注释】(1)喜春来:一名[阳春曲]。本题六首,此选第四。　(2)俭:少。　(3)奶娘:此指亲娘。拘钳:拘束钳制。　(4)情忺(xiān):情投意合。忺,适意。

【今译】

从来好事天生少,自古瓜儿苦后甜。亲娘催逼我嫁人,紧拘钳,不让再会情郎面。隔山隔水隔不断,越阻拦越情欢。

【点评】"从来"二句言浅旨远,有民谚风味。后三句具体诠释间阻爱情的不是"天生",而是人为,由"苦后甜"深化出"越间阻越情忱"。如同橄榄耐人咀嚼。"奶娘"具有象征意义,可视为顽固维护封建礼教的代表。整个曲子,借女性之口大胆地表达了火辣辣的爱情,如同一篇争取爱情自由的宣言书。

【集说】他(白朴)也善作情语。[德胜令]的几首和[阳春曲]的几首都是不下于关汉卿、王实甫诸作的。(郑振铎《中国俗文学史》)

感情热烈,语言质朴,像一首泼辣的民歌。(萧善因选注《元散曲一百首》)

(张 强)

[越调·天净沙]春

春山暖日和风,阑干楼阁帘栊[(1)],杨柳秋千院中。啼莺舞燕,小桥流水飞红[(2)]。

【注释】(1)帘栊:窗户上的帘子。 (2)飞红:飞花。

【今译】

青翠的峰峦温暖的阳光,大地上吹过和煦的春风。玉砌雕栏中楼阁耸起,风儿卷动美丽的帘栊。庭中的杨柳郁郁葱葱,院中的秋千轻轻摆动。燕子飞舞在天空。小桥下流水潺潺,飘过片片落花飞红。

【点评】"春山"三句抓住春的自然特征,由远及近描绘出春光明媚、春意

盎然的景象,其画面色泽鲜艳,突出了静态美。后二句着意渲染画面的动态美,将啼莺、飞燕、小桥、流水、飞红巧妙地组合在一起,静中有动,使整个画面更富有春的活力。

【集说】一读到他的散曲,则知其中更包含着豪放,俊爽,秀美诸点,其成就却高出其剧曲之上。……《春》《夏》《秋》《冬》([天净沙])则是他秀美的一例。(梁乙真《元明散曲小史》)

他颇长于写景色。春、夏、秋、冬的四题,已被写得烂熟,但他的[天净沙]四首,却是情词俊逸,不同凡响。(郑振铎《中国俗文学史》)

(张　强)

[越调·天净沙] 夏

云收雨过波添,楼高水冷瓜甜,绿树阴垂画檐。纱幮藤簟(1),玉人罗扇轻缣(2)。

【注释】(1)纱幮(chú):形状像橱一样的纱帐。藤簟(diàn):用藤做成的凉席。　(2)轻缣:轻薄的丝绢衣衫。

【今译】
雨过天晴,万里无云,江河添波,水势浩瀚。清冷的水流过高楼,酷暑后吃瓜格外香甜。树荫浓,垂落在画栋般的屋檐。在那纱帐的藤席中间,躺着一位俏丽的女子,穿着薄薄的丝绢绸衫,轻轻地摇动一柄罗扇。

【点评】好一幅美人夏景图。作者紧扣住"云收雨过",着力写凉爽的夏日给人带来的快意。前三句笔墨重点放在写户外之景,后两句转入户内,把笔墨放在美人消夏的举止上。对其悠闲自得行为的描绘突出了雨过天晴、空气清新的氛围,给整个曲子带来了淡雅的格调。

(张　强)

[越调·天净沙]秋

孤村落日残霞,轻烟老树寒鸦[(1)],一点飞鸿影下。青山绿水,白草红叶黄花。

【注释】(1)孤村二句:造境与隋炀帝的断句"寒鸦千万点,流水绕孤村"(见叶梦得《避暑录话》三),与秦观《满庭芳》"斜阳外,寒鸦数点,流水绕孤村"的艺术构思相似。

【今译】

红日落在孤零零的村庄,天边抹上一片残霞。淡淡的炊烟袅袅升起,干枯的老树盘旋着寒鸦。南飞的鸿雁,在大地上把倩影留下。放眼望啊,青山苍茫,绿水逶迤,白草低伏,霜染红叶,遍地黄花。

【点评】首二句以"孤村"领起,着意渲染秋日黄昏的冷清。"一点飞鸿"给阴冷的静态画面带来了活力,可谓是点睛之笔,造成曲子抒发情感的转移。接着诗人用青、绿、白、红、黄五色,以远及近、由高到低、多层次多侧面立体交叉式地描绘出秋日的景象,给人以不尽的遐思,使整个画面充满了诗意。此曲极富艺术张力,一笔并写两面,成功地将秋日迟暮萧瑟之景与明朗绚丽之景融合在一起,把赏心悦目的秋景作为曲子的主旋律,非大手笔而不能为之。

【集说】"孤村落日残霞"的一首,殊不下于马致远的"枯藤老树昏鸦"。(郑振铎《中国俗文学史》)

写景细密,文字工丽,独具风致。(刘大杰《中国文学发展史》)

"秋"这一首写得清丽隽永,可以和马致远的《天净沙·秋思》相媲美,但又不像它那么萧瑟和孤寂。(萧善因选注《元散曲一百首》)

(张　强)

95

元曲观止

[越调·天净沙]冬

一声画角谯门[(1)]，半亭新月黄昏，雪里山前水滨。竹篱茅舍，淡烟衰草孤村。

【注释】(1)谯(qiáo)门：谯楼的门。谯楼，城门上的瞭望楼。

【今译】

一声如泣如诉的画角，划破沉寂长鸣在谯门。黄昏后一牙新月升起，半露的楼亭幽幽无音。一场纷纷扬扬的大雪，覆盖了群山落满水滨。唯有那竹篱中的茅舍，出现一缕淡淡的炊烟，枯草衰败僵卧着孤村。

【点评】这支曲子着意描绘了冬日黄昏后的夜色。"一声"总领全篇，它努力想打破冬日的沉寂，想给沉睡的冬天增添点活力，但是，那飞扬的大雪劈天盖地而来，压向山前、水滨、竹篱、茅舍……压向世间万物。"淡烟"不但没有给人带来温暖，相反，"衰草孤村"更添悲哀。这样，"一声"笼罩着全篇，其悲怆的意绪不断在时空中蔓延，给人留下不尽的思索。

【集说】(参见白朴[越调·天净沙]《春》辞条下的集说)

(张　强)

[双调·驻马听]吹

裂石穿云，玉管[(1)]宜横清更洁。霜天沙漠，鹧鸪风里欲偏斜。凤凰台[(2)]上暮云遮，梅花惊作黄昏雪。人静也，一声吹落江楼月。

【注释】(1)玉管：本指吹奏乐器箫笛之类。此专指笛子。　(2)凤凰台：故址在今南京城南二里的保宁寺后，刘宋元嘉年间凤凰翔集于此，乃筑台曰凤凰台。今保宁寺、凤凰台俱荡然无存。

【今译】

裂石穿云，横吹的玉笛清亮雅洁。笛声传到万里霜天的沙漠，翱翔的鹧鸪风里欲斜。那笛声吹得凤凰台上凤凰舞，仿佛一块块暮云重叠。那笛声惊动梅花纷纷落，仿佛如黄昏飞雪。夜深人又静，那笛声吹落江楼上的一轮明月。

【点评】《吹》别具一格，着力描绘笛声的魅力。起句不凡，"裂石穿云"极尽夸张想象之词，似将笛声的清扬写完。作家不愧为大手笔，宕开一笔，另辟蹊径，从鹧鸪、凤凰、梅花对笛声的感知入手，以"风里欲偏斜""暮云遮""惊作黄昏雪"等拟人化的手法，进一步渲染出笛声的清亮雅正。至此，作家还嫌不足，又用夜深人静反衬笛声的悠扬悦耳，以静的空白让音响充盈空间。最后一句，"一声"极妙极佳，仅"一声"就可吹落江楼上的明月，可见笛声之威力。

【集说】一读到他的散曲，则知其中更包含着豪放，俊爽，秀美诸点，其成就却高出其剧曲之上。如《劝饮酒》（［寄生草］），《渔父辞》（［沉醉东风］），是他豪放的例。《吹》《弹》《歌》《舞》（［驻马听］）是他俊爽的例。（梁乙真《元明散曲小史》）

笛声怎样悦耳，并不直接说出，而是用了一连串形象化的比拟，让读者自己去体会。这种艺术构思是巧妙的。（萧善因选注《元散曲一百首》）

本首写笛声之魅力：谓能引来鹧鸪与凤凰、又惊动梅花，吹落明月。文辞华美，富于想象。（卢润祥选注《元人小令选》）

（张　强）

97

元曲观止

［双调·沉醉东风］渔父

黄芦岸白蘋渡口，绿杨堤红蓼滩头。虽无刎颈交⁽¹⁾，却有忘机友⁽²⁾，点秋江白鹭沙鸥。傲煞人间万户侯⁽³⁾，不

识字烟波钓叟。

【注释】(1)刎颈交:同生死共患难的朋友。《史记·廉颇蔺相如列传》:"卒相与欢,为刎颈之交。" (2)忘机友:泯除机心、淡泊宁静、与世无争的朋友。 (3)万户侯:汉代分封诸侯的制度,大者"食邑万户",称万户侯。这里泛指大官。

【今译】

岸边长满了黄芦,浮萍飘满了渡口。长堤上绿柳成行,红花水蓼遍布滩头。虽然没有刎颈之交,却有那自在的白鹭沙鸥,在秋江上,与渔父亲密为友。骄傲吧,面对着那些万户侯,不识字的渔父钓叟,在烟波浩渺的江面上悠闲自由。

【点评】起首二句工整对仗,画面明丽,烘托出秋日色泽斑斓的氛围。"虽无"以下三句,连用两个典故,以渔父与鹭鸥亲密为友之事咏诗人对自由自在生活的向往,旨在突出与世俗世界相对的大自然的宁静。末二句紧承上意,直言对万户侯的轻蔑和对烟波钓叟的欣羡之情。意在言外,一个傲岸不羁、不愿与统治者合作的形象跃然纸上。整个曲子以清丽淡远的笔触映衬出诗人淡泊世事、寄情山水的情怀。

【集说】[沉醉东风]《渔父》:"(引曲文,略)。"妙在"杨"字属阳,以起其音,取务头;"杀"字上声,以转其音;至下"户"字去声,以承其音。紧在此一句,承上接下;末句收之。"刎颈"二字,若得去上声尤妙,"万"字若得上声更好。(周德清《中原音韵》)

(引曲文,略)意中爽语也。(王世贞《曲藻》)

一读到他(白朴)的散曲,则知其中更所含着豪放、俊爽、秀美诸点,其成就却高出其剧曲之上。如《劝饮酒》([寄生草]),《渔父辞》([沉醉东风]),是他豪放的例。(梁乙真《元明散曲小史》)

(张　强)

［双调·庆东原］

忘忧草⁽¹⁾，含笑花⁽²⁾，劝君及早冠宜挂⁽³⁾。那里也能言陆贾⁽⁴⁾，那里也良谋子牙⁽⁵⁾，那里也豪气张华⁽⁶⁾。千古是非心，一夕渔樵话。

【注释】(1)忘忧草：萱草。古人认为它可忘忧。　(2)含笑花：一种常绿灌木，初夏开花，开时常不满，像含笑的样子。　(3)冠宜挂：即宜挂冠，意为应辞官。《后汉书·逢萌传》："时王莽杀其子宇，萌谓友人曰：'三纲绝矣，不去，祸将及人。'即解冠挂东都城门，归，将家属浮海，客于辽东。"　(4)陆贾：汉高祖刘邦的谋士，曾说服南越尉佗归汉。　(5)子牙：姜尚，通称姜太公。西周初年，为师尚父，辅佐文王、武王，灭商有功，封于齐，为周代齐国的始祖。　(6)张华：西晋政治家、文学家，字茂先。曾力劝武帝排众议伐吴。统一后持节都督幽州诸军事，加强了对东北地区的统治。

【今译】

忘忧草，含笑花，劝君辞官早还家。代代英豪在哪里？善于辞令的陆贾，屡出良谋的子牙，一身豪气的张华……千古以来是与非，一夜间，都成了渔父樵夫的闲话。

【点评】此曲以忘忧草，含笑花起兴，对追求功名事业进行否定，隐含着诀别官场才能"忘忧""含笑"之意。中间三句连用三个"那里也"，一口气列举三个在历史上建立功业的伟人，使其语势不断加强，指出追求功名没有必要。最后两句以对仗的形式再次对追求功业进行否定，"一夕渔樵话"既有对功名的淡泊之情，也包含着对渔樵生活的向往。

（张　强）

［双调·得胜乐］秋

玉露冷，蛩吟砌。听落叶西风渭水⁽¹⁾，寒雁儿长空嘹

唳。陶元亮⁽²⁾醉在东篱。

【注释】(1)渭水:渭河。发源于甘肃,经陕西入黄河。唐代贾岛《忆江上吴处士》有"秋风吹渭水,落叶满长安"诗句。　(2)陶元亮:陶渊明。生于晋宋易代之际,因厌恶官场污浊,归隐田园。其《饮酒》诗有"采菊东篱下,悠然见南山"之句。

【今译】

秋露晶莹清冷,蟋蟀吟声凄凄。听落叶萧萧而下,西风中渭水涌起。寒雁南飞,在长空中嘹唳。陶元亮田园归隐,醉倒在菊花东篱。

【点评】"玉露冷"总领全篇,造成清冷的艺术氛围。"砌"字极佳,将"蛩吟"的杂乱无章、扰人心烦意乱之状描绘得淋漓尽致。三、四句以音响描绘所观之景,进一步以西风落叶,长空嘹唳的寒雁来描绘深秋时节给人留下的心灵震荡,将悲怆之情弥漫于整个时空,似乎国破家亡之感、身世飘零之痛、对社会的绝望之情都寓于眼前的景物之中了。最后,很自然地引出企羡陶元亮归隐田园、醉卧东篱赏菊的形象。这样,一个厌恶世俗、洁身自好的诗人形象便跃然于纸上。

【集说】"西风吹渭水,落日满长安。"美成以之入词。白仁甫以之入曲。此借古人之境界为我之境界者也。然非自有境界,古人亦不为我用。(王国维《人间词话》)

(张　强)

[仙吕·点绛唇]

金凤钗分⁽¹⁾,玉京人⁽²⁾去,秋潇洒。晚来闲暇,针线收拾罢。

[幺]独倚危楼,十二珠帘挂。风萧飒,雨晴云乍⁽³⁾,极目山如画。

[混江龙]断人肠处，天边残照水边霞。枯荷宿鹭，远树栖鸦。败叶纷纷拥砌石，修竹珊珊扫窗纱。黄昏近，愁生砧杵(4)，怨入琵琶。

　　[穿窗月]忆疏狂(5)，阻隔天涯，怎知人埋怨他？吟鞭醉袅青骢马(6)。莫吃秦楼酒，谢家茶(7)，不思量执手临歧话(8)。

　　[寄生草]凭阑久，归绣帏，下危楼强把金莲(9)撒。深沉院宇朱扉扃(10)，立苍苔冷透凌波袜(11)。数归期空画短琼簪(12)，揾(13)啼痕频湿香罗帕。

　　[元和令]自从绝雁书(14)，几度结龟卦(15)。翠眉长是锁离愁，玉容憔悴煞。自元宵等待过重阳，甚犹然不到家(16)？

　　[上马娇煞]欢会少，烦恼多，心绪乱如麻。偶然行至东篱下，自嗟自呀，冷清清和月对黄花。

【注释】(1)金凤钗分：金凤钗，古代女子的一种头饰。分，分离。古人有分钗作为离别纪念之俗。　(2)玉京人：代指心上的恋人。玉京，天宫。(3)云乍：云初散。　(4)砧杵：捣衣的用具。砧，垫石。杵，槌棒。　(5)疏狂：性情疏放狂荡，指所怀念的人。　(6)吟鞭句：写醉饮后骑马挥鞭游荡的狂态。袅：弯曲下垂。青骢马：毛色青白相间的马。　(7)秦楼句：意为不要在娼家食宿逗留。秦楼、谢家，俱指妓院。　(8)临歧：指分别时。歧，岔路。　(9)金莲：旧时称女子纤足为金莲。　(10)朱扉扃：朱红色的门窗。　(11)凌波袜：曹植《洛神赋》："凌波微步，罗袜生尘。"这里指穿在女子足上的袜子。(12)数归期句：古代妇女常以簪画数，计算良人的归期。　(13)揾(wèn)：揩擦。　(14)雁书：指书信。古代有雁足传书之说，详见《汉书·苏武传》。(15)结龟卦：结问龟甲占卜的凶吉。　(16)甚犹然不：为什么还不。

【今译】

　　分开金凤钗，心上恋人远行出发，万里秋色潇洒。收拾起针针线线，晚来闺房闲暇。

独自倚高楼,十二珠帘悬挂。萧萧秋风飒飒,雨过天晴云散,极目远眺山如画。

断人肠,水中残照天边云霞。枯荷边宿只只水鸳,远树间栖一群飞鸦。落叶纷纷拥蔽了石砌的小路,珊珊作响的青竹拂扫着窗纱。暮色渐起黄昏近,一声声离别愁生砧杵,一曲曲闺中怨入琵琶。

回想起那疏狂人,如今阻隔在天涯。怎知道闺中女子思念他?高吟扬鞭的小冤家,一付醉态骑着青骢马。不要去吃秦楼酒、谢家茶,好好想想临别时的对话。

凭栏怅望久,只得下高楼,回绣房,强把脚步放开走。院宇深深朱扉虚,站在苍苔冷透凌波袜。算归期空把琼簪划短,擦相思泪多次湿透香罗帕。

自从断了书信,多少次结问龟卦。翠眉间长锁着离别愁,美丽的容貌早已憔悴没有光华。自元宵节直等待到重阳后,你为什么还是不到家?

欢会少,离别烦恼格外多,心绪乱成一团麻。偶尔走到东篱下,孤独一人自嗟呀。冷清清地与明月,一起面对着菊花。

【点评】这套曲子通常写离别后痴情女子对意中人的恋情,诗人紧扣着冷落清秋时节而引起的巨大伤痛,将女主人公寂寞、愁苦、哀怨的情怀刻画得极为深入、细腻。此套曲共由七支曲子组成,先点明离别的时间,次写秋景的“潇洒”“山如画”,以乐景反衬女主人公内心孤寂,然后自然而然地引出哀景。“枯荷宿鹭,远树栖鸦”既是景语又是情语,衰败的秋色在女主人公的心灵深处引起巨大的伤痛,以此喻其和恋人天各一方。“愁生砧杵,怨入琵琶”,其怨恨、关切恋人的复杂情感直入怀抱。[穿窗月]写女主人公对恋人的怀念和叮咛,本色自然地追忆往事。第五、六支曲写离别后女主人公殷切的期待与盼望归来之情。作品通过女主人公从高楼到庭院房屋的具体活动,细微地描绘了其深层的心理活动,将离别后的苦情进一步深化。最后一支曲,写女主人公的孤寂苦闷。至此,一个饱尝离情别绪之苦的女子形象也就呼之欲出了。这套曲子清新、质朴无华,通篇按人物思想情感活动的脉络来结构,有条不紊,脉络清晰,特别注意以凄清的景色衬托凄清的情,两者高度融合,是一佳作。

(张　强)

《梧桐雨》[1]第三折[双调·驻马听]

隐隐天涯,剩水残山五六搭[2];萧萧林下,坏垣破屋两三家。秦川远树雾昏花[3],灞桥衰柳风潇洒[4]。煞不如碧窗纱[5],晨光闪烁鸳鸯瓦[6]。

【注释】(1)《梧桐雨》是一部描写唐代安史之乱前后唐玄宗和杨贵妃遭遇的历史剧。白朴对唐玄宗的悲剧遭遇给予同情;但又指出,正是由于唐玄宗的奢侈荒淫,招致了安史之乱。　(2)剩水残山:杜甫《游何将军山林》诗:"剩水沧江破,残山碣石开。"此处化用杜甫诗意,用以形容国土残破的景象。搭:处,块。　(3)秦川:今陕西长安一带,古称秦川。　(4)灞桥:在今西安市东,桥横灞水上,古人多在此送别。　(5)煞不如:真不如。　(6)鸳鸯瓦:排列成对的瓦。《长恨歌》:"鸳鸯瓦冷霜华重,翡翠衾寒谁与共。""鸳鸯瓦"与上句的"碧窗纱"均代指长安宫廷。

【今译】

放眼天涯,隐隐可见,剩水残山五六搭。近观林下,秋风萧萧,断垣破屋两三家。秦川一带,远树浓雾景微茫;灞桥边上,衰柳西风,潇洒得好惆怅。恁般光景,哪堪回首:麝兰香散碧窗纱,晨光闪烁鸳鸯瓦。

【点评】此曲是唐玄宗避战乱离开京城时心态的形象写照。第一、二句大笔涂抹,是远景;三、四两句为近景点染。在景物描写中,暗含着国破家亡的寓意。"秦川"两句,以回望京师的形式,将玄宗不胜惆怅眷恋的心情,和盘托出。最后两句,在"煞不如"的喟叹中,沉入宫廷生活的回忆,一股无可奈何的悲凉之情,油然而生,寓情于景,情景交融,句句写景,而字字见情。在修辞上,既有"扇面对"(起首四句),又有"合璧对"(五、六两句),把复杂的心情寓于工稳的对句之中,更见作者的功力。

【集说】白仁甫之词,如鹏搏九霄,风骨磊魂,词源滂沛,若大鹏之起北

元曲观止

溟,奋翼凌乎九霄,有一举万里之志,宜冠于首。(朱权《太和正音谱》)

至其曲辞……能达典雅之极致,的确是元曲中第一等杰作。([日]青木正儿《元人杂剧概说》)

唱词……写得缠绵悱恻,情景交融,像一首首抒情诗。(王起《中国戏曲选》)

(刘东风)

姚燧

姚燧(1238—1313)，字端甫，号牧庵。洛阳人。原籍柳城。官翰林学士承旨，集贤大学士。能文，与虞集齐名。有《牧庵文集》。其散曲则与卢挚并称，时称"姚卢"。所作语言浅白，笔调流畅，风格婉丽。著有《牧庵文集》五十卷，不传。清人辑有《牧庵集》。据《全元散曲》存小令二十九首，套数一套。

[中吕·满庭芳] (1)

天风海涛，昔人曾此，酒圣诗豪。我到此闲登眺，日远天高。山接水茫茫渺渺，水连天隐隐迢迢。供吟笑，功名事了，不待老僧招。

【注释】(1) 本题二首，此选第一。

【今译】

天风怒吼海涛狂啸，古人曾来，对酒挥毫。我到此登高远眺，看那日边

辽远海阔天高。山接着水茫茫渺渺,水连天隐隐遥遥。这广袤的天地,是自由的乐土,我愿投入这无限的山水,不等老僧召唤,把功名尽抛。

【点评】这首曲子写山水相连、水天相接的壮阔景象,表现了对功名的蔑视。起首三句写登眺时眼前的景物,寓思古之情,展现出一幅开阔壮观的海天图。次句点明人物、地点、事由,"闲"字道出了诗人当时悠闲的心境,情景交融。第三句写山水景象,蕴含深刻哲理:宇宙无穷无尽,辽阔广大,而人却是渺小有限的。尾句道出归隐的心愿,面对辽阔无边的大自然,诗人对人生有了更深层的了悟,决心抛弃功名回归自然。

【集说】全曲写景境界开阔,气象豪迈,近似豪放派词。(王季思等《元散曲选注》)

此首极有气魄,豪爽。"山接水茫茫渺渺,水连天隐隐迢迢",对仗工整,可谓绝妙之笔。(李长路《全元散曲选释》)

(陈　瑜)

［中吕·醉高歌］感怀[1]

十年燕月歌声[2],几点吴霜[3]鬓影。西风吹起鲈鱼兴[4],已在桑榆[5]暮景。

【注释】(1)本题四首,此选第一。 (2)燕月:燕京风月。 (3)吴霜:吴地的风霜。 (4)西风句:用晋张翰故事。张为吴郡人,曾入洛阳做官,因西风起而想起家乡的莼菜和鲈鱼的美味,而辞官归乡。 (5)桑榆:日落之处,指黄昏。

【今译】
多少年燕京风月,筵宴歌声,吴地的风霜,染就了我斑斑双鬓。西风起时,鲈鱼美,正是归乡时节。更何况,这桑榆晚景,终要叶落归根。

【点评】这首曲子写有感于半生游宦,晚年思归家园。起首二句写多年游宦,已将暮年。朝朝暮暮的宴歌乐舞终不能填补因远离故乡而空悬的心灵;漂泊游宦的风风雨雨更增添了生活的凄凉孤苦。"霜"字说明逝去的岁月已经夺走诗人人生的大好时光,只留下斑斑点点的白发。"影"字映出了诗人顾影自怜、孤苦伶仃的景况。末二句化用典故寄托强烈的思乡之情。一个"吹"字,引起了作者对鲈鱼的联想和思乡的愁绪;"吹"字还形象地绘出了西风扫落叶的景象,使人们生发出落叶归根的感叹。

【集说】牧庵一代文章巨公,此词高古,不减东坡、稼轩也。(杨慎《词品》)

意境虽不及唐人刘禹锡"莫道桑榆晚,微霞尚满天"高,但"鲈鱼兴"一句仍有浓厚的生活气息,并不消极、颓唐。(李长路《全元散曲选释》)

(陈　瑜)

[越调·凭阑人](1)

一

博带峨冠年少郎,高髻云鬟窈窕娘。我文章你艳妆,你一斤咱十六两。

二

马上墙头瞥见他,眼角眉尖拖逗咱(2)。论文章他爱咱,睹妖娆咱爱他。

【注释】(1)本题七首,此选第一、第二。　(2)拖逗:撩拨,勾引。

【今译】

一

峨冠博带的少年郎,高髻云鬟的美丽姑娘。一个风流多才美名扬,一个娇柔裹艳装。我与你是天生的一对,我与你是地设的一双。

二

猛然相见,我立马墙头悄悄看,她低眉垂眼把情传。论文章,她应爱我

才学好,看妖娆,咱爱她娇艳貌。

　　【点评】前一支曲子描写一对青年的美貌和才华。"博带峨冠",主要就少年的风度进行描绘。"高髻云鬟",写少女的美貌。"文章"与"艳妆"相呼应,突出了这一对佳人恰好是郎才配女貌。末二句通俗晓畅,直述情怀,真率淳朴。

　　后一支曲子描写一对青年暗中相见悄然相爱的情景。首句"瞥"字形象地刻画出了暗暗爱慕的心理状态,生动传神。"眼角眉尖",想看不敢看,反映出少女初恋时含蓄羞怯的神态。三、四句点明了这对青年即作者的爱情观是郎才女貌。描写细腻传神,语言通俗晓畅。可谓是白朴杂剧《墙头马上》的浓缩。

　　【集说】虽未脱郎才女貌的窠臼,但种种不同的艺术形象,还是使我们既看到了诗人的艺术创造的才能,也得到了艺术享受。(乐秀拔语,引自《元曲鉴赏辞典》)

　　　　　　　　　　　　　　　　　　　　　　　　(陈　瑜)

[越调·凭阑人]寄征衣

　　欲寄君衣君不还,不寄君衣君又寒。寄与不寄间,妾身千万难。

　　【今译】(略)

　　【点评】这首小令写思妇寄征衣时的矛盾心理,真实细腻,韵味深长,充分表达了妻子盼望丈夫早日归来的热切心情。"欲寄""君不还"(征衣寄到,丈夫有了御寒的衣服,就可能不回了),"不寄""君又寒",充分表现了妻子对丈夫的思念和疼爱,以及由此而形成的矛盾心理。被这种矛盾心理左右着,辗转反侧,犹豫不决,全部的深情厚意都凝注在一个"难"字之中了。

【集说】姚牧庵燧以古文词名世,曲则不经见。顾其所作,亦婉丽可诵。其《寄征衣》[凭阑人]曲:"(引曲文,略)。"深得词人三昧。(吴梅《顾曲麈谈》)

熨帖温存,缠绵尽致。(卢前《论曲绝句》)

抓住寄不寄征衣的思想矛盾,刻画出闺中少妇思念征夫、体贴征夫的心理。(王季思等《元散曲选注》)

言简意深,脍炙人口,可谓佳作。(李长路《全元散曲选释》)

(陈　瑜)

[双调·寿阳曲]

酒可红双颊,愁能白二毛⁽¹⁾。对樽⁽²⁾前尽可开怀抱。天若有情天亦老,且休教少年知道。

【注释】(1)白二毛:白,使变白。二毛,黑白两种头发。意为满头黑发的人,过分忧愁会使一部分头发变白。　(2)樽:盛酒器具。

【今译】

美酒能染红双颊,忧愁可涂白鬓毛。借酒消愁,可舒张郁结的怀抱。这难言的愁苦,老天要是有情,老天也会变老,还是不要让少年知道。

【点评】这首曲子以"愁"字总领全篇,借酒浇愁,抒发对人生命运的感慨。"红双颊""白二毛"是对胸中之愁的形象刻画。无法"开怀抱",只有痛饮美酒,麻醉于幻境,只有这样才能暂时忘掉现实中的痛苦。长醉不醒固然消极颓废,但这是排遣愁闷、远避污俗的唯一途径。最后两句化用前人名句,进一步强化了愁的色彩。"且休教少年知道"凝聚了作者对现实命运的感叹和对理想生命的珍爱。

【集说】不要少年如此,也比那些哭哭啼啼的聊(潦)倒文人要略胜一筹。萧豪韵,词语放达、豪爽。(李长路《全元散曲选释》)

(陈　瑜)

刘敏中

刘敏中(1243—1318),字端甫,济南章丘(今属山东)人。元世祖至元年间曾为监察御史,因弹劾桑哥奸邪不报,遂辞职归里。后起而为国子司业、国子祭酒,官至翰林学士承旨,以病还乡。有《中庵集》《平宋录》,《全元散曲》辑其小令二首。

[正宫·黑漆弩]村居遣兴二首

一

长巾阔领深村住,不识我唤作伧父⁽¹⁾。掩白沙翠竹柴门,听彻秋来夜雨。 闲将得失思量,往事水流东去。便宜教画却凌烟⁽²⁾,甚是功名了处?

二

吾庐却近江鸥住,更几个好事农父⁽³⁾。对青山枕上诗成,一阵沙头风雨。 酒旗只隔横塘,自过小桥沽⁽⁴⁾去。尽疏狂不怕人嫌,是我生平喜处。

【注释】(1)伧父:魏晋南北朝时期,南方人讥北方人粗鄙,蔑称为"伧父"。 (2)凌烟:指凌烟阁,是帝王图画功臣,表彰其功绩的楼阁。 (3)好事农夫:热心肠的农民。 (4)沽:买。

【今译】

一

戴长巾穿阔服深村居住,隐姓名无人识,做一个乡野鄙夫。掩柴门卧空堂,听夜来秋雨滴到天亮。 闲来细将得失思量,往事如流水向东流淌。就是功名成就,图形画在凌烟阁上,那没完没了的功名,又有什么用场。

二

我家就在江边,与飞翔的江鸥作伴。还有几个好心肠的农夫,时常到我家游玩。面对青山,独枕石上,涌起诗情无限,却被滩头一阵骤雨打断。

横塘那边酒旗儿高悬,过小桥买酒把杯儿勤添。疏狂无拘是我的天性,管它谁笑谁嫌。

【点评】前一支曲子写作者在村居中的生活感受。前四句写与众不同的衣着打扮,使诗人在乡野间既显眼又孤独。不认识他的人更是把他看作是不务正业的鄙夫。无可奈何,只好重掩柴门独自听风雨,让天籁填补心灵的空虚。后四句写感受。"闲"字领起,紧承上意,回忆往事,抒发对岁月流逝的感慨。最后两句是全曲的"曲眼",表现了诗人对功名利禄的蔑视,隐含着对现实的不满。

后一支曲子写诗人以诗酒自乐的田园生活。表面上看来怡然平静,骨子里却隐藏着一股冷漠与愤世之情。"却近江鸥住",说明村居生活的空寂,也透出诗人以自然为怀的情趣。尽管有"好事农夫"常来常往,却不能消除诗人内心深处的孤苦。用诗来抒怀却又被"沙头风雨"打断。无法驱散愁闷,只好向酒旗处行。愿求一醉,忘却世俗羁绊,任性情自然流露。最后两句表现出诗人愤世嫉俗、孤标独立的思想境界,也是全曲的重心所在。

【集说】刘敏中端甫《中庵诗余》内,亦有《村居遣兴》[黑漆弩]二首,且属步武冯(海粟)白(仁甫),在杨选《雍熙》之外者,殊难得矣。其次首较佳:"吾庐却近江鸥住,……"凡应去上处,此首皆合。余一首亦合。(任讷《曲谱》)

(陈　瑜)

庾天锡

庾天锡，字吉甫，大都（今北京市）人。年辈长于钟嗣成，官中书省掾，后除员外郎、中山府判。著杂剧十五种，今俱不存。贯云石序《阳春白雪》，品评元朝当代乐府，以庾天锡与关汉卿并论，有"造语妖娇"之说。据《全元散曲》存小令七首，套数四套。

［双调·蟾宫曲］⁽¹⁾

环滁秀列诸峰⁽²⁾。山有名泉，泻出其中⁽³⁾。泉上危亭，僧仙好事，缔构成功⁽⁴⁾。四景朝暮不同，宴酣之乐无穷，酒饮千钟⁽⁵⁾。能醉能文，太守欧翁⁽⁶⁾。

【注释】（1）这支曲子概括北宋欧阳修散文名篇《醉翁亭记》全文语意而成。　（2）环滁句：概括《醉翁亭记》的"环滁皆山也，其西南诸峰，林壑尤美，望之蔚然而深秀者，琅琊也"五句。滁，今安徽滁州。　（3）山有二句：此是"山行六七里，渐闻水声潺潺，而泻出于两峰之间者，酿泉也"四句的概括。　（4）泉上三句：这是"峰回路转，有亭翼然，临于泉上者，醉翁亭也。作亭者

元曲观止

谁？山之僧智仙也。名之者谁？太守自谓也”七句的压缩。　　(5)四景三句：这是“若夫日出而林霏开，云归而岩穴暝，晦明变化者，山间之朝暮也。野芳发而幽香，佳木秀而繁阴，风霜高洁，水落石出者，山间之四时也。朝而往，暮而归，四时之景不同，而乐亦无穷也”一段的浓缩。　　(6)能醉二句：这是“醉能同其乐，醒能述以文者，太守也。太守谓谁？庐陵欧阳修也”五句的意思。

【今译】

秀丽的山峰环绕着滁州，天下的名泉流泻山中。临泉的危亭，是好事的仙僧构建成功。朝来暮往，四时的景色不同。把酒欢歌，宴饮的乐趣无穷。且开怀醉饮千杯，谁能陶然自乐，又能妙笔成文，是滁州太守欧翁。

【点评】这首小令赋欧阳修的《醉翁亭记》事，有怀才不遇、借酒浇愁之意，取欧翁自况。全曲在沉醉山水的背后潜伏着一缕失落的愁绪。纵情山水只求一醉，只有用酒来麻木自己痛苦的心灵。

【集说】庚词意亦不俗。只通篇脱胎于古文……则显觉平稳，而机趣为逊也。（任中敏《散曲概论》）

造语妖娇，却如小女临杯，使人不忍对斝。（隋树森编《全元散曲》庚天锡简介）

庚天锡把它压缩成为一支小令，而又能保持精粹，不失原意，确实具有很高的艺术才能。（羊春秋《元人散曲选》）

（陈　瑜）

［双调·雁儿落过得胜令］

春风桃李繁，夏浦荷莲间。秋霜黄菊残，冬雪白梅绽。四季手轻翻，百岁指空弹。谩说周秦汉[1]，徒夸孔孟颜[2]。人间，几度黄粱饭，狼山[3]，金杯休放闲。

【注释】（1）周秦汉：指周、秦、汉三个朝代。 （2）孔孟颜：孔子、孟子、颜回；分别被后人尊为圣人、亚圣和复圣。 （3）狼山：此处泛指隐居山林之地，不是实指山名。

【今译】

春天，桃花李花开满了枝头；夏天，荷花莲蓬立在水波间；秋天，点点冰霜把黄菊摧残；冬天，纷纷瑞雪唤来了白梅初绽。四时的变化易如手儿轻翻，百年的光阴逝如弹指一挥间。三朝代续，周秦汉已烟消云散，夸赞先儒，孔孟颜只落个圣人空衔。人生一世恍如黄粱一梦，隐遁山林莫让金杯空闲。

【点评】这支曲子感叹时光流逝，人生虚幻。前四句从四季景物的不同说明其变化的迅速和不可改变。五六两句，由四季联想百年，纵使是一百年也终不过如弹指一挥。七八两句追昔历史与古代的圣贤。即便像当初周秦汉三朝那样强大，像孔子、孟子、颜回那么贤明，到头来不还是终于灭亡、归于黄土了吗？最后两句得出人生如黄粱一梦的感叹，寄寓了隐迹山林、放浪形骸的希望。

（陈　瑜）

［双调·雁儿落过得胜令］

名缰厮缠挽，利锁相牵绊。孤舟乱石湍[1]，羸马连云栈[2]。　宰相五更寒，将军夜渡关。创业非容易，升平守分难。长安，那个是周公旦[3]。狼山，风流访谢安[4]。

【注释】（1）石湍：石上的急流。 （2）连云栈：栈道名，在陕西汉中地区，为古时川陕之通道，全长四百七十里。傍山架木，形势险绝。 （3）周公旦：名姬旦，周文王子。武王建周朝，封于鲁。武王死，成王年幼，周公摄政。周代的礼乐制度相传都是周公制定的。 （4）谢安：东晋人。年四十余方出仕，于淝水之战中击败前秦王苻坚，挽救了东晋王朝的危机，功名传世。

元曲观止

【今译】

名利像缰绳一样纠缠着我,像枷锁一样束缚着我。孤单的船儿在乱石激流中旋转,瘦弱的马儿在连云栈道上举步不前。负重的宰臣起五更睡半夜把国事分担;穿甲的将军披星星戴月亮去突破重关。创业不容易,守业实在难。朝中,谁是鞠躬尽瘁的周公旦;山中,尚有遗贤如谢安。

【点评】这支曲子表现了诗人为国分忧的忧患意识。"名"如"缰"、"利"如"锁",在名利的怪圈中,人们勾心斗角,争风吃醋,这是诗人切身的感受,也是对当时黑暗社会的真实描绘。"乱石湍""连云栈",回顾到创业时的艰难环境。"五更寒""夜渡关",赞叹开国元老们励精图治艰苦奋斗的创业精神。抚今追昔,诗人发出了"守业难"的感慨。针对黑暗的现实,诗人不禁问道"哪个是周公旦",谁又是真正为国为民的呢?最后把希望归托在山野遗贤身上,决心寻访像谢安那样的人才。

【集说】至元、金、辽之世,则变而为今乐府。其间擅场者,如关汉卿、庾吉甫、贯酸斋、马昂夫诸作,体虽异而宫商相宣,此可被于弦竹者也。(杨维桢《周月湖今乐府序》)

(陈 瑜)

马致远

马致远,号东篱,大都(今北京)人。生卒年为公元 1250 年前后至 1321—1324 年间。元曲四大家之一,曾被誉为"曲状元"。做过江浙行省省务官,怀才不遇,晚年退出官场,在杭州附近的乡村隐居。作杂剧十五种,今存《汉宫秋》等七种。散曲内容以叹世一类为主,风格兼有豪放清逸,他对曲坛的贡献是扩大了曲的范围,提高了曲的意境。近人辑录《东篱乐府》一卷,据隋树森《全元散曲》有小令一百一十五首,套数十六套,残套七套。

[南吕·四块玉]叹世

带野花,携村酒,烦恼如何到心头。谁能跃马常食肉(1)?二顷田,一具(2)牛,饱后休。

【注释】(1)跃马常食肉:喻富贵得志。《史记》七九传云,"战国时燕人蔡泽曾自述其志:跃马疾驱,食肉富贵,四十三年足矣。" (2)具:量词,同"犋"(jù)。能拽动一张犁的畜力叫一犋。

【今译】

山间的野花斜戴在我的襟袖，晃悠悠手提了村酿的美酒，烦恼，你怎能到得了我的心头！有谁能跨高马显达一路？有谁能常食肉无有衰朽？我只求二顷良田，一具耕牛，日日间酒足饭饱万事皆休。

【点评】这是一支感世抒怀的小曲。"野花""村酒"展示了作者内心世界的归返自然，而这两组意象又与后面的农田、耕牛叠合成一幅田园牧歌式的图画。在这里，人世间追逐功名利禄的烦扰被搁置一边，怡然自得的作者不由发出类似"富贵于我如浮云"的感喟："谁能跃马常食肉？二顷田，一具牛，饱后休。""野""村"言其情趣，自然质朴，"二"和"一"则隐现作者心境的淡泊。不过，从这支小曲中，我们还是能隐隐读到作者人生和心路历程的几多艰辛，也许，这才是我们理解"叹世"小曲意旨的契机所在。

【集说】马东篱之词，如朝阳鸣凤。其词典雅清丽，可与《灵光》《景福》而相颉颃，有振鬣长鸣，万马皆喑之意。又若神凤飞鸣于九霄，岂可与凡鸟共语哉！宜列群英之上。（朱权《太和正音谱》卷上）

元时，……中州人每沉抑下僚，志不获展。……马致远江浙行省务官，……于是多以有用之才，寓于声歌，以抒其怫郁感慨之怀，所谓不得其平而鸣也。（王骥德《曲律》卷三引胡鸿胪语）

（赵　岩）

［南吕·四块玉］叹世

　　带月行，披星走，孤馆⁽¹⁾寒食⁽²⁾故乡秋。妻儿胖了咱消瘦，枕上忧，马上愁，死后休。

【注释】(1)孤馆：形容客居的驿馆清冷孤寂。(2)寒食：节令名。在农历清明前一或前二日。相传春秋时晋国介子推辅佐重耳（晋文公）回国后，隐于山中，重耳烧山逼他出来，之推抱树而死。文公为悼念他，禁止在之推死日生火煮食，只能吃冷食。以后相沿成俗，叫作寒食禁火。

【今译】

披星戴月走，行程何匆促。寒食在驿馆，归家当是秋。妻与儿女胖，奔波咱消瘦。枕上忧思浓，马上愁情深。何日得宽心？唯有死后休。

【点评】这支小曲寥寥数笔，以速写式的笔法勾勒出作者坎坷人生的几个片断，可谓词约义丰，其味悠长。一个"带"字和"披"字，点出了作者为生计奔波的匆匆行色；接下来是运用时空跳跃的"孤馆——寒食"和"故乡——秋"两组意象进一步揭示出作者的终年劳碌、四处漂泊的生命图景。最后以"死后休"结尾，预示作者自己一生都是忧愁不断、毫无安逸开怀之日的生活状态。至此，小曲完成了"时间"上的两次跳跃：日——季节——人生。一个"休"字道出了作者的无尽辛酸与悲凉，令人读之再三，沉思难忘。

【集说】盖金、元以来，外夷据我中华，……一时名士，如马东篱辈，咸富其才情，兼善声律，以故遂擅一代之长。要而言之，实所以宣其牢骚不平之气也者。……此其所以慷慨悲歌，于仙吕诸宫、南吕诸调，悉诣其至极也。（于若瀛《阳春奏序》）

（赵　岩）

[南吕·金字经]

夜来西风里，九天鹏鹗(1)飞，困煞中原一布衣(2)。悲，故人知未知？登楼意，恨无上天梯(3)。

【注释】(1)鹏鹗：本是两种鸟名，这里专指大鹏。《庄子·逍遥游》："鹏之徙于南冥也，水击三千里，抟扶摇而上者九万里。"　(2)困煞句：东汉末王粲怀才不遇，困愁潦倒，故云"中原布衣"。布衣，指未进仕途的知识分子。

(3)登楼二句：王粲投靠刘表，不得用，乃作《登楼赋》抒发去国怀乡之感。上天梯，比喻得以上达的路子。

【今译】

昨夜西风吹,我像九天的大鹏展翅高飞。醒来一场梦,我依旧是贫穷潦倒的中原布衣。可悲啊! 老朋友,你知不知? 登楼远望思故里,是因为,我无法找到一展身手的上天梯。

【点评】玩味曲意,这支曲子似马致远青年时写的,青年马致远本有着大鹏展翅九万里的雄心壮志,但在元代知识分子仕进无路、普遍受压抑的年代里却处处碰壁。曲子用王粲登楼失意的情怀发泄了不平之音,这在元代具有一定的普遍意义。曲子灏瀚有力,充满了愤激的抗争之音,这与马致远晚年作品的思想情绪是大不一样的。

【集说】虽是感士不遇,而亦放旷洒落,善自排遣,骚人而复达人也。(任讷《曲谐》)。

东篱的曲子很可以表现出他自己来,下面的几首,就可以看出东篱生平处境和他的志趣。如:"(引曲文,略,中有"夜来西风里"这支曲)。(梁乙真《元明散曲小史》)

(马致远)青年时期,迷恋过功名,后来在黑暗中感到失望,因此隐居于山水之间,寄情诗酒,成为一个啸傲风月玩世不恭的名士。他自己说:"(引"夜来西风里"等曲文,略)"。在上面这些曲子里,表现出了他的生活与性格。(刘大杰《中国文学发展史》)

(张　强)

[越调·天净沙]秋思

　　枯藤老树昏鸦,小桥流水人家,古道西风瘦马。夕阳西下,断肠人[1]在天涯。

【注释】(1)断肠人:非常伤心的人。断肠,肝肠欲断,形容悲痛到了极点。

【今译】

　　干枯的藤蔓缠绕着沧桑老树，寻找归宿的昏鸦嘈杂啾啾。清澈的流水悄悄淌过，孤零零的茅屋立在桥头。古道上那匹瘦骨嶙峋的老马，在不尽的西风中艰难地行走。暮色苍茫，夕阳西下，疲惫不堪的旅人哀思悠悠。漂泊天涯，何日才能同家人聚首。

【点评】《天净沙》一曲，千古绝唱。短短二十八字，刻画出一幅非常真实生动的秋郊夕照图。起首三句为鼎足对，一连推出九幅画面，以景托景，景中生情，在苍凉的背景下勾勒出行旅之人漂泊不定而又忧愁的情怀。这里，马致远天才地将孤立的自然物精巧地组合在一起，灌输以生命，使整个画面富有流动感。同时，有意识地突出画面的昏暗阴冷，以使充分表现"断肠人"浪迹天涯的浓烈的羁旅愁怀。

【集说】前三对，更"瘦马"二字去上，极妙。秋思之祖也。（周德清《中原音韵》）

　　寥寥数语，深得唐人绝句妙境。有元一代词家，皆不能办此也。（王国维《人间词话》）

　　《天净沙》小令纯是天籁，仿佛唐人绝句。（王国维《宋元戏曲考》）

　　[越调·天净沙]一支，直空今古。词云："（引曲文，略）。"明人最喜摹仿此曲，而终无如此自然，故余以为不可及者此也。（吴梅《顾曲麈谈》）

（张　强）

[双调·清江引]野兴

　　西村日长人事⁽¹⁾少，一个新蝉噪⁽²⁾。恰⁽³⁾待葵花开，又早蜂儿闹，高枕上梦随蝶去⁽⁴⁾了。

【注释】(1)人事：指交游往来之类人间俗事。马致远晚年隐居山林，曾作《野兴》八首，此为第七首。野兴，即村野逸兴。分别写作樵夫、渔父、诗人、文官、武将不如隐居闲坐高枕而眠怡然自乐。　(2)噪：虫或鸟叫。

（3）恰：正。　　（4）梦随蝶去：意谓人生如梦,物化天然。《庄子·齐物论》载,庄周曾梦为蝴蝶,自谓适志,不知身为庄周。俄而梦醒,又蘧然庄周,不知曾为蝴蝶。

【今译】

隐居山林住西村呵,白天虽长交游少一个新蝉树上叫呵,没有俗事来烦扰。葵花正开放呵,蜂儿早来闹。高枕而卧何须问,梦魂随蝶飘去了。

【点评】作者生活在吏治腐败、社会黑暗的元代前期,经过"半世蹉跎""二十年漂泊"之后,终于归隐林泉告老。此曲就是写他隐居村野、在花开虫鸣中高枕而卧、不问人事的闲适安逸情趣。不过,与其素以豪放见长的风格不同,不是"曲多俊语",而是造语平淡,朴素自然。以"一个新蝉"映衬"人事"之少,以花儿自开、蜂儿自闹,映衬村野之静,犹如王维名句"人闲桂花落,夜静春山空""涧户寂无人,纷纷开且落"。而"梦随蝶去"一句,既是借用庄周化蝶之典,又与梅圣俞"又随落花去,去作江西梦"有异曲同工之妙,将他旷达虚无的情怀轻轻托出,一个置身世外的隐士形象,便呈现于读者目前。倘若联系其生平经历和所处时代,也不难看出,这种人生如梦的虚无情绪,恰正是愤世嫉俗思想的消极外现,不过只是含蓄而非直接表现罢了。

【集说】杂剧推元曲四家。余谓散曲,必独推东篱。小山虽亦散曲专家,终是别调耳。余人则皆非专家……东篱令曲,足见其生平处境与夫志趣感慨者。（任讷《曲谐》）

东篱闲适之词,意境最妙者,如[清江引]《野兴》云"西村日长人事少……"似此属辞比事,或含或吐,皆臻曲境上乘,无一毫非分。世人但以凝重犹近诗余之[天净沙],争为推举,而遗此清疏奇宕之篇,余终谓不知音矣。（任讷《曲谐》）

（徐振贵　邓相超）

［双调·寿阳曲］⁽¹⁾ 山市晴岚⁽²⁾

花村外,草店西,晚霞明雨收天霁⁽³⁾。四围山一竿残照⁽⁴⁾里,锦屏风⁽⁵⁾又添铺翠。

【注释】(1)据北宋沈括的《梦溪笔谈·书画》记载,度支员外郎宋迪善画,尤擅长平远山水,最得意之作是《平沙落雁》《远浦归帆》《山市晴岚》《江天暮雪》《洞庭秋月》《潇湘夜雨》《烟寺晚钟》《渔村落照》,被人称为八景,或潇湘八景。元代散曲作家中,以八景之名写作者不少。马致远的［双调·寿阳曲］一组散曲,共八首,题目与宋迪之平远山水八景全同,亦当为咏潇湘风光景物之作。这一首《山市晴岚》与下面的《远浦归帆》《潇湘夜雨》,即其中之三首。 (2)山市:山区小市镇。晴岚:雨后天晴,山间散发的水汽。(3)天霁(jì):雨止天晴。 (4)一竿残照:太阳西下,离山只有一竿高的距离了。 (5)屏风:指像屏风一样的山峦。

【今译】

山花盛开的村落之外,古朴简陋的茅棚西边,绚艳的晚霞点缀着雨后放晴的蓝天。夕阳的斜辉映照着四周的山峦,一层翠绿又铺洒在美丽的屏风上面。

【点评】这支曲子写傍晚时分,雨过天晴,小山村的秀美景色。仰望天空,刚好是雨过天晴,天空明净如洗,晚霞又照得满天光华绚艳,景色够美的了。再看山村小镇四周的山峦,笼罩在夕阳的光辉里,给人一种柔和而明丽的感觉。本来就很美的像是小镇屏风的山峦,经过雨水的洗濯,又在夕阳的映照之下,还飘散着薄纱似的水汽,显得格外青翠,像是在原来的绿色上又添上一层绿色。作者并未浓墨重抹,只是轻轻几笔,而且主要是写了天上的晚霞和四围的山色,但这个山村小市的静谧气氛和美丽景色,却突现在我们眼前,给人一种清新爽美的心灵愉悦。

【集说】马氏的散曲,写得清俊,写得尖新,颇像苏轼评陶渊明之所说的"外枯而中膏,似淡而实美"的作风;又像以淡墨秃笔作小幅山水,虽寥寥数笔,而意境无穷。这是他的不可及处。他最有名[天净沙]《秋思》便正可代表他的作风吧。其实,在他的小令里,同样清俊的东西,也还不少:[寿阳曲]《山市晴岚》《远浦帆归》……(郑振铎《中国俗文学史》)

此曲从"花村""草店"起,到"锦屏铺翠"止,把个"山市晴岚"题目写得丝丝入扣。(陈振鹏《元明散曲鉴赏集》)

(赵俊玢)

元曲观止

124

[双调·寿阳曲]远浦⁽¹⁾帆归

夕阳下,酒旆⁽²⁾闲,两三航⁽³⁾未曾着岸。落花水香茅舍晚,断桥头卖鱼人散。

【注释】(1)浦:水边。 (2)酒旆(pèi):酒旗。旧时酒店门前悬挂的招揽顾客的幌子。 (3)航:船。

【今译】

夕阳西下,酒幌子不再飘荡,江面上摇动的几只船儿啊,还不曾靠拢岸旁。流水飘出落花的芳香,茅舍升起的炊烟轻飏。断桥头畔,已不见卖鱼人来来往往。

【点评】这支曲子写的是水边渔村傍晚时候的生活景象。作者通过几个富有特征的镜头的摄取,显现出一种宁静、闲适的气氛,给读者留下了情韵悠然的回味。夕阳下,酒店门前的幌子,不是迎风摆动,也不是猎猎作响,而是静静地、甚至是懒洋洋地待在那儿,纹丝不动。这表示酒店已经没有顾客,就要关门了。这是岸上。再看水中,三两只船帆正在向岸边驶来,带着一天辛劳,或许还有收获和喜悦的渔人,即将要上岸回家休息了。渔人居住的呢,虽是茅屋,周围却也有花有水,花香飘散到水面上,连水也好像有了香气。这是一个美丽宁静的所在。最后一句,更增加了小渔村的恬静与宁谧:

卖鱼人只在"断桥头",显然不是通衢大镇,只有"卖鱼人",更不是百商辐辏了。前面的"两三航"也巧妙地暗示这个渔村的小。全曲构思巧妙,不事雕饰,全是白描手法,极其生动地写出了江南小渔村恬静、闲适的生活场景的一角,读来韵味悠长。

【集说】马致远的这支小令,描绘的是一幅江村渔人晚归图,表现向往宁静生活的主题。全曲境界清淡闲远,远浦,酒旗,断桥,茅舍,远景近景,相得益彰,显得清疏而又淡雅。(《元曲鉴赏辞典》周寅宾语,上海辞书出版社)

整首曲,通过马致远的着意刻画,不但充满了明丽的"画意",而且洋溢着醇厚的"诗情",完全超越了"如画"的形似。(洪柏昭《元明散曲鉴赏集》)

这是马致远写"潇湘八景"八首曲中的第二首,活画出一幅水村黄昏归舟图。画面疏朗闲淡,十分优美。(王起主编《元明清散曲选》)

(赵俊玠)

[双调·寿阳曲]潇湘⁽¹⁾夜雨

渔灯暗,客梦回⁽²⁾,一声声滴人心碎⁽³⁾。孤舟五更家万里,是离人几行情泪。

【注释】(1)潇湘:潇水和湘水,是湖南的两条水名,源于九嶷山,在零陵西会合,称作潇湘。 (2)客:指游子。梦回:从梦中醒来。 (3)一声声滴人心碎:温庭筠的[更漏子]词中有"梧桐树,三更雨,不道离情正苦。一叶叶,一声声,空阶滴到明"的句子;李清照[声声慢]词中有"梧桐更兼细雨,到黄昏点点滴滴,这次第,怎一个愁字了得"的句子。马致远的这句话,自然受到它们的影响,是说落雨声使游子的愁苦更甚,心都要为之碎了。

【今译】

游子从梦中惊醒,面对一盏昏暗的油灯,船外点点滴滴的雨声,击碎了他原来愁苦的心。离乡背井,心绪难宁,孤舟独坐到五更。这不停的雨水啊!简直就是游子的泪水泠泠。

125

元曲观止

【点评】这支曲子写远离家乡的游子,在潇湘的孤舟之中,夜晚里被雨声从梦中惊醒后的凄楚悲凉的内心感受。这也是元代一般知识分子被轻贱的冷酷现实,在马致远心中所引起的感情的另一种反映。曲的前三句,按曲意需把顺序颠倒过来理解:不间断的雨声,把游子从梦中唤醒过来,陪伴他的只有那盏昏暗的灯光,而滴答作响的雨声,把游子烦恼愁苦的心都快要击碎了。后两句,进一步地描写这种愁苦心境:夜深了,愁苦也随之加深,故土亲人被抛在万里之外,自己独身一人漂泊在这一叶孤舟之中,景况多么凄凉!船外连绵不断的雨水啊,它哪里是雨水,简直就是游子伤心的眼泪。曲题虽然称作《潇湘夜雨》,但整篇曲文并未正面去写潇湘之夜如何下雨等情况,而是写客观自然界的夜雨,在他乡游子心里所激起的主观感情的波澜,借以表达作者心灵深处的沉痛和凄苦。这在马致远"潇湘八景"一组散曲中,可以说是另具一格。

【集说】这是作者在湖南雨中思家之作。以雨水滴(声)与泪水滴交织,情动心碎,来描写乡思之感,十分深刻。(李长路、张巨才《全元散曲选释》)

这是"潇湘八景"的第四首,写潇湘夜雨声中的凄凉客况,情调与[天净沙]《秋思》相似。(王起主编《元明清散曲选》)

(赵俊玠)

[双调·寿阳曲]

云笼月,风弄铁⁽¹⁾。两般儿助人凄切⁽²⁾。剔银灯欲将心事写⁽³⁾,长吁气一声吹灭⁽⁴⁾。

【注释】(1)铁:铁马,又作檐马。是悬挂在檐间的铁片,风吹则相击而发声。　(2)两般儿:两样东西。指代"云笼月"和"风弄铁"。助:更增添。(3)剔:挑亮。银灯:指古人用金属(多为锡)制作的一种油灯。　(4)吁(xū)气:长叹气的意思。

【今译】

乌云笼罩了月亮,淡淡的风儿吹得铁马叮当作响。这两样呵,都增添了我心中的凄凉。把已昏暗的银灯重新挑亮,铺开花笺欲把心事抒写。却无从下笔长叹一口气,又猛地把灯儿吹灭。

【点评】此曲抒情,未著"情"字,却句句关情。先从环境写起,从视觉——"朦胧月色",到听觉——"铁马声",两方面把人物限定于一个凄清孤单的氛围之中。再通过人物系列连贯动作:剔灯,欲写难下笔、叹气、吹灯等描写,将主人公孤独、相思之情形象地表现了出来。人物行动,心理等与环境巧妙结合,形成一个完整的艺术境界。此曲以背景、动作塑造人物,抒发感情,大有戏剧艺术的特色。

【集说】所写的男女之爱非不深刻,但极庄重。(陆侃如、冯沅君《中国诗史》)

含蓄蕴藉。(王起《元明清散曲选》)

几经曲折变化,把女主人公曲折、复杂的心理变化表现得异常生动真切。(《元曲鉴赏辞典》刘益国语,上海辞书出版社)

(兰拉成)

[双调·寿阳曲]

从别后,音信杳,梦儿里也曾来到。问人知行到一万遭(1),不信你眼皮儿不跳。

【注释】(1)问人知:向人打听是否知道。行到一万遭:即打听的事已做到一万次了,极言其多。

【今译】

一经别后到如今,全无音耗和书信。最是使人情难挨,惯会偷踪入梦来。逢人打听遇人问,千遍万遍访君音。你若心中尚有我,眼皮定会跳

殷勤。

【点评】曲之为体,可直抒胸臆,而不必讲究蕴藉,这就给思亲怀远之作带来极大方便。但语言的直截明畅,并非感情的平铺直叙。在这首小令中,作者先以"梦"的形式,迭起思妇情急难挨的内心波澜,继之以"逢人便问"的行动和遥想悬揣的方式,将这一波澜推向了顶峰。"梦"的营构,是一种情感的震荡,它不但从时间上引出分别之久的思念,更从空间上造成孤单的氛围。"不信你眼皮儿不跳",是全曲警策之所在,它以心灵感应的悬想方式、视接万里的形象描绘,道出对情人"思极而恨"的心情和"归来吧"的呼唤。语气是那样执着,情思是那样浓烈,渴望是那样焦灼。

【集说】东篱惯拈此调作情语,元气淋漓,俱是高绝。(任讷《曲谐》)

(冯文楼)

[双调·寿阳曲]

心间事,说与他。动不动早言两罢[1]!罢字儿碜可可你道是耍[2]。我心里怕那不怕。

【注释】(1)动不动:无论事情怎样总是……两罢:双方算了,相当于今天的"咱俩再见"。罢,结束。(2)碜(chěn)可可:也作"碜磕磕",意谓令人内心寒冷、悲戚、伤痛、害怕。《小孙屠》:"背着个碜可可骨匣相随定。"

【今译】
人家真心待,把心里话儿说给他。他却不领情,动不动先说几个"咱俩算了吧"。想想看,"罢"字儿岂能随便道,听着它,叫我内心冷战,怎能不害怕!

【点评】曲以天然为最高境界,此曲纯属天籁。它以通俗流畅的语言、逼真的口吻,写出了一个热恋中少女的怕、怨及爱的复杂心理。其语言之直率、心理之坦诚、情感之细腻，使少女的痴、娇之态如在目前，诚可谓曲中之佳作。

【集说】真实感人，有来有往，波澜起伏，活泼生动，颇令人喜爱同情。（《元曲鉴赏辞典》蒲仁语，中国妇女出版社）

人物情态生动，心理描写细致逼真。（《元曲鉴赏辞典》刘益国语，上海辞书出版社）

（兰拉成）

［双调·寿阳曲］

人初静，月正明，纱窗外玉梅斜映。梅花笑人休弄影，月沉时一般孤另[1]。

【注释】（1）孤另：即孤零。

【今译】
冷清清的人已睡静，亮晃晃的月儿正明。影横纱窗斜穿户，一树玉梅偷窥。弄影梅花呵休笑我，待到月儿沉时，你也一样孤零。

【点评】全曲写"孤另"二字，空灵幽邃，不着痕迹，在人、月、梅、影的意象组合和时空布设中，映照出一位愁人夜思难眠、孤寂无奈的面影。前三句通过外境的构建，勾出纱窗里人儿内心的孤单。后两句是前三句语链的延伸，承前破题，但又构思巧妙，不直说"孤另"，而是以对梅花弄影笑人的回答，表明此时的心境。可谓以彼写此，相映成趣；逆衬烘托，手法高妙。

【集说】马氏的［寿阳曲］，写情的十余首，绝妙好辞很不少，可作为他的情词的代表。（郑振铎《中国俗文学史》）

（冯文楼）

元曲观止

[双调·寿阳曲]

　　实心儿待,休做谎话儿猜,不信道为伊曾害[1]。害时节有谁曾见来,瞒不过主腰胸带。

【注释】(1)伊:你。害:为"害相思"的缩语。

【今译】

　　我待你实心儿一片,你休做谎话儿猜。为了你曾把相思病儿害,你还道不信是为你来。若问我害病时有谁见,瞒不过那主腰的胸带。

【点评】从语义的变换和语境的构成中,我们可以看出,这首剖白小曲至少包含着下列三方面的内容:①二人久别重逢;②男方对女方的真诚和相思持怀疑态度;③女方表白。因此,乍看这是一首女主人公的自白曲,而实则包含着二人之间的"对话",是一种复调式的结构。世间唯有情难诉。以"主腰胸带"的宽窄来表达相思之情,除达到一种无以比拟的最佳证明效果外,还把读者引入一种肉体亲近的语境中。于是"胸带"下的一颗"实心"脱然而出,殷然可见。

【集说】即仅以属辞造语之手腕而论,较之东江[黄莺儿]内"宽衣缓带,不称小腰身"句,曲直深浅,可以道里计耶? 固知清初元初,曲之造诣,本不容相提并论也。王伯良《曲律·杂论》节内,谓"东篱一遇丽情,更伤雄劲",然观此数曲(按:指咏情的数首[寿阳曲]),果如何哉? (任讷《曲谐》)
　　附:清沈谦《东江别集》中[黄莺儿]《春恨》:"临镜强寒温,怪鹦哥鬼混人,晚妆帘底东风紧。一回待嗔,一回又攀,画阑斜靠头儿晕。岂伤春,宽衣缓带,不称小腰身。"

(冯文楼)

[双调·拨不断]叹世

　　叹寒儒，谩[1]读书，读书须索题桥柱[2]。题柱虽乘驷马车[3]，乘车谁买《长门赋》[4]？且看了长安回去。

　　【注释】(1)谩：通漫，聊且或胡乱义。此处引申为徒然、空自等义。(2)须索：应该的意思。题桥柱：《华阳国志》卷三《蜀志》云："城北十里有升仙桥……司马相如初入长安，题市门曰：'不乘赤车驷马，不过汝下也。'"(3)驷马：古时高官乘车，一车套四匹马，因称四马之车为"驷"。　(4)《长门赋》：司马相如在《长门赋序》中说：汉武帝的陈皇后失宠，被置于长门宫。听说司马相如善作赋，乃奉黄金百斤。相如作《长门赋》，终于感动了皇上，陈皇后果然又得宠幸。事见《文选·司马长卿长门赋序》。

　　【今译】
　　可叹我一个寒儒，枉读了多少诗书！读了书就该抒豪情在升桥住。我纵然才志高远，能乘驷马车，又有谁有肯买《长门赋》？胡乱也游一游京城就回去。

　　【点评】这是一首愤世之作。古代司马相如尚能以己之才，得帝王赏识，而元代知识分子却因长期停止科举而苦于没有出路。这支曲感情激越，语言流畅，加上选用了北曲《双调·拨不断》曲式，更显得豪放。二、三、四、五句，每句末尾与下句开端用同一个词，这种连环调的使用，使这支曲子读起来朗朗上口，一气呵成。

（李　丹）

[双调·拨不断]叹世

　　布衣中[1]，问英雄，王图霸业成何用？禾黍高低六代宫，楸梧远近千官冢[2]？一场噩梦。

【注释】(1)布衣:指平民百姓。 (2)楸梧二句:借用许浑《金陵怀古》诗:"楸梧远近千官冢,禾黍高低六代宫。"六代指东吴、东晋、宋、齐、梁、陈。

【今译】

我在没有官位的人中,问那些有辅佐霸业之才的英雄,即使成就了霸业又有什么用?庄稼淹没了六朝故都的皇宫,楸梧长满了旧时官僚的坟冢,到头来却都是一场噩梦。

【点评】这也是一首叹世之作。作者以"一场噩梦"总结了历史上的帝王将相建功立业的空幻,曲折地反映了作者仕途失意的情怀。在曲式上,作者采用了三三七、七七四句式,四五句用对仗。比喻形象、生动、鲜明。两个问句和结语,表达了作者对功名富贵的否定。

(李 丹)

[双调·拨不断]看潮

浙江亭⁽¹⁾,看潮生,潮来潮去原无定,惟有西山万古青。子陵一钓多高兴⁽²⁾,闹中取静。

【注释】(1)浙江亭:据《乾道临安志》记载:"浙江亭在钱塘旧治南,到县一十五里。" (2)子陵:东汉人严光的字。严光少时与光武帝一同游学,光武即位后,严光改名易姓,隐居不出。光武帝找到他,要他做谏议大夫,他不肯,归隐富春山,以耕田、钓鱼为乐,直到老死。

【今译】

我来到浙江亭,看钱塘大潮奔涌、升腾。潮水时涨时落本无一定,唯有那西山千年不变,万古长青。当年严子陵来此钓鱼多高兴,世事纷乱,他倒能闹中取静。

【点评】知识分子既然无法"兼济天下",只好隐居乡野,"独善其身"了。这支曲子写的就是对隐居的感受。前四句表面写潮水,实则暗喻官场错综复杂,瞬息万变,令人捉摸不定,如潮水一般时起时伏。世上万古不变的只有大自然,何不学子陵,与西山为伴呢!作者借此求得心灵上的平衡。

【集说】余辑元初四家散曲,所得于东篱者最富……而于《广正谱》复得一[拨不断],为元明以来十余选所不及,且词复高拔,不落凡庸,信是东篱原制,岂非幸遇乎!(任讷《曲谐》)

东篱的曲子很可以表现出他自己来,下面的几首,就可以看出东篱生平处境和他的无忧无虑来,如"叹寒儒……"像这样的曲子,在他的集中是很多的。这虽是东篱的"感士不遇",然而放旷洒落善自排遣,是"骚人"复是"达人"。这绝不是张云庄、马昂夫一类貌为豪放自夸恬适之所可比拟。(梁乙真《元明散曲小史》)

马氏的散曲,写得清俊,写得清新……但他所最打动文人学士们的心的,还不是这些写景的东西,而是那些充塞了悲壮的情怀的厌世的歌声,我们看:《秋思》[双调·夜行船]……同样的情怀,也拂拭不去的渗透在他的小令里:[拨不断]六首……(郑振铎《中国俗文学史》)

(李　丹)

[般涉调·耍孩儿]借马⁽¹⁾

近来时买得匹蒲梢骑⁽²⁾,气命儿般⁽³⁾看承爱惜。逐宵上草料数十番,喂饲得臕息胖肥⁽⁴⁾。但有些秽污却早忙刷洗,微有些辛勤便下骑。有那等无知辈,出言要借,对面难推。

[七煞]懒设设⁽⁵⁾牵下槽,意迟迟⁽⁶⁾背后随,气忿忿懒把鞍来鞴⁽⁷⁾。我沉吟了半晌语不语⁽⁸⁾,不晓事颓人⁽⁹⁾知不知?他又不是不精细,道不得"他人弓莫挽,他人马休骑"。

[六煞]不骑呵西棚下凉处拴,骑时节拣地皮平处骑,将青青嫩草频频的喂。歇时节肚带松松放,怕坐的困尻包

儿款款移⁽¹⁰⁾。勤觑⁽¹¹⁾着鞍和辔⁽¹²⁾,牢踏着宝镫,前口儿休提⁽¹³⁾。

[五煞]饥时节喂些草,渴时节饮些水。着皮肤休使粗毡屈⁽¹⁴⁾,三山骨⁽¹⁵⁾休使鞭来打,砖瓦上休教稳着蹄⁽¹⁶⁾。有口话你明明的记:饱时休走,饮了休驰。

[四煞]抛粪时教干处抛,尿绰⁽¹⁷⁾时教净处尿,拴时节拣个牢固桩橛上系。路途上休要踏砖块,过水处不教践起泥。这马知人义,似云长赤兔⁽¹⁸⁾,如翼德乌骓⁽¹⁹⁾。

[三煞]有汗时休去檐下拴,渲时休教侵着颓⁽²⁰⁾,软煮料草铡底细⁽²¹⁾。上坡时款把身来耸,下坡时休教走得疾。休道人忒寒碎⁽²²⁾,休教鞭飐着马眼⁽²³⁾,休教鞭擦损毛衣。

[二煞]不借时恶了弟兄,不借时反了面皮。马儿行嘱咐叮咛记:"鞍心马户将伊打,刷子去刀莫作疑⁽²⁴⁾。"则叹的一声长吁气,哀哀怨怨,切切悲悲。

[一煞]早晨间借与他,日平西盼望你。倚门专等来家内。柔肠寸寸因他断,侧耳频频听你嘶。道一声"好去",早两泪双垂。

[尾]没道理没道理,忒下的忒下的⁽²⁵⁾。"恰才说来的话君专记,一口气不违借与了你。"

【注释】(1)《借马》这套曲子是马致远的名作。他通过生动诙谐的笔调、细腻的心理刻画和细节描写,穷形极态地嘲笑了一位爱马如命的悭吝人。套曲中还采用了戏曲的旁白、背躬的手法,增强了表现力。 (2)蒲梢骑(jì):指好马。蒲梢,是古代千里马的名字。传说汉武帝征大宛得之,因马尾像蒲草叶梢而得名。 (3)气命儿般:性命儿似的。 (4)膘息胖肥:膘肥体胖。 (5)懒设设:懒洋洋。 (6)意迟迟:心意迟疑,行动迟缓。(7)鞴(bèi):本为车马上的装备,此处作动词用。 (8)语不语:说还是不说。 (9)颓人:骂人的话,犹言"鸟人""鸟汉"。 (10)"怕坐的"句:嘱咐骑马人坐久疲倦后慢慢移动臀部。尻(kāo):脊骨的尾端。尻包儿:屁股。

（11）勤觑（qù）：多看看。　　（12）辔（pèi）：马络头。　　（13）前口儿休提：马的嚼口不要用力往上提。　　（14）"着皮肤"句：意为不要用没有铺平的粗毡子硌坏了马的皮肤。着：紧挨着。屈：没有伸展平。　　（15）三山骨：马后背近股处的骨骼。　　（16）"砖瓦上"句：意为砖瓦堆那种站不稳的地方，不要硬让马落稳脚。　　（17）尿绰（chāo）：撒尿。　　（18）云长赤兔：三国时蜀汉名将关云长（羽）骑的马叫"赤兔"。　　（19）翼德乌骓（zhuī）：三国时蜀汉名将张翼德（飞）骑的马叫"乌骓"。　　（20）"渲时休教"句：意为洗马时不要损伤了马的生殖器。渲，本是画法的一种，用水墨泼淋。此处指淋洗。颏：指雄马的生殖器。　　（21）铡底细：铡得细。　　（22）忒（tuī）寒碎：特别的寒酸和嘴碎、啰唆。　　（23）彪（biāo）：甩、戳、打。　　（24）"鞍心马户"两句：这两句是当时勾栏里拆白道字的说法。"马户"合为"驴"字，"刷子去刀"是"吊"字，"驴吊"是骂人的话。合起来的意思是说：成心打马的那个人肯定是驴吊，不会是主人，不用怀疑。　　（25）忒（tè）下的：太下得狠心了。

【今译】

　　近来我买到了一匹好马，拿它当性命一样看待爱惜。每天晚上喂草料十来遍，喂饲得它膘肥体壮。身上只要有一点儿污秽就赶忙给它刷洗；稍微劳累了一点儿就下马让它休息。居然有那样不懂事的人，开口跟我借这匹马，倒叫我当面难推托回绝。

　　懒洋洋把马从槽上牵下来，不情不愿地跟在马背后，心中愤恨真不想把鞍来备。我寻思了半晌到底说不说。这个不懂事的混蛋到底知不知道，他又不是糊涂人，没听说过："他人弓莫挽，他人马休骑"吗？

　　你不骑的时候可要把它拴到西棚的荫凉处，你骑的时候注意拣那地皮平坦的地方骑。多喂它几遍青青的嫩草，歇息的时候把肚带给它松松地放开，坐久后屁股累了你慢慢地移动。经常看看点儿鞍子和马笼头，踏稳了马镫子，不要使劲儿提马嚼口。

　　饿的时候喂些草，渴的时候饮些水。挨着马皮肤不要用没铺平的粗毡子，马的三山骨那处地方不要用鞭子去打，砖瓦堆那种站不稳的地方不要硬让马去踩。有句话你可一定要好好地记着：吃得饱了不要当即让马奔跑，刚饮完马也不能让马急驰。

元曲观止

马拉屎的时候要让它拉在干地上，马撒尿的时候要撒在干净的地方，拴马的时候也要挑个牢固的木桩子拴。路途上别让它踩着砖块，过水时别溅起泥来。这匹马它通晓人性，就像是关云长的赤兔马，张翼德的乌骓马讲义气。

马出汗的时候，不要把马拴到屋檐下，刷洗马的时候不要碰坏了它的生殖器。草要切切细，料要煮煮软。上坡的时候切记要把身体稍稍耸起些，下坡的时候别让它走得太急。不要说我太寒酸太啰唆，不要让鞭子打着马眼，不要让鞭子擦坏了马的毛皮。

我要是不借给你，伤了兄弟之间的和气，我要是不借给你，就撕破了脸皮。嘱咐马儿你记住我的叮咛："成心打你的那个人肯定是驴吊，不会是主人我，不用怀疑。"只落得长长地叹气，哀哀怨怨，悲悲戚戚。

早晨把马借给他，日头偏西就会在家盼望你。倚着门专等着马儿回家来。柔肠寸寸都因为马儿断，侧着耳朵一再谛听有没有马儿嘶叫的声音。说一声："好好地去吧！"两行眼泪早就垂挂了下来。

没道理呵真是没道理，太狠心呵真是太狠心。"刚才我说的话儿你可要好好牢记，我可是一点儿没有犹豫就把马借给了你。"

【点评】整套曲连序带尾共九支曲。开头和[七煞]两支曲写马的主人对马的珍爱以及不愿出借的心理。[六煞]到[二煞]是不得不出借时对借马人的殷殷嘱咐。从怎样骑、怎样喂、怎样行走到怎样侍候马拉屎撒尿、刷洗，一一数到，细致周到，无所不用其极地反复叮嘱，处处表现出他极不情愿将马借出和万分疼惜爱马的心理。马的主人一定希望借马人看出他的心理，体谅可怜他而打消借马的念头。偏偏借马人不能心领神会，使得他心里暗暗痛骂，又只好把马借了出去。[一煞][尾]写他借出马以后的惦念与哀叹。

作者通过人物的语言、心理活动和神态、行为等等的描绘，多方面地刻画了人物形象和他的内心世界，惟妙惟肖，生动有趣。

作者的描绘刻画当然具有相当的讽刺意味，马主的悭吝与啰唆确实可笑可气。但他爱马惜马的真诚、深情也有令人同情的一面。而且这首套曲最令人注目与喜爱的，还是作者那幽默夸张的笔法、诙谐生动的语言和描绘刻画心理状态的高超的艺术技巧。

【集说】(马致远)还写些很诙谐的东西,像《借马》(般涉调·耍孩儿),写客者买一马,千般爱惜,不幸为人所借。他叮嘱再四,方才被借者牵去……后来的弋阳调的小喜剧《借靴》,显然便是从此脱胎而出的。(郑振铎《插图本中国文学史》)

这是马致远的真正的崇高的成就。诙谐之极的局面,而出之以严肃不拘的笔墨,这乃是最高的喜剧;正和最伟大的哲人以诙谐的口吻在讲学似的;他的态度足够严肃的,但听的人怡然地笑了。(郑振铎《中国俗文学史》)

(杨　燕)

[双调·夜行船]秋思

百岁光阴一梦蝶,重回首往事堪嗟。昨日春来,今朝花谢,急罚盏夜阑灯灭。

[乔木查]想秦宫汉阙,都做了衰草牛羊野,不恁么渔樵没话说(1)。纵荒坟横断碑,不辨龙蛇(2)。

[庆宣和]投至狐踪与兔穴(3),多少豪杰!鼎足虽坚半腰里折,魏耶,晋耶?

[落梅风]天教你富,莫太奢,没多时好天良夜。看钱奴硬将心似铁,争辜负了锦堂风月。

[风入松]眼前红日又西斜,疾似下坡车。晓来青镜添白雪(4),上床与鞋履相别(5)。休笑鸠巢计拙(6),葫芦提一向装呆(7)。

[拨不断]利名竭,是非绝。红尘不向门前惹,绿树偏宜屋角遮,青山正补墙头缺。更那堪竹篱茅舍。

[离亭宴煞]蛩吟罢一觉才宁贴(8),鸡鸣时万事无休歇,争名利何年是彻(9)!看密匝匝蚁排兵,乱纷纷蜂酿蜜,急攘攘蝇争血。裴公绿野堂(10),陶令白莲社(11)。爱秋来时那些:和露摘黄花,带霜烹紫蟹,煮酒烧红叶。想人生有限杯,浑几个重阳节(12)。嘱咐你个顽童记者(13):"便北海

探吾来，道东篱醉了也！"(14)

【注释】（1）不恁么：不这样。　（2）龙蛇：形容草书笔势。李白《草书歌行》："怳怳如闻鬼神惊，时时只见龙蛇走。"此指字迹。　（3）投至：及至，待到。　（4）白雪：指头发已白。　（5）上床与鞋履相别：永远不再穿鞋了，也即与人生告别。　（6）鸠巢计拙：鸠巢，一作巢鸠。传说斑鸠性拙，不会营巢，借喜鹊之巢产卵。　（7）葫芦提：糊涂之意，为当时口语："从今葫芦大家提，再不辨是和非。"　（8）蛩：蟋蟀。　（9）彻：结束，完了。　（10）裴公绿野堂：裴公，唐代裴度，因功被封为晋国公。后因宦官专权，于洛阳筑"绿野草堂"，退出官场。　（11）陶令白莲社：陶令，陶潜，曾为彭泽令，故称。白莲社，晋庐山东林寺慧远法师发起的宗教组织，曾邀陶潜参加。此与上句言要学裴度、陶潜退隐的榜样。　（12）浑几个重阳节一句，一作几个登高节。浑：全，完整。意即能过几个完整的重阳节呢。　（13）记者：记着。（14）北海：指东汉末北海太守孔融。孔曾说："座上客常满，樽中酒不空，平生愿足。"此二句意谓即使孔融来探我，也只说我醉了不能出见。言外之意，不论谁来，我也不见。

【今译】

百年光阴瞬间过，人生好似梦中蝶。回首往事漫咀嚼，为欢几何堪叹嗟。昨日春刚来，今朝花已谢，纵使把酒急罚盏，却早夜儿阑，灯儿灭，留不住的筵席已散别。

想那秦宫和汉阙，早已是蓑草连天，牛羊群跑，一片荒野。若不如此呵，让那些渔翁樵夫说甚些。虽有点点荒坟横断碑，字迹模糊难析辨。

赫赫乎，纵横一世，多少豪杰，到头来，只不过荒冢一堆草猎猎，等到狐狸出没兔穿穴，昔日威风早已灭。三国鼎立虽说坚，谁料想，中途折腰事难谐。及至如今呵，是魏是晋，谁还挂心间。

老天教你富，莫要心太重。好天良夜无多时，赏心乐事要及时。守财奴儿情太吝，硬擦擦将心变做铁，辜负了锦堂花月夜，浪费了青春好时光。

说是快，真是快，眼前红日又西斜，迅疾犹如下坡车。一夜过后揽清镜，鬓发几绺添白雪。晚来上床求安息，说不定是终生告别鞋，再不能穿它过市街。休笑我如鸠借巢计太拙,我这是有意糊涂,惯会装呆。

求利求名贪欲竭,是是非非与我绝。红尘不临门清静,祸害远离无关切。墙边绿树偏有意,屋角后檐尽遮掩;遥望对面一青山,正好补上墙头缺。好一座竹篱茅舍,恰似那世外仙源。

争名逐利哪得闲,蟋蟀唱罢,一觉之后,心儿才在肚里揣,头搁枕儿方宁贴。待到鸡鸣唤红尘,万事关心无休歇。这争名和争利,哪年才能算个完!看他们,你拥我挤,密匝匝犹似蚁排兵;你来我往,乱纷纷一如蜂酿蜜;你争我抢,急攘攘正像蝇争血。我却向往那,裴度身居绿野堂,陶潜被邀白莲社。爱的是那山林之秋:着露珠摘黄花,带晨霜烹紫蟹,煮新酒烧红叶。人生短促啊,对酒能有几多杯;良辰难逢,登高有几个重阳节?叮咛你个小厮记着:"纵然是'座上客常满,樽中酒不空'的孔融探我来,也只说是东篱醉了也!"

【点评】如果说马致远的小令《秋思》,主要是从"空间"秋景的描绘上,来展示天涯羁旅的愁思;那么套数《秋思》,则主要是从"时间"的自我意识上,来探索人生的意义和价值。它极为典型地表达了元代知识分子所共有的文化心态:参透功名富贵,离绝是非宦害,超然尘外,及时行乐。这固然是元代的知识分子社会地位极其低下,无所用其才,在民族歧视下,无所申其怀的一种不得已而为之的选择和愤懑情绪的流露,但更渗透着一种对历史——人生的宗教式反思,在悲秋的感慨中,蕴藏着一种自我生命意识的觉醒,这从"先述全套之主旨"(任讷《作词十法疏证》)的第一支曲子[夜行船]中即可看出。前六支曲子也均系由此而发。正是为了从功名富贵中解脱出来,求得精神的自由,因而才将人世界的一切价值,视为虚无,化为空有,在"若要好,须是了"的决断超越中,与现实构成一种超功利的"无为关系"、即审美关系。[拨不断]所描绘的"竹篱茅舍",便是这一审美化了的自然世界。结尾一曲,连续以两个鼎足对的形式,将"争名竞利"和"复归自然"做了鲜明的对比,成为历代传诵的名句。七支曲子,一气呵成,"放逸宏丽"(王世贞语),不脱马氏豪放洒脱之风格;又"疏俊可咏",不失元人之本色。"文而不文,俗而不俗",既"耸观",又"耸听"(周德清语),可谓"雅俗共赏,观听咸宜"。章次的安排,首尾相救,腰腹饱满,"纵横尽变,优游不竭"(刘熙载语)。用譬尤见精警,且通俗而又尖新,此或即任讷改刘熙载之言"面子疑于

元曲观止

放倒,骨子弥复认真"为"面子确实放倒,骨子自然认真"者是也(任讷《散曲概论》)。

【集说】此词乃东篱马致远先生所作也。此方是乐府,不重韵,无衬字,韵险,语俊。谚曰:"百中无一",余曰:"万中无一"。看他用蝶、穴、杰、别、竭、绝字,是入声作平声;阙、说、铁、雪、拙、缺、贴、歇、彻、血、节字,是入声作上声;灭、月、叶是入声作去声。无一字不妥,后辈学法。(周德清《中原音韵》)

马致远"百岁光阴",放逸宏丽,而不离本色。押韵尤妙。长句如"红尘不向门前惹,绿树偏宜屋角遮,青山正补墙头缺",又如"和露摘黄花,带霜烹紫蟹,煮酒烧红叶",俱入妙境。小语如"上床与鞋履相别",大是名言。结尤疏俊可咏。元人称为第一,真不虚也。(王世贞《曲藻》)

若散套虽诸人皆有之,惟马东篱"百岁光阴",张小山"长天落彩霞"为一时绝唱,其余俱不及也,(沈德符《顾曲杂言》)

周(德清)氏评为无衬字,不确;王(世贞)氏谓放逸宏丽,殊中肯。章次条理井然……尤是套曲可法之处。(任讷《作词十法疏证》)

《秋思》一套,自元周德清以来,即评为散曲中第一。其煞尾云:"蛩吟罢……"若问此曲何以成其为豪放? 则无人不知其为意境超逸,实使之然,文字不过适足以其意境副耳。(任讷《散曲概论》)

[离亭宴煞]前半又重叹世,后半又重说自己,因以作结。此词的好处能于豪放、清逸、萧爽之中,寓一种渊深朴茂之风;而作者"闲云野鹤"般的特性,也很生动表现出来,尤为东篱作品最有价值的文字。"百岁光阴成绝调"(卢冀野《论曲绝句》),遂让马东篱独步千古。(梁乙真《元明散曲小史》)

枯藤老树写秋思,不许旁人赞一辞。

"百岁光阴"成绝调,大都消息此中知。

元之曲家,大都为最,有东篱是可为大都张目矣。(卢前《论曲绝句》)

(冯文楼)

《汉宫秋》第三折[双调·梅花酒]

呀! 俺向这迥野悲凉[1]。草已添黄,兔早迎霜[2]。犬褪得毛苍，人搋起缨枪，马负着行装，车运着糇粮，打猎起围场。他他他，伤心辞汉主；我我我，携手上河梁[3]。他部从入穷荒，我銮舆返咸阳。返咸阳，过宫墙；过宫墙，绕回廊；绕回廊，近椒房[4]；近椒房，月昏黄；月昏黄，夜生凉；夜生凉，泣寒螿[5]；泣寒螿，绿纱窗；绿纱窗，不思量。

〔双调·收江南〕呀！不思量，除是铁心肠；铁心肠，也愁泪滴千行。美人图今夜挂昭阳[6]，我那里供养，便是我高烧银烛照红妆[7]。

【注释】（1）迥（jiǒng）野：空旷的原野。迥，远。 （2）兔早迎霜一句：《元曲选》作"色早迎霜"，此处据《雍熙乐府》改。 （3）河梁：河岸、堤梁。（4）椒房：亦称椒室，西汉未央宫皇后所居殿名，因以椒和泥涂墙壁得名，后亦用为后妃的代称。 （5）寒螿（jiāng）：寒蝉。郭璞《尔雅·释虫》注："寒螿也，似蝉而小，赤青。" （6）昭阳：宫殿名。小说、戏曲中常以昭阳宫为皇后所居之宫。 （7）红妆：指昭君。

【今译】

呀！原野空旷，不由得心中好悲凉。草色已添黄，兔子早迎霜。狗儿褪了毛，猎户扛起枪，马匹驮着行装，车子载着干粮，打猎起围场。昭君她她她，伤心凄楚辞我去；汉主我我我，携手送她上河梁。她孤孤零零，与番使入蛮荒，我恓恓惶惶起驾回咸阳。寂寂寞寞回咸阳啊，凄凄楚楚过宫墙；过那高高的宫墙啊，孤孤单单绕回廊；走过千曲百折的回廊啊，来到冷冷清清的椒房。椒房已空空荡荡，唯有月昏黄。月色昏黄，秋夜微生凉，秋夜凉，仍有幽幽咽咽饮泣的寒蝉。寒蝉声声，传进绿色的纱窗。纱窗依旧，昭君她今又在何方？这怎叫人不思量！

唉，不思量……不思量除非我是铁心肠；铁心肠，离别的愁泪也滴千行。今夜在昭阳宫挂起昭君的画像，在那里我把她供养，让红烛高照，陪伴红妆。

【点评】〔梅花酒〕〔收江南〕两支曲展示了深秋的萧瑟与无限凄凉，表达了汉元帝对王昭君的恋情，写尽了他内心的无奈。马致远以他丰富的想象力去捕捉并表现出了剧中人的感受,通过意境的创造烘托出人物的内心世界。"俺向着这迥野悲凉"首先点出了剧中人的心境,为整支曲子奠定了一个基调。"草已添黄,兔早迎霜"和后面的四个五言句对仗工整,描绘了悲凉的深秋旷野。可以想见汉元帝看着这令人伤感的景象,心中的凄凉不言而喻。作为大汉皇帝,虽拥有千军万马,可连自己的爱妃也保护不了,只有眼见着她步入"穷荒地",无奈与痛楚怎能不充溢胸间。人已远,欲留不住,心中的寂寞与思念无处寄托,这时便想去寻找昔日的旧迹,寻找残留的温馨与慰藉,"返咸阳,过宫墙,……绿纱窗,不思量!"一段巧用连珠,回肠荡气,不仅节奏鲜明,也将汉元帝的内心世界表现得淋漓尽致。[收江南]中,汉元帝高挂昭君图像,"我那里供养,便是我高烧银烛照红妆。"缠绵凄凉,更添了人去楼空之感。曲中一景一物都染有悲凉色彩,字里行间无处不流露出主人公哀怨欲绝的情绪。

【集说】语言明白如话,而言外有无穷之意。(王国维《宋元戏曲考·元剧之文章》)

一唱三叹,愁肠九转。(彭隆兴《中国戏曲史话》)

(姚秋霞)

赵孟頫

赵孟頫(1254—1322)，字子昂，号松雪道人。宋秦王德芳之后，四世祖秀王子偁，实生孝宗，赐第湖州，故孟頫为湖州人。宋末为真州司户参军，至元中，以程钜夫荐，授兵部郎中，迁集贤直学士，出同知济南路总管府事，历江浙等处儒学提举。延祐中，累擢翰林学士承旨，荣禄大夫等，得请南归，卒后追封魏国公，谥文敏。赵孟頫以书名天下，诗文清邃奇逸。著作有《尚书注》《琴原》《乐原》和诗文集《松雪斋集》，存散曲小令二首。

[黄钟·人月圆]

一枝仙桂香生玉，消得⁽¹⁾唤卿卿⁽²⁾。缓歌金缕，轻敲象板⁽³⁾，倾国倾城。几时不见，红裙翠袖，多少闲情。想应如旧，春山澹澹，秋水盈盈。

【注释】(1)消得：值得。 (2)卿卿：夫妻、情人之间的昵称。刘义庆《世说新语·惑溺》："王安丰妇常卿安丰，安丰曰：'妇人卿婿，于礼为不敬，后勿复尔。'妇曰：'亲卿爱卿，是以卿卿，我不卿卿，谁当卿卿？'遂恒听之。"
(3)象板：象牙制成的拍板，一种乐器。

元曲观止

【今译】那美妙的玉体散发出仙桂的香气，值得我轻声呼唤"卿卿"。缓缓地唱着《金缕曲》，轻轻地敲着象牙板，真是倾国倾城的美丽。许久不见，那红裙翠袖，勾起人多少相思意。想来还应像过去，那春山般淡扫的蛾眉，那秋水般多情的眼睛。

【点评】这是一支诉说相思之意的小令。上半阕写女子倾国倾城的美貌，以"仙桂"与"白玉"作喻，以视觉之洁白无瑕与嗅觉之香气氤氲写其超凡脱俗，配以轻歌曼舞之柔美的动态，直把对方写成仙女一般。下半阕承上诉说相思：如此美丽的女子，已经许久不见，怎不叫人苦苦思恋，不禁猜想，她一定还像过去那样美丽而多情。"红裙翠袖"还仅是从色彩上传达年轻艳丽之意，末尾却化美为媚，从那秋波流转的眼睛传达出灵动而多情之态。上半阕并未直写女子的容貌，而是着笔于"她"给予"我"的主体感受。下半阕则抓住最能传神的眉眼刻画，使其活现于作者心中，这就扬诗歌间接描写之长，避直接刻画之短，以飘忽不定的形象完成对如仙的美女的刻画。看来作者是以书法之抽象、写意来作曲了。

（杨新敏）

［仙吕·后庭花］

　　清溪一叶舟，芙蓉两岸秋。采菱谁家女，歌声起暮鸥[1]。乱云愁，满头风雨，戴荷叶归去休[2]。

【注释】（1）暮鸥：傍晚栖息的鸥鸟。　（2）休：语助词。用在句末，相当于现代汉语中的"吧"。

【今译】

　　清清的溪流，荡漾着一叶扁舟，亭亭的荷花，点缀着两岸清秋。谁家的采菱姑娘哟，悠悠的歌儿惊起暮色中的水鸥。乱云翻腾，风雨骤起，采菱的姑娘哟，头戴着荷叶，心慌慌，意切切向回奔走。

【点评】这是一支即景抒情小曲，首二句状景，"溪流""扁舟""荷花"构成明快清新之景。景语即情语，诗人用明快闲逸之景托寄其悠闲的隐逸之趣。三四句加进人物,采菱女之天真活泼,同自然画面相映,则生气自出,情趣自溢。最后三句状采菱女避风雨戴荷叶争归去情景,呼之欲出,山野村风的赞美和向往之情自寓其中。"归去"一词,点出诗人触景动情的隐衷,憎恶现实,热爱自然,向往归隐的意旨。

(宋俊华　王开桃)

元曲观止

王实甫

王实甫,名德信,大都(今北京)人。约与关汉卿同时。作杂剧十四种,今存《西厢记》等三种。贾仲明在《凌波仙》吊词中称其"作词章,风韵美,士林中等辈伏低。新杂剧,旧传奇,《西厢记》天下夺魁。"《太和正音谱》则说他的散曲"如花间美人,铺叙委婉,深得骚人之趣。"可见,其散曲成就是很高的。据隋树森《全元散曲》,今存小令一首,套曲二套。

[中吕·十二月带尧民歌]别情

自别后遥山隐隐,更那堪远水粼粼。见杨柳飞绵滚滚,对桃花醉脸醺醺。透内阁[(1)]香风阵阵,掩重门暮雨纷纷。怕黄昏忽地又黄昏,不销魂[(2)]怎地不销魂。新啼痕压旧啼痕,断肠人忆断肠人。今春,香肌瘦几分,搂带[(3)]宽三寸。

【注释】(1)内阁:深闺,内室。　(2)销魂:因过度刺激而呈现出来的痴呆状。　（3）搂带：束腰的带。

【今译】

　　自从分别以后，那遥远的群山隐隐。更不能忍受，那远水绿波粼粼。恨山恨水啊，因为它带走了我的恋人。看柳絮飞扬滚滚，我对着桃花醉脸醺醺。香风阵阵吹透深闺，不愿赏春，我关掩上重门，任凭暮雨飘洒纷纷。怕黄昏，转眼又是黄昏。不愿销魂，又怎能不销魂。新流下的眼泪压上旧泪痕，伤心人追忆天涯断肠人。今春离别伤怀，我的肌体消瘦了好几分，衣带也宽了三寸。

　　【点评】这是一支"带过曲"，由[十二月]和[尧民歌]两支曲子组成，是小令的一种变体。曲子纵笔远扬着意描绘春日的别情，用"自别后"三字总领全篇。曲子的前半部分，作者别具匠心，一连推出三组工整对仗的句式，从与别情有关的遥山、远水、杨柳、桃花入手，刻意渲染环境，为写内阁、重门内的闺怨打下底色，其中叠词隐隐、粼粼、滚滚、醺醺、阵阵、纷纷，尤其值得重视，它成功地突现了悱恻幽怨的艺术氛围。曲的后半部分，一口气连用四个连环句，其格调谐婉美妙，深入事理，鞭辟入里地揭示出黄昏时节女主人公恍惚伤情的艺术形象。整个曲子质朴自然，同时又不乏清丽俊朗，是一篇不可多得的篇什。

　　【集说】对偶、音律、平仄、语句皆妙，务头在后词起句。（周德清《中原音韵》）

　　（引曲文，略）情中悄语也。（王世贞《曲藻》）

　　余阅元曲（中略）王实甫《别情》[尧民歌]云："自别后遥山隐隐，更那堪远水粼粼。见杨柳飞绵滚滚，对桃花醉眼醺醺。"其情致不减于词也。（沈雄《柳塘词话》）

　　《曲藻》评[尧民歌]首四句曰："情中悄语也。"按通首极灏烂之致。此四句内，各赖一二字令情意浑厚，使笔极高，岂但悄语而已哉。（任讷《作词十法疏证》）

（张　强）

147

元曲观止

《西厢记》第四本第三折［正宫·端正好］

碧云天,黄花地(1),西风紧,北雁南飞。晓来谁染霜林醉?总是离人泪(2)。

【注释】(1)这两句化用范仲淹的［苏幕遮］的前两句"碧云天,黄叶地"。
(2)总是:尽是,都是。

【今译】
深秋的天空瓦蓝瓦蓝,黄色的菊花开遍大地。秋风习习,北方的大雁匆匆向南远飞。早晨起来,谁人染得这红色的霜林如醉?都是离人带血的眼泪!

【点评】这首曲子是王实甫名剧《西厢记·长亭送别》的第一首曲子,历来为人们所称道。其背景是张生与莺莺几经曲折,终于相爱。而张生被逼上京赶考,莺莺前来送别。作者通过女主人公莺莺的眼纯是写景。前两句从天到地,背景宏阔而单调,气氛沉闷而悲凉,一种孤独之感顿生。与此相连,以"紧"写西风,以"南飞"写大雁,从而完成了萧索凄凉的艺术境界。末句中,用"霜林"替换如丹的枫林,已使人感到冰冷异常,而又进一步说这些都是"离人泪"染成,更是凄惨悲凉。作者很注意景物色彩的调节:蓝天、黄花、银灰的大雁,红色的霜林,色彩鲜明而在作者笔下,却无不与主人公的心境相连。作者虽是写景,却注入情感,巧妙移情,使自然人化,人对象化。把人物哀婉凄绝的感情通过景物的描写,淋漓尽致地表现了出来。景即情,情即景,以"无我之境"表述了"有我之境"的情感,效果极佳,巧夺天工。

【集说】绝妙好辞。恰借范文正公"穷塞主"语作起,纯写景,未写情。(金圣叹《贯华堂第六才子书》夹批)
色彩斑斓,秋景如画。由景入情,情中点景,情景交融,堪称绝唱。(王起《中国十大古典喜剧集》眉批)

作者用几个带有季节性特征的景物,衬托出离人的情绪,把读者引向那富有诗情画意的情境里。(游国恩等主编《中国文学史》)

情景交融、臻于化境。(张庚、郭汉城《中国戏曲通史》)

(兰拉成)

滕斌

滕斌，又作滕宾，字玉霄，黄冈（今属湖北）人。约与卢挚为同时代人。元武宗至大年间任翰林学士，出为江西儒学提举。后弃家入天台山为道士，有《玉霄集》。明代朱权《太和正音谱》称其词"如碧汉闲云"。《全元散曲》录存其小令十五首。

[中吕·普天乐]⁽¹⁾

一

柳丝柔，莎⁽²⁾茵细。数枝红杏，闹出墙围。院宇深，秋千系。好雨初晴东郊媚。看儿孙月下扶犁。黄尘⁽³⁾意外，青山眼里，归去来兮。

二

翠荷残，苍梧坠。千山应瘦，万木皆稀。蜗角⁽⁴⁾名，蝇头利，输与渊明陶陶醉。尽黄菊围绕东篱，良田数顷，黄牛二只，归去来兮。

【注释】(1)滕宾有[普天乐]失题小令十一首,这里是第一、三两首。(2)莎:草名,俗称香附草,初春铺地而生。 (3)黄尘:指官场。 (4)蜗角:《庄子·则阳》云蜗牛左角上有触氏国,右角上有蛮氏国,"时相与争地,伏尸百万"。喻指所争之名利极小。

【今译】

一

柳丝细嫩轻柔,莎草丛茸如茵。墙头上,热热闹闹地探出几枝红杏。庭院深深,秋千晃荡,雨过天晴东郊分外明朗。看着儿孙们月下扶犁而耕,直把官场倾轧抛在脑后,把座座青山收在眼里,禁不住吟诵起《归去来兮》。

二

翠绿的荷叶已经残损,苍青的梧桐也纷纷坠地。座座青山立刻显得消瘦,种种草木零落成泥。叹追逐蝇头蜗角那样的微利,何如渊明陶陶醉去。一片黄菊围绕东篱,良田数顷,黄牛二只,悠闲地吟上一曲《归去来兮》。

【点评】这两支曲子写对宦海的厌倦与归隐田园的意思。第一支曲先写柳丝的"柔"与莎茵的"细",描写出一片宁静的乡野,接着以热闹的红杏的出现,构成一幅动与静、安详与绚烂和谐的画面,展现出一派初春的生机。望着这明丽的景色,作者油然生出归隐之思:看着儿孙在静谧而柔和的月下扶犁而耕,忘却那宦海的纷扰,沉浸在一片山色之中,那是多么令人神往的生活啊!第二支曲子的自然景色与第一支曲正好相反,是万木萧疏,千山都为之消瘦。自然的荣凋,使作者想到人生的短暂,顿觉名利如浮云,不如陶醉在山水自然之中。于是,作者再次为躬耕垄亩的渊明所折服。两支曲都借景起兴,以景展志,最后水到渠成地直抒心志,使得忘情山水的人生境界充分展示出来。

(杨新敏)

元曲观止

邓玉宾

邓玉宾,生卒不详。元钟嗣成《录鬼簿》说他是"前辈已死名公,有乐府行于世者"。未载其生平,只列"邓玉宾同知"五字。据《录鬼簿》排列,可能他与贯云石同时,或稍早于贯云石。《太和正音谱》谓邓玉宾散曲"如幽谷芳兰"。今存小令四首,套数四套。

[正宫·叨叨令]道情

想这堆金积玉平生害,男婚女嫁风流债[1]。鬓边霜头上雪是阎王怪,求功名贪富贵今何在。您省的也么哥[2],您省的也么哥。寻个主人翁早把茅庵盖。

【注释】(1)风流债:指跟男女私情有关的债。佛教认为男女结婚是为了偿还前世积下的私情债。 (2)你省得也么哥:省,懂得,觉悟。也么哥,是元曲常用语,衬字,无意。

【今译】(略)

【点评】这是以道家思想劝化世人归隐的小令。前四句从贪财招祸、恋色终空、生死无常、富贵荣枯四个方面劝化世人看破红尘,抛却酒色财气,走成道化仙之路。"您省得也么哥",反复强调,劝化世人脱离现世苦海,归隐山林,过闲适自逸的仙道生活。这是诗人对黑暗现实的消极反抗。

(宋俊华　王开桃)

元曲观止

王伯成

王伯成,生卒年不详,涿州(今河北涿州)人,为马致远忘年交,有《天宝遗事诸宫调》见称于世,今残。著杂剧三种:《贬夜郎》《泛浮槎》《兴项灭刘》。散曲存世小令二首,套数三套,朱权《太和正音谱》评王伯成散曲"如红鸳戏波"。

[中吕·阳春曲]别情

多情去后香留枕,好梦回时冷透衾。闷愁山重海来深。独自寝,夜雨⁽¹⁾百年心。

【注释】(1)夜雨:典出唐李商隐《夜雨寄北》:"何当共剪西窗烛,却话巴山夜雨时。"

【今译】

夫君远去,枕间香气犹存,梦里温存成往事,醒来枕寒衾冷。相思的愁闷,似山般重海样深。我独自儿守着空房,一夜大雨,犹想着重相逢话说百年情深。

【点评】这是一支吟咏闺情的小曲。诗人抓住闺中少妇在特定情景中的独特感受,抒发其对夫君相思之情。"香留枕"点出人去气息犹存之境,诱发少妇重温"好梦"。梦醒却是孤枕衾寒,一个"冷"字,写出少妇内心的独特感受及伤感、相思的闷愁。这相思,刻骨铭心,折磨着她,感觉到如山般重海般深,然而又无奈何,依然思念离去的夫君,虽独守空房,依然盼望着重逢时,话说百年情深的情景。曲子情深,细腻地表现了闺中少妇的相思和幽怨。

(宋俊华　王开桃)

元曲观止

阿里西瑛

阿里西瑛，回族人，生卒不详。阿里耀卿之子，善吹笙箫。所居懒云窝，在吴城东北隅，曾经为［殿前欢］小令自述之，贯酸斋、乔梦符、卫立中、吴西逸皆有和曲。《全元散曲》录小令四首。

［双调·殿前欢］懒云窝[1]

懒云窝，醒时诗酒醉时歌，瑶琴[2]不理抛书卧，无梦南柯[3]。得清闲尽快活，日月似撺梭过，富贵比花开落。青春去也，不乐如何。

【注释】(1) 本题三首，此选第一。　(2) 瑶琴：指镶嵌着美玉的乐器。(3) 南柯：典出唐代李公佐《南柯太守传》，此处南柯指求功追利的幻梦。

【今译】

幽幽懒云窝，我一边饮酒，一边吟诗。酒酣诗兴，情不能尽，击节醉歌！无意弹丝弄竹，抛书弃案我长酣高卧。不求功名，我梦中无那南柯。得清闲就当快活,日月像穿梭般飞过,人生富贵如同花开花落。青春消逝,不乐还待几何?

【点评】诗人自述脱离世事羁绊,淡泊名利,逍遥自在的生活。以酒诗兴起,状诗人醉且狂,貌似旷达,实则字字悲愤。诗人于醉狂、行乐中,凝铸着对现实的批判意识,寓庄于谐,沉郁悲怆。诗人于醉狂中寻求物我浑圆,感悟人生真谛,隐寓自爱、自珍的意识。"不乐如何"是潇洒、超脱地面对生活,笑傲人生。

(宋俊华　王开桃)

[双调·殿前欢]懒云窝[1]

懒云窝,客至待如何? 懒云窝里和衣卧,尽自婆娑。想人生待则么[2],贵比我高些个[3],富比我憁[4]些个。呵呵笑我,我笑呵呵。

【注释】(1)本题三首,此选第三。　(2)则么:怎么,怎样。　(3)些个:一点儿,元代口语。　(4)憁:憁恫,也作"惚恫",意谓奔走,钻营。葛洪《抱朴子·自叙》:"惚恫官府之间,以窥掊尅之益。"

【今译】

呆在家里懒说话,客人来了又怎样,照旧家中和衣卧,不去管他。想人生在世怎样,贵只不过显得比我高些个,富也不过比我会钻营些个。他呵呵笑我,我也要呵呵笑他。

【点评】这首小令写尽作者看破红尘的态度。别人都爱为自己的居室起个雅致的名字,阿里西英却名之曰"懒云窝",用"窝"而不用"斋""室""居"等,表明作者在世不求闻达,只要有个栖身之所就行。懒到连话也不想说的地步,可见作者生不逢时的失意之情。既然不能有所作为,许多知识分子就沉湎于老庄境界,"懒云窝"正可见出其放浪不羁、逍遥自在、略显玩世不恭

的人生态度。家中一躺，有客人来都不拘礼节，颇有陶潜"我醉欲眠，卿可去"之风范。其真率竟至于此！之所以这样，是因为作者看破红尘，视富贵如浮云。尤其最后一个"呵呵笑我，我笑呵呵"，更见出其超脱凡俗看取人生的智者之态，俨然一副"笑口常开，笑天下可笑之人"的弥勒佛形象。弃儒礼佛，或许正是不得仕进的元朝知识分子所可取的一条特殊道路。

（杨新敏）

冯子振

冯子振(1257—1314),攸州(今湖南攸县)人,字海粟,自号怪怪道人,又号瀛洲客。博闻强记,文思敏捷,为文常凭案疾书,随纸多少,顷刻便尽。官至承事郎,集贤待制。散曲风格豪放潇洒,贯云石《阳春白雪序》称"海粟之词豪辣灏烂,不断古今",蒋一葵《尧山堂外纪》称"天下有名冯海粟"。据隋树森《全元散曲》所辑,冯子振现存散曲小令四十四首。

[正宫·鹦鹉曲]⁽¹⁾农夫渴雨

年年牛背扶犁住,近日最懊恼杀⁽²⁾农父。稻苗肥恰待抽花,渴煞⁽³⁾青天雷雨。[么]⁽⁴⁾恨残霞不近人情,截断玉虹⁽⁵⁾南去。望人间三尺甘霖⁽⁶⁾,看一片闲云⁽⁷⁾起处。

【注释】(1)鹦鹉曲:原名黑漆弩,冯子振共写了四十二首鹦鹉曲。(2)懊恼杀:非常懊恼之意。　(3)渴煞:十分渴望。　(4)[么](yāo):即么篇,是与前调相同之"后篇"。凡与前调字句全同者为"么篇",若有几句与前调不同,则为"么篇换头"。它不是独立的曲调,而是作者前边用一个曲

调,但意犹未尽,就把前调再重复一遍,标名"么篇"。 (5)玉虹:彩虹。
(6)甘霖:好雨。 (7)闲云:非积雨云。

【今译】

年复一年在牛背后扶犁耕耘,近日来却令农夫十分懊恼。稻苗肥壮,正
要抽穗扬花,多么渴望青天里一声霹雳,下一场透雨。恨晚霞不近人情截住
彩虹向南移去。农夫心中又燃起好雨降人间的一线希望,那仅仅是因为看
到一片闲云在天边升起。

【点评】这首散曲描述了农夫苦旱求雨的心情。开头一句先铺垫一笔,
点出农夫年复一年地为农事收成而辛苦劳动,这就对下句末点明的最令农
夫懊恼之事有所预示。三四句提示"懊恼"原因,果然是稻苗将要抽花,近日
无雨,眼看整年的辛苦将要化为乌有,这怎不令农夫"渴煞"雷雨!后四句集
中揭示农夫渴雨的复杂心情:晚霞出现,预兆晴天,将农夫的渴望化为失望;
一片闲云,与雨无关,却终究替代了晚霞,又再次引发出农夫的一丝希望。
诗的最后两句为倒装:以农夫寄希望于本无希望的"一片闲云"作结,使农夫
的苦况以及作者的无限感慨与同情尽在不言之中。

(宋常立)

[正宫·鹦鹉曲]赤壁怀古

茅庐诸葛亲曾住,早赚⁽¹⁾出抱膝梁父⁽²⁾。笑谈间汉鼎
三分,不记得南阳耕雨。[么]叹西风卷尽豪华,往事大江
东去。彻⁽³⁾如今话说渔樵,算也是英雄了处。

【注释】(1)赚:本指骗,这里表达了作者对诸葛亮被刘备请出茅庐的看
法。 (2)抱膝梁父:此代指诸葛亮。抱膝,指诸葛亮吟诗的样子。梁父,指
《梁甫吟》,古诗名,诸葛亮喜欢吟诵的诗歌。 (3)彻:通,直到。

【今译】

诸葛亮曾隐居南阳茅庐,经不住刘备三请而被赚去。谈笑间为刘备

奠定了魏蜀吴鼎立之局面,却将南阳的隐居躬耕忘在一边。感叹这些英雄豪杰如风卷残云已不复存在,英雄的业绩也如东去的江水一去不返。到如今他们的事迹还被渔父樵夫谈论,算起来这也就是英雄们的好结局处。

【点评】这是一首怀古抒情之作。诸葛亮出山辅佐刘备奠定三分天下的局面,其功业历来为有志之士所崇敬向往,然而曲作者却认为诸葛亮不如隐居茅庐、躬耕南阳为好,一个"赚"字,表达了对诸葛亮出山的惋惜。后四句由"叹"字领起,直抒惋惜之情,历史上的这些英雄豪杰及其业绩,到如今都如风卷残云,大江东去而不复存在,无非是落了一个渔父樵夫传诵的结局。字句间,作者于无限感慨之中,透露出元代知识分子对现实的苦闷失意之情。

【集说】白无咎的鹦鹉曲,以"难下语"著称,而海粟竟和了那么多,便可想见其才力之大;所以宋景濂说:"海粟冯公,以博学英词名于时。"然终系和作,拘于用韵,不能尽其所长。(罗锦堂《中国散曲史》)

(宋常立)

元曲观止

珠帘秀

珠帘秀,生卒不详,姓朱,排行第四,艺名珠帘秀,后辈多以朱娘娘称之,元代大都(今北京市)的女杂剧演员。杂剧独步一时,能演多种角色,又兼散曲作家,与当时著名的元曲作家关汉卿、冯海粟、卢挚等均有交往,诸家皆赠词赠曲,而尤与卢挚情好甚密。据隋树森《全元散曲》所辑,今存小令一首,套数一套。

[双调·寿阳曲]答卢疏斋[1]

山无数,烟万缕,憔悴煞玉堂人物[2]。倚篷窗一身儿活受苦,恨不得随大江东去。

【注释】(1)卢疏斋:卢挚,号疏斋,元代著名散曲家。卢疏斋有一首[双调·寿阳曲]《别珠帘秀》:"才欢悦,早间别。痛煞煞好难割舍。画船载将春去也,空留下半江明月。"珠帘秀的这首散曲小令,当是与卢疏斋的唱和之作。(2)玉堂人物:汉代有玉堂署,宋太宗在淳化年间曾赐匾翰林院"玉堂之署"。卢疏斋曾官翰林学士,因此称他"玉堂人物"。

【今译】

无数青山隔望眼，万缕烟霭情不断，这离愁让你脸色好憔悴。我倚着窗更是一身活受苦，恨不能心随大江东去。

【点评】无数青山阻隔了送行之路，万缕烟霭勾起情丝，作者移情入景，先浓重地渲染了离别的悲凉气氛，接着作者以描述对方的面容憔悴，表达了双方的难舍难分，转而一句"一身儿活受苦"，直抒胸臆，将自己内心按捺不住的离别的煎熬和盘托出，最后以"恨不得"随江水而去，含蓄地表明自己此时的痛不欲生以及日后的永久思念。整个小令将离别时强烈的情感起伏表现得一波三折，真切感人。

【集说】唐宋以来有些歌伎，以擅长文艺著名，得到一些诗人名士的欣赏。但由于地位的悬殊，双方感情得不到社会的承认。珠帘秀与卢疏斋这两支曲子，反映了封建社会里这种思想上的苦闷。（王季思等《元散曲选注》）

（宋常立）

元曲观止

贯云石

贯云石(1286—1324),维吾尔族人,名小云石海涯,自号酸斋。年少时膂力绝人,稍长,折节读书,从当时著名古文学家姚燧受学。曾袭其父官职,仁宗时,官至翰林侍读学士、中奉大夫、知制诰、同修国史。后弃官南下归隐,号芦花道人。他的散曲风格豪放清逸,颇似马致远。明朱权《太和正音谱》评贯云石的散曲如"天马脱羁"。据隋树森《全元散曲》所辑,贯云石现存散曲小令七十九首,套数九套。

[正宫·塞鸿秋] 代人作

战西风几点宾鸿(1)至,感起我南朝千古伤心事。展花笺(2)欲写几句知心事,空教我停霜毫(3)半晌无才思。往常得兴时,一扫无瑕疵(4)。今日个病恹恹,刚写下两个相思字。

【注释】(1)宾鸿:即鸿雁,大雁。大雁秋则南来,春则北往,过往如宾,故曰"宾鸿。" (2)花笺:精致华美的笺纸,与素笺相对,多供题咏书札之用。(3)霜毫:色白如霜的毛笔。 (4)瑕(xiá)疵(cī):玉上的斑点。引申为缺点或毛病。

【今译】

鸿雁在秋风中哀鸣着飞到了江南，千古兴亡的南朝引起我无限伤感。铺开花笺想写上几句心里话，提起霜笔却长时间不知怎么办？往日兴致很好时，笔下生辉，百转流丽。如今一副病态的模样，只写下"相思"二字。

【点评】这是一支伤物怀古的抒情小曲。鸿雁南飞与诗人流寓南方同形同构，"战"字总领全篇，加强了感伤氛围。伤心千古的南朝史，引起"写几句知心话"的欲望。秋风萧瑟，鸿雁南飞，物候感人，诗人纵目于南朝伤心古事，而将焦点凝聚于元代现实社会，百感交集，终于只写下"相思"二字。"相思"既是诗人情感高度凝聚的产物，又是对历史和现实的感喟，至此，一切的一切都寄寓在"相思"之中了。

【集说】此调辅排转折，神理气势，无不兼至。……论气势，则末句非有十四字收煞不住也。（任讷《曲谐》）

此调衬字虽多，而气势颇盛。从上文一路倾泻而来。末句似非如此作十四字收束不住。（任讷《作词十法疏证》）

此曲荡气回肠，文情凄楚。而辅排转折，神理气势，无不兼全。（梁乙真《元明散曲小史》）

（张　强）

［正宫·小梁州］

相偎相抱正情浓，争忍⁽¹⁾西东。相逢争似⁽²⁾不相逢，愁添重，只怕画楼空。[么]垂杨渡口⁽³⁾人相送，拜深深暗祝东风，高挂帆，休吹动，只留一宿，天意肯相容。

【注释】(1)争忍：怎忍。争，通"怎"。　(2)争似：比拟之词，怎似得。(3)垂杨渡口：古人有以柳枝赠别的习俗。垂杨渡口即指离别之地。

【今译】

依偎相抱情义正浓，怎忍心这般分离，各在西东，相逢却不如不相逢，人去楼空，反更添浓愁一重。垂杨渡口，依依相送，我这里深深一拜，暗祝东

风:船帆呀它已高挂,风儿别刮,船儿不动,留得他再停一宿,想老天未必便不肯相容。

【点评】这是一首以女子的口气写的闺情小令。提笔便点出女主人公不愿分别的心情。连着列出两种情况:情深意厚的人本应厮守在一起,如今却要各分东西,这是现实的矛盾;相逢本是女主人公盼望的事,如今却反说不如不相逢的好。重逢而又分手,其情尤为难堪,这是心理的矛盾。两个矛盾由主人公自己道出,反映了她对爱人深深的眷恋。

后半部分写送别。已经来到渡口,痴情的女主人公仍然执着地希望能够将聚会时间再延长一些,于是便向东风发出祈求:"高挂帆,休吹动。"风是最飘忽不定的,只因求无可求,便唯有将希望寄托在最不可靠、最偶然的因素上,但愿风不要吹,不能启程,人就可以多停些时候。"只留一宿,天意肯相容"的语气,直仿佛心愿已成,忽然想到风本不是人可以支配的,于是为自己开脱,只不过多停一宿,老天不应该怪罪的。"肯"是个关键的字,既含有女主人公为自己开脱和向天祈求的意味,又表现出她认为一切是理所应当、本该如此的倔强态度。

这首小令明白如话,情致婉转,尤其"拜深深暗祝东风"之后是精彩之笔。

(刘静渊)

［正宫·小梁州］

巴到⁽¹⁾黄昏祷告天,焚起香烟。自从他去泪涟涟,关山⁽²⁾远,抛闪⁽³⁾的奴家孤枕独眠。［么］告青天早早重相见。知他是甚日何年,则⁽⁴⁾愿的天可怜,天与人行些方便,普天下团圆,带累的俺也团圆。

【注释】(1)巴到:等到,待到。　(2)关山:关口和众山。形容路程远。(3)抛闪:撇下,丢下。　(4)则:只。

【今译】
眼巴巴等到黄昏,点起香烛祈祷上天。从他走后我是泪珠不断,万水千山相隔遥远,撇下我一个人天天夜里孤枕独眠。祈告青天叫我二人早日相见,这分离要拖到何年何日才算个完？愿老天心生慈悲多加可怜,给天下的人多行些方便。普天下人人都得团圆,顺带着我们俩也得团圆。

【点评】这是一首写闺怨的小令。女主人公在黄昏时分,点香烛对天祈祷,请苍天保佑自己与情人早早团圆。"泪涟涟"是说自己,"关山远"是说情人,"孤枕独眠"又回到说自己,在回环往复中表达出相思的苦痛。因为不堪相思之苦,所以要"告青天早早重相见"。仿佛这分离不是人为,而全由天作。只要天许人相见,人便可以相见,于是引出下文"则愿的天可怜,天与人行些方便,普天下团圆,带累的俺也团圆",能不能团圆,完全依赖于天的意志。最妙的是女主人公正话反说,明明是自己盼着团圆,却偏从别人说起,似乎是代天下人请命一般,让"天"难以推托,非得满足她的要求不可。最后的落脚点仍然是女主人公自己的相思。这一笔似乎荡开,实际却紧扣主题,显示出作者构思的巧妙。

（刘静渊）

［南吕·金字经］闺情

泪溅描金袖(1),不知心为谁？芳草萋萋(2)人未归。期,一春鱼雁(3)稀。人憔悴,愁堆八字眉(4)。

【注释】(1)描金袖:用金丝绣上花纹的衣袖。 (2)萋萋:草茂盛的样子。 (3)鱼雁:代指书信。 (4)八字眉:眉毛像"八字形"。

【今译】
泪水簌簌而下,沾湿了金丝花纹的衣袖,不知道心在为谁伤痛？芳草早已茂盛了,而心上人依旧没有归来。盼望着啊,整整一个春天没有接到几封书信。人变得憔悴了,满面的愁苦凝攒成了八字眉。

【点评】这是一首抒写情怨的小曲,曲辞缠绵清丽,与诗人"天马脱羁"的散曲风格形成了鲜明的对比。曲中塑造了一个怀人念远的闺阁佳人的形象。抒情主人公的爱情心理活动,通过人物一连串的动作描写,"泪溅""期"

"憔悴""愁堆",淋漓尽致地描画出来。"芳草萋萋人未归"把悲苦的心情与草木繁茂的物象做一对比,沉重的叹息中映衬出对爱情的强烈渴望。"期,一春鱼雁稀"更深沉大胆地表白了执着的追求精神及其中饱含的无以复加的失望之情。丰富复杂而又难以言说的情感煎熬着抒情者那颗柔弱的心灵,为爱情而憔悴、愁苦的艺术形象是十分动人的。

【集说】此曲之短语长情,颇得之善于汲取、熔铸古代语言、形象之力。……曲中的形象、语言虽有所本,却又出之清润、自然。(《元曲鉴赏辞典》邓乔彬语,上海辞书出版社)

(李忠昌)

[中吕·红绣鞋]

挨着靠着云窗同坐,偎着抱着月枕双歌[1],听着数着愁着怕着早四更过。四更过情未足,情未足夜如梭。天哪,更闰一更儿妨甚么[2]?

【注释】(1)看着笑着:一作偎着抱着。 (2)闰一更:即延长一更,犹闰月是也。

【今译】(略)

【点评】"喜"与"愁"、"欢"与"怕"的双重变奏,构成了一对情人的"偷情"心态。全曲描摹细腻,犹如临场拍照;声态并作,依稀现身纸上。写两情之相欢相爱,用相挨相靠和相看相笑的一坐一睡来形容刻画,是所谓正面直写法,犹不算难事;但要展示两情之浓与深,却需另处笔墨,别作翻新。于是作者笔头一掉,以对"夜如梭"的愁与怕来极力反振,从而在相聚嫌短的遗恨中,两情之如饥似渴、不忍分离的情状,悠然而出。是所谓背面敷粉法。尤其结句,设想奇特,全曲之境界全由此撑起。情之欢快、浓烈,也许正在这一"未足"的咀嚼中间,正如情感与幸福之弥足珍贵,常常是在"别离"中显示出来的一样,这是一个颇耐人玩味的情之哲理。

【集说】余最喜贯酸斋［红绣鞋］别情，云："挨着靠着……"结语声情凄楚，沁人心脾。（任讷《曲谐》）

《酸斋乐府》作风以豪放清逸为主，在词中颇近苏辛。他也有清润秾艳者……至［红绣鞋］一曲，尤极艳顽之至。（梁乙真《元明散曲小史》）

写情之作，多出本色，所谓"真"也；说理之篇，多有高格，所谓"善"也。而说理者若过俭于情，则似离去文学之蹊径，必辅之于本色；写情者若太贫于理，则不足语于文学之伟大，自以必起之以高格，然后各底于"美"也。贯云石［红绣鞋］"挨着靠着……"是写情之出于本色者，其所欠缺者，在少含蓄，少含蓄者，无理智以裁之耳。（傅庚生《中国文学欣赏举隅》）

元曲的文学背景与宋词相似，跟舞榭歌台乐工妓女是分不开的，宋词元曲作家，几乎人人都有这一类作品。酸斋也不例外，而且相当多。……如"挨着靠着……"加插了许多衬字。前人论北曲，以疏放豪迈甚至粗俗为"本色当行"，像这种作风，粗豪痛快，是所谓"合作"了。（罗忼烈《两小山斋论文集》）

（冯文楼）

［双调·蟾宫曲］送春

问东君何处天涯(1)？落日啼鹃，流水桃花。淡淡遥山，萋萋(2)芳草，隐隐残霞。随柳絮吹归那答，趁游丝惹在谁家(3)？倦理琵琶(4)，人倚秋千，月照窗纱。

【注释】(1)问东君何处天涯：问春之神到何处去了。东君，春之神，此指春天。可与黄庭坚《清平乐》"春归何处？寂寞无行路。若有人知春去处，唤取归来同住"和薛昂夫小令《送春》之"不知那答儿是春住处"相对看。(2)萋萋：草木茂盛的样子。 (3)"随柳絮吹归那答"两句：作者化用秦观的《望海潮》"正絮翻蝶舞，芳思交加，柳下桃蹊，乱分春色到人家"和冯延巳《鹊踏枝》之"满眼游丝兼落絮，红杏开时，一霎清明雨"的意境。 (4)倦理琵琶：指没有心思拨动琵琶的琴弦。

【今译】
春之神到何处去了？余晖暗红的落日，哀啼声声的杜鹃，溪水缓缓漂流

169

元曲观止

着点点桃花。缥缈浅淡的远山，萋萋茂盛的芳草，天边时隐时现，几缕云霞。伴着柳絮翻飞，要随风到哪里去啊？顺着游丝飘浮，是要招惹在谁家？美丽的人儿啊，斜倚秋千，无心再理琵琶。静静的月光照着窗纱。

【点评】是一首惜春感怀之作。以"问"字总领全文，独特不凡，"落日啼鹃"至"隐隐残霞"几句，颇似马致远《天净沙·秋思》的笔法，像用电影语言，通过五个镜头的巧妙剪接，一幅有声有色、有动有静、有远有近、有山有水、有天上有地下的暮春的黄昏景色就呈现出来，不露声色地传达出非常丰富的内心感情。用词准确新奇，如"随""吹""趁""惹"等，使春天真如有生命的人一般。语言含蓄隽永，给人留下了遐想的余地，如"那答""谁家"及"谁理琵琶"、何人"倚秋千"、"月"又"照"谁家的"窗纱"？似乎能回答，却又不敢肯定。文学之妙正在于此，以最少的笔墨传递最多的信息。本曲题"送春"，却见满纸忧愁，句句追寻，实则是眷恋春天，感伤时光。

【集说】这是一首充满倦意和富贵人谈哀伤的送春小令……生动地表现了贯云石在春尽时的惆怅和倦怠。(《元曲鉴赏辞典》崔胜洪语，中国妇女出版社)

全篇不著一"送"字，不著一"春"字，而言尽"送春"意绪。(《元曲鉴赏辞典》吴乾浩语，上海辞书出版社)

（余炳毛）

［双调·清江引］

竞功名有如车下坡，惊险谁参破⁽¹⁾？昨日玉堂臣⁽²⁾，今日遭残祸，争如我避风波走在安乐窝⁽³⁾。

【注释】(1)参破：佛家语，看破，识透。 (2)玉堂：汉代殿名，唐宋以后称翰林院为玉堂。宋苏易简为学士，太宗以红罗飞白书"玉堂之署"四字以赐。 (3)争如：怎如。

【今译】
争功竞名费功夫，有如拉车走下坡，其中惊险谁识破？昨日还是玉堂臣，今日岂料遭残祸！怎如我，弃微名逃出恶风波，一任逍遥安乐窝。

【点评】此曲以妙设比喻的方式,道出了作者对宦海风波的体验和反思,也画出了元代知识分子共有的"逃避"心态,即使是贯云石这一虽没有受到大挫折的年轻贵族亦不例外。比喻是一种关系的建构。"车下坡"之于"竞功名",构成了一个"惊险"与"努力"的对等关系,"梦境"与"现实"的映照关系,"痴迷"与"醒悟"的比较关系,从而引出"参破"的彻悟。"昨日"两句,是"惊险"的具体说明。结尾一句,便是"参破"之后逃之夭夭的意向表达。"风波"和"安乐窝"也是两个形象的比喻,隐含着作者无可奈何的人生选择。

【集说】他人多因不得志于功名,而拿隐士的招牌来掩饰,实际是逃避现实;他(贯云石)却真有点儿"敝屣功名"似的。……他感慨地唱:"竞功名有如车下坡……"原来就在他出生那一年(至元二十三年),他祖父阿里海涯因与权臣桑哥的亲戚打官司,被桑哥迫害,病中忧愤自杀,死后还被忽必烈抄家,后来虽然追赠官爵,也已经于事无补了。"昨日玉堂臣,今日遭残祸",指的是这件事。所以他要看破名利,找个"安乐窝",过着没有"风波"的日子。(罗忼烈《两小山斋论文集》)

元曲中常把官场险恶比作"鬼门关""连云栈""虎窟龙潭""风波海""虎狼穴""醯鸡瓮",但都不如贯词("车下坡")来得通俗本色。(《元曲鉴赏辞典》熊笃语,上海辞书出版社)

(冯文楼)

［双调·清江引］咏梅

南枝夜来先破蕊[(1)],泄漏春消息。偏宜雪月交[(2)],不惹蜂蝶戏。有时节暗香[(3)]来梦里。

【注释】(1)破蕊:开花。蕊,这里指未开的花苞。　(2)偏宜:偏偏适宜,喜欢。交:交结,交朋友。　(3)暗香:清香,幽香。

【今译】

几枝向南的梅花,昨夜首先绽开,透露出春天将要到来的消息。这纯洁

的梅花啊,偏偏爱交结白雪和明月,从不招惹轻浮的蜜蜂和蝴蝶狎戏。时断时续,幽香飘进我的梦里。

【点评】这是一首优美的咏梅言志的散曲。全篇咏物,句句不离梅花纯洁高雅的品性,同时,又是字字言志,正是作者崇尚高洁、不慕名利的高尚人格的写照。他辞官而隐居,就是此曲的最佳注脚。曲境活泼,格调明朗,如首句"南枝夜来先破蕊"之俊俏,末句"有时节暗香来梦里"之顽皮,都令人满口生津,回味无穷。其韵律谐美,用语工巧,也是少见的,如动词"破""泄漏""交""惹""来",都极恰当地表达了梅花的特征,且有拟人手法之传神。修饰词"先""偏宜""有时节"等,都很有分寸,又不呆板,很是活泼。而"暗香"一词写梅花香之妙,更不容更改。

【集说】写梅花报春精神和高尚品格。(石绍勋、韦道昌《元明散曲选》)

这首小令,通过歌咏梅花的高尚芳洁,表现作者洁身自好,不染尘世的情趣。(《元曲鉴赏辞典》崔胜洪语,中国妇女出版社)

(余炳毛)

[双调·清江引]咏梅

芳心对人娇欲说(1),不忍轻轻折,溪桥淡淡烟,茅舍澄澄月,包藏几多春意也。

【注释】(1)芳心:即芳情,优美的情怀。

【今译】

芳情万种似乎在诉说,怎么能轻易去采折? 小桥溪水淡烟遮,茅屋草舍明月泻,有多少春意透泄。

【点评】原作四首,此为其一,咏月夜梅花。起用拟人手法,"娇欲说"三字,意蕴无穷,写尽梅花的动人神态,惹人怜爱。然后由近及远,由眼前之梅花说到四周之物色:"溪桥淡淡烟,茅舍澄澄月。"明月清辉,淡烟缥缈,梅花解人,这一切的一切,自然包含有无限的春意! 作者是在写景,同时也在抒情。在传神写物的同时,细腻地吐露着自己的微妙情怀,情景交融,物我浑然,自能引起读者共鸣。

(宁希元 胡 颖)

[双调·清江引]惜别

　　若还与他相见时,道个真传示[(1)],不是不修书,不是无才思,绕清江[(2)]买不得天样纸。

【注释】(1)传示:消息,音信。　(2)清江:水名,一在湖北,即古夷水;一在江西,即流经新干、清江等地的那段赣江。亦可泛指清澈的河流。

【今译】
　　假若归去时你与她相见,那就请带去我的肺腑之言:不是我不写信托付鸿雁,不是我无情思将她忘却;实在是绕遍清江难买如天信纸,好寄上我无穷无尽的思念。

【点评】这是一支描写男子叹惜与情人离别之苦的小曲。写离愁别绪的词曲数以万计,这支小曲则别出心裁,饶有新意。小曲妙在不是直抒别怀的苦味,而是采用"节制"的笔法来表达这种郁结的情感:先是虚拟与情人相见时告白自己的心迹,继则采用"否定"的口吻,委曲道来,极写自己的情致深长;接连四个"不"字,以盘马弯弓之笔法,故作吞吐顿挫之语气,不独将"我"的心迹抖落得酣畅淋漓,而且将曲中"情势"推至高潮,又为后一句设下悬念,使读者忍不住要弄个明白:到底是为什么? 由是,"绕清江买不得天样纸"句一出,便使人体味出那种于急切表白中所隐含的深挚情感是何等的绵长而宽广! 乃至于无法言说。整支小曲句短情长,曲折深妙,似抑还扬,韵味无穷。

【集说】云石翩翩公子,所制乐府散套,俊逸为当行之冠。(《乐府私语》)

(赵 岩)

[双调·清江引]立春

　　金钗⁽¹⁾影摇春燕⁽²⁾斜,木杪⁽³⁾生春叶。水塘春始波,火候⁽⁴⁾春初热。土牛儿⁽⁵⁾载将春到也。

【注释】(1)金钗:古代妇女的一种头饰。　(2)春燕:旧俗,立春日妇女皆剪彩为燕,并金钗戴于头上,盛装出游。　(3)木杪(miǎo):树梢。(4)火候:本指烹煮食物的火功。这里指气候温度。　(5)土牛儿:即春牛。古代每逢立春前一日有迎春仪式,由人扮神,鞭土牛,地方官行香主礼,以劝农耕,谓"打春",象征春耕开始。

【今译】
　　金钗在游春女的头上摇曳,剪彩做成的春燕儿斜飞发间。树梢上萌生出嫩绿的春叶,池塘里的春水新波涟涟,早春的温暖在空气中初现,瞧!春牛儿正向我们驮来了春天。

【点评】这支小曲本为应酬之作,细审全曲,有"金""木""水""火""土"五字冠于每句之首,各句皆用了"春"字,乃为赋前所定。但作者并未囿于作曲所限,而是扣紧"春"字,全方位地展现立春时节的春景春情,写得清新自然,情趣横生。首尾两句是从风俗角度描绘立春之际古老而又新鲜的迎春仪式:女子戴金钗,剪彩为燕;人们扮神鞭土牛,则为"迎春"之俗。中间三句从树梢、水池、地气诸方面渲染出生机初绽的春意,读时令人有春风扑面之感。整首小曲用词极有分寸,"杪""始""初"皆准确地点出立春时机万物苏醒、生机萌发的意境,具有很高的艺术表现力。

【集说】北庭贯云石酸斋……尝赴所亲某官燕,时正春节,座客以《清江引》请赋,且限金木水火土五字冠于每句之首,句各用春字,酸斋即题云云,满座皆绝倒。(《至正直记》卷一)

(赵　岩)

［双调·清江引］知足

烧香扫地门半掩，几册闲书卷。识破幻泡身，绝却功名念。高竿上再不看人弄险[(1)]。

【注释】(1)高竿:缘竿而上,做种种惊险动作以娱人,又名寻橦,古代百戏之一。

【今译】

烧香扫地,门庭半掩,有几本闲书娱眼。看破了人生的梦幻,撇开了功名的俗念。再不去戏场上看人弄险。

【点评】本曲作于辞官以后,写自己隐居自乐的情景。扫地烧香,自然是雅事;门户半掩,说明虽不绝于人事,但无杂宾俗客的搅扰,陪伴自己的只有"几册闲书卷"。这里,"闲"字用得尤为传神。说是"闲"书卷,自然不是有关仕途经济的高文典册,同时也表现了作者那种怡然自乐、无拘无束的情怀。"识破幻泡身,绝却功名念"二语,既是发自内心的醒悟,也是全曲的转换。结语将追求功名的世俗之徒比作高竿上弄险的冒险家,尤为警策之至。

(宁希元　胡　颖)

［双调·寿阳曲］

新秋至,人乍[(1)]别,顺长江水流残月。悠悠画船[(2)]东去也。这思量[(3)]起头儿一夜。

【注释】(1)乍(zhà):忽然,刚刚,起初。(2)画船:有彩绘的船,此指作者送别之人所乘的船。(3)思量:思虑,想念;有别于"相思"。

【今译】

秋天刚刚到,友人忽然告别。携手相送来到长江边,顺势东流的江水,荡漾着拂晓时的残月。缓缓离岸的客船,向东方远远地漂去。啊,在离别后

元曲观止

的第一个夜里,就产生了这样难言的相思!

【点评】这是一首江边送别,以景写情的散曲。它短小精炼,清新别致。秋是"新秋",人是"乍别",这样巧合又是这样短暂!"晓风"清凉,"残月"惨淡,流不尽的长江,无情的水,烘云托月,借景抒情,使离别之境况,比柳永[雨霖铃]之"杨柳岸晓风残月"更显得凄楚、孤单、冷清。那带走友人(或亲人、情人)的船,行走是"悠悠"的,既表现了船行的情景,又与悠悠江水一起,衬托出作者此时恋恋不舍的心情。最后一句,特别是"思量"一词,如画龙点睛,把刚刚分别的复杂心理和情绪,表达得非常准确、细腻;两人感情之深,不言自明。

【集说】在一个秋天的夜晚,刚刚送走了自己的朋友,眼巴巴地望着船顺水东去。这头一夜便开始相思,以后将怎么样呢?(萧善因《元散曲一百首》)

这首曲写江边送别……。一句"这思量起头儿一夜",省却了许多笔墨。(龙潜庵《元人散曲选》)

新秋乍别时的愁绪,借"水流残月""悠悠画船"表现得很幽深广远,令人回味无穷。(石绍勋、韦道昌《元明散曲选》)

(余炳毛)

[双调·殿前欢]

　　畅幽哉,春风无处不楼台(1)。一时怀抱俱无奈,总对天开。就(2)渊明归去来(3),怕鹤怨山禽怪。问甚功名在?酸斋(4)是我,我是酸斋。

【注释】(1)楼台:高大的台榭。 (2)就:跟从。 (3)归去来:辞赋篇名,晋陶潜作。此处指归隐。 (4)酸斋:贯云石的自号。

【今译】

　　多舒畅啊,春风习习满楼台。那一时郁结的怀抱啊,总能被这春天打开。壮志未酬又何奈,还是跟随陶渊明,赶快"归去来",否则白鹤山禽也要怪。管他什么功名前程,归隐的贯酸斋是我,我就是归隐了的贯酸斋。

【点评】这首抒情散曲体现了诗人豪迈清逸的风格,是诗人真实人格的写照。"畅幽哉"的春风最能激发人的奋昂精神,也使诗人壮志未酬的"无奈"情绪一扫而空。于是,诗人效仿陶渊明"载欣载奔",辞仕归隐。这既是对现实社会的不满,也表明诗人不为功名利禄所束缚,能够超拔脱俗。结尾两句是发自灵魂深处的呐喊,表现了对自己人格的执拗、倔强的认同。这种豪迈的气势风格恐怕正是源于诗人豪迈的胸襟。

【集说】小令随手写来,不假外语,一如直言道出,全无扭捏之态,坦率得可爱,真诚得有趣,不愧为曲中"捷才"。(《元曲鉴赏辞典》王星琦语,上海辞书出版社)

(李忠昌)

[双调·殿前欢]

隔帘听⁽¹⁾,几番风送卖花声⁽²⁾。夜来微雨天阶净。小院闲庭,轻寒翠袖生。穿芳径,十二栏杆凭⁽³⁾。杏花疏影,杨柳新晴⁽⁴⁾。

【注释】(1)隔帘听:指在闺房里听到。 (2)卖花声:指卖花人的叫卖声。 (3)十二栏杆:指所有栏杆。十二在古文中用作约数,并不是定指,可译为大多数等。 (4)这两句描写暮春景色。

【今译】
寂寂深闺,隔着重重帘栊细细听,风儿送来了阵阵"卖花卖花"的叫卖声。昨晚沙沙一夜细雨,台阶都洗得干干净净。不觉得走出了闺房门。小小院庭里空空静静,袖间玉臂只觉得微微地寒冷。走过鲜花芬芳的小径,把所有栏杆一一依凭,只见那:园里杏花夜来又落一层,稀疏得零零星星;岸上杨柳雨后泛出新绿,更加精神。

【点评】严羽曾把"翔羊挂角,无迹可寻"看作诗的最高境界。这首伤春

元曲观止

之作,纯用人物行动及所见暮春景色,巧妙准确地传达出青春期少女特有的微妙心理。情景交融,含蓄蕴藉,堪称"不著一字,尽得风流。"此曲不仅注意选境,造语也极工,如"听""送""轻寒""穿""凭"等都很精到。特别是末尾两句点题,不浓不淡,恰到好处,极耐人寻味。全曲格调清新、音律谐美,读来上口。

【集说】音调和谐,色彩柔美。(萧善因选注《元散曲一百首》)

自然清新,极有思致。(《元曲鉴赏辞典》周妙中语,上海辞书出版社)

(兰拉成)

[双调·殿前欢]

数归期[1],绿苔墙划损短金篦[2],裙刀儿刻得栏杆碎[3],都为别离。西楼上雁过稀,无消息,空滴尽相思泪。山长水远,何日回归?

【注释】(1)数:计算。 (2)金篦(bì):即妇女用来梳头的篦梳。此处指篦梳刺,可用来划字。 (3)裙刀儿:古代女子佩在裙腰间的装饰物。

【今译】

自别后计算冤家的归期。划坏了碧绿的苔墙,磨短了画记号的金篦。雕花的栏杆都被裙刀儿刻碎。一切的一切都是因为别离。西楼上过往雁儿稀,死冤家还没有一点消息,我白白地流尽相思泪。山长水远,归途漫漫,哪一天才能回归?

【点评】这首相思曲妙就妙在打破了捣衣、寄帕之类的传统写法,而对爱的痕迹进行描述刻画。每个记号都刻进一片相思,"划损的墙苔","刻碎的雕栏","磨短的金篦"等都是相思的日记,爱的佐证。这种写法甚是别致新颖。而末尾两句则概括上文,期望中含有淡淡的绝望,一切相思苦衷尽在其中,表现出了凝练的艺术概括力。

【集说】用篦梳划坏了墙壁、裙刀刻损了栏杆,计算亲人归来的日子,很有特点。(石绍勋、韦道昌《元明散曲选》)

语言朴实、简洁、概括力强。(《元曲鉴赏辞典》刘国辉语,中国妇女出版社)

(兰拉成)

[双调·殿前欢]

　　夜啼乌,柳枝和月翠扶疏。绣鞋香染莓苔路,搔首踟蹰[1]。灯残瘦影孤,花落流年度,春去佳期误。离鸾有恨[2],过雁无书。

【注释】(1)踟蹰:反复徘徊,来回顾盼。　(2)离鸾:鸾是古代相传一种类似凤凰的神鸟,离鸾喻指夫妻二人相分离。

【今译】
深夜啼乌,柳枝溶月筛疏影。徘徊搔首,绣鞋香染青苔路。灯将残,人不归,丽人孤零独荧荧。花开花落流年度,春又去,佳期误,恨夫妻长别,大雁飞回音信无。

【点评】这是一首描写闺妇怀人的曲子。闺妇在深夜被乌啼唤起,急匆匆来到庭院之中,但见月色溶溶,柳枝弄影,却不见丈夫的踪影。"香染"二字写出了思妇徘徊之久,连平时无人走动的小径都染上了她的绣鞋的香味,可见思之切,爱之深。"搔首"二字点出了闺妇欲罢不休,欲睡不能的焦灼心情。思恋越深,就越显出自己的凄苦和孤独,因此她眼中的灯是"残灯",影是孤影,孑然一身的寂寞涌上心头。由此而发出青春流逝、人生无常的感慨。曲词中的"春"既指自然之春,亦指人生之春。可惜美好年华和青春像春日的落花一样就要逝去,你我却天各一方,少妇对丈夫产生了一种深深的青春之怨,至此,我们就可理解闺妇对深夜乌啼的敏感了。

【集说】此首表达了作者急盼情人书信之情,真切动人。(李长路编注,张巨才协注《全元散曲选释》)

(王建科)

179

鲜于必仁

鲜于必仁,生卒不详,字去矜,号苦斋,渔阳郡(今北京市密云一带)人。太常寺典簿鲜于枢(1256—1301)之子,受其父影响,工诗好客,所作乐府,多行家语。《太和正音谱》谓其词"如金璧腾辉",评价颇高。今隋树森《全元散曲》存其小令二十九首。

[中吕·普天乐]渔村落照[1]

楚云寒,湘天暮。斜阳影里,几个渔夫。柴门红树村,钓艇青山渡。惊起沙鸥飞无数,倒晴光金缕[2]扶疏。鱼穿短蒲,酒盈小壶,饮尽重沽。

【注释】(1)渔村落照:这是作者描写湖南地区景物风光的"潇湘八景"组曲之一。 (2)金缕:指阳光。

【今译】
楚地深秋,潇湘傍晚,斜阳日影里,有几个渔夫走来。红叶掩映着渔村的柴门,钓鱼的小艇游荡在青山脚下。水面上惊起无数沙鸥,倒映在水上的阳光渐渐稀疏。渔民们手提蒲草穿着活鱼,小壶里装满了美酒。喝吧,喝光了再买。

【点评】这首小令描绘了渔村傍晚的景象。起始四句点出节令、地点、时间、人物。"柴门红树村,钓艇青山渡"是大笔勾勒,写渔村风景如画。水面上惊起的沙鸥、倒映的阳光则是工笔细描,写出"渔村落照"的特有风光。在这幅背景下,手提活鱼、壶装美酒的渔民显得那样的快活,结尾"饮尽重沽"四字写尽了渔民豪爽乐观、无拘无束的性格,作者对水乡生活的喜爱之情也随之跃然纸上。

(宋常立)

[越调·寨儿令]

汉子陵,晋渊明[1],二人到今香汗青[2]。钓叟谁称?农父谁名?去就一般轻。五柳庄[3]月朗风清,七里滩[4]浪稳潮平。折腰时心已愧[5],伸脚处梦先惊[6]。听,千万古圣贤评。

【注释】(1)汉子陵、晋渊明:子陵,东汉隐士严光字。据《后汉书》载:子陵少有高名,与光武帝(刘秀)同游学,及光武即位,乃变名姓,隐身不见于富春山,后人名其钓处为严陵濑。下曰"钓叟"即源此。渊明,晋宋之交大诗人,字元亮,因看厌了刘宋代晋的篡乱,遂由彭泽令任拂袖而归,隐居田园。下曰"农父"即自此出。　(2)香汗青:意谓严、陶二人青史流芳,垂名迄今。在纸没有发明以前,古人写字,多半用竹简。将竹简放在火上烤干其中水分(竹汗),可以防蛀,称为"汗青"。后人因以汗青代指史书。　(3)五柳庄:陶渊明《五柳先生传》曰:"先生不知何许人也,亦不详其姓字,宅边有五柳树。因以为号焉。"后人因称陶渊明住处为五柳庄。　(4)七里滩:顾野王《舆地志》:"七里濑在东阳江下,与严陵濑相接。"　(5)折腰句:据《宋书》载,陶渊明为彭泽令时,"郡遣督邮至县,吏白应束带见之,潜叹曰:'吾不能为五斗米折腰,拳拳事乡里小人邪!'"　(6)伸脚句:《后汉书》载,(光武帝)"引光入,论道旧故,相对累日……因共偃卧,光以足加帝腹上。明日,太史奏客星犯御座甚急。帝笑曰:'朕故人严子陵共卧耳。'"此处活用,意谓在帝

元曲观止

王旁边睡一觉都要心惊肉跳。

【今译】

东汉的严子陵，东晋的陶渊明，流芳百世传到今。钓叟是子陵称，农父是渊明名，同把官运看得那般轻。陶渊明偏爱五柳庄，爱那明月皎皎和风清；严子陵专喜那七里滩，喜那风轻浪稳潮水平。不消说渊明，未曾折腰心先愧；不消道子陵，与帝王同榻一次心已惊。可羡二公皆高士，洞穿世态，志心归隐留美名。古来每论圣贤者，且听，谁人不先称二公名？

【点评】这首曲子是歌咏严子陵、陶渊明的隐居生活，赞美他们明智地避去官场，退隐林下，甘愿做个钓叟、农夫。正如隋树森先生所言：元代的"封建大皇帝实行高压手段，对下面的文武百官，可以任意罢免、流放、残害、杀戮。即使那些臣子已经享有高官厚禄，生命也没有保障"（《全元散曲简编·导言》）。既然这般地"伸脚处梦先惊"，尤其是汉人，谁还愿去做官，谁还敢去为宦呢？还有几个不愿乖觉地做个严子陵、陶渊明，或至少从内心里企羡那觉醒的严子陵、陶渊明呢？此曲正是反映这一心态的代表作。从艺术上看，此曲采用史家合传的手法，双提并举，铢两悉称，在歌咏隐逸的作品乃至在整个元曲中都可谓戛戛独造。

【集说】鲜于去矜为伯机之子，工诗好客，所作乐府，亦多行家语，其《寨儿令》一支尤妙。（吴梅《顾曲麈谈》）

（朱德慈）

[双调·折桂令]芦沟晓月[(1)]

出都门[(2)]鞭影摇红。山色空濛，林景玲珑。桥俯危波，车通远塞，栏倚长空。起宿霭[(3)]千寻[(4)]卧龙，掣流云万丈垂虹。路杳疏钟，似蚁行人，如步蟾宫[(5)]。

【注释】(1)芦沟晓月：元代燕山八景之一，地点在今北京市西南芦沟桥，桥为金大定(1161—1189)时所建，跨永定河上。这首小令是鲜于必仁"燕山八景"组曲之一。 (2)都门：京都之门，元代首都为大都，今北京市。

(3)宿霭:晨雾。　(4)寻:古人以八尺为一寻。　(5)蟾宫:月宫,传说月中有蟾蜍,故称为蟾宫。

【今译】

　　走出都门,晃动马鞭,红缨摆动,山色空旷朦胧,林景玲珑剔透。桥下水流奔腾咆哮,桥上车马远通边塞,桥边栏柱依偎长空。恰似晨雾中的千尺卧龙,又如牵云垂地的万丈彩虹。路途漫漫,钟声渐疏,似蚁行人,如踏上通天之桥步入月宫。

【点评】这首小令是咏赞芦沟晓月之景。开首三句写"晓月"下芦沟桥边的总体环境:山色、林景,接下来浓墨重彩集中描绘晓月下的芦沟桥。作者站在桥上,俯视"危波",极目"边塞",仰望"长空",多角度地实写桥体的壮观和位置的重要。由此转入想象的世界:行人踏上似升天卧龙、垂地彩虹的芦沟桥,如蚂蚁一般,在晓色月光下,向月宫走去。结尾三句把芦沟桥与晓月、天上与人间融为一体,创造出一个恬淡愉悦、深邃高远的境界,表达了作者对"芦沟晓月"的热爱赞美之情。

(宋常立)

[双调·折桂令]西山晴雪(1)

　　玉嵯峨(2)高耸神京。峭壁排银,叠石飞琼。地展雄藩(3),天开图画,户判(4)围屏(5)。分曙色流云有影,冻晴光老树无声。醉眼空惊,樵子归来,蓑笠青青。

【注释】(1)西山晴雪:元代燕山八景之一,西山在今北京市西北。(2)嵯(cuó)峨(é):山势高峻。　(3)雄藩:雄伟的屏藩。　(4)判:分开。(5)围屏:屏风的一种,通常是四扇、六扇或八扇连在一起,可以折叠。

【今译】

　　白玉般的巍峨雪山高耸京都,峭壁披挂着银装,叠石如飞动的美玉。像大地展开的雄伟屏藩,像青天铺开的晴雪图画,像人家打开的美丽围屏。冲破曙光云霞露出身影,冰冷晴空老树无声挺立。被雪景迷醉的双眼闪过吃

元曲观止

惊的目光：砍柴樵夫独自归来，青青蓑笠映入眼帘。

【点评】这是一幅西山晴雪图，整首小令不着一"雪"字，而雪景无处不在。作者以嵯峨之玉，"排银""飞琼"为比喻，写其壮丽多彩，又以"天""地""户"为画纸，将"西山晴雪"置其上，展现其阔大的气象。流云飞动、老树无声的细腻逼真的描画，则令读者恍入其间。结局平添一个走采的"樵子"，确实令人"空惊"一番，然而正是这个身披青青蓑笠的砍柴樵子的出现，更让人感到雪"晴"之后的生机活力。整首小令写雪景有大小有动静，详略多寡，参差错落，既清丽隽雅又雄浑壮美。

【集说】这两首分咏"芦沟晓月"和"西山晴雪"，颇尽描写形容之妙。（王季思等《元散曲选注》）

（宋常立）

元曲观止

邓玉宾子

邓玉宾子,生平不详,此人当是元散曲家邓玉宾之子。据其小令中有"穷通一日恩,好弱十年运",可知他一生坎坷不平,后来"一钵千家饭","惟与道相亲",成了一位老道士。今隋树森《全元散曲》存其小令三首。

[双调·雁儿落过得胜令]闲适⁽¹⁾

乾坤一转丸,日月双飞箭。浮生梦一场,世事云千变。

万里玉门关⁽²⁾,七里钓鱼滩⁽³⁾。晓日长安近⁽⁴⁾,秋风蜀道难⁽⁵⁾,休干,误杀英雄汉。看看,星星两鬓斑。

【注释】(1)[双调·雁儿落过得胜令]闲适:这是一首带过曲,由[雁儿落]和[得胜令]两支组成,原作三首,这里选第二首。 (2)万里玉门关:用的是班超弃官求归的故事。《后汉书·班超传》记载,班超在西域三十一年,官至西域都护,封定远侯,后为年老思归,求人代为上疏,曰:"臣不敢望到酒泉郡,但愿生入玉门关。" (3)七里钓鱼滩:用东汉严子陵弃官归隐于七里滩钓鱼的故事。七里滩,在今浙江桐庐县严陵山西。 (4)晓日长安近:化用李白《登金陵凤凰台》"总为浮云能蔽日,长安不见使人愁"句意,意谓长安虽近,却难于见日,比喻自己功名难于实现。　　(5)秋风蜀道难:此处以李白"蜀道难"句意,喻指仕途坎坷。

【今译】

　　宇宙天地如弹丸一转瞬息即变,日月时光似一双飞箭急速流逝。人生在世春梦一场,世事变化不可捉摸。　　但愿生入玉门关,只求垂钓七里滩。长安虽近难见晓日,秋风之中蜀道艰难。休再干,多少英雄被冤杀,看一看,人生转眼便两鬓斑。

　　【点评】这首小令抒写了作者厌倦世事、向往"闲适"生活的心绪。前四句为[雁儿落]曲,开篇二句用比兴手法,以乾坤变化,时光流逝,引出下面人生若梦、世事难料的感慨。以下[得胜令]曲,作者连用历史上班超弃官求归、严子陵隐居鱼钓、奸佞当道,李白仕途失意等事,进一步阐明自己对仕途生活的厌弃。最后四句则直接写仕路险恶,作者叹世哀己、欲寻求"闲适"隐逸生活的思想情绪。整首小令,既有比兴用事的含蓄,又不乏直抒胸臆的激昂,表达了元代汉族文人的复杂心态。

　　【集说】此词意境的超脱,词句的飘逸,洵可称为马派的健将而无愧,其成就实不在"天马脱羁"的贯酸斋之下。(梁乙真《元明散曲小史》)

　　此曲意境的超脱,词句的飘逸,的是马致远的同调。(罗锦堂《中国散曲史》)

(宋常立)

杨显之

杨显之，大都（今北京）人。与关汉卿为莫逆之交，二人经常商讨剧作。他还常帮助别人修改作品，因而被誉为"杨补丁"。杂剧风格以朴素本色见长。创作杂剧今知有八种，今仅存《潇湘夜雨》《酷寒亭》两种。《潇湘夜雨》的舞台生命更长久，影响也更大。

《潇湘夜雨》^(1)第二折［南吕·梁州］

我则见舞旋旋飘空的这败叶，恰便似红溜溜血染胭脂，冷飔飔西风了却黄花事。看了些林梢掩映，山势参差。走的我口干舌苦，眼晕头疵^(2)。我可也把不住抹泪揉眵^(3)，行不上软弱腰肢。我我我，款款的兜定这鞋儿，是是是，慢慢的按下这笠儿，呀呀呀，我可便轻轻的拽起这裙儿。我想起亏心的那厮，你为官消不得人伏侍^(4)？你忙杀呵写不得那半张纸？我也须有个日头儿见你时，好着我仔细寻思。

【注释】(1)《潇湘夜雨》通过书生崔通的富贵弃妻，暴露了封建统治阶

级的趋炎附势、负心忘本,相当深刻地揭示了封建等级制度给妇女带来的灾难和痛苦。剧作结构紧凑绵密,人物性格刻画比较深刻,曲文本色流畅。(2)头疦:头发胀,发昏。　(3)眵(chī):眼屎。　(4)消不得:用不得。

【今译】

我只见半空中这舞旋旋的败叶呵,红溜溜的似血染胭脂;是冷飕飕的西风呀,断送了一场黄花事。一路上呵,看了些林梢掩映,山势参差。急匆匆走得我口干舌苦,头晕眼迷,把不定的泪珠儿抹不停,跟不上的脚步儿软腰肢。我呀我,款款地兜紧脚下的鞋儿,慢慢地按定头上的笠儿,轻轻地拽起身上的裙儿。想起那负心的人呀,你做官用不着人服侍?你再忙,难道写不得半张纸?我终有个日子见你时,你一去不归让我好寻思。

【点评】此曲为翠鸾往秦川县寻夫途中所唱。前三句写景,以景抒情,情景交融,把主人公凄凉的心境,通过红叶飘零、黄花凋谢表现出来。"西风了却黄花事"无疑是翠鸾命运的形象写照。"走的我口干舌苦"以下数句,写出了她赶路的神态和急切的心情,真切生动。"我我我","是是是","呀呀呀"三句,用叠字的形式,隔句相对,把路途的凄苦描写殆尽。最后直接抒情,表现了对丈夫的怨恨和内心的怀疑,为下面剧情的发展做了铺垫。全曲节奏紧凑,起伏自然,情真意深,感人肺腑。

【集说】杨显之之词,如瑶台夜月。(朱权《太和正音谱》)
……于本色之中,寓于典丽。((日)青木正儿《元人杂剧概说》)

(刘东风)

张养浩

张养浩(1270—1329)，字希孟，号云庄，济南(今山东济南)人。曾任东平学正。武宗至大(1308—1311)年间，任监察御史，正直敢言，曾因上疏批评时政而为权贵所忌罢官。仁宗时官至礼部尚书。文宗天历二年(1329)，关中大旱，他被任命为陕西行台中丞，日夜办理赈灾，积劳成疾而死。所作散曲收集在《云庄休居自适小乐府》中。《全元散曲》共辑他的小令一百六十一首，套数两套。作品题材多样，有的寄情林泉，有的直接抨击现实，表现出关心民生疾苦的倾向；风格既清逸又豪迈。所以前人评他"言真理到，和而不流"。

[中吕·喜春来]探春

　　梅花已有飘零意，杨柳将垂袅娜[^(1)]枝，杏桃仿佛露胭脂[^(2)]。残照底[^(3)]，青出的草芽齐[^(4)]。

【注释】(1)袅(niǎo)娜(nuó)：柔美的样子，此处形容杨柳枝条的嫩软细长。　(2)杏桃仿佛露胭脂：意谓杏花、桃花将要开放。仿佛：好像。胭脂：一般妇女的红色的化妆品，此处用以形容红颜色的花蕾。　(3)残照底：

在夕阳的斜照底下。 （4）青出的草芽齐：青青的草芽儿露出地面,齐齐的。

【今译】

梅花就要飘尽余冬的寒意,杨柳即将舒展柔美的腰肢,杏桃树上,好像擦着淡淡的胭脂。夕阳照里,青青的草芽儿齐齐地冒出了地皮。

【点评】这支曲子,写的是春天初来的自然景色,作者成功地描绘出一幅冬去春来、万物萌发的生动景象。梅花将要零落了,这标志着冬天已经逝去。这是从去者着眼。而杨柳、杏桃、草芽,则将要舒展自己妩媚的柔枝,涂上自己鲜红的胭脂,显出自己齐齐的青色。这是从来者方面着眼。两者共同构成一幅初春图。这里有梅花、杨柳、杏桃等花木,有红、绿、白等颜色,以及斜阳映照下刚刚冒出地面的齐齐的青青的草芽,表现出了一派充满着生命的勃动的景象。全曲写得色彩鲜明、形象逼真,语言生动、表现出作者观察事物的锐敏,把握形象的准确和描写的细微生动。

【集说】头三句通过"已有""将""仿佛"等字眼写明梅花、杨柳、杏桃在早春交替的神态,特别是最后两句说,刚长出的草芽,只有在落日斜照下才觉察出它有一点点青绿的意思,刻画入微,充满新意。（萧善因选注《元散曲一百首》）

这一曲写初春的景物,观察细致,匠心独具,用词准确,很有特点。（王佩增《云庄休居自适小乐府笺》）

（赵俊玠）

［中吕·喜春来］

乡村良善全生命,廛市凶顽破胆心[1]。满城都道好官人！还自哂[2],未戮乱朝臣。

【注释】（1）廛（chán）市：指城市。廛,古代指一户平民所住的房屋和宅院。 （2）哂（shěn）：微笑,讥笑。

【今译】

四乡里善良的人民得全身,市井里横行的恶党破胆心。到处都夸"好官人"!我只有自嘲自问,因为当道的依然是乱臣。

【点评】本曲作于天历二年作者赴关中救灾时,寥寥数语,勾画出一个勇敢、正直、而又肯与人民共忧患的好官形象。前三句,从世人眼中看出,嘴中说出,说明他的官声还是好的。但他并不沾沾自喜,反而感到内疚和不安,所以结尾两句,纯以自嘲反问的语气出之。"还正咍,未戮乱朝臣",直为惊人之语,说明他的胸怀和抱负。整个曲子,语言质朴老健,以真诚的情感取胜,颇能代表张养浩的散曲风格。

(宁希元 胡 颖)

[中吕·朱履曲]

那的是为官荣贵,止不过多吃些筵席。更不呵安插些旧相知,家庭中添些盖作[1],囊箧里攒些东西。教好人每[2]看做甚的?

【注释】(1)盖作:泛指建筑。(2)每:相当于现代汉语中的"们"。元曲中习见。

【今译】

那确是做官的荣华富贵,只不过比别人多吃几次筵席。更不呵安插上几个旧友相知,院子里多盖上几处厅室,箱笼里积攒上几件罗绮。唉,教人们看成是甚东西!

【点评】此曲作于辞官归隐后。起首反躬自问:"那的是为官荣贵?"继而自解:不过是官场应酬,多吃些筵席。再不呵安插相知,使用几个私人;再不呵修建几处厅堂,积攒一点东西。检点平生,仕官三十年,虽官至礼部尚书(正三品),亦不过如此而已。这对于一个颇有抱负的封建士大夫来说,当然是极为痛苦的。因而在悔恨之余,终于发出"教好人每看做甚的"的沉痛自谴。于此可见,退居以后的张养浩,并不是那样一味的闲静自怡,他的那颗

热诚的心,仍在不时地跳动着,正由于这点,才有以后关中大旱,闻命即起,终于以身殉职的壮举。

(宁希元 胡 颖)

[中吕·朝天曲]

柳堤,竹溪,日影筛金翠。杖藜徐步近钓矶[1]。看鸥鹭闲游戏。农父渔翁,贪营活计,不知他在图画里。对这般景致,坐的,便无酒也令人醉[2]。

【注释】(1)钓矶:近水边的钓鱼的石矶。 (2)便:即使,纵然。

【今译】
堤上柳、柳边堤,溪穿竹、竹绕溪,缕缕日光透,洒金复铺翠。挂着藜茎杖,漫步近钓矶。沙洲停杖看,鸥鹭闲游戏。农父耕绿野,渔翁钓涟漪,只为营活计,不知图画里。坐对如此景,无酒也会醉。

【点评】这首曲子是作者在"休居自适"的心境中,对山水的逍遥游;是在"无利害关系"(康德语)的审美中,对田园风光的描画;是站在"图画"之外,对图画拉开距离的观照。"鸥鹭闲游戏"一句的"闲"字,是该曲的曲眼,也是作者闲适心态的写照。农父和渔翁,之所以不知身在"图画"中,只为"贪营活计"。所以在他们看来,自己不是在"造美",而是在"受苦"。但在诗人的"自由观照"中,这一"有目的"的劳作,恰好构成一幅"无目的的合目的性"的美景。这三句实际道出了一个颇为深刻的美学原理。如此看来,"鸥鹭闲游戏"一句中的"游戏",当另作读解,它正是作者为观赏而观赏的"审美游戏"(席勒语)的注解,是超越"必然"进入"自由"意境的隐喻。因之才能面对这般景致,"便无酒也令人醉";不然,以酒助兴(或借酒浇愁),就称不上是一种"游戏"式的审美心态了,因为饮酒的行为中,自有某种功利的目的性在。

【集说】全曲如行云流水,跌宕有致。写法上主要采用白描,目中所见,心中所感,依次写来,层层递入,却不落痕迹。(《元曲鉴赏辞典》隗芾语,上海辞书出版社)

[中吕·朝天曲]

恰阴，却晴，来往云无定。湖光山色晦复明，会把人调弄。一段幽奇，将何酬应？吐新诗字字清。锦莺，数声，又唤起游山兴。

【今译】

恰才阴，却放晴，来来往往云无定。湖光山色多变幻，会把人调弄，一会儿暗，一会儿明。一段幽奇景，将拿何酬应？吐新诗，抒爱心，腔儿圆，字儿清。耳闻锦莺鸣数声，又唤起游山兴。

【点评】这是一首诗人与春景互为应答的小曲。"湖光山色"之所以会把人"调弄"，是由于它"晦复明"的变幻之故；而晦复明的变动不居，又是由于"云无定"的"恰阴，却晴"所造成的。于是这一"幽奇"的景色，引出了作者"酬应"的诗兴。可谓"目既往还，心亦吐纳"（《文心雕龙·物色》）。如果说湖光山色的"幽奇"是一种视觉的"调弄"，那么"锦莺数声"则是一种听觉的"调弄"，它所唤起的游山之兴，又是诗人对"耳闻"的回应。可见"调弄"与"酬应"是通贯全篇的意脉。全曲的更深刻之处，还在于天空的阴晴与山色晦明的"多元"变幻，恰好符合人的"好奇"的认知追求，因之才能引起既是"悦耳悦目"，又是"悦心悦意"，更是"悦志悦神"的审美感受和愉悦来。它的"调弄"，不正是对人的知解力的引动和开启吗？

【集说】写春天阴晴不定中的湖光山色，没有一般封建文人在这种情景下的消极情绪；闻啼莺而唤起游山的清兴，更掩饰不住喜悦的心情，说明作者对生活是热爱的。（王季思等《元散曲选注》）

193

元曲观止

[中吕·山坡羊]⁽¹⁾

休图官禄，休求金玉，随缘⁽²⁾得过休多欲。富何如？

贵何如？没来由⁽³⁾惹得人嫉妒，回首百年都做了土⁽⁴⁾。人，皆笑汝；渠⁽⁵⁾，干受苦⁽⁶⁾。

【注释】(1)张养浩的这组[中吕·山坡羊]共十首，这是其中的第二首。下面选的"无官何患"是其中的第四首，"与人方便"是其中的第七首，"真实常在"是其中的第八首。　(2)随缘：顺随着机遇的安排。　(3)没来由：无缘无度的，平白无端的。　(4)回首百年都做了土：意谓人活一世，无论贫贱富贵，终不免一死，埋入黄土，一切都化为乌有了。　(5)渠：他。　(6)干受苦：白受苦。

【今译】
不要希图什么官禄，不要谋求什么金玉，顺随自然机缘吧，不要贪婪多欲。富又能怎么？贵又能怎么？平白的惹得人嫉妒。百年回首，全然都化作了一抔黄土。只落得人来嘲笑你；他，白受苦！

【点评】追求官爵禄位，贪图金玉财宝，不仅是元代社会中突出的社会现象，就是在整个中国封建统治阶级中，也是一种很普遍的社会现象。张养浩的这支曲子，就是针对这种腐败现象而发的。虽然他说，人生百年，终了还是变作一抔黄土，又说过"随缘得过"的话，似乎显得有些消极，甚至虚无主义；但是，结合中国封建社会，特别是元代社会的具体情况来看，整个曲子所表现的思想情调，显然是与当道者悖谬的、不合拍的。这就是值得我们肯定的地方。还需一提的，是曲文最后八个字，明白如话，干脆斩截，极富诙谐尖新之趣。

（赵俊玠）

[中吕·山坡羊]

无官何患，无钱何惮⁽¹⁾？休教无德人轻慢。你便列朝班⁽²⁾，铸铜山⁽³⁾，止不过只为衣和饭，腹内不饥身上暖。官，君莫想；钱，君莫想。

【注释】(1)惮(dàn)：怕。　(2)列朝班：言在朝做官的大臣们依次排列于朝廷,即在朝廷做官。班:次序。　　(3)铸铜山:指西汉时邓通的故事。据《史记·佞幸列传》记载,汉文帝给自己的宠臣邓通赐钱十数万。官至上大夫,"上使善相者相通,曰:'当穷饿死。'文帝曰:'能富通者在我也,何谓贫乎?'于是赐邓通蜀严道铜山,得自铸钱,邓氏钱布天下,其富如此"。至景帝时,邓通被人告发,乃籍没其家,"竟不得名一钱,寄死人家。"

【今译】

没有官位不可怕,没有金钱不可怕,不要没有道德被人轻贱。即使你成富翁,坐高官,也不过为了穿衣吃饭,腹内不饥身上不寒。你不用梦想高官,也不用贪求金钱。

【点评】在这首曲子中,张养浩利用元散曲直率显豁的风格特点,直截了当地表明了自己的社会价值观念。官、钱与道德品行,哪个轻,哪个重,作者明确地表示,后者重于前者。无官无钱,没有什么可怕的! 语气断然,表现出对官、钱的一种憎恶感情。而道德,却是最要紧的,一个人如果没有高尚的道德品行,就会被人看不起。高官也罢,巨富也罢,只不过是穿衣吃饭而已,何必苦苦追求呢? 西汉初年的邓通,不是高官巨富么,后来怎么样呢?所以,要看重德行,不要整天去想当大官、捞大钱。张养浩的这种认识,是从元代那种政治腐败、官贪吏污的黑暗现实中体验出来的,具有一定的现实意义。它对于我们当前社会中的那些官迷钱迷们,也不啻一副清凉剂。

【集说】本首为劝世之作品,反映宁可"无官""无钱",却不可"无德"的是非观。(卢润祥《元人小令选》)

这支曲子,开门见山,语气直爽,情感毕露,行文中,嵌进了像"何""休""便""止不过只为""莫"等词语,使得作者的思想感情和创作意图更充分地得到表达。(《元曲鉴赏辞典》)欧阳少鸣语,中国妇女出版社)

(赵俊玢)

[中吕·山坡羊]

与人方便,救人危患,休趋⁽¹⁾富汉欺穷汉。恶非难,善为难⁽²⁾。细推物理⁽³⁾皆虚幻,但得个美名儿留在世间。

元曲观止

心,也得安;身,也得安。

【注释】(1)趋:趋附,亲近。 (2)恶非难,善为难:做坏事容易,做好事就不容易了。 (3)细推物理:仔细推究事物的道理。

【今译】

给别人以方便,救别人于危难,不要巴结富人,欺侮穷汉。做坏事容易,做好事就难。仔细琢磨,万事万物都不过是一场虚幻,只要能留美名儿在人间。心也安,身也安。

【点评】张养浩这支曲子,也是有所感而发。元代社会里,除了贪官污吏、豪权势要之外,还有那么一批地痞恶棍,恃强凌弱,欺压良善,横行霸道,无恶不作,成为一般老百姓的一大祸害。张养浩这支曲子就是劝人为善,劝诫人们不要趋炎附势,欺侮贫弱;要多做好事,争取在世上留个好名声。这样,身心才得安稳。否则如何呢?曲中没有说,但言外之意,读者已体悟明白了,那只是心劳日拙,身败名裂,良心永远受到谴责。多做好事,不做坏事,善良的中国人从来希望如此!

【集说】意在扶危救难,与人方便,多做好事,作者"休趋富汉欺穷汉"一句,是针对趋炎附势的恶习而言,那是难能可贵的。(李长路、张巨才《全元散曲选释》)

(赵俊玠)

[中吕·山坡羊]

真实常在,虚脾⁽¹⁾终败,过河休把桥梁坏⁽²⁾。你便有文才,有钱财,一时间怕不人躭待⁽³⁾。半空里⁽⁴⁾若差将个打算的⁽⁵⁾来,强⁽⁶⁾,难挣揣⁽⁷⁾;乖⁽⁸⁾,难挣揣。

【注释】(1)虚脾:虚情假意。 (2)过河休把桥梁坏:不要过河拆桥。(3)怕不人躭待:大概人不会原谅。怕,大概、恐怕。躭待,(担待)宽容,宽恕,原谅。 (4)半空里:犹言半道里,平空里。 (5)打算的:即谋算的,难对付的。　(6)强:强硬。　(7)挣揣:挣扎、抗拒。　(8)乖:乖巧。

【今译】

真诚的品德长久存在,虚假的心肠终将露败,过了河不要把桥梁拆坏。即使你满腹文才,即使你广有钱财,一时内恐怕也没人会理睬。如果突然来个会算计你的人,你就是强硬,也难以挣扎;你就是乖巧,也难以脱开。

【点评】张养浩这首曲子,也是感慨世事的。曲中对那些待人处事虚情假意,毫无真诚,甚至过河拆桥、忘恩负义的人,发出了尖锐的警告和尖刻的诅咒,表现出张养浩对现实社会的浇薄风气的不满和反感;而希冀一种比较合理的真诚相待的人与人之间关系的出现。只是,这种希冀没有在这支曲子中用文字符号显现出来罢了。这首曲子在语言运用上也很有特色,几乎全用口语、俗语写成,既富生趣,又有一种嘲弄调侃的幽默,很能体现元散曲的本来风格。

【集说】意在求实反虚。(李长路、张巨才《全元散曲选释》)

(赵俊玢)

[中吕·山坡羊]潼关怀古⁽¹⁾

峰峦如聚,波涛如怒,山河表里潼关路⁽²⁾。望西都⁽³⁾,意踟蹰⁽⁴⁾。伤心秦汉经行处⁽⁵⁾,宫阙万间都做了土。兴,百姓苦;亡,百姓苦。

【注释】(1)天历二年,作者调任陕西行台中丞,路经潼关时所作。(2)山河表里:潼关外有黄河,内有华山,故称。　(3)西都:指长安(今陕西西安)。　(4)踟蹰:原指犹豫不决,徘徊不前;此处表示思潮起伏,陷入沉思。　(5)经行处:作者经过之处;一说为经营之地。

【今译】

潼关路,外有华山群峰聚,内有黄河波涛怒,自古是户牖。西望长安都,思潮去不休,经行秦汉处,伤感溢心头。昔日宫阙临碧霄,今日万间做了土。

兴,百姓苦;亡,百姓苦。

【点评】这是一首怀古小令。对历史的追忆和反思,构成了该曲的内在结构。起笔一"聚"一"怒"两字,不但写尽了潼关地势的险峻;而且在"聚"和"怒"的动态意象中,暗含着一幅千军聚集、万马怒吼的朝代争斗的历史画卷。因之开首三句可视为一种历史"空间"的制造和历史"意象"的再现。于是"望西都",引起怀古之兴;"意踌躇",陷入历史的沉湎之中。群雄逐鹿,朝代迭替,霸秦强汉,转眼焦土。这一历史的回忆,在触动作者"伤心"的同时,化为一种历史的反思:"兴,百姓苦;亡,百姓苦!"立意高远,跳出凭吊之窠臼;境界阔大,揭出历史之真谛。

【集说】(此曲)以透辟沉著胜……拟之涵虚评林,宜为孙仲章之"秋风铁笛",或李致远之"玉匣昆吾",差为近似。而涵虚独曰云庄之词"如玉树临风",毋乃搔不着痒。抑涵虚于云庄曲,别有所见欤?(任讷《曲谐》)

此系张养浩散曲中的代表作,从表面看,似乎是喟叹历代王朝的兴亡,实际上却是哀痛劳动人民在封建统治下以及在动乱中所蒙受的蹂躏之苦,一针见血地点出了封建政治与人民的对立。作品用字精辟,造意深远,为元散曲中所少见。(朱东润主编《中国历代文学作品选》)

作品指出人民在封建社会不论怎样改朝换代总不能摆脱痛苦的境地。全诗感情沉郁,气势雄浑,结语尤为警拔。(游国恩等《中国文学史》第三册)

这首小令遣词精辟,形象鲜明,于浓烈的抒情色彩中迸发出先进思想的光辉,在元散曲,乃至整个古典诗歌中,都是难得的优秀作品。(《元曲鉴赏辞典》霍松林著,上海辞书出版社)

(冯文楼)

[双调·殿前欢]登会波楼

四围山,会波楼上倚阑干,大明湖铺翠描金间。华鹊中间[1],爱江心六月寒。荷花绽,十里香风散。被沙头啼鸟,唤醒这梦里微官。

【注释】(1)华鹊:指在大明湖附近的华不注山与鹊山。

【今译】

四围皆山，会波楼上倚阑干。大明湖如在铺翠描金的绣帏间。华鹊两山中间，最爱江心六月寒。荷花怒放，香风十里飘散。被沙头啼鸟，唤醒我这梦里微官。

【点评】这首曲子写登上会波楼的所见所感。作者先从看到的大明湖风光起笔："铺翠描金""荷花飘香"，色香兼具，这大自然的乐园不禁让人陶醉忘归。接着，作者以"沙头啼鸟"巧妙衔接，点明曲旨，表达了自己对官场的厌倦，甚是自然。此曲写景清丽，抒情真挚，二者结合完美，结构谨严，曲旨鲜明，体现了作者高超的艺术技巧。

【集说】写从会波楼上看到的大明湖景色，既有色，又有香，描写得十分清丽。末两句表达了对官场的厌倦。（王季思等《元散曲选注》）

(刘东风)

［双调·殿前欢］对菊自叹

可怜秋，一帘疏雨暗西楼。黄花零落重阳后，减尽风流。对黄花人自羞。花依旧，人比黄花瘦(1)。问花不语(2)，花替人愁。

【注释】(1)"人比黄花瘦"：出自李清照［醉花阴］词："帘卷西风，人比黄花瘦。"　(2)"问花不语"：出自欧阳修［蝶恋花］词："泪眼问花花不语，乱红飞过秋千去。"

【今译】

可怜秋，一帘疏雨垂天际，阴云黯黯掩西楼。重阳后，黄花零落何处求，减尽风流已自收。对黄花，思悠悠，黄花惹得人自羞。花儿年复年，开落本依旧；人今比黄花，反比黄花瘦。问花花不语，原是替人愁。

【点评】这是一首对景撼怀、借花拟愁的小曲。"人"与"黄花"互怜互叹

的"对话",构成了该曲独具一格的形式,巧妙地传出作者的一段无处着落的心理感受。起首两句,是作者"秋心"的发抒。"疏雨"如绵绵不尽之愁绪,那阴云填满的"西楼",正仿佛作者黯淡抑郁的心境,于是才有寻花遣愁的"访秋"行为。然而重阳过后,黄花零落,"减尽风流",寻到的只是一片"憔悴损"的可怜光景。对景难排,寻秋一变而为"怜秋"。怜秋正是"自怜"的表现形式。至此,笔锋一转,进入本题,发出"对黄花人自羞"的感慨,状花于是变为写心。这一"羞",不仅是人与黄花一样,减尽了往日风流的"羞";而且是人比黄花瘦的感觉所触发的"羞",更是"花替人愁"的反衬所造成的"羞",将一个"羞"字层层推进。

【集说】此曲反映作者仕宦厌倦之情与流年逝水之叹,在《云庄乐府》中别具一格。(《元曲鉴赏辞典》万云骏语,上海辞书出版社)

(冯文楼)

[双调·雁儿落过得胜令]退隐

云来山更佳,云去山如画;山因云晦明⁽¹⁾,云共山高下。　倚杖立云沙⁽²⁾,回首见山家⁽³⁾,野鹿眠山草,山猿戏野花。云霞,我爱山无价,看时行踏⁽⁴⁾,云山也爱咱。

【注释】(1)晦:昏暗。全句意思说,山上因云飘过而或明或暗。(2)云沙:云彩缭绕的沙丘。　(3)山家:山那边。　(4)看时行踏:选择好时光登山漫游。

【今译】
彩云来青山秀美绝佳,云儿散去青山苍翠如画。山随飘荡的云彩,或暗或明无限变化;云与山一起忽高忽下。　扶杖站立在云彩缭绕的山巅上,飘飘羽化如仙家。回首望山凹,野鹿安详地睡在青青的草丛中,机灵的猿猴采摘野花戏要。哦,那山那云那霞,我热恋青山无价,选择好时光漫游行踏。云和山也深深地爱咱。

【点评】这是一首写景之作,通篇充满了作者对大自然和谐、优美的赞颂和热恋之情。篇首四句，以全景展现了云与山的变化之美；然后，主人公介入，进入"有我之境"，描写了瞭望、野鹿、山猿等特景，从而完成了优美的云山游乐图；紧承上文，作者直抒情感，"我爱山无价"，"云山也爱咱"，给云和山赋予情感，将自然人化，真可谓达到物我两忘的境界，表达了作者陶醉于山水的逸情。全曲层次分明，结构严谨，自然成章。

【集说】清新明丽。（刘逸生主编，龙潜庵选注《元人散曲选》）

"山"的形象在作者笔下完全人格化了，性格化了。在客观景物中，渗透着诗人的主观精神，达到了情景交融的境地。（石绍勋、韦道昌《元明散曲选》）

清逸。（陆侃如、冯沅君《中国诗史》）

（兰拉成）

[双调·水仙子]

中年才过便休官，合共神仙一样看[1]。出门来山水相留恋，倒大来耳根清眼界宽[2]，细寻思这的是真欢[3]。黄金带缠着忧患，紫罗襴裹着祸端[4]，怎如俺藜杖藤冠[5]。

【注释】(1)合共：合，合当，该当；共，和，与。 (2)倒大来：十分，何等。 (3)的是：确是。 (4)"黄金带缠着忧患"二句，意思指做官的随时都会遇到不测之祸。黄金带：黄金装饰的官服束带。紫罗襴：紫色的官服。叶子奇《草木子·杂制篇》："一品二品用犀玉带大团花紫罗袍，三品至五品用金带紫罗袍。" (5)藜杖藤冠：藜木杖，藤帽子，指过退隐生活。

【今译】

中年刚过就辞官，当和神仙一样看。出门来青山绿水相环绕，令人留恋，此时呵，耳根十分清，眼界何等宽，细细想，这才是真正的欢乐和畅快。回首当年，黄金带中缠忧患，紫罗襴里裹祸端，怎如我，手拄藜杖戴藤冠，自在悠闲。

【点评】这是一支以对比的手法描写"休官"好的小曲。其中隐藏着一个

元曲观止

"翻过筋斗来的"人的深刻体验和反省。"黄金带"两句,形象地揭示出"为功名惹是非",官高祸随这个封建统治阶级内部普遍存在的悲剧,表现出作者辞官还乡,远离政治斗争,抽身事外,寄情于山水的追求和向往。这一"欢"一"祸"既是诗人内心情感的流露,又是对历史和现实的总结与感叹。

【集说】本首写退隐生活感受,并回忆了官场生活的险恶。(卢润祥《元人小令选》)

(吴应驹)

[双调·水仙子]咏江南

　　一江烟水照晴岚(1),两岸人家接画檐,芰荷丛一段秋光淡(2)。看沙鸥舞再三,卷香风十里珠帘。画船儿天边至,酒旗儿风外颭(3),爱杀江南。

【注释】(1)晴岚:晴天中升起的山林雾气,此处指阳光照耀下,江面上腾起的烟雾。　(2)芰荷:出水的荷花。　(3)颭(zhǎn):风吹物使颤动。

【今译】
　　日照中,一江流水起烟岚,两岸边,画檐相接人家连。芰荷丛中,一段秋光分外淡,绿水洲上,沙鸥翩跹舞再三。香风熏得游人醉,十里朱楼尽卷帘。画船远从天边至,酒旗近在风外翻,爱杀江南!

【点评】这是一首江南赞美曲。作者在其"爱杀"的观照中,抱了一种"无所容心,独存赏鉴"(鲁迅语)的审美态度,对富于情趣的江南风光景物做了多重角度的摄取。随视线之高下远近的追踪拍摄,实则是诗人对物象实行的一种"视界切割"。切割所构成的一幅幅画面,既保持了各个景点的独立性与自足性,使它们充分呈现出各自自然的律动,又造成一种如电影中的蒙太奇结构似的"叠象美"。从而达到了如叶维廉教授所称道的"一种透明无阻的视觉直接性","走近了任自然自动发声的理想"。看来,无"我"在,或许更能表现物象的"真趣",可不因"利害关系"而使之扭曲、变形。闲适之中的"爱杀"才是一种真爱。

写江南水乡秋光,风物如画。(王季思等《元散曲选注》)

这首小令是写江南水乡的秋光,景色宜人,反映出作者罢官归田以后的舒适自在的心境。(萧善因选注《元散曲一百首》)

(冯文楼)

[南吕·西番经][1]

累次征书至[2],教人去往难。岂是无心作大官?君试看,萧萧双鬓斑[3];休嗟叹,只不如山水间。

【注释】(1)此曲共四首,《乐府群珠》题作乐隐。此为第三首。 (2)累次:多次,屡次。征书:皇帝征召的文书。此曲其一云:"天上皇华使,来往三四番。"其二云:"七见征书下日边。" (3)萧萧:此处形容景况凄凉,与"萧瑟"同。

【今译】
征召文书多次来,教我前往实在难。难道是不愿意做大官?您看看,双鬓斑白多凄惨;莫感叹,只因不如山水间。

【点评】这支小曲抒发了作者不慕荣达、热爱山水的隐逸之情。征召文书,"累次"下达,而作者却是去往唯"难",对照之下,见出作者敝屣富贵的坚决态度。"岂是"一句设问,承上启下,引出对其原因的推究。作者先以"萧萧双鬓斑"自答,年老体衰,难以赴召,确是个理由;然作者旋以"休嗟叹"一语宕开,说明其真正原因是"只不如山水间"。小小短篇而含几层波澜,转跌衬垫,一气盘旋,读之令人兴味盎然。

(刘生良)

白贲

白贲(？—1330),号无咎,钱塘(今杭州市)人,祖籍太原文水(今山西文水)。父白珽(1248—1328)长于诗文,居西湖,号湛渊。白贲至治年间为温州路平阳州教授,后为文林郎,南安路总管府经历。白贲能作画,散曲有名,《太和正音谱》评其词"如太华孤峰"。隋树森《全元散曲》存其小令二首,套曲三套,残套数一。

[正宫·鹦鹉曲]

侬家鹦鹉洲⁽¹⁾边住,是个不识字渔父。浪花中一叶扁舟,睡煞江南烟雨。[么]觉来时满眼青山,抖擞绿蓑归去。算从前错怨天公,甚也有安排我处。

【注释】(1)鹦鹉洲:在今湖北汉阳西南的长江中,此处泛指渔父的住处。

【今译】
我家住在鹦鹉洲边,我是一个不识字的渔父。驾着一叶小船在浪花中漂游,江南烟雨催我酣然睡去。醒来时满眼青山,归去时身披蓑衣精神抖撷,算起来从前错怨了老天爷,它真有安排我的好去处。

【点评】 这是一首潇洒出尘的隐者之歌。曲的开头先庆幸自己是个"不识字"的"渔父",因而才能逍遥自在,忘情于世事,接着就展现了这位"渔父"神仙般的世外生活,在江南春雨中睡去,醒来时天清气爽,青山如画,然后精神抖擞地归去。在这远离尘世的大自然中,"渔父"醒悟了人生,多亏天公让我成了一个"不识字"的渔父,这才有了今日无烦恼的自由生活。这首小令语言亦庄亦谐,语浅意深,寄寓了作者对元代社会现实的不满与超脱。白贲此曲,在当时传诵一时,和者甚众,以致原名"黑漆弩"的曲调,因此曲中有"鹦鹉洲"句,后遂更名作[鹦鹉曲]。

【集说】 ……拘于韵度,如第一个"父"字,便难下语,又"甚也有安排我处","甚"字必须去声字,"我"字必须上声字,音律始谐。不然不可歌。此一节又难下语。(冯子振[正宫·鹦鹉曲]序)

这曲的旨趣就是张志和的《渔父词》,而措语豪放尽情,质朴不炼,则又迥异乎词,研究词曲者应于此等处看出"词曲之界"。(梁乙真《元明散曲小史》)

唐人张志和的渔父词云:"西塞山前白鹭飞,桃花流水鳜鱼肥。青箬笠,绿蓑衣,斜风细雨不须归"恰与无咎此曲旨趣相似,惟不同者,便在白作措语豪放尽情,张诗质朴不华,正是词曲境界的分野线。(罗锦堂《中国散曲史》)

(宋常立)

205

元曲观止

郑光祖

郑光祖,大约生活于元大德(1297—1307)前后,字德辉,平阳襄陵(今山西临汾附近)人。做过杭州路吏,死后葬于西湖灵芝寺。他是元代后期著名杂剧作家,钟嗣成《录鬼簿》说他"名闻天下,声振闺阁,伶伦辈称'郑老先生'",与关汉卿、马致远、白朴并称"元曲四大家"。他的散曲不多,但风格清丽,《太和正音谱》评其词"出语不凡,若咳唾落乎九天,临风而生珠玉,诚杰作也"。他写过杂剧十七种,今存《倩女离魂》等七种。《全元散曲》辑其小令六首,套数两套。

[正宫·塞鸿秋]

门前五柳⁽¹⁾侵江路,庄儿紧靠白蘋渡⁽²⁾。除⁽³⁾彭泽县令⁽⁴⁾无心做,渊明老子达时务。频将浊酒沽,识破兴亡数⁽⁵⁾,醉时节笑捻着黄花去⁽⁶⁾。

【注释】(1)五柳:陶潜自号五柳先生,曾作《五柳先生传》,所居之处为"五柳山庄",后以"门前五柳"喻隐逸之士所居之处。 (2)白蘋渡:长满白蘋的渡口,常喻高人隐士的住所。 (3)除:任命。 (4)彭泽县令:陶渊明曾做过八十多天的彭泽令,后因不愿为五斗米折腰而挂冠归隐田里。 (5)识破兴亡数:看透了国事兴衰的命运。 (6)醉时句:黄花,菊花。萧统《陶渊明传》云,陶性嗜酒,又爱菊花,"尝九月九日出宅边菊丛中坐,久之,满手把菊,忽值(江州刺史王)弘送酒至,即便就酌,醉而归"。这句据此而来。

【今译】

门前五株柳树紧贴着沿江大路,宁静的农舍相连着白蘋渡口。挂冠归隐县令无心做,陶潜通达事理识时务。把盏问菊频将浊酒沽,识透了天下兴亡的命数,醉眼中笑捻着菊花去。

【点评】这首曲子以陶渊明不愿为五斗米折腰,辞官归田的史实为依据而作。作者从写景入手,首先勾勒出一幅水乡农舍宁静、安谧的画图,给人以恬淡闲适、远离尘嚣的感觉。写景实为写人,陶渊明的清高、恬淡、率朴、明达的形象从景中跃出。接下来作者又赞美陶渊明识时务,明事理,并欣赏他的尽欢而醉的高人隐士生活,流露出作者对陶渊明清高旷达品格的敬仰以及对摆脱尘世污浊,纵情诗酒的田园生活的向往。作者和陶渊明,所处时代相似,际遇相似,个性相似,所不同的是陶渊明终于"归去",郑光祖却只能以词曲表达对隐居的向往之情,并在字里行间透露出对元代社会现实的不满,对理想社会的向往。

(李　静)

[双调·蟾宫曲]梦中作

飘飘泊泊,船缆定沙汀(1)。悄悄冥冥,江树碧荧荧。半明不灭一点渔灯,冷冷清清潇湘景(2)晚风生。淅留淅零(3)暮雨初晴,皎皎洁洁照橹篷剔留团栾(4)月明。正潇潇飒飒和银筝失留疏剌(5)秋声。见希彪胡都(6)茶客微醒,细寻寻思思双生双生(7),你可闪下苏卿(8)?

【注释】(1)沙汀:汀,水中或水边的平地。沙汀,水边浅滩。 (2)潇湘景:元明散曲家常以宋迪"潇湘八景"命意写咏景作品,此处"潇湘景"泛指秋夜景。 (3)淅留淅零:元民间口语,即淅淅沥沥,形容风雨声。 (4)剔留

团栾:元民间口语,此处形容圆圆的月亮。 (5)失留疏剌:元民间口语,象声词,形容风声、水声。 (6)希颩胡都:元民间口语,即稀里糊涂。 (7)双生:即双渐,书生名。双渐、苏卿故事在宋元间流传甚广,是说庐州妓女苏小卿与书生双渐在庐州相遇,一见钟情,后双渐外出求官,茶商冯魁乘机把苏小卿买回家去。她不愿意,题诗于金山寺。后被双渐看见了,经过曲折,两人仍旧结成夫妇。 (8)苏卿:即苏小卿。

元曲观止

208

【今译】

飘飘摇摇,小舟傍着河岸停,幽幽静静,江水映树碧粼粼。远近不明不灭一点渔灯,凄清幽静如潇湘晚景生。浙淅沥沥暮雨初晴,皎皎洁洁圆月照渔舟。木萧萧风飒飒伴着银筝弹秋声。稀里糊涂茶客微醒,莫不是在细细寻思那双生,你可抛闪下苏卿?

【点评】这是一首抒情小曲。写秋夜之静谧与旅人无际之愁绪,意境深远。全曲不著一"愁"字,但"愁"思弥漫全篇,成为全曲的灵魂。首先描写"愁"景:江水、秋木、渔灯、秋风、秋雨、圆月,一连串的景物构成了一幅层次分明、意境深远、动人情思的画。多样的景物、多样的色彩彼此映衬,烘托出秋的凄清和幽静。接下来写"愁"人:离人身处秋景之中,遥望着月色、树色,谛听着秋风、秋雨声,陷入了愁思之中,平添了许多孤寂之感。而愁怀再加上"多情"(想起了双渐、苏卿)就更是愁上加愁,这层层渲染,点出了"愁"字,收到了情景相生的艺术效果。此曲的另一特色是生动活泼,用双声叠韵字和民间口语,增加了曲子的形象性、鲜活性,极富艺术感染力。

【集说】元代曲家……郑德辉清丽芊绵,自成馨逸,均不失为第一流。(王国维《宋元戏曲考》)

就他的这些作品看,大都以"清丽"为宗,是张可久的同调。……如:"飘飘泊泊,船缆定沙汀。悄悄冥冥,江树碧荧荧,半明半灭,一点寒灯。……"(梁乙真《元明散曲小史》)

(李 静)

《㑇梅香》第一折［仙吕·鹊踏枝］

花共柳笑相迎，风与月更多情。酝酿出嫩绿娇红⁽¹⁾，淡白深青。对如此良辰美景，可知道动骚人风调才情。

【注释】(1)酝酿：即渐而成。

【今译】

红花绿柳笑脸相迎，清风明月更是多情。调和出一片嫩绿娇红，淡白深青。如此良辰，如此美景，可知道引动诗人歌咏无穷！

【点评】此曲咏春夜，起首四句写景，"笑相迎""更多情"二语，用拟人手法，使描写物像花、柳、风、月，具有浓烈的感情色彩；接着"酝酿出"二语，更以绿、红、白、青诸色，渲染出一个春意盎然的花的世界。以上虽为写景，但写景之中，处处都可体会出主人公那种沉醉于景物的激动而又喜悦的心情。这种情绪深化扩展的结果，自然由景及情，过渡到抒情，引起"对如此良辰美景，可知道动骚人风调才情"的咏叹。全曲情景交融、物我一体，清丽而又淡雅，颇能反映郑德辉作品之风格。

（宁希元　胡　颖）

209

元曲观止

范康

范康(1297—1307)，字子安，杭州人。能词章，通音律，钟嗣成《录鬼簿》称其"一下笔即新奇"，《太和正音谱》评其词如"竹里鸣泉"，今存《竹叶舟》杂剧一种，散曲小令四首和套数一套。

[仙吕·寄生草] 酒

长醉后方何碍[1]，不醒时有甚思？糟醃[2] 两个功名字，醅淹[3] 千古兴亡事，麹[4] 埋万丈虹蜺志[5]。不达时皆笑屈原非[6]，但知音尽说陶潜是[7]。

【注释】(1)方何碍：将有什么妨碍。　(2)糟醃：用酒糟浸渍起来。糟，酒糟。　(3)醅淹：醅，尚未过滤的酒。淹，泡。　(4)麹：作酒的酒母，此处指代酒。　(5)虹蜺志：凌云大志。　(6)"不达"句：不理解屈原的人都指责他不达时务太可笑。　(7)"但知音"句：倒是陶渊明挂冠归隐、饮酒赋诗得到许多知音的赞颂称是。

【今译】

长醉后还有什么妨碍呢？长醉后还有什么可虑呢？让酒槽把"功名"二字浸渍，让浊酒把兴亡之事淹泡，让酒䴙把雄心大志掩埋。不了解屈原的人都讥笑他，倒是陶渊明得到许多知音的称是。

【点评】这是一首具有豪放风格的小令。起笔即用反诘的句式将全曲置于一种激愤的情绪之中，并进而借酒抒情，浇心中之"块垒"。现实的黑暗，壮志的难酬，使诗人只能寄情山水，以诗酒为乐。在酒中，诗人确实得到了解脱，忘却了功名抛弃了壮志，也不再考虑那千古兴亡的国家大事，但借酒浇愁愁更愁。诗人出语似放达，实际上心中无比痛苦。全曲意在劝饮，实际透露的却是一种愤激与无奈相交织的情绪。其实，作者的本意何曾想长醉不醒呢？他敬仰屈原，却只能选择陶潜的道路。

【集说】命意、造语、下字俱好。最是"陶"字属阳，协音；若以"渊明"字，则"渊"字唱作元字，盖"渊"字属阳。"有甚"二字上去声，"尽说"二字去上声，更妙。"虹蜺志""陶潜是"务头也。（周德清《中原音韵》）

"糟醃两个功名字，（引曲文，略）。"浑中奇语也。（王世贞《曲藻》）

［寄生草］："（引曲文，略）。"命意造词，俱臻绝顶。（李调元《雨村曲话》）

周氏于定格四十首中，首标此词。按其气韵格律，则恰可为元曲令词之表率焉。盖此词协音之妙，已如周氏所云（见集说第一条）。若论其余长处，尚有可述者五：元曲由元时一班潦倒之才人所造成，亦即由一班才人之潦倒所造成。此词绝非浑语，其间愤世嫉俗，遁世逃情之意味，极为浓烈，足以表现元曲之成因。一也。元曲以豪放不羁，趣高气劲为尚。此词轩昂磊落，不同凡响。烈士壮心，寓怀言外，足以表现元曲之精神。二也。元曲以凤头猪肚豹尾为法，其说不刊。此词首二句俊快，腹联三句丰满，末二句响亮。允合步骤，足以表现元曲之法度。三也。元曲取材，贵广而杂，经史百家，俱供驱遣，而别有蹊径。此词用典使事，挥洒自若，绝不堕诗词窠臼，足以表现元曲之文学手腕。四也。衬字有而不多，又逢双皆对，而极自然。应有尽有，而恰如其分，足以表现元曲之体制。五也。综此文字之五长，又益以声音之谐协，以当令词之表率，可谓无遗憾矣。（任讷《作词十法疏证》）

（李　静）

曾瑞

曾瑞,生卒年不详,大兴(今北京市大兴区)人。字瑞卿,号褐夫,中年时由北而南,因"喜江浙人才之多,羡钱塘景物之盛",便定居杭州。性耿直,喜优游于市井,不愿出仕。生平能曲善画。他的散曲以直率刻露见长,《太和正音谱》将他列在"词材英杰"150人中。散曲集《诗酒余音》已佚。现存杂剧《才子佳人误元宵》。《全元散曲》收其小令九十五首,套数十七套。

[南吕·四块玉]酷吏

官况甜,公途险(1)。虎豹重关整威严(2)。仇多恩少人皆厌。业贯盈(3),横祸添,无处闪。

【注释】(1)官况二句:虽然现在官运亨通,但当官的前途是危险的。(2)虎豹句:形容酷吏的官衙威严恐怖。 (3)业贯盈:业,同孽,恶行、劣迹。业贯盈,即恶贯满盈。

【今译】
今日里虽官运亨通,往后的仕途却充满凶险。酷吏的官衙恐怖威严,仇多恩少人讨厌。算到恶贯满盈时,横祸临身,酷吏再无处躲闪。

【点评】这是一首痛斥凶残官吏的小令。作者讽刺和警告使用严刑峻法的酷吏,指出他们屠杀残害百姓,恶贯满盈,绝无好下场。通篇简洁明了,铿锵有力。

(李　静)

[南吕·骂玉郎过感皇恩采茶歌]闺中闻杜鹃

无情杜宇⁽¹⁾闲淘气,头直上耳根底⁽²⁾,声声聒⁽³⁾得人心碎。你怎知,我就里⁽⁴⁾,愁无际?　帘幕低垂,重门⁽⁵⁾深闭。曲栏边,雕檐外,画楼西。把春醒⁽⁶⁾唤起,将晓梦惊回。无明夜⁽⁷⁾,闲聒噪,厮禁持⁽⁸⁾。　我几曾离、这绣罗帏⁽⁹⁾?没来由劝我道"不如归",狂客⁽¹⁰⁾江南正着迷,这声儿好去对俺那人啼!

【注释】(1)杜宇:即杜鹃,又名子规,鸣声悲切,好似说"不如归去"。诗人常以其啼声寄托离愁别恨。　(2)头直上耳根底:头顶上耳朵边。(3)聒(guō):吵吵嚷嚷的喧嚣声。　(4)就里:一般作原因、情况讲,这里指内心的思想感情。　(5)重门:重重院门,指深宅内院。　(6)春醒(chéng):朦胧醉意般的春情。醒,酒醉后神志不清的状态。　(7)无明夜:不分白天黑夜。　(8)厮禁持:相纠缠。厮,相。禁持,纠缠、折磨。　(9)绣罗帏:绣花罗帐,这里指深闺。　(10)狂客:指远游在外的丈夫。

【今译】
　　无情杜鹃你淘什么气,从头顶一直到耳根,频频地聒噪让人心烦。你怎会知悉,我此刻的心情,正孤寂难消、愁怀无际。　门帘低垂、窗帏紧闭,深宅大院重门紧锁。可九曲回廊边,飞檐亭阁外,画梁雕楼西,处处可闻你的啼唤。你把我的酒醉般的春情唤起,将我春眠的晓梦惊醒。你这无情的鸟儿,不分白天黑夜,尽在各处叫啼,何苦纠缠如此。　我几时离开过这宅舍?你无缘无故劝我"不如归"!我丈夫正在江南着迷,你何不去对他啼叫"不如归"!

【点评】这是一首闺情曲。写一位深闺少妇听到杜鹃声声唤"不如归"而引起的烦恼、惆怅。春日思怀念远,是诗词曲中最常见的主题;望人不归,迁怒于无知的鸟儿,也不乏佳作。这首曲子的特色就在于少妇对丈夫的思念和怨恨不是直接写出,而是通过少妇对杜宇的一怨再怨,由怨而怒,层层责难表达出来。它用语活脱、泼辣、含蓄而风趣,淋漓尽致地抒写了少妇的烦恼,感情直率真切,读起来如闻其声,如见其人,与同类作品大异其趣,是少有的感人之作。[骂玉郎][感皇思][采茶歌]为曲牌名,是三曲连成的带过曲。

【集说】世称诗头曲尾,又称豹尾,必须急并响亮,含有余不尽之意。……(如)曾瑞卿[南吕尾]《闺中闻杜宇》。(李开先《词谑》)

他的小令,写"情"的,似比较他的套曲还要好些。但比了关汉卿诸前期的大家,或同时代的乔梦符诸家却还觉得不无逊色。(下引《闺中闻杜鹃》曲文,略)(郑振铎《中国俗文学史》)

(《闺中闻杜鹃》)是由[骂玉郎][感皇思][采茶歌]三调合成,而前后各调的音节都能调和衔接,浑然一体,极为自然。(刘大杰《中国文学发展史》)

(李　静)

[中吕·山坡羊]

南山空灿,白石空烂(1),星移物换(2)愁无限。隔重关(3),困尘寰,几番肩锁空长叹,百事不成羞又赧。闲,一梦残;干,两鬓斑。

【注释】(1)南山二句:春秋时代的宁戚想得到齐桓公的重用,但贫穷而不能自达,于是扮作商人,等到齐桓公开城门迎宾客时,敲着牛刀唱道:"南山矸,白石烂,生不逢尧与舜禅。……"齐桓公听到后,认为他是一个有用之才,遂予以重用。这两句借用宁戚歌的头两句,比喻自己生不逢时。(2)星移物换:表示时光飞逝,岁月蹉跎。　(3)隔重关:比喻与受朝廷重用、一展抱负还隔着重重关口。

【今译】
南山空有其璀璨,白石空有其光彩,岁月流逝愁无限。一腔壮志无处展,徒然困缚于尘寰,几番锁肩空长叹,百事无成羞又惭。岁月蹉跎,壮志成梦残;有心再干,两鬓染霜斑口。

【点评】这首曲子作者感叹自己怀才不遇,韶华逝去,一事无成,"闲,白了少年头",为此作者感到又羞又惭,这反映了封建士大夫与文人的矛盾心情:一方面寄情于山水、诗酒,一方面又惋惜才华未能施展,空有满腔抱负。于此我们也可看到"洒然如神仙中人"的曾瑞的另一面。

(李　静)

[大石调·青杏子]骋怀

　　花月酒家楼⁽¹⁾,可追欢亦可悲秋⁽²⁾。悲欢聚散为常事,明眸皓齿,歌莺舞燕,各逞温柔。

　　[么]人俊惜风流,欠前生酒病花愁。尚还不彻相思债,携云挈雨,批风切月⁽³⁾,到处绸缪⁽⁴⁾。

　　[催拍子]爱共寝花间锦鸠,恨孤眠水上白鸥。月宵花昼⁽⁵⁾,大筵排回雪韦娘⁽⁶⁾,小酌会窃香韩寿⁽⁷⁾。举筋红袖,玉纤横管⁽⁸⁾,银甲调筝,酒令诗筹。曲成诗就,韵协声律,情动魂消,腹稿冥搜⁽⁹⁾。宿恩当受⁽¹⁰⁾。水仙山鬼,月妹花妖,如还得遇,不许干休⁽¹¹⁾。会埋伏未尝泄漏⁽¹²⁾。

　　[么]群芳会首,繁英故友⁽¹³⁾,梦回时绿肥红瘦⁽¹⁴⁾。荣华过可见疏薄,财物广始知亲厚。慕新思旧,簪遗珮解⁽¹⁵⁾,镜破钗分⁽¹⁶⁾,蜂妒蝶羞。恶缘难救,痼疾长发,业贯将盈⁽¹⁷⁾,努力呈头⁽¹⁸⁾。冷澉重馅⁽¹⁹⁾。口摇舌剑,吻搠唇枪⁽²⁰⁾,独攻决胜,混战无忧。不到得落入奸彀⁽²¹⁾。

　　[尾]展放征旗任谁走,庙算神机必应口。一管笔在手,敢搦⁽²²⁾孙吴⁽²³⁾女兵斗。

【注释】(1)花月酒家楼:指歌楼酒馆,旧时书会才人等吃花酒、狎妓的地方。　(2)可追欢亦可悲秋:有欢乐,也有悲哀。　(3)携云挈雨,批风切月:云、雨、风、月,古代常用来作为男女性爱的代称。　(4)绸缪:犹缠绵,谓情

215

元曲观止

意深厚。　　(5)月宵花昼：宵，夜。昼，白天。　　(6)回雪韦娘：回雪，回风舞雪，形客舞姿的飘忽轻盈。韦娘，即杜韦娘，唐代著名歌妓，此处借指青楼歌女。　　(7)窃香韩寿：指晋时韩寿与贾充之女恋爱的故事。韩寿在此处指出入歌楼舞榭的风流子弟。　　(8)玉纤横管：玉纤，指歌女洁白而纤细的手指。横管，指吹笛。　　(9)腹稿冥搜：暗中打腹稿。　　(10)宿恩当受：指与歌妓们宿世有缘，当受回报。　　(11)水仙四句：指美丽聪明的歌妓们一遇上他，就纠缠不休。　　(12)会埋伏未尝泄漏：指彼此暗中有情，却不露声色。(13)群芳会首，繁英故友：群芳、繁英，皆是以花喻歌妓。意说自己是歌妓们的头领和老朋友。　　(14)绿肥红瘦：谓春深时节草木绿叶茂盛而花朵却渐萎谢稀少。这里比喻美好的日子已经过去。　　(15)簪遗珮解：比喻别离时赠送信物。　　(16)镜破钗分：比喻离别时各执信物的一半，作为来日重见的凭证。　　(17)业贯将盈：业，同孽，即恶贯满盈之意。　　(18)努力呈头：呈，犹承，呈头，犹承当。　　(19)冷飱重馅：飱，同餐，意指冷饭剩菜。　　(20)吻搠唇枪：搠，疑为槊，古代兵器，意即为唇枪舌剑。　　(21)不到得落人机縠：不到得，不至于，岂肯，怎么能。机縠，陷阱，圈套。　　(22)搦(nuò)：挑惹。(23)孙吴：指春秋时的孙武和战国时的吴起，两人皆精通兵法，善于用兵。

【今译】

想从前寻欢于酒馆歌楼，有快乐也有悲愁。悲欢离合为常事，歌女们个个是皓齿明眸，歌似黄莺，舞似飞燕，各显丰采，百般温柔。

人俊贪爱风流，前生欠下酒病花愁。相思债至今未还清，携云挈雨，批风切月，到处惹风情。

爱怜共寝花间的锦鸠，讨厌孤眠水上的白鸥。想那花朝月夜，大筵群宴，歌女们轻歌曼舞，小宴私酌，歌女伴风流男子。红袖举觞，纤手举笛，银甲调筝，行酒令、摸诗筹。诗成曲就，韵协声律，摄人心魄，全凭冥思苦搜。既是宿缘，理当情受。歌女们个个美丽妖娆，一旦相遇，便缠绵缱绻。柔情默默心间留。

我曾是群芳之首，倩女之友，可如今再回首已是绿肥红瘦。繁华过时可见势利，钱财广时才见亲厚。你们慕新可思旧？想当初送簪赠珮，破镜分钗，那份深情蜂妒蝶羞。可现今情尽义绝无可挽救，喜新厌旧，老病复发，长此以往不得好报，到时你要把一切承受。不怕冷餐重馅受冷落。唇枪舌剑来围攻，我这儿独攻决胜，混战无忧。定不会落入陷阱。

征旗一展谁能走,神机妙算定实现。一管笔在手,敢挑孙吴女兵斗。

【点评】这篇散套描述了作者在风月场中既快乐又悲哀的生活,并以欢乐与悲哀为两条主线展开了全部内容。从表面看,作者是在追忆过去风花雪月、花天酒地的亲身经历,但实际上,他是借对歌楼酒馆生活的叙写,来描摹人世间的世态炎凉。"荣华过可见疏薄,财物广始知亲厚。"这不与曲中所写歌女喜新厌旧、对失意人恩断义绝一样吗? 更有那些无聊小人,在背后摇唇鼓舌,投石下井,欲置人于死地,作者为此发出了深深的感叹。最后,作者笔调一转,发出了"独攻决胜,混战无忧","一管笔在手,敢搦孙吴女兵斗"的豪言壮语,决心单枪匹马,以笔为武器,与黑暗势力一决高低。这使我们看到了"洒然如神仙中人"的曾瑞的另一种情怀:志不屈物、刚直不阿,笑傲于浊世。

(李　静)

睢景臣

睢景臣(大约生活在公元 13 世纪末至 14 世纪初)，字景贤，扬州(今属江苏)人。大德七年(1303)，在杭州与钟嗣成相识。《录鬼簿》称其"心性聪明，酷嗜音律"。他的散曲"气劲趣高"，作品以叙事生动、人物逼真、语言通俗为特色。《太和正音谱》评其散曲"如凤管秋声"。睢景臣著有杂剧三种，均失传。散曲有套数三套，残套数一套。后人辑有《睢景臣词》。

[般涉调·哨遍]高祖还乡

社长排门告示[1]，但有的差使无推故[2]，这差使不寻俗[3]：一壁厢[4]纳草也根[5]，一边又要差夫[6]，索应付[7]。又言是车驾，都说是鸾舆[8]，今日还乡故。王乡老[9]执定瓦台盘，赵忙郎抱着酒葫芦。新刷来的头巾，恰糨来的绸衫[11]，畅好是妆么[12]大户。

[耍孩儿]瞎王留引定火乔男女[13]，胡踢蹬[14]吹笛擂

鼓,见一彪⁽¹⁵⁾人马到庄门,匹头⁽¹⁶⁾里几面旗舒。一面旗白胡阑套住个迎霜兔⁽¹⁷⁾,一面旗红曲连打着个毕月乌⁽¹⁸⁾,一面旗鸡学舞⁽¹⁹⁾,一面旗狗生双翅⁽²⁰⁾,一面旗蛇缠葫芦⁽²¹⁾。

[五煞]红漆了叉,银铮⁽²²⁾了斧,甜瓜苦瓜黄金镀⁽²³⁾。明晃晃马镫枪尖上挑⁽²⁴⁾,白雪雪鹅毛扇上铺⁽²⁵⁾。这几个乔人物⁽²⁶⁾,拿着些不曾见的器仗,穿着些大作怪衣服。

[四煞]辕条上都是马,套顶上不见驴,黄罗伞⁽²⁷⁾柄天生曲。车前八个天曹判⁽²⁸⁾,车后若干递送夫⁽²⁹⁾。更几个多娇女⁽³⁰⁾,一般穿着,一样妆梳。

[三煞]那大汉下的车,众人施礼数。那大汉觑得人如无物。众乡老展脚舒腰拜,那大汉那身⁽³¹⁾着手扶。猛可里⁽³²⁾抬头觑,觑多时认得,险气破我胸脯!

[三煞]你须身姓刘,你妻须姓吕⁽³³⁾,把你两家儿根脚⁽³⁴⁾从头数:你本身做亭长⁽³⁵⁾耽⁽³⁶⁾几盏酒,你丈人教村学读几卷书。曾在俺庄东住,也曾与我喂牛切草,拽坝扶锄⁽³⁷⁾。

[一煞]春采了桑,冬借了俺粟,零支了米麦无重数。换田契强秤了麻三秤,⁽³⁸⁾还酒债偷量了豆几斛⁽³⁹⁾。有甚胡突⁽⁴⁰⁾处?明标着册历⁽⁴¹⁾,见⁽⁴²⁾放着文书。

[尾]少我的钱,差发内旋拨还⁽⁴³⁾,欠我的粟,税粮中私准除⁽⁴⁴⁾。只道刘三⁽⁴⁵⁾,谁肯把你揪捽住⁽⁴⁶⁾?白甚么⁽⁴⁷⁾改了姓更了名,唤做汉高祖。

【注释】(1)社长排门告示:社长,元代农村五十户为一社,社长相当于后来的保长。排门告示,挨门通知。 (2)无推故:不得借故推辞。 (3)不寻俗:不寻常,不一般。 (4)一壁厢:一面,一边。 (5)纳草也根:供给马饲料。也,衬字,无义。 (6)差夫:摊派劳役。 (7)索应付:须认真对待。 (8)车驾、鸾(luán)舆(yú):均指皇帝坐的车,这里代指皇帝。 (9)乡老:

元曲观止

村中的头面人物。 （10）忙郎：乡民的诨名。宋元俗语称牧童为"忙郎"或"忙儿"，这里指童仆。 （11）恰糨来的绸衫：恰，方才、刚才。糨（jiàng），浆洗，米汤浸泡衣服，使之干后硬挺。 （12）畅好是妆么：简直是装模作样。

（13）瞎王留引定火乔男女：瞎，犹言坏、胡来。王留，元曲中习用的好事者的泛名。引定，引着。火，即伙。乔男女，等于说怪模怪样的家伙。 （14）胡踢蹬：胡乱瞎折腾。 （15）一彪（biāo）：一大队。周密《癸辛杂识》别集下"一彪"条云："虏中谓一聚马为彪，或三百匹，或五百匹。" （16）匹头：劈头、当头。 （17）白胡阑套住个迎霜兔：胡阑，即"环"的反切拼音。迎霜兔，即白兔，传说月亮里有一玉兔在捣药。这句意思是说，一面旗上画的是白环里套住一只白兔，实即月旗，也即指仪仗二十八宿旗中的"房宿旗"。

（18）红曲连打着个毕月乌：曲连，即"圈"。毕月乌，即乌鸦，传说日中有三足乌鸦，这句意思是说，一面旗上红圈里画有一只金色的鸟，实际指日旗，也即指仪仗二十八宿旗中的"毕宿旗"。 （19）鸡学舞：凤凰，指凤凰旗。

（20）狗生双翅：飞虎，指飞虎旗。 （21）蛇缠葫芦：指蟠龙戏珠旗。

（22）铮：镀。 （23）甜瓜苦瓜黄金镀：指大小各种形状的金瓜锤。

（24）马鞭枪尖上挑：指朝天鞭。 （25）鹅毛扇上铺：指鹅毛宫扇。 （26）乔人物：怪人物。 （27）黄罗伞：一种叫曲盖的仪仗，曲柄，像伞。此处指皇帝乘舆的车盖。 （28）天曹判：天界的司法判官，这里指随从人员脸无表情、面似泥塑的判官。 （29）递送夫：指宦官，随时准备给皇帝递送东西。

（30）多娇女：指宫女。 （31）那身：挪身。 （32）猛可里：突然间。

（33）你妻须姓吕：须，作本讲。吕，刘邦的妻子吕雉，史称吕后。 （34）根脚：根基，犹今言出身。 （35）亭长：秦朝时十里为一亭，设亭长，分管治安、民事等，刘邦曾做过亭长。 （36）耽：酷爱、嗜好。 （37）拽埧扶锄：泛指干农活。埧，同耙。拽，拉。 （38）换田契强秤了麻三秤：换田契，即重立田约。麻三秤，麻三十斤。乡间以十斤为一秤。这句是说，刘邦当年借别人换田契之计从中勒索。 （39）斛（hú）：量器名，古时十斗为一斛，宋后改五斗为一斛。 （40）胡突：即糊涂。 （41）册历：账本。 （42）见（xiàn）：眼前。 （43）差发内旋拨还：在官差钱里立刻扣除。 （44）私准除：暗地里折价扣除。 （45）刘三：刘邦排行第三，故称刘三。 （46）揪摔住：捉住不放。

（47）白甚么：平白无故为什么。

【今译】（略）

【点评】这篇散套以史实为因由，以一个乡人的口吻，生动地勾勒了皇帝老爷装腔作势的可笑嘴脸，夸张地数说了刘邦的无赖出身和发迹经历，撕下了封建最高统治者的神圣面具。作品构思巧妙，独具匠心，完全从一个乡民的眼中来观察、评价那些庄严、郑重的重大场面，并由此奠定了散套嬉笑怒骂、亦庄亦谐的基调，加之语言形象泼辣，富有生活气息，使之成为元散曲中脍炙人口的佳作。

【集说】维扬诸公，俱作《高祖还乡》套数，惟公［哨遍］制作新奇，皆出其下。（钟嗣成《录鬼簿》）

此套摹写可笑，旨在叹贵贱之无常。……此曲所述，固古今之常态，而人所习焉不察，写而表之，乃发人深省。（刘咸炘《文学述林》）

《高祖还乡》确是奇作。他能够把流氓皇帝刘邦的无赖相，用旁敲侧击的方法曲曲传出。他使刘邦的荣归故乡的故事，从一个村庄人眼里和心底说出。村庄人心直嘴快，直把这个故使威风的大皇帝，弄得啼笑皆非。这虽是游戏作，却嬉笑怒骂，皆成文章了。（郑振铎《中国俗文学史》）

（李　静）

元曲观止

周文质

周文质（12847—1334），字仲彬。其先建德（今属浙江）人，后居杭州，因而家焉。与钟嗣成交往二十余年，元统二年（1334）病卒，年仅中寿。钟嗣成《录鬼簿》中称他体貌清癯，学问广博，资性工巧，文笔新奇，善丹青，能歌舞，明曲调，谐音律，性尚豪侠，好事爱客。著杂剧四种，除《苏武还朝》存残曲二折外，《春风杜韦娘》《孙武子教女兵》《敬新磨戏谏唐庄宗》今皆不存。

散曲存小令四十三首，套数二套。散曲辑入《乐府群玉》中。朱权《太和正音谱》称其词"如平原孤隼"。

[正宫·叨叨令] 悲秋

叮叮当当铁马儿乞留打琅闹[1]，啾啾唧唧促织儿[2]依柔依然[3]叫。滴滴点点细雨儿淅零淅留[4]哨[5]，潇潇洒洒梧叶儿失流疏剌落[6]。睡不着也末哥[7]，睡不着也末哥，孤孤另另单枕上迷飚模登[8]靠。

【注释】(1)铁马儿:悬在屋檐下的风铃,风吹则发出叮当之声。乞留玎琅(láng):风铃摇动所发出的声音。闹:表现秋风劲厉。　(2)促织:蟋蟀的别名。　(3)依柔依然:形容蟋蟀的叫声。　(4)淅零淅留:形容点点滴滴的细雨声。　(5)哨:应为"潲"(shào),指雨点被风吹得斜洒。　(6)潇潇洒洒、失流疏剌:分别形容梧桐叶凋落的样子和声音。　(7)也末哥:元曲中语尾衬词,无义。　(8)迷飚(diū)模登:迷惘困倦的神态。

【今译】

　　屋檐下悬着的风铃儿丁当作响,蟋蟀又在啾啾唧唧不停地叫。秋风裹着细雨点点滴滴,打得梧桐树叶纷纷落飘。我难以入睡呀,我实在睡不着。我是多么孤单凄清,迷迷蒙蒙把枕头倚靠。

【点评】秋风秋雨愁煞人。离群索居的作者,到夜晚,更是一个"愁"字了得。听秋声空际,悲时节摇落,孤枕独倚难眠,愁绪盈怀难遣。这首曲子深切表露了作者的孤情别绪。通篇用双声叠字状物,以一连串象声词拟声,音节铿锵急促,音韵和谐优美,声文并茂。且纯用白描,语言与句法新鲜活泼,生动贴切:"睡不着也末哥"句的复沓,把作者在风声、雨声、蟋蟀声交织的夜晚,缭乱的心境活脱脱地突现了出来,使读者如闻其声,如见其人,如历其境,心潮随之起伏,感慨随之骤生。

【集说】曲中所用的许多象声词和联绵字,都能很好地起着描绘的作用。(隋树森《全元散曲简编·导言》)

　　写来索索有声,文字活跃,真可以当得起"新奇"二字而无愧。(梁乙真《元明散曲小史》)

　　这种愁绪既与秋声的触发紧相关联,又反转回来融入萧瑟的秋声之中,从而使得主观的情与客观的景交合在一起,形成了作者那悲欢莫辨、哀苦难言的"悲秋"情绪。……曲终奏雅,借一"单枕",揭开"睡不着"的谜底,从而使得这首以流畅奔放见长的曲子骤添无限韵味。(霍松林、尚永亮语,引自《元曲鉴赏辞典》)

(束有春)

[不知宫调·时新乐]

千里独行关大王[1]，私下三关杨六郎[2]，张飞忒煞强[3]，诸葛军师赛张良[4]。暗想，这场，张飞莽撞，大闹卧龙冈[5]，大闹卧龙冈。

【注释】(1)关大王：关羽(？—219)，三国蜀汉大将，字云长，河东解县(今山西临猗西南)人。建安五年曹操攻徐州，刘备为曹操所败，投奔袁绍。时关羽守护甘夫人和糜夫人于下邳(故城在今江苏邳州东)，因势单力薄，被迫向曹操投降，享受优厚待遇。当关羽获知刘备在袁绍处时，毅然辞别曹操，千里独行，护送甘、糜二夫人到冀州刘备处。 (2)杨六郎：即杨延昭(958—1014)，北宋名将。本名延朗，号称杨六郎，太原人。年轻时随父杨业出征，常为先锋，后在河北任缘边都巡检使、高阳光(今河北高阳东)副都部署等职。传说他曾私下三次闯关，抵抗辽兵。 (3)张飞：三国蜀汉大将，字翼德，涿郡(今河北涿州)人。东汉末从刘备起兵，与关羽同称"万人敌"。忒煞强：忒(tè)，太。煞(shà)，极，很。 (4)诸葛：指诸葛亮(181—234)，三国蜀汉政治家、军事家。字孔明，琅玡阳都(今山东沂南)人。东汉末，隐居邓县隆中(今湖北襄阳西)，留心世事，被称为"卧龙"。后辅佐刘备，三分天下建立蜀汉政权。张良(？—前186)，汉初大臣，字子房，相传为城父(今河南郏州东)人。楚汉战争期间为汉高祖刘邦的主要谋士。辅佐刘邦打败了项羽。 (5)大闹卧龙冈：刘备三顾茅庐请诸葛亮出山，两次不遇。性格火暴的张飞扬言要用绳将诸葛亮捆来。三顾茅庐时又遇诸葛亮睡觉，张飞大怒，要去放火烧房，被刘备制止。

【今译】

关云长千里独行送义嫂，杨六郎三次私自闯关击辽兵，张飞好胜又逞强，诸葛亮军事才能要赛过张良。将这些英雄们的事儿仔细思量，要数那张飞莽撞，他曾经大闹卧龙冈，他曾经大闹卧龙冈。

【**点评**】寥寥几句,在时间上,纵跨西汉到宋几个朝代,行文不可谓气魄不大。一句一个典故,将历史上的五个英雄人物及其典型事件全盘托出,用词不可谓不精练老到。这里有局部性人物性格、才智方面的对比,如诸葛亮与张良的比较;有总体性的对比,如张良与其他四位英雄的对比。全曲重点放在表现张飞的形象上。对关羽、杨六郎、诸葛亮、张飞四位英雄的描写只是一笔而就,真是惜墨如金;而在塑造张飞形象时,既指出了他"忒煞强"的性格,又列举了他"大闹卧龙冈"的典型事件,有血有肉,真可谓泼墨如水。至今读来,全曲仍有赫赫生气。

(束有春)

元曲观止

赵禹圭

赵禹圭,生卒年不详。汴梁(今河南开封)人。元至顺年间,官镇江府判。所著杂剧《何郎傅粉》《金钗剪烛》二种,今皆不存。《全元散曲》录小令七首。《太和正间谱》称其曲"如秋水芙蕖"。

[双调·蟾宫曲]题金山寺⁽¹⁾

长江浩浩西来,水面云山,山上楼台。山水相辉,楼台相映,天与安排。诗句就云山动色,酒杯倾天地忘怀。醉眼睁开,遥望蓬莱⁽²⁾:一半儿云遮,一半儿烟霾⁽³⁾。

【注释】(1)金山寺:在长江下游江水中间,地处今江苏镇江境内,因其坐落在金山上,故名。 (2)蓬莱:神话中渤海里仙人居住的山,与方丈、瀛洲合称三神山。 (3)霾(mái):大气混浊呈浅蓝色或微黄色的天气现象,系由大气中悬浮的细微烟、尘或盐粒所致。

【今译】

长江水浩浩荡荡由西向东,江水、青山连着那朵朵白云,那山上还有许多楼台。山与水交相辉映,座座楼台遥遥相对,天工巧安排!挥笔成诗句,仿佛那云和山也为之动容;举杯邀天请地,纵情忘怀。我睁开蒙眬的醉眼,仿佛看到了遥远东方的仙山蓬莱。只见它似一半儿被云遮盖,又似一半儿披上了烟霾。

【点评】这是一首写景状物的曲子。与一般同类题材不同的是,全曲在动态中完成了对大自然美好风光的赞美。当作者乘舟东下,望见一座奇山坐落江中,犹如进入人间仙境。他没有孤立地去就山写山,就寺写寺,而是抓住山在水中、寺在山上、云在天际这些典型景物进行大肆渲染,使读者有身临其境之感。面对这鬼斧神工般人间罕至景象,作者不禁豪兴大发,饮酒赋诗,对景抒怀。"诗句就云山动色,酒杯倾天地忘怀",用狂态表现了自己陶醉在大自然怀抱中的豪情。他举杯痛饮,乘兴赋诗,一篇吟就,仿佛风云烟霞和山水也为之动情。当他从饮中睁开蒙眬的醉眼,回视那渐离渐远的云山水色和亭台楼阁,仿佛已在烟云中隐约浮动。那景致,酷似传说中虚无缥缈的蓬莱仙境。整个画面由近到远,由清晰到朦胧,给人以无限回味和遐想的余地。

【集说】一半儿调,末句中一半儿云云,已成定格,且末字必叶上声,叶平叶去皆非。(任讷《曲谱》)。

（束有春）

227

元曲观止

乔 吉

乔吉(1280—1345),字梦符,号笙鹤翁,又号惺惺道人,山西太原人,流寓杭州。他博学多能,著有杂剧十一种,今存《两世姻缘》《扬州梦》《金钱记》三种。散曲尤为著名,元明间辑有《惺惺道人乐府》《文湖州集词》《乔梦符小令》三种。《全元散曲》收小令二0九首,套数十一套,是仅次于张可久的多产作家。乔吉一生潦倒,流落江湖,寄情诗酒,故散曲多啸傲山水,风格以清丽见长,既质朴通俗,又兼重典雅,与张可久齐名。

[正宫·绿幺遍]自述

不占龙头选⁽¹⁾,不入名贤传⁽²⁾。时时酒圣⁽³⁾,处处诗禅⁽⁴⁾。烟霞状元⁽⁵⁾,江湖醉仙。笑谈便是编修院⁽⁶⁾。留连,批风抹月四十年⁽⁷⁾。

【注释】(1)龙头:状元之别称。宋代王禹偁《寄状元孙学士何》诗:"唯爱君家棣华榜,登科记上并龙头。" (2)名贤传:旧日方志,例有"名贤""乡贤"之目。 (3)酒圣:酒之清者为圣,浊者为贤。 (4)诗禅:借诗谈禅。

禅,指佛教教义,哲理。这里指吟诗、作诗。　　(5)烟霞:指山水、自然。(6)编修院:即翰林院。　　(7)批风抹月:旧日词曲多以风花雪月为题材,故称填词作曲为"批风抹月"。

【今译】

　　生前,不去应科举的考选,死后,不愿进名贤的列传。时时饮酒,处处诗篇。是寄情山水的状元,做浪迹江湖的醉仙!笑笑谈谈,赛过编修院。值得流连,那吟风弄月的四十年。

【点评】这是晚年的自述,是对自己一生所走过的道路的回顾与小结,可作乔吉小传读。起首开门见山,连用两个否定句"不占龙头选,不入名贤传",表示自己与生前死后虚名的决绝态度。接着连用五个排比句,说明自己的志趣所在,即饮酒作诗,登山临水,而"笑谈便是编修院"一语,更一笔抹倒当日所谓翰苑名公,与张可久之《为酸斋解嘲》"文章懒入编修院",有异曲同工之妙,可见其狂放与自傲!结尾二句,对自己以往"批风抹月"的四十年经历,再次做了充分的肯定。乔吉散曲,向以清丽见长,这首小令却豪放之至,于此可见名家之作,往往是不拘一格的。

【集说】这是貌为旷达而实牢骚的说法。(郑振铎《中国俗文学史·元代的散曲》)

(宁希元　胡　颖)

[中吕·满庭芳]渔父词

　　携鱼换酒,鱼鲜可口,酒热扶头⁽¹⁾。盘中不是鲸鲵肉⁽²⁾,鲟鲊⁽³⁾初熟。太湖水光摇酒瓯⁽⁴⁾,洞庭山影落渔舟。归来后,一竿钓钩,不挂古今愁。

【注释】(1)酒热扶头:酒热使人易醉。扶头,指醉后状态。李清照词:"险韵诗成,扶头酒醒,别是闲滋味。"　　(2)盘中不是鲸鲵肉,意思是说没有

为朝廷做帮凶。鲸鲵:生活在水中的大型哺乳动物,雄的叫鲸,雌的叫鲵,封建文人习惯用来比喻叛逆人物。 (3)鲟鲊(xún zhǎ):鲟,鲟鱼。鲊,一种用盐和红曲腌的鱼。 (4)酒瓯:酒杯。瓯,瓦器。

【今译】

带着鱼儿去换酒,鱼鲜味美很可口,酒酣耳热人易醉。盘中不是鲸鲵肉,鲟鲊刚刚煮熟。太湖的波涛,摇荡着酒杯,洞庭湖岸的山影,落入了渔舟。钓罢归来后,一竿钓钩高悬起,不挂古今愁。

【点评】作者的二十首《渔父词》都是借渔父的生活表现自己对功名富贵的厌弃和对恬静安舒的渔家生活的向往。这首曲描写渔人打鱼换酒,烹鱼饮酒的生活以及陶醉于湖光山色之中的闲情逸致。"盘中不是鲸鲵肉"一句既是实写,又是虚指,表明了自己不愿与统治阶级为伍的心态。"太湖水光摇酒瓯"两句,对仗工整,描写景色自然贴切。诗讲"诗眼",曲也应当如此。"一竿钓钩,不挂古今愁"可看作是这首曲的"眼睛",描写了他逍遥自在的生活,表现了他旷达豪放的胸襟,又寄托着作者的人生理想。此句意新语工,气势豪迈。全曲由此打住,余味无穷。

【集说】这是原曲的第十七首,写一面喝酒吃鱼,一面欣赏湖光山色;傍晚无忧无虑的归来。"盘中"句透露出对统治阶级的不满。(王起主编《元明清散曲选》)

"盘中不是鲸鲵肉"既是曲中的警句,造语也很工巧。(王季思等《元散曲选注》)

(史小军)

[中吕·满庭芳]渔父词

轻鸥数点⁽¹⁾,寒蒲猎猎⁽²⁾,秋水厌厌⁽³⁾。五湖⁽⁴⁾烟景⁽⁵⁾由人占,有甚妨嫌。是非海⁽⁶⁾天惊地险,水云乡⁽⁷⁾浪静风恬。村醪酽⁽⁸⁾,歌声冉冉⁽⁹⁾,明月在山尖。

【注释】(1)点:言其少也,小也。 (2)猎猎:象声词,通常用来指风声。(3)厌厌:同"恹恹",安静貌。 (4)五湖:太湖及其流域内的湖泊。(5)烟景:烟水茫茫的景象。 (6)是非海:即宦海。比喻官吏争名夺利的场所。 (7)水云乡:喻隐者(渔父)所居之地。 (8)醪醙(láo yàn):醪,浊酒。醙,汁液浓,味厚曰醙。 (9)冉冉:慢慢地,此处指歌声悠扬。

【今译】

　　几只鸥鸟在湖面上轻轻掠过,丛丛蒲草在寒风中猎猎作响,深秋时节的湖水,呈现出一副风平浪静的景象。水烟茫茫的太湖风景,由人尽情地欣赏,没有丝毫的妨碍。宦海风险浪恶,惊天动地。水乡风波不起,安宁舒适。饮着乡村色深味美的醇酒,哼着渔家悠扬婉转的小调,瞧,一轮明月悄悄地爬上了山尖。

【点评】乔吉共写有二十首渔父词,这首写他们从太湖钓罢归来时的秋夜景色。开首三句从鸥鸟、蒲草、湖水着笔,描摹了一幅壮阔优美的太湖秋景图。这美好的自然风光令读者神往,也令作者陶醉,他自己早已同这幅美妙的图景融为一体了。我们读完此曲,好像看见一只小渔船在湖面上漂荡,几只鸥鸟在远处飞来飞去,作者同友人正坐在船舱中谈笑风生,一阵阵酒香扑鼻而来,悠扬的歌声在夜空中回荡,月亮好像也忍不住从山顶上探出头来想看个究竟……这首散曲如同唐人诗词一样,写景清新活泼,生动如画。值得注意的是这首曲又不仅仅停留在写景上,而是更深一层地表达作者的思想。"五湖烟景由人占,有甚妨嫌",既表现了他旷达的胸怀,又透露出了他穷困潦倒的身世。"是非海天惊地险"两句,即景生情,对仗工整、自然,如信手拈来一般,鲜明地表达了作者对尔虞我诈的封建官场的厌恶,对安闲恬静的渔家生活的向往,点出了这首曲子的主旨。

【集说】乔吉把渔家的江上秋夜,写得如诗如画,恬然畅适,赏心悦目。(《元曲鉴赏辞典》艾治平语,中国妇女出版社)

(史小军)

231

元曲观止

[中吕·山坡羊]寓兴

鹏抟九万⁽¹⁾，腰缠十万，扬州鹤背骑来惯⁽²⁾。事间关⁽³⁾，景阑珊⁽⁴⁾，黄金不富英雄汉。一片世情天地间。白，也是眼；青，也是眼⁽⁵⁾。

【注释】(1)鹏抟九万：喻远大的前途。《庄子·逍遥游》："鹏之徙于南溟也，水击三千里，抟扶摇而上者九万里。" (2)"腰缠十万"二句：喻幻想中的巨富。《说郛》载《商芸小说》："有客相从，各言所志：或愿为扬州刺史，或愿多资财，或愿骑鹤上升，其一人曰：'腰缠十万贯，骑鹤下扬州。'欲兼三者。" (3)事间关：喻世路曲折，事情不顺利。 (4)景阑珊：前景暗淡。阑珊，衰落。 (5)"白，也是眼"二句：《晋书·阮籍传》："籍又能为青白眼。见礼俗之士，以白眼对之。"青眼，即眼睛正视，表示对人的尊重或喜爱；白眼，眼睛向上，表示对人的轻蔑或憎恶。

【今译】

鲲鹏展翅九万里，腰缠铜钱十万贯，骑着仙鹤下扬州。世道艰难，前景暗淡，自古英雄尽贫贱。一片世情天地间。白眼是眼，青眼也是眼。

【点评】这首曲反映了封建社会的世态炎凉和人情冷暖，表现了作者贫贱不移的高洁志向。开首三句连用三个典故，讽刺了那些既贪图功名、富贵，又幻想升仙得道的势利小人。"事间关，景阑珊"两句，作者对自己过去穷困潦倒的生活和未来暗淡的前景做了一番回顾与展望，从而发出了"自古英雄尽贫贱"的感叹。末两句以阮籍能为青白眼的故事，巧妙地刻画了势利眼的形象，表达了他对这种势利小人的鄙视与厌恶。虽贫穷而又能傲然屹立于天地之间，这才是真正的英雄，这才是作者所推崇并积极效法的人物，读之令人精神为之振奋。此曲连用四个典故而又丝毫不觉得生硬，读来琅琅上口，足见作者的艺术功底之深厚。

【集说】一黄一青一白三字，便罗尽一切世情人欲。（任讷《曲谐》）

"白眼是眼；青眼也是眼。"实际是替势利眼人物画了相。（王季思等《元散曲选注》）

（史小军）

[中吕·山坡羊]冬日写怀

朝三暮四，昨非今是，痴儿不解荣枯事。儹家私⁽¹⁾，宠花枝⁽²⁾，黄金壮起荒淫志，千百锭买张招状纸⁽³⁾。身，已至此；心，犹未死。

【注释】(1)儹：同"攒"，积聚。　(2)花枝：代指美貌之女色。　(3)锭：旧时计算金银的单位，每锭重十两或五两。招状纸，犯人供认罪状的文书。

【今译】

朝三暮四变幻奇，昨非今是无定词。痴儿不识人间戏，盛衰荣枯转眼事。贪财攒家私，纵情爱花枝，黄金耀眼花，壮起荒淫志。费尽千百锭，买张招状纸。身儿已到此，心儿还不死。

【点评】《冬日写怀》共三首，此为其中之一。所谓"写怀"，表达的是作者对世情冷暖、人心变异的一种深刻体验和透底观照；而"冬日"的时令，正好暗喻着作者冷眼看世界的超然立场和冷峻态度，因而对世情的解剖入木三分。对"痴儿"的描画，其目的在于揭示"欲望"的"荒诞性"和"虚无性"，所以潜藏在字里行间的是与"痴"相对的"醒"。醒者，"省"也。正因为不省世事，不解荣枯，一味贪财好色，到头来，终弄得个坎坷情状。真可谓"枉费了意悬悬半世心，好一似荡悠悠三更梦"。但是痴儿却依然梦中未醒。通篇是对贪财好色者的警世之言，也是一种佛道哲理的形象阐发。

【集说】《冬日写怀》三曲写得最为沉痛。"黄金壮起荒淫志"这话骂尽了世人。而他自己是"世情别，故交绝，床头金尽谁行借？"甚至于弄到了要

元曲观止

"千百锭买张招状纸"。可是,"身已至此,心犹未死",其志实可哀已!⋯⋯这和大人先生们的谈高隐,说休居闲适是大为不同的。他具有真实的愤慨,而他们不过人云亦云地自鸣高洁而已。(郑振铎《中国俗文学史》)

这是对纨绔子弟的当头棒喝。(王季思等《元散曲选注》)

(冯文楼)

[中吕·山坡羊]自警

清风闲坐,白云高卧,面皮不受时人唾。乐跎跎[(1)],笑呵呵,看别人搭套项推沉磨[(2)],盖下一枚安乐窝[(3)],东,也在我;西,也在我。

【注释】(1)乐跎跎:乐陶陶。 (2)搭套项推沉磨:指给牲畜搭上套项让它推沉重的磨子。比喻人被束缚,多负荷,生活不自由。 (3)一枚:一个。

【今译】

在清风明月中闲坐,在白云仙乡里高卧,脸皮不受世人的指唾。乐陶陶,笑呵呵,看别人像牛马一样被搭上套项推沉磨,我自己盖上一个安乐窝,想往东,也由我;想往西,也由我。

【点评】这是一支咏志小曲。作者对当时沉重压抑的现实生活甚是不满,故而陶醉于"清风闲坐,白云高卧"的超俗生活,以"面皮不受时人唾"而自慰。他看到别人或为权势,或为名利,像牛马一样被搭上"套项"推着"沉磨",觉得是多么的可怜、可悲,所以只希望自己能"盖下一枚安乐窝",随意东西,自由自在地生活。此曲直抒胸臆,不假雕饰,意趣潇洒,风骨清朗,语言流转通俗,生动活泼,音韵铿锵入耳,读之令人悠悠脩然。

【集说】在他的小令里,有不少篇的《自述》《自叙》,可略窥见其生平抱负。⋯⋯他又有《自警》《自适》二作,也都是自己宽慰的东西。⋯⋯同样的

情绪,在他的许多小令里,随处都表现出来。(郑振铎《中国俗文学史》)

(刘生良)

[中吕·朝天子]小娃琵琶

暖烘,醉容,逼匝的芳心动。雏莺声在小帘栊⁽¹⁾,唤醒花前梦。指甲纤柔,眉儿轻纵,和相思曲未终。玉葱⁽²⁾,翠峰⁽³⁾,娇怯煞琵琶重。

【注释】(1)帘:竹门帘。栊:窗上格木,窗户。南朝宋谢惠连《七月七日夜咏牛女诗》:"落日隐檐楹,升月照帘栊。" (2)玉葱:喻美人手指。元杜仁杰《集贤宾·七夕》套曲:"玉葱纤细,粉腮娇腻。" (3)翠峰:青绿色弯眉。于伯渊《仙吕·点绛唇》套数:"露春纤玉葱,扫眉尖翠峰。"

【今译】

暖气烘烘,酒醉颜红,催攒着芳心儿动。雏莺般歌声响在小帘栊,声声唤醒花前月下梦。指甲儿纤纤嫩柔,眉毛儿轻轻扬纵,伴和着一曲相思还未终。手指儿如玉葱,翠眉儿耸似峰,娇小含羞呵,更显得琵琶格外重。

【点评】这是一支描绘琵琶少女的小曲。全曲从境、声、情、貌等多维角度,描绘出琵琶小娃的美韵。开篇三句是情境氛围的渲染,"逼匝"出一颗怦然而动的"芳心"来。中间五句是弹奏琵琶的具体描写,在声美、情美中,衬托出"犹抱琵琶半遮面"的人之美。曲词含蓄,意味深远,声态并作,情貌两兼。结句通过琵琶女的手指、弯眉,点染出她不胜娇怯的情态,紧扣题目,回应全篇。

【集说】蕴藉包含,风流调笑,种种出奇,而不失之怪;多多益善,而不失之烦;句句用俗,而不失其为文。(李开先《乔梦符小令序》)

(李培坤 李建军)

235

元曲观止

［越调·小桃红］效联珠格 (1)

落花飞絮隔朱帘,帘静重门掩。掩镜羞看脸儿娈 (2),娈眉尖。眉尖指屈将归期念。念他抛闪 (3),闪咱少欠 (4)。欠 (5) 你病厌厌 (6)。

【注释】(1)联珠格:一种修辞形式,既上句末一字与下句第一字相同,字字相连,句句押韵。 (2)娈(qián):美貌。 (3)抛闪:元散曲、杂剧中常用俗语,抛下、撇下之意。 (4)少欠:少短,欠缺。 (5)欠:痴呆。因惦念而发痴。 (6)厌厌:同"恹恹",萎靡不振的样子。

【今译】
落花飘零飞絮蒙蒙相隔一帘栊,朱帘未卷庭院幽静深掩门几重。掩上菱镜羞照玉容,照便忧思浓。锁双眉屈指算归期切切念,念情郎抛下咱不能常相见。见不着痴心只落得病恹恹。

【点评】此曲写春日闺情。开篇以景带起,通过动与静的对比描写,渲染出暮春时节深闺大院的环境:落花纷然,飞絮迷蒙,春将去也;隔帘相望,悄然无声,何其寂寞。一个"隔"字一个"掩"字,十足刻画出女子的深居与索寞。而整个前两句的写景,实则包孕着情感的潜流:落花的惨淡,飞絮的飘忽,加之寂静的庭院,怎能不使幽居落寞的主人不对景生情,黯然神伤? 因而,接下来的句子就很自然地由外部环境的描写过渡为人物行为及心理的剖陈:"掩镜休看"实际上是已经看了的结果,是因为镜中美丽的面庞愈发触动了女子的内心,所以这"羞看"就有娇羞,有伤感,有无奈,写得复杂而细腻。曲子至此已有一转,接下来又是一折,由女子的自怜自惜转写她对情人的思念与盼归:屈指计日,情深意长;在感情的表达上又深进了一步。然而,曲作者并未滞留于此,而是宕开作结,笔锋倏忽一转,引出女子对情人抛下自个儿出行的怨艾心情和她颓然的精神状态,真是一波三折,曲尽其妙。

此曲在语言上运用"联珠格"(即顶真格)的修辞手法,更使得它别具一种珠滚玉落、跳荡和谐的美感。

【集说】乔梦符之词,如神鳌鼓浪。若天吴跨神鳌,嘍沫于大洋,波涛汹涌,截断众流之势。(朱权《太和正音谱》)

(赵　岩)

[越调·天净沙] 即事

莺莺燕燕春春[1],花花柳柳真真[2],事事风风韵韵[3],
娇娇嫩嫩,停停当当[4]人人。

【注释】(1)莺莺:黄莺鸣叫。燕燕:燕子啁啾。春春:竞相绘春。(2)花花:百花盛开。柳柳:碧柳翠绿。真真:指自己与意中人重逢,并非如《即事》之三所说"薄倖虽来梦中,争如无梦",不是梦中相会,而是实实在在、千真万确,亲见意中情人。(3)风风:风度翩翩。韵韵:气韵不凡。(4)停停当当:即停当,适度。亦即宋玉《登徒子好色赋》所谓"增之一分则太长,减之一分则太短。著粉则太白,施朱则太赤"。

【今译】
燕燕轻舒歌喉呵,莺莺百啭妙音,竞相描绘这阳春三月呵,三月阳春。百花争艳呵万紫千红,碧柳翠绿呵千丝万根,并非梦中相会呵,千真万真。你那翩翩风度呵,你那袅娜神韵,事事处处,称心呵称心。那细嫩面容呵,那娇袭一身,停停当当,匀匀称称,恰恰正是可心之人呵可心之人!

【点评】乔吉擅写情曲。《即事》四首,即属此类。前三首抒写与情人惜别之愁,别思之苦,此首写再度重逢之喜。作者由景入笔,先勾画一幅莺歌燕舞、百花竞艳、碧柳笼翠的阳春画图,使人沉醉春色之美,愈发思念别后情人。"真真"二字,由景转人。以真实相见之喜,蕴含梦中幸会之虚,足见情真意切,使喜悦之情更加浓重。于是愈觉眼中情人称心如意。因而分写其风韵娇美,总括以"停停当当",便是顺情入理之笔,亦使情人形象宛然目前,

237

元曲观止

再指出她非别个,正是意中之人,自是点睛妙曲。短短小令,前半写景,已含见春之喜;后半写人,重在表现喜悦之情,寓情于境,情景交融。而整篇突出特点,尤在叠字连用,显得词语警炼含蕴,读来音韵和谐流美,虽然不如李易安《声声慢》那般毫无斧凿之痕,但若评之为"丑态百出",亦未免失之公允。

【集说】按梦符又有《天净沙》词云:"莺莺燕燕……停停当当人人。"此等句亦从李易安"寻寻觅觅"得来。(《词苑丛谈》卷八)

李易安词"寻寻觅觅,冷冷清清,凄凄惨惨戚戚"。乔梦符效之,作《天净沙》词……叠字又增其半,然不若李之自然妥帖。大抵前人杰出之作,后人学之,鲜有能并美者。(《冷庐杂识》卷五)

"寻寻觅觅,冷冷清清,凄凄惨惨戚戚"。易安隽句也。(并非高调)"莺莺燕燕春春,花花柳柳真真,事事风风韵韵,娇娇嫩嫩(四字尤不堪),停停当当人人"。乔梦符效之,丑态百出矣。然如双卿《凤凰台上忆吹箫》一阕,叠至四十五字,而运以变化,不见痕迹。长袖善舞,谁谓今人不逮古人。(清陈廷焯《白雨斋词话》卷七)

(徐振贵　王宪昭)

[越调·凭阑人]金陵道中(1)

瘦马驮诗天一涯(2),倦鸟呼愁村数家(3)。扑头飞柳花,与人添鬓华(4)。

【注释】(1)金陵:今江苏省南京市。(2)瘦马驮诗:用唐代诗人李贺苦吟的典故。据传,李贺常骑跛驴背一个破锦囊,遇有所得,即书投囊中,晚上再组成诗章。天一涯:即天一边。(3)倦鸟呼愁:听到飞鸟疲倦的叫声引起忧愁。数家:几处。(4)扑头:正面冲来。鬓华:鬓角的白发。

【今译】
夕阳徐徐西下,余晖映照着一匹瘦羸的老马,负着诗囊,驮着疲惫的诗人浪迹在天涯。暮归的飞鸟疲倦的叫声使人愁煞,走过了一庄又一村,何处是我家？扑面飘来片片无情的柳花，又故意给人增添白发。

【点评】这是一首咏物写怀之作。作者将去金陵途中的耳闻目睹随意写来，天然成趣，意境深刻。首句"瘦马驮诗"未写诗人，却潜在的漂泊天涯的潦倒诗人形象全出；末句"柳花添鬓华"，柳花无意，诗人有情，无限感慨蕴于诗底。一个"添"字，看似随意，却极贴切，耐人寻味。全曲清新紧凑，颇有婉约词小令的韵味。

【集说】尖新可爱。（郑振铎《中国俗文学史》）

把景物拟人化的结果，使作品显得纸短情长。（王起《元明清散曲选》）

通俗中有清新，平淡中有奇警。（《元曲鉴赏辞典》何西虹语，中国妇女出版社）

（兰拉成）

［越调·凭阑人］香篆⁽¹⁾

一点雕盘萤度秋⁽²⁾，半缕宫奁云弄愁⁽³⁾。情缘不到头，寸心灰未休。

【注释】(1)香篆：像篆文那样盘曲成型的香。　(2)雕盘：雕镂的香盘。(3)宫奁：梳妆匣，镜匣。

【今译】

雕盘上一点香火如秋夜流萤一般，镜匣旁半缕云烟撩起我愁思万端。情缘香火烧不到头，寸寸灰心便没有完。

【点评】这是一支咏物抒情小令。首句把雕盘上燃烧着的篆形香火比作秋夜里的流萤，既是点题，又是巧譬；次句言缕缕飘漾的香烟逗起主人公的情思愁绪，触物生想，兴会悠然，于是便脱口吟出下面两句以情附物的妙语："情缘不到头，寸心灰未休"。"情缘"既是情感缘分之意，又与香火缘着篆形

烧去相关；香没有烧到头，一寸一寸的灰节自然未完，那么情缘未了，灰心失意也在所难免。此曲篇幅短小，然构思精妙，运用双关寄兴手法将咏物、抒情融为一体，格调轻婉雅怨，含蓄隽永，迭以句法奇峭拗折，工整凝练，不失为小巧玲珑之珍品。人谓"梦符于咏物题赠，都一味鲜艳，是其骈才显处"（任讷《曲谐》）。于此即可见一斑。

【集说】状物与写情寄意融合为一，寥寥四句，可见作者构思的独特，用笔的工巧。（龙潜庵《元人散曲选》）

（刘生良）

［双调·折桂令］咏红蕉

红蕉分种天涯，换叶移根，灌水壅沙⁽¹⁾。娇耐秋风，清宜夜雨，艳若春华。翠袖捧银台绛蜡，绿云封玉灶丹霞。富贵人家，妆点湖山，喫喜窗纱⁽²⁾。

【注释】(1)壅（yōng）：用泥土或肥料培育植物的根部。这里指为红蕉培土。　(2)喫（chī）：吃的异体字。此处指笑的动态。

【今译】
红蕉红蕉易于种植，不论内陆还是天涯，即便移根动了枝叶，栽起来也只需灌些水培好泥沙。娇姿不怕秋风摇动，清体适宜夜雨滋润，艳丽如同春日之花，宛若翠衣少女捧出银台安上柱柱红蜡，又似绿云笼罩起玉灶上片片丹霞。有谁知道它的身价？只被富豪人家用于装点湖山景致，掩映着窗纱后笑声吃吃、闹语喧哗。

【点评】这是一首咏物感怀的曲子。歌咏红蕉既明艳照人，又不苛求生活条件的美好品质，也感叹其沦为富豪人家装点湖山之物的伤悲，情绪明朗而又丰富。首三句总写红蕉不择时、地，不苛求自然、流露出诗人由衷的赞赏之情。接下来的三句，更着意于绘其娇嫩鲜艳，深入一个层次；然后运用颜色重复的方法,以"翠袖"与"绿云""银台"与"玉灶""绛蜡"与"丹霞"依次对仗,加重红蕉银叶绿枝的外在特征,给读者留下鲜明深刻的印象。末三句笔势转而抒写诗人委婉的感伤。结合作者的经历,我们可以认为曲中所咏的红蕉是诗人的自况,末尾几句也是对自己浪迹江湖生活的无可奈何的感慨。全曲语言保持了元散曲质朴通俗的本色,同时又注重典雅,尤其"翠袖"和"绿云"领起的两句,想象奇特丰富,成为吟诵红蕉的佳句。

【集说】李开先评乔吉"句句用俗,而不失之文",对这类作品恰是极中肯的评价。梦符散曲在语言上最显著的特征,便是将"文"与"俗"融合在一起。(李昌集《中国古代散曲史》)

(赵庆元　张晓春)

［双调·折桂令］客窗清明

风风雨雨梨花,窄索帘栊[(1)],巧小窗纱。甚情绪灯前,客怀枕畔,心事天涯。三千丈清愁鬓发[(2)],五十年春梦繁华。蓦见人家,杨柳分烟,扶上檐牙。

【注释】(1)窄索:狭小逼仄。"窄索帘栊"意指客室狭小,与下句"巧小窗纱"相对。　(2)三千丈清愁鬓发:化用李白《秋浦歌》中"白发三千丈,缘愁似个长"句,用以说明因愁而白发生,表现愁思的深悠绵长。

【今译】

风吹雨打凋落满树梨花,离群索居何等孤独,相伴着的唯有那窄窄帘栊,小小窗纱。孤人孤灯又孤枕,心事浩渺客思连接天涯。悠长的愁思催出满头白发,五十年哪堪回首,唯在梦中才见繁华。蓦然凝视窗外人家,绿杨翠柳袅袅如雾似烟,春风吹起那嫩叶新枝,飘动在屋檐之上。

【点评】这首小令着重抒写漂泊者孤独失意的情怀。前三句通过"风雨梨花"景、"客居异乡"境,表达曲中人的孤独境况。中三句紧承前文,由表及

元曲观止

里,直抒"孤独失意"情。以"甚"字总领,加重感叹语气和感伤情怀,成功地勾勒出孤灯前对孤枕叹孤身的游子形象。接下来采用对仗句式和夸张手法,写愁思深长,别含功名虚幻之意。末尾表面写绿杨袅袅,翠柳依依,春意盎然,一派生机,实际上是借之反衬漂泊游子的孤独和哀愁,把其痛苦情绪推向更深的层次。

【集说】本曲表现的是一位客居在外的游子的孤独感与失意情怀,亦可看成是作者漂泊生活与心境的写照。从"五十年春梦繁华"一句推测,此曲约写于作者五十岁左右。(《元曲鉴赏辞典》刘文忠语,上海辞书出版社)

(赵庆元　张晓春)

［双调·折桂令］荆溪即事[1]

问荆溪溪上人家,为甚人家,不种梅花? 老树支门[2],荒蒲绕岸[3],苦竹圈笆[4]。寺无僧狐狸漾瓦[5],官无事乌鼠当衙[6]。白水黄沙,倚遍栏干,数尽啼鸦。

【注释】(1)荆溪:溪名,在今江苏省宜兴。　(2)支门:当作门。(3)蒲:多年水生植物的一种。　(4)圈笆:围成屋外的篱笆。(5)漾(yàng)瓦:摔掷瓦片玩耍。这句主要写庙里和尚逃走后的荒凉景象。(6)当衙:坐衙门理事。

【今译】
问荆溪岸上的人家,是什么人家,为甚不种梅花? 干枯树枝当门丫,漫天蒲草在堤岸上四处乱爬,苦竹枝枝丫丫围成篱笆。荒村野庙里已没有和尚,狐狸抛着瓦片玩耍。民贫官无事,乌鼠窜来窜去成了主人坐守官衙。荆溪、荆溪,唯见白色的溪水,漫漫的黄沙。我倚遍栏杆,一一数着哀鸣的寒鸦。

【点评】即事,就是以当前的事物为题材的诗。这是一首纪实之作,作者不事雕饰,以白描手法记述了自己在荆溪目睹的事实。以荆溪的荒凉、粗朴及原始构建了一个恬静、沉寂的艺术世界。漂泊多年的作者在此让疲倦的心灵才得以休憩。因此流连忘返,"倚遍栏杆,数尽啼鸦",感叹不已,表现了作者追求宁静的情趣。

【集说】此曲写景色之荒凉,实有指桑骂槐之意;宣泄作者对现实的不满。(朱东润主编《中国历代文学作品选》)

把溪上人家的穷困跟地方政治腐朽联系起来看。在元人散曲里,这样讽刺地方官吏的作品是很少的。(王起《元明清散曲选》)

《荆溪即事》描写了一个世外桃源。(萧善因选注《元散曲一百首》)

(兰拉成)

[双调·清江引]有感

相思瘦因人间阻⁽¹⁾,只隔墙儿住。笔尖和露珠⁽²⁾,花瓣题诗句,倩衔泥燕儿将过去⁽³⁾。

【注释】(1)间阻:从中阻挠。　(2)笔尖和露珠:笔尖蘸着露水珠儿。(3)倩:请。将:带、传。

【今译】

相思无尽人憔悴,是因为父母的阻隔,其实只隔着墙儿住。笔尖儿饱蘸清露珠,摘瓣花儿写出心里的秘密诗句,衔泥的燕儿呵,请你为我带过墙去。

【点评】文贵奇巧。能奇不能巧,不妙;能巧不能奇,不绝,奇且巧方贵。此曲构思可谓奇巧兼备。在封建社会,恋人相邻而居,却无缘相会,这是常见之事。而主人公"笔尖和露珠,花瓣题诗句"欲请春燕带给情人,可谓奇思妙想。清露晶莹透亮,可表少女纯洁之心;花瓣清香艳丽,可表少女温馨之情;春燕成偶双栖,可表少女美好之愿。意象贴切完美,可谓巧夺天工。奇巧成文,如露珠、如花瓣、如春燕,不俗不艳,清新可爱,令人玩味不已。

243

元曲观止

【集说】言简意赅，想象丰富，以平白浅近的语言写出了浓郁的诗情画意。(《元曲鉴赏辞典》石绍勋语，中国妇女出版社)

（兰拉成）

[双调·清江引]即景

垂杨翠丝千万缕，惹住闲情绪(1)。和泪送春归，倩(2)水将愁去(3)。是溪边落红昨夜雨。

【注释】(1)闲情绪：即闲愁，春愁。　(2)倩(qiàn)：请人代替自己做。(3)将愁去：把愁带走。将(jiāng)，带领。

【今译】

杨柳低垂，柔条翠丝千万缕，在春风中飘来飘去，牵扯住了我惜春的愁绪。含着泪水送春天归去，让流水将我的愁也带走。昨夜的那场雨来得真及时，使溪边的鲜花纷纷落地。落花载着我的愁，伴随着溪水，默默地向远处漂去。

【点评】这首小令抒写作者的伤春之情，清新淡雅，活泼自然，有如唐宋诗词，令人玩索不已。伤春惜春之作，前人的名篇很多，作者的高妙之处就在于仅仅用三十个字就给我们描摹了杨柳、春愁、泪水、溪流、落红、夜雨等诸多意象，构成了一幅暮春时节的自然图景，其中也涌动着作者情感的激流。虽是写愁，却毫无凝重之感，反觉清空淡远，我们不能不叹服作者的艺术功力。

【集说】写暮春景物和惜春心事，情致缪绵，措辞婉约，绝似宋人小词。(王季思等《元散曲选注》)

（史小军）

[双调·水仙子]若川秋夕闻砧⁽¹⁾

谁家练杵动秋庭⁽²⁾？那岸窗纱闪夜灯。异乡丝鬓明朝镜，又多添几处星⁽³⁾！露华零梧叶无声。金谷园⁽⁴⁾中梦，玉门关外情⁽⁵⁾，凉月三更。

【注释】(1)若川：不详何处。闻砧：听到了捣衣声。(2)练杵动秋庭：古代妇女把布帛放置砧上，用杵(chǔ)捶击，捣后便于制衣。秋天正是备寒衣时节，千家万户的捣衣声划破了秋天的夜空。(3)星：指细小零碎的白发。(4)金谷园：金谷，古地名，在今河南省洛阳东北，晋石崇筑园于此，世称金谷园。作者在此以"金谷园"与"玉门关"相对，意指中原大地，即故乡。"金谷园中梦"一句是说家乡的亲人正做着与自己团聚的梦。(5)玉门关外情：本指妻子对远戍玉门关外的丈夫的思念之情，如李白"秋风吹不尽，总是玉关情"(《子夜吴歌》)，这里作者用来表示家乡亲人对自己这个天涯游子的思念之情。

【今译】

谁家的捣衣声，划破了秋天的夜空？那岸人家的窗纱里，闪烁着一盏明灯。浪迹天涯的游子，见此情景怎么不感到伤心？明朝起来去照照镜子，两鬓的白发肯定又多了几根。露滴梧桐，落叶也无声。家乡的亲人啊，正做着归来团圆的梦，正怀着思我念我的情。三更时分，凉月照人，愁多睡不成。

【点评】这首小令与李白《子夜吴歌》这首诗的题材相类似，属于游子思妇一类。旅途中听到秋天夜空传来的捣衣声，便触发了作者思乡怀人的感伤之情。值得注意的是，作者并没有把这种伤感哀愁的情绪直接抒写出来，而是借助于客观的描写和主观的想象这种方式，把自己的情绪寄托在所要描写的自然景物、所想象的人和事上。"谁家"两句看似在发问，实则是感叹。作者的满腔愁苦都是由"练杵动秋庭"这一听觉意象和"纱窗闪夜灯"这一视觉意象所引起，哪儿还去管"谁家"和"那岸"呢！"金谷园中梦"，两句

是想象。作者思念故乡和亲人,此时此刻难以入睡,便推己及人,想象到家乡的亲人也许正在梦中盼望我回去团聚呢!"一样相思两处愁",这样的写法与杜甫《月夜》一诗相似,韵味无穷。"凉月三更"是描写,看似景语,实则情语,情因景生,景中寓情。这首小令虽然属于传统题材,思想内容也无什么新异之处,但作者在写法上却能不落俗套,兼百家之长,所以仍然具有很强的可读性。

【集说】作者似在旅途,秋夜听人家砧杵捣衣声,有感在外漂泊流浪,因而叹息光阴易逝创作此曲。(李长路、张巨才《全元散曲选释》)

(史小军)

[双调·水仙子]寻梅

　　冬前冬后几村庄,溪北溪南两履霜,树头树底孤山上[1]。冷风来何处香?忽相逢缟袂绡裳[2]。酒醒寒惊梦[3],笛凄春断肠[4],淡月昏黄[5]。

【注释】(1)孤山:位在杭州西湖,北宋诗人林逋曾于此植梅隐居。(2)缟袂(gǎo mèi):白绢做的衣袖。绡(xiāo)裳:薄绸做的下衣。缟袂绡裳,指洁白飘洒的服装。　(3)酒醒寒惊梦:此句化用《龙城录》中赵师雄梦遇梅花仙子的故事。相传隋代赵师雄在一个冬天的傍晚,于罗浮山林舍遇见一位素衣淡妆的女子,二人相约共饮。师雄酒醉入睡,醒来发现自己躺在白梅树下,枝头翠鸟娇啼,梦中人乃是梅花仙子。　(4)笛凄春断肠:化用李白《与史郎中饮听黄鹤楼上吹笛》中"黄鹤楼中吹玉笛,江城五月落梅花"句。(5)淡月昏黄:化用北宋林逋《山园小梅》中"疏影横斜水清浅,暗香浮动月黄昏"句。

【今译】

　　冬前冬后到过许多村庄,来溪南去沟北双脚踏着冰霜,到西湖上孤山将树木寻遍,求无所得令人失望!不知冷风从何处带来一股清香,忽然遇见了梅花仙子,淡雅飘逸一身素装。寒气袭扰着如痴如醉的我,莫非像隋人赵师雄那样,乍喜乍惊又是罗浮山大梦一场。听说玉笛凄咽能将梅花吹落,梅落春尽怎不使人断肠。朦胧月洒下淡淡寒光,梅花纵然飘落,那神韵风采,仍让人景仰、思忆难忘。

【点评】全曲以"寻""喜""颂""叹"的情境动势为主线,以表"梅"述"我"作构思归宿,制造"品曲思梅评我"的效果。前三句以鼎足对方式写出作家赏梅心切、慕梅情重的意态。"冷风来何处香"二句,以最活动的感觉,把人引入新奇的境界。"冷风"与"冬""霜"照应,突出"梅"的环境;"香"字既显梅花的精神品格,又是加速诗人情态变化的动力。"忽相逢"写足了希望实现时的喜悦。"缟袂绡裳",虽直写外在装束,但它与"香"的有机配合,则巧妙地表现出梅花的完美形象。同时,诗人的理想于此得到自然流露,曲子的思路变化也能给人一种"柳暗花明又一村"的美感。结尾连用三个典,进一步描写梅花的神韵,自然带出诗人因理想难以在现实中存在的感叹和忧伤。此曲题曰"寻梅",但曲中没有一个"梅"字出现,却又让人感到作者始终在写梅,真是出手不凡。

【集说】梅花,在这里是理想的象征,题曰"寻梅",其实正是追寻自己的人生理想。(李昌集《中国古代散曲史》)

这支散曲,景中寓情,表面上是描写梅花,实际上却处处微露自己的失意心情。曲中运用白话,自然而精巧,是其所长。(朱东润主编《中国历代文学作品选》)

(赵庆元　张晓春)

[双调·水仙子]怨风情

眼中花怎得接连枝,眉上锁新教配钥匙,描笔儿勾销了伤春事,闷葫芦剜断线儿,锦鸳鸯别对了个雄雌[1]。野蜂儿难寻觅[2],蝎虎儿干害死[3],蚕蛹儿毕罢了相思[4]。

【注释】(1)别对:另对,别寻。此指又爱上别人,另有新欢。　(2)野蜂儿:古人常以蜂酿蜜喻男子追求女子,此指对爱情不专一的男子。　(3)蝎虎儿:即壁虎,蜥蜴的一种,又名守宫。张华《博物志》记载:此物"以器养之,食以朱砂,体尽赤。所食满七斤,治捣万杵,点女人肢体,终年不灭,惟房室事则灭"。干害死:白白被害死。此指空为男子守贞操而受相思的折磨。(4)蚕蛹儿:蚕做茧后变成的蛹。蚕变蛹后即不再吐丝。曲中"丝""思",谐音双关。

【今译】

　　男儿远去已成眼中花,恐怕难以结为连理枝;他制造的愁绪紧锁着我的眉心,要打开必须配把新钥匙;拿起描花笔,写下断肠诗,吐尽情和爱,了却心头事。信息中断,踪迹不知,百思不解能把人活活给闷死。是不是他滥情不专,在外头又有了妻室?轻浮薄幸的男儿哟,只知像野蜂儿那样杂乱采花,可晓得我为你持操守贞,害煞相思;蚕变成蛹儿已不再吐丝,我的情和爱也不会再向你奉献,因为你不知道它的意义和价值。

　　【点评】这首小令多用当时的口语俗语和虚词衬字,既能体现散曲语言通俗朴素的本色,又成功地表达了曲中主人公交织着困惑猜疑、相思忧闷、伤心怨愤和悔恨失望等复杂的感情,使一位"怨风情"的女性形象毕现眼底。开篇三句表现了女主人公想摆脱失恋的痛苦、相思的煎熬和忧闷的折磨的情态。中二句自然地写出她在困惑中产生的种种猜疑,造成"剪不断,理还乱,闷无端"的艺术效果,加大了真实可信的程度。末尾三句连用比喻,准确地表达出女主人公失恋绝望后的心神意态,使曲子洒脱俏皮,新意迭出。总观全曲,别具一格,在元代后期散曲作品中实属不可多得。

　　【集说】凡语在曲,正易当行,高语则常觉格格不入。有梦符俊爽之笔,镕铸凡语,凡语正得其所;凡语而嫌于梦符,凡语将无所立足于曲,而曲反贫矣。细检乔集,全运俚辞者甚多,如[水仙子]曰:"眼前花怎得接连枝……"取譬虫物,俱有新趣。(任讷《曲谐》)

(赵庆元　张晓春)

[双调·水仙子]吴江垂虹桥⁽¹⁾

飞来千丈玉蜈蚣,横驾三天白蝀蝀⁽²⁾,凿开万窍黄云洞⁽³⁾,看星低落镜中,月华明秋影玲珑⁽⁴⁾。赑屃金环重⁽⁵⁾,狻猊石柱雄⁽⁶⁾,铁锁囚龙。

【注释】(1)吴江垂虹桥:江南名桥,在今江苏苏州吴江区东门外,横跨千尺,共七十二孔。前临太湖,湖光海气,荡漾一色,又名长桥。 (2)蝀蝀(dì dòng):虹之别称。 (3)黄云洞:是山西石楼县黄云山的自然奇观。其山自然中空,形成无数洞穴。 (4)"月华"句:垂虹月色为吴江八景之一。 (5)赑屃(bì xì):龟的一种,这里指石碑的龟形底座。 (6)狻猊(suān ní):狮子。

【今译】

绵绵桥身修长,像飞来千丈的玉蜈蚣。巍巍桥背高耸,是横跨天际的白虹。滚滚桥孔流急,像万穴齐开云气汹涌的黄云洞。满天星,和月光,水中上下齐浮动。口含金环的龟座是那样的凝重!装饰石狮的桥柱是那样的威风!桥在江上,像铁链锁住了巨龙。

【点评】此曲以磅礴的气势,描述垂虹桥的雄伟壮观。起首三句,驰骋想象,连用比喻,用"飞来""横架""凿开"等语以动写静,从远处勾勒出大桥之轮廓。接着"看星低落镜中,月华明秋影玲珑"二语,变磅礴为宁静,写水中之星月,又极细腻纤巧。结尾三句,近观大桥,着眼于桥的细部刻画,对仗工稳,比喻生动。末句"铁锁囚龙",复与起首三句写大桥之雄伟壮观遥相呼应。全曲跌宕起伏,错落有致,动静相间,兼有古代诗词之意境,给人以无限的美感。

(宁希元 胡 颖)

249

[双调·水仙子]重观瀑布⁽¹⁾

天机织罢月梭闲,石壁高垂雪练寒⁽²⁾,冰丝带雨悬霄

汉⁽³⁾，几千年晒未干，露华凉人怯衣单。似白虹饮涧⁽⁴⁾，玉龙下山⁽⁵⁾，晴雪飞滩⁽⁶⁾。

【注释】(1)作者曾写有［双调·水仙子］《乐清白鹤寺瀑布》，这首《重观瀑布》或许是作者继之而写的第二首咏瀑布的作品。 (2)练：白绢。"雪练"即如雪一样洁白的绢。 (3)霄汉：云霄和天河，一般用来代指天空。(4)白虹饮涧：瀑布从石壁飞驰而下，一头栽入涧底，就像白虹吞饮涧水一样。 (5)玉龙下山：瀑布从山顶奔流而下，蜿蜒曲折，摇曳生姿，如玉龙下山一般。 (6)晴雪飞滩：瀑布落入涧底，溅起无数水花，就像是雪花一样飞溅到滩上。

【今译】

天机织完了，月梭也闲了下来，一条白练便从高高的石壁上垂下，如冰雪般洁白，也如冰雪般清冷。那缕缕的经纬线，如冰丝一般晶莹细密。带着湿湿的水汽，丝丝的细雨，从银河边一直飘落下来。几千年过去了，骄阳似火，也不能把它晒干。那飞溅的水珠如霜露一样，飘落在人的身上，冰凉得使人感到衣服穿得太单。这雄奇壮观的瀑布啊，就像白虹饮于深涧，玉龙爬下高山，晴雪飞溅到滩边。

【点评】作者在这首曲子中竭力为我们描摹了瀑布飞泻时的雄伟瑰丽的景象。最大的特点就是想象丰富奇特。历代吟诵描写瀑布的诗词很多，其中以李白"飞流直下三千尺，疑是银河落九天"（《望庐山瀑布》）这两句最为有名。在这首曲子中，乔吉把瀑布想象成织女在银河边用"天机"和"月梭"织成的一幅白练，虽说在气势上不如李白那样雄奇奔放，但在想象力上却完全可以与李白相媲美。织女、银河、天机、月梭、雪练五种意象浑然一体，共同完成了"瀑布"这一形象的创造。"玉龙下山"三句既形象生动，又言简意赅，堪称绝妙好词。

【集说】作者以奇特的想象，把瀑布雄伟壮丽的景象描绘出来，读之令人心旷神怡，精神振作，引人意志坚定，奋发向上。（李长路、张巨才《全元散曲

选释》）

通过种种美妙的想象,把瀑布景色形容得淋漓尽致。(王季思等《元散曲选注》)。

(史小军)

[双调·殿前欢]登江山第一楼⁽¹⁾

拍阑干,雾花吹鬓海风寒。浩歌惊得浮云散。细数青山,指蓬莱⁽²⁾一望间。纱巾岸⁽³⁾,鹤背骑来惯⁽⁴⁾。举头长啸,直上天坛⁽⁵⁾。

【注释】(1)江山第一楼:不知具体何指,众说纷纭。联系曲中内容及作者身世,疑指今山东蓬莱城北丹崖山之蓬莱阁。 (2)蓬莱:神话中渤海里仙人居住的山。 (3)纱巾岸:纱巾高竖着。岸,高竖貌。 (4)惯:积久成性。骑鹤:指求仙得道。详注见前作者另一首曲子[中吕·山坡羊]《寓兴》注释②。 (5)天坛:名山,在今河南济源市西。

【今译】

我拍打着栏杆,雾花沾湿鬓角,海风颇觉清寒。放声高歌一曲,把浮云都惊散。仔细地数算着,那青色的山峰,遥遥地指点着,那远处的蓬莱岛。高高地竖起纱巾,牢牢地骑着鹤背,仰天长啸出门去,目标直指天坛山。

【点评】这首散曲写得潇洒豪放,气势雄伟。蓬莱仙境历来为人所向往,作者登楼观望自然要抒发感慨。"拍阑干"三字刻画了作者为之倾倒的情态。"浩歌惊得浮云散"一句可看作是元曲中的名句,此句反用秦青、薛谭"响遏行云"之意,写得气势豪放、境界旷远,淋漓尽致地表达了他慷慨激昂的豪情壮志。面对仙境,他不觉想"羽化而登仙"("纱巾岸,鹤背骑来惯"),但这只是他一时的想法而已,他真正向往的不是虚无缥缈的仙境,而是实实在在的名山秀水、渔家生活,从他的其他散曲作品中完全可以看出这一点,他穷困潦倒的身世以及啸傲山水的生涯也完全可以证明这一点。所以在曲

子末尾,便发出了"举头长啸,直上天坛"的呐喊,云游四海的志向不言而喻,豪放旷达的胸襟呼之欲出,读之令人振奋。

【集说】此首写得潇洒、豪放。(李长路、张巨才《全元散曲选释》)

写海天景色,颇有气魄。"浩歌惊得浮云散","举头长啸,直上天坛",写出登临时的逸怀浩气,更是惊人之笔。(王季思等《元散曲选注》)

(史小军)

[双调·卖花声]悟世

　　肝肠百炼炉间铁(1),富贵三更枕上蝶(2),功名两字杯中蛇(3)。尖风薄雪(4),残杯冷炙(5),掩清灯竹篱茅舍(6)。

【注释】(1)"肝肠"句:言经过生活磨难,备尝艰苦,意志已很坚定。(2)"富贵"句:指富贵原是一场虚幻的梦。《庄子·齐物论》:"昔者庄周梦为蝴蝶,栩栩然蝴蝶也。"即庄周做梦化为蝴蝶,醒来仍是庄周。后世文人遂以此寓言说明人生的虚幻。 (3)杯中蛇:也指虚幻之事。引用"杯弓蛇影"典故,见《晋书·乐广传》。 (4)尖风薄雪:以寒冷凌厉的天气比喻人生的艰辛。尖风,尖利的寒风。 (5)残杯冷炙:吃剩下来的酒菜。此句意指在势利社会中受到冷遇。 (6)这句说甘愿独守清贫的生活。清灯:当作青灯,油灯的光荧绿,故称青灯。竹篱茅舍:象征远离闹市的清贫生活。

【今译】

　　那受尽艰难困苦熬煎的心肠呵,如同炉间百炼的钢铁,那日夜谋求的富贵呵,无非是三更枕上的梦蝶,那功名两字呵,就像酒杯中的蛇影。与其顶尖风踏薄雪颤颤慄慄,讨残杯与冷炙恓恓惶惶,倒不如我青灯一盏相陪伴,竹篱茅舍自安然。

【点评】此曲主题鲜明深刻,风格孤峭冷峻,是作者这个饱经世间坎坷而心灰意冷的寒士自身境遇的真实写照。前三句是一组鼎足对,通过一个个意蕴丰富的比喻,不但道出作者历经生活磨难之后心肠的紧硬和冰冷,而且表达了作者对"富贵"和"功名"的参透。"尖风"两句为合璧对,刻画出生活的凄苦和穷困,一个浪迹天涯、落魄江湖、郁郁不得志的"寒士"形象,跃然纸上。此情此景,不仅使人感到风雪交加的自然环境的寒意,更使人感到现实社会的人情冷暖、世态炎凉。结尾一句,便是作者在"悟世"之后无可奈何的退却,但退却中又满含对现实的悲叹与愤懑。全曲对仗工稳,善于用譬,形象鲜明,意蕴丰厚。

【集说】本曲中的寒士,当即作者自身境遇的写照。全曲的风格正如他描写的这个社会,那么孤峭而冷峻。(《元曲鉴赏辞典》姚品文语,上海辞书出版社)

(吴应驹)

[双调·雁儿落过得胜令]忆别

　　殷勤红叶⁽¹⁾诗,冷淡黄花⁽²⁾市。清江天水笺⁽³⁾,白雁云烟字⁽⁴⁾。游子去何之?无处寄新词。酒醒灯昏夜,窗寒梦觉时。寻思,谈笑十年事⁽⁵⁾,嗟咨⁽⁶⁾,风流两鬓丝。

【注释】(1)红叶:指枫叶。　(2)黄花:菊花。　(3)清江天水笺:用清江的天和水来作为信笺。清江,赣江与袁江合流处一名青江。辛弃疾《菩萨蛮·书江西造口壁》词有"郁孤台下清江水,中间多少行人泪"句,此处系化用此意。　(4)白雁云烟字:以茫茫云烟中飞行的白雁来作为文字。白雁,大雁的一种,额白,又叫白额雁。　(5)十年事:似指作者放浪于酒色的生活。杜枚《遣怀》:"十年一觉扬州梦,赢得青楼薄幸名。"　(6)嗟咨(jiē zī):嗟叹。

【今译】
　　火红的枫叶纷纷飘落,犹如一首首小诗。金黄的菊花渐渐枯萎,失去了昔日的风采。辽阔的清江天水可以作笺,茫茫的云中白雁可以为字,远方的

游子啊,你如今到了哪里?我无法寄给你我的相思之词。在酒醒灯昏的夜晚,在窗寒梦觉的时候,那十年谈笑欢乐事,令人好寻思。真可叹,风流逝去时,两鬓已如丝。

【点评】乔吉这首小令与前期那种通俗性的作品截然不同,写得清丽典雅,如同诗词一般。全曲十二句,两两相对,且对仗工整,韵律和谐。如"清江天水笺,白雁云烟字""酒醒灯昏夜,窗寒梦觉时"等句即使列入唐人绝句亦毫无愧色。这首小令的第二个特点就是造境很好,景中寓情,情中有景,情与景紧密地融为一体。如前四句作者通过对"红叶""黄花""天水""白雁"等意象的描写,真切地反映了暮秋时节的景物特征,也为全曲奠定了一种凄凉哀婉的基调,便于作者感伤情绪的抒发。同时作者又把上述物象与"诗""笺""字"等书信用品联系起来,既形象生动,又深刻地体现了作者对故人的思念之情,突出了作品的主题。

【集说】先咏物写景,后四行感事抒情,思往事,叹今朝,十年风流人将老。(李长路、张巨才《全元散曲选释》)

(史小军)

［双调·雁儿落过得胜令］戏题

喜蛛⁽¹⁾丝漫占,灵鹊声难验⁽²⁾。秋衾妆不忺⁽³⁾,夜烛花无艳。愁月淡窥檐,泪雨冷侵帘。冉冉香消渐⁽⁴⁾,纤纤玉减尖⁽⁵⁾。㤾㤾⁽⁶⁾,念念心常玷⁽⁷⁾。厌厌⁽⁸⁾,渐渐病越添。

【注释】(1)喜蛛:蟏蛸的通称,蜘蛛的一种。古人视之为喜兆。(2)灵鹊:即喜鹊。难验:难以应验。 (3)忺(xiàn):高兴,适意。 (4)香消渐:指红颜日渐憔悴。 (5)玉减尖:指玉体慢慢消瘦。 (6)㤾:同"惦",记挂之义。 (7)玷:缺也,此处指若有所失,空虚。 (8)厌厌:指思念过甚而成病的样子。

【今译】

喜蛛结网空为吉占,灵鹊叫声难以应验。秋风寒,对妆台无心打扮,夜烛暗,照得花色也不艳。淡淡愁月窥屋檐,如雨泪珠湿窗帘。红颜冉冉日憔悴,玉体纤纤已消减。常惦念,怅然若失心不安,久相思,不知不觉病又添。

【点评】这是一支思妇怀人的小曲。首两句以喜蛛结网、灵鹊欢鸣起头,思妇乍见吉兆,以为思念的人儿将要回来,心情自然十分喜悦。然久等无踪,希望落空,不禁悲从中来,一而再,再而三,难怪她要埋怨喜蛛、灵鹊的吉兆不灵验了。这一喜一悲,把主人公思人心切刻画得淋漓尽致。接下来四句便以妙笔点出思妇所处的特殊环境:秋风萧瑟,叶落花零,愁月惨淡,泪雨侵帘,这情境只能使人更增伤悲。对于思妇来说,内心的失望已无法排遣,又怎能忍受如此秋景呢?最后几句写女主人公红颜憔悴,玉体消瘦和对亲人的刻骨思念之情。作者以"秋""夜"二字笼括全篇,以"秋""夜"之景衬托主人公的内心情感,浑然一体,它展示给我们的是一幅美丽的"玉女秋夜思亲图"。

(金荣权)

[南吕·玉交枝]

溪山一派,接松径寒云绿苔。萧萧五柳⁽¹⁾疏篱寨,撒金钱菊正开。先生⁽²⁾拂袖归去来⁽³⁾,将军战马今何在?急跳出风波大海,作个烟霞逸客⁽⁴⁾。翠竹斋,薜荔⁽⁵⁾阶,强似五侯⁽⁶⁾宅。这一条青穗绦⁽⁷⁾,傲煞你黄金带⁽⁸⁾。再不著⁽⁹⁾父母忧,再不还儿孙债⁽¹⁰⁾。险也啊拜将台⁽¹¹⁾!

【注释】(1)五柳:指隐居之宅旁杨柳萧萧。语本陶渊明《五柳先生传》:"宅边有五柳树,因以为号焉。" (2)先生:指陶渊明一类隐士。 (3)归去来:指辞官归隐。萧统《陶渊明传》载,陶任彭泽令,不愿为五斗米向官吏折腰,"即日解绶去职,赋《归去来》"。 (4)烟霞逸客:指隐士。因其好于云烟缭绕的深山隐居。 (5)薜荔:桑科植物。 (6)五侯:西汉成帝元后家中

五人,后汉单超及其亲属五人,都曾同日封侯。后汉梁冀及其子、叔五人也都封侯,世称五侯。后乃泛称权贵显要之家为五侯之家。　　(7)青穗绦(tāo):青色带穗的丝带。古时无官职男子常用以束腰。　　(8)黄金带:指古代官员腰带。此处代指官员。　　(9)著:此处同"着",让,叫,使。　　(10)儿孙债:出仕为宦,欲荫庇子孙,不惜殚精竭虑,犹如偿还子孙宿债。　　(11)拜将台:代指官场。司马迁《史记·淮阴侯列传》载,楚汉相争时,刘邦为韩信"设坛场,具礼",拜韩信为大将。韩信辅佐刘邦,翦灭项羽,封为齐王、淮阴侯。但他不知急流勇退,终被杀死,三族遭诛。故此曲认为官场"险也啊"。

【今译】

　　苍翠青山环溪水呵,无限风光好一派。松间幽径通寒云呵,随处点缀有青苔。宅旁五柳竹篱疏呵,金菊似钱撒正开。如此山水令人恋呵,陶潜拂袖归隐来。功高位显谁善终呵,征战将军今何在? 快做个隔绝世尘的隐逸之士吧,赶紧地跳出那风波险恶的仕宦大海。住的是翠竹掩映的茅斋,走的是薜荔环绕的石阶,强煞那侯门府第,强煞那权贵之宅。系的是青穗丝绦呵,傲杀你权贵的黄金玉带。再不用让父母忧愁牵挂,再不用为儿孙偿还宿债。真危险啊真险恶,那封侯拜将的高高坛台!

　　【点评】紧扣应该去官归隐的题旨,将写景与抒情,融洽无间,感情强烈,语言警精,是此曲的基本特点。开首四句,描写隐居环境之幽雅秀美,"五柳""金菊",已暗含隐居之地即是世外桃源之意,乃是以景色之美诱人去官归隐。继之五至八句,以陶潜毅然拂袖归隐的典型,与将军征战立功却葬身宦海的普遍事实,促人决心归隐。"今何在"的发问,"急跳出"的肯定,感情浓烈,逼人当机立断。而九至十五句,则进而比较仕与隐的利害,"强似""傲杀",归隐后的怡然自得傲然之情,溢于言表;两个"再不",形其归隐之乐,抒发殆尽。鲜明的对比,使人信服权势不足恃,富贵不足羡。因此,结末以"险也啊"大声警呼,作为点睛之笔,既是从强烈对比中得出的必然结论,又是对那种仍然沉醉仕途不知归隐之人的当头棒喝、响亮警钟。也使全曲显得警拔深刻,发人深省,幡然回首。

(徐振贵　王宪昭)

《两世姻缘》⁽¹⁾第二折[商调·集贤宾]

隔纱窗日高花弄影,听何处啭流莺。虚飘飘半衾幽梦,困腾腾一枕春醒⁽²⁾。趁着那游丝儿恰飞过竹坞桃溪,随着这蝴蝶儿又来到月榭风亭。觉来时倚着这翠云十二屏,恍惚似坠露飞萤。多咱是寸肠千万结⁽³⁾,只落的长叹两三声。

【注释】(1)《两世姻缘》是乔吉现存三个剧本中写得最成功、影响较大的一个。剧本富有浪漫主义色彩,故事曲折多变,曲词富有文采,热情歌颂玉箫与韦皋生死不渝的两世姻缘,有一定的进步意义。 (2)醒(chéng):酒醒后的困惫如病状态。《诗经·小雅·节南山》:"忧心如醒,谁秉国成。"毛传:"病酒曰醒。"(3)多咱:大概,恐怕。

【今译】

窗纱上日高花弄影,从哪里传来了婉转的莺鸣。虚飘飘半衾幽梦只为情,困腾腾一枕春睡因病酒。顺着梦的游丝儿才飞过竹坞桃溪,随着这蝴蝶儿又来到月榭风亭。醒来时倚着这翠云十二屏,恍惚中如同坠露飞萤。敢情是寸肠千万结,唉,只落得长叹两三声。

【点评】此曲表现了女主人公玉箫在韦皋去后苦苦相思又无可奈何的心情。已是日高莺鸣,但主人公依然舍不下那"半衾幽梦",且是有酒相助的梦。顺着梦儿的游丝,又走进她自己心中那相思的天地,那里有"竹坞桃溪""月榭风亭",皆是与心上人相会之地。主人公宁愿长睡不醒,因为梦中才能寻到感情的寄托地,才能得到些许慰藉。但现实又不能使她不醒,醒来便是"寸肠千万结",无可奈何中,只好发出长叹两三声。这长叹之中,无声胜有

声,准确而含蓄地表现出主人公那种相思迫切又无可奈何的心情。全曲写得清新淡雅,精妙优美,结尾含蓄,意味深长。

【集说】《两世姻缘》杂剧,先得我心,词亦骀宕生姿,鳜生当阁笔矣。(杨恩寿《词余丛话》)

第二折极其凄艳,是最好的一场。([日]青木正儿《元人杂剧概说》)

全曲属对工整,声调铿锵,而词气流畅,不愧是名曲。(《元曲鉴赏辞典》萧善因语,上海辞书出版社)

(刘东风)

刘时中

刘时中(？—1324)，名致，号逋斋，石州宁乡(今山西中阳)人。因曾依姚燧在江西洪都(今南昌)居住，故又称"古洪刘时中"。曾宦游于湖南、江西、河南等地，任湖南宪府史、河南行省掾、翰林待制、浙江行省都事等职。他用散曲干预当时的政治，一扫曲坛吟风弄月的脂粉气和弃红尘、傲轩冕的隐逸思想，扩大了散曲题材，提高了散曲的战斗作用。一说元代有两个刘时中。据隋树森《全元散曲》存世散曲有小令七十四首，套曲四套。

[中吕·山坡羊]燕城述怀⁽¹⁾

云山有意，轩裳无计⁽²⁾。被西风吹断功名泪，去来兮⁽³⁾，便休提。青山尽解招人醉，得失到头皆物理⁽⁴⁾。得，他命里；失，咱命里。

【注释】(1)燕城：在河北易县南五里。相传燕昭王后期曾在此建都，东西内外，皆有土台。　(2)轩裳：轩，古代一种供大夫以上乘坐的轻便车，车箱前顶较高，用漆有画纹或加皮饰的席子作障蔽。轩裳，在此处指喻荣华富贵。 （3）去来兮：东晋陶渊明曾作《归去来兮辞》，表现其厌恶仕途、归隐田园的情感。 （4）物理：自然规律。

【今译】

白云青山有着人一样的情意，向往荣华富贵却无计可施。功名富贵的眼泪被西风吹断，还谈什么，归隐田里！那令人陶醉的青山能消解我心头的烦恼，穷通得失到头来总有一定。他得到，我失去，命里如此莫叹惜。

【点评】全曲感情跌宕起伏，由激越转而自旷，格调由高潮渐而转入低潮，给读者以一种于亢奋中含沉郁的悲怆苍凉之感。"西风吹断功名泪"，着一"断"字，全曲生辉，活现出了作者功业不成、前途受阻的苦闷惆怅心绪。"有""无"；"得""失"这些反义词语的对比、运用，更增强了全曲的感情表达效果。

【集说】俨然东篱之疏放浩渺。（任讷《曲谐》）

（束有春）

[双调·殿前欢]

一

醉翁酡[1]，醒来徐步杖藜拖。家童伴我池塘坐，鸥鹭清波。映水红莲五六科[2]，秋光过，两句新题破：秋霜残菊，夜雨枯荷。

二

醉颜酡，太翁庄上走如梭。门前几个官人坐，有虎皮驮驮[3]。呼王留唤伴哥，无一个，空叫得喉咙破。人踏了瓜果，马践了田禾。

【注释】（1）酡：酒醉后两颊呈红色。 （2）科：通"棵"。 （3）虎皮驮驮：指官人中的一员。

【今译】

一

老汉酒后面色红润，一觉醒来拖着藜杖去散步，家童陪伴我在池塘边上小憩。碧绿的水面上鸥鸟鹭鸟在时落时飞，还有那五六棵红水莲在摇摇荡荡。金秋的时光已经流逝，我用两句话来重新描述：秋天的寒霜使菊花凋零，夜晚的雨儿打着干枯的荷叶。

二

老汉酒后面色红润，匆匆忙忙地在村庄上行走。只见那门前有几个官人坐在那里，其中有一个人名叫虎皮驮驮。呼喊王留，叫唤伴哥，没有一个回音，空喊一场直觉得喉咙沙哑。人踩了菜园里的瓜果，马也践踏了田里的庄稼。

【点评】第一支曲子是一首秋的恋曲：有暮年时的"悲秋"之感慨，也有对自然界秋风已至的咏叹，但前者是其真正的寓意。全曲格调由轻松欢快转而低沉微吟。醉酒、"徐步杖藜""池塘"边上的怡悦心态，表现了一个黄昏老人对生活的无限热爱恋眷之情，读来有青春气息。"秋光过"三字，似琴弦戛然而断，一股怜惋沉闷气氛顿时笼罩全篇，但整个文气也不乏磊落旷达之势。"秋霜残菊，夜雨枯荷"文字对仗工整，堪称描写秋景的绝妙佳句。

后一首是寻人不遇的曲子。"走如梭"表现一个老者寻人时的急切心情。"呼""唤"表现其寻人不见时焦虑而又无所顾忌的神态。"无一个"以下，表现出寻人不见时的幽默诙谐的结局。该见的没见着，不想见的倒偏遇上了。"门前几个官人坐，有虎皮驮驮"，犹如一幅漫画，把"官人"慵散、疲沓的形象表现了出来，看似漫不经心，却有辛辣嘲讽之味。

（束有春）

[双调·新水令]代马诉冤

世无伯乐[1]怨他谁？干送了挽盐车骐骥[2]。空怀伏枥心[3]，徒负化龙[4]威。索甚伤悲，用之行舍之弃。

[驻马听]玉鬣银蹄，再谁想三月襄阳绿草齐。雕鞍金

辔,再谁收一鞭行色夕阳低。花间不听紫骝嘶,帐前空叹乌骓逝(5)。命乖(6)我自知,眼见的千金骏骨(7)无人贵。

[雁儿落]谁知我汗血功,谁想我垂缰义(8),谁怜我千里才,谁识我千钧力?

[得胜令]谁念我当日跳檀溪(9),救先主出重围?谁念我单刀会随着关羽(10)?谁念我美良川扶持敬德(11)?若论着今日,索输与这驴群队!果必有征敌,这驴每怎用的?

[甜水令]只为这乍富儿曹,无知小辈,一概地把人欺。一迷里(2)快蹿轻蹡,乱走胡奔,紧先行不识尊卑。

[折桂令]致令得官府闻知,验数目存留,分官品高低,准备着竹杖芒鞋,免不得奔走驱驰。再不敢鞭骏骑向街头闹起,则索(13)扭蛮腰将足下殃及。为此辈无知,将我连累,把我埋没在蓬蒿,坑陷在污泥。

[尾]有一等逞雄心屠户贪微利,咽馋涎豪客思佳味。一地(14)把性命亏图(15),百般地将刑法凌迟(16)。唱道(17)任意欺公,全无道理。从今去谁买谁骑?眼见得无客贩无人喂。便休说站驿(18)难为,则怕你东讨西征那时节悔!

【注释】(1)伯乐:春秋秦穆公时人,以善相马著称。 (2)骐骥:良马,能日驰千里。 (3)伏枥心:语出曹操《步出夏门行》:"老骥伏枥,志在千里。"此说马有千里之志却不被重用。 (4)化龙:见《马记》,王昌落魄遇仙,骑马回去,到家后其马化为龙。 (5)乌骓逝:项羽《垓下歌》:"时不利兮骓不逝。"乌骓,好马名。 (6)命乖:命运不好。 (7)千金骏骨:典出《战国策·燕一》:"三月得千里马,马已死,买其首五百金……于是不能期年,千里之马至者三。"意为燕昭王千金买骏骨以求良马。 (8)垂缰义:是苻坚之马垂缰救主的故事,十六国时,前秦苻坚为慕容冲所追袭,鞭马疾逃,中途坠落涧水中,无法上岸。他的马跪在水边,垂下缰绳,使苻坚攀援而上,得以逃脱。 (9)跳檀溪:是刘备的故事。三国时刘备在古城与关羽、张飞聚会后,到荆州向刘表借地屯军。刘表请刘备于三月三日赴襄阳会,会上刘表让刘备接管荆州,刘备不肯,并推荐刘表长子刘琦为继承人。表之次子刘琮怀恨在心,乃遣蒯越谋杀刘备,刘备逃到檀溪遇阻,借良马"的卢"之力,跳过檀溪脱险。　(10)单刀会:即关羽的故事。三国时东吴鲁肃设伏重兵,请关羽赴会,索还荆州。关羽骑赤兔马,携单刀昂然赴会,席间谈笑自若,使鲁肃未敢加害。　(11)美良川扶持敬德:敬德是唐将尉迟恭的字,他投唐前是刘武周的部下,曾在美良川与唐将秦琼交锋。　(12)一迷里:一味。　(13)则索:只得,只好。　(14)一地:一味。　(15)亏图:谋算。　(16)凌迟:凌虐。　(17)唱道:真个是。　(18)站驿:驿站,掌投递公文、转运官物及供来往。

【今译】

世无伯乐还怨谁呢?良马屈才拉盐车。空怀壮志千里心,白白辜负化龙威。主人觉得它已老,舍弃不用,真是太伤悲。

白玉般的鬃毛银色的蹄,有谁回想它曾在草上飞,雕花的马鞍金线的辔,有谁回想它曾腾跃使夕阳低。花间树下听不到紫骝鸣,军帐前边感叹乌骓已逝。我自知命运不好,眼看千金骏骨已不贵。

谁知我曾经立下汗血功,谁想我曾有垂缰救主义,有谁怜惜我的千里之才,有谁识我的千钧之力?

谁还记得当年我在襄阳,跳檀溪救先主出重围?谁还记得当年我在东吴,随关羽单刀赴会?谁还记得当年我在美良川,战秦琼扶持敬德?可今日还不如这驴群队!假如真有征战抗故事,这些驴们怎么能顶用?只因那些无知暴发户,一概把人欺。像蠢驴般到处乱蹿胡奔,急忙先行不知尊卑。

传闻官府知此事,检验数目存留,分官品论高低,其余则准备竹杖草鞋,免不了奔走驱驰服役,再不敢鞭打骏骑闹街头,只得扭转腰身将你夹及。因这些人无知将我连累,把我埋没在蓬蒿,失陷在污泥。

有一些黑心屠户贪小利,馋嘴的豪客思佳味,一味把性命来谋算,百般地用刑法来凌虐。真是任意欺公理,全没有一点道理。从今后还有谁买马骑,眼看我落个无人买也无人喂。不要说驿站无良马难作为,就怕你东讨西征时要懊悔!

【点评】这支套曲借马托喻,抒写人间的不平。首句就发出了"世无伯乐

263

元曲观止

怨他谁"的感慨,让人一下子就体会到作者心中的不平之气。[驻马听]紧接上曲"伏枥心",悲叹良马的不佳命运,曾有"三月襄阳绿草齐""一鞭行色夕阳低"的荣光,如今却落个"千金骏骨无人贵"。[雁儿落][得胜令]连用七个反问句,历数良马的等等功绩,作者连连用典,集世上良马之美德于一身,意在将千里马的不平遭遇推广开去,从而较为深刻地揭露了当时社会埋没人才的不平事。[甜水令][折桂令]写驴和马的不同际遇,两相对照,良马反埋没在蓬蒿,失陷在污泥,而"驴每"却快蹄轻踮,乱走胡奔。这更深一层地透视出鸟尽弓藏、小人得志的不平现象,尾曲写马陷逆境,最后落个"无客贩无人喂"的凄凉悲惨结局,结尾处,作者借马之口发出警告:"则怕你东讨西征那时节悔!"套曲就这样以千里马比喻人才,抒发了对世上摧残人才的不合理现象的怨恨,可谓是一曲旧时代人才的哀歌。

【集说】时中还描些滑稽的时曲,像马致远的《借马》似的东西,《代马诉冤》,但在其间,却也具着不少的愤慨。(郑振铎《中国俗文学史》)

(江 健)

阿鲁威

阿鲁威,或作阿鲁灰。字叔重,号东泉。生卒年不详,蒙古族人。曾居杭州,做过泉州路总管、经筵官、翰林学士、参知政事等。与虞集、张雨等有唱和,元末寓居江南。《全元散曲》存其小令十九首,《太和正音谱》称其词"如鹤唳青霄"。

[双调·蟾宫曲] 怀友

动高吟楚客秋风⁽¹⁾,故国山河,水落江空。断送离愁,江南烟雨,杳杳孤鸿。依旧向邯郸道中⁽²⁾,问居胥发⁽³⁾今有谁封?何日论文,渭北春天,日暮江东⁽⁴⁾。

【注释】(1)动高吟句:抒发诗人叹老悲秋、去乡离家的感情。高吟:指宋玉代表作《九辩》。 (2)邯郸道中:沈既济《枕中记》云,卢生在邯郸客店昼寝入梦,历尽富贵荣华。梦醒时,主人炊黄粱未熟。后因以"邯郸道"喻追求功名富贵的道路。 (3)居胥:即狼居胥,一名狼山,在今内蒙古五原县西北部。汉时霍去病讨伐匈奴,曾打到狼居胥,大胜,封山而归。 (4)何日论文

元曲观止

三句:化用杜甫《春日忆李白》诗"渭北春天树,江东日暮云。何时一樽酒,重与细论文"之意。渭北:杜甫在长安时曾住过渭水北面的咸阳。江东:李白所在,指今江苏南部和浙江北部。

【今译】

　　轻声吟唱,迎面扑来萧瑟秋风,遥想故乡的山河,寂寞高旷,水落江空。身在异乡,离愁难送,江南烟雨迷茫,空中飞过隐去的孤鸿。为追求功名,日日奔走在邯郸道中。到头来,依旧未能封山建功。真不如会同几个朋友,饮酒论文一身轻松。看如今,天各一方,一在渭北,一在江东。

【点评】"动"字总领全篇,"悲哉秋之为气也",因景引起心悸。对故乡山河的依恋,一"落"一"空"更添无限惆怅。想送走离愁,但烟水茫茫,秋雨点点偏偏袭上心头;怕触景伤情,偏偏又见形影相吊的孤鸿。真可谓"剪不断,理还乱,是离愁"。"依旧"对过去追求功名自省。"问"句推进一层,对建功立业,实现自我价值的过程发出无限感慨。末三句言天各一方的现状,追忆往日与意趣相投的朋友一起"论文"的场面,将怀友之情溢于纸上。

(苏孟墨)

王元鼎

王元鼎,生卒年不详。官学士,与阿鲁威同时,过着"有花有酒有相识,不吃呵图甚"的散诞生活。陶宗仪《南村辍耕录·妓聪敏》载大都名妓辛文秀(一作"顺时秀")品评王元鼎与阿鲁威得失,云:"调和鼎鼐,燮理阴阳,则学士不如参政(阿鲁威);论惜玉怜香,嘲风啄月,则参政不及学士。"《录鬼簿》吊词谓其敬事剧作家杨显之为师叔。今存小令七首、套数两套。

[正宫·醉太平] 寒食 [1]

声声啼乳鸦,生叫破韶华 [2]。夜深微雨润堤沙,香风 [3] 万家。画楼洗净鸳鸯瓦 [4],彩绳半湿秋千架。觉来红日上窗纱,听街头卖杏花。

【注释】(1) 本题四首,此选其二。 (2) 韶华:本指美好时光,这里可解为美梦。 (3) 香风:随风流动着的花香。 (4) 鸳鸯瓦:指中国传统屋瓦形式,一俯一仰,形同鸳鸯依偎交合,故称。

【今译】

初生的小鸦声声叫个不停,硬是把我从睡梦中惊醒。夜间的小雨已把堤沙浸透,花儿散发出香味随春风吹进每户人家。画楼上鸳鸯瓦被雨洗得洁净,秋千架上的彩绳也有些儿湿痕。一觉醒来晨光已穿进了窗纱,只听见街头传来阵阵"卖杏花"的叫声。

【点评】此曲写寒食之际的春景,故又名"寒食"。其格调犹如香风细雨,清新自然。这里有声:细雨和声、雏鸦脆啼、卖花人的街头巷屋的叫卖,织成一首优美动听的晨曲。这里有富于色彩的形:黄色的堤沙、画楼、彩绳、红日、粉白色的杏花,犹如一幅色彩鲜艳的图画。这里有味:有雨后湿润空气中草木的清香、花香,闻来令人陶醉。可谓多姿多彩、勃然生机,使这首小令清雅明丽,细腻含蓄,生动传神,是写春景中的佳品。

(束有春)

[越调·凭阑人]闺怨[1]

垂柳依依惹暮烟,素魄娟娟当绣轩[2]。妾身独自眠,
月圆人未圆。

【注释】(1)本题二首,此选其一。　(2)素魄:月亮,洁白的月亮。娟娟:美好的样子。范成大《鹊桥仙·七夕》:"娟娟月姊满眉颦。"绣轩:彩绘的窗户。

【今译】

垂柳轻拂牵惹着暮色中的炊烟,皎洁的月光洒在彩绘的窗间。我独自一人彻夜难眠,月儿圆圆而我却不能夫妻团圆。

【点评】这是一首闺怨曲。夕阳西下,皎月临窗,正是"月上柳梢头,人约黄昏后"的良宵美辰。对于空守闺阁中的少妇,此时却是一个万般无奈的时刻,一声声爱的呼唤从她的心底流出。全曲用"月圆"来反衬"人未圆",增无限凄凉之意,将其无限的眷恋之情推向了极致。

(束有春)

虞集

　　虞集(1272—1348),字伯生,号道园,世称邵庵先生。宋朝丞相虞允文五世孙。祖籍蜀郡仁寿(今属四川),生于临川崇仁(今属江西)。成宋大德初年入京,任国学助教。历任秘书少监、翰林直学士兼国子监祭酒、奎章阁侍书学士。以诗文名于当世,与杨载、范梈、揭傒斯并称"元四大家"。文宗时曾授命主修《经世大典》。元统间,称疾归临川。平生著述甚丰,散曲仅存小令一首。有《道园学古录》《道园类稿》等传于后世。

[双调·折桂令]
席上偶谈蜀汉事因赋短柱体(1)

　　鸾舆(2)三顾茅庐,汉祚(3)难扶,日暮桑榆(4)。深渡南泸(5),长驱西蜀,力拒东吴。美乎周瑜妙术,悲夫关羽云殂,天数盈虚,造物乘除(6)。问汝何如?早赋归欤。

【注释】(1)短柱体:通篇每句两韵,或两字一韵。元人所谓六字三韵语也。　(2)鸾舆:同銮舆,国君所乘之车。此代指刘备。　(3)汉祚(zuò):汉室的君位、国统。 （4）日暮桑榆：太阳落在西边的桑树、榆树间，常用来比喻人的晚年。此处是指汉室的气数已尽，难以匡扶之意。 （5）深渡南泸：诸葛亮于建兴三年（225）五月率兵渡泸水（金沙江）南征平叛，巩固了蜀汉的后方。 （6）造物乘除：造物，指自然界的创造者。乘除，指此消彼长的变化。

【今译】

刘备三顾茅庐，请孔明出山把汉室匡扶。颓败的汉室气数已尽，如同日落桑榆。诸葛亮怀抱忠义频繁地出征：五月渡泸，西和诸戎，力拒东吴。联兵抗曹的赤壁之战大获全胜，靠的是周郎和孔明的高超妙术；可悲啊关羽失荆州丧头颅，从此蜀汉走上了末路穷途。啊！这一切全是天意，半点儿不由人谋。试问你还能怎么样？不如勘破尘俗，及早归隐向陇亩。

【点评】这是一曲流畅清通、曲意警策深致的怀古之作。在这支小令中，作者借谈刘备艰苦创立蜀汉，位居汉室正统，外有险固可据，内有良臣辅弼，但终不免亡国的史事，将这一切都归之于"天数盈虚，造物乘除"，即命运使然。这里显然是对当时异族入主中原的既成事实发出的感叹。小曲寥寥数语概括了一部蜀汉历史，用语妥帖，对仗工整，非大手笔，在艺术上难有如此高深的造诣。诚如陶宗仪所说："先生学问赅博，虽一时娱戏，亦过人远矣。"

【集说】一句而两韵，名曰"短柱"，极不易作。先生爱其新奇，席上偶谈蜀汉事，因命纸笔，亦赋一曲曰："（引曲文，略）。"盖两字一韵，比之一句两韵者为尤难。先生之学问赅博，虽一时娱戏，亦过人远矣。（陶宗仪《南村辍耕录》）

两字一韵之句，曰"短柱格"。《西厢》中如"忽听一声猛惊"……等句，不过一曲中偶作此体一句而已。独虞学士集之《折桂令》咏蜀汉事云云，通篇用"短柱格"，妙语天成。（王季烈《螾庐曲谈》）

先生文章道义，照耀千古，出其余绪，尤能工妙如此，洵乎天才，不可多得也。此种"短柱"句法，自元迄明，和之者绝少，唯明徐天池《四声猿》中，曾一仿之，后不一见也。（吴梅《顾曲麈谈》）

（艾克利）

张雨

张雨(1277—1350),原名泽之,字伯雨,一字天雨,号贞居子,钱塘(今浙江杭州)人。尝从虞集受学,诗才清丽。二十多岁时,弃儒为道士。隐于茅山(今江苏句容县东南),往来于华阳云石间,自称"句曲外史"。擅诗、词、散曲,兼工书画。与曲家马昂夫、张小山等均有交游,并和馆阁之臣赵孟頫、虞集、杨载等人酬唱往还。所作散曲,风格清逸,惜存世仅小令四首。著有《句曲外史集》《贞居词》《茅山志》《元品录》等。

[中吕·喜春来] 泰定三年丙寅岁除夜玉山舟中赋

江梅的的⁽¹⁾依茅舍,石濑⁽²⁾溅溅漱玉沙,瓦瓯篷⁽³⁾底送年华。问暮鸦,何处阿戎家。

【注释】(1)的的:色彩鲜明的意思。 (2)石濑(lài):从砂石上急流而过的水。 (3)瓦瓯篷:一种状如瓦瓯(小盆)的简陋船篷。

【今译】江边岸上的农家茅舍旁边,盛开着色泽鲜明的梅花。流水在礁石上溅起晶莹的水花,透过江水能看见水底微动的如玉细沙。枯坐在寒陋的小船舱里,我又在漂泊之中送走了一载年华。啊!你这在暮色中急飞归巢的寒鸦,请告诉我:亲爱的阿戎呀此刻在哪儿?

【点评】这支小曲写的是泰定三年(1326)除夕,作者在江上漂泊行旅中的情怀。前两句写眼前景:暮色苍茫中,在船上依稀能看到江岸茅屋旁边正在盛开的梅花,江水在石上激起朵朵浪花,清澈的水底水流推沙。第三句笔锋一转扣住题面,心中之情由此而生发:在除夕之夜这一最能牵动游子心中的忧愁和思念的特定时刻,本应是阖家团圆,辞旧迎新的良辰,而事实上却竟是独自一人在寒陋的船篷下度过!"送年华"三字之中,包含着作者多少苦涩的人生体味和感慨呵。于是他更加强烈地思念起自己的亲人和遥远的家。眼望着急飞归巢的寒鸦,不禁轻声问道:"我亲爱的阿戎呀,你此刻在哪?!"占据着作者之心的"阿戎"是谁?作者没有回答。着意在最后留下大段的空白,让读者自己以种种微妙的遐想去填充它。

(艾克利)

元曲观止

薛昂夫

薛昂夫(生卒年不详),回鹘(今维吾尔族)人,名超吾,字九皋,汉姓马,故亦称马昂夫。历官江西省令史、金典瑞院事、太平路总管、衢州路总管等职。晚年退隐于杭县(今杭州市东)皋亭山一带。他曾执弟子礼于刘辰翁。善篆书,有诗名,与虞集、杨载、萨都剌相互唱和,与张可久有交往。他的散曲前祧马致远,风格疏宕豪放,飘逸华美。明朱权《太和正音谱》评薛昂夫的散曲如"雪窗翠竹"。据隋树森《全元散曲》所辑,薛昂夫现存散曲小令六十五首,套数三套。

[正宫·塞鸿秋]

功名万里⁽¹⁾忙如燕,斯文一脉微如线⁽²⁾,光阴寸隙流如电,风霜两鬓白如练⁽³⁾。尽道便休官,林下何曾见⁽⁴⁾?至今寂寞彭泽县⁽⁵⁾。

【注释】(1)功名万里:万里之外求取功名。典出《后汉书·班超传》,班超少有大志,尝投笔叹曰:"大丈夫无他志略,犹当效傅介子、张骞立功异域,以取封侯,安能久事笔砚间乎?" (2)斯文句:意谓散曲创作后继乏人。《南曲九宫正始序》载:薛昂夫"深忧斯道不传,乃广求继己业者;至祷祀天地,遍历百郡,卒不可得"。 (3)练:素色丝绸。 (4)"尽道"两句:典出《云溪友议》:韦丹与东林灵澈上人游。曾寄诗云:"已为平子归休计,五老岩前必共君?"灵澈回诗云:"相逢尽道休官好,林下何曾见一人?" (5)彭泽县:东晋诗人陶渊明曾任彭泽令,这里是用官名来称呼他。陶渊明因不满当时现实的黑暗,离职归隐。

【今译】

万里之外求取功名忙碌如飞燕,散曲创作后继乏人衰微如悬线,短暂的光阴飞速流逝如闪电,枯凋的双鬓经风历霜如白练。相逢全说要退职隐居,山林下又何曾见? 至今山野中仍只有寂寞的陶潜。

【点评】这是一首感叹时世的小曲。起首四句以"连璧对"的形式,高度概括了自古官场重功名、轻斯文对读书人的贻误,他们蹉跎一世,为求取功名而抛弃斯文,劳碌奔波,备受风霜之苦,直到双鬓雪染,仍不知悔悟。作者以陶渊明的毅然休官、安于清贫作为对照,强烈讽刺了那些口头上谈隐居骨子里难舍功名富贵的人。对"斯文一脉"的柔弱如游丝深感痛心,也抒发了时光流逝、大志难酬的感慨。

【集说】薛昂夫散曲本以豪健著称,论者列为豪放一格,本曲虽语不恣肆,然不作回环蕴藉,而是直抒其意,畅达无阻;且曲意又不一泻于字面,而是耐人回味,不失顿挫曲折,是为豪放中又兼含蓄了。(《元曲鉴赏辞典》岳珍语,上海辞书出版社)

(窦春蕾)

[中吕·朝天曲]

沛公,《大风》,也得文章用(1)。却教猛士叹良弓,多了游云梦(2)。驾驭英雄,能擒能纵,无人出彀中(3)。后宫,外宗,险

把炎刘并⁽⁴⁾。

【注释】(1)沛公句：刘邦起事反秦时，曾被众人拥为"沛公"。后来他灭秦建汉，于汉十二年（前195）十月还乡，在沛宫置酒作乐，酒酣作歌曰："大风起兮云飞扬，威加海内兮归故乡，安得猛士兮守四方。"后人因此名为《大风歌》。文章用：文章的作用。　(2)"却教猛士"二句：汉高祖六年（前201），有人密告韩信谋反，刘邦采纳陈平之计，伪游云梦（今湖北东南部），想突袭韩信，信自忖无罪，坦然去见刘邦，为武士所缚，信曰："果若人言：'狡兔死，良狗烹；高鸟尽，良弓藏；敌国破，谋臣亡。'天下已定，我固当烹。"　(3)彀：本指箭射出去所能达到的有效范围，此指圈套、牢笼。　(4)后宫三句：汉高祖死后，吕后擅权称制，大肆分封诸吕，压制杀戮刘氏诸王。后宫：即指吕雉。外宗：指吕禄、吕产等人。炎刘：古代迷信五行之说，刘氏自称以火德兴起，故曰"炎刘"。

【今译】

沛公写《大风》，懂得文章用。却借游云梦，害了功臣，直教猛士叹良弓。驾驭群雄，能擒能纵，尽在掌握中。虽是一世精明，后宫，外宗，差点儿把炎刘吞并。

【点评】这是一支咏史小令。作者以独特的历史眼光对刘邦这个历史舞台上的风云人物进行了大胆评判，既赞赏他"威加海内"的赫赫业绩及渴望"猛士"的帝王襟怀，但主要也批判了他猜疑功臣、玩弄权术诛杀功臣的罪行，强烈讽刺了他因宠信吕后，几乎断送江山的过失。观点新颖独到，发人深省，充分表现了作者的批判精神。

【集说】此首小令在结构上运用欲抑故扬之笔，前面将汉高祖的威势抬得很高，后面一落千丈，淡淡几句，至为冷峻。（《元曲鉴赏辞典》汤华泉语，上海辞书出版社）

（窦春蕾）

[中吕·山坡羊]西湖杂咏·秋

疏林红叶,芙蓉将谢,天然妆点秋屏列⁽¹⁾。断霞遮⁽²⁾,夕阳斜,山腰闪出闲亭榭⁽³⁾。分付画船且慢者⁽⁴⁾。歌,休唱彻;诗,乘兴写。

【注释】(1)秋屏:秋景秋色绘成的屏风。 (2)断霞:西山彩霞飘浮山巅,泛舟湖上,远望若断。 (3)亭榭:亭,一种有顶无墙的小型建筑物。榭,是建筑在高土台上的敞屋。 (4)画船:装饰华丽的游船。者:表祈使语气,且慢者,亦活现作者醉情山水的酣态。

【今译】

林木疏朗,枫叶红染,菡萏香销将谢。天然妆点,一幅秋景屏风列。晚霞遮断,夕阳西斜,山腰里闪出娴静的亭台歌榭。叫声画船啊,你且慢些。伶人们啊,请不要急着把歌唱完,我要乘着兴致把妙句佳章挥写。

【点评】这是一首描绘西湖秋景的佳作,作者一反悲秋惯例,用清峻秀丽的文笔尽情摹写西子湖别有一番韵致的秋光秋色,真可谓秀色可餐,美景如云,令人陶然而忘其身了。那浓艳的色彩,如画的山水,寥廓的境界,全都晕染上厚厚的一层秋意,令人精神为之一爽。在作者蕴满诗意的笔下,西湖秋季的胜景便犹如一列巧夺天工的秋屏呈现在人们面前,引人入胜,使人难忘。

(王义顺)

吴弘道

吴弘道,字仁卿,号克斋,蒲阴(今河北安国)人。大德五年(1301)任江西省检校掾史。曾汇集中州诸老往来书牍为一编,名曰《中州启札》,今存。另著有散曲集《金缕新声》《曲海丛珠》以及《子房货剑》等杂剧五种,皆不传。《全元散曲》存其小令三十四首,套数四套。《太和正音谱》称道其作"如山间明月"。

[南吕·金字经]

这家村醪⁽¹⁾尽,那家醅瓮⁽²⁾开。卖了肩头一担柴。哈⁽³⁾!酒钱怀内揣。葫芦在,大家提去来⁽⁴⁾!

【注释】(1)村醪(láo):农家自酿的酒。 (2)醅瓮:酒坛子。醅,未经过滤的浊酒。 (3)哈(hāi):表示招呼之意的叹词。 (4)来:语尾助词,无义。

【今译】(略)

【点评】这支小曲,语言表达通俗、流畅,生活气息浓厚。说明劳动者靠劳动所得,换酒自饮或共饮,倒也显得心安理得,自由自在。这不仅表明劳动者的胸怀阔达、性格爽朗,也从一个侧面抨击了那些沽名钓誉或自私自利的人。作者这种敲柱头而惊基础的手法,是值得称道的。

（艾克利）

279

赵善庆

赵善庆,字文宝,饶州乐平(今江西乐平)人。与钟嗣成同辈,"善卜术,任阴阳学正。"(《录鬼簿》)著录有《教女兵》等八种杂剧,今俱亡佚。《全元散曲》存录其小令二十九首,以写景见长。《太和正音谱》称道其作"如蓝田美玉"。

[中吕·普天乐] 江头秋行

稻粱肥,蒹葭⁽¹⁾秀。黄添篱落,绿淡汀洲。木叶空,山容瘦。沙鸟翻风知潮候⁽²⁾,望烟江万顷沉秋。半竿落日,一声过雁,几处危楼。

【注释】(1)蒹葭:芦苇。初生曰葭,长成曰蒹。 (2)潮候:指潮汐涨落的征兆。

【今译】

丰收的稻粱肥,苍苍的芦苇身姿美。农家院落里篱笆上处处是庄稼的金黄,沙洲上昔日的芳草则呈现出一派淡绿。万木凋零,原先丰满的青山已变得瘦削,秋风飒飒,预知潮汐的沙鸥在上下翻飞。万顷烟波江上笼罩着沉沉的秋色。天边的一轮红日即将西沉,长空里传来一声悲凉的雁鸣,几处高楼映衬着落日的余晖。

【点评】本曲是一幅江头秋行图。其中突出了四个镜头:第一,是平面镜头:由稻粱肥直到绿淡汀洲,显示了秋的艳丽;第二,是远镜头,由木叶到山容瘦,显示了秋的清淡;第三,是摇动镜头:由沙鸟翻飞到万顷烟江,显示了秋的萧索;第四,镜头摇远放大:由半竿落日,一声过雁到几处危楼,显示了秋的幽远。由这虚实组合的四组镜头,使人领悟到秋的浓色和深味,因而使羁旅之人产生无限的思乡之情。当然,写秋景,需要画面,而作者又不停留于画面,使画面产生深意,这是可贵的。

(艾克利)

[中吕·山坡羊] 长安怀古

骊山横岫⁽¹⁾,渭水⁽²⁾环秀,山河百二⁽³⁾还如旧。狐兔悲⁽⁴⁾,草木秋,秦宫隋苑徒遗臭。唐阙汉陵何处有⁽⁵⁾? 山,空自愁;河,空自流。

【注释】(1)骊山:在今西安市东六十里之临潼城南。岫(xiù):本意为岩穴、山洞,文言文中多指山峰。 (2)渭水:发源于甘肃渭源县,向东流经长安,注入黄河。 (3)山河百二:秦地外有黄河,内有华山,地理形势十分险要。《史记·高祖本纪》:"秦,形胜之国,带山河之险,县(悬)隔千里,持戟百万,秦得百二焉。"意谓秦地险固,二万人足以当诸侯百万人。 (4)狐兔悲:昔日繁华之都如今已荒凉破败,到处是狐踪兔穴。 (5)秦宫隋苑,唐阙汉陵:言历代的宏伟建筑,如今都已荡然无存。马致远套曲《双调·夜行船》秋思:"想秦宫汉阙,都做了衰草牛羊野。"

【今译】

长安城的东南横亘着苍翠的骊山,秀丽绵长的渭水流过你的身边,河山

呵依然是旧日险要的河山。多少改朝换代的悲喜剧已在这里上演。你这昔日的繁华之都而今满目兔穴狐踪，衰草在秋风的淫威下一片萧瑟。秦宫隋苑已变荒丘徒遗腐臭，唐城汉阙尽成废墟一无所有。作为历史见证者的骊山满含忧愁，淘尽了千古风流人物的渭水日夜奔流。

【点评】小令的开头两句，从所见实景即山河的形势险要写起，第三句既是总写前两句的形胜未变，也是作者怀古之心的开端。这是第一层。作者情绪急转，由"悲""秋"引发出怀古之意，曲意由实写过渡到虚写。是第二层。第三层首先用反诘问"何处有"？其答复在于一个"空"字。这不是山，空自愁，也不是河，空自流；而是历代统治者兴衰如梦，万事皆空之感喟。

这首小令，作者通过怀古而抒怀，表达了两个方面的感慨：一是"秦宫隋苑徒遗臭"，说明历代统治者没有不遗臭万年的；二是"唐阙汉陵何处有"说明历代王朝之鼎盛，不由发出"伤心"之叹：封建帝王征战杀伐，历代王朝兴亡盛衰，到头来只是过眼云烟，有哪一个能够"长治久安"呢？

【集说】散曲名家张养浩用[山坡羊]写过九首《怀古》，以《潼关》一首最为著名；赵善庆的这首《长安怀古》可谓与之同曲而同工。……这首小令以山水起，又以山水结，起是写实景，结是景生情，由景而情，前后呼应，在结构上严谨而巧妙，格调上也深沉而苍凉。(《元曲鉴赏辞典》唐永德语，上海辞书出版社)

（艾克利　吴尊文）

[双调·沉醉东风]秋日湘阴(1)道中

　　山对面蓝堆翠岫，草齐腰绿染沙洲。傲霜橘柚青，濯雨蒹葭秀(2)。隔沧波(3)隐隐江楼。点破潇湘(4)万顷秋，是几叶儿传黄(5)败柳。

【注释】(1)湘阴：即今湖南湘阴，地处湘江下游，北临洞庭湖。　(2)濯(zhuó)雨：雨水冲洗。蒹葭秀：芦花放白。　(3)沧波：浩渺的江波。　(4)

潇湘:湘江的别称。因湘江水清而得名。《湘中记》云:"湘川清照五六丈,是纳潇湘之名矣。"此处泛指洞庭湖一带。　　(5)传黄:即转黄。

【今译】

　　远望,对面的山峦间,晴云缭绕,堆蓝叠翠;近看,丰茂的绿草啊,笼盖着江边的沙洲。傲然于秋风之中的,是缀满枝头的黄橘青柚;新雨冲洗过的丛丛芦花,装点着这清新爽朗的初秋。将目光越过浩渺的江波,能隐约眺见对岸的高楼。几叶儿转为黄色的败柳飘然而下,又让人禁不住因悲秋而思绪悠悠。

　　【点评】这支小令,是从湘阴道中所看到的山水景物写起的,实质是从山水景物所反映的秋意着墨的。所谓"物以情迁,辞以情发"。作者描绘客体的情绪,是随客体的远近、色调的深浅而展开的,感情也是逐步深入而酝酿的,同时也是连贯到底的。因为任何一个客体的镜头,都会转移主体的感觉和情绪。因此,前五句由远、近、浓、淡景色为组合,后两句进一步由景色的浓淡和感情、情绪的厚、薄、高、低与前四句为分界。这样一种多层次的组合与分界,把见景之情,爱景之心,羁旅之悲,迟暮之感,从秋意中完全表达出来。

　　【集说】这首小令把在一般诗人笔下悲凉的秋景,写得高远开阔,生气勃勃,色彩浓丽,调子明朗,令人赏心悦目;只是在最后才透露出一点悲秋的感受,而使全曲波澜顿生。这也可以说正是它的特色吧。(《元曲鉴赏辞典》唐永德语,上海辞书出版社)

(艾克利　吴尊文)

马谦斋

马谦斋,约元仁宗延祐(1314—1320)前后在世,和张可久相识。曾在大都(今北京),上都(故址在今内蒙古蓝旗东闪电河北岸)做过官。后来,"辞却公衙,别了京华,甘分老农家"(见其所作《柳营曲·太平即事》)。过着归田隐居的生活。《全元散曲》存其小令十七首,题材广泛,风格明快。

[中吕·快活三过朝天子四边静]秋

芰荷衰翠影稀,豆花凉雨声催。谁家砧杵捣寒衣⁽¹⁾,万物皆秋意。 燕归,雁飞,霜染芙蓉醉。长江万里鲈正肥⁽²⁾,谩忆家乡味。啸月吟情,凌云豪气,岂当怀宋玉⁽³⁾悲?赏风光帝里⁽⁴⁾,贺恩波凤池⁽⁵⁾,喜生在唐虞世⁽⁶⁾。

香山⁽⁷⁾叠翠,红叶西风衬马蹄。重阳佳致⁽⁸⁾,千金曾费。黄橙绿醅⁽⁹⁾,烂醉登高会。

【注释】(1)砧杵:捣衣的工具。捣寒衣:秋天将准备用来做寒衣的衣料置砧上捣之,使净使平。李白《子夜吴歌·秋歌》:"长安一片月,万户捣衣声。" (2)长江句:《晋书·张翰传》:"翰因见秋风起,乃思吴中菰菜、莼羹、鲈鱼脍,曰:'人生贵得适志,何为羁官数千里,以邀名爵乎?'遂命驾而归。"后世人遂以思莼羹鲈脍比喻思归故里。 (3)宋玉:战国时楚国人,曾在《九辩》中慨叹:"悲哉! 秋之为气也! 萧瑟兮草木摇落而变衰。" (4)帝里:帝王所居之地。此处指京城大都。 (5)凤池:"凤凰池"的省称,是禁苑中的池沼名,为中书省所在地。此处是用以代称朝廷。 (6)唐虞世:儒家所称道的太平盛世。虞,指舜;唐,指尧。 (7)香山:在今北京西山,为秋天观赏红叶的游览胜地。 (8)重阳佳致:阴历九月九日为重阳节。古人常在该日登高饮宴。 (9)绿醑:绿色的酒。

【今译】

池塘里只剩下几茎残荷,可是,秋雨还在催促着。不知从何处又传来了捣衣的砧声,使万物顿时都产生出秋天的感觉。 轻霜把芙蓉都染醉了,燕子和大雁总是在这时节往来穿梭。遥想故乡的莼羹鲈脍该是何等诱人呵,可我却还在这千里之外羁邀官爵! 但是,既有着豪放的气概,又有着闲适的快乐,我怎能像那宋玉一样,因秋天的萧瑟而长吟悲歌。饱览京华的风光,深沐朝廷的恩波,这简直是舜尧时代的太平生活。 京西的香山重峦叠翠,趁金秋去观赏红叶大道上车马很多。重阳佳节,登高宴会,千金买烂醉。物我两忘中也当别有一番滋味的欢乐!

【点评】这是一支伤物抒情的曲子。虽以"荬荷衰"领起,加强伤秋的气氛,却寄托着愤世之情。此曲有声、有色、有味,同时又有悲有喜。既重在社会现实,又着眼矛盾复杂的内心世界刻画。但因无法解脱,于是,只好以"烂醉"了之。

(艾克利)

[越调·柳营曲]叹世

手自搓,剑频磨,古来丈夫天下多。青镜摩挲[(1)],白首

蹉跎,失志困衡窝⁽²⁾。有声名谁识廉颇⁽³⁾,广才学不用萧何⁽⁴⁾。忙忙的逃海滨,急急的隐山阿⁽⁵⁾,今日个⁽⁶⁾,平地起风波。

【注释】(1)摩挲:抚摸。 (2)衡窝:即衡门,指隐者所居的横木为门的简陋小屋。《诗经·陈风·衡门》:"衡门之下,可以栖迟。" (3)廉颇:战国时赵国的良将。 (4)萧何:汉高祖刘邦的开国功臣。 (5)山阿:大的山谷。 (6)今日个:今天。个,语助词。

【今译】

胸怀壮志、勤学苦练的读书人,自古以来就有很多很多;到头来却望着镜中的如雪白发,长声慨叹有为年华的蹉跎。往日的抱负全都化作云烟,只好躲进寒陋的茅屋里过活。当今的世道啊——有谁能赏识名将廉颇?又有谁能够任用有才学的萧何?我们若不赶快地逃往遥远的海滨,那么就赶忙地隐居到偏僻的山阿。因为在那仕途之上呵,充满着意想不到的危险和无耻的罪恶。

【点评】"叹世",慨叹世道,从题目来看,就流露出了对现实的不满之意。这支小曲,表达了对士子入仕之难和仕途险恶的感叹悲愤之情。士子怀才不遇,壮志难酬,坎坷终身,固为封建社会的普遍现象,而在民族矛盾、阶级矛盾尤其尖锐的元代则更为严重。在元代九十余年的黑暗统治中,全国性的科举考试只举行过三四次,广大士子的没有出路是可想而知的。统治者扼杀人才,纵然声名如廉颇,才学如萧何,也不为所用。即使能跻身官场,却又会"平地起风波"飞来横祸。无怪乎他们要"忙忙的逃海滨,急急的隐山阿"了。这支曲子虽然言词简短,但所蕴含的容量却很大;曲中夹叙夹议,风格精警,具有很高的思想性和艺术性。

【集说】这首曲子艺术地概括了封建社会有抱负的文人一生的遭遇,将封建社会扼杀人才的现象和宦海风波的感受写得深刻而又生动。全曲夹叙夹议,语言跌宕多姿,风格冷峭精警,具有很高的思想性和艺术性。(《元曲

鉴赏辞典》柯象中语,上海辞书出版社)

(艾克利)

[双调·水仙子]雪夜

一天云暗玉楼台,万顷光摇银世界。卷帘初见栏干外,似梅花满树开。想幽人⁽¹⁾冻守书斋。孙康⁽²⁾朱颜变,袁安绿鬓⁽³⁾改,看青山一夜头白。

【注释】(1)幽人:幽居之人,指隐士。韦应物《秋夜寄丘员外》:"空山松子落,幽人应未眠。" (2)孙康:东晋京兆(今河南洛阳)人。性聪敏,酷爱学习。家贫无油,于冬月映雪读书。 (3)袁安:字邵公,东汉汝南汝阳(今河南商水西南)人。未达时,洛阳大雪,人多乞食,安独僵卧不起,洛阳令长行至安门,见而贤之,举为孝廉。绿鬓:青黑色的发鬓。

【今译】

满天的阴霾似要压向雕玉楼台,广袤的天地间变作银白色的世界。将帘儿卷起放眼栏杆以外,千树万树积雪如白梅盛开。那些隐居的读书人啊,想必还冻守在书斋。映雪苦读的孙康冻得红颜变,清高自守的袁安冷得青鬓改,就连那青山也一夜白了下来。

【点评】这是一支描写雪夜的小曲。歌咏雪景与抒写对幽人的深切同情是不可分割的两个方面。它描写了雪夜奇异瑰丽的景色,醒人眼目;也抒写了对幽人的深切同情,感人心扉。对雪夜风光的形象描绘是最为突出的特点。

(艾克利)

[双调·水仙子]咏竹

贞姿⁽¹⁾不受雪霜侵,直节亭亭易见心。渭川⁽²⁾风雨清

287

元曲观止

吟枕，花开时有凤寻⁽³⁾。文湖州⁽⁴⁾是个知音。春日临风醉，秋宵对月吟，舞闲阶碎影筛金⁽⁵⁾。

【注释】(1)贞姿：谓竹子具有常年翠绿永不改变的姿色。 (2)渭川：即渭河，古代渭河流域以盛产竹子著称。《汉书·货殖传》："齐鲁千亩桑麻，渭川千亩竹。" (3)花开句：传说凤凰喜欢竹子，"非练实(竹籽)不食"(见《庄子·秋水》)。 (4)文湖州：指宋代著名画家文同，字与可，以善画竹子闻名于当世。因他曾被任命为湖州知州，故世称文湖州。 (5)碎影筛金：月光从竹子的枝叶间照射下来，闪闪发亮。

【今译】

你的枝叶常年翠绿不畏霜袭雪侵，你不仅亭亭玉立，还有一颗正直之心，你可知道在那渭河的风雨之夜，我常倚着枕头聆听你摇曳轻吟。当你开花结籽时，定能引来凤凰，大画家文同先生，也是你亲密的知音。在春风中你欢舞得如痴如醉，在秋夜里你对着月儿把心曲轻吟，并将自己扶疏的身影，摇曳在那空旷的阶庭。

【点评】这是一支咏物的小曲，表现了作者对竹子的由衷喜爱。写的虽是竹子坚贞不拔、高风亮节的品格和气质，而实际上是作者本人风范和性格的自我表达。固然咏物及人是一种惯常的写作手法，然而它的含蓄之处，倒是值得称道的。

（艾克利）

张可久

张可久(1270—1348),庆元(今浙江宁波)人,字小山,一作名伯远,字可久,号小山。曾"以路吏转首领官",为桐庐典史、昆山幕僚。仕途颇不得意。晚年长居西湖,纵情诗酒,以山水自娱。毕生致力于散曲创作,尤工小令。所作多写景抒情,感怀不遇。艺术上刻意求工、风格典雅清丽,前人对其曲评价很高,《太和正音谱》称其曲"如瑶天笙鹤",又说"其词清而且丽,华而不艳,有不吃烟火食气,真可谓不羁之材。若披太华之仙风,招蓬莱之海月,诚词林之宗匠也"。隋树森《全元散曲》辑录其小令八五五首,套数九套。是元散曲作家中作品最多的一位。

[黄钟·人月圆]山中书事

兴亡千古繁华梦,诗眼倦天涯(1)。孔林乔木(2),吴宫蔓草(3),楚庙寒鸦(4)。　　数间茅屋(5),藏书万卷,投老村家(6)。山中何事,松花酿酒(7),春水煎茶(8)。

【注释】(1)这两句意思是诗人走遍天涯,以超脱的眼光看千古兴亡之事。　(2)孔林:地名,在山东曲阜城北门外,是孔子及其后裔的墓地。
(3)吴宫:指三国时吴王孙权所建的宫殿。此句由李白《登金陵凤凰台》"吴
宫花草埋幽径"化来。　(4)楚庙:指战国时楚国的宗庙。　(5)[人月圆]
有么篇换头,"数间茅屋"以下属么篇。　(6)投老:到老。　(7)松花:松树
开的花,其形如小塔,故俗称松塔。籽可酿酒,酒味甚苦。　(8)煎茶:煮茶。

【今译】

　　世道沧桑,盛与衰、兴与亡,反反复复,千古以来都如五色之梦,走遍天
涯,诗人倦眼看穿世间之事。人圣孔子如今墓地乔木已参天;繁花的吴宫今
天已蔓草萋萋,堂皇楚庙,也唯有寒鸦哀鸣。　　啊,人世一场空。只要茅
舍几间,藏书万卷,就心满意足甘愿到老村居。山中闲来什么事,松花酿苦
酒,春水煮淡茶,逍遥又潇洒。

　　【点评】这是一首抒怀之作。前两句破空而来,时贯千古,地通南北,意
旨宏深,写尽诗人之感慨,又总揽全篇,极是凝练。此曲意象鲜明,跳跃性
大,但尽收前两句之下。上片写千古兴亡之事,么篇写自己山隐之情趣,因
果相连,自然成章。其用笔淡雅,漫不经心,与作者追求逸情相结合,境界
完美。

　　【集说】构图疏淡,用笔清雅,颇见艺术性。(王起《元明清散曲选》)

　　感情由浓到淡,由愤激渐趋于平静。(《元曲鉴赏辞典》熊笃语,上海辞
书出版社)

　　用笔清丽,雅淡脱俗。(刘逸生主编 龙潜庵选注《元人散曲选》)

(兰拉成)

[正宫·醉太平] 叹世

　　人皆嫌命窄[(1)],谁不见钱亲?水晶丸入面糊盆[(2)],才
沾粘便滚[(3)]。文章糊了盛钱囤[(4)],门庭改做迷魂阵[(5)]。清
廉贬入睡馄饨[(6)],葫芦提倒稳[(7)]。

【注释】(1)命窘:命运不好。窘,穷困。　(2)水晶丸,面糊盆:两者都是比喻说法。前者比喻精明伶俐的人;后者喻名利场,仕宦圈子。　(3)才沾粘便滚:刚刚沾上边就越滚越大,越陷越深。喻原来很本分的人一踏进名利场也就变得圆滑世故。　(4)文章糊了盛钱囤:读书写文章都成了升官发财的手段。囤(dùn),用竹篾、荆条等编成的或用席箔等围成的盛财物的器具。　(5)门庭改做迷魂阵:为了钱财甚至把家门也变成了坑害人的地方。(6)睡馄饨:形容软弱,站不起来的样子。　(7)葫芦提:俗语,糊涂。

【今译】

　　人人都嫌自己命运窘,谁人不爱钱?如今这世道,水晶丸般的玲珑人进了名利场这个面糊盆,刚沾边就滚,愈陷愈深。读书君子写文章只为了赚钱营运。相府官邸门庭都成了坑害人的迷魂阵。官场上清廉者被打入提不起的睡馄饨行列之中。糊里糊涂瞎混,官倒做得稳。

【点评】这是一首愤世嫉俗的小令。此曲全用俗语,直抒情感,毫无掩饰,充分表达了作者的愤慨之情。其以质问下笔,连用借代,形象准确、痛快淋漓,尖锐地讽刺了那些追逐势利的小人,鞭笞了元代社会世俗的腐败。在张可久轻倩婉美的散曲中,这种风格的创作,确是很少见。

【集说】但如此作,亦复悉排典语,独铸俚词。而痛愤之深,嘲骂之烈得未曾有。(任讷《作词十法疏证》)

　　这篇全用俗语写成,一反作者平日典雅清丽的作风。(王起《元明清散曲选》)

　　由于以俗语写成,发挥得淋漓尽致。(刘逸生主编 龙潜庵选注《元人散曲选》)

　　语言冷峭,情绪愤激。(傅正谷《元散曲赏析》)

(兰拉成)

[仙吕·锦橙梅]

红馥馥的脸衬霞⁽¹⁾，黑髭髭的鬓堆鸦⁽²⁾。料应他，必是个中人⁽³⁾，打扮的堪描画。颤巍巍的插着翠花，宽绰绰的穿着轻纱。兀的不风韵煞人也嗏⁽⁴⁾。是谁家⁽⁵⁾？我不住了偷睛儿抹⁽⁶⁾。

【注释】(1)红馥馥:红艳艳。馥馥:形容香气浓烈。 (2)黑髭髭:形容乌黑的鬓发。刘熙《释名·释形体》:"髭,姿也,为姿容之美也"。堆鸦:形容凸起的发髻如乌鸦羽毛乌黑发亮。 (3)个中人:此中人,此处指歌妓。(4)兀的不:兀的,这样的。兀的不,这怎的不。煞:极甚之词,意谓很、厉害。嗏:语气词,略同于呵。 (5)谁家:那一个。一说作"为甚么"解。 (6)抹:看,瞥,偷偷地看一眼。

【今译】

红艳艳的脸儿如映霞,黑髭髭的鬓发似堆鸦,我猜她,定是个歌妓舞女吧,打扮得如此娇艳真是值得描画。头上颤巍巍摇动着珠玉首饰与翠花,身上披着宽松薄薄的轻纱。一段风韵怎不令人倾倒呵,这是为什么,我竟也控制不住偷眼儿看她。

【点评】这是一首描写少女体态容颜之美的小令。作者首先从第一感觉中撷取动人之处,白里透红的脸与乌黑油亮的秀发在色彩上形成强烈的对比,从而加强了人物视觉形象。接着通过外在的服饰和款款而来的凌波微步的动作性描绘,进一步展示了少女内在的风韵和魅力,使其雍容洒脱的气质与超凡脱俗的翩翩风度跃然纸上。结尾处,面对倾国倾城的绝代佳人,作者不禁为之倾倒,为之动情,为之赞叹。此曲语言简洁,生动传神,看似简明浅露,实则语语含情。

【集说】可以抵得上《西厢记》的张生初遇莺莺的一幕了。(郑振铎《中

国俗文学史》)

本曲写美人体态。整首用白话写来,叠字的运用使得作品读来更富于节奏美。(卢润祥《元人小令选》)

(吴应驹)

[中吕·迎仙客]秋夜

雨乍晴,月笼明⁽¹⁾,秋香院落砧杵鸣⁽²⁾。二三更,千万声,捣碎离情,不管愁人听⁽³⁾。

【注释】(1)月笼明:雾月笼罩大地,一片澄明。 (2)砧(zhēn)杵(chǔ):过去人洗衣时捶衣用的基石和木棒。 (3)不管:不顾。

【今译】

绵绵的秋雨突然放晴,雾月如银向大地洒下一片澄明。秋花芬芳,小小院落一片寂静,唯有叮当叮当的捣衣声。紧一阵,慢一阵,直敲过二三更,一千声,一万声,似要捣碎心头积聚的离情,不顾愁人不愿听。

【点评】作者以清丽之笔勾画出一幅秋夜思妇游子图。月光下,思妇捣衣怀远人,而捣衣声又引起了游子的一片离情,可谓画中有画,情外有情。李白有"长安一片月,万户捣衣声"的名句,描写长安风情,其捣衣场面宏大热闹,既含有对征人的思念,又充满对凯旋师营的希望;而此曲作者却不避前贤大笔,以同一题材写思妇的寂寞、热切又沉重的感情,更妙的是引出游子的离情翻出新意,诚可谓妙笔生花。

【集说】语意清新,接近民歌体。(石绍勋 韦道昌《元明散曲选》)

背面敷粉,将闺妇的离情益发渲染得淋漓尽致。(《元曲鉴赏辞典》何满子语,上海辞书出版社)

别具意境。(刘逸生主编 龙潜庵选注《元人散曲选》)

(兰拉成)

293

元曲观止

[中吕·红绣鞋]秋望

一两字天边白雁[1]，百千重楼外青山[2]。别君容易寄书难[3]。柳依依花可可[4]，云淡淡月弯弯，长安迷望眼。

【注释】(1)一两字天边白雁：倒装句，即天边白雁排成行，像一行行写在空中的文字。　(2)百千重楼外青山：倒装句，楼外青山百千重。　(3)可可：可人貌。

【今译】天边白雁列队飞翔，楼外青山层层叠叠，离别容易音信难递。杨柳依依花儿可爱，云儿淡淡细月弯弯，远眺长安茫茫然。

【点评】这是一首思念友人的小令。开首两句以数词、名词构成，已显出这首曲的意境自是不凡。天边白雁，楼外青山，阻隔了作者与友人音信的往来。此情此景，本已令人伤感之极了，但依依的杨柳，可人的花朵，淡淡的云彩，弯弯的月亮，使诗人对朋友的思念之情更加无法抑止，体味到人生的缺憾与无奈。情中景，景中情，情景融通，将"思念"二字抒写得入木三分。

（谢东贵）

[中吕·满庭芳]金华道中

营营苟苟，纷纷扰扰，莫莫休休。厌红尘拂断归山袖，明月扁舟[1]。留几册梅诗占手，盖三间茅屋遮头。还能够：牧羊儿肯留，相伴赤松游[2]。

【注释】(1)扁舟：小船。此暗用范蠡辅佐勾践灭吴后，乘舟浮游的事，表达归隐之意。　(2)赤松：赤松子，传说中的仙人。《史记·留侯世家》："愿弃人间事，欲从赤松子游耳。"又，晋葛洪《神仙传》二：黄初平牧羊，为一道士携至金华山石室中，服食松脂茯苓成仙，改名为赤松子。

人世间蝇营狗苟,到处是纷纷扰扰,莫莫莫,休休休。厌绝红尘,拂断了归隐者的衣袖,离开官场,明月下乘一叶泛湖扁舟。几册咏梅诗篇捧在手,三间茅草房舍遮住头。还能够:牧羊儿应肯逗留,伴随赤松子仙游。

【点评】这是一首厌弃官场、表达归隐逸游心曲的小令。开首三句,叠字见意,极表抒情主人公对红尘纷纷扰扰的万般厌恶之情和无可奈何、归休为快的心态。"拂断归山袖"便是这一意向的外化。下边的学范蠡扁舟游湖、学张良辞朝廷随赤松子游,学牧羊儿随金华道士羽化登仙,这再三的意象,整合成抒情主人公的理想:离别蝇营狗苟的尘世官场,去追寻自由自在、清净安逸的归隐生活。曲辞清丽爽逸,颇得"披太华之天风,招蓬莱之海月"的风神。

【集说】曲以破有、破空为至上之品。中麓谓"小山词瘦至骨立,血肉销化俱尽,乃炼成万转金铁躯",破有也;又尝谓其"句高而情更款",破空也。(刘熙载《艺概·曲概》)

(李培坤　李建军)

[越调·寨儿令]春思

喜又惊,笑相迎,倚湖山露华罗袖冷。谁惯私行(1)?怕负深盟,偷步锦香亭。寻寻觅觅风声,潜潜等等芳情,粉墙边花弄影,朱帘下月笼明。轻,吹灭短檠灯(2)。

【注释】(1)谁:哪里。　(2)短檠(qíng)灯:灯架矮小的灯。檠,灯架。

【今译】

又喜又惊,笑脸相迎,等你倚立湖山边,露华浓,湿透罗袖格外冷。哪里惯得私行,分明怕负深盟,偷偷迈步在锦香亭。风声过,疑人到,寻寻觅觅却是空。一片芳情暗中等,等你暗中一片情。粉墙边跳过,花儿弄影;朱帘下

元曲观止

静寂,月儿牛明。轻,不要弄出声,噗地吹灭短檠灯。

【点评】张小山以《春思》为题的小令不少,但写来各有风姿,毫不雷同,此或即金圣叹所谓"犯之而后避之",称得上"才华压尽香奁句"(高栻)。这是一首将"春思"行为化、情节化了的小曲,把一个怀春女子等待湖山边、偷约朱帘下的艳情含蓄而直白地呈示在读者面前。在结构上,先写相见之"喜又惊"的场面,复回笔表白赴盟之心曲及等待之焦虑。其中"寻寻觅觅"两句,用叠字的形式,将偷情人蹑足潜踪、东张西望的动作和紧张神情和盘托出。"粉墙边"两句则是一种意境的创造,使人们自然联想起《西厢记》中"隔墙花影动,疑是玉人来"的情景。结笔以"灯"的意象点明二人已进入房间,含不尽之意见于言外。全曲"清而且丽,华而不艳"(朱权),赋予偷情以一种审美的品格,活画出在礼教禁锢下,青年男女对"情"之"寻"与"等"、"喜"又"惊"的心态。

【集说】甚至写艳情,他(张可久)也有个分寸,不流于狎亵,例如:"喜又惊……"写等待和幽会的情景,和《西厢记》第一本第三折[斗鹌鹑]、第三本第三折[沉醉东风]诸曲,有点儿相似,但他不会毫无保留地说出"柳腰款摆,花心轻折,露滴牡丹开"(第四本第一折[胜葫芦]);也不像关汉卿的"碧纱窗外静无人,跪在床前忙要亲"(散曲[一半儿])。他只是恰到好处,那话儿不说也罢。(罗忼烈《两小山斋论文集》)

(冯文楼)

[中吕·山坡羊]闺思

云松螺髻(1),香温鸳被,掩春闺一觉伤春睡。柳花飞,小琼姬(2),一声"雪下呈祥瑞"(3),团圆梦儿生唤起(4)。谁,不做美?呸,却是你!

【注释】(1)云:指头发。螺髻:螺旋形的发髻。　(2)小琼姬:对小丫头的美称。　(3)雪下句:小丫头误将柳絮认作下雪而发出的惊呼。　(4)生:副词,含有"强""硬"等意思,即俗语所谓"硬生生"。《窦娥冤》:"怎不将天地也生埋怨！"

【今译】

蓬蓬秀发不成型，软温留香鸳鸯被，只为伤春掩门睡。团团柳絮逐风飞，凭窗眺望惊琼姬，高呼"雪下呈祥瑞"。梦儿里团圆刚相遇，生擦擦被她唤起。是谁这般不做美，呸，原来却是你：小冤家真是不识趣！

【点评】传闺阁之思，写伤春之情的小令，在元散曲中并不少见，但构思如此之新颖，视角如此之独特者，确为罕有。其妙处在于，写闺思独辟蹊径，以小姐与丫鬟的一场喜剧冲突出之，所谓"借勺水兴洪波"（金圣叹语），妙趣横生，不落凡近；传春情，善于翻新，以梦境无端被扰乱的形式，吊起一颗离心，极力摇曳，于是生出无限惆怅，心痒难挠。从而使相思之情倍增，而离别之恨益深。全曲尺幅虽短，但对闺阁生活画面的截取，极富特征性和包孕性，小姐和丫鬟，一个心事重重，一个天真活泼的形象，跃然纸上。结尾两句，不仅声响清脆，而且活脱出小姐娇嗔的面容和丫鬟缩颈吐舌的动作，真可谓"情中悄语"也。

【集说】意度平仄俱好，止欠对耳。务头在第七句至尾。（周德清《中原音韵》）

"把团圆梦儿生唤起，谁，不做美？呸，却是你！"情中悄语也。（王世贞《曲藻》）

所写颇觉情事生动，口角逼真。（任讷《作词十法疏证》）

他的所长，却在情词。他的咏物和写景，时有腐语，但其情词却极为清俊可喜。（郑振铎《中国俗文学史》）

（冯文楼）

[南吕·四块玉]客中九日

落帽风⁽¹⁾，登高酒⁽²⁾。人远天涯碧云⁽³⁾秋，雨荒篱下黄花⁽⁴⁾瘦。愁又愁，楼上楼，九月九。

【注释】(1)落帽风:《晋书·孟嘉传》载:孟嘉为桓温参军。九月九日,温游龙山宴请僚佐。时佐吏并着戎装,有风至,嘉帽吹落竟不觉。温使左右勿言,欲观其举止。良久,使还嘉帽,命孙盛作文嘲嘉。嘉著文以答,四坐皆叹。后因以落帽风为九月九日重阳节登高的典故。　(2)登高酒:旧俗重阳节人多登高饮酒,故有登高酒之谓。　(3)碧云:即青云,天空呈现一片蔚蓝的颜色。　(4)黄花:菊花。

【今译】

　　风乍起,吹落帽,客中畅饮登高酒。路迢迢,天尽头,人在旅途是深秋。云淡淡,雨疏疏,篱下黄花别样瘦。愁又愁,楼上楼,正是重阳九月九。

【点评】此曲为秋日感怀之作。开篇以典入曲,既点明时间背景,也带出重阳节特有的佳话、雅趣,言简意赅,用事为妙。次二句"人远天涯碧云秋,雨荒篱下黄花瘦",运用空间的调度转换,以富有诗情画意的笔调,突现了一幅羁旅漂泊、故园萧疏的图景。这里所写的两种景象,既可以看成作者对生活"实相"的摹写,亦可视为一种心绪与意念的诗化表现,因而别具一种感慨、凄凉的意韵。末三句以逆叙倒挽之笔,抒发了作者的羁旅愁思,将本为"九月九,楼上楼,愁又愁"的语序加以颠倒,就使得句子意直而语曲,更使曲中所表现的哀愁显得悠长深远,回环不绝。而在整体结构上,它又与首二句的"落帽风,登高酒"互相对照,一方面使前面在时间与感情上较为含蓄的表达明朗化,另一方面也让读者更加领会到在那种本当兴致高昂的时节下作者的郁郁情怀。

　　【集说】(小山)俪辞追乐府之工,散句撷唐宋之秀。(许光治《江山风月谱序》)

（赵　岩）

[南吕·四块玉]乐闲

远是非,寻潇洒⁽¹⁾。地暖江南燕宜家⁽²⁾,人闲水北春无价。一品茶,五色瓜,四季花⁽³⁾。

【注释】(1)潇洒:清静。 (2)地暖江南:即江南地暖。 (3)一品茶:上等茶。五色瓜:色彩斑斓的瓜果。四季花:每季盛开的花。

【今译】(略)

【点评】这是一首叙写闲居傲世之情的小令。"寻潇洒"三字统领全诗,把诗人谢绝尘嚣、高洁自持的意愿完全表露出来,而风情无限的江南正是最理想的避世归隐之地。细酌清茶、慢品香瓜,观赏花草,这样清静之至、悠然自娱的隐逸生活,确实令人神往。

(谢东贵)

[南吕·金字经]乐闲

百年浑⁽¹⁾似醉,满怀都是春。高卧东山⁽²⁾一片云。嗏,是非拂面尘,消磨尽,古今无限人。

【注释】(1)浑:全,都。 (2)东山:山名,在浙江上虞西南。东晋谢安早年隐居于此。又杭州、南京均有东山,也是谢安游憩之地。后因以东山指隐居。

【今译】
年年岁岁浑然如醉,我胸中自充满一片春意。日日里仿佛高卧于东山飘飞的白云。咳!是非不过像拂面的尘埃,却消磨尽古往今来无限人。

元曲观止

【点评】这是一支感怀人世沧桑的散曲。起首两句直陈胸臆,看似写隐者的陶然自得,忘却尘缘,实际上却流露出一种掩饰不住的"强自为之"的滋味,分明令人感觉到隐居者心灵中历尽人间沧桑所留下的褶痕。接下来的一句以借石他山之法,化典入曲,描述一种眠云卧月、行止飘忽、闲适自在的生活形态。这种行云野鹤般踪影不定的隐逸生活看起来像是对人生的大彻大悟,但也未尝不是一种对尘世苦难的逃避。末三句更是快人快语,坦白直率地道出自己对古往世事沧桑的彻悟,大有看破红尘之意味,但在语气上,作者却将这样一种深沉的感悟以松脱、不屑的方式表现出来。从这里不难看出中国历代隐士的一种心灵轨迹。小曲虽写"乐闲",但让人感觉到一种深沉的人生悲欢。

【集说】张小山、乔梦符小令并称,然张之小令,远轶梦符之上。(张德瀛《词徵》卷六)

(赵 岩)

[南吕·金字经]雪夜

　　犬吠村居静,鹤眠诗梦清。老树冰花结水晶。明,月临不夜城[1]。扁舟兴[2],小窗何处灯?

【注释】(1)不夜城:城市灯火明亮如昼。 (2)扁舟兴:雪夜访戴故事。晋王徽之居山阴,夜雪初霁,月色皎然,因咏招隐诗,忽忆戴安道。时戴在剡溪,即连夜小舟访之,经宿方至,造门不进而返。人问其故,曰:"吾本乘兴而行,兴尽而返,何必见戴?"(见《世说新语·任诞》)

【今译】
　　听犬吠,更觉村居幽静,伴鹤眠,方知诗梦轻清。挂满冰花的老树如同水晶。上下一片明,月光普照不夜城。激起我驾舟访友的雅兴,早飞向,远方小窗一盏灯。

【点评】此曲写雪夜之景,抒雪夜之情。起首犬吠鹤眠、村居诗梦二语,写出诗人高隐自若的心境。"老树冰花"极言雪景之美,而皓月当空,雪月相辉,使整个小城,都溶入一派明光里,则更使人心醉。结尾"扁舟"两句,借用古人雪夜访戴事,表现出一种洒脱无羁、旷达超逸的生活情趣,更为全曲带来无限的艺术魅力。

(宁希元 胡 颖)

[商调·梧叶儿]春日郊行

长空雁,老树鸦,离思[1]满烟沙。墨淡淡王维画,柳疏疏陶令[2]家,春脉脉武陵花[3]。何处游人驻马?

【注释】(1)离思:离别的愁思。 (2)陶令:指东晋诗人陶潜。 (3)脉脉:含情微视的样子。武陵花:陶渊明《桃花源记》中有武陵桃花,此处引用此典,以示春色。

【今译】
长空过大雁,老树栖乌鸦,勾起我满腹离别愁绪,恰似这满天轻烟与尘沙。墨绿淡淡,有如王维画,柳条依依,好像陶潜家,春意含情,更似那武陵源中开桃花。又有哪地方,可让我这失意游子停下?

【点评】这是一首对春伤怀之作。春日里,作者策马漫行,展现在眼前的是一片盎然春色:墨绿淡淡如画,柳条迎风摇摆,百花盛开,春风送暖,恰似少女含情,使人心荡神驰。对如此风光,本应高兴才是,然而作者却是一个离家远行的游子,此时正是愁思满怀,这诱人的春意不仅没有增加他的乐趣,反觉与自己如此不谐调,更增忧伤之情,以至于感到天地之大,竟无自己容身之地了。

(金荣权)

[商调·梧叶儿]湖山夜景

　　猿啸黄昏后,人行画卷中。萧寺罢疏钟[1]。湿翠横千
嶂[2],清风响万松,寒玉奏孤桐[3]。身在秋香月宫[4]。

　　【注释】(1)萧寺:南朝梁武帝萧衍笃信佛教,大造寺院,命萧子云飞白大
书"萧"字(见苏鹗《杜阳杂编》)。后人因称寺院为萧寺。　(2)湿翠:指雨
后树木。千嶂:如屏障一样的群山。　(3)寒玉:喻清凉的山泉。唐李群玉
《引水行》:"一条寒玉走秋泉,引出深萝洞口烟。"孤桐:指琴。这句是说山泉
叮咚,如奏琴声。　(4)秋香:指桂花。李贺《金铜仙人辞汉歌》:"画栏桂树
悬秋香,三十六宫土花碧。"传说月中有桂树,故曰秋香月宫。

　　【今译】

　　黄昏过后传来声声猿啸的哀鸣,人如行走在山清水秀的画卷中,又听见寺
院里响过缓慢的钟声。雨后的群山万木更显苍翠清新,清风徐徐吹起松涛阵
阵,山泉叮咚如同弹奏着优美的琴曲,此时仿佛置身于桂香十里的月宫。

　　【点评】这是一幅山水画,诗人犹如一名丹青好手,通过一系列诸如"猿
啸""晚钟""山风""水声"等意象的点染,勾勒出一幅苍茫旷远的湖山夜景
图。这又是一首交响曲,诗人更像一位作曲家,将西子湖畔的湖光山色与温
馨的柔情蜜意融为一体,谱写出一首清冷朦胧、音调谐美的夜之曲。全曲以
景结情,情韵皆胜,意境阔远。风格淡雅清丽,流连之意和眷恋之情俱在
其中。

(吴应驹)

[双调·庆东原]次马致远先辈韵(之五)

　　诗情放,剑气[1]豪。英雄不把穷通较。江中斩蛟[2],
云间射雕[3],席上挥毫。他得志笑闲人,他失脚闲人笑。

【注释】(1)剑气:宝剑的光芒。喻人的才华、勇气。 (2)蛟:古代传说中的动物,相传蛟龙得水,即能兴云作雾,腾踔太空。 (3)雕:亦作"鵰",雕鸟,凶猛之飞禽,似鹰而大,黑褐色。

【今译】

诗情文思旷达,才华勇气刚豪。英雄从不把穷困通达计较。挥剑江中斩龙蛟,挽弓云中射大雕,即席赋诗挥狼毫。可他得志时笑别人低能无用,他失脚落水反被别人耻笑。

【点评】这是张可久唱和马致远[双调·庆东原·叹世]的九篇曲子中的第五首。张可久在钦佩先辈的次韵中,既有因承又有新变,用此曲塑造了一个性格豪放、穷通不较、得失不计的英雄达士。他能赋诗,会舞剑,文武兼备,气概非凡,思想超迈。作者借此展现了自己高洁不凡的审美理想。开篇气势阔大,韵调轩昂。四五六句为鼎足对,用三个意象群,具体可感地描绘出英雄达士的形象:武略超凡,江中斩蛟,箭射大雕;文才出众,席上赋诗,挥毫撰文,迅捷可待。结尾两句,对比强烈,力透纸背。这首小令文意精深,辞风豪健,于骚雅中展现出豪迈的气象,可视为小山乐府中雄壮调的上乘之作。

(李培坤　李建军)

[双调·沉醉东风]气球

元气初包混沌⁽¹⁾,皮囊自喜囫囵⁽²⁾。闲田地著此身,绝世虑⁽³⁾萦方寸⁽⁴⁾。圆满⁽⁵⁾也不必烦人,一脚腾空上紫云,强似向红尘⁽⁶⁾乱滚。

【注释】(1)混沌:古人想象中的世界开辟之前,阴阳二气不分,天地浑然一体的状态。这里即虚拟气球口吻,自言其浑噩。又形容包围自己的世界一片昏黑浑浊。 (2)囫囵:本谓浑然一体,不可剖析。用来形容整个儿的东西。 (3)世虑:世间的牵挂。 (4)方寸:指心。 (5)圆满:指气球充

元曲观止

气而鼓胀。　　(6)红尘:指人世间。

【今译】如同开天辟地前的黑暗混沌,我无知无识,是非不分。幸喜皮囊无损,倒是完整圆圆,在清闲的地方安顿此身,只有摒绝尘世牵挂的念头萦绕方寸。我气充滚圆,不必烦劳他人,一脚腾空即可飞身直上青云。超然物外,逍遥自在,强胜过在尘世跌打乱滚。

【点评】这是一首借物咏怀的小令。以写气球为名,宣泄作者对社会现实的不满。开篇写气球浑噩无知,却能够完好无损,反言自己生活于乱世,之所以还能苟全性命,完全是因为采取了同样的"难得糊涂"的处世方式,于自嘲中蕴含激愤。由于激愤故引出"闲田地著此身,绝世虑萦萦方寸"两句。"绝世虑"流露出作者对委曲求全生活的厌倦,对昏黑一片的社会现实的厌倦。承接这一思想,作者借气球的"圆满也不必烦人,一脚腾空上紫云"自喻,表达希望能摆脱人世的勾心斗角、名利之争而超然物外、逍遥自在的心愿。最后一句是全篇的重心。如果说前面作者是借物自喻,比较含蓄,那么这一句则是心声的直接吐露,是他全部不满、愤慨的彻底爆发。由"强似"连接"上紫云"与"红尘乱滚",用比较的句式表明决绝的态度,形成一个骤然而止的有力的结尾。这首小令,咏物而不滞于物,以小见大,耐人寻味。

(刘静渊)

[双调·落梅风]冬夜

更阑[(1)]后,雁过也,梦不成小窗寒夜。伴离人落梅香带雪,半帘风一钩新月[(2)]。

【注释】(1)更阑:更深夜尽。　　(2)新月:初出之月。

【今译】

这是更深人静的冬夜,这是大雁也已飞过的季节,小窗下,我的好梦又一次破裂。醒时陪伴着孤独离人的,唯有含香带雪飘然而落的梅花,还有半帘清风一钩新月。

【点评】这是一支写冬夜相思的曲子。全曲自始至终笼罩着一种浓浓的思恋意绪，但写得十分简约、含蓄。起首为双关语，既点明时间、节序，也写出情人间的久疏音信：漫漫冬夜，更深人静，相思之苦无以诉说；飞鸿不至，锦书难托，别离之情无法传递。接下来的"梦不成小窗寒夜"为一转折句，承前边之情思，启后面之景致：现实的思念既无以落实，就连梦中的相见也难以为凭，这梦醒后的失落与怅然可以想见。此为后两句意境的创造开创了前提。这里又以时令的更替为由，设计出一种语言情境，似是从客观上写相思梦难圆，主观上则是加强这种情感氛围。以下便进一步点染这种意绪和意境，离人——落梅——雪——风——新月皆为清冷孤寂的意象，它们交叠在一起组成一种独特的意境，将离人冬夜相思之清苦款款道出，韵味绵长。这支曲写人的笔墨很节制，而将笔触更多地用在"造境"方面，情随境呼之若出；"造境"也不是浓抹重彩，而是疏淡勾勒，情韵便已蕴藏其间了。

【集说】小山极长于小令，梦符虽颇作杂剧散套，亦以小令为最长。两家固同一骚雅，不落俳语，惟张尤翛然独远耳。（刘熙载《艺概·词曲概》）

（赵　岩）

[双调·落梅风]春情

桃花面⁽¹⁾，柳叶眉⁽²⁾，小亭台锁红关翠⁽³⁾。孤帏玉人初睡起，不平他锦鸳⁽⁴⁾成对。

【注释】(1)桃花面：形容女子容貌若桃花般艳丽。　(2)柳叶眉：形容女子眉形似柳叶般修长秀美。　(3)锁红关翠：这里指女子的深闺幽居。(4)锦鸳：即鸳鸯。

【今译】

面若桃花啊眉如柳，小亭高台啊锁闺秀。那孤清的帏帐中，美丽的女子

元曲观止

睡梦初醒,瞧着成双成对的鸳鸯,她的心中好是不平气恼。

【点评】这支小曲写的是春日闺怨之情。起首两句为状写女子容颜之美,以"桃花""柳叶"作比,虽嫌俗套,亦有春光韶华两相谐美之意。次句以"锁红关翠"作转折之笔,在语意上与前边形成冲突,写深闺固扃对青春和美的封锁、扼制,同时也隐隐表达了"满园春色关不住"的深意,这就为后面女子情思的萌发埋下了伏笔。人在闺中,春景如许,一颗鲜活的心怎能不荡起情感的涟漪? 寥寥数句,已见曲折起伏,真有尺水兴波之妙。接下来的两句乃为抒写女子春愁,将闺中的孤独冷清与池塘中双双对对嬉戏欢游的鸳鸯两相对照,使孤独者更觉落寞,触景者愈觉伤情。尤其是结句,写春愁春怨却不直接道来,而将心中情思转化为眼前景象,含蓄而又寓意深远。

【集说】张可久的才情确足以领袖群伦……他的作风爽脆若哀家梨的,一点渣滓也留不下;是清莹若夏日的人造冰的,隽冷之气,咄咄逼人。他豪放得不到粗率的地步。他精丽得不到雕镂的地步。他萧疏得不到索寞的地步。他是悟到了"深浅浓淡雅俗"的最谐和的所在的。(郑振铎《插图本中国文学史》卷四)

(赵 岩)

[双调·落梅风]春情

秋千院,拜扫天[(1)],柳荫中躲莺藏燕。掩霜纨递将诗半篇[(2)],怕帘外卖花人见。

【注释】(1)拜扫天:清明节上坟祭扫的日子。 (2)霜纨:白色的丝织品,一般指绢帕,此处或代指诗笺。

【今译】

院落深深飞秋千,又至清明节。莺燕窥人都何处? 躲藏柳荫间。暗将霜纨掩,偷递诗半篇,只怕帘儿外,卖花人瞧见。

【点评】这是一首用"躲藏"的笔法,描绘偷情人躲藏心理的小曲。写来 崎旎含蓄,别饶情趣。所谓"藏"笔者,就是有意制造读者想象的"空白",以 拓展作品的内涵。起首二句,是一个时间的空间化和空间的时间化构制,其 中分明躲藏着一个秋千架上春衫薄的女儿。"柳荫中"一句,既是对春之景 象的描绘,又是抒情主人公窥人形象的传真写照。结尾两句更具神韵,把一 个左顾右盼、行踪诡秘的偷情行为描绘得惟妙惟肖,其紧张而害怕的情态宛 然如见。

【集说】就是写儿女风情,他(张可久)也很含蓄,例如:《落梅风·春情》 《梧叶儿·春日书所见》《山坡羊·闺思》,从动态中写出在旧礼教束缚下的 少女少妇率真活泼的一面,结句都刻意求新,可说是"未经人道语"。(罗忼 烈《两小山斋论文集》)

这首小令五句二十八字,不过相当于一首七绝。然而它既像一幅生活 气息浓郁的风俗画,又像一场动人的独幕小剧。(《元曲鉴赏辞典》熊笃语, 上海辞书出版社)

这首曲子妙在突出刻画了少女幽会时的微妙心理。(萧善因《元散曲一 百首》选注)

(冯文楼)

[双调·水仙子]湖上即事

盈盈娇步小金莲(1),潋潋春波暖玉船(2),行行草字轻 罗扇,诗魂殢酒边(3)。水光花貌婵娟(4),眉淡淡初三月,手 掺掺第四弦(5),为我留连。

【注释】(1)盈盈:形容脚步轻盈。金莲:旧时代妇女所缠的小脚。 (2)潋潋:形容水波相连。玉:装饰精美的船。 (3)殢(tì):滞留。一作 杯。 (4)婵娟:形容女子姿容美好。 (5)掺掺:同纤纤。第四弦:古弦乐 器上的第四根弦,与第二弦为一组,音高相同,音色柔和。

【今译】

小小金莲迈着轻盈娇娜的脚步,潋潋春波抚拍碧玉装饰的船儿。轻罗扇上书写着行行草字,飘忽的诗魂逗留于酒杯旁边。水光花貌交相辉映多么美好,淡淡清眉娟秀如初三月,纤纤细手娇柔如第四弦,怎能不使我凝眸流连。

【点评】这是作者专咏湖上玩赏时同舟一位美女的小曲,可分为前后两节。前节起首即推出美女迈着"盈盈娇步"翩然走来的镜头,虽落笔于一双"金莲",然其如下凡仙女的体态风姿,却令读者不难想见。接着以"潋潋春波暖玉船"的美景作为背景来映衬,构成一幅妙趣横生的画面,更加显示出美女的绰约动人。随之点出美女手中的轻罗扇上书写着行行草字,这顿时激发了作者的诗兴。后节便乘兴写其美貌,先顺势从"水光花貌"相映着笔,概称其"婵娟"美好,然后抓住"眉""手"细描,以"眉淡淡初三月,手掺掺第四弦"的精妙比喻极言其美。最后情不自禁地说出"为我留连"一语,作者的无限爱慕之情都凝聚于"留连"二字上,情味颇为悠长。此曲文笔典丽轻倩,美妙传神,"盈盈""潋潋""淡淡""掺掺""婵娟""留连"等叠字和连绵字的运用,不仅形容恰切,更增音声之美。

(刘生良)

[双调·水仙子]梅边即事

好花多向雨中开,佳客新从云外来⁽¹⁾。清诗未了年前债⁽²⁾,相逢且放怀。曲栏干碾玉亭台。小树纷蝶翅⁽³⁾,苍苔点鹿胎⁽⁴⁾。踏碎青鞋⁽⁵⁾。

【注释】(1)云外:远方。 (2)诗债:别人乞诗应而未予或唱和未答称诗债。 (3)蝶翅:蝴蝶翅膀,这里以白蝴蝶翅膀喻雪花。 (4)鹿胎:梅花鹿体。意指雪花落在苍苔地上,色彩斑驳,像梅花鹿体上的斑点一样。(5)青鞋:用青黑色布料做成的鞋。

【今译】

好花多向雨中开,贵客新从远方来。理诗稿忽发觉未了友人"债"。既幸会就得畅开诗酒怀。积雪如琼玉凝脂覆盖了曲栏亭台,飞雪纷纷落在树上,好像漫天驻翅的粉蝶。苍苔地上的片片积雪,薄厚不一就像鹿体上的斑驳色彩。兴致高踏雪访梅,跑破了脚上的青色布鞋。

【点评】这首小令抒写远方的朋友来访,诗情酒兴勃发,一起踏雪访梅的乐事。全曲大致分为三个部分:前四句抒写有朋自远方来的喜悦情怀,首句以"好花多向雨中开"起兴,接着写嘉宾来访,敞开诗酒情怀,兴致勃发的诗人形象已跃动纸上。第二部分描绘踏雪访梅所见的如画美景,写得晶莹剔透,抓住雪景特征,大胆设喻,想象奇妙妥帖,尤其"蝶翅"和"鹿胎"等为出色。第三部分以"踏碎青鞋"四字句戛然收尾,再次点染出诗人兴致豪放之状,令人难以忘怀。小山曲多以幽峭见长,此曲第二部分也体现了这种风格,用笔典雅峭拔,描摹景致幽深雅致。本曲其他部分却写得朴实自然,显现出诗人兼擅别体的大家手笔,尤其是尾句,仅用四字,写尽友人间放纵情怀的豪逸,踏雪访梅的甘苦,包涵丰赡。

(赵庆元　张晓春)

[双调·殿前欢]客中

望长安,前途渺渺鬓斑斑。南来北往随征雁,行路艰难。青泥小剑关[1],红叶溢江岸[2],白草连云栈[3]。功名半纸,风雪千山。

【注释】(1)小剑关:在四川剑阁县北。连山绝险,飞阁通衢,谓之剑阁。(2)溢江:出江西瑞昌市清溢山,经九江,北入长江。(3)连云栈:在陕西汉中市褒城北,长四百二十里。自凤县东北草凉驿起,南至褒城之开山驿。

【今译】

举头望长安,前途渺渺鬓发斑。伴随着春来秋去的鸿雁,受尽了人生的

艰难。泥泞中挣扎如登剑门关,红叶中徘徊似临滟江岸,白草衰折更如坠入连云栈。为了那半纸功名,害得人风雪千山!

【点评】此曲表现了作者对仕途功名的厌倦和否定。起首两句,前程渺渺和鬓发斑斑,直贯全篇,已充分显示出作者的哀愁与失望。由此生发,笔随意转,接连使用了"青泥小剑关,红叶滟江岸,白草连云栈",这样三个对仗工稳的短句,形成鼎足式的对语;用人们所熟知的天险,作形象具体的比喻,可见多年来南北漂泊之苦,说明人生旅途之艰险。最后,以"功名半纸,风雪千山"的深沉慨叹作结,尤觉悲愤之至。

【集说】豪丽兼用。(任讷《散曲概论》)

(宁希元 胡 颖)

[双调·折桂令]村庵⑴即事⑵

掩柴门啸傲⑶烟霞,隐隐林峦⑷,小小仙家。楼外白云,窗前翠竹,井底砂⑸。五亩宅无人种瓜⑹,一村庵有客分茶⑺。春色无多⑻,开到蔷薇,落尽梨花。

【注释】(1)村庵:村舍。庵,小草屋。 (2)即事:写眼前的事物。(3)啸傲:自由自在。 (4)峦:小山。 (5)砂:一种红色矿砂,可入药。泉水以含砂为清凉名贵。 (6)五亩宅:指小园子。 (7)分茶:把茶饼研成细末,再以水煮。 (8)春色无多:指春天已渐逝。

【今译】
关好家门走入云雾缭绕的林间,村舍四周的小山隐隐约约,仿佛是小小仙家。楼外白云轻飘,窗前翠竹晃摇,井水清澈可见砂。菜园寂静无人种瓜,茅屋有客主人正煮茶,春去夏来,蔷薇已开,落尽梨花。

【点评】这是一首叙写隐居生活的小令。居柴门木屋,处山林之中,诗人却有身在仙境的感觉,这正是张可久"有不吃烟火食气"(朱权《太和正音谱》语)之处。诗人描绘村居生活的闲适和田园的优美风光,富于浓郁的生活气息,流露出作者对官场的厌弃和忘情山水的冲淡情怀。语言字斟句酌,却不刻意求之;清丽雅致,而又通俗质朴。

【集说】此曲景物点染,均耐寻味。(顾影佛《元明散曲》)

构图优美,颜色鲜明,用字雅丽。(《元曲鉴赏辞典》洪柏昭语,上海辞书出版社)

(谢东贵)

[双调·折桂令]九日

对青山强整乌纱⁽¹⁾。归雁横秋,倦客⁽²⁾思家。翠袖⁽³⁾殷勤⁽⁴⁾,金杯错落⁽⁵⁾,玉手琵琶⁽⁶⁾。人老去西风白发,蝶愁来明日黄花⁽⁷⁾。回首天涯,一抹斜阳,数点寒鸦。

【注释】(1)对青山强整乌纱:暗用晋代孟嘉落帽故事。晋孟嘉喜酒肉,淡漠于事。时桓温重阳设宴于龙山,孟嘉的帽子为风吹落,他仍泰然自若,安坐不知觉。此处意指勉强登高。 (2)倦客:厌倦于异乡久居者。(3)翠袖:女子代称,指穿着碧绿色服装的美女。 (4)殷勤:情意恳切。(5)错落:交错缤纷的样子。 (6)琵琶:暗用白居易《琵琶行》中"琵琶女"的故事。 (7)明日黄花:原指重阳节过后逐渐凋谢的菊花,后多喻过时的事物。苏轼《九日次韵王巩》:"相逢不用忙归去,明日黄花蝶也愁。"

【今译】

山风不断吹落我的乌纱帽。秋天的雁子正寻觅归宿,久居异乡的游客在思念家乡。美丽的姑娘情真意长,频频劝酒,杯盏交错,琵琶声切。岁月易逝白发生,如同蝴蝶愁对黄花,回首天涯,只见晚霞,几只寒鸦。

【点评】这是一支抒写游子重阳悲秋感伤年华的曲子。重阳登高致远,本是情趣盎然的兴事,但不解人意的秋风,寻觅归宿的鸿雁,令诗人顿起强

311

元曲观止

烈的思家之念。同游女伴的殷勤，交错纷繁的对酒，凄切幽婉的琵琶声，更使诗人感伤天涯远隔，岁月如斯，陡起无限惆怅。归雁寒鸦、西风夕照，点染出凄清苍凉的气氛，衬托了羁旅愁怀。

【集说】除却回首天涯四字外，其余句中句外（句中如青山与乌纱，句外如二三两句，四五六三句，七八两句，十与十一两句），皆成对仗，而意趣潇洒，不因藻翰而伤缛，则分明为清丽一派也。（任讷《散曲概论》）

（谢东贵）

[双调·折桂令] 次韵

唤西施[1]伴我西游，客路[2]依依[3]，烟水悠悠[4]。翠树啼鹃[5]，青天旅雁，白雪盟鸥[6]。人倚梨花病酒[7]，月明杨柳维[8]舟。试上层楼[9]，绿满江南[10]，红褪春愁。

【注释】(1)西施：春秋时越国美女。 (2)客路：旅途。 (3)依依：隐约可见。 (4)悠悠：长远貌。 (5)鹃：杜鹃鸟，叫声如说"不如归去"。(6)盟鸥：与鸥鸟订盟同住水乡。含隐居之意。陆游《雨夜怀唐安》："小阁帘栊频梦蝶，平湖烟水已盟鸥。" (7)病酒：谓困顿于酒中。 (8)维：系。(9)层楼：高楼。 (10)绿满江南：王安石诗句"春风又绿江南岸"之"绿"字，初作"满"。

【今译】

呼唤美女西施呵，伴我向西旅游。烟水茫茫无边际呵，旅途迢迢无尽头。绿树上，杜鹃鸟正叫着"不如归去"，青天中，回归雁也正在结队旅游。还是拂衣归隐吧，永与白鸥结盟友。明月下杨柳旁系住客舟，倚着棵梨花树借酒浇愁。人道是登高望能以解忧呵，我试着登上那层层高楼。但只见满江南绿色染透呵，花褪色春已暮更惹春愁。

【点评】全曲旨在突出宦游途中之"愁"，流露辞官归隐之意。劈空一句，呼唤美女伴游，已含慰我旅途寂寥之意，又以客路迢迢烟水苍茫的概括写景,渲染美女亦不能慰藉的忧愁痛苦。具体写景又用啼鹃、旅雁,二者皆含回归之意,因而化用李白诗意表明归隐,便甚自然。"病酒""维舟",则把这种内心忧愁外化为具体行动。登楼远眺,眼中之景却是春暮花残,将其忧愁更进一层,推向极致。作者一生沉沦下僚,备尝宦游之苦。此曲正反映了元下层官吏意欲归隐的思想情绪,间接透露了仕途不易的消息。曲中所用翠树、青天、雪鸥、梨花、月明、红绿诸语,着色鲜明,但都为宦游春愁笼罩,且化用他人诗句了无痕迹,因而显得清丽雅正,华而不艳。的确是曲中上乘。

【集说】张小山之词,如瑶天笙鹤。

其词清且丽,华而不艳,有不吃烟火食气,真可谓不羁之材;若被太华之仙风,招蓬莱之海月,诚词林之宗匠也。当以九方皋之眼相之。(朱权《太和正音谱》)

其词雅正,非近世所传妖淫艳丽之比,故余亦颇惜之。(李祈《云阳集》卷四《跋贺元忠遗墨卷后》)

小山以悬车之年沉沦下僚,犹不忍决然舍去,似有不得已者。(孙楷第《元曲家考略》)

(徐振贵　邓相超)

[双调·清江引]幽居

红尘是非不到我(1),茅屋秋风破(2),山村小过活(3)。
老砚闲工课(4),疏篱外玉梅三四朵。

【注释】(1)红尘:尘世,世俗。　(2)杜甫有《茅屋为秋风所破歌》。
(3)过活:过生活。　(4)工课:同"功课"。

【今译】

世俗的是非功过都与我无关,只是屋上的茅草常被风掀翻。在偏僻山村就这样随便过活,闲时节磨墨挥毫这便是我平日的功课,最爱那疏篱外的玉梅三四朵。

元曲观止

【点评】此曲抒写作者幽居山村的清淡生活和高雅情致。在偏僻的山村中"小过活",没有世俗的是非之争、名利之扰,没有什么烦恼,有的话,也不过是茅屋被秋风吹破之类而已,这是多么的安宁、清闲!闲时研墨濡笔,以诗文自娱,悠然自得,尤其是那"疏篱外"的"玉梅三四朵",更见作者情趣之清高淡雅,且成为作者淡雅生活和高洁品格的象征。小曲言情如水,文笔流畅,末句之点染,不仅形象生动,画意盎然,而且意蕴丰厚,境界优美,更觉俊逸可爱。语言典雅清丽,风格恬淡散朗,潇洒之气,跃然纸上,读之令人有出尘之想。

(刘生良)

［越调·小桃红］离情

几场秋雨老黄花,不管离人怕,一曲哀弦泪双下。放琵琶,挑灯羞看围屏画。声悲玉马⁽¹⁾,愁新罗帕⁽²⁾,恨不到天涯。

【注释】(1)玉马:房屋檐角所挂之铁马。(2)愁新罗帕:此句谓罗帕上又新沾相思愁恨之泪。或谓由于泪多难拭,不知换了多少罗帕,亦通。

【今译】

几场秋雨打,无情老黄花,哪里管得离人怕! 弦上一曲走哀思,眼中泪双下。放了琵琶,不弹也罢,挑灯偷看围屏画,羞了咱家。风敲玉马响悲声,声声心中吓;泪珠湿罗帕,旧痕染新花。一段相思无摆划,恨不随他到天涯。

【点评】对离人心理感觉的刻画,是全曲用笔的重点。"几场秋雨老黄花"的"老",既是对黄花的实写,又是对离人心理上"秋惊"的虚写,因而才引出"怕"字来。"怕",是她秋惊心态的复杂交织和矛盾显现,暗含着怜花惜自、流年似水的苦涩咀嚼与多种联想,于是产生"一曲哀弦泪双下"的"秋悲"。悲不自胜,挑灯看画。围屏上画的什么,作者并未明示,但从看画人的

"羞"态上,分明见出画的是男女相会之景。这一挑逗与撩拨,更将她推到了难堪的境地。于是在"离情"的困扰之下,遂发出"恨不到天涯"的遗恨与渴望来。

【集说】"清丽"的笔触写柔情倒很相宜,小山在这方面也有杰出的表现。例如写离情:"几场秋雨老黄花,……"并没有"荡子行不归,空床独难守","云雨未谐,早被东风吹散,闷损人天不管","想着雨和云,朝还暮,但开口只是长吁"那样露骨的意思。只是惆怅盼望,含思凄婉,又是所谓"雅正"的作风。(罗忼烈《两小山斋论文集》)

(冯文楼)

[越调·天净沙]江上

喁喁落雁平沙⁽¹⁾,依依孤鹜残霞⁽²⁾,隔水疏林几家。小舟如画,渔歌唱入芦花。

【注释】(1)喁喁(yōng yōng):雁叫声。平沙:水边平地。 (2)依依:轻柔貌,此句借以描述轻飞的样子。鹜(wù):野鸭子。王勃《滕王阁序》有"落霞与孤鹜齐飞"的名句。此句意境与之相似。

【今译】

一行大雁和鸣着落向水边平地,一只野鸭轻柔地在残霞里奋飞。一道溪水脉脉流去,隔岸几户人家散居在疏朗的林子里。一叶小舟美如画,唱着渔歌划入芦花丛里。

【点评】这是一首写景之作。作者以凝练的笔墨,寥寥数笔勾画出一幅暮秋江边落日图。前三句写落雁、孤鹜、残霞、人家等纯是自然之景;末句"小舟如画,渔歌唱入芦花",锦上添花,一小舟、一渔歌,使画面更觉生动,且增加了一片从容闲适的情趣。画面动静结合,色彩对比鲜明,相映成趣。那情、那景、那歌声构成了清淡优雅的画境,可谓以画入曲者也。

【集说】色彩鲜明,风格清丽。而作品的语言凝练,具有高度的概括力,表达感情深切真实,妙谛自成。(《元曲鉴赏辞典》曹济平语,中国妇女出版社)

(兰拉成)

[越调·天净沙]鲁卿庵中

青苔古木萧萧⁽¹⁾,苍云秋水迢迢⁽²⁾。红叶山斋小小。有谁曾到?探梅人⁽³⁾过溪桥。

【注释】(1)萧萧:草木摇落声。　(2)迢迢:遥远。　(3)探梅人:作者自指。

【今译】

石上满青苔呵,古木声萧萧。苍云山上飘呵,秋水流迢迢。红红枫叶中呵,山斋小又小。如此古庵中,有谁可曾到?我欲寻梅花,正过小溪桥。

【点评】此曲紧扣题目,先以"青苔古木""苍云秋水"描画鲁庵旷古幽邈。而庵处红叶之中,却又不失幽雅清丽。庵主与世隔绝,却有探梅者来访。深秋何来梅花?当是写意寄情。可知庵主喜梅,高洁脱俗,探梅人之志趣也就不言而喻。此曲与其《梧叶儿·次韵》不同,不是静中画景,而是动景(木萧水迢,探梅过桥)与静景(叶红斋小)结合,由远至近,由大到小,焦点聚于小斋,画面重点格外醒目。此曲与其同是写山庵的《迎仙客·括山道中》亦有不同,不是意思全露,而是读完全曲,才能体味出探梅至庵的蕴含,是在歌颂鲁卿淡泊脱俗与己同调。

【集说】且清而且华,丽而不艳,可谓小山词定评。(任讷《曲谐》)

小山并不道学,但多高趣。

乔张两集,兼会词中高趣者,梦符固不如小山之纯。(任讷《曲谐》)

(徐振贵　邓相超)

［越调·天净沙］湖上送别

红蕉[1]隐隐窗纱,朱帘[2]小小人家,绿柳[3]匆匆去马。断桥[4]西下,满湖烟雨愁花。

【注释】(1)红蕉:即美人蕉。 (2)朱帘:似"珠帘"之误。 (3)绿柳:古人好以折杨柳送别。一说从绿柳下经过,亦通。 (4)断桥:在杭州西湖白堤上,为西湖胜景之一。

【今译】

赤红的美人蕉呵,隐约约掩映窗纱。小小的院落里呵,静悄悄珠帘悬挂。心上人呵匆匆骑马西行,折绿柳送别在断桥之下。满湖烟云满湖愁呵,含愁人儿空望着含愁的花。

【点评】小山久住杭州,西湖题咏甚多。此曲即是西湖断桥送别之作。既为送别,自是要写离愁别绪。但作者并未直接抒发,而是寄情于景,以景渲染。首二句先写送者与行者所居环境幽雅安适,但如今人去院空。此是以静景映衬别愁。三四两句,突出行之"匆匆",没有思想准备,且又是在"断桥"分手,更加令人伤心。此是以动景映衬别愁;至结末,又移情于物,以满湖烟雨和含愁之花,将离愁别绪物我融一,又与开头"红蕉"照映,的确含蓄蕴藉,深得小令三昧。

【集说】清华丽则,乃小山曲之特长。

其人好游,浙中名山水,足迹殆遍。西湖题咏,尤细腻赡详。(任讷《曲谐》)

（徐振贵　邓相超）

［越调·寨儿令］席上

呆答孩[1],守书斋,小冤家[2]约定穷秀才。踏遍苍苔,

元曲观止

湿透罗鞋⁽³⁾，不见角门开。碧桃香春满天台⁽⁴⁾，彩云深人在阳台⁽⁵⁾。漏声⁽⁶⁾催禁鼓⁽⁷⁾，月影转瑶阶⁽⁸⁾。猜⁽⁹⁾，烧罢夜香来。

【注释】(1)答孩：语助词，用来形容呆。　(2)冤家：旧时对情人的昵称，以反语见意，犹云"亲爱的"。　(3)罗鞋：以一种丝织成的鞋。　(4)碧桃：男女幽会的场所，典自晋刘晨、阮肇误入桃源遇仙女的故事。　(5)阳台：本是山名，此处指男女欢会的地方。　(6)漏声：漏壶中水滴的声音，指时间的流逝。漏，漏壶，古时利用水的滴漏来计时的器具。　(7)禁鼓：原指都城（禁城）晚间用以报时、警盗的更鼓。此处泛指更鼓。　(8)瑶阶：玉阶，此指石阶。　(9)猜：语气词，相当于哎哟。

【今译】哎呀！穷秀才独坐书斋猛想起，心上人相约在今夕。急慌慌踏遍苍苔，湿透罗鞋，角门儿仍然不见开。遥想碧桃花树下，阳台春色中，情人欢会情意浓。更鼓声点点，月影逐台阶，唉！长叹一声终想起，夜香烧罢，心上人才会姗姗来。

【点评】这是一首写情人约会的小令。"呆答孩"三字，将穷秀才沉迷书斋而几乎忘记赴约的可爱相描写得淋漓尽致。在情人的庭院中徘徊已久，仍不见角门开，穷秀才的焦急惊惶如在眼前。这时诗人以"碧桃"两句宕开一笔写遥想，两典并用使曲情的演进具有回旋跳动之美。读者正与主人公进入想象的美妙境界，诗人却又设置了一种神来之笔：原来呆秀才还是记错了约会时间！全诗戛然而止，妙趣横生。

（谢东贵）

［越调·凭阑人］春夜

灯下愁春愁未醒⁽¹⁾，枕上吟诗吟未成。杏花残月明，竹根流水声。

【注释】(1)愁未醒:一本作"愁乍醒"。

【今译】

灯光下感伤春去愁思无尽,枕头上沉吟赋诗未成一字。残月的清辉照着凋谢的杏花,春水绕着竹根哗哗地流逝……

【点评】这是一支抒写春愁的小曲。前两句以叙笔入题,以"愁春"二字笼贯全篇。"灯下""枕上"渲染出灰暗惨淡的氛围,"愁未醒""吟诗未成"说明其愁思之深,用笔轻婉,而含情浓深。后两句描绘了一幅凄清寂寥的暮春夜景,"杏花残月明"缘于视觉,"竹根水流声"出于听觉,有声有色,形象逼真,而作者的无限怜惜、万千愁情全渗透其中,俨然是"流水落花春去也"的意境。曲中所愁之"春"恐不只是大自然的春天,或可是作者的生命之春。由此看来,此曲文字简隽,色调清幽,笔力浑厚,托意深远,和诗词一样耐人寻味。

【集说】写春秋景色实是他的特长。有的时候,他的想象确很清俏,像《春夜》……(郑振铎《中国俗文学史》)

简警。愁未了,吟不成诗,可知其深。月明写色,水流写声,声色并出,格调深厚。"庚青"平声韵,清朗。(李长路等《全元散曲选释》)。

(刘生良)

[越调·凭阑人]暮春即事

万朵青山生暮云,数点红香⁽¹⁾留晚春。凭栏愁玉人⁽²⁾,对花宽翠裙。

【注释】(1)红香:指花。 (2)玉人:比喻人容貌如玉之美。

【今译】

黛青色的山峰间,暮云生起渐成一片。枝头上残留的几点花瓣,似在挽

留着将逝的春天。美丽女子斜倚栏杆，心中充满忧愁伤感。对着这即将凋谢的花朵，她日益憔悴衣带渐宽。

【点评】这支曲子很精妙地写出了暮春时节少妇的深闺之怨。"暮"和"晚"为小曲奠定了基调和氛围：暮霭四起，春景将逝，将人物置于一个易生伤感悲怀的"场景"。长夜将至，玉人凭栏；落红片片，对花黯然，这是转写女主人公的内心情感。一个"愁"字和"宽"字，突现出女子思恋情人的"身""心"之苦。而首句的"万朵青山生暮云"由空间距离的寥廓苍茫渐变为朦胧难辨，可以说这既是"实写"又是"虚写"——它一方面摹绘出黄昏时候伫望远山的景观，一方面也暗示出女子心境的落寞迷茫。全曲由远而近，由虚而实，将写景与抒情巧妙地融为一体，使意象的撷取很契合情感意义的载承。

(赵　岩)

［南吕·一枝花］湖上归

长天落彩霞，远水涵秋镜(1)，花如人面红，山似佛头青。生色围屏(2)，翠冷松云径，嫣然眉黛横(3)。但携将旖旎浓香(4)，何必赋横斜瘦影(5)。

［梁州］挽玉手留连锦英(6)，据胡床指点银瓶(7)。素娥不嫁伤孤另(8)。想当年小小(9)，问何处卿卿(10)？东坡才调，西子娉婷，总相宜千古留名(11)。吾二人此地私行，六一泉亭上诗成(12)。三五夜花前月明(13)，十四弦指下风生(14)。可憎(15)，有情，捧红牙合和伊州令(16)。万籁寂，四山静，幽咽泉流水下声(17)，鹤怨猿惊。

［尾］岩阿禅窟鸣金磬(18)，波底龙宫漾水精(19)。夜气清，酒力醒；宝篆销(20)，玉漏鸣。笑归采仿佛二更，煞强似踏雪寻梅霸桥冷(21)。

【注释】(1)远水涵秋镜：形容秋水的清澈明净。涵，包含。　(2)生色围屏:指景物像色彩鲜明的屏风。生色,色彩鲜明,形象如生。 (3)嫣然:美丽的样子。 (4)旖(yǐn)旎(nǐ):柔和美丽的样子,这里用来形容歌女的体态。 (5)横斜瘦影:瘦影又作"疏影"。林逋《梅花》诗有"疏影横斜水清浅"的名句。此处用来指代吟诗作赋。 (6)锦英:即盛开的鲜花。 (7)据胡床句,写喝酒。据,倚,靠。胡床,一种可以折叠的轻便坐具。银瓶:酒瓶。 (8)素娥:嫦娥的别称,也泛指月宫的仙子。 (9)小小:即南齐时钱塘名妓苏小小,她的墓在今天的杭州。 (10)卿卿:夫妻间的爱称,也用为对人亲昵的称呼。这里是对苏小小的亲昵称呼。 (11)"东坡才调"三句:意谓美人才子合当千古留名。 (12)六一泉:在杭州西湖孤山下。是苏轼为纪念自号六一居士的欧阳修而命名的。 (13)三五夜:阴历十五的夜晚。 (14)十四弦:古代一种弦乐器。宋人孟珙《蒙鞑备录》:"国王出师,亦以女乐随行,率十七八美女,极慧黠,多以十四弦等弹大宫乐,拍子为节,甚低,其舞甚异。" (15)可憎:憎,本为爱的反义。但元曲中常以可憎为爱,可憎是对恋人的昵称。 (16)捧红牙合和伊州令:以拍板伴奏共唱《伊州令》。红牙,即拍板。合和,伴奏。伊州令,曲牌名。 (17)幽咽泉流水下声:作者化用白居易《琵琶行》"幽咽泉流水下滩"的意境。 (18)岩阿禅窟鸣金磬:这句写山寺诵经响起了钟磬之音。岩阿,山岩曲处。禅窟,指佛洞禅寺。(19)波底龙宫漾水精:水精,一作水晶。全句形容湖水倒映星月,如同从波底龙宫向上翻水晶一般。 (20)宝篆:盘香的喻称。比喻熏香盘绕如篆体字。 (21)踏雪寻梅:传说唐代诗人孟浩然经常在风雪中骑驴到灞桥赏梅吟诗。这句是说,此时作者的心境比孟浩然在灞桥踏雪寻梅还愉快。

【今译】

　　万里长空,飞落彩霞;秋水悠悠,明净如镜。娇艳秋花,宛如少女丰润的脸庞;秀美秋山,恰似佛陀赤青的绀发螺髻。远近景色,构成巨幅色彩绚丽的天然屏风。翠松冷云相掩映,幽幽小径,犹如美人的黛眉横陈。只要带得窈窕柔美、香气袭人的女姬,又何必再赋梅花的"横斜瘦影"。

　　挽美人秀手,留连缤纷锦英,坐胡床共举杯畅饮。此情此景,那月中的仙子见了,也定会伤感自己空闺独守,孤单凄冷。想当年风流一时的苏小小,如今又到哪里去了?苏东坡的才华风情,西施女的美貌月容,总相宜留

名千古成佳话。我二人也到此地观赏名胜,踏上六一泉的亭台,把妙诗一挥而就。十五良宵,花前月下,动听的十四弦在巧指下如风生;可爱的人儿啊,脉脉含情,手捧红牙板,流利婉转,共唱《伊州令》。万籁俱寂,四山宁静,唯有弦鸣声,仿佛汩汩泉流,幽咽水下,使鹤怨,使猿惊。

山寺里传来僧人的鸣磬声;星空倒映湖中,仿如波底龙宫荡漾闪闪的水晶。夜气清新,醉酒已醒,宝篆薰香已燃尽,玉漏报更声声。谈笑着归来时,仿佛正是二更,却胜似孟浩然灞桥踏雪寻梅不怕冷。

【点评】此曲与马致远的《双调·夜行船·秋思》齐名,同为元代套数中的双璧。作者精心雕琢,讲求音律,熔铸了大量诗词名句入曲。此曲辞藻华美,对仗工整,音律谐合,典雅清新,充分体现了张可久的艺术创作风格。全曲共由三支曲子组成。第一支[一枝花]以热烈明快的笔调、形象比拟的艺术手法,描写了西湖秀丽的黄昏美景。色彩绚丽,格调明朗,完全给人以美的享受。第二支[梁州]以娴雅的笔调叙述携姬畅游西湖。作者赏花饮酒,怀古赋诗,抚琴弹唱,随性所至,醉形忘神。虽然仍不出山水风月的传统题材,但毫无低级庸俗之气,表现出来的是作者的高雅情趣及对美的积极追求,其中还渗透着他远避尘世的思想。第三支[尾]则笔调清丽,写西湖夜景及作者尽兴而归、自得其乐的感受。全曲明丽自然,生动活泼,描绘出一幅优美的西湖秋月游乐图,堪称"古今绝唱"。

【集说】张小山《湖上晚归》[南吕]当为古今绝唱。世独重马东篱《北夜行船》,人生有幸不幸耳。……总较之,东篱苍老,小山清劲,瘦至骨立,而血肉销化俱尽,乃孙悟空炼成万转金铁躯矣。(李开先《词谑》)

若散套虽诸人皆有之,唯马东篱《百岁光阴》、张小山《长天落彩霞》为一时绝唱。其余俱不及也。(沈德符《顾曲杂言》)

且清而且华,丽而不艳,可谓小山词定评。亦人人易于体会者。必曰清而且劲,则一二首中,尚可见得。若"骨立肉化,万转金铁",果从何处省出?直是诐辞。虽就《一枝花·湖上晚归》一套而言,亦无以立也。(任讷《曲谐》)

论曲犹怜"落彩霞",《包罗天地》称当家。

庆元一老空凡响，谩说仙风被太华。（卢前《论曲绝句》）

平情而论，这套曲并没有丰富的内容，但它刻画景物非常精巧细致，处处情景交融，雕章琢句功夫十分到家，对偶工整而又巧妙，又选押"庚青"韵，声调谐美清越，给予读者一种"清劲"的印象。（罗忼烈《两小山斋论文集》）

（兰拉成）

徐再思

徐再思，生卒年不详，字德可，喜吃甜食，因自号甜斋。浙江嘉兴人。《坚瓠集·丁集》记其"旅居江湖，十年不归"。他在[双调·水仙子]《夜雨》中自云："叹新丰逆旅淹留。枕上十年事，江南二老忧，都到心头。"新丰在陕西，由此可知他有一段北上的经历，大约费时十年之久。但其一生主要是在南方度过的。他与张可久、贯云石同为元后期著名的散曲作家。散曲学习"俗谣俚曲"，擅长白描，多写自然景物及闺情，清丽俊俏是其主要风格，体现了南方文学柔婉绵长的特色。因贯云石号酸斋，故后人辑他二人散曲集题为《酸甜乐府》。现存小令一0三首（据隋树森《全元散曲》）。

[中吕·普天乐]西山夕照[1]

晚云收，夕阳挂，一川枫叶，两岸芦花。鸥鹭栖，牛羊下。万顷波光天图画，水晶宫冷浸红霞。凝烟暮景，转晖老树[2]，背影昏鸦[3]。

【注释】(1)《西山照》：是徐再思《吴江八景》中的第八首。吴江在今江苏省境内。　　（2）转晖老树：指夕阳的光辉在老树间移转。　　（3）背影昏鸦：化用王昌龄《长信秋词》中"玉颜不及寒鸦色，犹带昭阳日影来"句。此指老鸦背带着日影。

【今译】

　　暮云渐收斜阳西挂。满川殷红的枫叶，两岸雪白的芦花。鸥鹭已经栖息，牛羊也已归家。湖面上烟波浩渺宛如天然图画，寒冷凄清的小晶宫里，因夕阳折光而布满红霞。淡淡飘忽的暮霭仿佛凝住，晚霞的光影在老树间明暗转化，昏鸦背负夕阳还在翻飞上下。

【点评】这首小令宛如一幅恬淡的风情画，写得空灵平淡，仿佛不带任何主观色彩。首二句是全曲的基调，统领全篇，下面所写无论是景或物都出自这个大背景。从天上暮云、斜阳写到地上枫叶、芦花，色彩对比非常鲜明，红白交相辉映。河里、岸上，又有那栖息了的鸥鹭和牧归的牛羊，给晚霞里的山村营造了浓郁的安谧又充满生机的气息。七八句从总体上修饰了这幅略显其神的山村风情画，虚实相映，巧妙新奇。末三句注重细微局部刻画，动静结合，更显传神。纵观全曲，既注意大笔写意，又侧重细部描绘，力求神貌兼备；色彩运用大胆、强烈、自如，夺人眼目；虽不着感情色彩，却让人悟出热烈与向往之情，赋予客观景物以新意，在"老树""乌鸦"中咀嚼出美的意象和感受，而不再是马致远笔下的孤寂、迟暮的象征了。

【集说】这首令曲写得空灵奇妙，笔苍墨润，与甜斋其他的写景作品有所不同。全曲未着一字写人的活动，简直是"不吃人间烟火食气"，这与小山散曲有相通之处。然亦同中有异。小山多以幽峭出之，甜斋却有几分"热烈"，其间流露出对生活的热爱和向往之情（《元曲鉴赏辞典》王星琦语，上海辞书出版社）

（赵庆云　张晓春）

［中吕·喜春来］皇亭晚泊[1]

水深水浅东西涧，云去云来远近山。秋风征棹钓鱼

滩。烟树晚,茅舍两三间。

【注释】(1)皇亭:王季思等《元散曲选注》本注云:疑当作皋亭,因形近而误。皋亭在杭州西北。兹从之。

【今译】
涧水东西分深浅,山有远近随云现。秋风里,征棹漫拢钓鱼滩。临晚昏,抬望眼,烟树蒙蒙,茅舍两三间。

【点评】对视觉意象的全面网取和本样呈露,使该曲具有了绘画的性质,此或即钱钟书所谓的"出位之思":诗或画各自跳出本位而成为另外一种艺术的企图。既作绘画看,作者在画面的摄取上,则无疑是以"秋风征棹钓鱼滩"一句为视觉的中心点或出发点的,于是便有俯视、仰视、平视等多角度所得的景象了。秋风、征棹、钓鱼滩三个意象的共存并发,很容易把我们引入归隐的主题上来。经这一句的点示,全曲各句便跳出山水"本位"而传达出一种画语之外的深层含义来;结尾一句,尤非虚设,是作者所向往的归隐之所。

【集说】以涧水的东西,山云的来去,衬托征人的漂泊。结句暗含"在家贫亦好"之意。(王季思等《元散曲选注》)

作者差不多是以欣赏的态度来描写这一幅江边夕照图的,它的意境是孤峭而旷远的,情调颇似元代文人画。(《元曲鉴赏辞典》王星琦语,上海辞书出版社)

(冯文楼)

[南吕·阅金经]闺情

一点心间事,两山眉上秋。拈起金针还又休[1]。羞,见人推病酒[2]。恹恹瘦[3],月明中空倚楼。

【注释】(1)金针:冯翊《桂苑丛谈·史遗》载:郑侃女儿采娘乞巧,夜遇织女得一枚金针,从此她刺绣技能更为精巧。此指女子刺绣用的针。(2)病酒:谓饮酒沉醉如病。 (3)恹恹(yān yān):精神不振的样子。

【今译】

一点心事,惹出无限闲愁,重如两座大山紧锁眉头。无情无绪还谈什么描鸾刺绣,拿起金针又放下手。懒懒散散、怯怯羞羞,若是人见了问起缘由,只好推说是体力不胜酒。精神不振日渐消瘦,明月夜独倚空楼。

【点评】如题,此曲要在表现"闺情"。写来细腻婉转,自然恬淡,毫无雕饰。首二句明写闺情,以"一点心间事"切题,继而写出因情而愁的外部表现——眉皱神伤,起着照应全篇的作用。以下从各个侧面写女主人闺情所思带来的种种微妙细致的举动:擅操的女红因无绪只好放下,羞怯娇弱怕人瞧出缘由恹恹推说体力不胜酒,茶饭难进精神不振明月夜独倚空楼。纵观全曲,除首二句外,其他各句只借助具体行动来展示女主人公为闺情折磨的情愫,而这些举动又何尝不笼罩在浓浓的愁思之中呢?无论是直接写情,还是间接照应情绪,一切都源于题目中的"闺情"二字。

(赵庆元　张晓春)

[越调·凭阑人]⁽¹⁾

九殿春风鸂鹊楼⁽²⁾,千里离宫龙凤舟⁽³⁾。始为天下忧,后为天下羞。

【注释】(1)据隋树森编《全元散曲》,[越调·凭阑人]共六支,此为第五支曲。 (2)鸂鹊(zhī què)楼:汉武帝在甘泉苑所建的三座庞大的观楼之一。 (3)龙凤舟:相传隋炀帝与萧后去扬州赏花时所乘的游艇。

【今译】居于深深的殿堂,登上宏伟的鸂鹊楼。赏花南下,乘着那富丽的龙舟。登位前还顾念天下苍生,掌权后却只顾自己享受。

【点评】这是一首借古鉴今、寓意深远的小令。曲子一开始连用两个典故来展示封建帝王的豪华生活，为后面的议论做了一个铺垫。"始为天下忧，后为天下羞"，既表明了作者对这些帝王的斥责态度，又揭示出一个令人深思的社会问题。封建社会中一些尚未获取帝位的人往往还可看出时弊，兴利除害，以民为重。然而登位之后，则以天下为私利，被人们"视之如寇仇，名之为独夫"。究其因，则在于封建政治制度的不合理，这也是封建社会战乱频起、社稷消磨的主要因素。整支曲子叙议结合，意在借古讽今，是徐再思讽喻之作中的代表作品。

（姚秋霞）

［双调·沉醉东风］春情

一自多才间阔⁽¹⁾，几时盼得成合⁽²⁾。今日个猛见他门前过，待唤着怕人瞧科⁽³⁾。我这里高唱当时《水调歌》⁽⁴⁾，要识得声音是我⁽⁵⁾。

【注释】(1)多才：对意中人的称呼。间阔：久别。　(2)成合：即团圆。一说是结合。　(3)瞧科：看见。科，元杂剧剧本术语，指表情、动作、音响（如打雷）等舞台提示。这里是借用。　(4)《水调歌》：古乐府曲。此处指以水调填写的情歌。　(5)识得：听出。

【今译】

自与冤家久相别，时时盼望能团圆。今日他打门前过，我猛地看见。又喜又急又怕人看见，我不敢上前把他唤。急中生智，润润歌喉，我这边高唱起定情唱的那首《水调歌》，要让他听出声音是我。

【点评】这是一首情曲。篇幅虽短，却多关节："间阔"才显得"猛见"之珍贵；她见他不见，才有"待唤"。然又怕人瞧见，欲成合真是难难难！如此层层相扣，节节推进，水到渠成，直到高潮。于是一曲定情时的《水调歌》才是妙人妙歌。此曲语言朴素明快,虽是文人之作,然不失本色。既写出了女主人公的炽热多情,又写出了她的心细胆大。更可贵是风趣而又不伤大雅,确是难得。

【集说】几逼肖关汉卿。(郑振铎《中国俗文学史》)

心理刻画细腻,描写饶有风趣。(王起《元明清散曲选》)

(兰拉成)

[双调·折桂令]春情

平生不会相思,才会相思,便害相思。身似浮云,心如飞絮,气若游丝。空一缕余香在此,盼千金游子何之⁽¹⁾。症候来时,正是何时?灯半昏时,月半明时。

【注释】(1)千金句:千金:称富贵人家的子弟为千金之子。《史记·袁盎晁错列传》:"臣闻千金之子,坐不垂堂。"之:动词,到,往。

【今译】

平生里不懂得相思,也不会相思;才识得相思,便害上相思。身似那空中浮云,心如那逐风飞絮,气若那袅袅游丝。一缕余香空在此,千金游子今何至?盼归盼到害相思。那症候来时,正是何时?灯儿半昏,月儿半明时。

【点评】前三句开篇点题,以"相思"二字,突出"春情"之所在,领起全篇之意脉。这里,对相思的认知、体验和追述,构成了一个情感发展的心理轨迹图,隐含着对青春期的省悟和体味;而且"相思"的重押,造成了一种反复咀嚼的玩味。"身似"三句为鼎足时,以形象的比喻,对上边相思的体验加以捕捉和复现。三者既呈鼎足之势,各个意象之间就形成了一种如叶维廉教授所指出的"共存并发的空间张力"。三方面的同时呈现,使相思的"症候"得到多层次多角度的映现。"空一缕"两句,重在突出"空"字,由"空"而引

329

元曲观止

出"盼",由"盼"而生出"游子何之"的遥想遐思来。所以这两句是一种思绪的展现。最后四句,点明"症候"到来的时间,而时间在这里又分明空间化了。于是这一时空的互化所构成的坐标,把"相思"定位在了一个最难忍受的情感点上。

【集说】得相思三昧。(褚人获《坚瓠集》)

首尾各以数语同押一韵,全属自然声籁,何可多得!末四句仅各四字,而唱叹转折,能一一尽其情致,真是神来之笔。(任讷《曲谐》)

"游丝飞絮写相思,落尽灯花枕上时。梦向桂林秋月里,回甘还取水仙词。"自注:"甜斋[折桂令]《春情》有云:'平生不会相思……'是刻骨镂心而出。《正音谱》评其词'如桂林秋月',以见其词情境之清。……"(卢前《论曲绝句》)

他喜于写情,有极漂亮的尖新的东西,但同时也有比较的平凡的。像《春情》《相思》的几首,几逼肖关汉卿。(郑振铎《中国俗文学史》)

相思情态,写得逼真。首尾连环叠韵,格调累累如贯珠。(王季思等《元散曲选注》)

(冯文楼)

[双调·清江引]相思

相思有如少债的[1],每日相催逼,常挑着一担愁[2],准[3]不了三分利[4]。这本钱见他时才算得。

【注释】(1)少债的:欠债的人。 (2)一担愁:形容愁之深重。担,量词,一百斤为一担。 (3)准:折算,折价,抵偿。 (4)三分利:言利息之小。

【今译】
那相思呵,就像欠了债的人一般,每天总是被催被逼,无处躲闪。双肩常常挑着一担愁,却抵不得三分利钱。这折(shé)进去的本钱,等与他那冤家见面时,才能算得清。

【点评】这是一首绝佳的相思曲。俗云："自古唯有情难诉"。所以大多作品都是借景抒情；而此曲却紧抓相思无法摆脱、总搁在心里的心理特征，以债务巧比，一气呵成，把这难诉之情描绘得形象传神，诚可谓是"不作景语而写情绝妙者也"。作者笔法灵活，全用口语写出，使人忘记在读作品，如与主人公相对而坐，听她娓娓而谈，她那相思债"见他时才算得"的叹息声就在耳边。俗而工巧，确实算得上是曲中上乘之作。

【集说】得相思三昧。(褚人获《坚瓠集》)

语质而喻工，亦复散词上乘。……此等曲读来但觉其为说话，并不知其为韵文，而且有对仗于其间也。以放债喻相思，亦元人沿用之意，特以此词为著耳。(任讷《曲谐》)

语言全用口语，去尽诗词痕迹。(王起主编《元明清散曲选》)

浅中见含蓄，俗中见机巧。(《元曲鉴赏辞典》田守真语，上海辞书出版社)

(兰拉成)

[双调·清江引]私欢

梧桐画栏明月斜，酒散笙歌歇。梅香走将来，耳畔低低说：后堂中正夫人沉醉也。

【今译】(略)

【点评】这是一首明白如话却又含蓄蕴藉的"偷情"浪漫曲。虽写偷情，却没有展示私欢的具体行动，而是将这一行动巧妙地潜藏在那"最富有孕育性的顷刻"——"后堂中正夫人沉醉也"的耳语中来，那必然的结局便含而不露。这一"顷刻"的选择，不但创造出一种偷情的神秘意境和氛围，而且给读者的"想象"留下了自由活动的余地。这正如莱辛《拉奥孔》一书中所讲的，画家千万别画故事"顶点"的情景，"到了顶点就到了止境"，"想象就被捆住了翅膀"，因而

元曲观止

应该选择那"最富于孕育性的顷刻"。同时,在这一"顷刻"中,又包含着老夫人"从前"的种种禁锢,蕴蓄着小姐下一步的行动,因此这一耳语,又是一个"情"与"礼"的矛盾展示,真可谓语约意丰,绝非"浅露"之可比。

【集说】像这些句子虽然亦写得娇活动人,但终不免"浅露"之感,远不若[水仙子]词的刻骨镂心耐人回味了。《正音》评甜斋词如"桂林秋月",可以见其词情境之清。(梁乙真《元明散曲小史》)

(冯文楼)

[双调·寿阳曲]手帕

香多处,情万缕,织春愁一方柔玉。寄多才⁽¹⁾怕不知心内苦,带⁽²⁾胭脂泪痕将去。

【注释】(1)多才:指所爱的人。 (2)带:《太平乐府》元刊本作"渍",此处从元刊八卷本瞿本。

【今译】
柔软香溢处,有情丝万缕,一方手帕织出满腹春愁。欲寄情郎又恐不知相思苦,且带上淡淡胭脂点点泪痕。

【点评】这是一首相思曲。曲中佳人以手帕为信,在方寸之内填满了无限相思,显得情真意哀。整支曲子都在展示女性似水的柔情,描绘情的境界。春天莺啼燕舞,花红柳绿,而闺中人却在备受相思之苦,春愁难遣,只好"织春愁一方柔玉",借一块手帕来展露情怀,叙写愁思,让手帕带去对情郎的思念。不仅如此,还要带上"胭脂泪痕",显得情深意切,见出一片痴情,进一步突出了感情的强度。作者在这支小令中,既贴切地写出了女性的情怀,又绘出了佳人的愁容、情态、心态,创造了一个含情不尽的意境,显示出了语言的形象性。

（姚秋霞）

［双调·水仙子］夜雨

一声梧叶一声秋，一点芭蕉一点愁，三更归梦三更后⁽¹⁾。落灯花棋未收⁽²⁾，叹新丰孤馆人留⁽³⁾。枕上十年事，江南二老忧⁽⁴⁾，都到心头。

【注释】(1)归梦：回到家乡的美梦。　(2)灯花：过去人使用油灯，油灯上灯芯的余烬结成花形叫灯花。此句由南宋诗人赵师秀《约客》："闲敲棋子落灯花"一句化来。　(3)新丰孤馆：唐初文士马周，年轻时孤贫好学。武德时曾游宿在新丰旅店，店主人看他贫穷，供应其他客商饭食，唯独不招待他。他便悠然独自酌酒。新丰：在今西安市临潼区新丰镇一带，它代指旅居的地方。孤馆：独宿旅舍。　(4)二老：指家中的父母。

【今译】

滴滴梧桐雨是秋的使者，芭蕉雨点点是游子的离愁。三更里，从回归故里的美梦中醒来，再也没有睡意。灯花落了又结，残棋无意收。孤身旅居，长叹他乡滞留，漂泊何时是尽头。伏枕想起十年往事，对江南家中父母康健的担忧，一切的一切霎时都涌上心头。

【点评】这是一首羁旅伤怀之作。开首三句成鼎足对，写景时又糅进思情离愁，使自然之物人化，也似知秋、知愁。移情巧妙、形象感人，成为千古名句。秋雨之夜，新丰孤馆气氛悲凄，主人公孤灯相伴，寂寞孤单之感顿生，思念亲人、万千感慨直涌心头。全曲情真意哀，声调流美，清丽异常，使人读来极受感染。

【集说】"一声梧叶一声秋，一点芭蕉一点愁，三更梦归三更后。"情中紧语也。（王世贞《曲藻》）

元曲观止

通首情于骚，令人感发不尽。妥溜、尖新、豪辣、灏烂，乃元曲之四境，此诗盖已入灏烂矣。(任讷《作词十法疏证》)

梦向桂林秋月里，回甘还取水仙词。(卢前《论曲绝句》)

[水仙子]有些似马致远最好的作品了。(郑振铎《中国俗文学史》)

(兰拉成)

[双调·水仙子]春情

九分恩爱九分忧，两处相思两处愁，十年迤逗⁽¹⁾十年受⁽²⁾。几遍成几遍休⁽³⁾，半点事⁽⁴⁾半点惭羞。三秋恨三秋感旧，三春怨三春病酒⁽⁵⁾，一世害⁽⁶⁾一世风流⁽⁷⁾。

【注释】(1)迤(yī)逗(dòu)：吸引，挑逗。 (2)受：生受，即遭受相思之苦。 (3)休：止，指婚爱不成。 (4)事：情事。 (5)病酒：以酒浇愁。(6)害：以某事为病，有"得""生"之意。用法如同徐再思小令《春情》"便害相思"、《病酒》"害酒愁花人间羞"中"害"字。 (7)风流：风情，即在男女关系上放纵，不拘礼法。

【今译】

九分恩爱呵九分担忧，两处相思呵两处离愁，十年的吸引呵，十年的活受。几遍成功了呵，又几遍罢休。点点情事呵，半点惭羞。三秋遗恨呵，三秋怀旧，三春哀怨不止呵，三春以酒浇愁，一生一世情思不断呵，一世一生害的是相思风流。

【点评】这支思夫曲，与其他情曲迥异，不是借景抒情，亦无细节描写，而是突出思妇一生的爱情波折及其思夫之情深意长。将其积郁甚久、蓄势甚足之情直接抒发。何以九分恩爱引出九分担忧，因为恩爱情人分隔两处，且彼此相爱，非止一日，又几经反复，已是饱尝个中酸甜苦辣，因此，成为三秋遗恨，怀旧不得，自是生怨，只好借酒浇愁。由忧至愁，由愁至恨，由恨生怨，已将思妇爱情坎坷中全部感情概述殆尽，常人难再抒写，但作者难处见功力，以出人意料之语"一世风流"归结,将忧、愁、恨、怨之情予以充分肯定,赋予了反对封建礼法的积极意义。同时,这种直率抒情,全借首三句、末三句的鼎足对偶、中间二句的正对,以及通篇的"重句"修辞格式加以表现,语若贯珠,音韵和谐,愈显得思妇情真意切。此曲果真是"得相思三昧者"(褚人获《坚瓠集》卷三)。

【集说】清丽一派,作家甚多。如张氏之至者固少,如张氏之失者亦不多。徐再思、任昱、李致远、曹明善等皆其流。(任讷《散曲概论》卷二)

甜作无套曲,而小令高出酸上……《太平乐府》载甜斋小令九十九首之多,英华历落,不胜掇拾。(任讷《曲谐》)

(徐振贵　邓相超)

［双调·水仙子］惠山泉⁽¹⁾

　　自天飞下九龙涎,走地化为一股泉,带风吹作千寻练⁽²⁾。问山僧不记年,任松梢鹤避青烟⁽³⁾。湿云亭上⁽⁴⁾,涵碧洞前,自采茶煎。

【注释】(1)惠山泉:在江苏无锡市西郊惠山东麓,有上中下三池,唐代陆羽以此为天下第二泉。　(2)寻:古代长度单位,八尺为一寻。　(3)青烟:这里指人烟、尘烟。　(4)湿云亭:与"涵碧洞"皆为惠山名胜。

【今译】

　　是半空飞下的老龙涎,入地中化为一股神泉,随风摆动,如同千寻白练。问山中老僧,全不记年,任凭松梢鹤鸣避尘缘。时在湿云亭上,时在涵碧洞前,自采新茶煎。

【点评】起首三句,如水鸣峡,滚滚而出,不可遏制,极言惠山泉水之清美。"九龙涎",设想新奇;"千寻练",比喻贴切。如此胜境,已足使人神往。以下"问山僧"数语,转叙山中之高人:不记人间岁月,"任松梢鹤避青烟"。可见其避世之深远。这里"任"字尤能刻画出山僧萧然物外之神态。末句

元曲观止

"自采茶煎"，一来见其闲适高雅，二来又就惠山泉水收住，首尾照应，极妙！全曲以山泉胜景反衬隐居者的高洁心怀，透露出作者对尘世纷扰生活的厌倦和对山林的向往之情。

（宁希元　胡　颖）

孙周卿

孙周卿，生平事迹不详，汴梁（今河南开封）人。散曲内容以表现自得其乐的隐逸生活为主，兼写离恨。其风格洒脱，亦俗亦雅。据隋树森《全元散曲》，有小令二十三首。

［双调·蟾宫曲］自乐⁽¹⁾

想天公自有安排，展放愁眉，开着吟怀。款击红牙⁽²⁾，低歌玉树⁽³⁾，烂醉金钗⁽⁴⁾。花谢了逢春又开，燕归时到社⁽⁵⁾重来。兰芷⁽⁶⁾庭阶，花月楼台。许大乾坤，由我诙谐。

【注释】(1)本题二首，此选其一。　(2)红牙：调节乐曲节拍的拍板。(3)玉树：乐曲名，《玉树后庭花》的简称，为陈后主所制。　(4)金钗：本指女子发髻上的首饰，此处代指歌女。　(5)社：春社简称。春季祭祀土地神的活动，以祈丰收。　(6)芷(zhǐ)：香草名。

元曲观止

【今译】

想来天公早有安排，舒展愁眉，开启吟诗的情怀。轻击着红牙板，低声歌唱一曲《玉树后庭花》，歌女身旁一副烂醉的神态。花谢了迎春又开，燕子翩翩飞回，春社祭祀重新到来。兰草白芷香满庭阶，花儿摇曳，明月照在楼台。那么大的天地乾坤啊，任凭我诙谐逍遥自在。

【点评】这是一支冷眼旁观世情之曲。"想"字总领全篇，透露出洒脱之气。"想"不是想入非非，而是陶冶性情，放纵自由，因"想"才"有安排""放愁眉""开着吟怀"。"款击红牙"三句写诗人醉歌之态，"花谢"四句由室内之景转入写户外的春景。春光明媚，燕舞兰香，花好月圆，正是赏春的大好时光，切莫错过。因而很自然地引出末尾二句。这样，一个超然于物外、旷达的艺术形象就矗立在我们的面前。

（苏孟墨）

［双调·水仙子］山居自乐 [1]

一

西风篱菊灿秋花，落日枫林噪晚鸦。数椽茅屋青山下，是山中宰相 [2] 家。教儿孙自种桑麻。亲眷至煨香芋，宾朋来煮嫩茶，富贵休夸。

二

功名场上事多般，成败如棋不待观。山林寻个好知心伴，要常教心地宽。笑平生不解眉攒。土坑上蒲席厚，砂锅里酒汤暖，妻子团圞 [3]。

【注释】（1）本题四首，此选第一、三两首。 （2）山中宰相：南朝陶弘景隐居茅山，梁武帝数次礼聘，均不出山。国有大事，武帝总去征求陶弘景的意见，故时称山中宰相。此处借以自指，云隐居山中的乐趣。 （3）团圞（luán）：团聚。

【今译】

一

篱边吹过阵阵秋风,摇曳着金灿灿的菊花。落日映红了枫叶,林中嘈杂着一群暮鸦。只有几根椽子的茅屋,坐落在青山的脚下,哦,那就是我的老家。教儿孙们学种桑麻,亲戚们来时我煨香芋,朋友们来时我煮清茶。山居生活是多么的快乐,不要在我面前把富贵豪夸。

二

功名场上事态复杂,千变万化扰人心乱。仿佛像一盘残棋,你争我斗令人不忍观看。山林中找个知心伙伴,倒可以常把心地放宽。可笑生平没有悟透,整日忧愁把眉头紧皱。土坑上把蒲席铺厚,砂锅里把酒烫暖。老婆孩子团聚在一起,共享天伦,欢乐无边。

【点评】这两支曲子旨在抒写隐居山林的乐趣。前一支曲以合璧对起首,着意刻画令人赏心悦目的秋景图。接下用"山中宰相"典,既突出了隐士清高自许的情怀,也使"茅屋青山"加强了诗人心志淡泊的色彩。"种桑麻""煨香芋""煮嫩茶",有效地增添了山居生活的热烈气氛。其情意的纯真,心地的明净,成功地刻画出诗人高蹈归隐的情怀。后一支曲用"不待观"否定功名否定官场,可谓是诗人人生经验的总结。"山林"二句在起首两句描绘的险恶环境的衬托下,格外醒目。一贬一褒,其艺术对比十分强烈。"笑平生"既表达出诗人对往日不能勘破世情的追悔,也体现了诗人对乱纷纷世界的大彻大悟。因而,十分条畅地引出末尾三句,其简陋的山居生活在妻儿团聚的热烈气氛中显得格外可爱,情意盎然。

(苏孟墨)

顾德润

顾德润,生卒年不详。字君泽,道号九山。松江(今属上海)人,曾任杭州路吏,后迁平江(今江苏苏州)首领官。他一生怀才不遇,卑官终身。其词曲则词情、声律并胜。《太和正音谱》称之为"雪中乔木",列为上品。他曾自刊《九山乐府》和《诗隐》二集。据《全元散曲》存有小令八首,套数两套。

[中吕·醉高歌过摊破喜春来] 旅中

长江远映青山,回首难穷望眼。扁舟来往蒹葭⁽¹⁾岸,人憔悴云林又晚。　　篱边黄菊经霜暗,囊底青蚨⁽²⁾逐日悭。破清思,晚砧⁽³⁾鸣,断愁肠,檐马⁽⁴⁾韵,惊客梦,晓钟寒。归去难。修一缄⁽⁵⁾,回两字寄平安。

【注释】(1)蒹葭:芦苇。《诗经·秦风·蒹葭》:"蒹葭苍苍,白露为霜。"(2)青蚨(fú):典出自晋干宝《搜神记》十三:"南方有虫……又名青蚨。……生子必依草叶,大如蚕子。取其子,母即飞来,不以远近,虽潜取其子,母必知处。以母血涂钱八十一文,以子血涂钱八十文,每市物,或先用母钱,或先用子钱,皆复飞归,轮转无已。故《淮南子万毕术》以之还钱,名曰青蚨。"后即以青蚨代称钱。　　(3)晚砧:傍晚时分的捣衣声。　　(4)檐马:也叫风铃,风马儿。悬于檐下,风起则玎玎有声。　　(5)修一缄:谓写一封信。缄,封口,因以称信。

【今译】

　　万里长江倒映着两岸青山,回首遥望,风光无限。秋风吹白了岸边的芦苇。一叶扁舟游荡于江岸。舟中旅人憔悴,暮色苍茫天色将晚。　　深秋霜重,篱边黄菊多么暗淡。袋中的银子愈来愈少,引起心中不安。傍晚阵阵捣衣声,划破清空引起客愁万千。檐下叮叮的风铃声韵,牵引愁肠欲断。寒风中传来晓钟阵阵,惊醒入梦的客官。回去吧,是多么的困难,还是写封信儿,给家人捎回两字报个平安。

　　【点评】这是一支"带过曲",由[醉高歌]和[摊破喜春来]两个曲牌组成。

　　前一支曲子从远处的山水落笔,造成一种空阔高远的意境,然后描写萧瑟的深秋景象。"人憔悴"一句给上面描绘的秋景图添上了生动的一笔。景物与人情相互映衬,更加深了凄清苍凉的气氛。后一曲以合璧对起首,进一步刻画旅途秋色、旅人穷愁。"秋菊"本是人们歌咏的对象,可在囊中羞涩、穷愁潦倒的旅人眼里,也变得暗淡无光。捣衣声、风铃声、晓钟声,时刻唤起旅人的思乡之情。"归去难"三字道出了思乡情切而又不能归去的隐衷。全篇以景衬情,将旅中游子的凄伤心境表现得淋漓尽致。

(江　健)

341

元曲观止

曹德，字明善，生卒年不详。松江(今属上海)人，曾任衢州路吏、山东宪吏。伯颜擅权，曹德曾写《清江引》二曲讥讽。曹德性格开朗，常自吟曲自乐，其曲写得活泼自然，华丽流畅。《录鬼簿》称其乐府"华丽自然，不在小山之下"。现存小令十八首。

[双调·沉醉东风]村居

新分下庭前竹栽，旋篘⁽¹⁾得缸面茅柴⁽²⁾。媻弹鸡⁽³⁾，和根菜，小杯盘曾惯留客。活泼刺鲜鱼米换来，则除了茶都是买。

【注释】(1)篘(chōu)：过滤(酒)。 (2)茅柴：宋代时称质量不高的酒为茅柴。此处指新酿的村酒。 (3)媻弹鸡：生蛋的鸡。媻(fàn)，方言，鸟类下蛋。弹，同"蛋"。

【今译】
新挖出庭院里的嫩竹笋，刚滤得酒缸里的茅柴。再杀只生蛋的鸡，拔些个连根的菜,小盘小盏虽不大,却也可把客人招待。活跳的鲜鱼是米换来,只有香茶是用钱去买。

【点评】这支曲子表现了自给自足的村居生活。作者选取生活中待客的一个场面,只写些柴米油盐酱醋茶,却让人不觉丝毫烦琐,反而从中体会到作者对这种自酿自种、自给自足的农村生活的满足之情。曲中所咏之物都是"自然"之物,全曲行文也活泼自然。二者吻合,非常流畅。

(江 健)

[不知宫调·三棒鼓声频] 题渊明醉归图

先生醉也,童子扶着。有诗便写,无酒重赊,山声野调欲唱些,俗事休说。 问青天借得松间月,陪伴今夜。长安此时春梦热,多少豪杰,明朝镜中头似雪,乌帽(1) 难遮。 星般大县儿(2) 难弃舍,晚入庐山社(3)。比及眉未攒(4),腰曾折(5),迟了也去官陶靖节。

【注释】(1)乌帽:即乌纱帽。隋唐时贵者多戴乌纱帽,其后上下通用,又渐废为折上巾,乌纱成为闲居的常服,省称乌帽。 (2)县儿:即县官。(3)庐山社:即白莲社。东晋慧远、慧永、刘遗民、雷次宗等共十八人结社于庐山东林寺,同修净土之法,因号白莲社。陶渊明常出入于庐山,与慧远有交往,传说曾入白莲社。 (4)攒(cuán):聚集。眉未攒,眉头没有皱。据史实不可靠的《莲社高贤传》的《陶潜传》中记载:"远法师与诸贤结莲社,以书招渊明。渊明曰:'若许饮则往。'许之,遂造焉,忽攒眉而去。"此说"眉未攒"则指已入空门。 (5)腰曾折:萧统的《陶渊明传》,叙述他最后辞去彭泽令的一段情景:"岁终,会郡遣督邮至。县吏请曰:'应束带见之。'渊明叹曰:'我岂能为五斗米折腰向乡里小儿!'即日解绶去职,赋《归去来》。"这里的"腰曾折",即腰已经折。

【今译】

陶先生喝醉了,由童子搀扶着。若有诗兴即写诗,如无美酒再去赊,只想唱些山歌小调,不愿提那凡尘俗事。　　向青天借一轮明月,在松间陪伴度长夜。京城中此时春梦热,有多少贤士豪杰,在仕途上奔走艰难,直至那满头似雪,乌纱帽儿难遮。　　小小县官星般大,也难弃舍,晚年希望已破灭,只好忍恨入空门。到那时尝尽低眉折腰苦,已经迟了,倒不如学习陶靖节。

【点评】这首曲子是为《陶渊明醉归图》而作,作者观图有感,愤而抒怀,充满警世劝人的情味。该曲调弄三叠,构成急促的"三棒鼓声"。

一棒鼓写陶渊明的隐居生活,"醉"字点出其生活特点;二棒鼓嘲讽得势百官,以归隐与入仕两相对照,在嘲讽的同时,也感慨仕途艰辛,透出一种深沉痛苦之情;三棒鼓劝人归隐,表现了对官场黑暗现象的深恶痛绝。全曲从描绘画面入笔,以赞扬陶渊明结尾,上下贯通,浑然一体,曲辞通俗而又幽默,读来非常流畅。

【集说】"三棒鼓声频"是元代乞丐常唱的时令小调。此曲寓褒贬于"山声野调",充满警世劝人的情味。绘形写人,选取醉态、赊酒、野歌、白发、乌帽、攒眉、折腰等富于特征的细节,生动传神,使人物内在心神伴着外部情态一起跃然纸上。语句脱口而出,不加修饰,适于流播传唱,体现了曲辞应有的自然本色。统观全曲,急促的三棒鼓声,风趣的山声野调,通俗的语言文字,坦诚的警世内容,几方面的配搭都显得很谐调。(《元曲鉴赏辞典》陶型传语,上海辞书出版社)

(江　健)

高克礼

高克礼,生卒年不详,字敬臣,号秋泉。河间(今属河北)人。官至庆元理官。他与乔吉非常要好。小曲乐府写得极为工巧,在当时很有名气。《全元散曲》录其小令四首。

[越调·黄蔷薇过庆元贞]

　　燕燕别无甚孝顺,哥哥行在意殷勤。三纳子⁽¹⁾藤箱儿问肯,便待要锦帐罗帏就亲。　　唬得我惊急列⁽²⁾蓦出卧房门,他措支剌⁽³⁾扯住我皂腰裙,我软兀剌⁽⁴⁾好话儿倒温存:"一来怕夫人,情性哏⁽⁵⁾,二采怕误妾百年身。"

【注释】(1)三纳子:按任讷校本,文中的"三"疑是"玉"。玉纳子,信物。(2)惊急列:元代俗语,形容惊慌。(3)措支剌:形容慌张的样子。支剌,语气助词。(4)软兀剌:形容困倦,乏力。此处可释为"软软地"。(5)哏(gěn):通"狠",凶恶貌。

元曲观止

【今译】

　　燕燕无甚奉主人，公子哥那边，却着意儿向燕燕献殷勤。拿出玉纳子藤箱儿，送给燕燕求亲，还没等燕燕开口，便要进锦帐罗帏里亲近。　　吓得燕燕惊慌失措，惊慌中跨出卧房门，公子哥也慌了神，一把扯住燕燕皂腰裙，燕燕软言好语相劝：一怕夫人性情狠，二怕误我百年身。

【点评】 这是一首带过曲。用燕燕拒绝诱奸的自白，写了封建社会中被侮辱者的痛苦心情及她的聪明机智。前一支曲子以叙事为主，寥寥四句，人物、事由交代得一清二楚。后一支曲子紧接上文就亲描写。"蓦出""扯住"动作描写表现了燕燕的反抗和公子的无赖。"软兀剌好话儿"及具体的语言描写又体现了燕燕的机智和聪明。同时也隐含了主人公内心那种忍气吞声痛苦心情。全曲多用口语，朴素自然，曲中人物个性刻画得十分鲜明。

【集说】 这篇带过曲从艺术上说还有两点值得注意：一是动作性很强，"问肯""就亲""蓦出""扯住"，一连串动作，一个接一个，这说明散曲有时也是很讲动作性的，因为歌唱与表演可以结合；二是语言本色流畅，"惊急列""措支剌""软兀剌"等当时俗语的运用，酷肖燕燕这个年轻婢女的声口，丰富了曲词的表现力。(《元曲鉴赏辞典》赵心林语，上海辞书出版社)

　　　　　　　　　　　　　　　　　　　　　　　　　　　　(江　健)

王晔

王晔，生卒年不详，字日华，一作日新，号南斋。杭州人。他为人热情，个性幽默，与朱凯交情深厚。善词章乐府，存世散曲有与朱凯合写的《双渐小卿问答》及套数一套。所著杂剧，据《录鬼簿》载有《卧龙冈》《双卖华》《桃花女》三种，现存世仅《桃花女》一种。

[双调·折桂令] 答[1]

平生恨落风尘，虚度年华，减尽精神。月枕云窗，锦衾绣褥，柳户花门[2]。一个将百十引[3]江茶问肯，一个将数十联诗句求亲。心事纷纭。待嫁了茶商，怕误了诗人！

【注释】（1）双渐和苏卿的爱情故事在宋元间流传很广。它讲的是书生双渐与合肥妓女苏卿相恋。后在双渐应试求官之时，鸨母收下了茶商冯魁巨款，卖掉苏卿。苏卿随贩茶船南下，经过金山寺时，趁冯魁酒醉题诗金山寺壁。双渐考取功名南归，途经金山寺，见诗后乘风赶上冯魁船，夺回了苏卿。王晔、朱士凯合制的十六首小令《双渐苏卿问答》则以诙谐滑稽的笔调，

自问自答,艺术地记录了苏卿被卖的过程。这首小令是苏卿对上一首曲中问"是爱冯魁? 是爱双生?"的答词。 (2)柳户花门:指妓院。 (3)引:茶引。古代茶商缴纳茶税后,由官府发给的准许行销的凭照。

【今译】
一生中最恨事,是堕入了风尘。在此中虚度年华,耗尽了精神。锦衾绣褥月枕云窗,柳户花门中惨遭蹂躏。一个拿出百十引江茶巨款,问我是否应肯。一个拿出数十联诗句,向我求亲,弄得我心事纷纷纭纭。若是嫁了卖茶的富商,又怕误了痴情的诗人!

【点评】这首小令真实地展示了当时社会中妓女屈辱痛苦的生活及苏卿复杂纷纭的内心世界。

首句中一"恨"字,道破主人公心上的愁绪,下面的"心事纷纭"与之呼应。她既希望得一知冷暖意相投的知己,又逃不脱金钱物质的利诱。真是进退两难,感情起波澜,这样就将人物内心的感情矛盾揭示得非常充分。

【集说】王晔,字日华,杭州人。体丰肥而善滑稽,能词章乐府。临风对月之际,所制工巧。有与朱士凯《题双渐小卿问答》,人多称誉。《凌波仙》:"诗词华藻语言佳,独有西湖处士家,滑稽性格身肥大。金斗遗事厮问答,与朱士凯,来往登达。珠玑梨绣,日精日华。免不得,命掩黄沙。"(钟嗣成《录鬼簿》)

案中症结,固全在此间此答。而所答仍是一己之为难心事,未曾有著实语,此所以不免下文再问。然体贴事情,确应有如此层次,不仅为文字铺排而已也。(任讷《曲谐》)

(江 健)

王仲元

王仲元,生卒年不详,杭州人,与钟嗣成交厚。著有杂剧三种:《袁盎却坐》《于公高门》《私下三关》,今皆不传。存世散曲有小令二十一首,套数四套。

[中吕·普天乐]春日多雨

无一日惠风[1]和,常四野彤云布。那里肯妆金点翠[2],只待要进玉筛珠[3]。这其间湖景阴,恰便似江天暮。冷清清孤山路,六桥[4]迷雪压模糊。瞥见游春杜甫[5],只疑是寻梅浩然[6],莫不是相访林逋[7]。

【注释】(1)惠风:温和的风。 (2)妆金点翠:本指用金玉来妆饰。此处指太阳出来时情景,金光灿烂,草木碧绿。 (3)进玉筛珠:本指玉珠从筛眼中漏下,此处指下雨时的情形。 (4)六桥:在浙江杭州西湖,即映波、锁澜、望山、压堤、东浦、跨虹六座桥。宋代苏轼治理西湖时建。 (5)杜甫:唐代现实

主义诗人,早年曾漫游吴越。 (6)浩然:即孟浩然,唐代山水田园诗人,早年隐居鹿门山,曾几度漫游江淮吴越,一生爱梅。 (7)林逋:宋代隐士,居于西湖孤山,以松梅竹为友,喜养鹤。不娶妻,无子,人称"梅妻鹤子"。

【今译】

没有一天春风和煦,时常是乌云密布。太阳失去了光辉,怕是要落下雨珠。湖面上风景暗淡,就像那江上色暮。孤山小路冷清清,六桥迷茫更模糊。忽瞥见杜甫在春游,又好像浩然去寻梅,怕又是来访的林逋。

【点评】这首小令别开生面地选取西湖雨前景象来描绘,角度新颖,构思别致。"惠风和""桩金点翠"本是明媚的春光,在此曲中却反衬出雨前的阴暗。"无一日""常"说明这种景象经常发生,也透出作者的厌烦情绪。"湖景阴""江天暮"是概写西湖全景,同时渲染阴暗的环境。"孤山路""六桥"是西湖的景点,此时也变得冷清模糊。作者抓住这两个景点,着意描绘,突现其阴暗。作者就是这样由面及点,层次分明地在读者面前展示了一幅色彩暗淡、影像模糊的图画。最后三句在这幅图景上添上了人物。这人物是谁呢?模糊中辨认不清,像是杜甫,像是孟浩然,又像是林逋。作者故意用不定的口吻,实际上也是在突出雨前阴暗、模糊的景象。这三位文人雅士均未仕途得意。作者写此景此人的心境也就可想而知了。

(江 健)

大食惟寅

生平不详。

［双调·燕引雏］奉寄小山先辈

气横秋,心驰八表[1]快神游。词林谁出先生右?独占鳌头[2]。诗成神鬼愁,笔落龙蛇走,才展山川秀。声传南国,名播中州[3]。

【注释】(1)八表:出自东晋陶渊明《归鸟诗》:"翼翼归鸟,晨去于林,远之八表,近憩云岭。"意为八方之外极远的地方。 (2)独占鳌头:是古时俗语,意即状元及第。此处是比喻张小山是曲中状元。 (3)泛指黄河中游地区。

【今译】

才气横溢满秋空,心神快游奔宇宙,词林中有谁超过您,唯有先生占鳌头,诗歌写成鬼神发愁,墨笔落下龙蛇惊走,才华展示山川俊秀。声誉传遍南方,名气播满中州。

元曲观止

【点评】这曲小令表达了作者对张小山的才华极力推崇之情。"气横秋"三字开头,既恰当地点出了小山之曲的特点,又给整首曲子定下一个豪放的基调。"诗成神鬼愁,笔落龙蛇走,才展山川秀"三句,是化用杜甫称赞李白诗的诗句"笔落惊风雨,诗成泣鬼神"。加上最后两句,将小山的才华推崇至极点,全曲写得气魄宏大,给人一气贯通的感觉。

【集说】这支小令的作者,以词林后学的身份,奉寄曲界名宿张可久(字小山),且又旨在称倾其绝世才华,表达钦敬仰慕之情,……"词林谁出先生右?"作者本意即"词林无出先生右",现改换句式,且与下句设为问答,既不减分量,又显得较为婉曲。(《元曲鉴赏辞典》高建中语,上海辞书出版社)

本作高度评价张可久才华,表达了对前辈作家仰慕的心情。(卢润祥选注《元人小令选》)

(江　健)

吕止庵

吕止庵,生平不详。疑即吕止轩。《阳春白雪》《太平乐府》及《太和正音谱》均收录其作品,署曰吕止庵。而《雍熙乐府》《北词广正谱》则署为吕止轩或止轩。

[仙吕·后庭花]

西风黄叶稀,南楼[1]北雁飞。揾妾灯前泪,缝君身上衣。约归期,清明相会,雁还也人未归。

【注释】(1)南楼:古楼名。《晋书》卷七十三《庾亮传》:"亮在武昌,诸佐吏殷浩之徒,乘秋夜往共登南楼,俄而不觉亮至,诸人将起避之。亮徐曰:'诸君少住,老子于此处兴复不浅。'便据胡床与浩等谈咏竟坐。"元散曲中写旷达超迈的游兴常用此典,喻游赏的地方。

【今译】

西风吹得黄叶稀,北雁南飞过南楼。我在灯前边拭泪,边缝君郎身上

衣。相互约定回归期,清明时节来相会,雁已归来人未回。

【点评】这首小令旨在表达对远方的亲人思念之情。开头"西风黄叶",点秋。"南楼"曾是情人游赏之地,但此时已人去楼空,"北雁飞"暗指亲人远去。三四句描绘了一个思妇的形象;在深秋的夜晚,坐在灯前为郎君缝衣,腮边还挂着相思泪。作者选取这一生活细节,把人物的心理活动形象地表达出来,结尾一句,"人未归"将这种相思之苦推向高潮。本来是存着相会的希望,可此时希望破灭,从而突现了人物那种无法摆脱的痛苦心情。小令篇幅虽小,然表达感情非常透彻,读来令人回味无穷。

（江　健）

[仙吕·后庭花]怀古

功名览镜看,悲歌把剑弹[1]。心事鱼缘木[2],前程羝触藩[3]。世途艰,艰声长叹,满天星斗寒。

【注释】(1)悲歌把剑弹:此是化用战国时冯谖的故事。冯谖在孟尝君家做食客,没有得到应有的待遇,于是倚柱而弹其铗,歌曰:"长铗归来乎,食无鱼!"铗,剑把。弹铗,即弹剑。此处用以比喻有所希求于人。　(2)鱼缘木:此出自《孟子·梁惠王上》:"(孟子)曰:'然则王之所大欲可知已,欲辟土地,朝秦楚,莅中国而抚四夷也。以若所为,求若所欲,犹缘木而求鱼也。'"这是孟子说梁惠王的时候所用的比喻。是说沿着树去找鱼,方法不对,劳而无功。此处用意是说心中的愿望无法实现。　(3)羝触藩:此出自《易经·大壮》:"羝羊触藩,羸角。"羸,困倦的意思。意为羝羊触藩篱,其角挂在藩篱之上,因而不能进,不能退。比喻一种进退两难的境地。

【今译】
拿起镜来审容颜,人已衰老功未成,仰天一曲悲歌唱,弹剑作响寻希望。胸怀大志登仕途,缘木求鱼无指望。展望人生前程路,进退两难心悲伤。一声长叹世途艰,满天星斗也心寒。

【点评】这首小令题为怀古,实则抒情。全篇抒发了仕途不得意的感伤之情。前四句连连用典,将自己当时的处境、心境都表达出来,后三句直抒胸臆,一个"寒"字,既写当时的自然环境,更是作者内心世界的表白,他对世事前途已完全失望的悲哀情绪,用一"寒"字点出,尤为恰当。

(江 健)

[仙吕·醉扶归]

瘦后因他瘦,愁后为他愁。早知伊家不应口,谁肯先成就。营勾⁽¹⁾了人也罢手,吃⁽²⁾得我些酪子里⁽³⁾骂低低的咒。

【注释】(1)营勾:俗语,意为勾引,诓骗。 (2)吃:俗语,意为被、让。(3)酪子里:俗语,意为暗地里。

【今译】
瘦了为他更加瘦,愁了因他更添愁。早知他家不应口,谁还能够先成就。勾引了人便住手,暗地里被我骂够,还不停地低声咒。

【点评】这首小令表现了一个受人欺骗的少女的怨恨之情,篇幅虽不长,但人物个性跃然纸上,受害者的那种泼辣而又大胆的个性表现得非常充分。全曲多用俗语,明白晓畅。

(江 健)

陈子厚

陈子厚,生平事迹不详,存世散曲有套数一套,风格绵邈。

[黄钟·醉花阴]孤另

宝钏松金髻云鬌⁽¹⁾,甚试曾浓梳艳裹,宽绣带掩香罗⁽²⁾,鬼病厌厌⁽³⁾,除见他家可。

[出队子]伤心无奈,遣离人愁闷多。见银台绛蜡⁽⁴⁾尽消磨,玉鼎无烟香烬火,烛灭香消怎奈何?

[么]情郎去后添寂寞,盼佳期无始末。这一双业眼⁽⁵⁾敛秋波,两叶愁眉蹙⁽⁶⁾翠蛾,泪滴胭脂添玉颗。

[尾]着我倒枕捶床怎生卧,到二三更暖不温和,连这没人情的被窝儿也哭落我!

【注释】(1)宝钏(chuàn):手镯。云鬌(duǒ):像云一样下垂。(2)香罗:即裙子。 (3)鬼病厌厌:被倒霉的相思病害得已奄奄一息。

(4)绛蜡:红蜡烛。　　(5)业眼:造孽的眼,多用于自怨时。　　(6)蹙(cù):皱眉,紧锁着眉。

【今译】

　　手镯儿渐松高髻已低垂,着意艳装却依旧遮不住,宽宽的绣带掩结宽罗裙。都是因为思念他呀,才惹出这场病。如今已是奄奄一息苦撑持,要病去除非能见到我心工人。

　　真真让人好伤心啊,为什么离人的愁苦是这么的多。只见银烛台上红烛已燃尽,玉鼎之中香烬无烟火。啊,这烛灭香消,孤独一人怎奈何!

　　自从情郎离去后,我日甚一日增添寂寞。天天盼归期,却至今未见其把音信托。熬得我一双造孽的眼失秋波,两弯愁眉紧紧锁;相思泪淌胭脂脸,凝成珠玉一颗颗。

　　我满腹愁怨无处诉,放倒枕只顾捶床睡不着,直到半夜也未将被窝焐暖和。哎呀呀,好可恼呀,连这不通人情的被窝儿,也仿佛是在讥笑我!

　　【点评】此曲刻画一苦恋的多情女,细腻入微,情态毕肖。其凄凉酸楚,感人良深。开笔曰钏松、髻垂、带宽,是从侧面道其形容憔悴。"鬼病厌厌"二句则进一步交代原因,所以者何,乃全因思念"他家"(情郎)故也。奈此际偏偏不得见"他家",悲夫![出队子]进一步揭示这女子内心的愁苦,并以"烛灭香消"两个意象暗喻其心绪的黯淡以至失望。"怎奈何"一问,催人肠断,赚人泪下。第三首再进一层,写这位女子由失望而至于绝望,终日只有以泪洗面,与寂寞为伍。从"添寂寞"始而渐至"添玉颗"终,作者把思妇那份逐次坠入绝望之渊的心灵流程展现得形象而具体。尾声写这位多情女因绝望而致心理失常,近于狂态。"这没人情的被窝儿也奚落我"一语,看似痴人梦呓,无理之至,实则胸臆爆满,有情之极。这是无限的怨情、恨情、悲情、痛情之中又夹裹着一丝不忍割舍的爱情在凝固,在扭曲,唯其情逾极限、超常态,故出言才似痴人语,非常情自宜以非常语出之。

(朱德慈)

357

真氏

亦名真真,建宁(今福州)人,歌妓。据陶宗仪《南村辍耕录》卷二十二载,系南宋真德秀后代。其父为济宁管库,因犯法卖女抵偿,故沦为歌妓。后因侍宴,遇翰林承旨姚燧,为之脱籍。后嫁翰林院属官王林。《全元散曲》辑小令一首。

[仙吕·解三酲]

奴本是明珠擎掌⁽¹⁾,怎生的流落平康⁽²⁾。对人前乔⁽³⁾做作娇模样,背地里泪千行。三春南国⁽⁴⁾怜飘荡,一事东风⁽⁵⁾没主张,添悲怆。哪里有珍珠十斛⁽⁶⁾,采赎云娘⁽⁷⁾。

【注释】(1)明珠擎掌:言其出身上流名门,父母把她当作掌上明珠般爱护。　(2)怎生的:怎么。平康:唐代长安妓女居平康巷,因泛指妓院。(3)乔:装扮,假装。　(4)三春:春天。南国:此指真氏故乡建宁。　(5)东风:草名。一作冬风。《文选·左思吴都赋》"东风扶留"注:"东风亦草也。"此句谓如小草随风摇摆,自己不能做主。　(6)珍珠十斛(hú):此用石崇买绿珠事,比喻赎身价高。斛:量器名。 （7）云娘:本指唐代澧州官妓崔云娘,此处真氏自喻。

【今译】

我本是父母掌上明珠,可谁知今日沦落为娼。在人前强作欢笑,娇模娇样,背地里满腹辛酸,泪落千行。漂泊风尘多年,故乡父母怜想,如草随风摆布,自己难做主张。更添悲怆! 哪里有珍珠银两? 来救我这身陷苦海的憔悴云娘。

【点评】此曲自述身世,感情真切悲伤,可谓笔笔辛酸,字字血泪。昔日明珠与今日为娼;人前乔妆与背后泪落,处处构成鲜明对比。而父母望眼欲穿,自己青春飘零,欲脱苦海而不得,对前途命运的无望,都反衬出对跳出火坑的渴盼,更令人怆然涕下。全篇如泣如诉,深切反映了古代妓女的苦难和哀怨。且用自述口吻,自然流畅,不假雕饰,本色天成,全凭真情血泪感人,读来摧人肺腑。

（马淮滨）

元曲观止

景元启

景元启，生平不详。《全元散曲》录存其小令十五首，套数一套。

[中吕·上小楼]客情

　　欲黄昏梅梢月明，动离愁酒阑[1]人静。则被他檐铁[2]声寒，翠被难温，致令得倦客伤情。听山城，又起更。角声幽韵，想他绣帏中和我一般孤另。

【注释】(1)酒阑：酒席将尽。阑(lán)，残，尽。《史记·高祖本纪》："酒阑。"裴骃集解："阑，言希也。谓饮酒者半罢半在，谓之阑。"(2)檐铁：也叫檐马、铁马，挂在屋檐下的风铃。

【今译】
　　天近黄昏，明月挂上梅梢，酒席残，人声静，却把离愁牵动。寒风叩响檐铁，也送来缕缕凄凉，锦被覆身，却总是觉得寒冷，怎不令疲倦行客黯然伤情。侧耳听，山城里，更声又起，角声里，传出幽幽愁韵，想她在那绣帐中定与我一样孤零。

【点评】本篇写羁旅中对妻子的思念。黄昏月明,酒阑人静,自然诱发了诗人心中的无限离愁。声声檐铁、阵阵更声、幽幽号角,则把旅途中的寂寞孤独、冷清凄楚渲染得分外浓重,也更加强了对妻子的思恋渴盼。从"欲黄昏"到"又起更",可见一夜辗转反侧,思不能眠。否则怎会数得清一次又一次的更声呢?景因情设、情自景生。富于特征性的景物和细腻入微的心理体验构成主客相融、物我两谐的妙境。而最后一句设想对方原是和自己一样凄楚孤零。突出了夫妻之间地异心同的相知深情,也使这种缠绵悱恻的离别思念之情更加凄然。

(马淮滨)

[双调·殿前欢]梅花

　　月如牙,早庭前疏影印窗纱。逃禅老笔[1]应难画,别样清佳,据胡床再看咱[2],山妻骂:"为甚情牵挂?"大都来[3]梅花是我,我是梅花。

【注释】(1)逃禅老笔:宋杨无咎,字补之,擅长画梅花,词集以《逃禅》名。此处是指丹青妙手之意。一说逃禅意指避到佛教中去的人,这里是逃避世俗,归隐山中的老画家自称。(2)据:靠。胡床:交椅。咱:语助词,表祈使语气。(3)大都来:不过,只不过。

【今译】
　　一弯新月如芽,庭前梅花,稀疏的倩影印上了窗纱。那丹青妙手也难以描画,因为它有别样的清新高雅。靠着椅子再痴痴地看,妻子骂:"什么事情意牵挂?"——只不过梅花是我,我是梅花。

【点评】本首虽名为《梅花》,令人感到别具一格的是,作者观照的焦点却是落在印在窗纱的月下梅影上,以虚写实,虚实相映。高洁淡雅的梅花和澄

澈宁静的月光本已构成清旷静谧、超凡脱俗的境界,而梅影映窗则又平添了几分空灵朦胧的诗意美。这样的绝伦"清佳",是什么样的丹青高手也画不出的,难怪主人公沉醉痴迷了。作者的笔墨没有放在梅花外部形象的描摹或内在品格的赞誉上,而是着力于主人公在虚静观照中所产生的主客交融,物我两忘的审美心境的开拓与展示上,令人感到新鲜别致,逼真自然。而山妻的嗔骂又造成了幽默诙谐、雅俗兼备的效果,读来妙趣横生。

(马淮滨)

吕侍中

生平不详。《全元散曲》收其套数一套。

[正宫·六幺令]

华亭江上⁽¹⁾，烟淡淡草萋萋⁽²⁾。浮光万顷，长篙短棹一蓑衣。终日向船头上稳坐，来往故人稀。纶⁽³⁾竿收罢，轻抛香饵，个中⁽⁴⁾消息有谁知？

[幺]说破真如⁽⁵⁾妙理，唯恐露玄机⁽⁶⁾。春夏秋冬，披星戴月守寒溪。一点残星照水，上下接光辉。素波如练⁽⁷⁾，东流不住，锦鳞⁽⁸⁾不遇又空回。

[尾]谩⁽⁹⁾伤嗟，空劳力，欲说谁明此理？千尺丝纶直下垂，一波动万波相随。唱道难晓幽微，且恁陶陶⁽¹⁰⁾度浮世。水寒烟冷，小鱼儿难钓，满船空载月明归。

【注释】(1)华亭：地名，今上海松江一带。　(2)萋萋：草木茂盛的样

元曲观止

子。　　(3)纶:较粗的丝线,常指钓丝。　　(4)个中:此中,这其间。　　(5)真如:佛教用语,意谓真实而又恰如其分,这里指永恒而精深的道理。　　(6)玄机:道家称奥妙之理。　　(7)素波如练:谢朓《晚登三山还望京邑》:"余霞散成绮,澄江静如练。"练,洁白的熟绢。　　(8)锦鳞:指鱼。　　(9)谩:空泛。(10)恁(nèn):如此,这样。陶陶:和乐、愉悦的样子。

【今译】

华亭江面上,烟雾淡淡,水草茂密。江面上浮动着波光万顷,撑长篙,划短桨,披蓑衣,整天稳坐船头,来往不见亲朋故友的行迹。收拾好渔竿钓丝,把香饵向江中轻轻抛去,这其间的消息有谁能知?

想要说穿那永恒精深的道理,又怕泄露那奥妙的真谛。春夏秋冬,一年四季,起早贪黑垂钓在寒冷的江里,天上残星映照水面,天光波影,交相辉映。清澈的江水如同白练,向东流淌,一刻不息,鱼儿难钓啊空船回去。

空叹息,白费力,欲说原委,谁又明了此中道理? 千尺钓丝直垂江底,一波荡起万道涟漪。唱道此中的深奥微妙真难觅,还是让我自得其乐度此世。江面上雾寒水冷,小鱼儿难钓,驾起空船,满载明月归去。

【点评】本篇借描绘江中垂钓的情景,暗寓对美好自然的眷恋、归隐山水的乐趣和对污浊现实的不满。曲中写景如绘,细腻真切。渔人披蓑挥篙、收竿抛饵的形象,烟草迷离,澄江如练,星月辉映下万顷波光浮动的美景,构成一幅清新恬淡、宁静闲适的孤舟独钓图,渲染出主人公心无旁骛、超绝尘俗的心境。尽管长年累月、披星戴月的辛劳,尽管一次次空船而回,主人公却始终乐此不疲,兴味不减,其中"幽微"的"妙理""玄机"以及主人公不辞辛苦、执着追求的究竟是什么呢? 这一悬念贯串全曲,作者欲说还休,终未言明,但我们从诗里如画的景色和表现出的恬静旷达的情怀中,不难悟出此真谛。

(马淮滨)

吕济民

生平不详。《全元散曲》收其小令四首。

[正宫·鹦鹉曲]寄故人（和韵）

　　心猿意马⁽¹⁾羁难住，举酒处记送别那梁父⁽²⁾。想人生碌碌纷纷，几度落红飞雨⁽³⁾。　　[幺]瞬息间地北天南，又是便鸿书⁽⁴⁾去。问多娇⁽⁵⁾芳信何期？笑指到玉梅吐处。

【注释】(1)心猿意马：比喻人心流荡散乱，把握不定，如猿马之难以控制。唐敦煌变文《维摩诘经·菩萨品》："卓定深沉莫测量，心猿意马罢颠狂。"(2)梁父：《梁父吟》，又称《梁甫吟》。古乐府曲调名，声调悲凉。　(3)落红：落花。此句意谓光阴荏苒，时间迅速。　(4)多娇：这里代指故人。　(5)鸿书：书信。汉时苏武出使匈奴被拘。后匈奴与汉和亲，汉求武等，匈奴诡称苏武已死，武属吏常惠夜见汉使，教使者诡言帝射上林中，得北来雁，雁足系帛书，言武等在某泽中。汉使以此语告单于。武因得归。事见《汉书·苏武传》。

元曲观止

【今译】

心神不宁，思情如奔马难羁，举起酒杯，又记起那送别的《梁父》乐曲。想人生纷乱忙碌，又几次花落花开，朝晴暮雨。

一瞬间，已是地北天南，托顺路的鸿雁捎去信书。思念的人何时能得到你的消息？你笑指等到梅花开处。

【点评】本曲写对远方故人的思念。分隔万里，却依然心猿意马，显出情深思切。一个"记"字又突出分隔既久，这种思情却无时无处不在。尘世纷乱，人生忙碌，令人感到这一丝情愫的珍贵；时光迅速、人生易老，更衬出渴盼相聚的急切。借时光、人生来写思情，意象独特、宏阔，使情感内涵更加丰富，体现出一种理性的思忖与感喟。正因如此，虽然分离遥远，唯有鸿雁传书，但最后一句"笑指玉梅开处"却使人充满了希望，洋溢着乐观开朗的气氛，格调陡然明丽欢快，令人眼前顿时一亮。这在充溢着悲观的冷嘲和消极的隐遁的元曲中确是别具情韵的。

（马淮滨）

查德卿

查德卿，生平事迹不详。约生活于元仁宗(1311—1320)朝前后。《全元散曲》录存其小令二十二首。

[仙吕·寄生草]感叹

姜太公贱卖了磻溪岸(1)，韩元帅命博得拜将坛(2)。羡傅说守定岩前版(3)，叹灵辄吃了桑间饭(4)，劝豫让吐出喉中炭(5)。如今凌烟阁(6)一层一个鬼门关，长安道一步一个连云栈(7)。

【注释】(1)姜太公：吕尚，相传为周文王重用。磻(pán)溪：水名，姜太公钓鱼遇周文王处，在今陕西宝鸡市东南。 (2)韩元帅：韩信。汉高祖刘邦曾设坛拜之为将，他与萧何、张良并称为兴汉三杰，后被以谋反罪名杀害。
(3)傅说：商王武丁时大臣。传说他曾隐于傅岩(今山西平陆)为筑墙的奴隶，后为武丁访贤所得，封为相。版：筑墙用的夹板。 (4)灵辄：春秋时晋

元曲观止

人,晋灵公大夫赵宣子打猎时在桑荫中休息,见灵辄饥饿,便给他东西吃。灵辄吃了一半,另一半留给母亲,宣子便再给他饭和肉。后来晋灵公想刺杀宣子,派灵辄作伏兵,他却倒戈救了宣子。事见《左传·宣公二年》。 (5)豫让:战国时晋人,事智伯,很被尊宠。后智伯为赵襄子灭,豫让漆身为癞,吞炭为哑,欲刺襄子以报仇,事败被擒而死。 (6)凌烟阁:唐太宗为表彰功臣而建的绘有功臣图像的高阁。 (7)长安道:这里指仕途。连云栈:古栈道,在褒斜谷(今陕西汉中市褒城一带),这里用来形容仕途险恶。

【今译】

姜太公轻易离开磻溪去当官,韩元帅用性命才换来拜将坛。我美慕傅说守定岩前筑墙版,我叹惜灵辄为报恩把命残,我奉劝豫让别再漆身吞炭把傻事干。看如今,功名楼阁层层都是鬼门关,长安仕途如栈道,每一步都令人心惊胆战。

【点评】这是一首以慨叹宦途险恶,否定功名富贵为主题的小令。全曲三个层次,步步深化,蝉联紧凑。开头突兀而起,有意将结局迥然不同的吕尚、韩信并列,出人意料,不论成败荣辱,对出仕做官一概予以否定。中间三句鼎足对,一气直下将三个历史人物或叹、或惜、或讽,对凡是为统治者效忠卖命的行为都予以反对。最后用两个加长的衬字句将作者愤激之情推向顶端,揭露出仕途险恶艰难,官场阴森黑暗,对封建仕途乃至封建伦理观念表示了大胆的蔑视和断然的否定,体现了元代知识分子的特殊心态。曲中多用衬字,亦使节奏一波三折,气势酣畅淋漓。

【集说】从头到尾全是比喻。前以五件古人古事以古比今,后面又以两个形象的比喻揭出主旨,使人读后觉得惊心动魄。(万云骏《诗词曲欣赏论稿》)

此曲通首皆对。……于排叠对偶中寓奔腾动荡之势,再加上词意尖新,惊心骇目,真是对热衷功名富贵者的当头棒喝。(同上)

(马淮滨)

[仙吕·一半儿]春情[(1)]

自调花露染霜毫[(2)]，一种春心[(3)]无处托。欲写写残三四遭，絮叨叨，一半儿连真一半儿草[(4)]。

【注释】(1)总题为《拟美人八咏》，共八首，今选其八。　(2)霜毫：色白如霜的毛笔。　(3)春心：怀春的心情。　(4)真：亦叫"真书"，即汉字正楷。草：指草书。此处言女子才学出众。

【今译】

调好香墨蘸饱了笔，心中春情无处托寄。欲写心事意不宁，一连写坏了几张纸。絮絮叨叨，情意绵绵，一半是楷书，一半是草体。

【点评】本首写一位女子起草情书时的情景。作者抓住富于特征性的典型动作细节和主人公复杂微妙的心理矛盾，细腻逼真地展示出少女郑重而又娇羞的情态和思慕爱恋的情怀。前几句以铺叙为主，末句陡然翻空出奇，波澜顿起又戛然而止，把主人公的情感、心理和读者的注意力都定格在一个最佳点上，令人感到妙趣横生而又联想无穷，这也正是"一半儿"的精妙之处。

【集说】一样八首，……俊词也。（周德清《中原音韵》）

于委婉蕴藉中，仍是竭情尽致……且细腻贴切，俊而能雅。（任讷《作词十法疏证》）

（马淮滨）

[越调·柳营曲]金陵故址

临故国，认残碑，伤心六朝[(1)]如逝水。物换星移[(2)]，城是人非，今古一枰棋[(3)]。南柯梦[(4)]一觉初回，北邙[(5)]坟三尺荒堆。四周山护绕，几处树高低。谁，曾赋"黍离离"[(6)]？

【注释】(1)六朝:三国的吴,东晋,南朝时宋、齐、梁、陈都建都南京,合称六朝。 (2)物换星移:王勃《滕王阁序》:"物换星移几度秋。"言景物变换,星月推移,沧桑变化,光阴易逝之意。 (3)枰(píng):棋盘。这里是说岁月飞逝之速。 (4)南柯梦:据《南柯记》:淳于棼酒醉后睡南槐树下,梦至"槐安国",被招为驸马,做了二十年南柯太守,享尽荣华富贵,醒来后方觉是梦,"槐安国"乃槐树下一蚁穴。 (5)北邙(máng):山名,在河南洛阳北,东汉建武以来,达官贵人死后多葬于此。 (6)黍离离:《诗经·王风·黍离》首句为"彼黍离离"。其诗写周朝东迁以后,周大夫途经故都,见昔日宗庙宫室尽为禾黍,顿有亡国之悲,彷徨不忍离去。

【今译】

登临故都,寻认残碑,繁华六朝如水流去,令人伤悲。景物已变,星月流转,古城依旧人却非。古往今来多少事,只如一盘残棋。南柯梦好,醒后才悔,贵贱荣辱,谁也难逃三尺荒坟土一堆。春四野,群山环绕护古城,绿树重叠,高高低低知多少,还有谁曾赋出《黍离》之悲?

【点评】本篇为怀古之作。作者先以故都残碑,如水而逝的六朝,挑明兴感之由,点出怀古之意。虽然星移斗转、物是人非,但作者却在朝代兴衰、世事沧桑、岁月如流的叹息和伤感之余,又引出了"古今一枰棋"、世事如游戏的感慨。历史的沧桑变化犹如南柯一梦,成败荣辱、忠奸贤愚,都得归入荒坟三尺。冷眼旁观的调侃,事事皆空的虚无,萌发着对封建统治及其历史的否定意识。结语别出心裁:"谁,曾赋'黍离离'?"那黍离之悲,失国之痛原来也似可不必。面对朝代更迭、历史兴替,作者流露出的这种冷漠佻达,也许只是故作姿态,却真实地反映了当时知识分子对元朝封建统治的极大失望与不满。

(马淮滨)

[越调·柳营曲]江上

烟艇闲,雨蓑干,渔翁醉醒江上晚。啼鸟关关(1),流水潺潺,乐似富春山[2]。数声柔橹江湾,一钩香饵波寒。回头贪兔魄[3],失意放渔竿。看,流下蓼花滩[4]。

【注释】(1)关关:鸟鸣声。《诗经·周南·关雎》:"关关雎鸠,在河之洲。"　(2)富春山:东汉时严子陵不愿出来做官,曾隐居于富春江边钓鱼。(3)兔魄:古人称月初生时为魄。又传说月中有白兔捣药,所以称月亮为兔魄。　(4)蓼(liǎo)花滩:指开满蓼花的河滩。蓼:植物名,多生于水中或水边,花淡红色或白色。种类很多。

【今译】

烟霭中的小船自在悠闲,雨水打湿的蓑衣被风吹干。渔翁醉中醒来,江上天色已晚。岸上传来声声鸟鸣,船下听见流水潺潺。独得其乐,恰似子陵在富春山。江湾里传来柔和的橹声,水面上一钩鱼饵空钓波寒。举头贪看月宫桂兔,失意间放下渔竿。看哪,小船已流入蓼花滩。

【点评】本篇描绘了一幅寒江独钓夜归图,以反映封建时代文人的失意之痛。冒雨垂钓,却又大醉昏睡至暮,看来渔翁之意并非在鱼,也非真正的渔翁。胸中难言之痛已微露端倪。虽也有山水之乐,但从"数声柔橹"中却又更分明他感受到了自己的孤寂凄清。而举头望月更勾起他万千思绪和无限隐痛。蟾宫折桂之想可望而不可即,沉重的失落感愈加压在心头,挥之不去。如果隐逸山水的独得之乐也不能排遣内心苦闷,这种苦闷压抑多么沉重也就可想而知了。全曲情绪变化细腻曲折,委婉有致,与周围景物的声色动静妙合无迹,在情绪的流动起伏和景物渲染烘托中,作者揭示出隐藏在山水之乐背后的失意之痛,并使之逐渐加强,逐渐清晰,成为回荡全曲的主旋律。

【集说】紧要在"兔魄"二字,去上取音;且"看"字属阴,妙。"还"字平声,好;若上声,纽,属下下着。(周德清《中原音韵》)

[寨儿令]:"(引曲文,略)"……皆他人不能道也。(李调元《雨村曲话》)

文字是词中之《渔歌子》,对偶自然,意境闲淡。(任讷《作词十法疏证》)

(马淮滨)

371

［双调·蟾宫曲］怀古

　　问从来谁是英雄？一个农夫[(1)]，一个渔翁[(2)]。晦迹[(3)]南阳，栖身东海[(4)]，一举成功。八阵图[(5)]名成卧龙，《六韬》书功在非熊[(6)]。霸业成空，遗恨无穷。蜀道寒云，渭水秋风。

【注释】(1)农夫：指三国时诸葛亮，早年避难荆州，隐居卧龙岗，曾躬耕陇亩。　(2)渔翁：指周初时人姜太公吕尚，相传曾垂钓渭水之滨。　(3)晦迹：隐居不出之意。　(4)栖身东海：《史记·齐太公世家》："太公望吕尚者，东海上人。""或曰：吕尚处士，隐海滨。"　(5)八阵图：诸葛亮创造的，由天、地、风、云、龙、虎、鸟、蛇八种阵势组成的战斗队形及兵力部署的阵图。后人亦以代指其军事才能。　(6)《六韬》："兵书，分文、武、龙、虎、豹、犬诸韬"。旧传为吕尚所撰。非熊：指吕尚。《史记·齐太公世家》载：周文王出猎时占卜，卜辞云："所获非龙非骊，非虎非熊，所获霸王之辅。"果然遇吕尚于渭水之阳。

【今译】
　　问自古以来谁是真正的英雄？一个躬耕田亩的诸葛亮，一个垂钓渭水的姜太公。一个隐居南阳，一个栖身东海，都是一举成功。八卦阵图，卧龙英名传千古，《六韬》兵书，功绩赫赫数太公。霸业早已成空幻，只留下怅恨无穷。蜀道上，今日只有天低云寒，渭水上，此时唯余萧萧秋风。

【点评】本篇为怀古叹世之作。作者在写吕尚、诸葛亮的彪炳勋业之后，笔势顿转，流露出的不是建功立业的渴望，却发出了霸业虽成，无非如过眼云烟、一场空幻的感叹。虽然曲子并未有意贬低心目中的英雄形象，却表现了元人对英雄伟绩、青史留名的怀疑和淡漠，以及看破红尘、参透一切的失望。值得注意的是，这种感喟和顿悟不同于元曲中常见故作轻松的调侃和冷嘲，而是经过严肃郑重的思考，带着沉重的失望和幻灭的无奈，加之寒云秋风的渲染，更令人感到作者内心的压抑和苍凉。

（马淮滨）

吴 西 逸

吴西逸,生平事迹不详。《全元散曲》录存其小令四十七首。

[越调·天净沙]闲题[1]

一

长江万里归帆,西风几度阳关[2],依旧红尘[3]满眼。
夕阳新雁,此情时拍阑干[4]。

二

楚云[5]飞满长空,湘江不断流东。何事离多恨冗[6]?
夕阳低送,小楼数点残鸿[7]。

【注释】(1)本题四首,此选第一、第二。 (2)阳关:地名,在今甘肃敦煌西南。王维《送元二使安西》:"劝君更尽一杯酒,西出阳关无故人。"这里泛指边远地区。 (3)红尘:闹市的飞尘,形容繁华。班固《西都赋》:"阗城溢郭,旁流百廛,红尘四合,烟云相连。" (4)此情句:辛弃疾《水龙吟·登建

373

元曲观止

康赏心亭》："把吴钩看了,阑干拍遍,无人会,登临意。"阑干即栏杆。 （5）楚云:这里泛指南方的云。 （6)冗(rǒng):繁、多。 （7)残鸿:指在夕阳中渐渐远去而残剩的雁影。

【今译】

一

万里长江上归帆点点,西风又几度吹过了阳关? 眼前依然是喧闹的尘世。夕阳里飞来一行新雁,面对此情此景,令人把阑干拍遍。

二

浓云飞满南方的天空,湘江流水滚滚向东。为什么离愁别恨总有那么多? 西沉的夕阳默默远送,小楼外几点雁影飞入苍穹。

【点评】一、本曲写日暮江关的萧瑟景象,抒发离愁别恨。相隔万里的长江和阳关在联想中并列,既状离别之遥,又叹分隔之久。而"依旧"一词则吐露出对"红尘"的厌弃和不能超脱的无奈。这默默的苦楚、绵绵的离恨、深深的感喟,即使把栏杆拍遍,又有谁能会意理解呢? 满腹牢骚,虽未明言,早已蕴藉其中。曲中虽化用王诗、辛词的意境和语句,但却脱化无痕,自成一格。开阔的意象与沉重的感叹,构成了梗概苍凉的意境。

二、本曲写羁旅行客的思乡愁绪。以满天低飞之云、一江流东之水来衬托离愁别绪,虽不新鲜,但"飞满""不断"之语却勾勒出恨溢天地、愁绪绵绵的氛围,也逼出了"何事离多恨冗"一句。而这一点题之问,既问山水,也问自己,又巧妙过渡到另一画面,使情感向深层推进。鸿雁尚有夕阳陪送,人却只能独立楼头,望尽天涯。怅惘孤寂的情绪更加难耐。希望鸿雁能带去思念、捎来消息的焦虑渴盼也就暗寓其中了,从而也使诗的感情内涵更加深沉悠远。

（马淮滨）

［双调·清江引］秋居

白雁乱飞秋似雪⁽¹⁾,清露生凉夜⁽²⁾。扫却石边云,醉踏松根月[3]，星斗满天人睡也。

【注释】（1）白雁：宋人彭乘《续墨客挥犀》七《白雁至则霜降》："北方有白雁，似雁而小，秋深到来，白雁至则霜降，河北人谓之霜信。"此句言秋夜天高气爽，白雁群飞。　（2）清露：晶莹清凉露珠。　（3）松根月：指从枝缝中漏下洒在松下的月光。

【今译】

天高气爽，白雁飞来纷纷如雪，秋夜微寒，清凉露珠滴落。醉中挥手扫去石上的云雾，醉步踏碎了林间月色，满天星斗，人们早已安歇。

【点评】本篇写秋夜之景。秋雁、清露等景物烘托出恬淡静谧的气氛，而"扫云""踏月"的动作既逼真传神地写出主人公的醉态可掬，又加强了旷达、脱俗的意蕴。虽是更深夜静，万物沉睡，主人公却在美好的秋夜中醒着；虽是醒着，却又沉醉在清雅皎洁的夜色中了。一半是醉酒，一半却是醉月。主人公无欲无求无烦无扰、恬静淡泊的情怀和这远离尘嚣、淡雅宁静的环境是那样的和谐一致，真愿意把全部身心都融化在这大自然的怀抱中。也许，这正是作者的精神追求吧。

（马淮滨）

元曲观止

武 林 隐

武林隐,生平不详。《全元散曲》收其小令一首。

[双调·蟾宫曲]昭君⁽¹⁾

天风瑞雪剪玉蕊冰花⁽²⁾。驾单车⁽³⁾明妃无情无绪,气结愁云,泪湿腮霞。只见十程五程⁽⁴⁾,峻岭嵯峨⁽⁵⁾,停骖⁽⁶⁾一顾,断人肠际碧离天⁽⁷⁾漠漠寒沙。只见三对两对捌旌旗古道西风瘦马,千点万点噪疏林老树昏鸦⁽⁸⁾。哀哀怨怨,一曲琵琶。没撩没乱⁽⁹⁾离愁悲悲切切,恨满天涯。

【注释】(1)昭君:姓王名嫱,字昭君。西汉元帝时被选入宫中,后远嫁匈奴呼韩邪单于。晋朝时避司马昭之讳,改称明妃或明君。　(2)此句谓天寒风硬,把雪花吹冻成了冰花。　(3)单车:一辆车。　(4)程:古度量名,十发为一程,此皆虚指,意谓千里万里之遥。　(5)嵯(cuō)峨(é):山势高峻的样子。　(6)骖(cān):这里指驾车的马。　(7)碧离天:犹言万里碧空。

(8)古道西风瘦马两句:语出马致远《天净沙·秋思》。 (9)没撩没乱:元代俗语,形容心烦意乱、恍惚迷离到了极点。

【今译】

天风把瑞雪剪成了玉蕊冰花,孤车出塞的昭君却无心赏它。心中怨气凝成漫天愁云,滴滴热泪打湿腮上红霞。抬眼远望,路途遥遥,尽是些高山峻岭;停车回顾,令人肠断,碧空下寒风黄沙。古道西风,几匹瘦马上旌旗斜插,疏林老树,万点乌鸦噪声心麻。一曲琵琶传出万千声哀怨,多少悲切离愁,都洒在茫茫天涯。

【点评】本篇以昭君出塞为题材,着意刻画主人公哀怨悲切的心绪和别家去国的离愁。风雪、冰花、浓云、寒沙、大漠、琵琶等富于鲜明特色的景物,勾勒出崎岖遥远的塞外苍凉空阔、荒僻萧索的风景,渲染出悲怆凄然的氛围,与主人公心情相映相融,有力烘托出一个弱女子身不由己的悲痛和怨愤。全曲景因情设,情借景生,其意境之开阔旷远,风格之苍劲悲凉,在元人小令中是不多见的。其间虽化用马致远《天净沙·秋思》,但与此情此景妙合无迹,读来并无生硬之感。

（马淮滨）

377

元曲观止

卫立中

卫立中，生平不详。《元曲家考略》谓即卫德辰，华亭（今上海）人，善书法。《全元散曲》收其小令二首。

［双调·殿前欢］⁽¹⁾

碧云深，碧云深处路难寻。数椽茅屋和云赁，云在松阴。挂云和八尺琴⁽²⁾，卧苔石将云根枕，折梅蕊把云梢沁。云心无我，云我无心。

【注释】（1）本题二首，此选第一。　（2）八尺琴：乐器名。

【今译】

碧云深深，深深云中道路难寻。真想把白云和茅屋一块儿租赁，云在松林荫中行。将云和我的八尺琴一起高挂，躺在青苔石上，头枕云根，折枝梅花，让云的根梢沁透芳馨。可云的心中没有我呵，云和我一样没有俗念尘心。

【点评】全曲句句写云。起句顶真,反复之中突出了山深、云浓、路幽的情状。一个"赁"字造语新奇,可谓空发奇想,虚实相映。鼎足对句运用比拟,把本来飘忽不定、变幻无穷的云,写成一个有形体、有生命,甚至可以亲近、抚弄的实体形象,勾勒出一个幽静清新、闲适怡人的境界。而最后两句画龙点睛,交代出不尽妙趣的根源:无意为之,方可情趣自生。这一妙境不仅颇有主客相融、云我为一的意味,更显现出一种摒弃功名富贵、淡漠尘世凡俗的恬淡、旷达与超脱。

(马淮滨)

379

赵 显 宏

赵显宏,号学村,生平事迹不详。《全元散曲》录存其小令二十一首,套数二套。

[中吕·满庭芳]耕

耕田看书,一川禾黍,四壁桑榆。庄家也有欢娱处,莫说其余。赛社⁽¹⁾处王留⁽²⁾宰猪,劝农⁽³⁾回牛表牵驴。还家去,篷窗⁽⁴⁾睡足,一品⁽⁵⁾待何如?

【注释】(1)赛社:周代十二蜡祭的遗俗,农事完毕后,陈酒食以祭田神,相与饮酒作乐。　(2)王留:王留与下句中的牛表皆是人名,元曲中常用来泛指农村青年。　(3)劝农:一年春耕之始,在田间地头举行的勉励农耕的隆重仪式。　(4)篷窗:编篷为窗,谓穷人的房舍。　(5)一品:三国魏以后,官分九品,最高者为一品。

【今译】

耕田看书,一地的庄稼,满院子桑榆。咱们庄稼人,也有欢乐开心的去处:不说别的,你看赛社时王留赤胳膊杀猪,劝农时牛表忙不迭牵驴。回家去,篷窗下一觉睡足,一品大官儿,哪有我舒服?

【点评】这是一首描写田园生活乐趣的小令。文字以实见长,以俗取胜。赏心悦目的田园风光和淡泊闲适的农耕生活,烘托出主人公自得其乐的心境;宰猪、牵驴的细节更为这种无烦无扰、无拘无束的生活增添了不尽的乐趣。在简陋的篷窗一觉和显赫的一品高官的对比中,主人公对前者毫不犹豫的肯定,恰是本曲的点睛之笔,既点出了乐趣根源所在,又使主题豁然明朗、升华——正是对自由自在生活的热爱和对富贵王侯的傲视,主人公才情不自禁地对贫寒简朴的农家生活感到了无限满足与快乐。

(马淮滨)

[中吕·满庭芳]牧

闲中放牛,天连野草,水接平芜(1)。终朝饱玩江山秀,乐以忘忧。青箬笠(2)西风渡口,绿蓑衣暮雨沧州(3)。黄昏后,长笛在手,吹破楚天秋。

【注释】(1)平芜:平旷的原野。 (2)青箬(ruò)笠:青蒲编的斗笠。箬,本指嫩的香蒲。 (3)沧州:滨水的地方。古时常被用来代指隐者所居之处。

元曲观止

【今译】

空闲时挥鞭放牛,天苍苍连着无边的野草,水茫茫接着平旷的原野。整天赏玩着江山锦绣,欢乐中早忘了忧愁。戴上青箬笠西风里信步渡口,穿上绿蓑衣暮雨中水滨漫游。黄昏后,一支长笛吹奏,声声吹破楚天宁静的秋。

【点评】本篇描写田园放牧生活的情趣。画面简洁,写景如绘。一个"闲"字总领全篇,无论是描绘旷野风景,抑或是刻画牧人形象,作者着力突出的正是闲适二字,表达出诗人摆脱名缰利锁,归返自然后的不尽乐趣。但

"乐中忘忧"并非无"忧",西风暮雨中独披蓑笠的形象,秋色黄昏里横吹长笛的场景,虽有沉浸于江山秀色的欣悦和无拘无束的逍遥,也悄悄渗透出一种孤寂落寞的情绪。曲中既有明言直语的表白,也有含蓄蕴藉的点染。本色与文采相融相映,读来韵致别出。

（马淮滨）

唐毅夫

唐毅夫,生平不详。《全元散曲》收其小令一首,套数一套。

[双调·殿前欢]大都西山⁽¹⁾

冷云间,夕阳楼外数峰闲。等闲⁽²⁾不许俗人看。雨髻烟鬟⁽³⁾。倚西风十二阑⁽⁴⁾,休长叹,不多时暮霭风吹散。西山看我,我看西山。

【注释】(1)大都:元代国都,今北京。西山:即今香山。 (2)等闲:犹言随便、无端。 (3)雨髻烟鬟:谓西山上的烟雨淡雾,如女子头上的髻鬟。(4)十二阑:形容栏杆曲折众多。

【今译】

冷云之间,夕阳残照,楼外远峰多么安闲。雨里烟绕如少女髻鬟,不许俗人随意偷看。西风里身倚栏杆望西山,别再长叹,转眼间暮霭已被风吹散。西山看到了我,我看着西山。

【点评】本曲静中写动,以动衬静,巧用拟人,细致刻画了远山峰峦由烟雨遮绕到云开雾散,露出西山真面目的过程。而这一过程又暗示出诗人倚栏观望之久,传达出内心的孤寂渴盼。当一睹西山美景的喜悦冲淡了久久等候的焦虑,便凝成了"西山看我,我看西山"这一点睛之语,恰好与前面的"不许俗人看"构成了鲜明对比,颇有李白"相看两不厌,唯有敬亭山"的意境。不仅写出诗人全神贯注、心无旁骛、物我皆忘的精神状态,也凝聚着诗人对人生的观察和体验,表现出一种积极的人生态度。

(马淮滨)

李爱山

李爱山,生平不详。《全元散曲》收其小令四首,套数一套。

[双调·寿阳曲] 怀古

项羽争雄霸,刘邦起战伐。白夺成四百年汉朝天下。
世衰也汉家属了晋家,则落的⁽¹⁾渔樵人一场闲话。

【注释】(1)则落的:同"只落得"。

【今译】

当年项羽争雄称霸,刘邦起兵征战讨伐。白白夺下了汉朝四百年天下。
世道衰落,汉家却属了晋家,只不过让渔人樵夫当一场闲话。

【点评】本篇与其说是怀古,不如说是嘲古。起句合璧对叙刘项争霸事,
一个"白"字将统治阶级你争我夺、不息征战,以及你方唱罢我登场的纷乱世
事做了冷峻的调侃和否定。当年轰轰烈烈的历史,却反归纳为渔樵人的一
场闲话,这不屑一顾、近乎玩笑的鄙视,恰好又为"白"字作注,也暗喻了作者

元曲观止

的人生态度。虽有些看破尘世的消极，却更隐含着对现实政治的否定和嘲弄。千古历史，一声喟叹，明白如话，却又内涵丰富，令人从会心一笑中悟出作者的感慨与不满。

（马淮滨）

爱山

《太平乐府》中有李爱山、王爱山。此一爱山,不明姓氏,生平亦不详。《全元散曲》录其小令四首。

[越调·小桃红] 消遣⁽¹⁾

世间惟有酒忘忧,酒况⁽²⁾谁参透? 酒解愁肠破僝僽⁽³⁾,到心头,三杯涤尽胸中垢。和颜润色,延年益寿,一醉解千愁。

【注释】(1)本题二首,此选第二。 (2)况:况味,情味。 (3)僝(chán)僽(zhòu):憔悴、烦恼。

【今译】

世上只有酒能忘掉忧愁,酒的滋味谁真正参透? 酒能解开愁肠去烦忧,到心头,三杯洗净心中污垢。美酒啊,能和颜润色,延年益寿,一醉啊,万千愁绪化乌有!

【点评】本篇可以说是一首名副其实的酒的赞歌。作者在对酒的赞誉之中,句句不离排忧解愁之意。显然,纵酒豪饮的背后潜藏着许多难以尽述的苦闷失意,流连醉乡,放浪形骸,只是故作旷达,以掩饰愤世嫉俗的情绪。全曲往复回折,一唱三叹,反复重申却又绝无雷同,句句寓愁却又始终没有言明,给人以想象思索的余地。

(马淮滨)

朱庭玉

朱庭玉，或作朱廷玉。生平不详。存世散曲有小令四首，套数二十六套。

[仙吕·祆神急] 贫乐

功名不可图，贫困不能移。世态如云，转首千般易。谋心⁽¹⁾不遂心，处意⁽²⁾难如意。阴公⁽³⁾造物人莫知。穷通皆命也，岂在人为！

[六么遍] 竞贪财贿，争名气。纷纷蚁战，扰扰蜂集。鸠巢一枝，鹏程万里。堪叹人生同物类，何异？幻躯⁽⁴⁾白甚苦驱驰！

[元和令] 既能贫且乐，莫羡富与贵。高车驷马任从他，得之何足喜？桑枢⁽⁵⁾瓮牖⁽⁶⁾自由咱，失之何足悲？

[后庭花煞] 虽无禄万钟⁽⁷⁾，宁忧家四壁⁽⁸⁾？但且箪瓢饮⁽⁹⁾，徒夸⁽¹⁰⁾列鼎食⁽¹¹⁾。闭柴扉，固穷甘分，乐夫天命

复奚疑？

【注释】(1)谋心：谋事，计划。 (2)处意：散心，消遣。 (3)阴公：天公。 (4)幻躯：身躯，身体。 (5)桑枢：用桑条编成的门。喻贫寒之家。 (6)瓮(wèng)牖(yǒu)：用破瓮之口做成的窗户。指贫穷人家。 (7)禄万钟：指俸禄高达万钟。钟，古代盛粮的计量单位。 (8)家四壁：家徒四壁。家中空无他物，唯有四壁。喻贫寒。 (9)箪瓢饮：《论语·雍也》："贤哉，回也！一箪食，一瓢饮，在陋巷，人不堪其忧，回也不改其乐。"喻安贫乐道。 (10)徒夸：空谈。 (11)列鼎食：列鼎而食，指贵族的豪奢生活。

【今译】

功名利禄不可谋划，贫困潦倒不能改变。世态如同空中浮云，转眼间变化万端。谋心，一点儿不遂心，处意，想如意又很难。天公造物不可知，穷困通达命中定，岂是人力能扭转。

竞相贪财，争名夺利。就好像蚂蚁纷纷争战，蜜蜂扰扰云集。学鸠筑巢于树枝，大鹏展翅九万里。感叹人生与物同，两者之间什么差异？何必苦苦将幻躯驱使。

既然能安贫自乐，就不要去羡慕富贵。驷马高车任凭过，得到何足喜？自由自在住寒室，失去又何足悲？

虽然没有万钟俸禄，难道忧愁家徒四壁？自甘贫穷箪瓢饮，何必空谈什么列鼎食。闭上柴门吧，甘愿固守穷，乐天命，还有什么可迟疑？

【点评】这套散曲通篇紧扣题目，表达了诗人对贫的人生态度。

第一支曲，诗人放眼世态以合璧对领起，直言"不遂心""难如意"，其躁动不安的心绪触处可见。接下来笔锋一转，归结到穷通不在人为而是"命"，将其消极遁世的意绪隐于其中。

第二支曲，起首四句继续写世情，诗人以"纷纷""扰扰"两个叠词表达出对名利场的厌恶。"鸠巢"四句用《庄子·逍遥游》典，诗人对功名利禄的决绝之情，表达出他与庄子同道的意向，表示要像庄子那样追求自我超脱的绝对自由。在庄子看来，无论是大鹏还是学鸠，都是有所待而不自由的，只有消灭了物我界限,即"物我合一",才能有真正的自由。在作者看来,只有不再苦苦驱驰"幻躯",才能有真正的乐。

三、四两支曲子以对比的手法言甘守清贫之事。以反问句式加强语势突出作者自己的"贫乐"观。

纵观全套曲,我们似乎看到了一个在元朝高压政治生活下的文人形象,他参破世情,猛然觉悟,在极度痛苦中寻求解脱,不知不觉中又相信了天命。然而,一个知识分子的良知又催促他自甘淡泊,躲进柴扉,在贫困中自乐。

(江 健)

[大石调·青杏子]送别

游宦又驱驰,意徘徊执手临歧⁽¹⁾。欲留难恋应无计。昨宵好梦,今朝幽怨,何日归期!

[归塞北]肠断处,取次⁽²⁾作别离。五里短亭⁽³⁾人上马,一声长叹泪沾衣,回首各东西。

[初问口]万叠云山,千重烟水,音书纵有凭谁寄?恨萦牵,愁堆积,天天⁽⁴⁾不管人憔悴。

[怨别离]感情风物⁽⁵⁾正凄凄。晋山青⁽⁶⁾,汾水⁽⁷⁾碧。谁返扁舟芦花外,归棹急,惊散鸳鸯相背飞。

[擂鼓体]一鞭行色⁽⁸⁾苦相催,皆因些子⁽⁹⁾,浮名薄利。萍梗飘流无定迹,好在阳关图画里。

[催拍子带赚煞]未饮离杯心如醉,须信道送君千里。怨怨哀哀,凄凄苦苦啼啼。唱道分破鸾钗⁽¹⁰⁾,丁宁嘱咐好将息⁽¹¹⁾。不枉了男儿堕志气,消得⁽¹²⁾英雄眼中泪。

【注释】(1)歧:岔路口。 (2)取次:随便,轻易。 (3)短亭:指送别的地方。古代为行人来往休憩,于路边五里设一短亭,十里设一长亭。(4)天天:元人俗语,老天,苍天。 (5)感情风物:动人情感的景物。(6)晋山:指山西西部汾水附近的山。 (7)汾水:在山西西部,源出山西宁

元曲观止

武县管涔山,由河津市入黄河。　(8)一鞭行色:意指远行人手执马鞭驱车赶路。　(9)些子:一点儿,很少的意思。　(10)分破鸾钗:打破鸾镜,分开宝钗。以此象征夫妇离别。　(11)将息:犹言善自保重。　(12)消得:值得。

【今译】

你宦游离家远行,我犹豫徘徊充满情意。拉住你的手来到路口,挽留下你苦于无计。昨夜还是一场好梦,今日已成幽恨怨气,什么时候才是你的归期?

断肠伤心啊,就这样轻易别离。短亭相送你就要上马,一声长叹泪流沾衣,转眼间,人就要各奔东西。

望远方有万叠云山,千重烟水。就是写好了书信,又有谁去投递。愁堆积恨牵魂,老天爷,根本不管我憔悴的相思意。

晋山青翠汾水长碧,满眼风光触动了我的悲凄,是谁一叶扁舟,从芦花荡里返回?船桨划得那么急,惊散了鸳鸯相背飞。

都是为了那点儿浮名薄利,你才挥动鞭把马儿苦相逼,你好像浮萍草梗那样,漂流没有定迹,你的影子,总是出现在西方阳关的画卷里。

饯行的离别酒还没沾唇,揉碎的心已经昏迷。尽管我相信,送君千里,总有一别的道理。但还是禁不住,哀哀怨怨,凄凄苦苦啼啼。好端端的鸾镜宝钗,就要从此分离。我千叮咛万嘱咐,前程万里,你一定要注意身体。不要忘了你是个男子汉,要对得起流下的英雄泪,不要为儿女情长丧志气。

【点评】这套曲子紧扣"送别",将执手相看泪眼的离别场面写得极其动人。第一支曲子起首三句环绕"执手临歧"点出游宦难舍难分的场景。后三句对仗,以"昨宵""今朝""何日"造成的过去、现在、未来时间流程,来提示离情别绪在空间弥漫。第二支曲以"断肠"领起;扩大"别离"之情的容量。第三支曲岩开一笔,先写景,写"云山""烟水"对恋人的阻隔,引出寄"音书"之事。由此以"恨萦牵""愁堆积"来写离愁的长度、体积及重量。第四支曲写感物怀伤之事,以扁舟归棹、鸳鸯相背而飞增强画面的流动感,以此衬托人物起伏不定、复杂多变的心理活动。第五支曲子"一鞭"三句,直抒胸臆,对恋人重利轻别离表示不满,末二句又对其"无定迹"表达出深切的关注,以此将其复杂的心态表露出来。最后一支曲回顾离别的凄苦场面,但一旦这种离别成为现实,女主人公又殷切地盼望恋人成就功名。整个曲子语言朴素流畅,既写出似水的柔情,又深入到人物内心复杂的心理。六支曲子一气呵成,从不同侧面表现了"送别"的立体场面,又在表现两情依依、朝朝暮暮的同时,在结尾处又平添一股豪气,成功地塑造出一个磊落的女子形象。

【集说】大石调录曲不多,《太和正音谱》仅录二十一调,元人作大石调散套者少,朱氏知难而进,实为不易。吴梅《顾曲麈谈》以之作为大石调联套范例,确非偶然。(《元曲鉴赏辞典》邓乔彬语,上海辞书出版社)

(江　健)

李伯瑜

李伯瑜,生平不详。现存小令一首。

[越调·小桃红] 磕瓜⁽¹⁾

木胎⁽²⁾毡衬⁽³⁾要柔和,用最软的皮儿裹。手内无他煞难过,得来呵,普天下好净⁽⁴⁾也应难躲。兀的⁽⁵⁾般砌末⁽⁶⁾,守着个粉脸儿色末⁽⁷⁾,诨广笑声多。

【注释】(1)磕瓜:宋金参军戏表演时所用的道具。 (2)木胎:指裹在毡皮里的木棒。 (3)毡衬:夹在木棒与外包皮之间的毛毡。 (4)净:即演打诨的角色,一般搽抹花脸。 (5)兀的:元人口语,意思是这个。 (6)砌末:指戏剧演出中所用简单布景和道具。 (7)粉脸儿色末:指搽大白脸的丑角。色末,杂剧中的角色。

【今译】

木棒槌用柔软的毛毡裹,毛毡外再用柔软的皮儿包。手里无它心里难过,手里有它天下的净角应难躲。这个难分舍的好道具,守着个大白脸的色末,诨语广,引起观众笑声多。

【点评】磕瓜是我国古代一种叫作打诨的滑稽戏里用的道具,也叫皮棒槌。打诨由副末和副净两个角色主演。副末手执磕瓜,向净发问,在对答中经常用磕瓜打他,以引起观众的哄笑。这首小令不仅写出了磕瓜的构造、作用,同时反映了当时参军戏演出场景。语言生动简明活泼,表现了书会才人的潇洒风度。

【集说】本曲以吟咏戏剧道具为题材,在元散曲中实属罕见。“磕瓜”是参军戏系统的宋金杂剧院本表演时所运用的道具。此令曲是宋元时确有磕瓜的力证,它为我们提供了制作磕瓜的材料、要求,运用磕瓜的规则以及戏剧效果。(《元曲鉴赏辞典》翁敏华语,上海辞书出版社)

(郭平安)

元曲观止

李德载

李德载,生平不详。存世散曲有小令十首,俱是夸茶的。

[中吕·阳春曲]赠茶肆[1]

茶烟[2]一缕轻轻飏,搅动兰膏[3]四座香。烹煎妙手赛维扬[4]。非是谎,下马试来尝!

【注释】(1)茶肆:茶馆。(2)茶烟:茶的蒸汽。(3)兰膏:兰花的汁。(4)维扬:今江苏扬州。

【今译】

茶杯里倒满滚烫的开水,茶叶被水搅动得上下翻滚。茶水像兰花膏汁一样绿中透黄,蒸气中飘出了股股清香。扬州烹茶师傅有名,也比不上本肆茶师声誉四海扬。不是说谎,不是夸张,请君下马进茶馆来品尝。

【点评】在《赠茶肆》的总题目下,共有十支曲子,每支曲子都以赞美茶好为内容。此曲为第一支曲,旨在夸赞茶的味道及制作功夫。"茶烟"二句描绘制茶情景以及茶的色味:茶面上的蒸气袅袅散开,夹带着诱人的股股清香。人们不禁要问,这样的好茶是谁制作的呢?"烹煎"句做了回答:这个茶馆里自有可以与名扬天下的江苏扬州师傅媲美的烹茶能手! 叙写至此,正面赞美的任务已经完成。末二句换一个角度继续对茶馆的茶进行评价。不信的话,不妨下马进肆来品尝,充满了自信和自豪。曲子语言通俗,风格明快,自然天成。

【集说】此曲前三句并不见元曲特有的酸酪味,但最后二句的直言以道,非仅纯是口语,而且作者似从旁观顿转为代言,声态毕现,呼之欲出,既关合茶肆招客之道,又见当行本色。(《元曲鉴赏辞典》邓乔彬语,上海辞书出版社)

(郭平安)

程景初

程景初,生平不详。存世散曲有小令一首,套数一套。

[正宫·醉太平]

恨绵绵深宫怨女,情默默梦断羊车⁽¹⁾。冷清清长门⁽²⁾寂寞长青芜,日迟迟春风院宇。泪漫漫介破⁽³⁾琅玕⁽⁴⁾玉,闷淹淹散心出户闲凝伫,昏惨惨晚烟⁽⁵⁾妆点雪模糊,淅零零洒梨花暮雨。

【注释】(1)羊车:羊拉的小车,多用于宫廷。《晋书·胡贵嫔传》:"(武帝)并宠者众,帝莫知所适,常乘羊车,恣其所之,至便宴请。宫人乃取竹叶插户,盐汁洒地以引帝车。" (2)长门:汉武帝时,陈皇后失宠后幽居长门宫,曾使人奉黄金百斤令司马相如为其作《长门赋》一篇,以感悟武帝。这里代指失宠后的宫女所居之处。 (3)介破:即断裂。 (4)琅玕:美石。也指火齐珠,是玉石中极坚硬的一种。 (5)晚烟:黄昏时的雨雾。

【今译】

深宫中的少女怨恨绵绵,梦绕羊车呵含情脉脉。冷清清的长门宫长满青草,伴随我孤独寂寞,春日迟迟,春风和煦,幽居深宫一片冷落。泪水漫漫呵,能把最坚硬的美玉滴破。心中烦闷呵,出门散心闲凝眸。暮色中烟雾弥漫,昏惨惨的天地模糊。洒下淅零零的雨点,打落梨花,打在心窝。

【点评】这是一支深宫女子的怨恨曲。全曲以"恨"字领起,统摄全篇,将其怨情弥漫整个时空。"恨"因"情"而起,"怨"因"梦断"而生。三、四句用典,以"长门"点明幽居之怨。随即宕开一笔,借春日、春风的乐景反衬内心寂寞之情,以乐写哀,更添悲情。顺势引出"泪漫漫""闷淹淹",身不由己,万般无奈之情顿起。"闲"字点睛之笔,刻画出怨女"凝伫"的复杂心理活动。结尾二句,直以哀景写心,将怨恨之情推向高潮。全曲八句深得"凤头猪肚豹尾"之妙,特别是曲子每句以叠音联绵词开头,更使怨恨绵长不尽。

【集说】本曲主题并不新鲜,但写法却不乏新颖。作者以宫妃之愁为内在枢纽,绾连全篇,将抒情、写景、叙事熔为一炉,难以拆分。本曲以含蓄深婉擅胜,作者用典使事及熔裁前人诗词语意,能略迹原心,遗貌取神,妥帖自然而不露痕迹。此外,本曲遣词造句也见新巧,每句之前,均冠以一组叠词,或状景,或抒情,蝉联而下,贯穿始终,对突出宫妃之愁肠百结、长恨绵绵,起了有效的烘托作用。(《元曲鉴赏辞典》周圣伟语,上海辞书出版社)

(江　健)

元曲观止

李致远

李致远,生平不详。世祖至元中客溧阳(今属江苏),曾与仇远交游。何梦华藏抄本《太平乐府》卷七注云"江右人,"未知何据。著杂剧《还牢末》(《太和正音谱》列为无名氏作)。散曲存有小令二十六首,套数四套。

[中吕·朝天子]秋夜吟

梵宫⁽¹⁾晚钟,落日蝉声送。半规⁽²⁾凉月半帘风,骚客⁽³⁾情尤重。何处楼台,笛声悲动。二毛斑⁽⁴⁾,秋夜永。楚峰⁽⁵⁾几重,遮不断相思梦。

【注释】(1)梵宫:佛教寺庙。 (2)半规:半圆。圆形叫规。 (3)骚客:指诗人。我国第一位伟大浪漫主义诗人屈原以《离骚》名世,后世因此称诗人为骚客。 (4)二毛斑:指头发花白。头发白、黑二色相杂,故称"二毛"。 (5)楚峰:楚地的山峰。

梵宫的晚钟在落日中随蝉声流韵,弯弯的月儿,半帘的凉风,此情此景怎能不令我深情萌动。何处的楼台,又送来如此悲恸的笛声,笛声中,秋月里,映我鬓发苍白。楚峰重重高难及,但也不能遮断我那相思的魂梦。

【点评】落日、晚钟、蝉声、秋月,深山古寺的夜景是多么凄美。弯弯缺月是离别,半帘的秋风是秋意已寒,弱客难禁,更何能禁得起那一重浓浓的相思之情呢? 开篇情景凄清,意蕴含蓄。后半部高楼寒笛,更寄托了诗人内心的悲恸,此情一经触发,便不可收拾,对月独照,鬓发斑白,秋夜难眠,一种人世飘零,身世凄凉之感顿涌哽咽喉,一张口便再也禁不住地喷涌而出:"楚峰几重,遮不断相思梦"。

（马茂军）

[中吕·红绣鞋]晚春

杨柳深深小院,夕阳淡淡啼鹃,巷陌东风卖饧⁽¹⁾天。才社日⁽²⁾停针线,又寒食戏秋千⁽³⁾。一春幽恨远。

【注释】(1)饧(xíng):一种用麦芽或谷芽熬煎成的软糖。 (2)社日:祭社神的日子。有春社、秋社之分,这里指春社。 (3)寒食句:清明前二日为寒食节,禁火三天,群众以玩秋千为戏。

【今译】(略)

【点评】此曲最细致具体地写出了晚春时节的热闹气氛。柳絮缤纷的深深小院,在夕阳中本是格外的沉寂,却因杜鹃声啼而闹;曲曲折折的幽深小巷本是极为冷落,却因卖饧声和孩子们的欢叫声而格外热闹。这种静中写动的衬托手法极巧妙地表达了晚春的情致,极有韵味。后半部以"才""又"的急促语气,引出社日、寒食节期间群众结社集会的宏大热闹场面,把热度更加温了一层。最后由外入内,由人及己,点明由于这春的生命力和人的生

命力萌动,使我早把那一腔幽恨抛得远远的了。这短短一曲,融情、景、风俗、我于一体,笔调明快流畅,情韵悠远。

(马茂军)

[越调·小桃红]碧桃

　　秾华不喜污天真,玉瘦东风困。汉阙⁽¹⁾佳人足风韵,唾成痕。翠裙剪剪琼肌嫩。高情厌春,玉容含恨,不赚武陵人⁽²⁾。

【注释】(1)汉阙(què):阙,古代宫殿、祠庙或陵墓前面左右对峙的一对高建筑物,形式因时因地而异。　(2)赚:欺骗,诳骗。武陵人:东晋陶渊明《桃花源记》有武陵渔人偶入世外桃源之说,此处亦借指隐士。

【今译】
　　你是那么美艳却又那么纯真,你娇困地依偎着春风。像一位风韵卓绝的汉家美人,脸颊上挂满了泪痕。琼玉般的肌肤,飘动的翠裙,想你高洁的情怀定是厌倦了新春,才会玉容含恨。看到你楚楚动人的倩影,我这个武陵人不虚此行。

【点评】自古咏桃花之作万万千千,此首独以汉家美人写桃花风韵,情调顿出。细描姿色,淡点慵情,把桃花给写活了。而以美人伤怀喻桃花于东风春雨中之伶仃神态,堪称绝笔。结尾以武陵人作结,点明自己爱好自然风物的美好高洁情怀。

(马茂军)

[双调·折桂令]读史

　　慨西风壮志阑珊⁽¹⁾,莫泣途穷,便可身闲。贾谊南迁⁽²⁾,冯唐老去⁽³⁾,关羽西还⁽⁴⁾。但愿生还玉关⁽⁵⁾,不将剑

斩楼兰⁽⁶⁾。转首苍颜,好觅菟裘⁽⁷⁾,休问天山。

【注释】(1)阑珊:将尽,衰落。 (2)贾谊南迁:贾谊,西汉政论家、文学家,有政治才干。后被贬为汉长沙王太傅,抑郁而死,南迁即指此。 (3)冯唐老去:冯唐,西汉安陵人。曾在文帝前为名将云中守魏尚辩解,怀才不遇,很老时才被任为中郎署长。 (4)关羽西还:关羽,三国蜀汉大将,字云长,河东解县(今山西解州)人。东汉末从刘备起兵,后孙权袭取荆州,他败走麦城,命归西天。 (5)玉关:玉门关。 (6)楼兰:古西域国名。唐王昌龄《从军行》:"黄沙百战穿金甲,不破楼兰终不还。"此一句反用其意。 (7)菟裘:即虎皮袍。此处指淡泊功名,追求安逸闲适的生活。

【今译】

望萧萧西风,壮志未酬慨叹万千。穷途时不要悲伤,便可一身清闲。君不见,贾谊怀才遭贬南迁,冯唐老死不被重用,关羽败走麦城魂魄散。只愿活命还玉关,不再想挥剑取楼兰。回首间容颜已老,还是想一想温饱吧,休再提立功天山。

【点评】李致远一生落魄,壮志难酬。待鬓发花白时读到贾谊南迁,冯唐老去,关羽西还时,怎能不感慨万千?而以"莫泣途穷,便可身闲"出之,格外苍凉,格外令人心酸。青丝成白发,楼兰剑化为狐裘衣,这正是有元一代士人的生活与心灵轨迹。以读史时的悲慨激愤之情起,而以消沉隐逸之情结,感情幽咽曲折,起伏流转,作者一味地消释排遣,却让读者更难下咽,反差强烈。

(马茂军)

[双调·落梅风]

斜阳外,春雨足,风吹皱一池寒玉。画楼⁽¹⁾中有人情正苦,杜鹃⁽²⁾声莫啼归去。

【注释】(1)画楼:有彩绘雕刻精美的小楼。(2)杜鹃:鸟名,又名子规,其啼声凄厉,似说"不如归去"。

【今译】(略)

【点评】小曲以夕阳斜起,为全曲涂绘了一层凄迷与慵困。雨足而池满,小池的景色便一收眼底,"皱"写其动态,"寒"是早春的特性,"玉"乃其质感,这是细腻的写景。由景及人,春景本是很美、很富有生机的,而小楼上的诗人情感却格外痛苦,为什么痛苦? 作者却引而不发,转而去驱赶身旁啼叫得很伤感的杜鹃,你们本是同病相怜的知音,只是生怕它的悲诉引起自己更深一层的悲怆与凄凉。而杜鹃走了,此情谁堪诉? 作者把自己的痛苦极力隐藏起来,而我们却更是同情,更是牵挂。此所谓含而不露,意味深长。

(马茂军)

吕天用

吕天用,生平不详,存世散曲有套数二套。

[南吕·一枝花]秋蝶

数声孤雁哀,几点昏鸦噪⁽¹⁾。桂花随雨落,梧叶带霜凋⁽²⁾。园苑萧条,零落⁽³⁾了芙蓉萼。见一个玉蝴蝶体态娇,描不成雅淡风流,画不就轻盈瘦小。

[梁州]难趁逐莺期月夜,怎追随燕约花朝⁽⁴⁾。栖香觅意谁知道,春光错过,媚景轻抛。虚辜艳杏,忍负夭桃。梦魂杳不在花梢,精神懒岂解争高。喜孜孜翠袖兜笼,娇滴滴玉纤捻搭⁽⁵⁾,笑吟吟罗扇招摇。替他窨约⁽⁶⁾:秋深何处生芳草,残菊边且胡闹⁽⁷⁾。不似姚黄魏紫⁽⁸⁾好,忍负良宵。

[隔尾]金风不念香须少,玉露那怜粉翅娇。风露催残冷来到,艳阳时过了,暮秋天怎熬。将一捻儿香肌断送了。

【注释】(1)噪:许多鸟或虫子乱叫。 (2)凋:草木衰落。 (3)零落:植物凋谢。 (4)莺期、燕约:这两个词都具有男女情爱的意蕴,指青年男女之间情意缠绵的幽会。 (5)捻搭:宋元时代的俗语,窈窕、纤美之意。(6)窨约:宋元俗语,思量、忖度之意。 (7)胡闹:与今义不同,非贬义,而是宽慰对方不要对事太认真,姑且得过且过。 (8)姚黄、魏紫:两种名贵的牡丹品种名称。

【今译】

　　孤雁往南飞,凄凄声哀鸣,黄昏归鸦闹,叽叽喳喳叫。绵绵秋雨撒,纷纷桂花落,寒霜催梧桐,枝叶多凋零。萧条园苑中,寂寞又凄清。娇憨玉蝴蝶,孤独自徘徊,芙蓉花萼凋,飞去又飞来。玉蝴蝶体态媚,雅淡风流神韵,轻盈瘦小倩影,描不出其态,画不成其形。

　　莺期燕约情意浓,花朝月夜景色同,佳期相会俱已空,良辰美景难追踪。栖息香花寻伴侣,此番芳心谁知悉。连年春景多可爱,青春虚掷又何奈!白白辜负美丽善良的俊模样,忘掉了令人喜爱美慕的好形象。梦魂萦绕无着落,精神慵懒多惆怅。惜花怜玉好女郎,喜滋滋用翠袖藏,娇滴滴纤纤玉指护防,笑吟吟罗扇来招扬。劝说慰藉替她思量,深秋芳草难生长,残菊旁边可使人精神爽。残菊虽难比魏紫、姚黄,但也大可不必自寻烦恼把他想,良宵虚度就更荒唐。

　　秋风萧瑟,细小香须哪堪阴风刮,寒露凄切,娇嫩粉翅怎耐严霜煞。玉露凄凄秋风哮,冷冷清清秋天到,艳阳夏季尚且好,深秋悲愁怎么熬?可怜美丽小蝴蝶,到头来玉殒香销。

　　【点评】这篇套数,以蝶拟人,取人们身边切近之事,借物咏怀抒情,讥讽冷酷现实,鞭挞强暴,描写了濒临末路的小生命,咏叹秋蝶之悲惨命运,并寄寓极大同情。全篇虽以写秋蝶为主,却又字字关合人物命运,感人至深。秋蝶的形象描画得十分生动逼真,那轻盈娇美的体态风韵,既形象地展现出了蝴蝶翩翩飞舞、觅枝而栖的自然特征,又赋予它美丽少女的情态、神气乃至思想意识,令人爱怜不尽。那万般美好,千样柔媚,历历如在目前,给人以无限的美感。这正与苏轼词《水龙吟·次韵章质夫杨花词》有着异曲同工之妙。

【集说】这篇《秋蝶》套数将秋蝶的遭遇写得哀哀动人,扣人心弦,除非抒情不能如此感人。(《元曲鉴赏辞典》李佳语,中国妇女出版社)

(王丹红)

张鸣善

张鸣善,名择,号顽老子,以字行,生年不详,卒于1345年后,平阳(今山西临汾)人,迁居湖南,流寓扬州,官宣慰司令史。作杂剧三种,今佚。著《英华集》,时人"拱手服其才"。朱权《太和正音谱》称他的散曲"藻思富赡,烂若春葩……诚一代之作手"。今存小令十三首,套数二套。

[中吕·普天乐]咏世

洛阳花⁽¹⁾,梁园月⁽²⁾。好花须买,皓月须赊。花倚阑干⁽³⁾看烂熳开,月曾把酒问⁽⁴⁾团圆夜。月有盈亏,花有开谢,想人生最苦离别。花谢了三春⁽⁵⁾近也,月缺了中秋到也,人去了何日来也?

【注释】(1)洛阳花:牡丹的别称。唐宋时,洛阳牡丹最盛,因称。罗大经《鹤林玉露》:"洛阳人谓牡丹为花,成都人谓海棠为花,尊贵之也。" (2)梁园月:西汉梁孝王在大梁(今河南开封)筑园囿以游赏延宾,司马相如、枚乘、邹阳皆尝为座上客。关汉卿[南吕·一枝花·不伏老]:"我玩的是梁园月,饮的是东京酒,赏的是洛阳花,攀的是章台柳。"　(3)倚阑干:李白《清平调》:"名花倾国两相欢……沉香亭北倚阑干。"　(4)把酒问:李白有《把酒问月》诗。苏轼《水调歌头》词:"明月几时有?把酒问青天。"把酒,手持酒杯。　(5)三春:农历正、二、三月分别称孟春、仲春、季春,合称三春。

【今译】

花好不过洛阳花,月明应数梁园月。花好月圆莫轻放,有钱就买无钱赊。倚栏观花花烂漫,举杯问月月皎洁。月有圆缺,花有开谢,最苦人生多离别。花谢再繁三春景,月缺复圆中秋夜。人去不知何时还,对花对月情惨切。

【点评】此曲将花的开谢、月的圆缺与人的聚散这些互不相干的事物从盛衰变化的角度联系起来,借物象以感发人事,比而兼兴。句句不离花月而处处关合人事,言在此而意在彼。回环往复,韵味悠长。

【集说】合于当时社会人情,久别相思情切。(李长路《全元散曲选释》)

(程瑞钊)

[双调·水仙子]讥时

铺眉苦眼⁽¹⁾早三公⁽²⁾,裸袖揎拳享万钟⁽³⁾,胡言乱语成时用,大纲来⁽⁴⁾都是烘。说英雄谁是英雄?五眼鸡岐山鸣凤⁽⁵⁾,两头蛇南阳卧龙⁽⁶⁾,三脚猫渭水非熊⁽⁷⁾。

【注释】(1)铺眉苦眼:装模作样,盛气凌人的样子。苦(shān),扇动。(2)三公:周以太师、太傅、太保为三公,是国家的最高官员。此泛指高官。(3)万钟:优厚的俸禄。钟,古量器名。　(4)大纲来:大概,多半。　(5)岐山鸣凤:岐山在今陕西岐山县,为周的发祥地。传说周代将兴时有凤凰鸣于岐山。此三句的五眼鸡、两头蛇和三脚猫泛指不祥的怪物和残缺不全的东西。　(6)南阳卧龙:指诸葛亮。亮曾隐居南阳郡之隆中,因才识过人,徐庶

称为卧龙。　(7)渭水非熊:吕尚,即姜太公,微贱时隐居渭水边钓鱼。周文王将出猎,获得卜辞曰:"所获非龙非螭,非虎非熊,所获霸王之辅。"果遇太公。

【今译】

装模作样的早已官高位隆,蛮横粗暴的反倒俸厚禄丰,胡言乱语的登时得到重用,差不多全都是胡闹与欺哄。论英雄哪一个够称真英雄?五眼鸡成了报吉祥的鸣凤,两头蛇充当孔明式的卧龙,败事的三脚猫号称姜太公。

【点评】本篇多用俗语,勾勒出当朝权贵招摇撞骗,庸劣厚颜的群丑图,形象鲜明而点画准确;指陈黑白倒置、贤愚易位的时弊,泼辣深刻,痛快淋漓。首尾两组鼎足对,剥皮见骨,笔力千钧,铺陈饱满,气势雄劲。

【集说】沐猴多冠,明哲孰不保身,惟真才不明于世……此为元时文人通有之骚情愤慨,而嬉笑怒骂之元曲文章,亦即由此中激发而出者也。(任讷《曲谐》)

虽语似旷达,而讥时疾世之怀,凛然森然,芒角四出,可谓怨而至于怒矣。当时士气如此,民情怨毒之甚,盖可知矣。(刘永济《元人散曲选·序论》)

作者这种寓庄于谐,尖锐泼辣的政治讽刺诗,在前人的小令中尚不多见,在当时就具有相当的影响。(王锳选注《元人小令二百首》)

(程瑞钊)

[失宫调] 咏雪(1)

漫天坠,扑地飞,白(2)占许多田地。冻杀吴民(3)都是你,难道是国家祥瑞(4)?

【注释】(1)据明代蒋一葵《尧山堂外纪》记载,元末张士诚占据苏州,其弟士德强夺民田以扩大园囿。一日大雪,士德设盛宴,邀女乐,邀鸣善咏雪。鸣善倚笔题此曲,士德大愧。　(2)白:不付代价地取用。　(3)吴民:指苏州一带的人民。春秋有吴国,建都于吴(今江苏苏州),故称。(4)国家祥瑞:俗谚认为,冬春大雪是丰年的先兆,预示着吉祥。

【今译】(略)

【点评】字字双关,形显而神隐。"漫天坠,扑地飞",形象生动地描摹出大雪飘卷之状,又喻指兵祸突来,有如洪水猛兽。"白占",明写盖地之雪色,暗刺张士德的强占民田。两句较"长安有贫者,为瑞不宜多"更为激愤,与其称作怨雪,勿宁解为直指悍将鼻端破口痛斥。该篇语言本色平直,而因双关的运用,暗含机锋,若鱼肠利剑,劲锐无比。

【集说】此词锋利无比,足令奸邪寒胆,自是快事。尤好在咏雪甚工,无一语蹈空也。(任讷《曲谐》)

此曲用的是赋体,直陈其事,而且语言明白浅显,一读就懂,这就是所谓元曲的本色。(《元曲鉴赏辞典》万云骏语,中国妇女出版社)

(程瑞钊)

411

杨朝英

杨朝英(1265？—1351？)，号澹斋，青城(今属山东高青，一说四川青城)人，与贯云石相友善。明杨维桢称他与关汉卿、庾天锡、卢挚四人"今乐府最为奇巧"。其小令传今近三十首。所编《阳春白雪》《太平乐府》保存元人散曲甚多。

[正宫·叨叨令]叹世

一

想他腰金衣紫青云路⁽¹⁾，笑俺烧丹炼药修行处。俺笑他封妻荫子⁽²⁾叨天禄，不如我逍遥散诞茅庵住。倒大来快活也末哥！倒大来快活也末哥！哪里也龙韬虎略⁽³⁾擎天柱！

二

昨日苍鹰黄犬⁽⁴⁾齐飞放，今日单鞭羸⁽⁵⁾马江南丧。他待学欺君罔上⁽⁶⁾曹丞相，不如俺葛巾漉酒陶元亮⁽⁷⁾。倒大来快活也末哥！倒大来快活也末哥！渔翁把盏樵夫唱。

【注释】(1)腰金衣紫青云路：腰带饰金,穿紫袍,是古代高官的服色。青云,谓高空,喻官高爵显。 (2)封妻荫子：受封诰,子孙亦荫袭官爵利禄各规定的特权,属封建帝王宠赐臣下的优渥待遇。荫(yìn),不用文考武功而因先世的勋绩推恩得官。 (3)龙韬虎略：古兵书有《六韬》《三略》,中含《龙韬》篇,后泛指用兵的谋略。 (4)苍鹰黄犬：助以打猎的动物。《史记·李斯列传》叙李斯临刑叹不能再牵黄犬出上蔡东门逐狡兔。李白《行路难》："上蔡苍鹰何足道。" (5)羸(léi)：瘦弱。 (6)冈上：诳骗官长。此句指责曹操挟天子以令诸侯。 (7)陶元亮：陶渊明,字元亮,后改名潜,东晋至南朝宋初期大诗人。萧统《陶渊明传》说陶酿酒熟,"取头上葛巾漉酒,漉毕,还复著之"。

【今译】

一

他金带紫袍踏上通天路,讥笑我修道炼丹隐逸处。我笑他满门荣贵吃俸禄,不如我逍遥自在住茅屋。多么快活哟！多么快活哟！要什么雄才大略回天术。

二

他昨天飞鹰走狗声势壮,今天就兵败身孤死异乡。他有心学曹操独揽朝纲,不如我学陶潜诗酒狂放。多么快活哟！多么快活哟！渔翁来共饮,樵夫来对唱。

【点评】鲜明的对比：前首为思想观念的对比,次首为生活道路的对比。"昨日"二句,以夸张手法,抽掉时间差,将世事沧桑与人生荣枯之变化推到醒世警俗的显赫地步,遂形成比中之比。作者笑傲王侯、自甘恬退之情在对比中得以充分体现。

【集说】愤世嫉俗,风格豪放。诗人将达官贵人和自己的散诞茅屋对照,他是快活的。(李长路《全元散曲选释》)

(程瑞钊)

413

元曲观止

[中吕·阳春曲]

浮云薄处朦胧[1]日,白鸟明边[2]隐约山。妆楼[3]倚遍
泪空弹。凝望眼,君去几时还?

【注释】(1)朦胧:似明不明貌。此写云间穿行的落日不甚明亮。
(2)白鸟明边:飞过的白鸟映衬明亮之处。杜甫《雨》:"紫崖奔处黑,白鸟去
边明。" (3)妆楼:少女少妇居住的楼房。

【今译】
透轻云夕阳昏昏,映白鸥青山隐隐。遍倚栏杆,楼头空有泪珠盈。望穿
双眼,问君何时归家门?

【点评】"朦胧日""隐约山",组成一幅去路迢遥、望而不见的迷惘意境。
"妆楼倚遍",示凝望时间之久,或从早到晚,或日复一日,最终却难免"泪空
弹"。此以闺中少妇怨望之深,反衬其盼归之切,由侧面烘托其情爱之笃,语
简意丰,有情有态,形象欲活。

【集说】作者以简括的笔墨写出妻子思念丈夫的深情厚爱,词语顺畅。
(李长路《全元散曲选释》)

(程瑞钊)

[越调·小桃红]题写韵轩[1]

当年相遇月明中,一见情缘重。谁想仙凡隔春梦,杳
无踪,凌风跨虎归仙洞,今人不见,天孙标致[2],依旧笑
春风[3]。

【注释】(1)写韵轩:在南昌。唐代裴铏《传奇·入仙坛》说仙女吴彩鸾

与书生文箫,相互爱悦而成夫妇。文箫贫,彩鸾为写孙愐《唐韵》,售以为生。后二人皆乘虎仙去。后人附会而建"写韵轩"。 （2）天孙标致:天孙,织女。标致,秀丽的容貌。 （3）依旧笑春风:唐进士崔护曾在都城南遇一村女立桃花下,互有爱慕意。次年再至,见花而不见人,遂题诗曰:"人面不知何处去,桃花依旧笑春风。"

【今译】

当年月下初相逢,一见倾心情意浓。谁知欢会容易散,春梦醒来无影踪。听说跨虎乘风去,仙山渺茫迷西东。今人不见天仙貌,唯有桃花依旧迎春风。

【点评】此曲题为《题写韵轩》,却实写自己与一女郎一见钟情而相聚不久便匆匆分离以致无缘再会的怅惘。全曲隐括彩鸾跨虎的神话故事和崔护诗意,将缠绵缱绻的情景置于如真似幻之间,倍觉幽渺空灵,引人神往。抒离愁而不言愁,得委曲蕴藉之妙。

【集说】这是作者将自己所见过的美人作为仙女来描写的,有浪漫主义味道。（李长路《全元散曲选释》）

（程瑞钊）

［双调·清江引］

秋深最好是枫树叶,染透猩猩血[1]。风酿楚[2]天秋,霜浸吴江[3]月。明日落红[4]多去也。

【注释】(1)染透猩猩血:形容秋天枫叶之红,如同染上鲜血一样。猩猩,深红色。 (2)楚:古国名,在今湖南、湖北一带。此处泛指南方。 (3)吴江:地名,在今江苏苏州。这里泛指江南。 (4)落红:落花。

【今译】

晚秋时最迷人的是那火一般的枫叶,簇簇通红,恰似染上了层层鲜血。

元曲观止

暖风和煦,酿出了醇厚的南国之秋,微霜初凝,浸晕着明澈的东吴之月。啊,美好的时光不再来,这明月,这落花,都将会不可避免地归于消失。

【点评】这是一首描摹南方秋景的抒情小曲,以秋领起,一意贯通。枫叶之红,如血;秋月之升,如风,如霜。作者笔调凝重,为读者勾画了一幅色彩秾丽的南国秋景图。手法看似白描,却意态浓郁,虽未直言悲秋,但其惆怅情绪已透纸背,令人伤怀。特别是末句言"明月落红"已不再重现,更加深了作品所渲染的凄清意境。

【集说】写秋天深红的枫叶,背景开阔远大,而微有惜其好景不长,易得飘零之意。(王起等《元明清散曲选》)

这首曲写秋景,而且是突出地写红叶。前人关于秋景的诗篇,大都是写悲凉的意态,但在这首曲里,却把秋景写得很可爱,特出新意。(龙潜庵《元人散曲选》)

（徐子方）

［双调·水仙子］

依山傍水盖茅斋[1],旋买奇花赁地栽[2],深耕浅种无灾害,学刘伶死便埋[3]。促光阴晓角时牌[4],新酒在槽[5]头醉,活鱼向湖上买,算天公自有安排。

【注释】(1)茅斋:茅草小屋。斋,这里指书房、学舍。 (2)旋:很快。赁(lìn):租借。 (3)刘伶:字伯伦,西晋人,当时"竹林七贤"之一。伶为人纵酒使性,放达不羁。常乘车携酒出游,命人携锄相从,说"死便埋我"。事见《晋书》本传。 (4)晓角时牌:早晚时分。晓,早晨。角,角宿,二十八宿之一,此处代指夜晚。 (5)槽:酒槽,旧时酿酒器具。

【今译】
依山临水,我筑起一间小茅斋;随即买奇花,租块地皮栽。深耕浅种自成活，天照应，无灾害。我要学刘伶，死了便在这儿埋。早晚催促光阴快，新酿的酒儿，槽头饮它个醉，鲜活的鱼儿，刚从湖上买。算来一切，自有天公安排。

【点评】这是一首自叙其隐逸生活的畅想曲，作者厌倦了尔虞我诈的世俗社会，欲从山水野趣中寻求解脱。在他的笔下，大自然是那样的美好，一般的游山玩水已不足以畅其心志，他要盖房、租地栽种，就此定居下去，让自己陶醉在花香酒趣之中。这一切今天看起来似乎不那么具有现实意义，但联系起在元代民族歧视中汉族文人士大夫的屈辱心境，却又是那么容易理解，可以说这也表现出人对黑暗现实的一种反抗，尽管这种反抗是那样的微弱和消极。全篇读来活泼流畅，意趣盎然。

【集说】这首曲描写西湖隐居生活的乐趣，种花饮酒，听天由命，充满着闲适自得的情调。（吴战垒《西湖散曲选》）

写隐士生活。（李长路《全元散曲选释》）

（徐子方）

［双调·水仙子］

雪晴天地一冰壶⁽¹⁾，竟往西湖探老逋⁽²⁾。骑驴踏雪⁽³⁾溪桥路，笑王维作画图⁽⁴⁾。拣梅花多处提壶⁽⁵⁾，对酒看花笑，无钱当剑沽⁽⁶⁾。醉倒在西湖。

【注释】(1)冰壶：形容雪晴后天气极冷，人像是生活在冰壶之中。(2)老逋(bū)：指北宋诗人林逋，时隐居于西湖，以种梅、养鹤自娱，有"梅妻鹤子"之称，卒谥和靖先生。此处"探老逋"实代指寻梅。　(3)骑驴踏雪：文学典故，言唐诗人孟浩然骑驴踏雪、寻梅吟诗之事，后世戏曲、小说多引为题材。此处为作者自比。　(4)王维：字摩诘，唐代诗人、大画家，擅画雪景，有《雪溪图》《雪里芭蕉图》等。此处言"笑"，是说王维所画雪景不如眼前。(5)提壶：把盏、斟酒。　(6)当剑沽(gū)：将佩剑抵押以买酒。沽，买酒。

【今译】

雪后初晴,天地活像一冰壶。我不耐寂寞,竟自往西湖前行,探望和靖老弟将那可爱的梅花品评。骑着驴儿,踏雪过溪桥,可笑啊,唐人王维枉自画了许多雪景。畅怀痛饮吧,梅花愈多愈有诗情,一边含笑赏花,一边饮酒品茗,没有钱不要紧,解下佩剑当钱买酒吧!多么惬意,哪怕醉倒在这美丽的西湖亭。

【点评】这是一首纵酒自娱的放言曲。通篇不脱"雪"与"酒"二字,取材原非冷僻,然而在这里却独具新意。作者下笔先极言其"雪",渲染天冷,后又极言其"酒",雪中赏花饮酒,渲染其情热,酒香压倒了雪寒。前后映衬,对比鲜明。也就是在这逐句深化的意态进逼过程中,一个与世抗争、傲岸不屈的坚强人格即出现在读者的眼前了。我们仿佛在冰天雪地、梅丛酒香之中,看到了一个志趣高洁却又放达不羁的诗人存在。这里表现的精神不仅是貌视自然界的严寒,而且对周围污浊的黑暗现实来说,也是一个抗争不屈的斗士形象。全篇寓深于浅,雅俗并举,别有一种特殊的意趣。

【集说】老逋,指宋人林逋爱梅,写生活的一侧面,如画。(李长路《全元散曲选释》)

这曲写诗人湖上踏雪寻梅的豪性胜慨。(王起等《元明清散曲选》)

写踏雪寻梅、对酒看花的乐趣,狂放之态可掬。(吴战垒《西湖散曲选》)

(徐子方)

[双调·水仙子]

寿阳宫额得魁名⁽¹⁾,南浦西湖⁽²⁾分外清。横斜疏影⁽³⁾窗间印,惹⁽⁴⁾诗人说到今。万花中先绽琼英。自古诗人爱,骑驴踏雪寻,忍冻在前村⁽⁵⁾。

【注释】(1)寿阳宫句:《太平御览》卷九七引《宋书》曰:"武帝女寿阳公

主,人日卧于含章殿檐下,梅花落公主额上,成五出之华（花）,拂之不去,皇后留之。自后有梅花妆,后人多效之。"　(2)南浦:此泛指水滨。西湖:在杭州。　(3)横斜疏影:林逋《山园小梅》颔联:"疏影横斜水清浅,暗香浮动月黄昏。"　(4)惹:逗引,牵引。含"多情"意。周邦彦《六丑·蔷薇谢后作》:"长条故惹行客,似牵衣待话,别情无极。"辛弃疾《摸鱼儿·淳熙己亥……》:"算只有殷勤画檐蜘蛛,尽日惹飞絮。"　(5)骑驴踏雪两句:马致远有杂剧《踏雪寻梅》,已佚。一般人均以为事出孟浩然,因程羽文《诗本事》有云:"诗思:孟浩然诗思在灞桥风雪中驴子背上。"但也有人以为是演杜甫事,如薛昂夫[中吕·朝天子]即云:"杜甫,自苦,踏雪寻梅去。吟肩高耸冻来驴,迷却前村路。"玩澹斋曲意,似亦是指杜甫。

【今译】

　　您因落在寿阳公主额上,获得了花中之魁的美名。无论在南浦,还是在西湖,您都格外地清高绝尘。您常将稀疏的倩影印上窗棂,引动多情的诗人自古称美至今。您最先绽放吐英,显现出那份涓洁与通灵。古来诗人都钟爱您,甘愿骑着驴儿踏着雪,去品玩您那傲然的形与神。

【点评】这是一支咏梅的曲词,通过驱典使事,描摹了梅花的形、神、韵、品,一个"惹"字展现了其无限诱人的魅力,一个"爱"字传达了世人对她的格外垂青。前人尝言咏物须不滞于物,此曲深得之。试读"南浦西湖分外清"试吟"万花中先绽琼英",何仅是咏物,分明有人的性灵在嘛!这是一颗狷介的心灵在搏动,这是一颗先觉的心灵在震颤。人谓曲以不曲为本色,以直率为归趣,其实似此曲之曲隐,亦毫不失其风采。至周德清笑其"开阖同押""不知法度",恐反难免胶柱鼓瑟之诮。

【集说】《广韵》入声"缉至乏",《中原音韵》无合口,派入三声亦然,切不可开合同押。《阳春白雪集·水仙子》云云,开合同押,用了三韵,大可笑焉。词之法度全不知,妄乱编集板行,其不耻者如是,作者紧戒!（周德清《中原音韵》）

（朱德慈）

419

元曲观止

[双调·殿前欢]和阿里西瑛韵[(1)]

白云窝[(1)]，樵童斟酒牧童歌，醉时林下和衣卧。半世磨陀[(2)]，富和贫争甚么？自有闲功课[(3)]，共野叟[(4)]闲吟和。呵呵笑我，我笑呵呵。

【注释】(1)本题五首，此选第一。阿里西瑛《殿前欢·懒云窝》原作现存三首。白云窝：殆居室名。阿里西瑛所居即号"懒云窝"，为时人盛称。(2)磨陀：蹉跎，虚度光阴。(3)功课：古时上官对部属工作成绩的考核。(4)野叟：泛指樵夫渔父等。

【今译】

白云窝啊，白云窝，樵童来斟酒，牧童来唱歌。倘若一时真醉了，且和衣去在林荫里卧。啊，白云窝里多快活！啊，半生蹉跎又如何？由他富，任我贫，计较它干什么！我自有余情，常与野叟相唱和。哈哈，富者尽可笑我贫，可我这份逍遥你又如何得？

【点评】元时汉人因受异族统治，志不能申，才不得施，只好遁迹山林，进行消极抵抗，故而在元曲中，歌咏隐逸生活之高尚、之快乐占了相当大的比重，本曲亦其一。前三句极写隐逸生活之潇洒、自由、旷达、尽兴，"半世磨陀"二句款曲地揭示出其内心的辛酸与愤懑，他的栖迹"白云窝"，哪里是本心如此，原来是经过了半生的追寻而未得，盛恼之下才甘守这"贫"的恬淡的呀！"自有闲功课"二句又由前言隐居生活行动的自由进言隐居生活情趣的淳朴，因推出结句"呵呵笑我，我笑呵呵"的孤标自傲：你们富贵又如何，我贫寒又如何？你们若讥笑我的贫寒，我倒更要讥笑你们的庸俗。作者就是这样将他那一腔愤世嫉俗的郁勃不平之气尽寓于此一逍遥语中了。

【集说】青原萧存存，博学，工于文词，每病今之乐府有遵音调作者，有增衬字作者,有《阳春白雪集·德胜令》云云,"绣"唱为"羞",与"怨"字同押者;有同集《殿前欢》"白云窝"二段,俱八句,"白"字不能歌者……《德胜令》"绣"字、"怨"字,《殿前欢》八句,"白"字者,若以"绣"字是"珠"字误刊,则"烟"字唱作去声,为"沉宴褰珠帘",皆非也。"呵呵""忪忪"者,何等语句?未闻有如此平仄、如此开合韵脚《德胜令》,亦未闻有八句《殿前欢》。以自己字之开合平仄,句之偶短长俱不知,而又妄编他人之语,奚足以知其妍媸欤?

（周德清《中原音韵自序》）

（朱德慈）

宋方壶

宋方壶,名子正,华亭(今上海松江)人,生卒年不详,约活动于元末明初。《全元散曲》存小令十三首、套数五套。

[仙吕·一半儿]

别时容易见时难,玉减香消衣带宽[1]。夜深绣户[2]犹未拴,待他还,一半儿微开一半儿关。

【注释】(1)"玉减"句:形容身体消瘦。"玉"和"香"这里代指女子的肌肤。"衣带宽"极言其瘦,衣带都变得宽肥了。 (2)绣户:刻有花饰的门扇。

【今译】(略)

【点评】这是一首追远怀人的相思曲。作者从一个独居深闺的少妇的角度,写出了男女之间真挚的爱情。全篇以"别"字领起,思恋之情贯穿始终。爱人外出了,许久没有回来,感情执着的女主人公刻骨相思,以致面容憔悴,形体消瘦,夜深犹未成眠,尽管不知爱人何时回来,她还是开门相守。作品末句恰当地表现出女主人公既要留门又不缺乏应有机警的复杂心理。着笔不多却凝练含蓄,未着"相思"二字而相思自见,是作品最大的艺术特色。

(徐子方)

[中吕·山坡羊]道情

布袍粗袜,山间林下,"功名"二字皆勾罢[1]。醉联麻[2],醒烹茶。竹风松月浑[3]无价,绿绮纹楸[4]时聚话。官,谁问他!民,谁问他!

【注释】(1)勾罢:勾去、罢休,意即不再提起。 (2)联麻:模糊、迷蒙貌。醉联麻,亦作"醉麻查""醉眼麻搽"等。 (3)浑:全部。 (4)绿绮纹楸(qiū):形容绿叶树荫。绮,光色。楸,大树。

【今译】

身穿布袍,脚着粗袜,漫步在山间林下,说什么"功名",这一切都给我罢了吧!敞开怀饮酒,醉了就两眼迷糊睡大觉,醒了就烧水煮茶。那翠竹、清风、古松、新月,全都是真正的质高无价。在那绿叶浓荫之间随时聚会聊天,当官的,谁管他!为民的,谁管他!

【点评】这是一首充满隐逸乐趣的自叙曲。作品读来流利清新,极富感染力。作者看透了虚伪的世情,将功名利禄世俗欲念统统抛在脑后,扑进了大自然的怀抱。在他看来,生活物质条件的简陋贫困不要紧,关键是要身心的绝对自由,而这才是真正的高尚无价。正是从这出发,作者选择了与茶酒山水为伴的避世生活方式,并把这作为自己的理想境界加以热情地讴歌。这在今天看来当然显得太消极甚至平庸,特别是末两句显示的对社会现实不关心乃至冷漠,皆是我们今天阅读和欣赏时所应注意辨析的。但如把它放到元代黑暗的社会情势中去考察,作者的这种生活态度就不无某种挑战意味。

(徐子方)

[双调·水仙子]隐者

青山绿水好从容,将富贵荣华撇过梦中。寻着个安乐窝胜神仙洞,繁华景不同。忒⁽¹⁾快活别是个家风,饮数杯酒对千竿竹,烹七椀⁽²⁾茶靠半亩松,都强如相府王宫。

【注释】(1)忒(tè):太、非常。　(2)椀(wǎn):盛食器具,今同"碗"。

【今译】

徜徉在青山绿水之间,这生活真正是闲适雍容,什么富贵荣华,我都不再想它,甚至都不在我的梦中。到世外寻找个安乐窝。那情景超过了神仙洞。——只是繁华胜景截然不同。太快活了,真正是别具一种家风,面对着千竿翠竹,我喝上几杯美酒,泡上几碗浓茶,背靠半亩青松,真惬意呵!赛过了宰相的赫赫府第,超过了京师的煌煌王宫。

【点评】这支曲同样是对山林隐逸生活的讴歌赞美。"好从容"三字总领全篇,作者将一般人汲汲追求的富贵荣华视作粪土,而把与世俗"繁华景"截然不同的大自然看作安乐窝。正是从这点出发,作者将对竹饮酒、松间烹茶看作"别是个家风",是超过宰相府、帝王宫的最高境界。显然,作品在这里表现了对世俗权贵的极端蔑视,实际上这里也隐含着一种对黑暗现实的反抗乃至挑战意识,而不同于纯粹的消极避世,这一点的确是难能可贵的。全篇情感充沛,构思新颖,语言酣畅流利,造境宜人。

(徐子方)

[双调·水仙子]隐者

青山绿水暮云边,堪画堪描若辋川⁽¹⁾,闲歌闲酒闲诗卷。山林中且过遣⁽²⁾。粗衣淡饭随缘⁽³⁾,谁待望彭祖千年寿⁽⁴⁾,也不恋邓通数贯钱⁽⁵⁾,身外事赖了苍天。

【注释】(1)辋(wǎng)川:水名,在今陕西蓝田县南,唐代山水田园诗派的代表作家王维曾隐居于此。 (2)过遣:过日子、消遣。 (3)随缘:佛家语,这里指随其机缘,不加勉强之意。 (4)彭祖:传说中人物,姓篯名铿,尧时封于彭城,至周时尚为柱下史,寿过八百,后人因称为彭祖。 (5)邓通:西汉人,初为文帝宠幸,因赐蜀铜山铸钱而成巨富,后世遂成为有钱的代名词。贯:串,古代铜钱皆用绳索串起,故名。

【今译】

绿水青山,晚霞满天,如诗如画,气象万千,就像在那王维的辋川别墅里面。人们悠闲地唱歌、饮酒,抒写着充满闲情逸致的诗篇。且在山林之中过活、消遣,粗衣淡饭,随分安然。谁也不奢望像彭祖那样寿过千年,也不留恋着邓通那样有几串钱,这些本来就是身外之事,生不带来,死不带去,一切都托赖着主宰一切的苍天。

【点评】山林隐逸生活是元散曲作家经常接触的题材,本篇亦不例外。作者把大自然描绘得如诗如画,有情有趣,正是体现着他在这方面的人生追求,这就是我们前面曾指出过的,生活的贫困,哪怕是"粗衣淡饭",哪怕是没有钱,或者是少活几年都不要紧,关键在于人要享受着身心的绝对自由,它构成了这支散曲的灵魂,也是整个作品的气脉所在。当然,作者把万事归于苍天,表现了在命运面前的无可奈何,是其思想的局限,这也是无可隐讳的。总的看来,作品具有一定的艺术感染力。

【集说】"辋川"是唐王维初隐之地,"彭祖",是长寿者,而邓通是西汉时最富者,作者对这些都不贪恋,都是文人中清高的隐士派。虽也是消极,今不可取;但比那贪官污吏与奸商贵人之流强,要有所区分,不当混为一谈。(李长路《全元散曲选释》)

(徐子方)

元曲观止

［双调·水仙子］居庸关⁽¹⁾中秋对月

一天蟾影映婆娑⁽²⁾，万古谁将此镜⁽³⁾磨？年年到今宵不缺些儿个。广寒宫⁽⁴⁾好快活，碧天遥难问姮娥⁽⁵⁾，我独对清光⁽⁶⁾坐，闲将白雪⁽⁷⁾歌。月儿，你团圆我却如何？

【注释】(1)居庸关:古关名,在今北京昌平区西北。 (2)蟾影:月光。传说月中有蟾蜍,故名。婆娑(suō):舞动的样子。 (3)此镜:指月。唐代李白《渡荆门送别》:"月下飞天镜,云生结海楼",后因以"飞镜"代月。 (4)广寒宫:神话传说称月宫为广寒宫,又称"广寒清虚之府"。 (5)姮(héng)娥:传说中月宫的仙女,后因避汉文帝刘恒的名讳改称"嫦娥"。 (6)清光:指月光,因其给人感觉清冷明亮而得名。 (7)白雪:原指古代楚国一种比较高雅的乐曲,与《阳春》齐名,后泛指一切高雅难学的乐曲。

【今译】
月色满天,夜空朦胧,犹如仙舞,婀娜修容。万古千秋,它一直挂在天穹。这一发光宝镜,到底出自谁的手中？年年月月,月月年年,到中秋它都显得完满圆通。真快活啊,这美丽的广寒宫！蓝天遥远难以当面去询问嫦娥,没有办法我只好独自面对清光,闲来无事将那《白雪》歌吟诵。幸运的月亮啊,你是那么完美无缺,可叹的是我这个游子,离乡背井,又该如何变动？

【点评】这是一首借景抒情的思乡曲。传统上,月亮的圆缺常与人间的悲欢离合联系在一起,中秋节也被认为是阖家团圆的喜庆佳节。然作者此时身处北方边塞,离家万里,面对晶莹圆满的中秋之月,自然勾起了一种客游他乡、不得与家人团聚的惆怅情绪。作品以月领起,把对宇宙和人生的思索贯穿于月光中。"蟾影""广寒宫""姮娥"虽然俱为作者的想象之辞,但其中流露出对大自然的赞颂实际上是对人间世事的反衬,正因为作者自身的孤独,所以他才在万家团圆时"独对清光坐"。这里的"独"字既是作者的现实处境,也是此刻的情感主调。高雅的《白雪》歌并不能使孤独感得以缓解,相反却强化了它。末句的设问突出了月圆人缺的鲜明对比，从而使全曲的感情旋律落到了它最终的归宿。作品明暗交替，虚实结合，为读者留下了充分的回味余地。

【集说】作者在大都，与华亭远隔万里，故问月，月圆人难圆。形象玲珑，是佳作。(李长路《全元散曲选释》)

（徐子方）

丘士元

丘士元,生平不详,《全元散曲》存其小令八首。

[中吕·满庭芳]相思

愁山闷海,沉吟暗想,积渐难睚[1]。冷清清无语人[2]
何在?瘦损形骸[3],愁怕到黄昏在侧,最苦是兜上心来。
咱无奈,相思痛哉,独自静书斋[4]。

【注释】(1)积渐难睚:蓄泪太多,眼都难以睁开。渐,沾湿、浸润;睚,眼
角。　(2)此句分节是冷清清/无语人何在,而不是冷清清无语/人何在。这
里指爱人,因不在身边,故名。　(3)形骸:身形、骨骸,此处代指身体。
(4)书斋:书房。

【今译】
忧愁高似泰山,苦闷深如东海,我整日里凝思暗想,相思泪太多,两眼都
难以睁开。听不到絮絮情话,一片冷冷清清——心上人为什么还没有到来?

身体一天比一天消瘦，只怕黄昏时分更增添孤独和迷乱，但最苦的是无边离情不断涌上心怀。到此地步真正是没有办法，相思苦恋我只有独自在书房里发呆。

【点评】这是一首直抒胸臆的相思之曲。全篇的感情基调即是和爱人苦苦相恋但横遭分离的"愁"与"苦"，作品一开始即突出这两个字，并运用了夸张的手法，勾画出恋人之间难以团圆的精神痛苦，这种痛苦还被有意无意同时间及周围环境联系起来，前人名句"到黄昏点点滴滴""才下眉头，又上心头"等都被不露痕迹地融进了作品的意境之中，因而显得韵味深长。一般说来，传统上的相思之苦大都从女性角度表现，似乎非如此即不易细腻动人，此篇却敢于不落俗套，末二句更是活画出陷入相思而痛苦难捱的文人情状，和《西厢记》中的张生同一机杼，作品从男性角度表露的一种坦率、传真、不事雕琢的恋情格调，在各方面都显得新颖、练达，读来别有意趣。

（徐子方）

元曲观止

王举之

王举之,生卒年不详,据今人隋树森等考证,当活动在元代后期杭州一带。《全元散曲》存其小令二十三首。

[南吕·金字经]春日湖上

山色涂青黛⁽¹⁾,波光漾画舸⁽²⁾,小小仙鬟金缕歌⁽³⁾。
他,宝钗轻翠娥⁽⁴⁾,花阴过,暖香吹绮罗⁽⁵⁾。

【注释】(1)青黛:青色和青黑色。 (2)漾(yàng):荡漾。画舸(gě):饰有纹彩的船只。 (3)鬟(huán):旧时女子发式的一种。金缕歌:古乐曲一种,又名"贺新郎""金缕曲"等。此处亦指唐人名句"劝君莫惜金缕衣,劝君须惜少年时"。 (4)钗:旧时女子发饰的一种,多以贵金属制成。翠娥:美女之眉,因其修长如蛾,又以黛墨点色,故称。娥,通"蛾"。 (5)暖香:此处代指从少女身上吹过的和风。绮罗:有花纹的丝织物。

【今译】

湖山翠微,恰似黛墨染成,波光荡漾,画船悠闲往来。有一位天仙般的少女在唱着金缕曲,她那乌云般的头发上插着闪亮的宝钗,身材轻盈,美目富有神采。当她从花丛中走过时,轻风把她那丝织的花衣服吹开,温暖、清香、沁人心怀……

【点评】这是一首清新活泼的春光小曲。作品从描绘湖上春光自然美景展开画面,"山色"二句如诗如画,令人神往。但作者并没有把笔触就此停留在静态的景物刻画上,而是由静变动,化入了人,即将艺术镜头的焦点对准了一个充满青春活力的美丽少女,从她的优美歌喉写到她的装饰打扮,又从她的外在衣着写到她的内在神态。一动一静,两两映衬,使得自然春光与人物青春有机地融合在一起了。唯有如此,全曲的艺术构架才算找到了它合适的支撑点,作为全曲情感凝聚点的"春"也才真正具有了活力。而景中有人,化静为动,情景交融,也正是本篇最大的艺术特点。

(徐子方)

［双调·折桂令］鹤骨笛⁽¹⁾

洗闲愁一曲桓伊⁽²⁾,琼管高闲⁽³⁾,锦字精奇,松露玲珑,高魂缥缈⁽⁴⁾,夜气依微⁽⁵⁾。九皋梦声中唤起⁽⁶⁾,一天霜月下惊飞。妙趣谁知?零落秋云,汗我仙衣。

【注释】(1)鹤骨笛:鹤骨原指骨格清奇,此处代指具有这种特征的乐笛。(2)桓伊:字叔夏,东晋谯国人,善吹笛,时称江左第一。 (3)琼管:玉制管乐器,此指笛。闲:通"娴"。 (4)缥缈(miǎo):形容隐隐约约,若有若无。 (5)依微:隐约、依稀。 (6)九皋(gāo):深远的水泽淤地,此句亦脱胎于《诗经·小雅·鹤鸣》:"鹤鸣于九皋,声闻于野。"

【今译】

像笛工大师桓伊一样,吹奏一曲即洗尽了我的万种闲愁。仙笛为美玉

制成,技艺又高度娴熟,字字如锦,声声精奇,好似松间露珠,玲珑剔透。仿佛已把魂魄带进了虚无缥缈。夜气迷漫,万物隐约可辨,连那深远的沼淤大泽也被唤醒,从梦中抬起了头。月光下,寒霜似乎也受了惊,飘飘洒洒,满天飞走。这妙趣,除了我享受,还有谁能够体会在心头?唉,可恨的是那零零落落的秋云,阴晴莫定,风雨难筹,简直要把我的仙衣给染上污垢!

【点评】这是一首内容较为特殊的散曲,从题目看,赞颂笛子的骨格清奇,似为一咏物小曲。但内容上通篇却是在描述吹奏的音乐效果,而且还加进了作者自身的人生感叹,与历史上存在过的音乐诗音乐画一样,这实际上是一首典型的音乐散曲。作品从乐笛自身清贵和发音切字精妙开始,着重在客观情境的对应方面渲染了一种融合激荡的气氛,它使得本身较为虚幻的乐曲变得具体可感。拟人拟物,运笔自如,形象化非常强。作者明在写曲,实际写人,"洗闲愁"三字是全曲的感情主导。在音乐曲调的背后我们可以体会出一颗孤傲避世、洁身自好的心灵存在。末二句以"秋云"插入,明言其"污",情绪表现看似突兀,但实际上即为上述心态的自然发展。全篇命意独特,构思新颖,造语生动活泼,艺术上颇具魅力。

(徐子方)

贾固

贾固,字伯坚,山东沂州(今山东临沂)人,生卒年不详,善乐府,谐音律,曾任扬州路总管,迁中书左参政事。《全元散曲》存其小令一首。

[中吕·醉高歌过红绣鞋] 寄金莺儿

乐心儿比目连枝[1],肯意儿新婚燕尔[2]。画船开抛闪的人独自,遥望关西店儿。　　黄河水流不尽心事,中条山[3]隔不断相思。当记得夜深沉人静悄自来时,来时节三两句话,去时节一篇诗,记在人心窝儿里直到死。

【注释】(1)比目连枝:指比目鱼、连理枝,古代文学作品常将其作为恋人的代称。(2)肯意:允许、同意。燕尔:旧时婚礼祝词。燕,同"宴";尔,语助词。(3)中条山:在今山西省南部,黄河、涑水河间,地跨临汾、运城、晋城三地,居太行山与华山之间,山势狭长,故名中条山。

【今译】

两颗高兴的心如同比目鱼、连理枝,你我都同意欢度新婚双双志喜。有谁知道画船一开将我们抛在两地,只好单个儿眼巴巴望着远方的旅邸。　　黄河水再长也流不尽我的心事,中条山再高也隔不断我的相思。曾记得那夜深人静美好时光到来时,开始时不过是三两句话,离别时却已成了一首抒情诗。这诗啊,我将记在心窝里,——到死也不会忘记!

【点评】这是一首爱人之间倾诉衷肠的相思曲。作者从早年双方新婚喜庆场面入手,充满深情地回顾了与爱人共同生活的幸福情景,紧接着笔锋一转,"画船开"三个字切入了双方被迫分离的痛苦,意境迅速由大喜转向了大悲,感情发展可说是大起大落,然而抒情主人公并未就此绝望,盟誓表明他们对爱情有着坚强的信念,由此更生发出对早年欢情的深深留恋。这样,全篇由追怀到现实,再由现实回到追怀,对爱情的坚强信念始终贯穿,篇幅不长但结构上却显得错落有致,开合分明。作品语言通俗生动,内涵丰富。读来富有机趣。

【集说】固任山东签宪,属意歌妓金莺儿,与之甚昵。后除西台御史,不能忘情,作[醉高歌·红绣鞋]曲以寄之,曰"乐心儿"云云。由是台端知之,被劾而去。(见夏庭芝《青楼集》)

(徐子方)

周德清

周德清,字挺斋,高安(今属江西)人。宋词大家周邦彦的后裔,生卒年不详。著有《中原音韵》和《作词十法》,为汉语近古音律以及散曲字韵格式规律做出了巨大的贡献。自身创作亦甚丰富,《全元散曲》收其小令三十一首,套数三套,残曲六支。

[正宫·塞鸿秋] 浔阳⁽¹⁾即景

长江万里白如练⁽²⁾,淮山数点青如淀⁽³⁾,江帆几片疾如箭,山泉千尺飞如电。晚云都变露,新月初学扇,塞鸿⁽⁴⁾一字来如线。

【注释】(1)浔阳:江名,长江在江西九江以北的一段。 (2)练:白色绢织品。 (3)淮山:淮河一带的远山。淀:同"靛",青蓝色的颜料。 (4)塞鸿:边地的鸿雁。秋天,雁自北部边塞南飞,故称。

元曲观止

【今译】

像洁白的丝带，滔滔长江飘飞万里；像翠蓝的画墨，淮水两岸青山点点。江中，几叶小舟顺风而下疾行似箭。山上，飞泉千尺冲刷激荡奔泻如电。晚间云雾变成了颗颗珠露，初升新月又似在舒展纨扇。放眼四望，来自北方的一行秋雁列队南飞。

【点评】历史上，长江以其恢宏的气势、壮阔的胸怀吸引了无数文人，由此也产生了无数吟诵她的篇章，眼前的这首小曲即为其中之一，作者选择了宏观的角度，采用了富有动感的艺术手法，为我们勾勒了一幅生动传神的浔阳江景图。从作品的表现中可以看出，作者善于捕捉充满活力的艺术镜头，在他的笔下，江舟、山泉、晚云、新月、塞鸿这些景点都呈动态，并且都在万里长江和数点淮山这一整体构思中被不露痕迹地融合起来。从手法上看，以动衬静，以静制动，也使得整个画面随之显得极有生气，虽未写入而其灵性毕现，作者对生活和大自然的热爱，也已在这逐次展开的艺术画面中充分地体现出来了。语言上，作品汲取了古典诗词中的表现风格，既生动活泼又含蓄蕴藉，读来意境深刻，耐人寻味。

【集说】写浔阳所见景物，辽远开阔。全篇以工巧的比喻与排叠的句法组成，艺术上自成风格。（王起等《元明清散曲选》）

通篇善于打比方，把大自然的颜色、状态、声音都形象地描绘出彩了。（萧善因选注《元散曲一百首》）

作者写浔阳江观景，将山水色彩、姿态、变化，描写得淋漓尽致，是写景佳作。（李长路《全元散曲选释》）

（徐子方）

［中吕·朝天子］庐山

早霞，晚霞，妆点庐山画。仙翁[1]何处炼丹砂？一缕白云下。客去斋余，人来茶罢。叹浮生[2]，指落花[3]。楚家，汉家，做了渔樵话[4]。

【注释】(1)仙翁:指道士。 (2)浮生:旧时以为世事无定,生命短促,因称人生为"浮生"。 (3)落花:喻时光伤逝。释贯休《偶作因怀山中道侣》:"是是非非竟不真,落花流水送青春。" (4)楚家三句:谓世事更替如过眼烟云,总归于虚幻。据《史记》载,楚王项羽因轻视汉王刘邦,结果被刘邦击败,竟至困厄垓下,后于乌江自刎。于是楚地皆降汉,汉王遂称帝,是为汉高祖。所谓楚家,汉家即指此。

【今译】

早晨,霞光万丈,傍晚,彩霞满天,把庐山扮得胜似一幅画。若问庐山道士烧丹炼汞在何处,请看那一缕缥缈的白云下。香客离去斋犹余,高士远来重沏茶。叹浮生如白驹过隙逝,犹似那花开花落无可违,啊,倒不如这庐山道士真潇洒。试看那楚王项羽汉王刘邦,昔日里都曾似烈火烹油,风云叱咤,到如今还不都是变作了渔樵者们的唠叨闲话。

【点评】此曲不唯出色地描绘了庐山道士的逍遥通脱,更重要的是于中寄寓了作者自己的人生理想乃至世界观。起韵皴染庐山秀景,次韵引介庐山道士,乃将其置于"一缕白云下",天地苍茫间,真真曲尽其意,韵味悠扬。第三韵写修道之人简朴随分,第四、五两韵写庐山道士参透浮生。想那楚汉相争,赫赫扬扬,一时间惊天动地,泣鬼愁神,到如今也还不是和传说故事一样成为渔樵者们的谈资嚼料?花开花谢,劫运轮回,与其营营争竞,不如任其自然。如此收束,堪称含蕴深广了。以现代意识看来,此曲思想内容不免消极悲观,但在异族压迫极端残酷的元代,恐又当另作别解。虽出语消极,但到底也还是抵制之一种吧。从律艺方面看,此曲造境、蓄情都相当出色,尤其是音律谐和,数用对偶且俱是严谨,的确难得,吴梅谓其"字字稳洽,移动不得一字,固是老斫轮手",良非虚誉。

【集说】周德清务头"定格"载《庐山·朝天子》云云,通首完整,对偶音律俱好。末句"楚家汉家",与"鼎足三分半腰折,魏耶晋耶",同一格律。(李调元《雨村曲话》)

元曲观止

周德清……所作小令散套,绰有大家风格。尝过庐山,赋《朝天子》云云。此调字字稳洽,移动不得一字,固是老斫轮手。(吴梅《顾曲麈谈》卷下)

《中原音韵》"定格"条,《朝天子·庐山》词与张可久《红绣鞋》同为评论,雨村即用其语,参阅前文。《外记》(笔者案,即蒋一葵的《尧山堂外纪》)归周德清作,则是自论其曲,未知然否?《词林摘艳》卷一题无名氏《咏庐山》,《曲律·杂论》称"元人题庐山《朝天子》"云云,俱不著撰人。(王文才《元曲纪事》"周德清"条)

(朱德慈)

[中吕·满庭芳]看岳王传⁽¹⁾

披文握武⁽²⁾,建中兴庙宇⁽³⁾,载青史⁽⁴⁾图书。功成却被权臣⁽⁵⁾妒,正落奸谋。闪杀人望旌节中原士夫⁽⁶⁾,误杀人弃丘陵南渡銮舆⁽⁷⁾。钱塘路,愁风怨雨,长是洒西湖。

【注释】(1)岳王:指南宋抗金名将岳飞。飞被害后,孝宗时为其平反,宁宗时追封为鄂王。 (2)披文握武:披阅书史、执掌兵机,此指岳飞兼通文武。 (3)中兴:由衰落而重新兴盛,亦即复兴。庙宇:社稷,代指国家。(4)青史:历史。古时用竹简记事,刻写前,须用火将竹片加以处理,叫杀青,后因称史书为青史。 (5)权臣:指误国奸贼秦桧,时任南宋宰相,执掌朝政,一意主和求荣,妒恨岳飞北伐功成,故千方百计将其诬害。 (6)闪杀:抛弃,抛撇。士夫:士大夫,代指中原南宋遗民。 (7)丘陵:陵墓。銮舆:皇帝的车子,代指皇帝。

【今译】
祖国看到了复兴的希望,是因为出了个岳将军,他兼通文武,他的功绩已被载入了不朽的史书。可叹啊,正当战功将告成的时候,他却遭到了当权奸臣的忌妒,落进了早就预定的阴谋。唉,那些日夜盼望宋军北伐的中原遗民,他们又陷入了无边的痛苦。可悲啊!抛弃了人民,抛弃了祖先的陵墓,渡江南逃偏安一隅的皇帝真是一误再误。看那英雄冤死的地方,钱塘路,到处是愁风怨雨,飘飘洒洒融进了无语的西湖。

【点评】这是一首充满爱国主义激情的颂歌。历史上,南宋统治者贪图苟安,竟不顾国家民族的利益,卑鄙地杀害了抗金有功的岳飞,这在作者心目中引起了极大的震动,他在作品中满腔热情地称颂了岳飞的才能和功绩,对他含恨冤死的悲剧表示了真挚的同情。与这成鲜明对照的是,作者对以宋高宗和秦桧为代表的投降派则充满了义愤,作品声讨了他们的无耻罪行。这在处于民族矛盾空前尖锐的元朝来说,显示了作者过人的胆识。从章法上看,作品前后映衬,对比鲜明,并且由实到虚,由虚及实,富有层次感。语言上则是一气呵成,全篇音调铿锵,显得浑厚有力,有一种阳刚之美,读来富有魅力。

【集说】这是一首读《岳飞传》引起的咏史曲,对宋室南渡,岳飞抗金被害,表现了极大的悲愤,写得深挚感人。(王起等《元明清散曲选》)

这是一首读史咏怀的诗篇。作者一方面景仰岳飞的精忠,痛恨权臣的奸邪;另一方面,对于南渡君臣,不思恢复,安于小朝廷的误国误民的行为,做了正面的指责,表达了作者的爱憎和人民的心声。(龙潜庵《元人散曲选》)

歌颂爱国英雄,痛斥误国权奸,大义凛然爱憎分明,表现了作者强烈的爱国主义激情。(吴战垒《西湖散曲选》)

(徐子方)

439

元曲观止

[中吕·阳春曲] 春晴

雨晴花柳新梳洗,日暖蜂蝶便整齐,晓寒莺燕旋[1]收拾。催唤起,早赴牡丹期。

【注释】(1)旋:迅即,顷刻。

【今译】

春雨过后,天气初晴,鲜花放蕊,翠柳绽金,恰似青春少女,又经过梳洗

妆新。阳光柔和，万物苏醒，蜜蜂蝴蝶都被吸引，她们翩翩飞临。哦，黄莺和燕子起得更早，带着清晨寒气，她们拂晓便已出行。快起来吧，大自然的精英！报春使者正在催促叮咛：百花之王牡丹开放时机已经临近，欢迎你们尽早光临。

【点评】这又是一首以自然美为描绘对象的写景小曲。春雨过后，天气初晴，大地如洗，万象更新。作者以其对生活脉搏特有的敏感，为我们捕捉到了五彩缤纷的春的信息。鲜花、翠柳、蜜蜂、蝴蝶、黄莺、燕子这些生动活泼的大自然生灵，在春日雨后的阳光灿烂中构成了一幅生意盎然的春光图。在作者的笔下，客观的自然景象充满着旺盛的生命灵气。大自然的人化，或者说人化的大自然更加具有魅力。全篇以春贯穿，生活气息浓郁，语言简洁凝练而又活泼清新，构思造境令人神往。

【集说】具着家常风味而又清丽绝伦。（郑振铎《中国俗文学史》）

（徐子方）

［越调·柳营曲］冬夜怀友

　　暮云收，冷风飕，到中宵月来清更幽[(1)]。倚遍江楼，望断汀洲[(2)]，雪月照人愁。舍梅花谁是交游，饮松醪自想期俦[(3)]。王子猷干罢手，戴安道且蒙头。休，谁驾剡溪[(4)]舟。

【注释】(1)中宵：半夜。幽：沉静、深远。　(2)汀(tīng)洲：水边平地。(3)松醪(láo)：用松膏酿的酒。醪，浊酒。期俦：预定要来的朋友。俦(chóu)，同辈、伴侣。　(4)剡(shàn)溪：水名，在今浙江嵊州南。《世说新语·任诞》载晋人王子猷(yóu)冬夜忽思访友人戴安道，遂命舟由绍兴前往剡溪戴处，一夜方达，然不入门而返，问其原因，则云"乘兴而行，兴尽而返，何必见戴！"

【今译】

　　傍晚后已经是雾散云收，冬日里到处是冷风飕飕。午夜时分，月亮才把云层穿透,此情此景更显得清冷幽幽。孤独的我只有常常倚靠在江边的小楼,执拗地凝望着岸边的沙洲。月光映着积雪,它淡淡地照着离愁独处的我。唉,除了和腊梅花相吊,谁还是我真正的挚交?且喝一杯松膏酒吧,我还在想念期待着远方的朋友!也许那戴安道还在蒙头大睡,任性的王子猷是白白调了头。算了吧,一切都是胡猜瞎想,这种时候,有谁还去驾那访友的剡溪舟!

【点评】这是一篇从内容和写法上都比较特殊的相思曲,题称"怀友"。一般说来,元散曲此类题材范围多不出恋人之间,真正选择以纯粹友情为抒发对象的并不多见,所以全篇在选材构思方面即具有独到性。作者以一个寒夜独处的士子角度,写出一种孤僻、渴求友情而不得的矛盾苦闷的心情("舍梅花"二句体现得尤为出色)。在写法上,作者还善于用客观环境来烘托人的主观心境。作品中,暮云、冷风、深夜、雪月,这些自然景物无疑加深了主人公内心的凄清和孤寂,可以说是主客体的高度统一。全篇气氛和感情基调比较让人感到压抑,也与元代社会下层文人士大夫所处的特殊环境有关。

【集说】德清之韵,不但中原,乃天下之正音也;德清之词,不唯江南,实天下之独步也。(贾仲明《录鬼簿续编》)

(徐子方)

元曲观止

钟嗣成

钟嗣成(约1279—约1360),字继先,号丑斋,大梁(今河南开封)人,寄居杭州。早年师事名儒邓善之、曹克明、刘声之三先生。以明经屡试于有司,不第。乃杜门家居,从事著述。他与同时曲家曾瑞、施惠、乔吉、张可久、睢景臣、钱霖、徐再思等均有交往。至顺元年(1330)著成《录鬼簿》二卷,记述一百五十二位曲家的事迹及四百余种剧目,为研究元曲的重要资料。作《章台柳》等杂剧七种,今皆不传。据隋树森《全元散曲》今存小令五十九首,套数一套。风格豪放,往往寓愤懑于嘲讽之中。

[正宫·醉太平]⁽¹⁾

风流⁽²⁾贫最好,村沙⁽³⁾富难交。拾灰泥补砌了旧砖窑⁽⁴⁾,开一个教乞儿市学⁽⁵⁾。裹一顶半新不旧乌纱帽⁽⁶⁾,穿一领半长不短黄麻罩⁽⁷⁾,系一条半联不断皂环绦⁽⁸⁾,做一个穷风月训导⁽⁹⁾。

【注释】(1)本题三首,此选第三。 (2)风流:这里指无拘无束的洒脱生活。 (3)村沙:指粗俗愚蠢的人。 (4)砖窑:砖砌的窑洞。 (5)教乞儿市学:教穷孩子读书的村学。 (6)乌纱帽:帽名,以乌纱抽扎帽边。此指流行于民间的一种帽子,不是官帽。 (7)黄麻罩:用麻布缝制的黄色外套。 (8)皂环绦(tāo):黑色的丝腰带。 (9)穷风月训导:贫穷而潇洒的教书先生。风月,清风明月,指潇洒脱俗。训导,本指负责州县学政的官员,这里借指教书先生。

【今译】

无拘无束的洒脱生活,虽然贫困却是最好。那些粗俗愚蠢之辈,虽然富贵却是难交。收拾灰泥修补旧砖窑,办个村学把穷孩儿教。戴一顶半新不旧的乌纱帽,穿一件半长不短黄麻外套,扎一根将要断掉的黑丝带,做一个潇洒脱俗的穷训导。

【点评】起句不凡,"风流"总领全篇,"贫""富"相对,一个心地淡泊、不愿趋炎附势的寒儒形象跃然纸上。"最好"不是说贫穷令人向往,其深层旨在表达元代寒儒命运坎坷的心酸,以其洁身自好反驳名缰利锁对人性的扭曲。三、四句可谓是"贫"的脚注,任凭你们蝇营狗苟、互相倾轧、为富不仁,我冷眼相待,办我的村学。接下三句为鼎足对,为寒儒的肖像描写,从其悠然自得的神态中不难体会到诗人乐此不疲的洒脱精神。注意,这种洒脱是建立于"穷"的基础上的,因此,放达中有苦涩。

443

元曲观止

【集说】他尚有[醉太平]小令三首,写乞儿的生活,惟妙惟肖,为明薛近兖《绣襦记》的《莲花》一出之所本。……凡读薛近兖《绣襦记》的人们,每赏他的《莲花》一出,谓为浑然天成,如沈景倩《顾曲杂谈》说:"《鹅毛雪》一折,乞儿家长口头语,镕铸浑成,不见斧凿痕。"看丑斋[醉太平],乃知薛作盖从钟曲学来。钟曲尤妙的是在第三首:"(引曲文,略)。"(梁乙真《元明散曲小史》)

(苏孟墨)

［南吕·骂玉郎带感皇恩采茶歌］寄别(1)

　　长江有尽思无尽，空目断楚天云。人来得纸真实信，亲手开，在意读，从头认。　　织锦回文(2)，带草连真(3)。意诚实，心想念，话殷勤。佳期未准，愁黛常颦(4)，怨青春，捱白昼，怕黄昏。　　叙寒温，问原因，断肠人忆断肠人。锦字香沾新泪粉，彩笺红渍旧啼痕。

【注释】(1)寄别：这是作者总题《四别》下的一支带过曲。　(2)织锦回文：指用五色丝织成的回文诗。晋窦滔妻苏蕙字若兰，善属文。滔仕前秦苻坚为秦州刺史，被徙流沙。苏氏在家织锦为回文旋图诗，用以赠滔。诗长二百四十字，可以宛转循环以读，词甚凄婉。　(3)带草连真：此指草真相间，喻才情过人。草：草书。真：正书、楷书。宋欧阳修《学真草书》："自此已后，只日学草书，双日学真书。"　(4)佳期二句：言与恋人相会日期不定，而愁眉之情状。屈原《湘夫人》："登白蘋兮骋望，与佳期兮夕张。"黛：黛眉。颦(pín)：皱眉。

【今译】
　　长江有尽思念不尽，望断茫茫楚天白云。你寄来一纸情书啊，情绵绵，意儿真。颤巍巍，双手抓开啊，细细读，读完以后再从头认。　　织锦上写满了回文，隽秀的草书真书啊，更见你的风采神韵。情意真切实在啊，心中想念，话儿格外殷勤。只因归期不定啊，常使你愁眉不展、心中烦闷。怨恨明媚的春光啊，你暗自伤神。好容易挨过漫长的白天啊，生怕独守空房，黄昏又要降临。　　信中问寒问温啊，又问久久不归的原因。伤心痛绝仿佛要断肠啊，你我相思，苦恋情深。锦书上沾满了滴滴新粉泪，彩笺上也浸透点点旧啼痕。

【点评】这支带过曲由［骂玉郎］［感皇恩］和［采茶歌］三支曲调组成。其曲选择了远方羁旅之人展读情人书信的场景，一笔并写两面，深切地表达出一对恋人的相互情思,令人玩味不已。"思"可谓整个曲子的诗眼,因"思"才有漂泊之人的"亲手开,在意读,从头认";因"思"才有"意诚实,心想念,话殷勤"之感受;因"思"才能对闺中人"怨青春,捱白昼,怕黄昏"有所体味。"思"准确地把握了一对恋人相思之苦的情感交流,"思"隆重推出了"断肠人忆断肠人"的至理名言。在"寄别"的特定的氛围内,总之,一切的一切都在"思"里。曲子最后以合璧对的形式结束全篇,其"新泪粉""旧啼痕"更是令人难忘,把相思的苦情溢于篇外。

【集说】(引曲文,略)音律、对偶、平仄俱好。妙在"长"字属阳,"纸"字上声起音。务头在上,及[感皇恩]起句至"断肠"句上。(周德清《中原音韵》)

"怨青春,捱白昼,怕黄昏。"……情中紧语也。(王世贞《曲藻》)

"绵字香沾新泪粉,粉(彩)笺红渍旧啼痕。"皆人不能道也。(李调元《雨村曲话》)

[骂玉郎]是盼书得书,[感皇恩]是书之形体与词意,[采茶歌]乃唱叹其事,序次甚好。(任讷《作证十法疏证》)

(苏孟墨)

[双调·清江引]⁽¹⁾

一

秀才饱学一肚皮,要占登科记⁽²⁾。假饶七步才⁽³⁾,未到三公⁽⁴⁾位,早寻个稳便处闲坐地。

二

凤凰燕雀一处飞,玉石俱同类。分甚高共低,辨甚真和伪,早寻个稳便处闲坐地。

【注释】(1)本题十首,此选第六、八首。(2)登科记:科举时代把考中进士的人按名次登记在册上,叫"登科记"。(3)假饶:即使。七步才:形容才思敏捷。刘义庆《世说新语·文学》:"文帝(曹丕)尝令东阿王(曹植)七步中

作诗,不成者行大法。应声便为诗曰:'煮豆持作羹,漉豉以作汁。其在釜下燃,豆在釜中泣。本是同根生,相煎何太急?'帝深有惭色。"(4)三公:辅助国君掌握军政大权的最高官员。

【今译】

一

满腹经纶的秀才,空学了一肚皮的治国道理。雄心勃勃,要考中进士及第。即使他有七步吟诗的才艺,也坐不到三公大官的交椅。算了吧,还不如早寻个安稳的闲天地。

二

燕雀混入凤凰的行列,与凤凰一起同飞;顽石掺入洁玉,硬要说与洁玉同类。分什么高与低,辨什么真和伪。这年月,还不如早寻个安稳的闲天地。

【点评】这两支曲子旨在抨击元代的高压政治、对知识分子不公正的待遇及昏暗的社会现实。前一支曲,以"秀才饱学一肚皮"写知识分子的入世进取。"假饶"与"未到"相对,满腹经纶遭愚弄的现实使诗人充满了愤懑之情。既然无力抗争求索,那就独善其身。寻个"闲坐地",求心灵的平衡。后一支曲,起首二句运用对比的手法,揭示现实的颠倒混乱。三四句直抒胸臆,慷慨陈词,直诉愤世嫉俗之情。末句急转直下,隐含归隐之志。一扬一抑,牢骚发完之后处于麻木状态。这也许就是元人浪子的风度吧。

【集说】钟曲又有[清江引]十首,每首末句都是"早寻个稳便处闲坐地"。这是有意地在学马致远的[清江引]《野兴》二首。(梁乙真《元明散曲小史》)

(苏孟墨)

周 浩

周浩,生平事迹不详。据其作品推断,约与钟嗣成(约1279—约1360)同时或稍后。《全元散曲》收录其小令一首。

[双调·蟾宫曲]题《录鬼簿》

想贞元[1]朝士无多,满目江山,日月如梭。上苑繁华,西湖富贵,总付高歌。麒麟冢[2]衣冠坎坷,凤凰台[3]人物蹉跎[4]。生待如何?死待如何?纸上清名,万古难磨。

【注释】(1)贞元:唐德宗年号(785—805)。贞元二十一年(805),王伾、王叔文、柳宗元、刘禹锡等改革失败,一大批革新朝士遭贬谪。刘禹锡晚年有《听旧宫中乐人穆氏唱歌》云:"休唱当时供奉曲,贞元朝士已无多。" (2)麒麟冢:麒麟,古代传说中的一种动物,其状如鹿,独角,全身生鳞甲,尾像牛。多作吉祥的象征。汉代未央宫有麒麟殿、麒麟阁。比喻为官之人。冢:坟墓。 (3)凤凰台:台名,在今江苏南京。此喻贵胄之人。 (4)蹉跎:时光白白地流过。

元曲观止

【今译】

想我朝名公如贞元朝士已无多,放眼望万里江山,日月流逝快如梭。上林苑的繁华,西湖边的富贵,一股脑儿付之高歌。为官的活着时历尽坎坷,富贵的哪一个不岁月蹉跎。生将如何?死将如何?书册纸上留清名,万古淘洗难消磨。

【点评】钟嗣成的《录鬼簿》为正史无名的元代曲家立传,是一部具有崭新观念意识的奇书。其序云:"使已死未死之鬼,得以传远,余有何幸焉!"在这首小令中,作者开篇即用刘禹锡的诗句,以历史上"贞元朝士"赞叹元代才公,在无限的伤悼中,表达对《录鬼簿》所录之"鬼"的凭吊之情。"上苑"三句,总写他们的"高才博艺"。接下来,将他们与那些"衣冠人物"相对比,从而引出"生待如何?死待如何?"的历史质询,并从结句的回答中,道出了作者对元曲作家的赞颂:"纸上清名,万古难磨"。这里的价值取向和判断,不同于正史的记载,具有明显的与正统文学相抗争的新意。

(李培坤　李建军)

汪元亨

汪元亨,字协贞,号云林,又号临川佚老。元末明初饶州(今江西鄱阳县)人。做过浙江省掾(属员),徙居常熟(今属江苏)。著有散曲《归田录》百篇行世,全为归隐之作;杂剧《斑竹记》《仁宗认母》《桃源洞》三种,今佚。《全元散曲》存其小令百首,套数一套。

[正宫·醉太平]警世

憎苍蝇竞血,恶黑蚁争穴。急流中勇退是豪杰,不因循苟且。叹乌衣一旦非王谢[(1)],怕青山两岸分吴越[(2)],厌红尘万丈混龙蛇,老先生去也。

【注释】(1)乌衣:乌衣巷,是金陵(今江苏南京)城内的一条街,位于秦淮河之南。三国时吴曾设军营于此,军士皆穿黑衣,故名乌衣巷。晋代王、谢豪门世族多居于此。刘禹锡《乌衣巷》诗云:"朱雀桥边野草花,乌衣巷口夕阳斜。旧时王谢堂前燕,飞入寻常百姓家。" (2)吴越:古代位于东南方的吴国、越国,吴国曾打败过越国,越国经励精图治,又起兵消灭了吴国。此

指吴越两国纷争不绝。

【今译】

憎恨苍蝇竞相吮血，厌恶黑蚁争着钻穴。只有那急流中勇退者是豪杰，活着绝不要因循苟且。可叹乌衣巷一旦住的不是大族王谢，生怕青山绿水两岸分成相争的吴和越，讨厌红尘滚滚万丈混杂了蛟龙与草蛇。老先生拂袖去也。

【点评】这是汪元亨二十首"警世"小令中的第二首，描绘现实社会的黑暗污浊，抒发其憎恶厌恨之情，表达其远离官场、归隐自乐的决心。"憎""恶""叹""怕""厌"这五个在句中领头的色彩浓烈的字，是贯穿全曲的情感线索。对"苍蝇竞血"、"黑蚁争穴"的黑暗社会现实，投以"憎"和"恶"，以表其内心的万般愤恨。"急流中勇退是豪杰"是高洁情操的维护。下面用三句鼎足对做了纵深开掘，一是从顺时性的历史变化角度观照：昔日车水马龙的乌衣巷，已成过去，真可谓沧海桑田，变化不居；一是从空间性的地域变化角度观照：青山绿水之地，常常是相争不绝之处；一是从立体穿透的角度观照：红尘蛇龙混杂，贤愚不分。面对这般黑暗污浊的人世，老先生语带傲气的一声"去也"，拂袖远行，虽不免有消极之嫌，却保全了其雅洁的人格精神。

【集说】此曲不独有睥睨一切的气概，而且情意真挚，是作者憎恶腐朽社会的表现，与故作豪语者不同。（陆侃如、冯沅君《中国诗史》）

（李培坤　李建军）

［双调·沉醉东风］归田

远城市人稠物穰⁽¹⁾，近村居水色山光。熏陶成野叟情⁽²⁾，铲削去时官样⁽³⁾，演习会牧歌樵唱。老瓦盆边醉几场，不撞入天罗地网。

【注释】(1)穰（ráng）：众多。　(2)野叟：村野老夫。　(3)铲削：铲除,消灭。

【今译】

远离城市的人众物哗,近居村舍可得水色山光。熏染陶冶成村野老人的情怀,铲除干净时俗流行的官僚样,练习得会把砍柴调和牧歌唱。捧起粗老瓦盆喝醉好几场,再不会撞入官场的天罗地网。

【点评】这是汪元亨二十首《沉醉东风·归田》中的第二首。在"归田"总主旨下,突出地描绘了野叟情怀,歌唱了野叟形象。开篇用一个对偶的句式,把"城市"与"村居"做了鲜明对照,以"远""近"相对的方位表明其情感爱憎和去留选择的倾向性。三四五句描述其思想感情和外表模样的变化,对照映衬,印象深刻。"熏"句写内里之变换,深入骨髓,"铲"句写外表之蜕变,具象鲜明,"演"句则从正面抒发心灵变化的轨迹,用咏唱表达喜、乐、爱多样情感。六七两个结句,承前段心态之变化,描绘出野叟自得其乐、心情舒畅的兴致逸韵来。

【集说】有《归田录》一百篇行于世,见重于人。(明无名氏《录鬼簿续编》)

(李培坤　李建军)

[双调·沉醉东风]归田

居山林清幽淡雅,远城市富贵奢华。酒杯倾鲸量宽(1),诗卷束牛腰大。灞陵桥探问梅花,村路骑驴慢慢踏,稳便似高车驷马(2)。

【注释】(1)鲸量宽:鲸,海中庞大动物,鲸鱼。此指鲸鱼吞水的海量。(2)高车驷马:车盖高,可立乘之车为高车。一车套四匹马拉为驷马。

【今译】
居住的山林是这般清幽淡雅,远离城市的富贵奢华。酒杯倾倒如鲸鱼

吞水海量宽，诗卷束捆起来也像牛腰般粗大。赴灞陵桥边探访梅花，在村路上骑驴慢慢地向前踏，稳当方便恰似乘那高车驷马。

【点评】这是汪元亨二十首《沉醉东风·归田》中的第五首，歌唱山林生活的清幽淡雅，展示山居为乐的审美情趣。开首两句仍以山林与城市对举，但重山林之乐，为全篇定了主调。后面接连五句，分别以四组意象编织山居生活的动人画面。一为酒量之大，倾杯似鲸鱼吞水；二为得诗之多，束捆起来像牛腰大；三为访梅，别有一番风味；四为骑驴，稳便似高车驷马。应该说，作者的构意、选择、视角和眼光，仍然不脱离城里人看山林之居、归隐者看山夫村叟的惯性和定势。曲中主人公是归田者的情怀，不是地道的土生土长的山乡村野者的情怀，因而它是归田者的山林文学，还不是山乡村民的通俗文学。

（李培坤　李建军）

倪瓒

　　倪瓒（1301—1374），字元镇，号云林子，又号风月主人，江苏无锡人。自幼读书，过目不忘，爱作诗，不事雕琢，妙绝一时。精通音律，擅长绘画。家有清闷阁，多藏书籍、名画。与虞集、张雨为至交。元末突然散家财给亲友故人，浪迹于太湖、泖湖之间，自称懒瓒，亦称倪迂，张士诚招之不出，洪武七年卒于荆溪。兴致来时则提笔写烟林小景或竹枝词，偶流于市，好事者争贸之。诗文有《清闷阁集》。据隋树森《全元散曲》，存小令十二首。多触景伤情之作，风格淡雅。

［黄钟·人月圆］⁽¹⁾

　　伤心莫问前朝事，重上越王台⁽²⁾。鹧鸪啼处⁽³⁾，东风草绿，残照花开。怅然孤啸，青山故国，乔木苍苔。当时明月，依依素影⁽⁴⁾，何处飞来？

【注释】(1)［人月圆］原是词牌，后演变为曲牌，但字数格律与词完全相同。　(2)越王台：旧址在浙江绍兴市府山的南麓，相传春秋时越王勾践曾在此驻兵。　　(3)鹧鸪啼处:用李白《越中览古》"宫女如花满春殿,只今唯有鹧鸪飞"的诗意,以此烘托荒凉之景。　　(4)素影:指明月。

【今译】

　　伤心的前朝事迹啊,不要过问再提出来。为了抹去心头的悲哀,我重新登上越王亭台。鹧鸪啼处,滚过历史的尘埃。东风吹绿了柔嫩的小草,夕阳残照着野花儿盛开。　　往事历历啊惆怅无比,一声长啸啊孤独徘徊。放眼故国的青山啊,林木高大长满青苔。空中皎洁的明月啊,昨日和今日一样光彩。寄托着幽思的感慨啊,伴随明月一起飞来。

　　【点评】这支曲子当是倪瓒入明以后的作品,表达了对故国缅怀的忧思。全曲分两个部分,"伤心"统摄全篇,诗人努力想从"前朝事"中解脱出来,乃"重上越王台"。谁知触景伤情,"越王台"更添诗人对故国悠悠不尽的思念愁绪。"鹧鸪啼处"三句写登台所见,以乐景写哀景,使标志春光明媚的花鸟草木蒙上了黯然神伤的情调,"残照"乃点睛之笔。曲的下半部分以"怅然孤啸"换头,其巨大的伤感以排山倒海之势卷来,昔日的青山、故国,今日的乔木、苍苔,事过境迁,感慨万千。"何处飞来",真是又惊又喜,唯有明月依然。诗人对故国的忧思仿佛在明月中得到释放。

　　【集说】写对越王台古迹之怀念与惆怅,结句用刘禹锡《金陵》诗"淮水东边旧时月,夜深还过女墙来"意,吊古伤今,立意深刻。(卢润祥选注《元人小令选》)

　　这曲是伤心宋亡之作。古代封建文人严夷夏之防,对元蒙的入主中原,总是耿耿于怀;加上民族压迫沉重,所以直到元末,作者还写出这样一首低徊感叹的作品。(王起主编《元明清散曲选》)

(张　强)

[黄钟·人月圆]

惊回一枕当年梦,渔唱起南津(1)。画屏(2)云嶂,池塘春草,无限销魂。　　旧家⁽³⁾应在,梧桐覆井,杨柳藏门⁽⁴⁾。闲身空老,孤篷听雨,灯火江村。

【注释】(1)南津:南边的渡口。　(2)画屏:指山峦秀丽如画。　(3)旧家:元末大乱之时,作者疏散家财,浪迹于太湖一带。这里的"旧家"指作者出走之前的居所。　(4)藏门:掩门,蔽门。

【今译】

南渡口传来阵阵渔歌,惊醒我当年梦境。只见那浮云绕峦如画屏,池塘中春草生,怎不令人销魂!　　想那故居仍然在:梧桐枝叶覆水井,杨柳依依掩柴门。如今是闲居坐待岁月尽,漂泊江舟听雨声,静看渔村点点灯。

【点评】"惊回一枕当年梦,渔唱起南津"笼括全曲。"当年梦"指什么,那便是:"画屏云嶂,池塘春草,无限销魂。旧家应在,梧桐覆井,杨柳藏门。"故居的景色原是美丽如画的,从前的生活也是静谧、安乐的,这一切无时不让我回首,令我销魂。本可以在那里终此残生,如今却被迫弃家,浪迹江湖,忽然间南津渔歌惊醒了"春梦",又回到现实中来,"孤篷听雨,灯火江村"包含了作者无限的凄凉、孤寂之情。这与旧日生活相比,巨大的反差使作者怎能不惆怅万分呢?"当年梦"引出下文,"渔唱"关照结尾,使全曲浑然一体。

【集说】云林有《人月圆》词云:"惊回一枕江南梦,渔唱起南津……"词意高洁。(清王弈清《历代词话》)

(金荣权)

[双调·水仙子]⁽¹⁾

吹箫声断⁽²⁾更登楼,独自凭栏独自愁。斜阳绿惨红消瘦,长江日际流⁽³⁾。百般娇千种温柔,金缕曲⁽⁴⁾新声低按,碧油车⁽⁵⁾名园共游,绛绡裙罗袜如钩⁽⁶⁾。

【注释】(1)本题二首,此选其二。 (2)吹箫声断:《列仙传》:"箫史者,秦穆公时人,善吹箫,能致孔雀白鹤于庭。穆公有女字弄玉,好之,公遂以女妻焉。日教弄玉作凤鸣。居数年,吹作凤声,凤凰来止其屋。公为作凤凰台,夫妇止其上,一旦皆随凤凰飞去。"这里说吹箫的人走了。 (3)长江日际流:李白《送孟浩然之广陵》:"孤帆远影碧空尽,惟见长江天际流。"(4)金缕曲:词调名,亦名贺新郎,又名金缕歌。 (5)碧油车:油成青绿色的有篷的车子。代指豪华的车子。 (6)绛绡裙:红色丝质的裙子。罗袜如钩:形容足之小。曹植《洛神赋》:"凌波微步,罗袜生尘。"

【今译】

昔日吹箫人已经分手,怅望踪影我登上高楼。扶遍栏杆孤苦零丁,一腔愁绪涌上心头。斜阳里,看红花绿叶惨淡消瘦,滚滚长江天际奔流。追忆往日,我百般娇态,你千种温柔。金缕新声你吹我唱,碧油车里名园共游。我身着红色的丝裙,小脚如钩娇艳风流。

【点评】这是一支离愁之曲。"独"字传神,恋人远去,登楼扶遍栏干,人去楼空,留下的只是悲怆。两个"独"字,准确地揭示了女主人公怕孤独又不得不孤独的心态。"斜阳"二句写景,景语皆情语,由于离愁的作用,景物自然蒙上伤情的色调。此时此刻,女主人公的愁绪如同日夜奔流的长江一样悠长,其心也伴着流水去追随远方的情郎。"百般娇"四句,宕开一笔,追忆往日的欢情。这是反衬笔法,越是把往日与共之景之情写得热烈,便越可以收到奇警的艺术效果,把离愁别恨在心灵上引起的巨大震动传达出来。至此,全曲戛然而止,回味无穷。

【集说】倪元镇……善琴操,精音律。所作乐府,有送行[水仙子]二篇,脍炙人口。(明无名氏《录鬼簿续编》)

(张 强)

夏庭芝

夏庭芝，字伯和，号雪蓑。别署雪蓑钓隐，一作雪蓑渔隐。松江（今上海市）人。夏氏原为松江巨族，家中藏书甚多。《录鬼簿续编》说他"一生黄金买笑，风流蕴藉。文章妍丽，乐府隐语极多"。惜多散佚不传。他的《青楼集》一书，记录了元代一百多位妓女生活的片断，保存了不少戏曲史料，是有名的古代戏曲理论专著。

［中吕·朝天子］赠王玉英⁽¹⁾

玉英，玉英，樵树西风净⁽²⁾。蓝田日暖⁽³⁾巧妆成，如琢如磨⁽⁴⁾性。异种奇范⁽⁵⁾，精神光莹，价高如十座城⁽⁶⁾。试听，几声，白雪阳春⁽⁷⁾令。

【注释】（1）《说集》本《青楼集》："王玉英，，妆旦色，人品艺业惊人，宪司老汉经历侧室也。予曾有［朝天曲］赠之"云云。　（2）樵树：即伐木。《左传》昭公六年："不入田，不樵树，不采艺。"这里指草木摇落。　（3）蓝田日暖：李商隐《锦瑟》诗："沧海月明珠有泪，蓝田日暖玉生烟。"蓝田，山名，在今陕西蓝田县东南,出美玉,又名玉山。据《搜神记》杨伯雍得仙人所予石子,种于无终山,得白璧五双以娶妇。　(4)如琢如磨:治玉曰琢,治石曰磨。琢磨,本指治玉,这里借喻为品格的砥砺修养。　(5)异种:原本音假为"异钟",兹改。　(6)"价高"句:即价值连城。战国时,赵得和氏璧,秦王使人遗书,愿以十五城易之,见《史记·廉颇蔺相如列传》。　(7)白雪阳春:指高雅的歌曲。战国时宋玉《对楚王问》:有人于楚都唱歌,始曰《下里》《巴人》,和者数千人;其为《阳阿》《薤露》,和者数百人;其为《阳春》《白雪》,和者数十人。

【今译】

玉英呵玉英,万木西风摇落净。风和日丽的玉田里,培孕成——你那巧琢细磨的品行。是玉中的神品,更琢成出人意表的式样,精气四射,剔透晶莹,价值足可抵连城。仔细听,那几声,难能比并的《阳春》令。

【点评】元散曲中,不乏赠妓之作,惟多流于调笑戏谑,格调不高。这首小令以严肃的态度,充分肯定歌妓之才艺,实为可贵。全曲主要由女主人公之名字生发,就题设意,写玉说人,人物双关。作者巧用蓝田种玉这个美丽的传说,全力刻画女主人公精神个性之美。在秋风肃杀、万木摇落的环境里,她出现了:"蓝田日暖巧妆成,如琢如磨性。"似乎只有这块晶莹剔透的美玉,在装点着整个世界,自然是"价高如十座城"。文章到此本可结束,但作者笔锋一转,又用阳春白雪这个动人的古代音乐故事,来赞美女主人公的声乐之美。这样的结尾,本身就是余音袅袅,耐人回味的。

(宁希元　胡　颖)

刘庭信

刘庭信,元散曲作家,生卒年不详。原名廷玉,行五,身长而黑,人称"黑刘五"。彭城(今江苏徐州)人,后居益都,为南台监察御史刘廷干族弟,卒于武昌。庭信风流蕴藉,天资聪慧。风晨月夕,唯以填词为事。为人落魄不羁,能信口成句,语多俊丽,世人歌之。又工于谈笑,于街市俚谈,变用新奇,道人所不能道者。所作散曲,今存小令三十九首,套数七套。多为怨别、相思、咏妓之类,风格细腻流丽,人比为张可久、马致远。《太和正音谱》曰:"刘庭信之词,如摩云老鹘。"

元曲观止

[双调·折桂令]忆别

一

想离别怎捱今宵?捱过今宵,怎过明朝!忆登[1]的人在心头,没揣的[2]愁来枕上,契抽[3]的恨接眉梢。瘦怯怯相思病八场[4]家害倒;闹烘烘断肠声一弄儿[5]寻着:响珰珰铁马儿[6]争敲,韵悠悠玉漏[7]难熬,疏剌剌风撼梧桐,淅零零雨洒芭蕉。

二

想人生最苦离别。三个字细细分开,凄凄凉凉无了无歇。别字儿半晌⁽⁸⁾痴呆⁽⁹⁾,离字儿一时拆散⁽¹⁰⁾,苦字儿两下里堆叠⁽¹¹⁾。他那里鞍儿马儿身子儿劣怯⁽¹²⁾,我这里眉儿眼儿脸脑儿乜斜⁽¹³⁾。侧着头叫一声"行者"⁽¹⁴⁾,阁着泪⁽¹⁵⁾说一句"听者"⁽¹⁶⁾:得官时先报期程⁽¹⁷⁾,丢丢抹抹⁽¹⁸⁾远远的迎接。

【注释】(1)忔登(qì dēng):又作"忔憎",本为可爱的反语,常用为可爱之意。 (2)没揣:没料到。 (3)契抽:猛然,一下子。 (4)八场:八遭。 (5)一弄儿:种种,一派。 (6)马儿:檐间风铃儿。即檐马。 (7)玉漏:古时计时器。 (8)半晌:好一会儿。 (9)痴呆:"别"字一边是"另"字,似"呆"而非"呆",故曰痴呆。 (10)拆散:繁体"離"字可分拆成两个字。(11)堆叠:"苦"字由"艹""古"堆叠而成。 (12)劣怯:即趔趄,行立不稳,即步履踉跄。 (13)乜斜(miē xié):没有精神,昏昏欲睡的样子。(14)行者:走了。 (15)阁着泪:含着泪。 (16)听者:听着。 (17)期程:回来的日期。 (18)丢丢抹抹:即丢抹,也作抹飐,指打扮,妆扮。

【今译】

一

想起他即将离别呵,可怎么挨过今晚这一宵?即使捱过了今宵呵,可怎么熬过那明朝!那冤家呵老在心头不忘,凭白的忧愁又在枕上萦绕。枕边绕呵枕边绕,猛然间离恨接眉梢。像害八场相思病呵,瘦怯怯的身子已病倒。闹哄哄的断肠声呵,哪里寻呵哪里找:是檐间风铃儿呵竞相乱敲,是铜壶玉漏呵韵悠悠难熬,是呼啦啦寒风呵摇撼梧桐,是淅沥沥的秋雨呵洒向芭蕉。

二

想人生呵,最痛苦的就是离别。将"别离苦"三个字细细分开呵,凄凄凉凉无休无歇。"别"字拆成那"另"字呵,好一会儿似"呆"非"呆";"离"字拆成两半个呵,两个又被拆散隔绝;"苦"字分成上下两半啊,恰正是两下里堆叠。他那里倚着鞍马啊,身子不稳趔趔趄趄;我这里满脸忧愁啊,眉儿眼儿乜乜斜斜。他侧着头说一声"走了",我含着泪说一句"听着":你这一去若是得了官啊,先告诉我你回来的日月。我好梳妆打扮啊,远远的远远的把你迎接。

【点评】组曲《忆别》十二首,都以女子之口抒发其与情人之离愁别绪,但所选二首写法有别。第一首,选取离别前宵最难分手时刻,突出女子痛苦煎熬情景。"怎捱","怎过","心头"忧,"枕上"愁,"眉梢"恨,感情强烈,气韵贯通,将其百结愁绪抒发殆尽。偏能游刃有余,百尺更进,从听觉角度,写风铃敲、玉漏熬、风撼桐、雨洒蕉诸多"断肠声",愈见女子辗转反侧、满怀愁绪。寓情于景,情景交融,景足动人,情尤感人。

而第二首,则以女子深味细析"苦离别"三字,显其爱之深沉,别之尤苦。因其所析,"半晌痴呆",正如相爱之人分别之际痛苦之极情态;"一时拆散",正是一对情人被迫离异之真实写照;"两下堆叠",恰似彼此心理神态描画。构想新奇,含意深刻。而以"劣怯""乜斜"状其分手神情,以"行者""听者"短句,言其别时之语,尤能神态宛然如画。至于两首都将方言俗语与鼎足对句结合,亦有雅俗共赏、亲切感人之妙。

【集说】刘庭信之词,如摩云老鹘。(朱权《太和正音谱》)

杨维桢《东维子集》卷十一《沈生乐府序》谓元乐府自疏斋、酸斋以后,小山局于方,黑刘纵于周。局于方,拘才之过。纵于圆,恣情之过。黑刘即刘庭信也。(孙楷第《元曲家考略》)

(徐振贵 王宪昭)

[双调·水仙子] 相思

秋风飒飒撼苍梧,秋雨潇潇响翠竹,秋云黯黯[1]迷烟树。三般儿一样苦,苦的人魂魄全无。云结就心间愁闷,雨少似眼中泪珠,风做了口内长吁。

【注释】(1)黯黯(àn àn):阴云晦暗。

【今译】

秋风飒飒呵摇撼着苍梧,秋雨潇潇呵敲击着翠竹,秋云晦晦呵迷蒙了烟树。风雨云呵三样一般的苦,苦的我魂魄全无。秋云呵结就了我心中愁闷,秋雨呵少得像我眼中泪珠,秋风呵化做我嘴里的长吁短呼。

【点评】此曲乃女子思念情人之作。但曲中没有一个"思"字出现,而是寓情于景,情景交融。前三句鼎足对仗,是以风撼梧桐、雨响翠竹、云暗烟树,描绘秋景凄苦,三句主语已将风、雨、云三字突出,而第四句,以思妇之情加以总结,"一样苦",既是秋景凄苦,又是思情痛苦,"魂魄全无",则是其苦状的形象总括。"苦"字统领全曲,于是再用鼎足对句,着笔三般景物,以云直比"心间愁闷",以雨明比"眼中泪珠",以风径比"口中长吁",人景合一,层次清晰,思妇痛苦心理、神态、动作尽皆画出,其相思之情深意切便不言自明。构辞新巧、意蕴含蓄,端是妙曲。

【集说】刘庭信为南台御史刘庭干族弟,俗呼曰"黑刘五"者是也。有《水仙子》二支……细腻流丽,亦不愧小山、东篱也。(《顾曲麈谈》)

(徐振贵　王宪昭)

邵亨贞

邵亨贞,字复孺。本严陵(今浙江桐庐)人,元末徙居华亭(今上海),以贞溪自号。博通经史,富文词,工篆隶。入明,为松江府学训导,卒年九十三。著有《野处集》《蚁术诗选》《蚁术词选》等。

[仙吕·后庭花]拟古

铜壶更漏残⁽¹⁾,红妆春梦阑⁽²⁾。江上花无语,天涯人未还。倚楼间,月明千里⁽³⁾,隔江何处山!

【注释】(1)铜壶:即漏壶,古代的计时器。 (2)红妆:这里指思妇、闺妇。 (3)月明千里:用谢庄《月赋》"美人迈兮音尘阙,隔千里兮共明月"诗意。

【今译】

铜壶中报时的漏水将残,闺中少妇的梦里风情渐渐阑珊。江上春花寂寞,似在自怜,不知天涯游子,何事未还?独自登楼望远,月明千里当相共,

唉,隔江远处云山,遮住了她的视线!

【点评】这是一首描写思妇的小令。刻画了一个居住在江边的女子思念远人的情景。言简意赅,虽寥寥数语,却蕴含有不少的内容:时间——漏尽更残;人物——闺中思妇;季节——春季花开;事件起因——游人未还;事件——倚楼望远,以及四周特有的环境氛围:花、月、江、山。而这一切,似乎都因思妇的自怜蒙上了一层淡淡的哀愁和企盼。整个曲子动静结合,情景交融,寓无尽的情感于平淡的语言中,所以兼有词之婉约、缠绵特点。

(宁希元　胡　颖)

梁 寅

梁寅(1303—1389),字孟敬,新喻(今江西新余)人。家贫,自力于学。至正八年(1348)授集庆路儒学教授。元末天下兵起,隐居教授。明初,征至金陵,修礼书,书成授官,以老病辞归,结庐石门山,学者称石门先生。洪武二十二年卒,享年八十七。有《石门集》行世。

[双调·折桂令]留京城作

龙楼凤阁重重,海上蓬莱,天上瑶宫。锦绣才人,风云奇士,衮衮相逢。几人侍黄金殿上,几人在紫陌尘中。运有穷通,宽着心胸。一任君王,一任天公。

【今译】

京都殿阁重重,是海外的神山,是天上的仙宫。心怀锦绣的才子,际会风云的奇士,纷纷而来,到此相逢。几人得意,金殿上陪侍君王。几人憔悴,流落街头巷尾中。运命有穷有通,且放宽自己心胸,任凭君王,任凭天公。

天上神仙府,人间帝王都。自古以来,京都即为追逐功名利禄的场所,明代也不例外。朱元璋开国于金陵(南京),一时文人武士,挟策献艺,从四面涌来,人人都做着风云际会的美梦,以为龙门在望,飞腾有日。但到头来有几人能挤到黄金殿上陪奉君王? 大部分依然憔悴于红尘紫陌中。对此,作者采取了较为超脱的态度,认为"运有穷通",所以"宽着心胸"。把一切委之于运命自然是消极的,但较之那些汲汲于功名得失不能自解的人,仍有其可取之处。

(宁希元 胡 颖)

[黄钟·人月圆] 春夜

三春月胜三秋月,花下惜清阴。锦围绣阵⁽¹⁾,香生革履,光动兰襟⁽²⁾。棠梨枝颤,乍惊栖鹊⁽³⁾,夜久寒侵。明朝风雨,休孤此夕,一刻千金。

【注释】(1)锦围绣阵:谓人在花中,如入锦屏绣幛。 (2)兰襟:即衣襟。兰,美其香洁。 (3)栖鹊:泛指投林之宿鸟。

【今译】

春夜月胜过秋夜月,最美的是花枝下一片清阴。好像是走进了锦屏绣幛,鞋子上满是花香,衣襟上月华似锦。棠枝在微微颤动,似在惊诧宿鸟的降临。夜深沉,寒气侵,明日敢有风雨? 如此良夜不能虚度,片时片刻都值千金。

【点评】此曲写春夜赏花,写花朝月夕游赏之乐。上片紧紧围绕花、月二事,反复咏叹,令人神往。起首二句,点明时令,写明月徘徊,花下一片清阴,可惜也;"锦围绣阵",极言百花之盛美,可爱也。以下"香生""光动"二句,则写花香袭人,月色依人,更觉可惜、可爱。下片宕开一笔,另起新意。"棠梨枝颤,乍惊栖鹊,夜久寒侵"三语,纯是诗人的感受。由是一泻而下,念及明朝风雨,百花狼藉,益感今宵之可贵。通观全曲,辞采华丽,对仗工稳,而情景交融,犹有张可久之余烈。

(宁希元　胡　颖)

舒頔

舒頔(1304—1377)，字道原，绩溪（今安徽绩溪）人。博学洽闻，作诗文不写草稿。顺帝至元间，为池阳贵池教谕，期满调丹徒校官。至正间，转台州学正，时艰不仕，归隐山中。入明屡召不出。其所居名曰"贞素斋"。存有《贞素斋集》八卷，《北庄遗稿》。《全元散曲》存其小令三首。

［中吕·朝天子］

学骏⁽¹⁾，妆痴，谁解其中意。子规叫道不如归⁽²⁾，劝不醒当朝贵。闲是非，子心无愧，尽教他争甚底⁽³⁾。不如他瞌睡，不如咱沉醉，都不管天和地。

【注释】(1)骏："呆"的异体字，迟钝、不灵敏、傻头傻脑之意。　(2)子规：即杜鹃鸟，亦称杜宇鸟。相传古代蜀国国君杜宇号曰望帝，后让位他人，归隐山林，化为杜鹃鸟，或云化为杜宇鸟，亦叫子规鸟，每到春天则啼叫不已，此处用典表达作者归隐山林之心。　(3)尽：只管，任凭。

【今译】

我装痴卖傻独逍遥，有谁知此中含深意。子规鸟声声啼叫不如归，朝贵们沉沉大睡逐名利。你防范是非独养心，你内心无愧游山溪。就让他如蚊吮血场上奔，就让他战战兢兢享富贵！别管他高车驷马打瞌睡，咱只管山泉林下乐沉醉。休管它地怎么覆、天怎么翻，休管它月怎么明，日怎么晦！

【点评】生存于悲剧社会之中，仕进是不明智、不清醒的举动，这几乎是元代文人的共识。作者是久经宦海风波之人，艰辛的人生体验使他认识到了官场的险恶，人心的诡诈。因此只想以装疯卖傻来求得安宁。但世人并未醒悟仕途，仍旧在追名逐利。作者极其彻悟地说，朝贵们尽可不清醒，但自己是梦醒之人，对宦海已别无留恋，选择了一条独善其身，啸傲山林，沉醉天地的人生道路。这只曲子写出了元代知识分子的普遍心态，作者所要走的道路也是元散曲中梦醒士子所向往、所憧憬的理想之途。此曲狂放率真，曲词类如口语。

【集说】它以嘲弄、揶揄的口吻，表述了作者不满现实，希望离开世俗是非、归隐山林的心声。……散曲到元代末期……趋向柔靡精巧，但这支小令却仍保持了浑朴自然的风格，这是难能可贵的。(《元曲鉴赏辞典》石丽君语，中国妇女出版社)

（王建科）

元曲观止

高明

高明，字则诚，号菜根道人。温州瑞安（今浙江瑞安）人。元至正五年（1345）进士，授处州录事，江浙行省丞相掾。后避居四明栎社，作《琵琶记》，卒于元末。著《柔克斋集》，现存诗文词曲五十多篇。《全元散曲》辑有其小令、套数。

［商调·金络索挂梧桐］咏别

羞看镜里花，憔悴难禁架(1)。耽阁(2)眉儿淡了教谁画，最苦魂梦飞绕天涯，须信流年鬓有华(3)。红颜自古多薄命，莫怨东风当自嗟(4)。无人处，盈盈珠泪偷弹洒琵琶。恨那时错认冤家(5)，说尽了痴心话。

【注释】(1)禁架：抵受，捱忍。《琵琶记》："不想道相桠把，这做作难禁架。"　(2)耽阁：耽误，负累。　(3)华：头发花白。　(4)嗟：叹息。(5)冤家：情人的爱称。宋人朱淑贞《断肠谜》诗："害冤家，言去难留；悔当初,吾错失口。"

【今译】

羞看镜中的自家,憔悴模样难以经受,无从招架。可怜耽误了眉儿,淡了有谁来画?最苦的是魂梦所思飞往天涯,须信似水流年,鬓发花白。红颜美人自古多是薄命者,莫要埋怨东风不便,只应自家叹嗟。无人之处,盈眶泪珠暗自弹洒琵琶。只恨那时错认了情冤家,说尽了多少无用的痴心话。

【点评】这是高明两首[金络索挂梧桐·咏别]的第一首。不但咏唱离别给少妇带来的无限思念和痛苦,并且刻画出少妇心灵深处的创伤。首两句借镜照形,意在辞外,接着用三句相关而又递进的意象:"眉儿淡了""魂梦飞绕天涯""流年鬓有华",极写离别之久,思念之深。"红""莫"两句,既是抒情主人公对自己命运的叹息,又是作者插入的总结性议论。结句以反省的口吻,悔恨"那时错认冤家,说尽了痴心话"。既是自醒,复又醒人。

【集说】高栻散曲,今存者为北曲。高明散曲,今存者为南曲。(隋树森编《全元散曲》高栻简介)

(李培坤 李建军)

元曲观止

汤式

汤式,生卒年不详,字舜民,号菊庄,元末象山(今浙江象山)人。曾补本县县吏,后落魄江湖。朱棣(明成祖)为燕王时,对汤宠遇甚厚,即帝位后亦常加恩典。晚年生活甚为得意,后卒于金陵。

汤为人滑稽多智,所作乐府套数小令极多,《全元散曲》辑其小令一百七十首,套数六十八套。散曲集名《笔花集》,有钞本流传。其曲辞皆工巧,尤善于写情词。作杂剧《瑞仙亭》《娇红记》二种,皆不传。

[中吕·普天乐]别友人往陕西⁽¹⁾

有志在诗书,无计堪犁耙,十年作客,四海为家。休言许劭评⁽²⁾,不买君平卦⁽³⁾。望长安咫尺青云下,路漫漫何处生涯?知他是东陵种瓜⁽⁴⁾,知他是新丰殢酒⁽⁵⁾,知他是韦曲寻花⁽⁶⁾?

【注释】(1)《乐府群珠》题目"友人"下有"陈孟颙"三字,不详陈氏其人。(2)许劭:许劭字子将,东汉汝南平舆(今河南平舆)人。少峻名节,喜核论乡党人物,每月辄更其品题,故汝南有"月旦评"之谓。后多以"许劭评"喻喜品评人者。《后汉书》有传。 (3)君平:即严君平,名遵,西汉蜀人。"卜筮于成都市",以言人吉凶祸福为由而劝人为善,时人称焉。《汉书》有传。 (4)东陵:亦名巴陵,古地名,在今湖南岳阳。 (5)新丰:地名,即今西安临潼区新丰镇。殢(tì)酒:沉溺于酒。殢,困扰,纠缠 (6)韦曲:镇名,在今西安市长安区。其镇风景清丽,因唐代韦氏贵族多居此而得名。又与杜曲并称"韦杜"。

【今译】

平日里志趣是诗书,生活无着时也可拿犁耙。多年飘零,四海为家。不提许劭品评人物,不求严君平占卜算卦。望长安故都近在咫尺下,路漫漫何处才是边涯?去那恬静古幽的东陵种瓜,去那热闹繁华的新丰恋酒,还是去那风景如画的韦曲赏花?

【点评】这是一首与友人告别的留赠曲。曲中表达了作者既超脱尘俗而又不知所往的惆怅、迷惘。标题明写"往陕西",又言其"路漫漫",考虑作者主要生活寓居南京这一事实,略可推断其写曲的地点是在南方。全曲紧紧扣住"四海为家"抒发情怀。前四句写过去"十年作客"的耕读生涯,"有志""无计"似又在超脱的胸襟中透露出一些丝丝凄凉之气。今后的生活怎样?从表面文字看来,作者还是超脱的:既不管社会舆论评价自己的过去如何,也不管今后的前程如何。结尾三句"种瓜""殢酒""寻花"皆以"不知"口气道出,对"何处生涯"做了种种设问而不回答,给读者留下的仍是"四海为家"的朦朦胧胧的结论。

(余皓明　李春祥)

[中吕·谒金门]落花二令

一

落花,落花,红雨似纷纷下。东风吹傍小窗纱(1),撒满秋千架。忙唤梅香:休教践踏。步苍苔选瓣儿拿。爱他,爱他,擎托在鲛绡帕(2)。

【注释】(1)傍窗纱:指落花沾在纱窗上。　(2)鲛绡:即手帕。

【今译】

落花,落花,似红雨一般纷纷飘落而下。任东风吹拂,它沾在小窗纱,又撒满了秋千架。忙呼唤丫鬟:千万不要踩践糟蹋。沿着长满苔藓的小径将花瓣儿拾拿。爱惜它,爱惜它,放在鲛绡帕里小心地擎托别伤损了它。

【点评】这是一支少女惜春的曲子。作者抓住落花这一自然景物在少女的审美心理中所形成的特定意蕴,把一个天真烂漫而又多情善感的少女形象推到了读者面前。整首曲子明白流畅,尤其是少女那一叠连声的叮咛、嘱咐,口吻毕肖,活灵活现。

二

落红,落红,点点胭脂重。不因啼鸟不因风,自是春搬弄[1]。乱撒楼台,低扑帘栊,一片西一片东。雨雨,风风,怎发付孤栖凤[2]?

【注释】(1)自是:因为是。搬弄:捉弄、戏弄。　(2)发付:打发。

【今译】

落花红,落花红,点点飘落像胭脂一般浓。不是因为鸟啼,不是因为东风,怨春光暗把它捉弄。有的被胡乱抛撒在楼台,有的使低旋徘徊扑向帘栊。一片往西一片往东,窗外下着沥沥的雨,吹来阵阵的风,天呵! 怎么打发宿在梧桐树上的孤凤?

【点评】这支曲子与前一支有所不同,字里行间流露出少女心底淡淡的哀愁,是伤春之曲。落花浓浓,春去匆匆。而此时此刻,窗外的“风风雨雨”,越发增添了她内心的寂寞与惆怅。此曲情景交融,意境优美。

(余皓明　李春祥)

[中吕·山坡羊]书怀示友人之四

羁怀萦挂[1]，人情浇诈[2]。相逢休说伤时话。路波蹋[3]，事交杂。秋光何处堪消暇？昨夜梦魂归到家。田，不种瓜；园，不灌花。

【注释】(1)羁怀萦挂：羁，羁旅、停留。萦挂，牵缠。 (2)浇诈：刻薄奸诈。 (3)波蹋：坎坷不平。

【今译】

羁旅在外，心中却常常牵挂。人情世态多刻薄狡诈，相逢时休说伤时感事的话。世路坎坷不平，到处是坎，世事纷繁复杂，千变万化。哪儿的秋光秀美如画，能叫人尽情地欣赏，仔细地体察？昨天夜里，我的梦魂回了一趟家。呀！田里没有种瓜，园里没有灌花。

【点评】这首小令，作者以简洁的语言向友人展示了自己为人处世的态度以及思念家乡的心情，暗含着对元朝黑暗统治的不满情绪。作者漂泊他乡，似乎经历了人世间的风风雨雨，坎坎坷坷，所以才认为"人情浇诈"，"路波蹋，事交杂"，才劝慰友人相逢时不要说那些伤时感事的话。"相逢休说伤时话"一句是作者的人生体悟，看似旷达，实则包含着自己难言的悲苦与辛酸，也隐含着对统治阶级的不满。作者思家心切，竟在梦中回到了家乡，但所看到的却是"田不种瓜，园不灌花"，一派荒凉萧索的景象，作者的心情可想而知。虽然全曲就此打住，作者也没有告诉读者是什么原因造成了这种田园荒芜的景况，但细心的读者却不难从"相逢休说伤时话"中找到答案。

【集说】此题原四首，这首是末首。写战时田园荒芜。（李长路、张巨才《全元散曲选释》）

（史小军）

元曲观止

［越调·柳营曲］旅次⁽¹⁾

归路杳,去程遥,谁不恋故乡生处好!粝饭薄醪⁽²⁾,野蔌山肴⁽³⁾,随分度昏朝。隔篱度犬嗷嗷,投林倦鸟嘈嘈。烟霞云黯淡,风雨夜萧骚⁽⁴⁾,纱窗外有芭蕉。

【注释】(1)旅次:《雍熙乐府》题作"丹阳道中"。以丹阳作地名者有湖北秭归、安徽宣城等。不能具体指实其"旅次"地点。 (2)粝(lì)饭薄醪(láo):粗糙的米饭和淡薄的酒。 (3)野蔌山肴:指山中野味。蔌,野菜。肴,熟的鱼肉。 (4)萧骚:象声词。此指风雨催打芭蕉发出之响声。

【今译】

回家的路途渺渺,离家的路程遥遥,谁不留恋出生的故乡地方好!粗饭淡酒,野菜山肴,随意度过夕朝,篱笆外有闲游的狗儿嗷嗷地叫,树林中有疲倦的鸟儿嘈嘈地闹。而今烟霞般的云低沉暗淡,夜来风雨声萧骚,只听见纱窗外风雨吹打芭蕉。

【点评】这是一篇归家途中写的感怀之作。全曲可分为两个层次:一是思乡,写过去;二是抒怀,写眼前。前者写诗人回忆家乡虽是粗茶淡饭,但能随意度日,无拘无束,自有乐趣。后者写诗人眼前之景:犬吠鸟嘈,烟云风雨,芭蕉作响。无论是抒写对过去的回忆或是眼前之景物,又都是"旅次"途中,从而表现出诗人急切思归之情。

(余皓明　李春祥)

［双调·天香引］戏赠赵心心

记相逢杨柳楼心,仗托琴心,挑动芳心。咒誓盟心:疼热关心,害死甘心。他爱我受禁持小心⁽¹⁾,我念他救苦难慈心。"但似铁球儿样在波心,休学漏船儿撑到江心。恁若是转关儿[2]负我身心,我定是尖刀儿剜你亏心。”

【注释】(1)禁持:约束,摆布。此二句《笔花集》作“他爱我被窝里爱打骂耐禁持约的小心,我念他卧房中舍孤贫救苦难的慈心”。今从《雍熙乐府》。(2)转关儿:变计、变心。

【今译】

记得我们相逢在杨柳楼,我依仗着琴弦表达对你的倾心,挑动了你的芳心。彼此的咒誓刻骨铭心:疼热相关心,为心爱的人死了也甘心。他爱我受摆布竭尽小心,我念他济贫苦有慈心。“只愿我似铁球儿一样沉沉地装在你心,不学漏船儿撑到江中半路变心。你若是变了卦辜负我一片真心,我定要用尖刀儿剜出你那负人的心。”

【点评】此曲巧妙地利用人名作韵脚,句句不离“心”字,甚是别致。全曲可分三层:第一层自始到“害死甘心”,叙述二人相识相爱的过程。接下来二句为第二层,叙述二人相爱的原因。为了增添“戏”的效果,作者有意改变叙述对象,由赵心心转向第三者,犹如戏曲中的旁白。最后四句为第三层。面对赵心心,作者以戏谑打趣的方式,模仿其口吻话语,将一个爱得真切而又不无忧虑的直率女子心态端了出来,饶有意趣。

【集说】汤舜民之词锦屏春风。(朱权《太和正音谱》)

明如汤菊庄……陈秋碧辈,虽无嵩本,而制曲直阚其藩,元音未绝。(李调元《雨村曲话》)

(余皓明　李春祥)

[双调·蟾宫曲]

冷清清人在西厢,叫一声张郎,骂一声张郎。乱纷纷花落东墙,问一会红娘,絮一会红娘[1]。枕儿余,衾儿剩,温一半绣床,闲一半绣床[2]。月儿斜,风儿细,开一扇纱

窗,掩一扇纱窗。荡悠悠梦绕高唐[3],萦一寸柔肠[4],断一
寸柔肠。

【注释】(1)絮:絮叨。此指在红娘前絮絮叨叨地盘问。 (2)间:间隔,
此指绣床的另一半因无人而与这一半间开、隔断。 (3)高唐:典出宋玉《高
唐赋序》,写楚襄王游高唐梦见巫山神女的事,此后"高唐"便成为男女欢合
的处所和象征。 (4)萦:缠绕、牵系。

【今译】(略)

【点评】任讷《曲谐》指出:"曲中小令咏《西厢》者极多,其风极盛,甚至
于不必实咏崔张之事者。凡属情词,亦大抵喜用《西厢》中人物,作男女代
表。"这首小令即是借《西厢》中的人物作代表,抒写女主人公的极度相思之
情的。它虽是借人传情,但又分明与崔张故事有一定内容上的联系,从而可
使读者的联想与《西厢》故事挂起钩来,扩大和丰富了曲词的意境和内涵。
全曲巧妙地运用"重句格",既造成一种铺叙的效果,又透出女主人公急切的
神情,将其渴盼相会的心态和情态,描绘得宛然逼肖,生动传神。曲词虽近
口语,直而俚,显而露,但由于落笔"得情",择词"合意"(黄图珌语),因而直
中有"至味",俚中有"实情",显中有"深义"(徐大椿语)。结尾三句虽词近
典雅,但"下得恰到好处,全不见痕迹碍眼"(王骥德语),自然畅顺。

【集说】吾最喜汤舜民[蟾宫曲]曰:"冷清清人在西厢……"音调别致,
而情韵天然。(任讷《曲谐》)

这首小令所表现的感情步步深入,从高昂走向低沉,从激愤走向凄婉,
缠绵宛转,回肠荡气,很有层次感。(《元曲鉴赏辞典》陈诏语,上海辞书出
版社)

(冯文楼)

[双调·庆东原]田家乐

黍稷秋收厚,桑麻春事好,妇随夫唱儿孙孝。线鸡长

膘⁽¹⁾，绵羊下羔，丝茧成缫⁽²⁾。人说仕途荣，我爱田家乐。

【注释】(1)线鸡：即骟鸡，指阉割了生殖能力的鸡。线、骟音近假借。(2)缫(sāo)：深青而带红色的丝帛。

【今译】

秋天的五谷获得了大丰收，春天的作物长势也看好，夫妻和睦儿孙们孝。骟了的鸡喂养的长肥膘，绵羊喜下小羊羔，茧丝织成帛牢牢。人们都说做官荣显，我却爱农家快乐无烦恼。

【点评】此曲写"田家"丰收的喜悦，全用白描手法写了"田家"农副业丰收，禽畜兴旺，儿孙孝顺，一家和睦。末二句以"田家"之"乐"否定了"仕途"之"荣"，表达了作者向往隐居生活的情趣。

（余皓明　李春祥）

兰楚芳

兰楚芳,西域人,曾任江西元帅,功绩多著。《录鬼簿续编》称其"丰神秀英,才思敏捷"。他和刘庭信在武昌时,互相唱和,甚为友善,时人把他们比作唐代的元稹、白居易。《全元散曲》录存小令九首,套数三套。

[南吕·四块玉]风情

我事事村(1),他般般丑。丑则丑村则村意相投(2)。则为他丑心儿真(3),博得我村情儿厚。似这般丑眷属,村配偶,只除天上有。

【注释】(1)村:粗俗,蠢鲁,愚笨。 (2)则:虽。 (3)则:只。

【今译】(略)

【点评】作者用[四块玉]曲调填写了四首题为《风情》的小曲,这是其中之一。这首小令对"村"和"丑"的风情赞美与咏叹,反映了下层人民的一种不同于封建文人的审美态度、观照立场和爱情选择,写来情真意切,趣味盎然。于爱情选择上,外在表象和内在本质的背离和错位,常常给人们的审美观照带来许多困惑。然而在他们看来,问题却简单明了得多。因为在他们爱情的价值天平上,取舍的砝码是"心儿真""情心厚"。乍看"村"与"丑"的结合,似乎是一种无可选择的选择,但在实际上却代表了他们自己独有的爱情观念,因而自豪地宣称他们的厮配,"只除天上有"!这无疑是有意与传统的才子佳人爱情的比美。附带说一句,在习惯上,对男性的观照,在"雅"与"村"上;对女性的观照,则在"丑"与"美"上,因之曲中的抒情主人公应是男子。

【集说】封建文人总是嫌劳动人民村、丑,这首曲子说:正因为他事事村,才对妻子情儿厚;正因为她般般丑,才对丈夫心儿真。对这种夫妇的歌颂,实际上是对郎才女貌的婚姻观念的一种否定。(王季思等《元散曲选注》)

只要双方真情实意,长得丑一点或头脑笨一点,都不算什么大缺欠。但是这种认识和封建的道德观念是相违背的,不易实现,所以最后说这种"丑眷属,村配偶"只能在天上才有。(萧善因选注《元散曲一百首》)

(冯文楼)

[南吕·四块玉]风情

意思儿真,心肠儿顺。只争个口角头不囫囵[1]。怕人知,羞人说,嗔人问[2]。不见后又嗔,得见后又忖[3],多敢死后肯[4]。

【注释】(1)只争:只差。囫囵:整体、全部。"口角头不囫囵",指对婚事没有给一个完整的信息,也即尚无完全表态。 (2)嗔:生气,恼怒。(3)忖:思量,考虑。此处指内心矛盾、迟疑、羞于出口。 (4)多敢:大概,多管,敢情,可能。

【今译】
我对他意思儿真,他于我心肠儿顺,可只差个囫囵话口角头不便明。遮

遮掩掩怕人知，羞羞答答躲人说，最是恼怒有人问。不见他呵背后恨，小冤家为何不来勤；得见他，又费思量，口中难吐心中音，唉，若要说出来，多管死后才能肯。

【点评】这首小令写"风情"，别具一格，将一个少女矛盾的爱情心理描画得淋漓尽致，极富情趣。爱情对少女来说，是一个热烈加羞涩的"双黄蛋"。作者对这个双黄蛋的玩法，绝妙之至。他紧紧抓住女性文化中"羞涩"的心理特征，大做文章。爱得愈"真"，便愈不敢吐露真言，于是便采取遮掩的姿态，将一颗热恋的心用假象包裹起来。"怕人知"三句，以鼎足对的形式，写尽热恋中人的作假心理和矛盾心理。"真"到无以复加的地步便是"嗔"，"嗔"是"真"的极致，因此不见他则"嗔"，得见后又"忖"，硬是碍于脸面不敢当面说出那话儿来。这一羞怯的心理害苦了她，连她自己也不得不责备自己道："多敢死后肯"。这首小令，我们直可以把它当"爱情心理学"来读。

【集说】这支曲子，语淡而意浓，言浅而情深……结句说得俏皮而风趣，然而又有女子多少情蕴在其中。(《元曲鉴赏辞典》黄为之语，上海辞书出版社)

（冯文楼）

无名氏

[正宫·叨叨令]

黄尘万古长安路[1]，折碑三尺邙山墓[2]。西风一叶乌江渡[3]，夕阳十里邯郸树[4]。老了人也么哥，老了人也么哥，英雄尽是伤心处！

【注释】 (1)长安路：通往京都的道路。 (2)邙山墓：邙山在今河南洛阳东北，汉魏以来，王公贵族多葬于此。 (3)乌江渡：在安徽和县境内，楚汉相争时，项羽败走乌江，自刎于此。 (4)邯郸树：黄粱梦故事，见唐人沈既济《枕中记》。谓卢生于邯郸旅舍遇道士吕翁，入梦后一生富贵无极，醒来店家所煮黄粱未熟，唯见夕阳将下，古木萧萧，才知人生不过一梦。

【今译】

风尘仆仆的京都古路，断碑三尺的邙山古墓。秋叶摇落的乌江古渡，夕阳明灭的邯郸古树。老了人呵也么哥，老了人呵也么哥，往日英雄，只留下满眼伤心处!

【点评】这是一首感叹人生的怀古曲。起首四句为连璧对,先后列出"长安路""邙山墓""乌江渡""邯郸树"四种意象,分别冠以"黄尘""折碑""西风""夕阳"等修饰短语,使这四种意象蒙上了一层萧条、冷落的色彩。往日那些奔波功名的士子、不可一世的权贵以及叱咤风云的英雄,如今都化为烟尘,空留下令人感伤的遗迹。有限的生命与无限的时空之间的矛盾,是任何人都无法改变的事实。由此引出作者深沉的慨叹:"英雄尽是伤心处!"辞气豪逸,感慨万千,发人深省。

【集说】妥帖排异,以雄迈胜。(任讷《曲谐》)

(宁希元　胡　颖)

[正宫·塞鸿秋]

　　爱他时似爱初生月,喜他时似喜看梅梢月,想他时道几首西江月[1],盼他时似盼辰钩月[2]。当初意儿别,今日相抛撇[3],要相逢似水底捞明月。

【注释】(1)西江月:本为唐教坊曲名,后为词牌名。这里泛指诗词。(2)辰钩:也作辰勾,星名,古人认为此不易见到。盼辰钩,当时方言,意即相盼很难。　(3)抛撇:抛弃、丢弃。

【今译】(略)

【点评】这是一首充满怨情的小曲,但写来泼辣奔放,感情直率。前四句分别以"爱""喜""想""盼"四字领起,既强化了情感的流程动势,又显示出非凡的构思技巧。第五六两句以情感的反差推动思路的变化转折,从当初写到如今,引出现在满腔的怨愤。末句"要相逢似水底捞明月",为全曲之根本。爱之深切,恨亦浓烈,其排山倒海的磅礴激情不正来自恩爱的失落吗?

从曲中女主人公吟诵《西江月》等看来,可能为教坊女子,对爱情的忠贞实属难能可贵。全曲质朴自然,设喻巧妙贴切,且比喻与押韵均取一"月"字,与末句直相呼应,艺术效果非常强烈。

【集说】通篇只是叙说,只是议论,但是读来却不感到抽象,也不感到枯燥,在抽象的叙说中自有其形象在,虽然这形象纯属喻体,然而这喻体却能引发出足以触发相思之景象。(《元曲鉴赏辞典》林东海语,上海辞书出版社)

（赵庆元　张晓春）

[正宫·塞鸿秋]山行警

东边路西边路南边路,五里铺[1]七里铺十里铺。行一步盼一步懒一步,霎时间天也暮日也暮云也暮。斜阳满地铺,回首生烟雾,兀的[2]不山无数水无数情无数。

【注释】(1)铺:原指古时驿站。顾炎武《日知录·驿传》谓:"今时十里一铺,设卒以递公文。"后多用于地名。　(2)兀的:这。"兀的不",犹言"这(怎)不"。

【今译】
走啊走,向东、向西、向南,山重水复,千曲百折,走过了漫漫旅途;走啊走,五里铺、七里铺、十里铺,披星戴月,晓行夜宿,曾几番,黄昏小镇、落日村口?一想到,越走便越远离家乡,不由人心懒步亦迟,一步一回头,霎时间,只觉得天低云暗,日苍苍、暮悠悠。又一个斜阳铺满大地的时候,驻足回望,只见得烟笼寒水,雾罩群山,这怎不叫人顿生无限乡思,苍凉感受!

【点评】"山行"而"警"者,何也?是贪恋山水、"警"叹风光之美么?不。抒情主人公不畏"道路阻且长"而"行行复行行",当是出于不得已。是迫于生计而离家宦游,抑或是探访亲友、奔走生意?我们自是不便妄断,然而,

"行一步盼一步懒一步",不正透露了他身不由己、势在必"行"与回"盼"再三、意"懒"步迟的自在矛盾么?心理负重如斯,在"夕阳西下"之际,焉得不有"断肠人在天涯"的苍凉感受?那么,此时的蓦然"回首"所看到的"山无数水无数",自然都是"情无数"的具象化了;你能说这杂多"情"味中不包含他对人生意义的思索与"警"悟么?

【集说】此首描写山行难,用韵也纯,"姑嫫"韵去声,是一支很美的民歌式好曲子。当是民间的产品,对韵的发展起了好作用。(李长路编著《全元散曲选释》)

这首小令,通过山行的感触,隐含地抒发了一种乡思之情。有对斜阳中山景的赞叹,有在暮色中瞻前顾后的惆怅,写得委婉而情深。(贺新辉主编《元曲鉴赏辞典》)

(贺信民)

[正宫·塞鸿秋]村夫饮(1)

宾也醉主也醉仆也醉,唱一会舞一会笑一会。管什么三十岁五十岁八十岁,你也跪他也跪恁也跪(2)。无甚繁弦急管催,吃到红轮日西坠(3),打的那盘也碎碟也碎碗也碎。

【注释】(1)《词纪外集》题作《村中饮》。 (2)此句《词纪外集》作"父也跪子也跪客也跪"。恁:那。此可作"那位"解。 (3)《词纪外集》作"吃到碧汉红轮坠"。

【今译】
"莫笑农家腊酒浑",你来我往,酒过八巡:客也醉、主也醉、仆也醉。乘着酒兴,老少同乐,唱一阵、舞一阵、笑一阵。错必罚,罚必饮;力不胜酒,纷纷告饶,一时间,你也跪、他也跪、那位客也跪:乱了长幼尊卑。村中宴乐,无时无限,亦无急管繁弦催,直吃到红日西沉;无拘无束,醉酒笑闹,打得那盘也碎、碟也碎、碗也碎。

【点评】这支写村中宴饮的小曲,着意描画了一幅"醉中乐"的动人情景:不分宾主老幼,同醉同乐,笑舞欢歌,任吃任罚,忘我忘时,直闹得红日西坠,碟碗狼藉。那一派任性自然的情趣,那一份无拘无束的潇洒,隐曲地表露出曲作者归真返璞的价值追寻,也体现了元代文人逃避现实、借醉自怡的"酒文化"精神。

(贺信民)

[正宫·醉太平]

　　堂堂大元,奸佞[(1)]专权。开河变钞祸根源,惹红巾[(2)]万千。官法滥,刑法重,黎民怨。人吃人,钞买钞,何曾见?贼做官,官做贼,混愚贤[(3)],哀哉可怜!

【注释】(1)奸佞(nìng):奸诈谄媚。　(2)红巾:指元末韩山童、刘福通等利用白莲教发动的起义。因以红巾为号,故称红巾军。　(3)愚:指蠢笨无能之人。贤:指有德才之人。

【今译】

　　堂堂王朝号大元,奸佞小人掌大权。开理黄河变换钞票全是祸根源,逼惹得点燃起义烈火的红巾军万千。官法宽滥,刑法苛重,黎民百姓起仇怨。人吃人,新钞票买旧钞票,你何曾见?贼头做大官,官员也是贼,混杂了愚贤。呜呼哀哉真可怜!

【点评】这是一支表达人民大众的愤怒之情、痛斥祸国殃民的残酷统治者的小令,在元朝末年,流传之广,遍及大河南北。开首两句,单刀直入,开门见山,直指元代统治的实质:"奸佞专权"。三四句描绘"开河变钞"两件与国计民生关系至大之事,指出其借端坑民,成为"祸根源"。"惹起红巾万千",是扛鼎之句,具有广泛多层的含义:既有官逼民反之意,又有描绘起义烈火之威。接着三个长句,道尽了元代社会的黑暗、苛虐、专横,字

里行间闪烁着愤怒之火,讽刺鞭挞,入木三分,是一首罕见的揭露社会现实的佳作。

【集说】右[醉太平]小令一阕,不知谁所造,自京师以至江南,人人能道之。古人多取里巷之歌谣者,以其有关于世教也。今此数语,切中时病,故录之,以俟采民风者焉。(陶宗仪《南村辍耕录》)

(李培坤 李建军)

[正宫·醉太平]讥贪小利者

夺泥燕口,削铁针头,刮金佛面细搜求:无中觅有。鹌鹑嗉里寻豌豆⁽¹⁾,鹭鸶腿上劈精肉⁽²⁾,蚊子腹内刳脂油⁽³⁾。亏老先生下手⁽⁴⁾!

【注释】(1)鹌鹑(ān chún):鸟名,也叫"鹑"。头小尾秃,似鸡雏。(2)鹭鸶(lù sī):水鸟,又称白鹭。脚高颈长而喙强。 (3)刳(kū):剖,刮。 (4)老先生:此为元代对朝官的称呼。

【今译】
从燕子口里夺取衔泥,从针头上削取铁屑,从佛面上刮下黄金,一切都要细加搜求:从无之中觅出有。鹌鹑嗉里要寻找出豌豆,鹭鸶细腿上要劈下精肉,蚊子肚腹内要刮出脂油。亏老先生能下手!

【点评】这是一首运用高度夸张手法表达强烈讽刺意义的小令精品。起首三句,在三个分述和一个总括中,无一字言"贪",而贪者形象自然活现文中,跃然纸上。五六七句鼎足对,用三个逐步深入的意象,继续挖掘贪者之心:对一切可以捞一把的事物,从不轻易放过。鹌鹑吞到嗉里豌豆,他要掏出;鹭鸶细长腿上,他要劈下精肉;蚊子小肚内,他要刳出脂油。这一系列艺术的夸张和形象的比喻,鲜明地突出了"贪利者"的本质。结句精警,抨击有力。所谓"老先生"者,实指元代的各级官吏。全曲寓庄于谐,嬉笑怒骂,皆成妙文,体现出元曲爽朗、幽默、风趣的特色。

【集说】《醉太平》讥贪狠小取者,无名氏作。(李开先《词谑》)

(李培坤 李建军)

[仙吕·寄生草]

问什么虚名利,管什么闲是非。想着他击珊瑚、列锦帐石崇势⁽¹⁾,则不如卸罗襕⁽²⁾、纳象简⁽³⁾张良退⁽⁴⁾,学取他枕清风、铺明月陈抟睡⁽⁵⁾。看了那吴山青似越山青⁽⁶⁾,不如今朝醉了明朝醉。

【注释】(1)石崇(249—300):字季伦,西晋渤海南皮(今河北南皮东北)人。历任散骑常待、荆州刺史等职。尝劫远使商客致富,于河阳置金谷园,奢侈成风。《世说新语·汰侈》记载他与贵戚王恺、羊琇"竞富""斗侈",崇以如意击碎珊瑚树。其居室豪华,锦帐罗列,侍妾成群,甚至厕所也有十余婢侍列,皆丽服藻饰。 (2)罗襕:锦衣,此指官服。 (3)象简:象牙所制的手版,为诸侯、五品以上大官所执。此象征官位。 (4)张良:汉高祖刘邦的开国功臣,有深谋卓识,功成隐退。《史记·留侯世家》:"愿弃人间事,欲与赤松子游耳。" (5)陈抟(?—989):宋亳州真源(今河南鹿邑)人,字图南,五代后唐长兴中曾举进士不第,先后隐居武当山、华山,自号扶摇子,宋太宗赐号希夷先生。据说抟"能辟谷,或一睡三年"(魏泰《东轩笔录》卷一),是一个视功名富贵如浮云的大隐士。《宋史》卷四五七有传。 (6)吴山青似越山青:吴山、越山,在浙江杭州市西湖东南,春秋时为吴国、越国边界。宋林逋《长相思》词云:"吴山青,越山青,两岸青山相对迎。谁知离别情?"

元曲观止

【今译】

问什么虚无的名与利,管什么闲淡的是和非。一心只想象石崇敢用如意击碎珊瑚树,罗列锦绣夸富斗侈多气势,倒不如像张良卸掉罗襕锦衣,交回象笏牙版、功成身退,学习那陈抟以清风为枕、以明月光为床、美美地三年

睡。看了那吴国山青，好一似越国山青，都不如今天醉了明天还醉。

【点评】这是一支抒发心志理想的小曲。开首两句劈空而来，直赋其情，中间三句有骏马注坂之势，以加强所言之志，末二句则水到渠成，卒章显志。元代知识分子地位低下，备受歧视，而"不读书有权，不识字有钱，不晓事倒有人荐"，知识分子就因对社会不满而产生消极避世的隐遁思想。这首小曲就表现了作者视功名富贵如浮云粪土，追慕隐士潇洒出尘的生活态度，语似豪旷，实含悲辛，相当典型地反映了当时知识分子的普遍心理。艺术上语势奔泻，宛若明珠走盘；使事用典，信手拈来，明白如话，堪称雅俗共赏。

（李培坤　李建军）

［中吕·朝天子］嘲妓家匾食(1)

白生生面皮，软溶溶肚皮，抄手儿得人意(2)。当初只说假虚皮，就里多葱脍(3)。水面上鸳鸯，行行来对对(4)，空团圆不到底。生时节手儿上捏你，熟时节口儿里嚼你，美甘甘肚儿内知滋味。

【注释】(1)匾食：北方人称饺子为匾食。　(2)抄手儿：饺子的另一地方俗称；此处又含有抄在手中之意。　(3)就里：内里。葱脍：葱和细切的肉，指饺子馅；脍，音会，"葱脍"又谐"聪慧"，一语双关。　(4)来：语气助词。

【今译】（略）

【点评】这首小令表面上是咏"匾食"，实为"嘲妓家"，笔带机锋，语含双关，描写得体，形象逼真，为元散曲中俳体之一种。所谓"俳体"者，广而言之，"举凡一切翻新出奇，逞才弄巧，游戏嘲笑之体皆是也。"（任讷《曲谐》）咏事咏物要达到"嘲谑"的目的，关键在于求一"趣"字。"匾食"与"妓女"二者在理趣上正复相同，于是借此写彼，巧传戏谑之趣；构思奇特，极尽调笑之妙;刻画入里,别擅幽默之致;出奇不俗,亦游戏中之俊作,嘲体中之佳构也。但趣则趣矣,不免带有一种勾栏调笑之轻薄习气,在趣味盎然中,时时透出对妓女的赏玩意识、窥探意识与占有意识,反在一定程度上使机趣流为恶趣,风趣变为淫趣。

【集说】元人作曲,完全以嬉笑怒骂出之,盖纯以文字供游戏也。唯其为游戏,故选题措语,无往不可,绝无从来文人一切顾忌,宏大可也,琐屑亦可也;渊雅可也,猥鄙亦可也。故咏物如"佳人黑痣""秃指甲"等,皆是好题目,了不觉其纤小。所描摹者,下至佣走粗愚,娼优淫烂,皆所弗禁,而设想污秽之处,有时绝非寻常意念所能及者。(任讷《曲谐》)

中国古代的"咏物诗",每每并非纯客观的咏物,而是咏物以拟人……这首小令应当说是继承这一传统的,但它又有十足的作为曲的独特韵味:嘲谑、戏弄而并不带恶趣。在大量的把妓女比作花草、比作鸟雀的题材之中,把妓女比作"匾食",真是又新奇又贴切。(《元曲鉴赏辞典》翁敏华语,上海辞书出版社)

(冯文楼)

[中吕·朝天子]志感

一

不读书有权,不识字有钱,不晓事倒有人夸荐⁽¹⁾。老天只恁忒心偏⁽²⁾,贤和愚无分辨。折挫英雄,消磨良善,越聪明越运蹇⁽³⁾。志高如鲁连⁽⁴⁾,德过如闵骞⁽⁵⁾,依本分只落得人轻贱。

【注释】(1)夸荐:夸赞和推荐。 (2)只恁:只这样。恁,这样。忒(tè):太,过于。 (3)运蹇(jiǎn):运气不好,命运坎坷。蹇,跛足,引为倒霉,不顺当。 (4)鲁连:鲁仲连,齐国人,战国时著名的辩士。他游赵国时,适逢秦兵围赵。他说服魏使辛垣衍,义不帝秦,化解了赵国之围。平原君欲以千金赠鲁连,他笑而却之。故这里说他志高。 (5)闵骞(qiān):即闵子

元曲观止

骞,春秋时鲁国人,孔子的弟子,以德行孝行著称。

【今译】

　　为什么,不读书有权,不识字有钱? 为什么,不懂事却有人称赞,不懂事反受人推荐? 老天啊,你为何这般心儿偏,分不出贤良和愚顽。英雄多挫折,良善被消磨,越聪明命运越凄惨。你即使志高如鲁连,你纵然大德赛闵骞,但世风日下时变迁,规矩人反受人轻贱!

　　【点评】志感,就是把感想写出来。作者感于元代社会是非不分、贤愚不辨的黑暗现实,慷慨悲歌,愤怒、悲凉之气充溢全篇。对现实社会的不满和痛斥,是由于作者心中建构有自己理想、公正的社会,从宋到元,知识分子的地位从四民之首,一下子跌入社会底层,社会群体价值的急剧变化,使他们彷徨、愤懑。这首曲子喊出了元代知识分子的心声。

　　【集说】这曲对当时社会颠倒贤愚的现象表示深切的不满,是对元统治者摧残文化、轻视读书人的愤怒谴责。(王起主编《元明清散曲选注》)。

(王建科)

二

　　不读书最高,不识字最好,不晓事倒有人夸俏。老天不肯辨清浊,好和歹没条道⁽¹⁾。善的人欺,贫的人笑,读书人都累倒。立身则小学⁽²⁾,修身则大学⁽³⁾,智和能都不及鸦青钞⁽⁴⁾。

　　【注释】(1)条道:标准,定规。　(2)小学:宋朱熹、刘子澄编的少年教育课本。全书共六卷,辑录符合封建道德的言行作教材。　(3)大学:儒家经典之一。原是《礼记》中的一篇。宋以后把它从《礼记》中抽出,与《论语》《孟子》《中庸》相配合,统称为四书。　(4)鸦青钞:当时的一种钱钞。因颜色青黑,故称为鸦青钞。

　　【今译】

　　这世道不读书反是最高,这世道不识字却是最好,这世道不明事理反有人夸俏。君不见苍天不辨恶和善,好好坏坏顺人转,清清浊浊无定见。善良的遭人欺,贫穷的被人笑。读书人疲奔命,忽刺刺都累倒。小学立身忙钻研,大学修身勤修炼。唉,智慧顶不上银一块,才能比不上钱一串。

【点评】由于异族入侵而建立政权,汉民族的文化价值观受到漠视和弃置。文士的心灵发生了强烈的震颤,他们仍然存留着对唐宋文人殊荣的梦想和追忆。因此,眼前颠倒的世界就尤其令文士痛心和愤懑。个人的才智和学识已没有任何作用,而有钱有势的权贵却得以重用,欺善笑贫,势利熏熏,天理何在?前途何在?文人在严酷的生存悲剧面前长歌当哭。

【集说】这两首曲,直接控诉当地文士受人轻贱的不平等待遇,是对元统治者摧残文化行径的愤怒谴责。从内容来看,当是一个失意文人的牢骚之作。(王季思等《元散曲选注》)

由于作者成功地运用了对比手法,才把那种愤激的情绪抒发得淋漓尽致,也把社会的黑暗状况刻画得入木三分。……两曲的另一特点是语直意露,不主含蓄,直写情怀。(《元曲鉴赏辞典》傅昱曼语,中国妇女出版社)

(王建科)

[中吕·红绣鞋]⁽¹⁾

窗外雨声声不住,枕边泪点点长吁,雨声泪点急相逐。雨声儿添凄惨,泪点儿助长吁,枕边泪倒多如窗外雨。

【注释】(1)此曲《乐府群玉》题为"离愁"。

【今译】

窗外雨滴嗒嗒响个不停,枕边泪扑簌簌伴着叹息,雨声儿紧,泪点儿急,好似相竞逐。雨儿一声声添我凄惨,泪儿一点点助我长吁,那枕边的泪儿哟,倒多似窗外的雨。

元曲观止

【点评】这是一支描写思妇的曲子。夜中孤眠，更兼窗外雨声，愈加寂寞难耐。作者把"雨"和"泪"贯通全篇，以"雨"写"泪"，以"雨"写景，以"泪"写情，一个在雨夜思念丈夫的女子形象跃然纸上。窗外雨引起枕边泪，枕边泪多似窗外雨，雨泪浑然一体，二者又互为映衬，更显思妇的孤苦凄凉。

【集说】温庭筠《更漏子》："梧桐树，三更雨，不道离情正苦。一叶叶，一声声，空阶滴到明。"李清照《声声慢》："梧桐更兼细雨，到黄昏点点滴滴，这次第，怎一个愁字了得！"《词综》二五美奴《如梦令》："无绪，无绪，生怕黄昏疏雨。"这支小令是从这些词脱胎出来，而又更加生动、细腻。（羊春秋选注《元人散曲选》）

（王建科）

［中吕·红绣鞋］

　　一两句别人闲话，三四日不把门踏。五六日不来呵在谁家？七八遍买龟儿卦[1]，久已后见他么[2]，十分的憔悴煞。

【注释】(1)买龟儿卦：意谓去卦摊问卦。龟，古人用以占卜算卦的龟甲。(2)久：谐九音，语音双关。

【今译】（略）

【点评】把一个处在半失恋之中的年轻女子的失望与希望、猜疑与期待的复杂心情，编入数字程序中，通过从一到十的历叙方式，有层次、有节奏地展示出来，是这首小令的主要特点。它在形式上属于"嵌字体"，即将数字巧妙地镶嵌在每句的句首，从一到十，恰好构成一个完整的叙事过程，勾画出二人爱情矛盾的产生和发展；不仅如此，一到十，也是一个巧妙的叙事视角的选择，它从"时间"的顺延推展上，刻画出抒情主人公层层递增的心理焦虑和按捺不住的渴望心情。从而赋予数目以灵动的性格和叙事的功能，无凑插之嫌,生硬之弊,可谓意新语俊,字响调圆,俏俏尖新,趣味盎然。

【集说】从这个女子的内心独白中,我们也可以体味到封建社会里女性的爱情是如何缺乏保障。(《元曲鉴赏辞典》吴汝煜语,上海辞书出版社)

（冯文楼）

[中吕·喜春来]

笔头风月时时过[1]，眼底儿曹渐渐多[2]。有人问我事如何？人海阔，无日不风波。

【注释】(1)风月:本指清风明月,这里当是指光阴。此句意思是说:在笔墨生涯中迁延时日。 (2)儿曹:儿辈。

【今译】
舞文弄墨,在笔端打发着不断流逝的时光,闻见日广,深感肖小之辈比比皆是。有人问我对世道人生的看法,我的回答是:人海苍茫而辽阔,无日无时不是风急浪高,险象环生。

【点评】孟子云:"无恒产者有恒心,唯士为能。"文人是社会的良心所在。境况艰厄而又心存高远,自命清高而又摆不脱恶风浊气的困扰,于是便铸就了愤世嫉俗、郁勃不平的文化心态。封建时代的进步文化人概莫能外,而尤以元人的双重煎熬(民族的和社会的)为甚。这支小令,写的是一介书生(或小有功名的儒士)对人事纷纭、世道艰危的焦虑与悲患,于浅近中见深切,于平静中见激越,当是那一代文化人的心态凝缩。

（贺信民）

495

元曲观止

[中吕·喜春来]四节[1]

有如杨柳风前瘦[2]，恰似桃花镜里羞[3]。嫩红娇绿已

温柔。从别后，虽瘦也风流。

【注释】（1）据隋树森编《全元散曲》，无名氏之［中吕·喜春来］《四节》共二十五支，此为第六支曲。　（2）此句状写思妇消瘦的腰肢，疑取白居易"杨柳小蛮腰"诗意。　（3）此句状写思妇的容颜之美，当是取崔护"人面桃花"诗意。

【今译】

妾身消瘦如风前杨柳，面似桃花，对镜自羞。这"嫩红娇绿"般花容月貌，内含着柔肠百结，温情千种。自从别离后，虽然朝思暮想，折磨得我形神憔悴，然而却也心甘情愿，不减风流。

【点评】这是一支抒写爱情的小令。抒情主人公也许是一位思念远人的闺中少妇，也许是一位怀想情人的窈窕淑女，但不管是何身份，有两点是可以肯定的：一是芳龄堪羡，粉面羞花；二是意笃神迷，用情专一。桃红柳绿的无边春色搅动起她纷扰的情思，不由对镜自伤，当此之时，也许有一缕"娇羞默默同谁诉"（《红楼梦》林黛玉吟诗）的淡淡愁绪萦绕芳胸；然而，她绝无对意中人的嗔怪与怨恨，而是贞静自守，悄然地向远方的"他"寄送着款款心曲："从别后，虽瘦也风流"。正是"衣带渐宽终不悔，为伊消得人憔悴"的境界。那纯净的柔情、坚执的密意，与那充满信心的期盼，画出了这位幽人一个静谧、纯美而又丰厚、瑰丽的精神世界。

（贺信民）

［中吕·喜春来］四节⁽¹⁾

水光山色堪图画，野鸭河豚味正佳⁽²⁾。竹篱茅舍两三家⁽³⁾。新酒压，客至捕鱼虾。

【注释】（1）此为［中吕·喜春来］《四节》二十五支曲之十三。　（2）意取苏轼《惠崇春江晚景》："竹外桃花三两枝，春江水暖鸭先知。蒌蒿满地芦芽短,正是河豚欲上时。"(3)疑取意于路德章之《盱眙旅舍》诗。其诗云:"道旁草屋两三家,见客搋麻旋点茶。渐近中原语音好,不知淮水是天涯。"

【今译】

水光山色,足可以同上乘丹青媲美,胜景佐佳肴,愈觉野鸭河豚,美味无穷。这里只有两三户人家,竹篱茅舍,清幽极了。主人刚刚酿好新酒,客人一到,便捕鱼捞虾,张罗着要盛情接待一番。

【点评】封建文人,达则"兼济"而穷则"独善",似成定式。元代统治者对汉族知识分子的高压歧视政策,更是催发了他们"潇洒傲王侯"的逆反心理,退隐林泉,遗世独行。这支小令,正是曲作者"鲈鱼正美思归去"的心志倾斜与不愿"空戴南冠学楚囚"(化用唐人赵嘏"鲈鱼正美思归去,空戴南冠学楚囚"诗意)的傲岸行为的生动写照。曲中人目自然之色,食自然之味,得自然之趣,这种情志迷醉的内核,便是"天人合一"、穷神达化的追求,此中真意,大有"醉翁之意不在酒,在乎山水之间"的理趣呢。

(贺信民)

[中吕·四换头]

两叶眉头,怎锁相思万种愁。从他别后,无心挑绣。这般证候⁽¹⁾,天知道和天瘦⁽²⁾。

【注释】(1)证候:病症。散曲中特指由相思而来的病。 (2)和天瘦:连天也瘦了。化用李商隐"天若有情天亦老"诗意。

【今译】

两道紧皱不展的眉头,怎能锁住无限的相思之愁。自从与他分别后,哪有心思再去拈针挑绣。像我这般相思症候,老天知道了也会和我一样消瘦。

【点评】此曲生动传神地描写了一个无计消愁愁更愁的思妇形象。开首

两句,构思巧妙,形象鲜明,将一个"愁"字刻画殆尽。接着便点明了"愁思"之因,并通过"针线慵拈懒绣作"这一典型细节,把思妇百无聊赖的心境与情态鲜明地展现于读者眼前。绵绵不绝的愁思,情真意切的怀念,终于使这位少妇衣带渐宽,憔悴瘦损,于是发出"天知道和天瘦"的哀叹与悲伤。结句虽有似曾相识之感,但作者舒臂夺来,为我所用,反显得自然恰切,似熟还新。

【集说】这首小令用的是寻常口语,写的是人们熟知的题材,而能给读者以新的灵感,这也正是元曲艺术魅力的一个重要方面。(《元曲鉴赏辞典》赵其钧语,上海辞书出版社)

(吴应驹)

[中吕·齐天乐过红衫儿]幽居

常笑屈原独醒[1],理论甚斜和正,浑清?争,一事无成。汨罗江倾送了残生[2],无能!我料这里直,难买人世情。顺时和光,倒得安宁。静处潜,深山里隐,且养疏慵。

愿学陶渊明,卸印归三径[3]。不争名,不争名,曾共高人论。且粧惛[4],且粧惛,识破南柯梦境[5]。

【注释】(1)屈原独醒:见《楚辞·渔夫》。屈原以忠直被逐,行吟泽畔,颜色憔悴,形容枯槁,渔夫怪而问之。答曰:"举世皆浊我独清,众人皆醉我独醒,是以见放。" (2)汨(mì)罗江:在湖南东北部,流经湘阴县之屈潭,相传即为屈原自沉之所。 (3)"愿学"二句:陶渊明为彭泽令,不愿为五斗米而折腰事乡里小儿,即日辞官归隐。三径,指归隐者的家园。陶渊明《归去来兮》:"三径就荒,松竹犹存。" (4)惛(hūn):糊涂。 (5)南柯梦境:出唐李公佐《南柯太守传》,谓淳于棼(fén)酒醉入大槐安国,作南柯太守,前后三十年,享尽荣华富贵。后被遣回家,酒醒,才知原是一梦。根据梦境所示,挖开门前大槐下树洞,发现有一群蚂蚁在内蠕动,就是他所去的槐安国。

【今译】

可笑屈原太清醒,无端去分辨什么邪正和浑清。硬去争,事无成,只落得汨罗江里丧残生,惹得人们说"无能!"细思量,正直难买世人情,不如顺时风,敛锋芒,反倒能够得安宁。因而向僻静处潜行,到深山老林里躲藏,保养我疏懒志性。   愿学陶渊明,辞官归故庭。不要争名,不要争名,曾与高人细讲评!且来装昏,且来装昏,早识破人生不过一梦境!

【点评】元人散曲咏怀自述之作,每崇五柳而笑三闾,如白朴[仙吕·寄生草]《饮》:"不达时皆笑屈原非,但知音尽说陶潜是。"此曲亦然。这是一种悲愤至极的反语,表面旷达放浪,而愤世嫉俗之情,仍森然外露,不可抑止。本曲将屈原的悲剧命运,和陶渊明的隐退田园对比,肯定了后者的人生态度。全曲夹叙夹议,虽笑犹哭,虽装昏仍清醒,应透过一层去把握其内涵。

(宁希元　胡　颖)

[南吕·玉娇枝过四块玉]

休争闲气,都只是南柯梦里。想功名到底成何济[1]?总虚华几人知。百般乖不如一就[2]痴,十分醒争似三分醉[3]。则这的是人生落得,不受用图个甚的。   赤紧的乌紧飞,兔紧追[4],看看的[5]老来催。人无百岁人,枉作千年计。将眉间闷锁开,休把心上愁绳系。则这的是延年益寿的理。

【注释】(1)成何济:有什么用处?   (2)一就:一味。   (3)争似:比拟之词,怎似得。   (4)赤紧的:当真的,实在的。乌:相传日中有三足金乌,此代指日光。兔:古代神话谓月中有玉兔,此代指月亮。   (5)看看的:转眼间。宋代柳永《留客住》词:"惆怅旧欢何处,后约难凭,看看春又老。"

【今译】

休要争没用的闲气,这一切都只是南柯梦里。想功名到底有什么用处?总不过镜里虚花又有几人知?百般乖好不如一味的痴,十分清醒又怎似三分醉。的确是人生到头来,不受用图个什么的。

当真的日影飞,月光追,转眼间老年频催。人无百岁人,枉费了千年谋计。快将眉宇间闷锁打开,休要把心上愁绳紧系,只有这才是延年益寿的理。

【点评】这是一首带过曲,抒发了一种超脱潇洒的人生态度。这种人生态度实际上是元代知识分子在社会中经过碰撞、搏斗、失意之后的无可奈何的选择。开首以"休争闲气"领起,抒写人生如梦、功名虚无,"十分醒争似三分醉",于看破红尘中蕴含着生活的悲酸。看破、虚无、休争是前半部分的主旨。下来写人生短暂易逝,宜开闷锁,须解愁绳,弃绝是非名利,才能到达延年益寿的境界,表达了及时行乐的人生旨趣,虽不无消极之嫌,但又何尝不是对当时社会的厌弃。

(李培坤　李建军)

[双调·水仙子]

夕阳西下水东流,一事无成两鬓[(1)]秋,伤心人比黄花瘦[(2)]。怯重阳九月九[(3)],强登临情思悠悠。望故国[(4)]三千里[(5)],倚秋风十二楼[(6)]。没来由[(7)]惹起闲愁。

【注释】(1)鬓:靠近耳边的头发。 (2)此句化用李清照《醉花阴》"人比黄花瘦"一句。黄花指菊花。这里借花说人憔悴。 (3)重阳九月九:亦称重九,指重阳节。 (4)故国:家乡。 (5)三千里:虚指,极言其远。(6)十二楼:原指神仙所居之仙境,后来常用以比喻构造精致的楼阁。(7)来由:缘由。

【今译】

夕阳西下,水流东去,两鬓斑白却未能做出一番功业,郁结心头,人更加憔悴了。害怕重阳节的来临,勉强登高临远又生起了无限情思。眺望着远方的故乡,在秋风中登临倚楼。没缘由地生起了一番闲愁。

【点评】古代士阶层的知识分子大多胸怀"兼济天下"的功名欲望,并以此为个体自我意识的价值标准。它激发着士大夫文人在坎坷的仕途上昂扬蹈厉。不幸的是,并非每一个人的这种人生理想都能得以实现。这支借景抒怀的小曲展现的正是失意文人的那种凄惶、愁苦的心态。夕阳、流水这两个传统的文学意象包孕着生命沉沦的寓意,渲染出强烈的生命意识,道出了文人心中的烦恼。人生失意的心态则通过"怯""强"逼真地刻画出,并与对故乡的思念联系起来。怀乡的情绪与失意的心态纠杂在一起,正是愁之味!强作旷达,强颜欢笑,只能愈加愁苦。

【集说】这首曲把"夕阳西下水东流"的晚景,与重阳佳节怯登高的心情,两相映对,情景交融,较好地表现了文人落魄的乡愁,曲词清丽,接近词家。(王季思等《元散曲选注》)

这首小令的独特之处就在于它的写情之妙。作者十分曲折地表达了自己复杂矛盾的情感,读者只觉情丝缠绵,真挚自然,独具一种艺术魅力。(《元曲鉴赏辞典》柯象中语,上海辞书出版社)

(李忠昌)

[双调·雁儿落带过得胜令]⁽¹⁾

一年老一年,一日没一日,一秋又一秋,一辈催一辈;一聚一别离,一喜一伤悲;一榻一身卧⁽²⁾,一生一梦里;寻一夥相识⁽³⁾,他一会,咱一会;都一般相知⁽⁴⁾,吹一回,唱一回。

【注释】(1)选自《元曲三百首》,原阙题。　(2)榻:床。　(3)一夥:一伙。　(4)相知:相好。

元曲观止

【今译】

一年一年衰老，一天一天消逝，一岁一岁相连，一辈一辈相催。一次欢聚接着一次别离，一番欢喜必有一番伤悲。一个破床一身睡躺，一生如同一枕黄粱。寻找一些相识知己，他与咱一会，咱与他一会。都是一样的好朋友，吹一阵箫笛，唱一阵歌曲。

【点评】此曲抒写了作者深沉的人生感喟和旷达的处世态度。日月如流，年岁催迫，离合相继，喜乐无常，人生如梦而已，因此当及时行乐，这是自《古诗十九首》以来常见的主题。此曲虽以"一年""一日""一秋""一辈"等排比而下，颇多深长的感叹，但却没有以往同类作品那种浓重的哀伤。你看他"寻一夥相识，他一会，咱一会；都一般相知，吹一回，唱一回"，显得多么超脱潇洒，疏放痛快。这颇能代表元人的处世风度。在写法上，曲中连用二十一个"一"字，句型多变，无重沓烦赘之弊，非常独特。语词俚俗本色，活泼有致，尤别具风韵。

【集说】元人之乐天旷达，于此一曲中，可全而得之。亦疏脱，亦蕴藉，行文甚妙。别有［醉太平］，与此盖一类，而丰满较逊。（任讷《曲谐》）

一年、一日、一秋、一辈、一生都如梦里一般，反映了人生虚幻的凄苦。整首用了二十一个"一"字，而不见重复，写法上奇特，而以俚语取胜。（卢润祥《元人小令选》）

（刘生良）

［越调·小桃红］情

断肠人寄断肠词，词写心间事。事到头来不由自，自寻思，思量往日真诚志。志诚是有，有情谁似，似俺那人儿。

【今译】

你为我断肠痛不支，支不住寄来断肠词，词中写尽心间事。事到头来不由自，自别后想你无断时，时时心中自寻思，思量往日真诚志。志诚是我有，有情谁似你,你那份情意无人比。

【点评】这是一首用"顶真格"填写而成的咏"情"小令。在语言习惯上,我们常将钟情的男子称作"志诚种"。故此,可将此曲看作是一个男子接到心上人(俺那人儿)的书信之后,所引起的对"情"的追忆和咀嚼。他自觉对不住有情人的一片相思之情,因愧叹"事到头来不由自",也即我远在天涯,身不由己,但并非薄情,我一直对你是真诚忠实的。由己及人,似你这般有情之人,又有谁能比得上呢? 结尾感慨万端,余音袅袅。"有情谁似"一句暗寓开首"断肠词"中事。"顶真格"又名"联珠体",上句末一字与下句头一字相同。这一修辞手法,不但造成一种音律谐和的节奏美,而且能巧妙地传出抒情主人公缠绵幽怨的情怀和急切不能自已的神态。

【集说】顶真,妙,且音律谐和。(周德清《中原音韵》)

此词末三句甚妙。三句首句说自己,而次句及人,作问辞,盖不敢遽信也,末句方说实。暗中之喜色心慰,盖可知矣,李开先评乔吉词,谓"风流调笑,包含蕴藉",此殆类之。(任讷《作词十法疏证》)

乔梦符亦有"效联珠格"[小桃红],见《乐府群玉》,词不及此。……郑德辉《㑳梅香》剧首折[赚煞]亦用此格。(任讷《曲谐》)

(冯文楼)

［商调·梧叶儿］嘲谎人

东村里鸡生凤,南庄上马变牛。六月里裹皮裘。瓦垄上宜栽树(1),阳沟里好驾舟(2)。瓮来大肉馒头,俺家的茄子大如斗!

【注释】(1)瓦垄:屋顶上的瓦楞。 (2)阳沟:露天的水沟。

【今译】
东村里鸡儿生下凤,南庄上马儿变成了牛。六月天穿皮袄赛三秋。瓦楞上

栽树长得好,阳沟里行船乐悠悠。瓮大的肉包子先人留,俺家的茄子赛过斗。

【点评】用夸张的手法,将说谎者所说之谎言,连缀成篇,不加一字褒贬,而嘲讽之意自现。曲辞纯用俚语,近似民谣,表现了元代散曲通俗、戏谑的特点。

(宁希元　胡　颖)

［商调·梧叶儿］贪

一夜千条计,百年万世心。火院有海来深⁽¹⁾!头枕着连城玉,脚踏着遍地金。有一日死来临,问贪公那一件儿替得您!

【注释】(1)火院:僧道以世俗生活为火院、苦海。

【今译】
一晚上思量千条计,一辈子使破万载心。苦海茫茫出路何处寻!头枕的是连城美玉,脚踩的是满地黄金。直等到死神来临,问贪汉哪一件能救您!

【点评】这是一首讽刺贪财汉的小曲。起首两句极言其为聚敛钱财而费尽心机,日日夜夜,岁岁年年,都在思量着发财的门路。尽管他"头枕着连城玉,脚踏着遍地金",几乎揽尽了民间的财富,依然是贪心不足,依然在做着损人利己的金钱梦。对于这样一个整天在钱孔里打转的丑恶灵魂,作者是极为鄙夷的,故曲尾以调侃的语气问之:"有一日死来临,问贪公那一件替得您?"直如当头棒喝。但死神的威胁,恐怕也唤不醒他的迷梦!作者纯用口语,质朴自然,讽刺之中又运用夸张手法,故能收到入木三分的讽刺效果。

(宁希元　胡　颖)

［商调·梧叶儿］嗔

怒纷纷心肠恶,气昂昂胆量粗。动不动撒无徒⁽¹⁾。忒嫉妒,更狠毒。有一日命遭诛,那其间谁来救苦!

【注释】(1)无徒:即无图,指没有图籍的游民、无赖。

【今译】

心肠恶纷纷怒生,胆儿大昂昂气粗。动不动耍无赖不认输。既嫉妒,又狠毒!直等到犯法被诛,那时候谁来救顾?

【点评】这是一首告谕气质粗暴者的劝世曲。由于缺乏教养,在生活中,确有不少心粗气浮,胆大妄为的人物在活动。"怒纷纷""气昂昂","动不动撒无徒",就是这类人物的形象写照。然而,这不仅仅是一个人精神气质上的缺陷,主要还是道德品质低下,嫉妒和狠毒,就是他们的痼疾所在,应该承认这种揭发是相当深刻的。作者既恨其胡行,又悯其无知,所以结尾仍予以警戒,期望他们能够悔改。

（宁希元　胡　颖）

［商调·梧叶儿］嘲贪汉

一粒米针穿着吃,一文钱剪截充。但⁽¹⁾开口昧神灵⁽²⁾。看儿女如衔泥燕⁽³⁾,爱钱财似竞血蝇⁽⁴⁾。无明夜攒金银,都做充饥画饼⁽⁵⁾。

【注释】(1)但:只要。　(2)昧神灵:昧良心。　(3)衔泥燕:衔泥筑巢的燕子。　(4)竞血蝇:追逐污血的苍蝇。　(5)充饥画饼:又作画饼充饥,喻徒劳空想。

【今译】一粒米用针穿起来吃,一文钱剪成几块来花,只要张开口,就昧着良心说话。对待自己的儿女如衔泥筑巢的燕子,贪爱钱财像嗜血的苍蝇。没日没夜地积聚着钱财,最后都成了画饼充饥空徒劳。

【点评】像《讥贪小利者》一样,这首曲子也是运用高度夸张的手法,讽刺了贪财之徒。谁见过把一粒米穿吊起来吃,谁见过把一文钱截成了几块来

花，这无非是在讥讽这样一个被极度夸张了的可笑可鄙的贪财者的神态。有钱不借张口说谎，爱财如命，且做着给儿孙留下一份大家业的美梦。这样的贪财之徒即使聚敛了财富，又能有什么好下场呢？作者的愤恨、鄙视、嘲讽的态度都凝聚在"充饥画饼"的概括中，发人深省。

【集说】无名氏的小令《嘲贪汉》……与柳宗元的《蝜蝂传》有异曲同工之妙。（《元曲鉴赏辞典》唐永德语，上海辞书出版社）

（李忠昌）

图书在版编目（CIP）数据

元曲观止/冯文楼，张强本书主编．－－西安：陕西
人民教育出版社，2019.1

（中国古典文学观止丛书/尚永亮主编）

ISBN 978－7－5450－6406－3

Ⅰ．①元… Ⅱ．①冯… ②张… Ⅲ．①元曲－文学
评论 Ⅳ．①I207.37

中国版本图书馆 CIP 数据核字（2019）第 001550 号

中国古典文学观止丛书
元曲观止
冯文楼　张强　主编

出　　版	陕西新华出版传媒集团 陕西人民教育出版社	
发　　行	陕西人民教育出版社	
地　　址	西安市丈八五路 58 号	
责任编辑	符　均　董方红	
装帧设计	张　田	
经　　销	各地新华书店	
印　　刷	北京市松源印刷有限公司	
开　　本	787 mm×1092 mm　1/16	
印　　张	33	
字　　数	460 千字	
版　　次	2019 年 1 月第 1 版	
印　　次	2019 年 1 月第 1 次印刷	
书　　号	ISBN 978－7－5450－6406－3	
定　　价	128.00 元